本书系湖北"非物质文化遗产之民间文学研究"课题成果

最美的女人

《比红儿诗》赏析

万安培◎编著

舒景山◎插图

郑介甫◎题字

长江出版传媒　　湖北人民出版社

图书在版编目（CIP）数据

最美的女人：《比红儿诗》赏析 / 万安培编著.—武汉：湖北
人民出版社，2021.12

ISBN 978-7-216-10344-2

Ⅰ．①最… Ⅱ．①万… Ⅲ．①唐诗－诗歌欣赏 Ⅳ．①I207.227.42

中国版本图书馆CIP数据核字(2021)第264374号

责任编辑：余兆伟
美术编辑：胡一铭　刘舒扬
责任校对：范承勇
责任印制：肖迎军

最美的女人：《比红儿诗》赏析
ZUIMEI DE NÜREN BIHONGERSHI SHANGXI

出版发行：湖北人民出版社	地址：武汉市雄楚大道268号	
印刷：武汉市籍缘印刷厂	邮编：430070	
开本：787毫米×1092毫米　1/16	印张：26.5	
字数：434千字	插页：7	
版次：2021年12月第1版	印次：2021年12月第1次印刷	
书号：ISBN 978-7-216-10344-2	定价：106.00元	

本社网址：http://www.hbpp.com.cn
本社旗舰店：http://hbrmcbs.tmall.com
读者服务部电话：027-87679657
投诉举报电话：027-87679757
（图书如出现印装质量问题，由本社负责调换）

序 言
XU YAN

二十多年前我已明确将中国历代美女研究作为未来人生的重要课题。我在 2019 年 1 月出版的《诗说千古红颜》序言里也说过，早在 2008 年我已拟定撰写"美女文学三部曲"的计划。三部曲的第二部重点介绍美才女的文学作品，其部分成果已体现在《诗说千古红颜》中；第三部重点介绍中国古典文学作品中的美女形象，譬如嫦娥、貂蝉、潘金莲、白骨精、红娘、林黛玉、薛宝钗等，初稿的基础工作早已由何彪、万俊峰完成，只是修改完善尚待时日。第一部着重从美女文化发展源流的角度介绍历代文人骚客的理论贡献，称之为《中国美女文学史》可能更恰当一些。第一部的资料和初稿也有万俊峰参与，我的补充完善也已到达晚唐时期。在这期间，我还在国应福的帮助下完成了《先秦美女故事》《秦汉三国美女故事》《隋唐美女故事》的初稿。这些阶段性成果，属于编撰"国学经典故事"丛书和《中国美女文学史》的副产品，未来有时间重订四卷本《中国历代美女榜》，这些阶段性成果将是重要的补充。

较早我就对罗虬的《比红儿诗》产生兴趣。当时感觉沈可培的批注颇不完整准确，想利用互联网时代搜集资料的方便，对《比红儿诗》做进一步的扩展解读。《比红儿诗》赏析的初稿在 2018 年 9 月份已基本定稿。后来因注意力转移分身无术，耽误了此书的出版，直至 2021 年上半年才重新启动。此次出版社指定的责任编辑李月寒老师是古典文学专业硕士，很有责任心，对书稿修改提出了一些建设性的意见。如今在《比红儿诗》赏析之前新增的唐代美女文学综述，就是小李老师的建议；原稿"楚楚解读"在排版体例上存在典故、脚注、赏析杂糅的毛病，也遵照小李老师的建议做了调整，以使全书看起来更有条理、更加清晰。

当然，我在以下两个方面也坚持了自己的观点。

一个是关于书名"最美的女人"。罗虬选取历史上有姿色才德的美女九十七人次，作绝句一百首以比红儿，在诗人罗虬心目中，红儿无疑是天底下最美的女人。本书的中心是罗虬《比红儿诗》赏析，所以取"最美的女人"是恰当的。作者写书需要考虑读者面，书名取"最美的女人"，也有吸引读者眼球的成分。我在写《比红儿诗》赏析之初，就给自己立下规矩：对原著的考证力求严谨严肃，文笔上则要轻快、通俗一些。我狭隘地以为，较多学究气的叙事风格，可能并不符合当下的年轻观众；从赏析入手，把读者的兴趣引向扩展阅读，纵然有"醉翁之意不在酒"之嫌，却也能使读者多上几步台阶，看到不一样的风景。

第二是关于《比红儿诗》赏析结构的安排。是严格按 100 首绝句的原有顺序展开叙述，还是打乱结构，将立意、风格类似的诗句归并综述？经反复斟酌，最终坚持了之前的写法。主要是基于两个方面的考虑。首先是方便现代学者的研究和照顾阅览习惯。以我较长时期阅读古文的习惯，最喜欢的还是对经典原著一字不漏、不加剪裁的解读，而不是所谓的选编辑读。其次是归并综述的难度。我以为罗虬《比红儿诗》在中国文学史或说美女文学史上之所以地位独特，一个重要原因是作为组诗的规模分量，说直白一点，有以量取胜的成分。既然是组诗且长达百首，难免有良莠之分。王士禛《唐人万首绝句选》撷取罗虬《比红儿诗》12 首，这在万人绝句中已是很大的篇幅了；辛文房批评《比红儿诗》"体固凡庸""声律大爽"，可能言过其实，但《比红儿诗》写作手法较为单一也是公认的事实。以距原作者 1100 多年点评者的身份来评判原作的孰优孰劣并加以归类综述，不仅工作量大，观点也可能以偏概全，吃力不讨好，落得贻笑大方。我特别赞同李最秋《罗虬比红儿本事演变及真相新探》一文中的观点：对古书有疑问和拿不准的内容，正确的态度和做法是宁存疑勿妄改，这一点，越来越成为学术界的通则。当然，为让读者有更整体的感觉，我在《比红儿诗》百首解读末尾，又另辟一章，对《比红儿诗》中的美女群像作了简要的归并剖析，并以此为参照，简要比较了中西审美文化的一些特点，稍稍弥补了缺憾。

我在 2008 年 7 月出版的《淡妆浓抹总相宜》一书中从文化的角度界定美女，提出美女＝靓女＋才女＋名女的"三要素"论。从 1993 年以来，我推出的美女文化系列著作，专注于美女这一特定的研究对象，与一般泛谈女性的作品不同，这也是我要特别强调的。

　　研究中国古代文学史的学者，大多知道晚唐有所谓"江东三罗"：罗隐、罗虬、罗邺，三人同宗，同一时代，而非父子或同胞兄弟。

　　三罗中以罗隐（833—909）身世最详，也最有诗名。罗隐字昭谏，新城人，因长相甚丑，备受歧视，自唐大中十三年（859）进京参加进士考试，屡试不中，史称"十上不第"。（宋罗大经《鹤林玉露》卷十二："罗隐乾符中举进士，十上不第。黄巢乱，归于钱镠。"据"百度·罗隐生平"：民间传说罗隐乃"真龙天子"。玉帝怕他当了皇帝会捣乱乾坤，就派天兵天将换了罗隐的仙骨。当时罗隐咬紧牙关，浑身的仙骨都被换掉了，只有牙床骨没换得去，虽做不成皇帝，却留下了一张"圣贤嘴"。）咸通八年（867）自编其文为《谗书》，更为有权阶层所恶，史称"谗书虽盛一名休"。（时梁太祖拜罗隐为夕郎，不就，罗衮作《赠罗隐》诗一首。诗曰："平日时风好涕流，谗书虽盛一名休。"）唐末黄巢起义，罗隐避乱九华山，于光启三年（887）归乡投靠越王钱镠，历任钱塘令、司勋郎中、给事中等职。罗隐的讽刺散文成就颇高，一些精警通俗的诗句，如"时来天地皆同力，运去英雄不自由""家财不为子孙谋""今朝有酒今朝醉，明日愁来明日愁""任是无情亦动人"等等，后世视为经典。（"时来天地皆同力，运去英雄不自由"，出自《筹笔驿》篇；"国计已推肝胆许，家财不为子孙谋"，出自《夏州胡常侍》篇；"今朝有酒今朝醉，明日愁来明日愁"，出自《自遣》篇；"若教解语应倾国，任是无情亦动人"，出自《牡丹花》篇。）

　　罗邺，约公元877年前后在世，余杭人，其父为盐铁小吏。史称罗邺才智杰出，笔端超绝。其仕途与罗隐近似，也是累考不中。崔安潜侍郎巡视江西时，爱其诗才，欲加延聘，为幕僚所阻。后屈就督邮，未久转投北部少数民族，在茫茫大漠中郁郁而终。罗邺作诗喜用俚语，写身世所感，以情入诗，为后人称许。明代有人将罗邺置"江东三罗"之首，今存《罗邺诗集》一卷。

　　罗虬，约公元874年前后在世，台州人。罗虬之所以千古留名，乃因他先持刀杀死一位美女，继而又作诗对其百般赞美讴歌。据五代王定保《唐摭言》卷十：罗虬为人狂宕无羁，诗才与宦程皆与罗隐、罗邺相类。唐末广明庚子之乱（黄巢起义）时，因躲避战祸投奔鄜州李孝恭。时李府中有一歌妓，姓杜名红儿，声色冠绝一时，为鄜州负责军方事务的副手（副戎）专宠。一日酒宴，罗虬为杜红儿的美色和歌声倾倒，以缯彩相赠。李孝恭恐滋生事端，遂出席阻拦，谓红儿已为副戎所聘，再受彩礼颇为不妥。罗虬正在酒兴上，一时恼羞成怒，拂袖而去。次日，大醉未醒、余怒未消的罗虬竟将红儿以刀刺死。罗虬被抓，孝恭连坐。适逢朝廷大赦，罗虬幸免不死。出狱后，罗虬深悔一念冲动铸成大错，追思红儿之冤，于是取历史上有姿色才德的美女数十名，作绝句一百首，以比红儿，名曰《比红儿诗》，盛传于世。

《比红儿诗》在中国美女文学史上具有一定的历史地位：一是提供了可资研究的美女资料。罗虬拿来与红儿作比较的，都是五代之前的著名美女，有的是真实存在的历史人物，有的来源于神话传说和文学作品。二是系列比美虽属罗虬的个人视野和美学观感，但也代表了当时男性社会的审美取向，间接反映了中国女性审美文化的时代特征。

《比红儿诗》在中国文学史上也颇有影响。宋真宗曾与朝官讨论《比红儿诗》（参见宋邵博《邵氏闻见后录》卷十一）。清代王士祯（王士禛，因避雍正讳，曾改名士正。乾隆赐名士祯，谥文简，但后世，包括正统的中国文学史一直是"王士禛""王士祯"两存并用）、王闿运等著名诗人兼诗评家对"比红儿"诗多有评议及选录，乾隆年间嘉兴学者沈可培更是以"狮子搏兔"之力（《杨复吉跋》语），对罗虬《比红儿诗》作了较为详细的批注。作为长达百首的大型组诗，虽说其写作手法难免雷同，却也不失其欣赏价值。

关于罗虬究竟是否亲手杀害杜红儿，史界一直存疑。作为一桩文学公案，至今仍然是仁者见仁、智者见智，但这并不影响我们对《比红儿诗》的欣赏评判。据乾隆进士杨复吉考证：宋方性夫有《注比红儿诗》一卷，载于宋晁公武《郡斋读书志》，但南宋末最大的私人藏书家陈振孙《直斋书录解题》中却无著录。从晁武公至陈振孙时间跨度约七八十年，杨复吉叹曰"是原本之佚久矣"（《杨复吉跋》）。清末民国初学者虫天子（王文濡）主编《香艳全书》，将沈可培《比红儿诗注》收录，实乃一大幸事。本书旨在沈氏《比红儿诗注》基础上，结合个人的浅薄理解，予以扩展解读，以期为读者朋友提供更多的参阅资料。笔者才疏学浅，释义不当之处，敬请批评指正。

本书的写作从 2009 年 3 月开始，是十多年间集腋成裘的成果。十年来为本书提供帮助的学界朋友，包括谢嘉星、陈晓东、黄沙、李鹏、邹少雄、左泽荣、杜娟、刘天闻等湖北人民出版社资深编辑，齐友发、陈光潮、雷钦礼、罗志欢等大学教授，以及我之前的同事万俊峰、胞弟国应福、公司同事葛文、刘海燕、孙乐、谭晓艺、万憬浩等。本文写作过程中，重点参阅了柴立中、"天风上人""天天新"等博主的相关网文，在此一并表示真诚的感谢！

万安培

2018 年 7 月 18 日　北京海淀区西八里庄

2021 年 9 月 27 日　武汉市武昌区宏都金都

说 明
SHUO MING

一、罗虬《比红儿诗》，以王启兴主编《校编全唐诗》（湖北人民出版社2001年1月版）为底本，参见该书（下）第3422—3426页［引用同一著作，只在最先出现注明作者、出版者等，以下再次引用，只注书名（或作者名）与页码］，本书"楚楚解读"中简称"原作"；原作校注《绝句》，为宋洪迈《万首唐人绝句》简称，文学古籍刊行社影印明嘉靖本；原作校注《纪事》，为宋计有功《唐诗纪事》简称，《四部丛刊》本；原作校注《统签》，为明胡震亨《唐音统签》简称，清康熙刻本。

二、沈可培《比红儿诗注》，以清虫天子编、董乃斌等点校《中国香艳全书》（团结出版社2005年1月版）为底本，本书中简称"沈注"，参见该书第一册第323—333页；本书《比红儿诗注》目录，亦据沈氏《比红儿诗注》排序。

三、"楚楚辞典"为本书作者万安培针对罗虬《比红儿诗》诗意释义；"楚楚解读"为本书作者点评。

四、为节省篇幅，本书对唐代诗人生平一般不作展开叙述，地名一般不对应今名标注，与年号对应的公元纪年以括号标注，省略"公元""年"字，不设脚注。本书所涉人物生卒日期仅为参考。

目　录
MU LU

「上 编」

写向人间百般态——唐朝美女文学概述

「下 编」

倾国倾城总绝伦——罗虬《比红儿诗》赏析

「上 编」

写向人间百般态

——唐朝美女文学概述

第一章
DI YI ZHANG

中国女性审美文化的时代变迁

笔者在有关美女文化的讲座中，较常引用的一句话是"秦汉小巧娇，唐代白胖妖，元代高大骚"。以"小巧娇""白胖妖""高大骚"来概括中国女性审美文化的时代变迁，只是一个朗朗上口的噱头，并不能反映中国上下五千年女性审美文化的全貌。准确的说法是：不同的历史时期各有特点，总体上与世界女性审美文化的发展变迁趋同。

一、远古时期：以高大健壮为美

远古时期的女性以高大健壮为美。有《诗经·陈风》为证："有美一人，硕大且卷；有美一人，硕大且俨。"传说中的极乐国女首领之所以成为首领，最主要不是凭其美貌而是凭其年轻力壮。她食量惊人，一餐至少要吃掉九只烤鹌鹑和五条野兔大腿。她翻山越岭行走如飞，飞石打猎是其强项，能祭起巨石将大貔砸得头破血流，女娲便是她与雷神的女儿。

先秦时代的美女或多或少带有一些远古时代的仙气或妖气，比如妲己是狐狸精转世，褒姒是龙漦的产物。从妹喜、妲己、褒姒到西施，美女被作为政治斗争的工具频繁使用。对于吴王夫差接纳西施、郑旦，伍子胥有一段精彩的谏辞：

> 不可。王勿受也。臣闻五色令人目盲，五音令人耳聋；昔桀易汤而灭，纣易文王而亡。大王受之，后必有殃。臣闻越王朝书不倦，晦诵竟夜，且聚敢死之士数万，是人不死，必得其愿。越王服诚行仁，听谏进贤，是人不死，必得其名。越王夏被毛裘，冬御绤绤，是人不死，必为对隙。臣闻

贤士，国之宝；美女，国之咎。夏亡以妹喜，殷亡以妲己，周亡以褒姒。

《吴越春秋》记载的这段话，堪称古往今来"红祸论"最为经典的概括。

夏姬虽然未扮演女间谍的角色用以实施"美人计"，但她"红颜祸水"的身份也是确定无疑的。传说她曾三为王后，七为夫人，九为寡妇。又说她曾经"鸡皮三少"（三次由满脸鸡皮的老太婆变回皮肤娇嫩的少女）。因其美丽所造成的国际影响及历史冲击力，堪与古希腊王妃海伦媲美。陈国的灭亡、晋国的强大、吴国的崛起乃至楚国的衰落，直接或间接与她有关。

二、秦汉到南北朝时期：以细腰娇巧为美

从西汉到隋朝，源于楚国的细腰文化成为女性审美文化的主流，身材纤瘦轻巧的细腰美女备受青睐。卓文君、赵氏姐妹（飞燕、合德）、王昭君、貂蝉、甄洛、二乔、绿珠、潘玉奴、冯小怜、张丽华、吴绛仙、张初尘（红拂女）是这一时期的领军人物，她们每个人的故事，都足以创作一部远比虚构的《甄嬛传》更为真实精彩的古装电视连续剧。

魏晋时期门阀制度盛行，出身豪门的女性有条件讲究风度，追求奢华生活，对仪容的要求之高令人咋舌。她们除拥有自己的佣人、婢女及专事修饰的美容师之外，还拥有金钱、才艺和惊人的容貌（唐明：《香国纪》，人民日报出版社 2007 年 8 月版，第 101 页）。女性比以往任何时候都更加重视修饰，尤其是美容和服饰。像花木兰这种平民人家的女孩，也经常要"对镜贴花黄"，装饰自己的脸面。

三、唐朝：雍容丰腴，多姿多彩

中国封建社会在唐代达至顶峰。强汉、盛唐是海内外华人津津乐道的时代。多元化的文化背景，开放的时代，领先世界的大国地位，催生出多元化、包容性较强的唐代审美文化，可以概括形容为"雍容丰腴，多姿多彩"。

经过南北朝长达 200 年的胡汉文化交融，东晋时期以南方汉文化占主导地位的状况，至唐代发展成为北方汉文化占主导地位的盛况。女性审美方面，

赵飞燕的骨感为雍容丰腴的杨玉环所替代。杨玉环具成熟女人的丰腴之美；武则天、上官婉儿、太平公主的美艳与她们的政治野心紧密相关；红拂、公孙大娘具江湖侠气之美；薛涛、李冶、鱼玄机具狂放之美；文成公主具胸怀民族大义的高尚之美；柳摇金具忠贞爱情的诚信之美；李娃有幡然悔悟的善良之美；霍小玉、步飞烟表现出殉情的凄然和壮烈之美；小蛮、樊素展现出令人神往的性感之美。

唐朝女性审美文化除了风格上的"多姿多彩"，形体上也表现出包容性，即苗秀型的杨柳"小蛮腰"乃至骨感型身材始终受到追捧。元载的宠姬薛瑶英"肌香体轻，不胜重衣"，贾至、杨炎被邀请与元载一同观赏，不胜荣幸，贾至赠诗曰：

> 舞怯铢衣重，笑疑桃脸开。方知汉成帝，虚筑避风台。

杨炎也作长歌赞美，诗中有句曰：

> 雪面淡眉天上女，凤箫鸾翅欲飞去。玉山翘翠步无尘，楚腰如柳不胜春。

四、两宋时期：官民相悖并行的审美文化

中国女性审美文化在宋朝发生历史分野。宋朝以"泥马渡康王"为界，分北宋与南宋。但女性审美文化的分野则发生在南宋理宗朝。理宗之后，唐朝盛行的自由包容的文化特征逐渐转向内敛与压抑。不过纵观整个南宋时期，两种相悖的审美文化始终存在：一种是伴随着理学兴起的官方倡导的审美文化，即正统士大夫们推崇的节妇形象：端庄内敛、修女容，要正经，形体上讲究束胸紧身，语不高声，笑不露齿，饿死事小，失节事大，凡此等等；一种是承继唐朝开放自由的民间审美文化，即所谓"泪湿罗衣脂粉满"（李清照《蝶恋花》）、"舞裙歌板尽清欢"（黄庭坚《鹧鸪天》）。

五、元朝时期：强调贞淑才情

说元朝推崇"高大骚"型美女，更可能是高大壮硕的蒙古族男性的一种民族优越感，仅属于居统治地位的蒙古上层男性，并不适合也不能代表迅速走向没落的汉族知识分子群体的审美观念。盛唐至宋元时期是崇文的时代。端庄内敛，看重才情风韵，强调品德，是宋元时期主流的女性审美观念。

流行于宋元时代的所谓"才子配佳人"，在元朝已深入人心。元朝夏庭芝《青楼集》中有这样的记载：顺时秀，姓郭，字顺卿，平生与王元鼎亲密。顺时秀生病，想吃马板肠，王元鼎毫不犹豫地杀死自己的坐骑。阿鲁温在中书省参政掌权，也对顺时秀有意，一次对顺时秀开玩笑说："我跟王元鼎，你对哪个更中意一些？"顺时秀回答说："参政是国家重臣，元鼎只是个文人。经纶朝政，致君泽民，则元鼎不及参政；嘲风弄月，惜玉怜香，则参政不及元鼎。"阿鲁温一笑而罢。

元朝统治中原的时间不长，但对正统理学家的女性审美文化却十分推崇，正史记载的节妇烈女高达 742 人，就是一个佐证。

自元朝起，女性的贞节得到强化，有两个深层的原因值得注意：一是作为异族占领者，元统治者对汉人采取种族歧视政策，规定蒙古人或色目人的官员拥有对汉族女性的初夜权。这不仅是对汉族女性的歧视，同时也是对汉族男人的侮辱，因而反抗从政策出台之日起就没有停止过，其结果便是汉族女性贞操观念的提升。二是元末明初西方处于性病大流行阶段，风流成性的葡萄牙商人在中葡双边贸易中顺便将性病传入中国，并在一定程度上造成了中国性病的流行。性病的蔓延迫使人们对自己的性行为加以约束；对性病的恐惧，也使妇女的贞操观进一步强化。

六、明清时期：娇巧玲珑，青楼引领时尚

从明初到成化末年，文坛衰微冷落、缺乏活力、美人落魄。明中叶之后，江南工商业快速发展，催生了青楼文化的繁荣，也顺便带火了通俗文学和色情文学的兴盛。总体而言，"娇小玲珑，青楼引领时尚"是明清时期的女性审美

/ 最 / 美 / 的 / 女 / 人 /

文化主流。

　　概括而言,明中后期女性审美文化呈现出以下五个特点:一是华丽张扬之美经两宋至元朝的淡化,逐渐为清雅、内敛所取代;二是明清时期比以往任何时候都更加重视美女的才艺;三是小巧玲珑型美女备受青睐;四是青楼女子取代宫廷美女成为时尚的引领者,青楼文化繁荣超越南宋,达到前所未有的高度;五是娇小妩媚的江南美女备受推崇,林黛玉式的"病美人"也很讨清末知识分子喜欢。

　　无论哪个国家和民族的审美观念,都有它所根植的民族土壤,都能发现其随时代而变迁的鲜明特点。唐朝是一个开放包容的朝代,对各种外来文化敞开胸怀接纳,自信的唐朝人从来没有被取代、被同化、被奴化的担心。唐朝的审美文化丰富多彩,并非"一花独放百花杀",所以唐朝才会美人济济、风采各异、千姿百态。自理学兴起后,历代士子摒弃了唐朝的女性审美观念,苛求女性压抑本性、灭绝情欲。痴迷三寸金莲,强调女性是男性的附庸,醉心女性的小鸟依人、弱不禁风和病态美,映照出南宋以降汉族知识分子心灵深层的自卑,他们不能在异族统治者面前表现强势,就试图从女性身上寻求自信自强的虚荣心和征服者的满足感,这是一种病态的审美观念。

第二章
DI ER ZHANG

唐朝美女文学的纵向考察

　　唐朝从公元618年高祖李渊立国到907年哀帝李柷亡国，其间289年，约三个世纪，因呈现贞观、开元之治被全球华人引为骄傲。唐朝时候的长安是世界文化艺术中心，其开放程度为世界之最。与文化艺术空前繁荣相对应，女性审美文化也绚丽多彩。唐朝美女如云，从皇宫到民间，从边塞军营到道观寺庵，美女活跃于社会的各个层面，其行踪不仅见载于各类正史和稗官野史，也大量见载于各类文学作品。本章分初唐、盛唐、中唐、晚唐四个时间段，依次考察四个时段男性诗人涉及女性题材的诗歌创作。

一、初唐诗歌中的美女形象

　　隋朝的统一为南北诗风的交流和融创造了条件，经过魏晋南北朝至隋朝长达数百年的探索发展，诗歌到唐朝达至巅峰，迎来井喷。"唐、五代诗人众多，犹如秋夜繁星；诗歌创作也空前丰富，有似百川奔流。"以清编《全唐诗》900卷为例，共收诗48900余首，涉及2200多名诗人。在近5万首唐诗中，涉及女性题材的约占五分之一，"其中以描写妇女为主的诗大约有六千七百首"（王启兴：《校编全唐诗》序言）。无论就数量或质量而言，唐代美女文学的创作都史无前例。

　　杨时、高棅《唐诗品汇》将唐诗的发展分为初唐、盛唐、中唐、晚唐。由唐高祖武德元年至唐睿宗景云二年（618—711）为初唐。江山初定，太宗李世民就提出要革除齐梁浮靡文风，反对"释实求华，以人从欲"的诗歌创作。但开放的唐朝始终坚持文学创作的多元化，提倡兼收并蓄，因而对辞彩宏丽、英华秀发的六朝诗人从未一概否定。魏徵在《隋书·文学传序》中着重标举合南北文风之长，以达"文质彬彬、尽善尽美"之境界，指明了诗歌创作的发展方向（王启兴:《校编全唐诗》序言）。

在美女文学创作方面，初唐值得一提的诗人有李百药、王绩、骆宾王、刘希夷、宋之问、乔知之等。

◇ 李百药：少年不欢乐，何以尽芳朝

李百药（564—648）有一首《少年行》，可能是早期作品，体现了他"人生得意须尽欢、莫使金樽空对月"的潇洒人生观：

> 少年飞翠盖，上路勒金镳。始酌文君酒，新吹弄玉箫。少年不欢乐，何以尽芳朝。千金笑里面，一搦掌中腰。挂缨岂惮宿，落珥不胜娇。寄语少年子，无辞归路遥。

翠盖，饰以翠羽的车盖；金镳，金饰的马嚼子，搦，握；文君，即卓文君；弄玉，与萧史乘凤飞天的秦氏美女。诗人鼓动少年们走出家门，游戏人生，且行且欢乐。

《妾薄命》是传统题材：

> 团扇秋风起，长门夜月明。羞闻拊背入，恨说舞腰轻。太常先已醉，刘君恒带醒。横陈每虚设，吉梦竟何成。

团扇、长门、拊背、舞腰轻，分别说的是班婕妤、陈阿娇、卫子夫和赵飞燕故事。"拊背入"，据《汉书·外戚传》："帝起更衣，子夫侍尚衣轩中，得幸。还坐欢甚，赐平阳主金千斤。主因奏子夫送入宫。子夫上车，主拊其背曰：'行矣！强饭勉之。即贵，愿无相忘！'"太常、刘君，指太常周泽、竹林七贤之一的刘伶。"横陈"指北齐后主高纬爱妃冯淑妃。李百药笔下的这些美女，皆属典型的"红颜薄命"，所以"横陈每虚设"，空有一副臭皮囊，却好梦不成，难得善终。

李百药《火凤词二首》曰：

> 其一　歌声扇后出，妆影镜中轻。未能令掩笑，何处欲障声？知音自不惑，得念是分明。莫见双鬐敛，疑人含笑情。

其二　佳人靓晚妆，清唱动兰房。影出含风扇，声飞照日梁。娇鬟眉际敛，逸韵口中香。自有横陈会，应怜秋夜长。

两首诗所咏对象，均为歌伎或舞女。第一首中，美女"未能掩笑"，双眉轻敛，欲嗔还笑，显出她的青春活泼；第二首"自有横陈会，应怜秋夜长"，写秋夜深闺的寂寞难耐。

李百药还有《戏赠潘徐城门迎两新妇》：

秦晋积旧匹，潘徐有世亲。三星宿已会，四德婉而嫔。云光鬓里薄，月影扇中新。年华与妆面，共作一芳春。

大抵在隋末唐初，美人持扇是非常时尚的事情。在上述所引李百药三首诗作中，皆出现持扇的情景，应该不是巧合。这两位时髦的新妇，不仅具有女子所必备的四德，且青春年华就像她们精心打扮的妆面一样，非常鲜艳靓丽。

◇ 王绩：云光身后荡，雪态掌中回

王绩（约589—644）有三首女性题材诗作值得欣赏。其一是《益州城西张超亭观妓》：

落日明歌席，行云逐舞人。江南飞暮雨，梁上下轻尘。冶服看疑画，妆台望似春。高车勿遽返，长袖欲相亲。

第二首《咏妓》：

妖姬饰靓妆，窈窕出兰房。日照当轩影，风吹满路香。早时歌扇薄，今日舞衫长。不应令曲误，持此试周郎。

第三首《辛司法宅观妓》：

南国佳人至，北堂罗荐开。长裙随凤管，促柱送鸾杯。云光身后荡，雪态掌中回。到愁金谷晚，不怪玉山颓。

三首观妓诗，第三首王启兴主编《校编全唐诗》推为卢照邻作品。无论算在谁的名下，三首诗的风格一致，所写之妓都是有一技之长的歌舞伎。所谓"梁上下轻尘""云光身后荡，雪态掌中回"，是描摹歌伎高超的舞技；而"冶服看疑画，妆台望似春""妖姬饰靓妆，窈窕出兰房"等，重在表现这些年轻歌伎的楚楚动人。"不应令曲误，持此试周郎"，是借用"曲有误，周郎顾"的典故来形容歌伎与观者的互动；"金谷"，即绿珠所在之金谷园；"玉山颓"，指醉后体态如玉山倾颓。(《世说新语·容止》："嵇叔夜之为人也，岩岩若孤松之独立；其醉也，傀俄若玉山之将崩。")三首诗的末尾，包括第一首"高车勿遽返，长袖欲相亲"，均有作者主观介入的成分，隐约有宫体诗"引向衽席床帷"的韵味。

◇ 骆宾王：离前吉梦成兰兆，别后啼恨上竹生

骆宾王(约638—约684)是初唐四杰中传世诗作较多的一位。《咏美人在天津桥》一诗描绘他在天津桥上见到的东邻美女：

> 美女出东邻，容与上天津。整衣香满路，移步袜生尘。水下看妆影，眉头画月新。寄言曹子建，个是洛川神。

天津桥在洛阳，为隋唐洛阳城中轴建筑群"七天"建筑之一，始建于隋，废于元代；美女出"东邻"，借宋玉东家子之典，可能是骆宾王熟识的邻家女孩；"整衣香满路，移步袜生尘"，是形容美女精心打扮的靓妆和婀娜多姿的体态；水下看妆影，宛若新月般的眉毛和俊俏的面容令她顾影沉醉，这不就是曹植笔下描绘的洛神宓妃吗？

骆宾王又有《忆蜀地佳人》诗曰：

> 东西吴蜀关山远，鱼来雁去两难闻。莫怪常有千行泪，只为阳台一片云。

作者写这首诗的时候，人已在江南吴地。当时通信很不方便，不像如今传递相思可以实时视频。"莫怪常有千行泪"，骆宾王说得十分直白——"只为阳台一片云"，即相思男女只想深情地拥抱在一起。"阳台"典出宋玉《高唐赋序》，借以表达男女性爱或性爱处所。

自古四川多美女。骆宾王在蜀地有恋人，他的好友卢照邻在蜀地也有情人。骆宾王作有长诗《艳情代郭氏答卢照邻》，其所代言的郭氏也是一位四川美眉，卢照邻并没有给郭氏写信，所以称"答"，针对的是卢照邻颇不地道的忘情行为。诗曰：

迢迢芊路望芝田，眇眇函关恨蜀川。归云已落涪江外，还雁应过洛水
湲。洛水傍连帝城侧，帝宅层甍垂凤翼。铜驼路上柳千条，金谷园中花几
色。柳叶园花处处新，洛阳桃李应芳春。妾向双流窥石镜，君住三川守玉
人。此时离别那堪道，此日空床对芳沼。芳沼徒游比目鱼，幽径还生拔心
草。流风回雪傥便娟，骥子鱼文实可怜。掷果洛阳君有分，货酒成都妾亦
然。莫言贫贱无人重，莫言富贵应须种。绿珠犹得石崇怜，飞燕曾经汉皇
宠。良人何处醉纵横，直如循默守空名。倒提新缣成慊慊，翻将故剑作平
平。离前吉梦成兰兆，别后啼恨上竹生。别日分明相约束，已取宜家成诫
勖。当时拟弄掌中珠，岂谓先摧庭际玉。悲鸣五里无人问，肠断三声谁为
续。思君欲上望夫台，端居懒听将雏曲。沉沉落日向山低，檐前归燕并头
栖。抱膝当窗看夕兔，侧耳空房听晓鸡。舞蝶临阶只自舞，啼鸟逢人亦助
啼。独坐伤孤枕，春来悲更胜。峨眉山前月如眉，濯锦江中霞似锦。锦字
回文欲赠君，剑壁层峰自纠纷。平江森森分清浦，长路悠悠间白云。也知
京洛多佳丽，也知山岫遥亏蔽。无那短封即疏索，不在长情守期契。传闻
织女对牵牛，相望重河隔浅流。谁分迢迢经两岁，谁能脉脉待三秋。情知
唾井终无理，情知覆水也难收。不复下山能借问，更向卢家字莫愁。

这首长篇七言歌行，历代评价颇高，认为它是第一首同情不幸女子的七言
长歌，开唐人长篇歌行之先。诗中塑造了遭卢照邻遗弃的四川少妇郭氏。她
年轻貌美，多情善感，痴情忠贞，内心充满了身为女性的无奈及对卢照邻念念
难舍、爱恨交加的矛盾。

据闻一多《宫体诗的救赎》：卢照邻在四川时结识郭氏，正当她身怀六甲，
卢照邻因事要回洛阳，临行两人相约，不久回来正式成婚。卢照邻一去两年不
返，并且在三川另结新欢。音信不通，孩子也丢了。郭氏悲情难抑。尽管芊路
迢迢，函关眇眇，也阻不断郭氏对卢照邻的绵绵相思。面对卢照邻的遗弃，她
愁肠百结，思绪万千。"铜驼路上柳千条，金谷园中花几色。柳叶园花处处新，
洛阳桃李应芳春。"这是郭氏在猜度离开蜀地、远赴洛阳的卢照邻身边一定美
女如云。"妾向双流窥石镜，君住三川守玉人"，"此时离别哪堪道，此日空床
对芳沼"，"良人何处醉纵横，直如循默守空名"，"离前吉梦成兰兆，别后啼恨
上竹生"，一连串对比手法的运用，将郭氏的忠贞坚守与薄情的卢照邻形成鲜
明对照，产生强烈的反差。

/ 最 / 美 / 的 / 女 / 人 /

"双流"，蜀地名。"石镜"典出《华阳志·蜀志》："武都有一丈夫，化为女子，美而艳，盖山精也。蜀王纳为妃，不习水土，欲去，王必留之，乃为东平之歌舞乐之，无几物故，蜀王哀之。乃遣五丁之武都担土为妃作冢，盖地数亩，高七尺，上有石镜"，这里借以表达郭氏对卢照邻的痛苦思念，而此时的卢氏却在三川拥抱着甘夫人一般的"玉人"（甘夫人，刘备之妻）。"空床"对"芳沼"，以今日空床对卢氏昔日之甜言蜜语。"良人"即卢照邻，"醉纵横"，即整日在外纵酒放荡，"循默"，默默自守不发一言，指郭氏忠贞自守，直如循默。"啼恨上竹生"，典出张华《博物志·史补》："尧之二女，舜之二妃，曰湘夫人，舜崩，二妃啼，以啼挥竹，竹尽斑。""离前吉梦成兰兆，别后啼恨上竹生"，意"别日分明相约束"，卢氏曾向她描绘美好梦想，别后未久即美梦破碎，令她啼竹成斑。"肠断三声谁为续"，典出《世说新语·黜免》："桓公如蜀，至三峡中，部伍中有得猿子者，其母缘岸哀号，行百余里，遂跳上船，至便即绝。破视其腹中，肠皆寸寸断。"与啼竹成斑一样，也是用以表达郭氏内心深处的极度痛苦。"思君欲上望夫台，端居懒听将雏曲"，望夫台，历朝历代负心汉多，痴情女子也多，此处望夫台或指湖北石首孙夫人望夫台。将雏，携带幼禽，《宋书·乐志一》："《凤将雏歌》者，旧曲也。"闻一多可能正是从"骥子鱼文实可怜""端居懒听将雏曲"等诗意，猜度郭氏可能怀有身孕。"也知京洛多佳丽，也知山岫遥亏蔽"，是情知卢照邻已不会回心转意，"情知唾井终无理，情知覆水也难收"，意味两人的关系已无法挽回。"唾井"，据《玉台新咏·刘勋妻王宋之二》："谁言去妇薄，去妇情更重。千里不唾井，况乃昔所奉。"王琦注云："谓尝饮此井，虽舍而去之千里，知不复饮矣，然犹以尝饮乎此而不忍吐也。"刘勋将妻子王宋抛弃，朱买臣与妻子崔氏决裂，"覆水难收"，均是夫妻不得团圆的悲惨结局。"不复下山能借问，更向卢家字莫愁"，如果能下山，一定要亲到卢家，去问一问莫愁女，遭遇此情此境，可曾有化解这浓浓情愁的办法？

诗中大量用典，涉及前朝多位美女，如金谷园之绿珠、汉宫赵飞燕、当垆卖酒之卓文君、舜帝双姝娥皇女英、撰织锦回文诗之苏若兰、唾井王宋、莫愁女等。骆宾王与卢照邻是很要好的朋友，但对于卢照邻的负心，骆宾王却毫不留情，给予严肃批评。

据骆发祥《骆宾王诗文故事》：骆诗送达之后，不久收到回复，方知是一场误会。兹因卢照邻与王勃到达长安后，随即患上重病。卢照邻恐怕来日无多，便狠心断绝了与郭氏的往来，期盼她因疑生恨，另觅他途。骆宾王于是再赴新都，告知真相。郭氏大哭一场，当即动身前往长安照顾卢照邻（上海人民出版社2017年1月版，第103—107页；骆宾王另有一篇七言歌行《代女道士王灵妃赠道士李荣》，篇幅与《艳情代郭氏答卢照邻》不相上下，故事也发生在蜀地）。

◇ 刘希夷：寄言全盛红颜子，应怜半死白头翁

被辛文房《唐才子传》誉为"特善闺帷之作"的刘希夷（约651—约680）为后人留下《春女行》《采桑》《巫山怀古》《代闺人春日》《代秦女赠行人》《捣衣篇》《代悲白头翁》等诗作。《春女行》诗曰：

> 春女颜如玉，怨歌阳春曲。巫山春树红，沅湘春草绿。自怜妖艳姿，妆成独见时。愁心伴杨柳，春尽乱如丝。目极千馀里，悠悠春江水。频想玉关人，愁卧金闺里。尚言春花落，不知秋风起。娇爱犹未终，悲凉从此始。忆昔楚王宫，玉楼妆粉红。纤腰弄明月，长袖舞春风。容华委西山，光阴不可还。桑林变东海，富贵今何在。寄言桃李容，胡为闺阁重。但看楚王墓，唯有数株松。

该诗内容包含三部分。前部分写颜如玉的二八少女在春天的情思春愁。她心如杨柳乱如丝，愁卧深闺思情郎。然而花季少女的青春正如春花般短暂。"尚言春花落，不知秋风起"，中间部分着重写红颜易逝，光阴如梭，岁月不再，"娇爱犹未终，悲凉从此始"，青春年华就仿佛日薄西山般不可逆转。最后部分是人生总结与告诫：沧海桑田，富贵带不走。今天娇艳如桃花般美丽的少女，"明媚鲜妍能几时"？不必太沉醉于花姿月容。"但看楚王墓，唯有数株松"。

五言诗《采桑》虽是汉乐府旧题，但他却将罗敷拒绝太守调戏的本事，改写成花季少女的怀春情思：

> 杨柳送行人，青青西入秦。谁家采桑女，楼上不胜春。盈盈灞水曲，步步春芳绿。红脸耀明珠，绛唇含白玉。回首渭桥东，遥怜春色同。青丝娇落日，缃绮弄春风。携笼长叹息，逶迟恋春色。看花若有情，倚树疑无力。薄暮思悠悠，使君南陌头。相逢不相识，归去梦青楼。

这位采桑少女"红脸耀明珠，绛唇含白玉"，在春光沐浴的闺阁上，痴痴

地远望着通往西秦的大道发呆，大道两旁的青青杨柳一望无际，那随风摇曳的依依柳丝，就仿佛她纷乱悠长的情绪。瞧她"携笼长叹息，逶迟恋春色。看花若有情，倚树疑无力"的样子，委实令人疼爱。南陌头走来一位游春的翩翩少年，令她思想起自己的情人，只怕这位英俊少年，今晚也会和她一样，出现在双方梦里吧。

刘希夷最著名的诗篇是《代悲白头翁》：

> 洛阳城东桃李花，飞来飞去落谁家？洛阳女儿好颜色，坐见落花长叹息。今年花落颜色改，明年花开复谁在？已见松柏摧为薪，更闻桑田变成海。古人无复洛城东，今人还对落花风。年年岁岁花相似，岁岁年年人不同。寄言全盛红颜子，应怜半死白头翁。此翁白头真可怜，伊昔红颜美少年。公子王孙芳树下，清歌妙舞落花前。光禄池台文锦绣，将军楼阁画神仙。一朝卧病无相识，三春行乐在谁边？宛转蛾眉能几时？须臾鹤发乱如丝。但看古来歌舞地，惟有黄昏鸟雀悲。

《白头吟》是汉乐府诗题，内容多为女子对负心男子的谴责，如卓文君曾作《白头吟》与司马相如"相决绝"。该诗出场人物，一为面若桃花的洛阳女子，二为半死之白头翁。无论前者后者，都是感叹人生短暂如匆匆过客，生命脆弱如风吹之落花。该诗通俗易懂，既未用典堆砌，也无生拗僻字。"今年花落颜色改，明年花开复谁在？已见松柏摧为薪，更闻桑田变成海"，这是借洛阳美女之口感叹世事变迁，人生倏忽如白驹之过隙。"寄言全盛红颜子，应怜半死白头翁。此翁白头真可怜，伊昔红颜美少年。""年年岁岁花相似，岁岁年年人不同"，极为平白的语言，表达的却是极为深邃的人生哲理："人不可两次踏入同一条河流"，生命时钟前行的每分每秒都不可能倒转轮回。

刘希夷的《代悲白头翁》使他千古留名，也因诗成谶，害他丢了性命。幸而他精神不死，诗句不仅被舅舅宋之问盗用，后来曹雪芹写《红楼梦》也化用他的诗句，如甄士隐对跛足道人《好了歌》的注解："陋室空堂，当年笏满床；衰草枯杨，曾为歌舞场"，又如黛玉《葬花吟》中"明媚鲜妍能几时，一朝飘泊难寻觅"，"试看春残花渐落，便是红颜老死时"等句，足见其影响力。

◇ 宋之问：楚王宠莫盛，息君情更亲

确认属于宋之问（约656—约712）女性题材的诗作有《息夫人》《浣纱篇赠陆上人》《和赵员外桂阳桥遇佳人》等，值得玩味的只有《息夫人》一首：

> 可怜楚破息，肠断息夫人。仍为泉下骨，不作楚王嫔。楚王宠莫盛，息君情更亲。情亲怨生别，一朝俱杀身。

息夫人即息妫，又称楚文夫人、桃花夫人，春秋著名美人，历代诗人咏诵甚多。息国破亡后，楚文王如愿得到息妫。关于她的下落，有两种不同的说法，一是《东周列国志》所述结局，息夫人为楚文王生二子但三年不语，一为刘向《列女传》所述与息侯双双跳涧自杀。宋诗采用后一种说法：文王破息，忠于息侯、身怀烈女不事二夫信念的息夫人"仍为泉下骨，不做楚王嫔"。宋诗的倾向性非常明显：天底下所有的女性都要向忠贞不贰的息妫学习。

◇ 乔知之：百年离别在高楼，一旦红颜为君尽

《全唐诗》存乔知之（？—697）诗17首，涉及女性题材的诗作有《下山逢故夫》《弃妾篇》《定情篇》《和李侍郎古意》《倡女行》《铜雀妓》《绿珠篇》等。长篇五言歌行《定情篇》站在女性角度，表达身为女性的忐忑不安及渴望幸福恒久的愿望：

> 共君结新婚，岁寒心未卜。相与游春园，各随情所逐。君爱菖蒲花，妾感苦寒竹。菖花多艳姿，寒竹有贞叶。此时妾比君，君心不如妾。簪玉步河堤，妖韶援绿黄。凫雁将子游，莺燕从双栖。君念春光好，妾向春光啼。君时不得意，弃妾还金闺。结言本同心，悲欢何未齐。怨咽前致辞，愿得申所悲。人间丈夫易，世路妇难为。始如经天月，终若流星驰。天月相终始，流星无定期。长信佳丽人，失意非蛾眉。庐江小吏妇，非关织作迟。本愿长相对，今已长相思。复有游宦子，结援从梁陈。燕居崇三朝，去来历九春。誓心妾终始，蚕桑奉所亲。归愿未克从，黄金赠路人。洁妇怀明义，从泛河之津。于今千万年，谁当问水滨。更忆娼家楼，夫婿事封侯。去时恩灼灼，去罢心悠悠。不怜妾岁晏，十载陇西头。以兹常惕惕，百虑恒盈积。由来共结缡，几人同匪石。故岁雕梁燕，双去今来只。今日玉庭梅，朝红暮成碧。碧荣始芬敷，黄叶已淅沥。何用念芳春，芳春有流

易。何用重欢娱，欢娱俄戚戚。家本巫山阳，归去路何长。叙言情未尽，采荥已盈筐。桑榆日及景，物色盈高冈。下有碧流水，上有丹桂香。桂花不须折，碧流清且洁。赠君比芳菲，爱惠常不歇。赠君比潺湲，相思无断绝。妾有秦家镜，宝匣装珠玑。鉴来年二八，不记易阴晖。妾无光寂寂，委照（一作妾至）影依依。今日持为赠，相识莫相违。

这位多愁善感的美少妇刚刚完婚，内心一直忐忑不安。春天到了，一对新人结伴出游，由夫君对"菖蒲花"的喜爱，对比自己面对苦寒竹的感慨，看出两人的差距。"君念春光好，妾向春光啼"，全诗反复念叨和强调的是红颜易逝及身为女性的危机。班姬也好，刘兰芝、秋胡妇也罢，一如那青楼中的娼妇，皆难逃被冷落遭遗弃的命运，"去时恩灼灼，去罢心悠悠"。"由来共结缡，几人同匪石？故岁雕梁燕，双去今来只"。尽管如此，诗作最后还是表达了新妇渴望爱情之树常青、"爱惠常不歇""相思无断绝"的良好愿望。

清贺裳《载酒园诗话又编》评价乔知之其人其诗说："左司虽负柔情，实饶气性，观其生平所作，如'羞将憔悴日，提笼逢故夫'、'还君结缕带，归妾织成诗'，常有宁玉碎不瓦全之意。即《定情篇》，新婚之始也，相与游园，遽感寒竹，而曰：'君念春光好，妾向春光啼。'中间叙述班姬、刘兰芝、秋胡妇，下逮娼楼，凡男子之负心者，刺刺不休能体贴妇人娇妒至此，必自情深，不解作薄幸事矣。"

贺裳的评价十分中肯，其实在男权当道的社会里，哪个男人内心不是希望他所钟爱的女性既美貌温顺，又坚定忠贞？

与李百药、刘希夷、宋之问一样，乔知之也是有故事的人。他有一位绝色美婢名唤窈娘，能歌善舞，被武则天的侄子武承嗣强占。知之心中既愤怨又痛惜，于是作《绿珠篇》一首，使人暗中送给窈娘。窈娘读罢，"结诗衣带，投井而死"（孟棨《本事诗·情感第一》）。

乔知之《绿珠篇》诗云：

石家金谷重新声，明珠十斛买娉婷。此日可怜君自许，此时可喜得人情。君家闺阁不曾难，常将歌舞借人看。意气雄豪非分理，骄矜势力横相干。辞君去君终不忍，徒劳掩袂伤铅粉。百年离别在高楼，一旦红颜为君尽。

石崇以十斛珠买得绿珠，养在金谷园，以为非卖品。孙秀欲横刀夺爱，石崇不允，孙秀于是引兵围金谷园强夺之。石崇对绿珠说："我今为尔得罪。"绿珠言："妾当效死于君前！"言毕纵身跳下崇绮楼，顿时香消玉殒。乔知之引绿珠故事，其意图十分明显，即"百年离别在高楼，一旦红颜为君尽"，说白了就是让窃娘效法绿珠以死殉情。武承嗣夺人所爱大为不该，乔知之以诗逼爱婢殉情也自私残忍。在男权至上的封建社会，那种"宁玉碎不瓦全"的坚守，只是针对女性而言的。

◇ 初唐美女文学作品简评

施蛰存先生在评价严羽、杨士弘、高棅等人关于唐诗阶段划分时说：那种按照唐代国家形势的兴衰而将唐朝划分为初唐、盛唐、中唐、晚唐的说法，不能理解为唐诗风格的分期。就初唐而言，其美女诗作大体有以下三个方面的特点：

一是与南朝宫体诗的联系较为紧密。不仅歌咏的题材、对象类似，其斟字酌句的风格和审美观念也高度重合。（宫体诗在南梁盛行，在南陈也受到追捧；隋炀帝杨广、唐太宗李世民等都是宫体诗的推崇者。闻一多说：宫体诗在唐初，依然是简文帝时那没筋骨、没心肝的宫体诗，直到卢照邻的《长安古意》、刘希夷的《公子行》《代悲白头翁》以及张若虚《春江花月夜》的出现，才向前替宫体诗赎清了百年的罪。参见闻一多：《宫体诗的自赎》，《闻一多全集》第三卷，上海人民出版社 2020 年 4 月版，第 288—301 页。）

二是诗人们的视野较为狭窄。其所关注的女性群体，除标志性的歌伎、舞女之外，多为传统的美才女和神女，如卓文君、弄玉、班姬、陈阿娇、赵飞燕、蔡文姬、东家子、绿珠、娥皇、女英、苏若兰、莫愁女等。只有一个唾井王宋，算是传统视野之外的些许突破。

三是初唐女性与盛唐、中唐乃至晚唐的女性形象甚有差别。无论是骆宾王笔下的郭氏、女道士王灵妃，还是乔知之笔下的美少妇和窃娘，她们在诗人笔下，始终处于绝对被动和从属的地位，除了面对红颜易逝的长吁短叹，看不出任何的呐喊与抗争。这一点，与盛唐、中晚唐诗人笔下的女性形象乃至现实中的女性，有着很大的不同。

二、盛唐诗歌中的美女形象

王启兴《校编全唐诗》序言将唐玄宗先天元年（712）至唐代宗永泰二年（766）称之"盛唐"。从唐朝由盛转衰的角度看，初唐李世民时期的贞观之治和盛唐李隆基时期的开元之治，均可视为唐朝的盛世。安史之乱是唐代由盛转衰的标志，也是古代中国历史的重要分水岭（谢元鲁：《天宝十四载：盛世终结与李杨情变》，济南出版社，2002年10月版，第277页）。但唐诗走向辉煌、达至巅峰的过程与国家盛衰并不一致。施蛰存说：明清以来的诗人及文学史家，总是把盛唐视为唐诗的全盛时期。他们指导后学，也总是教人作诗宜以盛唐为法。李、杜、王、孟是盛唐诗人，不错。我们可以说，作诗应当向李、杜、王、孟学习，但不能认为这个时期是唐诗全盛时期，更不能认为盛唐以后的唐诗就差得很了。"我以为，我们应当纠正这个错误观点，要知道，盛唐是唐代国家形势的全盛时期，而唐诗的全盛时期却应当排在中唐。"（施蛰存《唐诗百话》，陕西师大出版总社2014年9月版，第303页）其实，美女文学的创作也是这样。

王启兴《校编全唐诗》序言指盛唐时期较杰出的诗人有近40位。本节首先概述这一时期涉及美女题材的诗作，随后对李白、杜甫辟专篇叙述。李白、杜甫是唐诗达至巅峰的杰出代表，其对美女文学的贡献也较为突出。

◇ 李昂：君楚歌兮妾楚舞，脉脉相看两心苦

李昂（生卒年不详）有一首《赋戚夫人楚舞歌》，从汉高祖宠妾戚夫人的角度，写出她跟随刘邦相濡以沫的征战历程及身处宫廷漩涡不能自保的内心恐惧，是历代写戚夫人的上乘之作：

> 定陶城中是妾家，妾年二八颜如花。闺中歌舞未终曲，天下死人如乱麻。汉王此地因征战，未出帘栊人已荐。风花菡苕落辕门，云雨徘徊入行殿。日夕悠悠非旧乡，飘飘处处逐君王。闺门向里通归梦，银烛迎来在战场。相从顾恩不顾己，何异浮萍寄深水！逐战曾迷只轮下，随君几陷重围里。此时平楚复平齐，咸阳宫阙到关西。珠帘夕殿闻钟磬，白日秋天忆鼓鼙。君王纵态翻成误，吕后由来有深妒。不奈君王容鬓衰，相存相顾能

几时？黄泉白骨不可报，雀钗翠羽从此辞。君楚歌兮妾楚舞，脉脉相看两心苦。曲未终兮袂更扬，君流涕兮妾断肠。已见储君归惠帝，徒留爱子付周昌。

戚姬出身山东定陶，少女时代的她亭亭玉立，能歌善舞。时逢秦末战乱，刘邦征战到定陶，慕名美貌上门迎娶，"未出帘栊人已荐"，从此跟随刘邦南北转战，四处漂泊，仿佛浮萍寄于深水，身不由己。天下初定，身居后宫，她的耳边仍时时感受到钟磬鼓鼙之声。她与汉高祖在险恶的战乱中生死相依，患难与共，然而高祖的宠爱反而埋下了祸根——"吕后由来有深妒"。令人叹息的是高祖年事已高，与他朝夕恩爱的日子已经不多。在苍凉的歌声中，戚夫人跳起了著名的翘袖折腰舞，一曲未终，两人相拥痛哭。泪流满面的戚夫人已感受到死亡的威胁正步步逼近。"已见储君归惠帝，徒留爱子付周昌"——高祖深知吕后妒性，知他死后戚姬及赵王如意皆难免被害，就让老乡周昌到赵王身边担任相国。但赵王如意及戚夫人最终没能逃脱吕后的魔掌。好一个"徒"字，派周昌去也是白搭！

◇ 王翰：古来贤圣叹狐裘，一国荒淫万国羞

王翰（687—726）以长篇歌行《飞燕篇》抒写骨感型美女代言人赵飞燕，其诗云：

孝成皇帝本娇奢，行幸平阳公主家。可怜女儿三五许，丰茸惜是一园花。歌舞向来人不贵，一旦逢君感君意。君心见赏不见忘，姊妹双飞入紫房。紫房采女不得见，专荣固宠昭阳殿。红妆宝镜珊瑚台，青琐银簧云母扇。日夕风传歌舞声，只扰长信忧人情。长信忧人气欲绝，君王歌吹终不歇。朝弄琼箫下彩云，夜踏金梯上明月。明月薄蚀阳精昏，娇妒倾城惑至尊。已见白虹横紫极，复闻飞燕啄皇孙。皇孙不死燕啄折，女弟一朝如火绝。明明天子咸戒之，赫赫宗周褒姒灭。古来贤圣叹狐裘，一国荒淫万国羞。安得上方断马剑，斩取朱门公子头。

诗歌分三个层次。第一部分写娇奢好色的汉成帝行幸平阳公主家，见到年方十五六岁的赵飞燕，为其容貌和歌舞所迷，随即将孪生姐妹一起纳为宠妃（"姊妹双飞入紫房"）。第二部分写汉成帝专宠赵氏姐妹，后宫众妃犹如秋后

　　　　　/ 最 / 美 / 的 / 女 / 人 /

团扇备受冷落，班婕妤主动请出避祸长信宫。日夜宣淫的汉成帝被姐妹俩的妖冶所惑，阳精伤亏。白虹，白光，此指天气怪象；紫极，帝王宫殿。"已见白虹横紫极"，即社稷或帝宫已呈不祥之兆。"飞燕啄皇孙"，因赵氏姐妹不能生育，故传赵飞燕有残害皇子嫌疑（《汉书·外戚传下·孝成赵皇后》记载当时民谣有"木门仓琅根，燕飞来，啄皇孙。皇孙死，燕啄矢"之语）。"皇孙不死燕啄折，女弟一朝如火绝"，是说姐妹俩阴谋未能得逞，两人对成帝之死负有责任，都没能得到好报，"一朝如火绝"。第三部分是作者总结性的结论概括。"赫赫宗周，褒姒灭之"（《诗经·小雅·正月》），"红颜祸水论"并非王翰的发明，但拿它来告诫婆爱杨玉环的当朝天子，却有现实意义。"古来贤圣叹狐裘，一国荒淫万国羞"：当年商纣王的叔父箕子看见纣王用象牙筷子吃饭，由此推论他往后肯定不会再用土制碗罐，而会配玉筷、玉碗碟、玉杯，这些精美的器具里将会装上奇味珍馐，纣王的生活将日趋奢华，统治也将日趋残暴。"万国羞"，招致列国的嘲笑。所以朝廷必须节俭勤政，高举尚方宝剑："安得上方断马剑"，对那些穷奢极欲的"朱门公子"当头棒喝，断然说"不"。

◇ 李颀：邺城苍苍白露微，世事翻覆黄云飞

李颀（690—751）是开元十三年进士（颀，音 qí），其所作《郑樱桃歌》诗云：

> 石季龙，僭天禄，擅雄豪，美人姓郑名樱桃。樱桃美颜香且泽，娥娥侍寝专宫掖。后庭卷衣三万人，翠眉清镜不得亲。宫军女骑一千匹，繁花照耀漳河春。织成花映红纶巾，红旗掣曳卤簿新。鸣鼙走马接飞鸟，铜驼瑟瑟随去尘。凤阳重门如意馆，百尺金梯倚银汉。自言富贵不可量，女为公主男为王。赤花双簟珊瑚床，盘龙斗帐琥珀光。淫昏伪位神所恶，灭石者陵终不悟。邺城苍苍白露微，世事翻覆黄云飞。

石季龙即石虎。这位后赵皇帝在史上以残暴著称，其杀人如麻、残暴不仁的恶行罄竹难书。从李颀诗中可以看出，他宠溺郑樱桃也达到了登峰造极的地步，仅后宫伺候她的"卷衣女"就达三万人。石季龙曾以女骑一千为卤簿（帝王外出时扈从的仪仗队），"皆着紫纶巾，五文织成靴。"正所谓"上天要他灭亡，必先让他疯狂"。"淫昏伪位神所恶"，数以百万计的冤魂死鬼也在阴曹地

府日夜诅咒他，神鬼共愤，石虎终于自食其果。

关于"美人"郑樱桃的性别，一直存在争议。据《晋书》卷一百六《载记》第六《石季龙传》："勒……为（石虎）聘将军郭荣妹为妻。季龙宠惑优僮郑樱桃而杀郭氏，更纳清河崔氏女，樱桃又谮杀之。"（《校编全唐诗》，第2761页）冯梦龙《情史·情外类》"郑樱桃"条也载说："郑樱桃者，襄国优童也，艳而善淫。石虎为将军绝嬖之，以樱桃谮，杀其妻某氏。后娶某氏，复以樱桃谮杀之。唐李颀有《郑樱桃歌》，误以为妇人。"但《晋书》中也载石虎曾立郑氏为后，而郑后即石邃、石遵母亲，此郑后是否郑樱桃，《晋书》并未交代。另据《十六国春秋辑补·后赵录·石虎传》："石虎郑后名樱桃，晋冗从仆射郑世达家妓也。在众猥妓中，虎数叹其貌于太后，太后给之。"《十六国春秋辑补》还明确郑樱桃为石虎生石邃、石遵二子。咸和八年（333）七月，因石虎受封为魏王，郑樱桃被立为魏王后。咸康三年（337）正月，石虎称帝，立郑樱桃为天王皇后。后郑樱桃为冉闵诛杀。

其实郑樱桃是男是女，是美女抑或优童并不重要，重要的是她肮脏的灵魂，愧对了美丽的躯壳。

◇ 王维：看花满眼泪，不共楚王言

据《旧唐书·王维传》，王维（701—761）31岁"妻亡，不再娶，三十年孤居一室，屏绝尘累"。在男女生活相对开放的唐朝，王维妻死不娶属于较为少见的例子，与他的好友崔颢"娶妻惟择美者，俄又弃之，凡四五娶"形成鲜明的对照，引起后人许多猜测。王维的女性诗作也颇不少，他16岁（一说18岁）作《洛阳女儿行》，以写实的手法讲述了与其"对门而居"的洛阳某富家女极尽奢华的奢靡生活：

> 洛阳女儿对门居，才可颜容十五馀。良人玉勒乘骢马，侍女金盘脍鲤鱼。画阁朱楼尽相望，红桃绿柳垂檐向。罗帷送上七香车，宝扇迎归九华帐。狂夫富贵在青春，意气骄奢剧季伦。自怜碧玉亲教舞，不惜珊瑚持与人。春窗曙灭九微火，九微片片飞花琐。戏罢曾无理曲时，妆成只是熏香坐。城中相识尽繁华，日夜经过赵李家。谁怜越女颜如玉，贫贱江头自浣纱。

青丝高绾石榴裙　肠断非缘酒半醺

买向侯家图画里　入朝不应教踏尘

敬录唐罗虬比红儿诗　今夫于辛丑年春

从诗中猜测，这位年才十五六岁的富家女，很可能是皇亲国戚之类。"意气骄奢剧季伦"，是说她家骄奢富贵之气已超越西晋石崇。"城中相识尽繁华，日夜经过赵李家"，是说与她家往来的都是些大户人家。"谁怜越女颜如玉，贫贱江头自浣纱"，意思是贫穷人家的女儿，即使容颜如玉，也只能在河边浣纱。

后来王维作《西施咏》，关于美女姿色的观点发生了明显的变化，其诗曰：

> 艳色天下重，西施宁久微！朝仍越溪女，暮作吴宫妃。贱日岂殊众，贵来方悟稀。邀人傅香粉，不自着罗衣。君宠益娇态，君怜无是非。当时浣纱伴，莫得同车归。持谢邻家子，效颦安可希？

没有谁不喜欢美女，西施就是凭姿色一跃成为吴王妃的。因为姿色冠群，终不能久处低微，必为吴王所宠：如果"越女"真的"颜如玉"，自不会久居窘境、"贫贱江头自浣纱"！一旦得到君王宠爱，西施顿时身价百倍，梳妆打扮样样有人伺候，还故作娇态，无事生非。"持谢邻家子，效颦安可希"，是告诫姿色平平者，切莫效颦西施，自不量力。沈德潜《唐诗别裁集》中评价该诗"写尽炎凉人眼界，不为题缚，乃臻斯诣。"（臻，达到；诣，程度；意思是不为诗题束缚，写尽了人情冷暖、世态炎凉的社会万象。）

王维有《息夫人》一诗曰：

> 莫以今时宠，难忘旧日恩。看花满眼泪，不共楚王言。

据孟棨《本事诗·情感第一》：宁王李宪是当朝显贵，府中宠妓数十人，个个才色俱佳。宁王府宅旁边有个卖饼的师傅，其妻生得身材纤细，皮肤白皙，容貌明媚。宁王一眼就看上了，于是厚赠饼师，将其妻纳入府中，宠爱胜于其他侍妾。一年之后，见饼师妻时常闷闷不乐，就问她说："你还在想着他吗"饼师妻默然不语。宁王于是让人把饼师叫来。其妻望着饼师，泪流满面，难以自已。当时宁王府上有十多位宾客，皆为当时文士，见状无不凄然。宁王即命众人赋诗，年仅20岁的王维率先成诗："莫以今时宠，宁忘旧日恩。看花满目泪，不共楚王言。"

王维年轻时是宁王和玉真公主的座上宾，才思敏捷过人。历来诗人对息妫一身而事二夫多有指责，但王维显然对看花满眼泪的息夫人深表同情，对她忠贞爱情、不忘旧情的行为给予充分肯定。王维借同情息妫肯定饼师夫人不忘故夫深情，震惊四座，宁王心有所动，当即将饼师的妻子放还。

◇ 崔颢：卢姬少小魏王家，绿鬓红唇桃李花

《新唐书》本传寥寥数行，对崔颢（704—754）品行的描绘十分生动："崔颢者，亦擢进士第，有文无行。好蒲博，嗜酒。娶妻惟择美者，俄又弃之，凡四五娶，终司勋员外郎。初，李邕闻其名，虚舍邀之，颢至献诗，首章曰：'十五嫁王昌。'邕叱曰：'小儿无礼！'不与接而去。"

与荀粲一样喜爱美女且身体力行的崔颢创作了不少女性题材诗。他那首开篇第一句为"十五嫁王昌"的诗即《王家少妇》：

> 十五嫁王昌，盈盈入画堂。自矜年最少，复倚婿为郎。舞爱前溪绿，歌怜子夜长。闲来斗百草，度日不成妆。

诗中将年纪轻轻即嫁为人妻的少妇形象刻画得栩栩如生。"度日不成妆"，是形容她年轻贪玩以至不大顾及自我形象。"王昌"并非说她丈夫姓王名昌。据称王昌乃魏晋时美男子，丰神俊美，为时人所赏，与潘岳、宋玉、萧郎、刘郎、阮郎等同为情郎代名词。

崔颢《卢姬篇》诗云：

> 卢姬少小魏王家，绿鬓红唇桃李花。魏王绮楼十二重，水晶帘箔绣芙蓉。白玉栏杆金作柱，楼上朝朝学歌舞。前堂后堂罗袖人，南窗北窗花发春。翠幌珠帘斗丝管，一弹一奏云欲断。君王日晚下朝归，鸣环佩玉生光辉。人生今日得骄贵，谁道卢姬身细微。

关于卢姬，有三种解释。一说魏武帝曹操宫女，善鼓琴。《乐府诗集·杂曲歌辞十三·卢女曲》宋郭茂倩题解："卢女者，魏武帝时宫人也，故将军阴升之姊。七岁入汉宫，善鼓琴。至明帝崩后，出嫁为尹更生妻。梁简文帝《妾薄命》曰：'卢姬嫁日晚，非复少年时。''盖伤其嫁迟也。'"二说卢莫愁，即战国末期楚国歌唱家，梁武帝萧衍《河中水之歌》诗误为洛阳莫愁女（嫁为卢家妇）。在楚王宫，卢姬与屈原、宋玉、景差等结识，其所演唱的《阳春白雪》为千古绝唱。三说泛指擅奏乐器之女子。

就诗而论，作品并无多少曲折。讲述出身"细微"的卢氏女因绿鬓红唇、艳如桃花深得魏王宠爱。她学习歌舞日有所进，无论弦乐或管乐，皆已达相当高的操作水平，"一弹一奏云欲断"。魏王散朝回家，以看她唱歌跳舞吹拉弹奏

为最大享受。但诗中暗藏的玄机至此出现：崔颢生活的年代，正是玄宗宠妃杨玉环一宠遮天、"三千宠爱在一身"的时节。所谓"君王日晚下朝归，鸣环佩玉生光辉。人生今日得骄贵，谁道卢姬身细微"，明眼人一望而知：这是在影射杨贵妃及从兄杨国忠。古人遣词造句十分讲究避讳，像"鸣环佩玉"这种公然将"玉环"二字镶嵌其中的行为，堪称诗家大忌。联想到崔颢《长安篇》中还有"莫言炙手手可热，须臾火尽灰亦灭"等充满火药味的诗句，就不难理解新旧《唐书》本传为什么对他惜墨如金，不仅文学成就未予提及，且对他的操守作风还横加指责了。崔颢率性无忌，这要生活在文字狱盛行的清初时期，早就被砍头了。

崔颢另有一首七言诗《邯郸宫人怨》篇幅较长，其诗曰：

> 邯郸陌上三月春，暮行逢见一妇人。自言乡里本燕赵，少小随家西入秦。母兄怜爱无俦侣，五岁名为阿娇女。七岁丰茸好颜色，八岁黠惠能言语。十三兄弟教诗书，十五青楼学歌舞。我家青楼临道旁，纱窗绮幔暗闻香。日暮笙歌驻君马，春日妆梳妾断肠。不用城南使君婿，本求三十侍中郎。何知汉帝好容色，玉辇携归登建章。建章宫殿不知数，万户千门深且长。百堵涂椒接青琐，九华阁道连洞房。水晶帘箔云母扇，琉璃窗牖玳瑁床。岁岁年年奉欢宴，娇贵荣华谁不羡。恩情莫比陈皇后，宠爱全胜赵飞燕。瑶房侍寝世莫知，金屋更衣人不见。谁言一朝复一日，君王弃世市朝变。宫车出葬茂陵田，贱妾独留长信殿。一朝太子升至尊，宫中人事如掌翻。同时侍女见谗毁，后来新人莫敢言。兄弟印绶皆被夺，昔年赏赐不复存。一旦放归旧乡里，乘车垂泪还入门。父母愍我曾富贵，嫁与西舍金王孙。念此翻覆复何道，百年盛衰谁能保？忆昨尚如春日花，悲今已作秋时草。少年去去莫停鞭，人生万事由上天。非我今日独如此，古今歇薄皆共然。

全诗以白描手法记录了邯郸女从少女时代被征选入宫、备受皇帝宠幸及至皇帝去世后遭遇冷落的全过程。作者于阳春三月的某个傍晚在乡村陌头遇见这位落魄的邯郸女。她自言籍贯燕赵，从小随家人西迁长安，当时她尚处幼年，不满 6 岁，母亲和哥哥都可怜她身边没有玩伴。（"俦侣"，侣伴或朋友。）她 7 岁时已显露美人坯子本色，长得"丰茸好颜色"，8 岁能说会道，13 岁会吟诗作对，15 岁已能轻歌曼舞。她的野心算不上大，不期罗敷遇城南使君，但能嫁个"三十侍中郎"已心满意足。没想到汉皇广采民女,她竟在征选之列。初入汉宫,宫廷的豪华和气派令她震惊。"岁岁年年奉欢宴,娇贵荣华谁不羡"?以她的年轻美貌、多才多艺,赢得皇帝垂青理所当然。正当其宠爱无以复加之际,皇帝突然驾崩,整个世界顿时被颠倒:"一朝太子升至尊,宫中人事如掌翻。"原本宠极一时的邯郸女不仅本人受谗,兄弟的官职也被削夺,过去所有的赏赐都尽数收回。总算她运气不错,没被发配皇陵而是放还乡里。含泪回到家乡,父母可怜她曾经有过的浮华富贵,为她重新找了个家境还算不错的婆家。全诗最后借邯郸女之口,抒发诗人自己的感叹说:"念此翻覆复何道,百年盛衰谁能保?"想想昨天还如春天花朵般鲜艳,转瞬之间,已是人到中年,仿佛秋霜下之枯草。时光催人老,万事不由人。"非我今日独如此,古今歇薄皆共然"。"歇薄",淡薄,此处取世态炎凉、人情冷暖之意。并不是邯郸女是这样的遭遇,世上的事情都是此理:乐极生悲,盛极而衰。

崔颢的诗明里是写邯郸女,其生发的道理却在诗外:世上有多少人,多少事,想想看,总不外从起点出发,到头来重回起点!明胡应麟《诗薮》对此诗大加褒奖说:"崔颢《邯郸宫人怨》叙事几四百言,李、杜外,盛唐歌行无赠于此,而情致委婉,真切如见。后来《连昌》《长恨》,皆此兆端。"

◇ 王昌龄:忽见陌头杨柳色,悔教夫婿觅封侯

王昌龄(698—757)的诗除边塞、送别诗外,另以闺情、宫怨题材为多。其《闺怨》一诗千古传诵至今:

> 闺中少妇不曾愁,春日凝妆上翠楼。忽见陌头杨柳色,悔教夫婿觅封侯。

明明说是《闺怨》,但诗作开篇第一句却说这位娇憨的少妇天真单纯而不知忧愁。在春色盎然的日子里,她精心梳妆打扮,兴致勃勃爬上自家的翠楼去观光。(丈夫不在,她必须恪守妇道,不能随便外出,只可上自家高楼去远眺春色。)也许一直闭守闺中很久没有上楼,也许没想到春天的脚步如此之快。她忽然发现远处陌头的万千杨柳,已成一片翠绿,一瞬间触景生情:春风杨柳万千条,恍然激起她万千情思,想到新婚燕尔、洞房中的恩恩爱爱,想到与丈夫折柳而别的依依难舍;想到当年鼓动丈夫前往边关争取建功立业的幼稚,想

到杨柳最先装点春色却初秋先衰，想到青春苦短红颜易逝……内心深处突然冒出此前从未有过的强烈意识：悔教夫婿觅封侯！"闺怨"在此处点题：功名如何，荣耀怎样？人生最大的幸福莫过于相互厮守，夫唱妇随，平平淡淡过一生。如果丈夫不是为了功名利禄远走他乡，此时自己就可以幸福地依偎在他身旁，尽情享受明媚的春光。"忽见陌头杨柳色"，这是光阴的提醒，岁月的摇撼。诗人抓住闺中少妇心理发生微妙变化的一刹那，点出她身心的觉悟和思想的升华：追逐功名利禄，都是要付出代价的。

从这一天开始，颇多女性从王昌龄的《闺怨》诗中读出了一个幸福女人的真正内涵：只要朝暮相守，胜过一切拥有！

◇ 高适：莫道向来不得意，故欲留规诫后人

高适（704—765）的《秋胡行》，以自述的口吻讲述了秋胡妻从待字闺中到远嫁东鲁、贞洁自守到识破好色丈夫嘴脸愤而自杀的全过程：

> 妾本邯郸未嫁时，容华倚翠人未知。一朝结发从君子，将妾迢迢东鲁陲。时逢大道无艰阻，君方游宦从陈汝。蕙楼独卧频度春，彩阁辞君几徂暑。三月垂杨蚕未眠，携笼结侣南陌边。道逢行子不相识，赠妾黄金买少年。妾家夫婿经离久，寸心誓与长相守。愿言行路莫多情，道妾贞心在人口。日暮蚕饥相命归，携笼端饰来庭闱。劳心苦力终无恨，所冀君恩即可依。闻说行人已归止，乃是向来赠金子。相看颜色不复言，相顾怀惭有何已？从来自隐无疑背，直为君情也相会。如何咫尺仍有情，况复迢迢千里外？誓将顾恩不顾身，念君此日赴河津。莫道向来不得意，故欲留规诫后人。

秋胡妻籍贯邯郸，少女时代妩媚天成，养在深闺。远嫁东鲁未久，丈夫即出外游宦。秋胡妻独守蕙楼，春去秋来。阳春三月，她随女伴们往南陌采桑，路遇不相识的男人，看中她的姿色，想以黄金买笑。她义正词严表达了忠于丈夫的信念：我本有夫，虽然离家多年，但我俩誓言相守，忠心不变，请你放尊重点，我的贞行口碑大家都知道的。家里养的蚕还等我赶回去喂食呢。秋胡妻匆匆赶回家里。她操持家务，孝敬公婆，虽然操心劳累，但心里终无半点怨恨。凭什么？小夫妻俩临别前秀恩爱的誓言和对美好前景的期盼是她最重要的精

神支柱。就在此时，听婆婆告诉她，远行的丈夫已经归来。她喜出望外冲出大门迎接久别的丈夫，没想到这丈夫不是别人，竟是向她赠金求欢的"行子"！四目相对，相顾无言，双方都惊呆了。丈夫面露惭色，羞愧不已。秋胡妻心如刀绞：自打嫁入秋胡家我从无二心，一直以为丈夫也会像我一样忠诚。回到家门口仍然见色心动，迢迢千里之外岂非日夜宣淫？残酷的现实像一块巨石将秋胡妻心中纯洁美好的爱情梦撞出一个大洞，她破碎的心泪汩汩流血。深陷绝望的她毅然选择了跳河自杀（"赴河津"），到另一个世界去追寻她想象中的夫君——那原本并不存在的完美形象。

在高适笔下，令秋胡妻肝肠欲断、心灰意冷及最终选择自杀的原因，不再是秋胡的"不义""不孝"与"不忠"，而是他对爱情的不专。秋胡妻本想与他"寸心誓与长相守"，但秋胡"意外"地在她面前暴露出丑恶的嘴脸。"莫道向来不得意，故欲留规诫后人"，高适希望天底下的男人能以此为鉴，忠于爱情，善待忠诚的妻子，避免类似的悲剧重演。

◇ 储光羲：若为别得横桥路，莫隐宫中玉树花

清光绪年间辑录的《青冢志》12卷收录历代吟咏王昭君的古诗词700余首，其主旨离不开一个"怨"字。储光羲（约706—763）的《明妃曲》四首却独辟蹊径、别开生面：

> 其一　西行陇上泣胡天，南向云中指渭川。氍毹夜来时宛转，何由得似汉王边。
>
> 其二　胡王知妾不胜悲，乐府皆传汉国辞。朝来马上箜篌引，稍似宫中闲夜时。
>
> 其三　日暮惊沙乱雪飞，傍人相劝易罗衣。强来前殿看歌舞，共待单于夜猎归。
>
> 其四　彩骑双双引宝车，羌笛两两奏胡笳。若为别得横桥路，莫隐宫中玉树花。

氍毹，游牧民族居住的毡帐。第一首写由长安初到胡地，昭君对生活环境的变化尚不习惯。第二首写胡王（单于）见她远离家乡，心情悲愁，想方设法安慰她，宫中乐队使用的乐器及所演奏的曲子，都是大汉风格，使昭君稍有在

汉宫的感觉。第三首写冬天来临，胡沙满天，飞雪乱舞，伺候昭君的人规劝她脱去汉服，穿上具有匈奴特色的皮裘以御风寒。她勉强来到前殿观看歌舞，与大家一起等待单于打猎夜归。这时的歌舞应不尽是汉家风格，也会有体现胡人特点的音乐歌舞。共待单于夜猎归，说明昭君的行为虽显被动，但心境已悄然转变，内心已接受乃至依恋这位胡王了。第四首是前三首铺垫的必然结果，已融入胡人生活的昭君俨然完全胡化。镶饰着彩色的马匹拉着双双宝车，昭君和单于端坐其中，周边乐队以羌笛、胡笳尽情演奏胡乐。横桥，古代君主夜渡而达后宫的廊桥。备受恩宠的昭君心态已完全改变，此时的她只祈望单于即使另走横桥之路，也不要淡忘曾被宠为宫中玉树花的自己。

以往咏诵王昭君的诗篇不是怨恨即是乡愁，储光羲的四首《明妃曲》却令人耳目一新，它选取王昭君从汉宫到匈奴的四个生活片断，真切描绘了王昭君从主动排斥到被动接受、最终融入胡人生活的心理转变过程。这是储光羲高于前人之处，也是东汉以来所有咏吟王昭君诗篇中难得的佳作。

◇ 万楚：蛾眉自有主，年少莫踟蹰

万楚，唐开元年间进士，生卒年不详。《茱萸女》描写一对上山秋游的美少女，颇有"采桑女"秦罗敷清新活泼而内心自持的韵味：

> 山阴柳家女，九日采茱萸。复得东邻伴，双为陌上姝。插枝着高髻，结子置长裾。作性常迟缓，非关诧丈夫。平明折林樾，日入返城隅。侠客要罗袖，行人挑短书。蛾眉自有主，年少莫踟蹰。

茱萸（yú），又名"越椒""艾子"，是一种常绿带香的植物，具备杀虫消毒、逐寒祛风功能。茱萸果实嫩时呈黄色，成熟后变紫红色，有温中、止痛、理气等功效。按中国古人习惯，于九九重阳爬山登高，臂佩"茱萸囊"（插着茱萸的布袋），以示对亲朋好友的怀念。诗中描写一对重阳结伴上山采茱萸的柳家少女，（姝，美女）双为陌上姝，两人皆乃光彩照人的美少女。说她俩采茱萸，倒不如说秋游更恰当。瞧她俩将茱萸的细枝插入发髻、将茱萸的结籽塞入衣兜那份闲雅迟缓的模样（裾，音 jū，衣服的前襟或后襟），并非是因为遇到了某位俊男。她俩天刚亮就出门，日落前才返回城郊。见到她俩的姿色，过往行人少不得要驻足打量。有的伸手拽住她俩索要茱萸果，有的则以言语挑逗。但

姐妹俩却不为所动,心里自有主张。"自有主""莫踟蹰",均是汉乐府《陌上桑》里的语言,所谓"罗敷自有夫""使君从南来,五马立踟蹰"等。

◇ 岑参:美人舞如莲花旋,世人有眼应未见

岑参(约715—约770)有一首描写胡人歌舞的诗作,名为《田使君美人舞如莲花北鋋歌》:

> 美人舞如莲花旋,世人有眼应未见。高堂满地红氍毹,试舞一曲天下无。此曲胡人传入汉,诸客见之惊且叹。慢脸娇娥纤复秾,轻罗金缕花葱茏。回裾转袖若飞雪,左鋋右鋋生旋风。琵琶横笛和未匝,花门山头黄云合。忽作出塞入塞声,白草胡沙寒飒飒。翻身入破如有神,前见后见回回新。始知诸曲不可比,采莲落梅徒聒耳。世人学舞只是舞,恣态岂能得如此。

鋋(chán),一种铁柄短矛,常见于北部少数民族,《史记·匈奴列传》中有"其长兵则弓矢,短兵则刀鋋"的说法。称"北鋋歌",指歌舞源于北部民族。美人旋转的舞步宛如旋转的莲花,世人可能从未见过如此赏心悦目的舞蹈。氍毹(qú shū),织有花纹图案的毛地毯。高大的厅堂里,红色的地毯上,美丽的舞者试舞一曲,已令观者沉醉。这由胡地传入中原的曲舞,竟是如此美妙,令人惊叹,真可谓闻所未闻,见所未见。"慢脸娇娥纤复秾":慢,丰满,慢脸,丰满的容貌;纤,苗条;秾,艳丽。该句形容美女容颜艳丽,身材苗条姣好。"轻罗金缕花葱茏":轻罗,衣衫轻薄,质地优良;葱茏,茂盛,美好。该句形容美女身穿轻薄的金缕花衣,十分华贵飘逸。"回裾转袖若飞雪,左鋋右鋋生旋风":伴随美女快速旋转的衣裙,仿佛雪花飞舞;"左鋋右鋋",指美女模仿士兵做出挺矛刺杀的动作,因动作迅疾,带起一股旋风。匝,周,环绕;和未匝,琵琶和横笛还没有完全融合进入高潮,对面山顶上的彩云已经连成一片,形成奇妙的景观。此时音乐忽然奏出《出塞》《入塞》的曲子,就仿佛眼前白草茫茫,胡沙翻滚,又仿佛置身于寒风呼啸的严冬。飒飒,风吹动树木枝叶等发出的声响。突然乐曲转入破声,每一曲,音乐的旋律格外新奇入胜,绝没有重复的感觉。"入破":唐宋大曲专用语。大曲每套十余遍,归入散序、中序、破三大段。入破即为破段第一遍。(白居易《卧听法曲霓裳》诗:"朦胧闲梦初成后,宛转柔

声入破时。"）"始知诸曲不可比，采莲落梅徒聒耳"：采莲，梁武帝作曲名；落梅，即《梅花落》。听了今天琵琶、横笛等合奏的曲子，才知道过去以为佳品的《采莲》《落梅》等只不过是扰耳的噪音。"世人学舞只是舞，恣态岂能得如此"，再看伴随音乐飞起舞的美女，才领悟到一般的人学习跳舞只是舞蹈而已，岂如田使君高堂上的舞女，伴随这美妙的音乐，已人舞乐交融、达至出神入化的境界！

历代写舞女诗多如牛毛。但少有将舞蹈与音乐巧妙结合，相互穿插渗透，相互烘托映衬，将音乐与舞蹈融为一体、一气呵成者。这种诗作，恐怕也只有杜甫的《观公孙大娘弟子舞剑器行》能与之一比。诗中对胡曲胡舞赞赏有加，是盛唐时期南北民族艺术大融合的真实写照。

◇ 梁锽：莫道幽闺书信隔，还衣总是旧时香

梁锽（huáng），唐玄宗天宝中人，曾任宫廷侍卫官（执戟）。梁锽有一首写征人妇喜迎丈夫归来的诗，名为《代征人妻喜夫还》：

> 征夫走马发渔阳，少妇含娇开洞房。千日废台还挂镜，数年尘面再新妆。春风喜出今朝户，明月虚眠昨夜床。莫道幽闺书信隔，还衣总是旧时香。

得知丈夫从渔阳走马归来的消息，望穿双眼的少妇心里乐开了花。她含娇打开久闭的闺房，形同废置的妆台也终于可以挂镜梳妆，久未打理的素面必须涂脂抹粉，让丈夫能记取离别之前的模样。春风与活力将唤醒沉寂的门户，从今日起，少妇将不再对月而眠。因为交通不便，与丈夫很少有书信往来。"还衣总是旧时香"有双重含义：一是丈夫即将归来，少妇思忖觉得还是穿丈夫离别时的衣裳最好，这样可以让丈夫很快记起分别之前的情景，迅速唤起小两口的恩爱；另一层意思是新不如旧，少妇期待丈夫对她的感情还像从前一样真诚而炽烈。

◇ 屈同仙：见人羞不语，回艇入溪藏

屈同仙，生卒年不详，河南洛阳人，历仕千牛兵曹、栎阳尉等。吴越美女是唐代诗人重点关注和纵情讴歌的美女群体。屈同仙的《乌江女》描写江南

吴越美少女的婀娜多姿，其矜持含羞之状跃然纸上：

> 越艳谁家女，朝游江岸傍。青春犹未嫁，红粉旧来娼。锦袖盛朱橘，
> 银钩摘紫房。见人羞不语，回艇入溪藏。

清晨，一位艳丽纤秾的美少女行走在钱塘江边。看她的年龄和身段，似乎处在可观而未嫁之年，看她红润鲜嫩的脸庞，就仿佛旧时娼妓脸上扑了红粉一样。她在岸边采摘红橘紫果，放入漂亮的衣袋，发现有生人过来，连忙含羞转身，快步跃入小船，消失在芙蓉遮掩的清溪深处。

◇ 李白：云想衣裳花想容

李白（701—762）是中国最伟大的浪漫主义诗人之一，有"诗仙"之称，但在女性审美文化史上的地位却不算显赫。李白一生钟情山水明月、交友嗜酒，几乎到无日不饮、无饮不醉的地步。李白生性豪放，恃才傲物，喜动不喜静，加之挥金如土，绝不属于居家过日子的好男人，因而也不怎么讨女人喜欢，他一生经历了四次婚姻，前三次婚姻都不大成功。

李白在美女文学方面贡献不大，但研究唐代美女文学却不能跳过李白。首先，李白的女性审美观念还是较有特色的；第二，李白对女性以色事人的一些反思和警告发人深省；第三，李白描写美女的经典诗句纵然不多，但一句"云想衣裳花想容"，已足可在美女文学长廊占一席之地。

（一）美人如花

作为浪漫主义诗人，李白驾驭语言的能力无可置疑，他能触景生情，点石成金；一个极平常的意境，经他妙笔生花，就能"化腐朽为神奇"，成为胜境。然而，就是这样一位语言大师，在描写和形容千姿百态的美女方面，却显得相当单调，至少从李白的诗作来看，他一生似乎从未认真仔细打量和端详过美女的容颜体态。李白形容女性之美，可谓"惜墨如金"，绝大多数时候只用一个字："花"。如："长相思，在长安。……美人如花隔云端！"（《长相思》）"自怜十五馀，颜色桃花红。"（《长干行》二首）"十五入汉宫，花颜笑春红。"（《怨歌》）"云想衣裳花想容，春风拂槛露华浓。""名花倾国两相欢，长得君王带笑看。"（《清平调词》三首）"西门秦氏女，秀色如琼花。"（《秦女休行》）"美人

在时花满堂,美人去后花馀床。"(《寄远》)"我妓今朝如花月,他妓孤坟荒草寒。"(《东山吟》)"秀色掩今古,荷花羞玉颜。"(《西施》)"新人如花虽可宠,故人似玉犹来重。"(《怨情》)凡此等等。

在李白眼里,娇美可人的女性就像花儿一样美丽。美女如花,娇嫩鲜艳,花季短暂,红颜易逝。背后的潜台词是:男人对娇嫩易折的美女要倍加呵护;女性则要有清醒认识,以色事人,色娇得宠,色衰宠失,绝难长久。

(二)以白为上,有恋足癖

虽然李白的长辈曾有胡地生活的经历,但受汉文化熏陶较深的李白却排斥胡女,钟情汉族女性。皮肤白皙、素手纤足,娇巧玲珑、俏皮活泼、欲笑还羞的吴越美女是李白心中的最爱:"绿条映素手,采桑向城隅。"(《陌上桑》)"素手青条上,红妆白日鲜。"(《子夜吴歌》)"素手抽针冷,那堪把剪刀。"(《子夜吴歌》)"长干吴儿女,眉目艳新月。屐上足如霜,不著鸦头袜。""吴儿多白皙,好为荡舟剧。卖眼掷春心,折花调行客。""东阳素足女,会稽素舸郎。""镜湖水如月,耶溪女似雪。"(《越女词五首》)"玉面耶溪女,青娥红粉妆。一双金齿屐,两足白如霜。"(《浣纱石上女》)

(三)钟情侠女勇妇

李白性格豪放,少年曾研习剑术,一生崇拜任侠勇为的侠客,对有忠肝义胆的侠女特别敬重。天宝年间,东海发生一起勇妇为夫报仇的事件,李白通过《东海有勇妇》一诗,盛赞"捐躯报夫仇,万死不顾生"的勇妇,同时也表达了对杞梁妻(孟姜女原型)、缇萦、赵津女等前代"勇妇"的赞赏和敬爱。李白有《秦女休行》诗曰:

> 西门秦氏女,秀色如琼花。手挥白杨刀,清昼杀雠家。罗袖洒赤血,英声凌紫霞。直上西山去,关吏相邀遮。婿为燕国王,身被诏狱加。犯刑若履虎,不畏落爪牙。素颈未及断,摧眉卧泥沙。金鸡忽放赦,大辟得宽赊。何惭聂政姐,万古共惊嗟。

聂政为春秋战国四大刺客之一。在刺杀侠累之后,因怕连累姐姐聂嫈,以剑自毁其面,挖眼、剖腹自杀。其姊在韩市寻认弟尸,伏尸痛哭,最后撞死在聂政尸前。聂嫈虽未杀人,也不是刺客,但李白仍将其与秦女休并加称赞。

李白还有《秦女卷衣》一诗，称赞忠贞守信的楚昭王妻和临危不惧的汉元帝冯婕妤：

> 天子居未央，妾侍卷衣裳。顾无紫宫宠，敢拂黄金床。水至亦不去，熊来尚可当。微身奉日月，飘若萤之光。愿君采葑菲，无以下体妨。

（四）以色事他人，能得几时好

李白虽不太专注于女性细腻的容颜刻画和姿态描写，却能通过对美女所处环境和人物命运的思考，提炼可资借鉴的人生哲理和历史启示。如《白头吟》写陈阿娇和卓文君两位失意美女：

> 锦水东北流，波荡双鸳鸯。雄巢汉宫树，雌弄秦草芳。宁同万死碎绮翼，不忍云间两分张。此时阿娇正娇妒，独坐长门愁日暮。但愿君恩顾妾深，岂惜黄金买词赋。相如作赋得黄金，丈夫好新多异心。一朝将聘茂陵女，文君因赠白头吟。东流不作西归水，落花辞条羞故林。兔丝固无情，随风任倾倒。谁使女萝枝，而来强萦抱。两草犹一心，人心不如草。莫卷龙须席，从他生网丝。且留琥珀枕，或有梦来时。覆水再收岂满杯，弃妾已去难重回。古来得意不相负，只今惟见青陵台。

李白认为男女之间两情难久是大数定律，"两草犹一心，人心不如草"，"覆水再收岂满杯，弃妾已去难重回"并不奇怪。"古来得意不相负，只今惟见青陵台"句，引用的是晋干宝《搜神记》中韩凭妻忠贞守节的故事（参见本书《比红儿诗》赏析第99首解读）。李白的意思是：韩凭夫妻并非天底下唯一一对两情不负之人，但古来得意而不相负者的确少之又少。

《妾薄命》通过阿娇由"宠极"至"情疏"的过程得出结论：

> 汉帝重阿娇，贮之黄金屋。咳唾落九天，随风生珠玉。宠极爱还歇，妒深情却疏。长门一步地，不肯暂回车。雨落不上天，水覆难再收。君情与妾意，各自东西流。昔日芙蓉花，今成断根草。以色事他人，能得几时好？

花儿与青春同样短暂。红颜易老，昔日芙蓉花，今成断根草。"以色事他人，能得几时好"，说得多好！所有欲以色事人或正以色事人的女性都该因此警醒。然而，在男权当道的封建社会，作为男人附庸的女性，除了以色事人，又能有多少其他的途径"出人头地"呢？

李白借《怨情》一诗劝导世人：

> 新人如花虽可宠，故人似玉犹来重。花性飘扬不自持，玉心皎洁终不
> 移。故人昔新今尚故，还见新人有故时。请看陈后黄金屋，寂寂珠帘生
> 网丝。

李白以花喻新人，而以玉比故人，恐不能一概而论。这里有两层意思，一是劝诫君主不应见新忘旧，"新人如花虽可宠，故人似玉犹来重"；二是告诫新人且不可得意忘形："故人昔新今尚故，还见新人有故时"，以色事人，色艳如花，毕竟短暂。

（五）云想衣裳花想容

李白对赵飞燕、西施、嫦娥等骨感型美女较为欣赏："宫中谁第一？飞燕在昭阳。"（《宫中行乐词八首》）"宁知赵飞燕，夺宠恨无穷。"（《怨歌行》）"自古有秀色，西施与东邻。"（《效古二首》）"莫教明月去，留着醉嫦娥。"（《宫中行乐词八首》）"昔余闻姮娥，窃药驻云发。不自娇玉颜，方希炼金骨。"（《感遇》之三）

李白意向中最令人沉醉的美女图是"美女略有醉态，姿态娇憨、含笑倚栏"："西施醉舞娇无力，笑倚东窗白玉床。"（《口号吴王美人半醉》）"千杯绿酒何辞醉？一面红妆恼杀人。"（《赠段七娘》）"解释春风无限恨，沉香亭北倚阑干。"（《清平调三首》）"楚歌吴语娇不成，似能未能最有情。"（《示金陵子》）

《清平调词三首》是李白的应诏之作。玄宗以"赏名花（牡丹），对妃子"命题，李白饮御酒三觞，一挥而就曰：

> 其一　云想衣裳花想容，春风拂槛露华浓。若非群玉山头见，会向瑶
> 台月下逢。
> 其二　一枝红艳露凝香，云雨巫山枉断肠。借问汉宫谁得似？可怜
> 飞燕倚新妆。
> 其三　名花倾国两相欢，长得君王带笑看。解释春风无限恨，沉香亭
> 北倚阑干。

这三首清平调词，历来有些争议。就字面意义看，第一首，李白把杨贵妃比做玉山王母和月宫嫦娥；第二首将其比作巫山高唐瑶姬及汉宫赵飞燕。赵

飞燕骨感，杨贵妃丰腴，以赵飞燕比杨贵妃似不恰当，但在李白心中，赵飞燕最美，按李白的意思，杨贵妃的雍容华贵堪比汉宫之赵飞燕之轻影蹁跹，都是天下第一。第三首写玄宗皇帝与杨贵妃情深意浓的场景和杨贵妃丰采迷人的姿态。"名花倾国"，以牡丹与倾城倾国的杨贵妃并列。杨贵妃爱酒，好酒的李白认为醉态娇憨的贵妃娘娘斜倚阑干的样子是最美的。（唐代诗人常以醉眼、醉醺等形容女子之美，可见唐时女性饮酒较为普遍。）

"云想衣裳花想容"，虽然并非美女容貌姿态的直接描写，却也写出了人世间万物皆有爱美之心和好美之尚，因为李白，此七字也成为中国古代描写美女的经典名句，镶嵌在美女文化长廊里熠熠生辉。

（六）崇拜谢安，钟情吴越美女

李白说"以色事他人，能有几日好"，又说"好色伤大雅，多为世所讥"，所以他一辈子对美女用情不深。但这并不表明李白不懂风花雪月，一辈子没什么风流韵事和花边新闻。研究李白的学者认为李白一生最风流快乐的时段是他年轻时游历金陵的时候。他有关美女题材的诗作多集中于这一时段。从《杨叛儿》《对酒》《金陵酒肆留别》等诗可以窥见李白当时追逐的是怎样一种花天酒地的侈靡生活。《杨叛儿》诗曰：

> 君歌杨叛儿，妾劝新丰酒。何许最关人？乌啼白门柳。乌啼隐杨花，君醉留妾家。博山炉中沉香火，双烟一气凌紫霞。

《杨叛儿》本北齐时童谣，源于太后与女巫之子杨旻的一段不伦之情。杨叛儿本"杨婆儿"之误，后为乐府诗题及乐曲，多以炽热爱情题材为主。李白《杨叛儿》与童谣本事无关，"君歌杨叛儿，妾劝新丰酒。"讲一对欢会，男女君唱歌妾劝酒，情感融洽。"乌啼隐杨花，君醉留妾家。"归巢之乌已止啼隐憩于柳叶杨花之中，似醉非醉的李白也沉醉于美女的温柔乡了。古词《杨叛儿》有"君作沉水香，侬作博山炉"，言"沉水香"投入"博山炉"之意，李白"博山炉中沉香火，双烟一气凌紫霞"，犹言沉香投入博山炉中，爱情火焰顿时燃烧，产生欲仙欲死、升凌紫霞的"化学反应"（参见本书《比红儿诗》赏析第34首解读）。

李白又有《对酒》一诗曰：

　　　　／ 最 / 美 / 的 / 女 / 人 ／

蒲萄酒，金叵罗，吴姬十五细马驮。青黛画眉红锦靴，道字不正娇唱歌。玳瑁筵中怀里醉，芙蓉帐底奈君何！

金叵罗即金酒杯，细马驮，小巧的骏马。年方十五的吴越美女骑马而来，她青黛画娥眉，玉腿蹬红色锦靴，一口吴侬软语，虽吐音不正，却娇情嗲嗲。豪华盛宴中醉入我怀，芙蓉帐里，今夜自然任君逍遥。

李白《金陵酒肆留别》应是上述《对酒》的姊妹篇：

风吹柳花满店香，吴姬压酒唤客尝。金陵子弟来相送，欲行不行各尽觞。请君试问东流水，别意与之谁短长。

吴姬多情含娇，令李白流连忘返，陶醉其中。后人说他年轻时在金陵最是快乐，原来是与一帮美女打得火热。

李白一生最崇拜东晋宰相谢安。李白诗集中涉及谢安的诗作至少有18首之多。如《忆东山二首》《游谢氏山亭》《登金陵冶城西北谢安墩》《东山吟》等。李白特别憧憬谢安携美妓出游的丰采。年轻的李白到达金陵后，自然也想模仿一下自己的偶像。李白有一首《陌上赠美人》诗写道：

骏马骄行踏落花，垂鞭直拂五云车。美人一笑褰珠箔，遥指红楼是妾家。

这位一笑撩珠帘的美人很容易让人想起自打广告的杭州美妓苏小小。李白又有《赠段七娘》一诗曰：

罗袜凌波生网尘，那能得计访情亲？千杯绿酒何辞醉？一面红妆恼杀人。

有人把这首诗与上一首诗联系起来，指认"遥指红楼"的美人就是这位"红妆恼杀人"的段七娘。

谢安不是携妓出东山么？李白在金陵也找到了这种感觉。李白的东山小妓，就是他笔下的金陵子。李白有《示金陵子》一诗曰：

金陵城东谁家子，窃听琴声碧窗里。落花一片天上来，随人直渡西江水。楚歌吴语娇不成，似能未能最有情。谢公正要东山妓，携手林泉处处行。

李白的这位金陵子可不同凡响，"城东谁家子"，是夸她好比宋玉笔下的东家子，"落花一片天上来"，是形容她宛如天上下凡的仙女。五六两句是形容金陵子娇憨可人的姿态情调。而这位美丽不凡的金陵子，正是李白携手同行的东山妓。

李白有《出妓金陵子呈卢六四首》，是向他朋友卢六夸耀这位东山小妓的，其一曰：

> 安石东山三十春，傲然携妓出风尘。楼中见我金陵子，何似阳台云雨人？

谢安在东山大隐三十年，携美妓过着潇洒风流的隐居生活。卢六你看我画楼中这位金陵子，与宋玉《高唐赋》中描写的巫山神女是不是有得一比呢？

李白对娇美白嫩的吴越美女情有独钟，金陵子应也属此类美女。至于这位金陵子是否就是那位"红妆恼杀人"的段七娘，就不得而知了。

李白又有一首《咏邻女东窗海石榴》，委婉表达了他对邻家女子的爱慕之情：

> 鲁女东窗下，海榴世所稀。珊瑚映绿水，未足比光辉。清香随风发，落日好鸟归。愿为东南枝，低举拂罗衣。无由一攀折，引领望金扉。

李白到底是在咏邻女东窗下的海石榴，还是以海石榴暗喻年轻貌美的邻女？后人分析邻女的可能性更大，进一步认为此人可能是李白的第二任妻子或侍妾。因为这位邻女是普通民女，按照唐律李白只能纳其为妾，这位连姓氏都没有留下的山东姑娘，史料没留下任何记载，只知道她给李白生了个儿子，取名颇黎。

李白诗集中还有几首情调暧昧的作品，据说与婚外情或第三者有关。如《长相思》：

> 美人在时花满堂，美人去后馀空床。床中绣被卷不寝，至今三载闻馀香。香亦竟不灭，人亦竟不来。相思黄叶落，白露湿苍苔。

如果没有真切的生活底色，诗作不会如此活色生香。李白对这位有过情缘的美女颇为在意，时过三年仍念念难忘。日本学者近藤元粹《萤雪轩丛书》评价此诗"婉转缠绵，心绪不尽，读此不肠断，恐是无情薄幸之人"。如果那位美女读到此诗，即便不来赴约，只怕也会感动得流泪。

李白性格豪放，风流倜傥，仗义疏财，文采斐然，但他对付女人却不在行。李白有一首《相逢行》，讲述他面对美女的无奈和"黔驴技穷"：

> 朝骑五花马，谒帝出银台。秀色谁家子，云车珠箔开。金鞭遥指点，玉勒近迟回。夹毂相借问，疑从天上来。蹙入青绮门，当歌共衔杯。衔杯映歌扇，似月云中见。相见不得亲，不如不相见。相见情已深，未语可知心。胡为守空闺，孤眠愁锦衾。锦衾与罗帏，缠绵会有时。春风正澹荡，暮雨来何迟。愿因三青鸟，更报长相思。光景不待人，须臾发成丝。当年失行乐，老去徒伤悲。持此道密意，毋令旷佳期。

这位风度翩翩的美女，雍容华贵，可亲而不可近，可望而不可即。"金鞭遥指点"，是说美女将李白带到了男女幽会的夜总会。两人观看歌舞，举杯豪饮，李白心旌摇荡，约其共赴巫山，美女却婉言拒绝了。李白悻悻然道："相见不得亲，不如不相见。"面也见了，酒也喝了，歌也唱了，却偏偏不让我亲近，这不是耍我？从"胡为守空闺，孤眠愁锦衾"到全诗末尾，李白竭尽诱导之能事，但这位定力超凡的美女，就是不入李白的彀，最终李白只能扫兴而还。后人分析，李白在拜见皇上之后，"出银台"遇到的这位秀色女子，从其坐豪车、熟悉豪华娱乐场所等情景看，可能是某位达官贵人之妻（老公可能是驻外将领），因独守空房、孤独寂寞而常去娱乐场所散心。纵然李白满腹诗才，却难以动摇她坚守的底线。

李白有一首《江上送女道士褚三清游南岳》写道：

> 吴江女道士，头戴莲花巾。霓衣不湿雨，特异阳台云。足下远游履，凌波生素尘。寻仙向南岳，应见魏夫人。

李白一般不怎么认真打量和端详女性，但对这位同道女师妹，则不仅上下打量，还出语挑逗。"霓衣不湿雨，特异阳台云"，"云雨""阳台"在文学中暗喻性事众人皆知，从诗中看，要么李白与这位师妹已有默契，要么就是李白对她有非分之想。（南岳魏夫人，即道教上清派第一代宗师魏华存。道教尊崇西王母、南岳魏夫人、麻姑、何仙姑为四大女神。）

李白《庐江主人妇》一诗曰：

> 孔雀东飞何处栖，庐江小吏仲卿妻。为客裁缝君自见，城乌独宿夜

空啼。

庐江小吏仲卿姓焦，李白可能在向这位庐江主妇暗示什么，"为客裁缝"据说是借用《古诗十九首》中的典故：妻子为客人缝补衣服，丈夫突然回来，很不高兴，客人就唱起歌谣说："在外不容易啊，衣服谁来缝补呢？"意思是我和你妻子的关系是正当的，不用怀疑。"城乌独宿夜空啼"，据张华《禽经注》曰："乌之失雌雄，则夜啼。"照此意思，这位庐江主妇与她的老公已经分离，那么李白留下来干什么呢，难道只是为了补补衣服么？

李白还有一首诗题为《上元夫人》，也让人觉得蹊跷：

> 上元谁夫人，偏得王母娇。嵯峨三角髻，馀发散垂腰。裘披青毛锦，身著赤霜袍。手提嬴女儿，闲与凤吹箫。眉语两自笑，忽然随风飘。

上元夫人是《汉武故事》中出现的人物。但在李白笔下，这位上女仙似乎显得格外休闲，且不那么庄重。你看她梳着时髦的三角髻，秀发披散至腰，披真皮毛锦，着红色长袍，手里拿着一把弄玉经常把玩的玉箫，眉目含情，面容含笑，转瞬之间，嫣然一笑即不知所踪。依李白的描写，这哪里是上界神仙，倒像极了一位娇美顽皮的吴越少女。

◇ 杜甫：一舞剑器动四方

杜甫（712—770）现存诗作千余首，其中涉及女性题材的有100余首，占近十分之一，专写女性的则有30余首。

（一）美人本质，惟白最难

根据杜甫的女性诗，可以描画出他心目中理想的美女形象：云鬓翠眉，如"翠眉萦度曲，云鬓俨分行"（《数陪李梓州泛江，有女乐在诸舫，戏为艳曲二首赠李》）；明眸皓齿，如"青蛾皓齿在楼船"（《城西陂泛舟》）、"明眸皓齿今何在"（《哀江头》）；细腰白肤，如"楚女腰肢亦可怜"（《清明二首》之一）、"平生所娇儿，颜色白似雪"（《北征》）等。

与李白类似，杜甫对细腰肤白的美女情有独钟。在《丽人行》中，杜甫描写的杨氏姐妹"态浓意远淑且真，肌理细腻骨肉匀"；描写自己的妻子"香雾云鬓湿，清辉玉臂寒"（《月夜》）；描写某官员的家妓"愿携王赵两红颜，再骋肌肤如雪练"（《春日戏题恼郝使君》）。

吴越出美女，貌美肤白是典型特征。李白游越地后念念不忘"镜湖（也称鉴湖）水如月，耶溪女如雪"，杜甫也有同感，于壮年回首往事，还不忘吟咏"越女天下白，鉴湖五月凉"（《壮游》），认为皮肤洁白细腻的女子就是素颜也是极美的。

（二）以艺取胜

杜甫高度赞美有高超技艺的美女。其《观公孙大娘弟子舞剑器行》，为中国美女文化园奉献了一位武艺高强的侠女形象：

> 大历二年十月十九日，夔府别驾元持宅，见临颍李十二娘舞剑器，壮其蔚跂，问其所师，曰："余公孙大娘弟子也。"开元三载，余尚童稚，记于郾城观公孙氏舞剑器浑脱，浏漓顿挫，独出冠时，自高头宜春梨园二伎坊内人洎外供奉舞女，晓是舞者，圣文神武皇帝初，公孙一人而已。玉貌锦衣，况余白首，今兹弟子，亦非盛颜。既辨其由来，知波澜莫二，抚事慷慨，聊为《剑器行》。昔者吴人张旭，善草书帖，数常于邺县见公孙大娘舞西河剑器，自此草书长进，豪荡感激，即公孙可知矣。
>
> 昔有佳人公孙氏，一舞剑气动四方。观者如山色沮丧，天地为之久低昂。㸌如羿射九日落，矫如群帝骖龙翔。来如雷霆收震怒，罢如江海凝清光。绛唇珠袖两寂寞，况有弟子传芬芳。临颍美人在白帝，妙舞此曲神扬扬。与余问答既有以，感时抚事增惋伤。先帝侍女八千人，公孙剑器初第一。五十年间似反掌，风尘澒洞昏王室。梨园弟子散如烟，女乐馀姿映寒日。金粟堆前木已拱，瞿唐石城草萧瑟。玳筵急管曲复终，乐极哀来月东出。老夫不知其所往，足茧荒山转愁疾。

公孙大娘善舞剑器的名声天下皆知，人山人海似的"小伙伴们"看她的舞蹈都惊呆了，整个天地好像也在随着她的剑器舞起伏低昂，无法恢复平静，作者因此发出了"先帝侍女八千人，公孙剑器初第一"的赞叹。根据杜甫序言中的记载："开元三载"，即作者6岁时在郾城曾看到公孙大娘舞剑器浑脱的绝技，五十年后仍记忆犹新，在夔州写下此作，可见公孙大娘刚健婀娜的舞姿在作者心中留下了深刻的烙印。

公孙大娘的舞蹈不仅富有观赏性，还兼具特殊功效："昔者吴人张旭，善草书帖，数常于邺县见公孙大娘舞西河剑器，自此草书长进。"看舞蹈可以提升书法，看来不同的艺术之间是互通的。杜甫自幼好学，七岁时已开始吟诗，"七龄思即壮，开口咏凤凰"（《壮游》），估计公孙大娘的舞技对其诗文创作也不无启迪。

除了舞蹈精美绝伦，杜甫作品中的佳人歌唱水平也一级棒，《听杨氏歌》诗云：

> 佳人绝代歌，独立发皓齿。满堂惨不乐，响下清虚里。江城带素月，况乃清夜起。老夫悲暮年，壮士泪如水。玉杯久寂寞，金管迷宫徵。勿云听者疲，愚智心尽死。古来杰出士，岂待一知己。吾闻昔秦青，倾侧天下耳。

"老夫悲暮年，壮士泪如水"，杨氏的悲歌可谓"老少通吃"，把老夫少年感染得一塌糊涂，其艺术魅力可见一斑。

有时艺妓的表演连鱼儿也陶醉了：

> 清江白日落欲尽，复携美人登彩舟。笛声愤怨哀中流，妙舞逶迤夜未休。灯前往往大鱼出，听曲低昂如有求。（《陪王侍御同登东山最高顶宴姚通泉晚携酒泛江》）

美人的演奏太精彩了，以至于水中的大鱼都要浮出水面聆听。

杜甫反映女子才艺的诗作还有诸如"青蛾皓齿在楼船，横笛短箫悲远天"（《城西陂泛舟》）、"湘妃汉女出歌舞，金支翠旗光有无"（《渼陂行》）、"江清歌扇底，野旷舞衣前。玉袖凌风并，金壶隐浪偏。竞将明媚色，偷眼艳阳天"（《数陪李梓州泛江，有女乐在诸舫，戏为艳曲二首赠李》其二）等，皆赏心悦目。

杜甫笔下的歌舞伎大多技艺高超。唐代文人走马章台、倚红偎翠、吟诗作对蔚为成风，但杜甫在开放的唐代绝对属于"好男人"，虽然有时候也被类似李梓州这样的"损友"拉去听歌看舞，但也是"发乎情，止乎礼"，抱着"可远观而不可亵玩"的态度。有时他还认真地规劝朋友不要耽于女色："使君自有妇，莫学野鸳鸯。"（《数陪李梓州泛江，有女乐在诸舫，戏为艳曲二首赠李》其二）与颇多文人将色艺双绝的下层妓女视为玩物不同，杜甫对妓女充满了同情、欣赏与尊重，这在唐代文坛是不多见的。

（三）塑造心灵美的贤妇形象

俗话说："娶妻求贤妇。"何谓"贤"？《辞源》释为"德才兼备"。贤妇兼具外在美与内在美，可遇而不可求，杜甫幸甚，他老婆就是一个标准的贤妻。

杜甫之妻杨氏是司农少卿杨怡之女，二人成婚于开元二十九年，当时杜甫29岁，杨氏19岁。杜甫一生既经历了安史乱前繁荣昌盛的"开元全盛日"，也目睹了安史之乱"流血川原丹"的全过程，除了童年过了几天好日子，一生颠沛坎坷，天宝十五载（756）甚至被安禄山叛军所俘，经历牢狱之灾。但杜甫与杨氏感情融洽，琴瑟和谐，婚后三十年伉俪情深，不离不弃。在杜甫百余首与女子有关的诗中，有约二三十首述及妻子，这与李白乃至晚唐擅长美女题材的温庭筠真有天壤之别。

在杜甫笔下，杨氏温婉可人，有《月夜》为证：

> 今夜鄜州月，闺中只独看。遥怜小儿女，未解忆长安。香雾云鬟湿，清辉玉臂寒。何时倚虚幌，双照泪痕干。

又有《一百五日夜对月》诗曰：

> 无家对寒食，有泪如金波。斫（zhuó）却月中桂，清光应更多。仳（pǐ）离放红蕊，想像嚬（pín）青蛾。牛女漫愁思，秋期犹渡河。

以上两首诗均写于被俘期间，文中写满了对妻子浓浓的思念。云鬟、玉臂、红蕊、青蛾，这些词展示出杨氏的立体美。在"国破山河在"的窘境中，杜甫经常念叨："烽火连三月，家书抵万金。"（《春望》）谁寄来的家书？当然是杨氏。这也从侧面说明杨氏识字能文，有一定的文学功底。

因为战乱频仍，杜甫与妻子聚少离多，经常是杨氏一人独撑门户："世乱怜渠小，家贫仰母慈。"（《遣兴》）面对困难，杨氏总是积极应对：

> 经年至茅屋，妻子衣百结。恸哭松声回，悲泉共幽咽。平生所娇儿，颜色白如雪。见耶背面啼，垢腻脚不袜。床前两小女，补缀才过膝。海图坼波涛，旧绣移曲折。天吴及紫凤，颠倒在裋褐。（《北征》）

妻子的衣服上打满补丁，儿女们的衣服也极不称身，东拆西补，虽然这样，杨氏还是非常尽力地去照顾家人。杜甫对妻子的贤良心存感激，也对出身官宦人家的妻子跟随自己从未享受清福而愧疚，在《奉赠射洪李四丈》诗中杜甫说："万里须十金，妻孥未相保。"在《自阆州领妻子却赴蜀山行三首》中也说："何日干戈尽，飘飘愧老妻。"

杨氏不仅是杜甫的人生伴侣，更是知音。杜甫晚年在成都草堂与妻子有过一段相对安定的时光，《进艇》一诗云：

> 昼引老妻乘小艇，晴看稚子浴清江。俱飞蛱蝶元相逐，并蒂芙蓉本自双。

《江村》诗中说：

> 自去自来堂上燕，相亲相近水中鸥。老妻画纸为棋局，稚子敲针作钓钩。

在其乐融融的场景中，杨氏恢复她作为书香世家小姐的感觉，与丈夫下棋，泛舟，弄文墨棋画，能动能静，又富有情趣。杨氏的温柔贤淑、善解人意、勤俭朴实、深明大义，凝聚了中华传统美德的精髓。得妻如此，夫复何求？

以妻子为标杆，杜甫塑造了几位典型的贤妇，如《石壕吏》中的"老妇"，为了掩护丈夫（"老翁逾墙走"），自己开门应对前来抓丁的官吏。在哭诉哀求都没有效果后，最终只能请求官吏准许自己代替丈夫服役，"急应河阳役，犹得备晨炊"，结果当夜就被带走。这位妇女的自我牺牲精神非常感人。

在杜甫诗中，与妻子杨氏有着相同经历且同样通情达理的女性，当数《新婚别》中那位无姓无名的新妇。嫁给一位即将出征的男人，她有着无尽的不舍和哀怨。但是，经过种种内心的纠结，反复斗争，她还是强忍悲伤，说出了安慰、勉励丈夫的话语："勿为新婚念，努力事戎行"。何其贤惠！

应该说，在杜甫刻画的众多女性形象中，妻子的影子无处不在：佳人的美丽与情致，黄四娘的爽朗，老妇的坚韧，新妇的宽厚……这些人物构成了作者心目中完美的贤妇。

杜甫诗中的女性人物虽少却精，大都令人印象深刻，堪称中国女性文学画廊里的不朽形象。在一个貌似繁荣而女性依旧困惑的"盛世大唐"，杜甫的女性题材诗无疑是一场"及时雨"。他表达了对美色的尊重，对艺妓的理解，对贤妇的颂扬。他对唐代美女文学的贡献，可借用其《春夜喜雨》里的一句诗来形容：

/ 最 / 美 / 的 / 女 / 人 /

随风潜入夜，润物细无声。

◇ 盛唐美女文学研究的主要特点

读施蛰存《盛唐诗馀话》，感觉与美女文学相关的一段话是："初唐诗的面貌是艳丽秾缛，还有齐梁体余风。盛唐诗开始变为秀丽清新。初唐诗的贵族性、宫廷体，在盛唐作品中已逐渐消失。这是由于初唐诗人大多数是朝廷大臣或豪贵子弟。盛唐诗人多数是官位不高的进士，还有一些是像孟浩然那样的潦倒文人。诗人的成分，从封建贵族、官僚地主下降到普通知识分子。这种变化影响到中唐，诗的面貌风格愈加清淡朴素。"施蛰存反复强调说，唐诗的发展与唐朝国势的盛衰并不是完全重合。"盛唐诗"并不等于唐诗的全盛时期，"中唐诗"也不是盛唐诗的衰落现象，甚至唐诗的全盛时期反而应该属于中唐（施蛰存《唐诗百话》第303页）。就美女文学的创作而言，虽然中晚唐时期的特征更容易概括，但盛唐时期的变化也是显而易见的。

何谓盛唐？我们来看诗人杜甫和历史学家郑棨的描述。

杜甫有《忆昔》一诗回忆安史之乱前的开元、天宝盛世：

忆昔开元全盛日，小邑犹藏万家室。稻米流脂粟米白，公私仓廪俱丰实。

九州道路无豺虎，远行不劳吉日出。齐纨鲁缟车班班，男耕女桑不相失。

宫中圣人奏云门，天下朋友皆胶漆。百馀年间未灾变，叔孙礼乐萧何律。

唐末历史学家郑棨《开天传信记》记载了与杜诗类似的情景：

开元初，上励精理道，铲革讹弊，不六七年，天下大治，河清海晏，物殷俗阜。安西诸国，悉平为郡县。自（长安）开远门西行，亘地万余里，入河湟之赋税，左右藏库，财物山积，不可胜较。四方丰稔，百姓殷富，管户一千余万，米一斗三四文，丁壮之人，不识兵器。路不拾遗，行者不囊粮。

河清海晏，物殷俗阜，路不拾遗，行者不囊粮，丁壮之人不识兵器，远行不劳吉日出，天下朋友皆胶漆，这是多么令人向往的时代，有时候真的令人怀疑，这种世外桃源般的仙境，究竟是否真实存在过！

相对经济的繁盛，盛唐时期文化的繁荣与多元，社会的开放与包容，更是令今人怀想。

晚唐作家薛用弱《集异记》中的《旗亭画壁》，是后人反复引证的经典案例："开元中，诗人王昌龄、高适、王之涣齐名。时风尘未偶，而游处略同。"旗亭，酒楼、酒家筑亭道旁，挑旗门前招徕食客，故称旗亭；画壁，即在酒楼的墙壁上刻字画记号；风尘，艰辛；未偶，未遇；风尘未偶，指尚未发迹。三人意气相投，所以结伴而行。

冬季的一个雪天，三人结伴到酒楼小酌，玩赏雪景。刚坐下没喝几杯，就见有梨园伶官十数人说笑着上楼来，招呼酒家点菜摆酒。三位诗人和伶官们并不相识，见他们人多，就移座到酒楼一隅，拥着炉火观看。片刻之后，又有四位衣着艳丽、年轻貌美的歌伎上楼来。乐人们聚到一起宴饮，猜拳行令、莺歌燕舞是必然之事。酒菜还没摆上，琴瑟已经响起，演奏的都是当代诗人的名作。王昌龄举杯对高适、王之涣说："咱们三人都享有诗名，自己很难定出谁高谁低。不如今天就以这些歌女来做评判。谁的诗作演唱次数最多，就算优胜。"高适、王之涣笑着点头，表示同意。

开唱后不一会儿，就见一位伶人抃节唱道："寒雨连江夜入吴，平明送客楚山孤。洛阳亲友如相问，一片冰心在玉壶。"（王昌龄诗）

王昌龄立即用泥块在墙壁上横画一笔，得意地说："一绝句。"

又过一会儿，后进门的歌伎中一人起身唱道："开箧泪沾臆，见君前日书。夜台何寂寞，犹是子云居。"（高适诗）

高适也伸手在墙壁上画上一横，翘着拇指说："是我一绝句。"

接下来，又一伶官起身唱道："奉帚平明金殿开，且将团扇共徘徊。玉颜不及寒鸦色，犹带昭阳日影来。"（王昌龄乐府诗）

王昌龄瞟王之涣一眼，又引手在壁上一画："一乐府。"

王之涣自以为久有诗名，并不在意，笑着对王昌龄、高适说："适才几个不过是些失意的过气歌手，所唱的都是些下里巴人的俗曲，那些高雅的阳春白雪之类的曲子，她们是唱不出的。"随后手指众歌女中一位穿紫衣、最为靓丽的歌女说："这位美女待会儿所唱的曲子，要不是我的诗作，我就自此认输，永不再和你们争高下了。但若唱的是我的诗，你俩须得跪在我面前，拜我为师。"

三人笑着等待那位歌女出场。过一会儿，奇迹真的出现了：那位身穿紫衣的美女款款出列，嫣然唱道："黄河远上白云间，一片孤城万仞山，羌笛何须怨杨柳，春风不度玉门关。"（王之涣诗）

高适、王昌龄面面相觑，王之涣于是翘起拇指，得意地对两人说："嗨，乡下佬，我没有胡说吧！"

三人仰脸大笑，笑得最开怀的当然是王之涣了。一旁的歌女们不知三人为何发笑，纷纷把目光转向他们。王昌龄于是起身将事情的原委托出。众歌女巧遇三位诗人，惊喜莫名，纷纷谢罪。穿紫衣的歌女俯首道："我等真是俗眼不识神仙，三位高人切勿见怪。不如大家并为一席，尽兴而欢如何？"三位诗人欣然从之。这场酒会一直持续到次日午后，众皆大醉。

"旗亭画壁"的故事至少提供了三个方面的重要信息：一是当时诗人的社会地位较高，尤其受到音乐界追捧。王之涣、王昌龄、高适因诗作流传于梨园教坊，盛名遍于天下，又因其诗歌的豪迈唱出盛唐之音，得到歌舞乐伎的欢迎与敬重。二是绝大多数唐诗是可以直接入歌的。唐诗可歌，便于唐诗的流传、记载和保存，从而推动了诗歌的创作和音乐繁荣。第三，也是令人印象最深刻的，是当时社会的自由度，尤其是男女之间的开放度。

盛唐经济高度发达，与之对应的是文化的多元、开放和包容。当时长安是全世界最繁华的都市之一，美女密度有如现代美国的好莱坞。长安平康坊是当时著名的红灯区，也是长安名流士子聚焦之地。每当科举考试发榜，新进士们"春风得意马蹄疾，一日看尽长安花"，成群结队拥向平康里，向各家妓院投送写有自己名字的大红笺纸。妓女们也引以为荣，争相邀请新晋进士入内，奉为上宾。一些大胆风流的进士甚至邀约美妓乘车招摇过市，周游名园，到了中意的风景区便停车下马，在花丛中铺开茵褥，脱去衣帽，饮酒嬉笑，喧呼之声不绝于耳，时人称之"颠饮"。这种癫狂的行为不仅不受舆论谴责，反而为世人传颂仿效。每到春季，长安的士大夫官吏往往携带眷属甚至妓女，乘车骑马到郊外名胜旅游，遇见风景绝佳处，或有名花异卉，则就地铺设座席，脱下裙裳挂在旁边的树枝上作为临时帷幕，然后尽情欢饮嬉乐，路人经过，也不以为怪（谢元鲁：《天宝十四载：盛世终结与李杨情变》，济南出版社，2002年10月版，第65页）。

刘达临说：一个国家、社会越繁荣富强，社会越安定，统治者越有信心，民众自由度包括性自由度就越大；反之，社会越衰退，社会越不稳定，天灾人祸，民变蜂起，统治者惶惶不可终日，就越是钳制民众，民众的自由度包括性自由度就越小。这是古今中外一条颠扑不破的社会发展规律。唐代之所以开放，因为它富强；宋以降所以实行性禁锢，因为中国封建社会已由盛转衰，走下坡路（刘达临、胡宏霞：《云雨阴阳：中国性文化象征》，四川人民出版社，2005 年 5 月版，第 117—118 页）。在盛唐开放氛围下的美女文学，自然而然与初唐时期大不一样。虽然就总体而言，在整个男权社会，女性始终处于从属和被奴役的地位，但比较而言，唐朝尤其是盛唐时期的女性自由度、自主性要远高于其他历史时期。

以本节所摘录的唐诗为例，无论是梁锽笔下喜迎丈夫归来、满心喜悦的征人妇，还是屈同仙笔下躲入船舱满脸羞涩的吴越少女，传递的无不是愉悦欢欣的快感。即便是崔颢笔下人老珠黄、沦落回乡的邯郸宫女，也并不怨天尤人，而是自我宽慰说："念此翻覆复何道，百年盛衰谁能保？""非我今日独如此，古今歇薄皆共然。"崔颢笔下的那位王家少妇虽已嫁为人妻，其年少贪玩的童心仍然未泯（"度日不成妆"）；王昌龄《闺怨》中的少妇面对窗外杨柳色发出"悔教夫婿觅封侯"的感叹，说明她在丈夫前程选择上拥有一定的发言权。从前一向自怨自艾的王昭君，到了储光羲的笔下也一反常态，主动融入了匈奴族的生活之中。至于万楚笔下的"茱萸女"，虽是民间小女子，却是性格泼辣，落落大方，面对侠客和行人的挑逗，以"蛾眉自有主，年少莫踟蹰"予以果敢坚决的回应。

盛唐时期女性的从容与自信，也可以从题为杜甫或张祜的七言绝句《集灵台·其二》中得到印证：

> 虢国夫人承主恩，平明上马入宫门。却嫌脂粉污颜色，淡扫蛾眉朝至尊。

黎明时分，虢国夫人骑马前往宫中朝见天子。纵然是轻描淡写甚而素面朝天，也是一脸的自信。这就是典型的盛唐美女，与此前完全不同。古龙说：男人一生有一半的时间在等女人穿衣服。看来即便是在现代，素面出镜对讲究美颜的女人来说，仍然是一件困难的事情。

三、中唐时期的诗歌创作

王启兴《校编新唐诗》将唐代宗大历元年至穆宗长庆四年（766—824）称之为中唐时期。这一时期美女文学创作成果最丰者非白居易莫属。除白氏之外，元稹、张祜、刘禹锡、李贺、王建等人的美女文学创作成果也不容忽视。

◇ 皎然：禅心竟不起，还捧旧花归

据称刘长卿（生卒年不详）、朱放（773年在世）、陆羽（约733—约804）、皎然（730—799）与风流美才女李冶（字季兰）皆有交往。刘长卿谪居南方时，气候潮湿，患了严重的疝气，回长安后，病情加重，当时医疗条件有限，刘长卿为了生活方便，只得用布兜托起阴囊，以稍稍减轻痛苦。一日大家在宴会上诗谈论对，言笑无忌，李季兰竟大胆诙谐地问刘长卿说："山气日夕佳？""疝气日夕佳"本是陶渊明的诗句（《饮酒》其五）。她是借"山气"含蓄问候刘长卿的疝气病好些没？刘长卿略微一怔，也用陶渊明的诗回答说："众鸟欣有托。"（《读山海经·其一》）大家哄堂大笑。

李季兰对皎然有意，以《结素鱼贻友人》诗相赠：

> 尺素如残雪，结为双鲤鱼。欲知心里事，看取腹中书。

皎然沉思良久，觉得不可造次，遂回以《答李季兰》一诗：

> 天女来相试，将花欲染衣。禅心竟不起，还捧旧花归。

李季兰最终叹曰："禅心已如沾泥絮，不随东风任意飞。"李季兰与陆羽的感情未曾间断，但二人碍于身份，不能婚嫁，只能互为知己。

◇ 李益：早知潮有信，嫁与弄潮儿

传奇小说《霍小玉传》记载了李益（746—829）负心薄幸、辜负妓女霍小玉的故事，作者蒋防是唐宪宗时期的人，当时李益还活在世上，造谣的可能性不大。李益以边塞诗作出名，擅长绝句，尤其是七言绝句。不过，他咏女性题材的名篇《江南词》，则是一首五言绝句：

> 嫁得瞿塘贾，朝朝误妾期。早知潮有信，嫁与弄潮儿。

只用二十字，就将闺中怨妇无可奈何的孤寂心情渲染得淋漓尽致。

◇ 王建：扫眉才子知多少，管领春风总不如

王建（765—830）作《宫词》100首，突破前人抒写宫怨窠臼，广泛描绘宫中生态，特别是宫女生活，是研究唐代宫廷生活的重要参考。以下是王建100首《宫词》中的第80首：

> 舞来汗湿罗衣彻，楼上人扶下玉梯。归到院中重洗面，金花盆里泼银泥。

北宋欧阳修《六一诗话》评价王建的《宫词》"多言唐宫禁中事，皆史传小说所不载者"。但作品多以白描形式直观呈现，思想性平平，其影响力远不如晚唐罗虬的《比红儿诗》100首。

王建《寄蜀中薛涛校书》一诗较为有名：

> 万里桥边女校书，枇杷花里闭门居。扫眉才子于今少，管领春风总不如！

从此之后，枇杷巷、女校书、校书等成为妓院、娼妓的代名词，"扫眉才子"被用以形容有才气的女子。

◇ 韩愈：还有小园桃李在，留花不发待郎归

韩愈（768—824）养有两个侍妾，一名绛桃、一名柳枝，皆能歌善舞，时常为韩愈诗酒助兴，韩愈非常得意，曾作《感春诗》说：

> 娇童为我歌，哀响跨筝笛。艳姬蹋筵舞，清昳刺剑戟。

唐穆宗时，藩镇军阀王庭凑叛乱，时任兵部侍郎的韩愈奉命前往安抚，走到寿阳，思念起家中二妾，作《夕次寿阳驿题吴郎中诗后》绝句云：

> 风光欲动别长安，春半城边特地寒。不见园花兼巷柳，马头惟有月团团。

韩愈思念侍妾，侍妾却不想他，特别是柳枝，不甘心长期陪伴一个糟老头子，趁韩愈不在家，毅然跳墙逃走，不久被追获。韩愈返归家中，听说此事，

作《镇州初归》诗曰：

> 别来杨柳街头树，摆弄春风只欲飞。还有小园桃李在，留花不发待
> 郎归。

从此专宠绛桃，疏远柳枝。韩愈死后，门生张籍在《哭退之诗》中特别提
到韩愈的风流生活：

> 中秋十五夜，圆魄天差清。为出二侍女，合弹琵琶筝。

◇ 刘禹锡：如何将此千行泪，更洒湘江斑竹枝

刘禹锡（约772—842）现存诗作700多首，涉及女性题材较著名的约15
首。据孟棨《本事诗·情感第一》：刘禹锡罢和州刺史回京，拜主客郎中、集
贤学士。司空李坤罢镇在京，仰慕刘禹锡的名声，在家中宴请刘禹锡。酒至半
酣，李坤命妙妓出场献歌。刘禹锡于席上赋《赠李司空妓》诗曰：

> 高髻云鬟宫样妆，春风一曲杜韦娘。司空见惯浑闲事，断尽苏州刺
> 史肠。

杜韦娘当然既不姓杜，也不叫韦娘，只是有品位、有级别的大户人家歌伎
的通称（关于"杜韦"的解释，参见本书《比红儿诗》赏析第2首解读）。

李坤微微含笑，当即以妓赠之。成语"司空见惯"典出于此（此诗一作《禹
锡赴吴台》，见载于范摅《云溪友议》）。

刘禹锡最著名的女性题材诗为《泰娘歌》，诗前附小引曰：

> 泰娘本韦尚书有主讴者。初，尚书为吴郡，得之，命乐工诲之琵琶，
> 使之歌且舞。无几何，尽得其术。居一二岁，携之以归京师。京师多新
> 声善工，于是又捐去故技，以新声度曲。而泰娘名字，往往见称于贵游之
> 间。元和初，尚书薨于东京，泰娘出居民间。久之，为蕲州刺史张愻所得。
> 其后愻坐事，谪居武陵郡。愻卒，泰娘无所归。地荒且远，无有能知其容
> 与艺者。故日抱乐器而哭，其音焦杀以悲。雒客闻之，为歌其事以续于乐
> 府云。

韦尚书，韦夏卿；讴者，歌女；吴郡，苏州；新声，新歌曲；善工，优秀乐师；
蕲州，今湖北蕲春；张愻，新唐书称其为"轻薄子"；武陵郡，即朗州；焦杀，

声音急促；雒客，雒，古通"洛"，刘禹锡自称。意思是泰娘本韦尚书家歌妓，于苏州任上所得，命乐工教她琵琶与歌舞。泰娘悟性高，很快就学会了。后韦氏应诏入朝，携泰娘随行。泰娘在京城很快脱胎换骨，成为社交场合的红妓。元和初韦夏卿病逝，泰娘被"轻薄子"蕲州刺史张愻所得。后张愻因事贬朗州，泰娘也跟到武陵。张愻病死，泰娘再次失去依靠。武陵不比京洛，荒远偏僻，谁会在意泰娘昔日的名声，谁有兴趣欣赏她的容颜和才华？泰娘每天只能怀抱琵琶哭泣。刘禹锡曾在韦尚书府上见过泰娘，于是写下这篇歌行，以供乐府采歌者备选。全诗如下：

> 泰娘家本阊门西，门前绿水环金堤。有时妆成好天气，走上皋桥折花戏。风流太守韦尚书，路傍忽见停隼旗。斗量明珠鸟传意，绀幰迎入专城居。长鬟如云衣似雾，锦茵罗荐承轻步。舞学惊鸿水榭春，歌传上客兰堂暮。从郎西入帝城中，贵游簪组香帘栊。低鬟缓视抱明月，纤指破拨生胡风。繁华一旦有消歇，题剑无光履声绝。洛阳旧宅生草莱，杜陵萧萧松柏哀。妆奁虫网厚如茧，博山炉侧倾寒灰。蕲州刺史张公子，白马新到铜驼里。自言买笑掷黄金，月堕云中从此始。安知鹏鸟座隅飞，寂寞旅魂招不归。秦嘉镜有前时结，韩寿香销故箧衣。山城少人江水碧，断雁哀猿风雨夕。朱弦已绝为知音，云鬟未秋私自惜。举目风烟非旧时，梦寻归路多参差。如何将此千行泪，更洒湘江斑竹枝！

全诗分为三个层次：开始至"纤指破拨生胡风"为第一部分，重点介绍泰娘籍贯、出身以及如何被韦夏卿看中并以高价购得。泰娘出身苏州，是在皋桥玩耍时被韦氏看中的。"斗量明珠"，典出《岭表录异》，引西晋石崇购绿珠事。"绀幰"（音 gàn xiǎn），有帏的车子；"专城居"以下，讲泰娘在韦宅受宠及为"主讴"者的风光。第二部分从"繁华一旦有消歇"至"韩寿香销故箧衣"，写韦夏卿死后泰娘为生性风流的张愻所得。"月堕云中"，意泰娘转随张愻如月堕云中，每况愈下。张愻虽乃"轻薄子"，但泰娘总算还有所依托，张愻一死，泰娘就仿佛秦嘉镜碎、韩寿香销，完全失去了依靠。第三部分写泰娘流浪武陵的惨境。山城偏僻缺乏人气，失去依靠的泰娘就像风雨黄昏的孤雁哀猿，没有知音，琴弦断绝，光阴流逝，十分担心就此老去。举目四眺，物是人非，想回到苏州也困难重重。泰娘终日以泪洗面，就仿佛当年相对恸哭的娥皇女英，泪水洒入湘江，打湿了斑竹。

身为女性在封建社会已属不幸,有美颜沦为歌妓者大多下场悲惨。同是天涯沦落人。有人说刘禹锡出于同情收留了泰娘,让她帮助照料年迈的老母、病中的妻子和两位幼子。泰娘属意刘禹锡,但刘禹锡考虑她曾是上司的歌妓,终未答应。在连州刺史任上,刘禹锡托广州刺史马总送泰娘回苏州老家。后刘禹锡任苏州刺史时,还与泰娘再次相遇。据说其《别苏州二首》之二"流水阊门外,秋风吹柳条。从来送客处,今日自魂销",就是为悼念去世的泰娘所作。(刘禹锡与白居易同年而生,刘禹锡因诗扬名较白居易为早。《泰娘歌》创作于元和八年即公元813年,于朗州迅速传遍大江南北。元和十一年即公元816年,白居易的《琵琶行》横空出世,风头迅速盖过了《泰娘歌》。)

◇ 李绅:还似钱塘苏小小,只应回首是卿卿

李绅(772—846)是中唐最为活跃的诗人之一,与白居易、元稹、刘禹锡等皆有诗歌赠答。元稹创作《莺莺传》,自称受李绅鼓动,李绅曾作长篇歌行《莺莺歌》相配合(参见本书《比红儿诗》赏析第93首解读)。

当时真娘的故事在吴中流传,真娘墓据说为白居易任苏州刺史时所建。李绅有《真娘墓》一首并附小引曰:

> 吴之妓人歌舞有名者,死葬于吴武丘寺前,吴中少年从其志也。墓多花草,以满其上。嘉兴县前亦有吴妓人苏小小墓,风雨之夕,或闻其上有歌吹之音。

> 一株繁艳春城尽,双树慈门忍草生。愁态自随风烛灭,爱心难逐雨花轻。黛消波月空蟾影,歌息梁尘有梵声。还似钱塘苏小小,祇应回首是卿卿。

苏小小墓今在西湖。传小小死后芳魂不散,往往于花间出现,即李绅所说"风雨之夕,或闻其上有歌吹之音"。南宋初何薳《春渚纪闻》载司马槱与苏小小发生人鬼之恋的故事,极有可能从李绅此诗敷衍而来。(传真娘死后其魂魄附于茉莉花,故茉莉花又称"香魂"。)

李绅为人大度热心。孟棨《本事诗·情感第一》载有他与张又新类似于刘禹锡"司空见惯"的故事。据说张又新做官时与李绅有隙,罢官还乡后担心李绅报复,于是写长信致歉,请求和解,李绅冰释前嫌,经常与张又新一起欢

饮。张郎中曾经做过广陵从事，与一位风尘女子要好，相爱而不成眷属。二十年后，在李绅家喝酒，恰好相逢。四目相对，泪将欲下。李绅去换衣服，张郎中用手指蘸酒，写词于木盘，让女子记住。李绅返回，张郎中端着酒杯发愁。李绅感觉气氛不对，就叫女子唱歌佐酒。女子便唱出张郎中刚写的诗：

> 云雨分飞二十年，当时求梦不曾眠。今来头白重相见，还上襄王玳瑁筵。

张郎中喝得大醉，李绅让歌伎随他一同归去。

◇ 于鹄：秦女窥人不解羞，攀花趁蝶出墙头

于鹄，约唐代宗大历年间至德宗贞元年间前后在世。他有一首《题美人》诗颇有意思：

> 秦女窥人不解羞，攀花趁蝶出墙头。胸前空带宜男草，嫁得萧郎爱远游。

秦女弄玉是典型的西北美女，绝不像江南美女有许多礼教束缚和腼腆，她们追求男人与个人幸福之大胆，绝对令南方美女为之瞠目咋舌。

◇ 崔郊：侯门一入深如海，从此萧郎是路人

元和年间，秀才崔郊（生卒年不详）与他姑母的一名贴身女婢私通。女婢生得姿容端秀，能歌善舞，是汉南最为出色的女子。崔郊的姑姑家境不好，无奈将此婢卖给了显贵于頔（也称"连帅"），于頔非常喜欢这个婢女，给钱四十万枚，备加宠爱。崔郊对这名女婢思念不已，常于连帅大宅外流连，盼期能见她一面。寒食节这天，婢女偶然出门，崔郊等在柳树下，两人相见，饮泣不已，发誓终生相爱。崔郊作《赠婢》诗曰：

> 公子王孙逐后尘，绿珠垂泪滴罗巾。侯门一入深如海，从此萧郎是路人。

崔郊与女婢相拥而泣的事恰好被人撞见，有好事者将崔郊的诗抄好放到于頔座上。于頔看到诗作，叫人把崔郊召到府上，左右的人猜不出他的用意，崔郊也提心吊胆，但也无处逃遁。等见到于頔，连帅竟上前握住他的手说："侯

漢皇曾識許飛瓊，寫向人間作畫屏。昨日緋兒花下見，大都相似矣娉婷

宫女們的美貌大都是描眉畫目的結果，紅兒才是真正的素顏美人

门一入深如海，从此萧郎是路人，便出自你手么？四十万只是一笔小钱哪里抵得上你这首诗呢，你应该早一些写信告诉我啊！"当即叫出女婢，让两个有情人一起归去，并且赠送了很丰厚的妆奁，诗坛传为佳话。

于頔，河南洛阳人，元和九年官至宰相；"公子王孙逐后尘，绿珠垂泪滴罗巾"，上句用侧面烘托手法，即通过"公子王孙"的争相追逐，间接描写女婢出众的美貌；下句以"垂泪滴罗巾"表现女子内心的痛楚。绿珠，本石崇爱妾，此处暗用王维咏《息夫人》故事。侯门深似海，不要说相见难，即便相见，也只能形同陌路。此诗既写出男权社会身为弱女子的不幸，也生动刻画出心爱的人被劫夺的哀痛，诗作并没有直斥只顾个人好恶的侯门贵族、公子王孙，但其中流露出弱者的哀怨和绝望，却更能唤起读者的同情。连身为王侯的连帅也爱不释手，该诗的感染力就可想而知了。

诗写得好，碰上爱才"轻色"的连帅，崔郊不仅赢回了爱情，附带还赚得一大堆的"帏幄奁匣"，这就是卓有诗才的妙处（参见范摅《云溪友议》《太平广记》卷第177《于頔》《全唐诗话》卷四《崔郊》）。

◇ 郑还古：不堪金谷水，横过坠楼前

郑还古（生卒年不详），元和初进士及第，寓居东都洛阳，与柳尚将军同巷。郑氏调西都长安，柳氏设宴饯行，出家妓歌乐助兴。内有一妓，容颜娇美，有绕梁之音，郑氏眷恋不已。柳尚笑道："此女姓沈名真真，本良家女，颇能文辞。请即席赋诗，以定情好。若有好诗，即当送贺。"郑还古欣然赋诗《赠柳氏妓》云：

> 冶艳出神仙，歌声胜管弦。词轻白纻曲，歌遏碧云天。未拟生裴秀，何妨乞郑玄？不堪金谷水，横过坠楼前。

柳尚大喜，令真真上前拜谢，当晚大醉尽欢，与真真一夜缠绵。郑还古至京，除国子博士。柳尚得知，即送真真赴约。真真到达嘉祥驿，突闻噩耗，称郑还古已病逝于西都。柳尚嗟叹不已，遂使真真别居。真真竟为郑还古守节终身。

冶艳出神仙，是赞美真真的容颜胜似仙女；歌声胜管弦，是赞美真真的甜美嗓音。白纻曲，摹写男女情爱的词曲，魏晋梁陈时盛行。裴秀，魏晋时大臣，

著名地图学家；郑玄，东汉末年的经学大师。裴秀、郑玄皆神童。金谷水，坠楼前，用西晋绿珠典故。大意是，这儿没有裴秀，郑玄也还不错。我会像石崇一样疼爱你，你也当会有绿珠般的忠贞。作者姓郑，因而以郑玄自比。

◇ 柳公权：今朝却得君王顾，重入椒房拭泪痕

柳公权（778—865），京兆华元人。据《太平广记·卷第一百七十四·俊辩二》：唐武宗长时间对宫中一名女官生气，后来把她召来，对柳公权说："朕对这个人很不满意，如果能得到学士你的一篇作品，朕就不怪罪她了。"于是把御案上的几十张蜀郡产的纸递给他。柳公权不假思索，立即草成一首绝句：

> 不分前时忤主恩，已甘寂寞守长门。今朝却得君王顾，重入椒房拭泪痕。

武帝非常高兴，当即赏赐给柳公权二百匹锦缎，并命女官上前拜谢。想必武宗并非真的动怒，而是又爱又恨，且爱的成分多些，有点类似于玄宗对杨贵妃；否则以万乘之主，办一名女官还不是分分钟？皇上要给自己找台阶下，当然要找有真才实学的人，否则这场戏就演砸了。柳公此时已年近古稀，能替这位有个性的宫嫔说情，且给足了武宗面子，难怪武帝要给予厚赏了。不分，不计较；长门，汉宫名，汉武帝时失宠皇后陈阿娇居此；椒房，后宫。

诗能惹祸，譬如刘禹锡那首《元和十年自朗州承召至京戏赠看花诸君子》；诗也能替人解危救命，譬如柳公权的这首应制诗。

◇ 崔涯：嫦娥一入月中去，巫峡千秋空白云

唐范摅《云溪友议》中载有一则故事，是文人如何捧红美女的经典案例。

崔涯（生卒年不详）是吴越一带人，狂放不羁，才思敏捷，与张祜齐名。他常在妓院题诗，诗成之后，被人四处传诵。哪个妓女被她赞美，门前便络绎不绝；倘若遭他贬损，下场就相当悲惨。妓女们见到他，就像老鼠见到猫，个个小心翼翼，卖力讨他欢心。他曾经嘲笑一位妓女：

> 虽得苏方木，犹贪玳瑁皮。怀胎十个月，生下昆仑儿。

又云：

／最／美／的／女／人／

布袍披袄火烧毡，纸补筀簇麻接弦。更着一双皮屐子，纥梯纥榻出门前。

有个妓女名叫李端端，崔涯看她不顺眼，就写诗嘲笑她说：

黄昏不语不知行，鼻似烟窗耳似铛。独把象牙梳插鬓，昆仑山上月初明。

诗中把李端端写得没个人样。眼睛暗淡无光，鼻孔黑洞洞的像两个大烟囱，招风耳如同铃铛，当她把象牙梳子插在发鬓上时，就像黑糊糊的昆仑山上挂着一弯月牙似的。

李端端因为这首诗，从此门可罗雀，衣食也难以为继。只好求上门去，拜倒在崔涯、张祐脚前，含泪乞求说："端端只侍侯三郎六郎，求两位大人开恩。"崔涯见状，动了恻隐之心，当即挥毫，重赠一首绝句云：

觅得黄骝鞍绣鞍，善和坊里取端端。扬州近日浑成差，一朵能行白牡丹。

诗中人快马加鞭，急着要去会见端端。端端再不是黑乎乎的昆仑奴，转眼间变成高贵典雅的白牡丹了。崔涯诗一出，扬州城的富商大贾果然争先恐后往端端家跑。有人因之嘲笑说："李家娘子才出墨池，便登雪岭，为啥一日之间，竟如此黑白不均？"

崔涯狂放不羁的个性令歌伎美女恐惧，他的岳父大人却不买账。崔涯的岳丈是扬州府高级军官，因崔涯在诗坛上颇有名气，就把女儿嫁给她，还贴给他不少钱财。但崔涯以自己在诗坛上的名气，并不把这位行伍出生的岳父大人放在眼里，对岳父只称"雍老"，不以敬语相尊。"雍老"忍无可忍，终于发作，某日叫来女儿女婿，手持宝剑，指着崔涯喝道："某河朔之人，惟袭弓马，养女合嫁军门，徒慕士流之德，小女违公，不可别醮，便令出家。汝若不从，吾当挥剑！"当时就勒令女儿削发为尼。这下轮到崔涯跪下求饶了。但无论他怎样哀求，"雍老"终不为所动。无奈之下，崔涯只好继续发挥专长，以一首《别佳人》与妻子告别：

垄上流泉垄下分，断肠鸣咽不堪闻。嫦娥一入月中去，巫峡千秋空白云。

崔涯身边美女如云，痛苦只是暂时的。况且妻儿在他心目中的地位，也高不到哪儿去，这有《侠士诗》一首为证：

> 太行岭上二尺雪，崔涯袖中三尺铁。一朝若遇有心人，出门便与妻儿别。

◇ 殷尧藩：姑苏太守青娥女，流落长沙舞柘枝

韦应物《滁州西涧》中的诗句"春潮带雨晚来急，野渡无人舟自横"今人耳熟能详。他一生大部分时间为地方官吏，因而能体察民情。他常反躬自责，"身多疾病思田里，邑有流亡愧俸钱"是他晚年任苏州刺史时写给朋友的诗句。苏州刺史届满，韦应物未得到新的任命。他一贫如洗，居然无路资回京候选，寄居于苏州无定寺，未久客死他乡，享年56岁。他的小女儿韦芳因而沦为歌妓，被生前好友殷尧藩（780—855）以《潭州席上赠舞柘枝妓》记录下来：

> 姑苏太守青娥女，流落长沙舞柘枝。坐满绣衣皆不识，可怜红脸泪双垂。

殷尧藩浙江嘉兴人，约唐文宗太和初年前后在世。性爱山水。尝曰"一日不见山水，便觉胸次尘土堆积，急需以酒浇之"。殷氏与韦应物为莫逆之交，元和中进士及第后入长沙李翱幕府。据范摅《云溪友议》记载：文宗年间，湖南潭州名妓韦芳，年14岁，将"柘枝舞"跳得宛若天仙。一次，潭州刺史李翱与殷尧藩等宴饮，韦芳奉召佐兴。韦芳舞技超群，却面色忧悴。殷尧藩宴中赠诗，李翱惊问其故，始知其为韦应物之女，因父母早逝，无依为靠，被人骗卖入青楼。韦芳含泪道："妾以昆弟夭丧，无以从人，委身于乐部，耻辱先人。"言罢涕咽，情不能堪。李翱与韦应物为同科进士，当即解囊助韦芳脱籍从良。据说经李翱、殷氏介绍，韦芳最终找到好的归宿。

◇ 韦应物：别离在今晨，见尔当何秋

韦应物（生卒年不详）的故事看来是真实的。据说他很早就死了老婆，自己把两个女儿拉扯大。大女儿出嫁之前，韦应物曾经写了一首嫁女诗，名为《送杨氏女》：

/ 最 / 美 / 的 / 女 / 人 /

永日方戚戚，出门复悠悠。女子今有行，大江溯轻舟。尔辈况无恃，抚念益慈柔。幼为长所育，两别泣不休。对此结中肠，义往难复留。自小阙内训，事姑贻我忧。赖兹托令门，仁恤庶无尤。贫俭诚所尚，资从岂待周！孝恭遵妇道，容止顺其猷。别离在今晨，见尔当何秋？居闲始自遣，临感忽难收。归来视幼女，零泪缘缨流。

女儿你就要出嫁，乘轻舟溯江远去。你从小失去母亲，是我把你和妹妹一起拉扯成人。女儿长大不容强留，但你自小缺少母教，我很担忧你伺候姑婆不周，令我欣慰的是把你托付给了贤良人家。韦家清贫，崇尚节俭，嫁妆纵然不丰，但你能遵守妇道、孝敬公婆，一定能得婆家的信任。今朝分别不知何时才能再见。平时这种愁绪还能排遣，临别之时真是悲伤难抑。送你上船归来，看到身边的小女儿，眼泪不自觉地又流了下来。

在文人士子普遍风流成性的中晚唐时期，满腹才学的韦应物竟然没有一首咏妓诗，能够与女性沾边的只有《萼绿华歌》《王母歌》《鼋头山神女歌》《送宫人入道》四首修仙诗，后一首经考证还是张萧远的作品。缺少风流韵事的韦应物令人敬仰，其嫁女诗更显得弥足珍贵，真切感人。

◇ 孟郊：贞女贵徇夫，舍生亦如此

与韦应物类似的还有孟郊（751—814）和柳宗元（773—819），两人的作品背后也有令人感动的女性故事。

孟郊创作的《烈女操》荣幸入选了《唐诗三百首》：

梧桐相待老，鸳鸯会双死。贞女贵徇夫，舍生亦如此。波澜誓不起，妾心井中水。

这首赞颂寡妇的诗作，被后世不少现代女性痛骂；与这首诗一并入选《唐诗三百首》的《游子吟》，则为后人赞颂不已：

慈母手中线，游子身上衣。临行密密缝，意恐迟迟归。谁言寸草心，报得三春晖！

孟郊很早就死了父亲，他的母亲也是一位寡妇。孟郊的本意，很可能是要将这首《烈女操》当作献给母亲的赞歌。

柳宗元结婚三年后丧妻，之后未能再娶。他曾经撰写过十六篇女性墓志铭，表达他崇尚女德的价值观。在他看来，理想的女性应该具备孝仁、礼顺和齐家等品格，同时还应该具有一定的学识。柳宗元最大的贡献是为世人奉献了传奇小说《河间妇》，以骇人听闻的故事情节告诉世人曾经端庄贤淑的绝世美女是怎样一步步走向深渊的。

◇ 白居易：此恨绵绵无绝期

在中国美女文学史上，白居易（772—846）声名显赫，贡献卓著，堪与先秦的屈原、宋玉比肩，整个唐代无出其右。其主要贡献，一是倾力塑造了杨玉环、琵琶女等具有划时代影响的文学美女形象，二是因他的妙笔生花及影响力，为美女文学宝库增添了不少专有名词，如"小蛮腰""樱桃口""樊素口""养瘦马"等。

白居易作为现存诗作最多的唐代诗人，其涉及女性的作品不仅数量众多，且质量甚高。白氏认为美女都是靠人捧红的："妍媸优劣宁相远，大都只在人抬举。"（《霓裳羽衣歌》）；因而与李白类似，白居易对美女的容颜描写并不在意。偶尔他也会小试牛刀，显示一流高手的丰采。一首《玉真张观主下小女冠阿容》诗曰：

> 绰约小天仙，生来十六年。姑山半峰雪，瑶水一枝莲。晚院花留立，春窗月伴眠。回眸虽欲语，阿母在傍边。

另一首《龙花寺主家小尼》诗曰：

> 头青眉眼细，十四女沙弥。夜静双林怕，春深一食饥。步慵行道困，起晚诵经迟。应似仙人子，花宫未嫁时。

（题下有小注云：郭代公爱姬薛氏，幼尝为尼，小名仙人子。）

白氏描写美少女的诗，清新明亮，生动活泼，通俗而有意境，颇有南梁宫体诗的味道。但单纯描写美女姿色只占白居易女性诗很少部分，白氏女性诗的重点在两大块：一是描写历代名女，借以抒发感慨；二是描写当朝著名歌妓及宫女。

（一）关注宫女群体

对深宫寂寞的宫廷女性深表同情，是白居易女性文学作品的一大特点。白氏《陵园妾》《上阳白发人》《长恨歌》《后宫词》《梨园弟子》《霓裳羽衣歌》《吴宫词》等，均是描写后宫女性题材的诗作，其中不乏佳篇，著名的如《上阳白发人》：

> 上阳人，红颜暗老白发新。绿衣监使守宫门，一闭上阳多少春。玄宗末岁初选入，入时十六今六十。同时采择百馀人，零落年深残此身。忆昔吞悲别亲族，扶入车中不教哭。皆云入内便承恩，脸似芙蓉胸似玉。未容君王得见面，已被杨妃遥侧目。妒令潜配上阳宫，一生遂向空房宿。宿空房，秋夜长，夜长无寐天不明。耿耿残灯背壁影，萧萧暗雨打窗声。春日迟，日迟独坐天难暮。宫莺百啭愁厌闻，梁燕双栖老休妒。莺归燕去长悄然，春往秋来不记年。唯向深宫望明月，东西四五百回圆。今日宫中年最老，大家遥赐尚书号。小头鞋履窄衣裳，青黛点眉眉细长。外人不见见应笑，天宝末年时世妆。上阳人，苦最多。少亦苦，老亦苦，少苦老苦两如何？君不见昔时吕向美人赋，（天宝末，有密采艳色者，当时号花鸟使。吕向献《美人赋》以讽之。）又不见今日上阳白发歌。（题下小注：愍怨旷也。天宝五载已后，杨贵妃专宠，后宫人无复进幸矣。六宫有美色者辄置别所，上阳是其一也。贞元中尚存焉。）

十六岁的少女，正是含苞待放的花季，入宫时"脸似芙蓉胸似玉"，因遭杨贵妃妒忌被打入冷宫，从此与世隔绝，终年夜望星天、独伴残灯，白发渐生。"上阳人，苦最多。少亦苦，老亦苦，少苦老苦两如何！"白居易仰天发出的悲叹，正是上阳白发人的心声。

《陵园妾》，描写了与上阳白发宫女类似的另一幅惨象（题下有注：怜幽闭也）：

> 陵园妾，颜色如花命如叶。命如叶薄将奈何，一奉寝宫年月多。年月多，时光换，春愁秋思知何限？青丝发落丛鬓疏，红玉肤销系裙慢。忆昔宫中被妒猜，因谗得罪配陵来。老母啼呼趁车别，中官监送锁门回。山宫一闭无开日，未死此身不令出。松门到晓月徘徊，柏城尽日风萧瑟。松门柏城幽闭深，闻蝉听燕感光阴。眼看菊蕊重阳泪，手把梨花寒食心。把花掩泪无人见，绿芜墙绕青苔院。四季徒支妆粉钱，三朝不识君王面。遥想六宫奉至尊，宣徽雪夜浴堂春。雨露之恩不及者，犹闻不啻三千人。三千人，我尔君恩何厚薄！愿令轮转直陵园，三岁一来均苦乐。

与从未享受龙恩的上阳白发宫女不同，这些"颜色如花"的美女，入宫后曾经陪伴君王侧。唯因被猜妒、"因谗得罪"发配到死去皇帝的园陵守陵。"山宫一闭无开日，未死此身不令出"。这些三朝不识君王面的宫女，至此还在白日做梦，幻想有朝一日能重回宫中"奉至尊"，沐浴"雨露之恩"："愿令轮转直陵园，三岁一来均苦乐。"三年间不知有多少"颜色如花"的美女陆续入宫，皇帝应付无暇，哪里还会理睬红颜已逝的旧人？

白居易《后宫词二首》篇幅较短，并无特指对象，针对的是整个后宫悲惨的女性群体：

> 其一　泪湿罗巾梦不成，夜深前殿按歌声。红颜未老恩先断，斜倚熏笼坐到明。

> 其二　雨露由来一点恩，争能遍布及千门！三千宫女胭脂面，几个春来无泪痕！

与白居易同样关注宫女命运的元稹，也作有《上阳白发人》，对上阳白发人的不幸寄予深深同情。元稹另有一首五言绝句，名为《行宫》：

> 寥落古行宫，宫花寂寞红。白头宫女在，闲坐说玄宗。

虽寥寥二十字，已将白发宫女的深宫悲苦与寂寞概括刻画得淋漓尽致。

（二）《长恨歌》与《琵琶记》

写出震撼世界文坛的《长恨歌》和《琵琶记》，是白居易声名远播、名扬四海的重要原因。

关于白居易创作《长恨歌》，贞元进士陈鸿曾作《长恨歌传》介绍：

> 元和元年冬十二月，太原白乐天自校书郎尉于盩厔。鸿与琅邪王质夫家于是邑。暇日相携游仙游寺，话及此事，相与感叹。质夫举酒于乐天前曰："夫希代之事，非遇出世之才润色之，则与时消没，不闻于世。乐天深于诗、多于情者也。试为歌之，如何？"乐天因为《长恨歌》，意者不但感其事，亦欲惩尤物，窒乱阶，垂于将来也。歌既成，使鸿传焉。世所不闻者，予非开元遗民，不得知；世所知者，有《明皇本纪》在，今但传《长恨歌》云尔。

唐玄宗晚年昏庸，任用奸相杨国忠，放任安禄山等胡人胡作非为，最终引发"安史之乱"，从此盛唐不再，一路走向衰亡。与大多数写实文学不同，白氏《长恨歌》及陈鸿《长恨歌传》别开生面，借助这段历史事件，讲述了唐玄宗与杨贵妃感人至深的爱情故事。这是作为文学家的白居易独具慧眼，也是《长恨歌》具有恒久生命力的奥妙所在。

《长恨歌》全文较长，此处省略。"杨家有女初长成，养在深闺人未识""回眸一笑百媚生，六宫粉黛无颜色""春宵苦短日高起，从此君王不早朝""后宫佳丽三千人，三千宠爱在一身""渔阳鼙鼓动地来，惊破霓裳羽衣曲""七月七日长生殿，夜半无人私语时""在天愿作比翼鸟，在地愿为连理枝""天长地久有时尽，此恨绵绵无绝期"……这些经典名句，千百年来脍炙人口，出自同一首诗中，白居易想不出名也难。

白居易在《与元九书》中这样描绘《长恨歌》及其他诗作在民间受欢迎的程度：

> 闻有军使高霞寓者，欲聘倡妓，妓大夸曰："我诵得白学士《长恨歌》，岂同他妓哉？"由是增价……又昨过汉南日，适遇主人集众娱乐他宾，诸妓见仆来，指而相顾曰："此是《秦中吟》《长恨歌》主耳。"

不必嫉妒白居易的洋洋自得和自我陶醉，《长恨歌》的确是他终生引以为傲的资本。

长诗《琵琶行》创作于九江司马任上。诗前小序云：

> 元和十年，予左迁九江郡司马。明年秋，送客湓浦口。闻船中夜弹琵琶者，听其音，铮铮然有京都声。问其人，本长安倡女，尝学琵琶于穆、曹二善才。年长色衰，委身为贾人妇。遂命酒，使快弹数曲。曲罢悯默。自叙少小时欢乐事，今漂沦憔悴，转徙于江湖间。予出官二年，恬然自安，感斯人言，是夕始觉有迁谪意。因为长句歌以赠之，凡六百一十二言，命曰《琵琶行》。

元和十一年（816），白居易45岁，是他贬官江州任司马的第二年。作品借叙述琵琶女的高超演技和凄凉身世，抒发了白氏仕途受挫、遭遇贬斥的抑郁悲怆情绪。白氏将相逢何必曾相识的琵琶女视为风尘知己（"同是天涯沦落人"），与其同病相怜，写人写己，哭己哭人。全诗将宦海浮沉、韶华不再、岁月沧桑等融为一体，因而具有超凡的感染力。"浔阳江头夜送客，枫叶荻花秋瑟瑟""千呼万唤始出来，犹抱琵琶半遮面""转轴拨弦三两声，未成曲调先有情""弦弦掩抑声声思，似诉平生不得志"、"嘈嘈切切错杂弹，大珠小珠落玉盘""别有幽愁暗恨生，此时无声胜有声""门前冷落车马稀，老大嫁作商人妇""同是天涯沦落人，相逢何必曾相识""座中泣下谁最多，江州司马青衫湿"，这些经典名句与《长恨歌》中的诸多名句交相辉映，千百年来为人们咏诵赏玩，在斑斓多彩的文学天空显得格外耀眼，是白居易世界级文学巨匠的显著标志。

后世文学评论家一直将《琵琶行》与《长恨歌》相提并论。唐宣宗李忱曾作《吊白居易》诗曰：

> 缀玉连珠六十年，谁教冥路作诗仙？浮云不系名居易，造化无为字乐天。童子解吟长恨曲，胡儿能唱琵琶篇。文章已满行人耳，一度思卿一怆然！

南宋张戒《岁寒堂诗话》高度评价《琵琶行》说："《琵琶行》虽不免于烦悉，然其语意甚当，后来作者，未易超越也。"

白居易另有一首《夜闻歌者》，作于由长安至江州途中、夜宿鄂州鹦鹉洲时：

> 夜泊鹦鹉洲，江月秋澄澈。邻船有歌者，发词堪愁绝。歌罢继以泣，泣声通复咽。寻声见其人，有妇颜如雪。独倚帆樯立，娉婷十七八。夜泪如真珠，双双堕明月。借问谁家妇，歌泣何凄切？一问一沾襟，低眉终不说。

《琵琶行》中的倡女是千呼万唤始出来。这位年方十七八岁的娉婷少妇，虽然热泪沾沾襟，却是"低眉终不说"。也幸亏是"低眉终不说"，否则，极有可能又是一个类似《琵琶行》的悲怆故事。（据洪迈《容斋三笔》卷六："白乐天《琵琶行》，盖在浔阳江上为商人妇所作。而商乃买茶于浮梁，妇对客奏曲，乐天移船，夜登其舟与饮，了无所忌。岂非以其长安故倡女不以为嫌邪？集中又有一篇，题云《夜闻歌者》，时自京城谪浔阳，宿于鄂州，又在《琵琶》之前。其词曰：'夜泊鹦鹉洲……'陈鸿《长恨传序》云：'乐天深于诗，多于情者也。'故所遇必寄之吟咏，非有意于渔色。然鄂州所见，亦一女子独处，夫不在焉，瓜田李下之疑，唐人不讥也。今诗人罕谈此章，聊复表出。"对于洪迈的猜测，

/ 最 / 美 / 的 / 女 / 人 /

清何焯摇头说：亦自谓耳，容斋之语真痴绝也。）

（三）樱桃樊素口、杨柳小蛮腰

樊素和小蛮是白居易较为欣赏的两名家妓（或姬妾、姬人）。据孟棨《本事诗·事感第二》：白居易姬妾樊素善歌，家妓小蛮善舞。白氏曾为其作诗曰："樱桃樊素口，杨柳小蛮腰。"白居易年事已高，而小蛮正当丰艳之年，于是作杨柳词表达自己的心意，其诗曰："一树春风万万枝，嫩于金色软于丝。永丰坊里东南角，尽日无人属阿谁？"白居易担心自己一旦离世而去，小蛮的归宿不知在哪里。宣宗朝的时候，教坊中演唱该词，皇帝问是谁作的词，永丰在哪里，身边的人据实相告，皇帝于是派使者东行，前往永丰坊折取柳枝两根，栽植于宫禁之中。白居易有感于皇帝看重，且好尚风雅，又献诗一章，其末句云："定知此后天文里，柳宿光中添两枝。"（按宣宗朝白氏已死，此诗或为后人附会。）

现代人所称樱桃小嘴，也即"樊素口"，白氏诗即出处，但其知名度却没有"小蛮腰"大。后人但知"小蛮腰"为婀娜多姿的细腰或杨柳腰，却多不知出处。实在是白居易的诗作影响太大了，小蛮、樊素虽出身"低微"，却"沾了白氏诗的光"，得以流传后世，而女性审美辞典里，也因此多了"樱桃口""樊素口"和"小蛮腰"等专用名词。

（四）关盼盼诗案

关盼盼乃中唐名妓，出身书香门第，美艳绝伦，气质优雅，工诗赋，善跳霓裳羽衣舞，因家道破落沦为歌伎，后为徐州太守张愔纳为小妾。张愔死，为其守节十年不嫁。后因白居易回赠诗中有"见说白杨堪作柱，争教红粉不成灰"等句，以为责怪她不守死节，最终绝食饿死于徐州燕子楼中。到底关盼盼是否为白氏诗所逼而死，史界始终存疑。

白居易初识关盼盼是在徐州张愔府上。后张愔病逝，盼盼与年迈的仆人居住在徐州城郊的燕子楼，过着清心寡欲的生活。元和十四年，曾在张愔手下任职多年的司勋员外郎张仲素顺道拜访白居易，谈起关盼盼的贞节，白居易深为所动。张仲素将关盼盼近作《燕子楼新咏》三首取出，让白居易观阅。白氏读后，回忆起在徐州受到关盼盼与张愔热情相待的情景，不觉黯然神伤，遂依原韵和诗三首，其第三首曰：

> 今春有客洛阳回，曾到尚书墓上来。见说白杨堪作柱，争教红粉不成灰！

诗意为尚书张愔墓前白杨已可作柱，而生前宠爱的红粉佳人还孤孤单单地独守空帏，尚未化作尘灰。这本是依韵而和的即兴之作，白居易并未多想。依韵和罢，兴犹未尽，又赋七绝《感故张仆射诸妓》一首：

> 黄金不惜买蛾眉，拣得如花三四枝。歌舞教成心力尽，一朝身去不相随。

张仲素回到徐州，将白居易的四首诗捎给了关盼盼。盼盼展开一看，郁闷脆弱的心灵受到强烈的震撼。心想我为张愔守节十年，你姓白的不给予我关怀和同情，反而劝我殉节，何残酷之极！当下泪流满面地对张仲素道："自从张公离世，妾并非没想到一死相随，唯恐若干年后，人们议论我夫重色，竟让爱妾殉身，岂不玷污我夫清名。贱妾含恨偷生至今，却遭白大人如此喻讽。罢了！罢了！我今就随张公去也。"言罢放声大哭。张仲素一走，万念成灰的关盼盼即开始绝食，十天之后，这位如花似玉、能歌善舞的绝代丽人，终于香消玉殒于燕子楼上。关盼盼的死讯传到洛阳。白居易惊愕万分。想到关盼盼的死与自己的诗作有直接联系，心里涌上来深深的内疚。为表达自己的愧疚之情，白氏多方求助，使关盼盼的遗体安葬到张愔墓侧，算是对她的一点良心补偿。

因为关盼盼的缘故，燕子楼自此成为徐州名胜，历代均加修葺，至今楼上仍悬挂着关盼盼画像，神情秀雅，容貌艳丽绝伦。过往游客不但仰慕她的风貌，更感叹她的贞情。

（五）养瘦马

明朝时江南一带盛行所谓"养瘦马"，即先出资将贫苦人家面容身材姣好的女孩以较低价格买入，通过教习歌舞、琴棋书画等，长成后卖给秦楼楚馆或卖与富人做妾，从中牟取暴利。明代扬州盐商云集，他们腰缠万贯、富甲天下，奢侈荒淫，"养瘦马"之风为全国最盛，"扬州瘦马"也定格为专营此等生意的专有名词。

最 / 美 / 的 / 女 / 人

但"瘦马"一词的由来，并非因贫穷人家的女孩初买入时有多瘦弱；它的真实出处，来自于白居易的一首诗——《有感三首》之二：

> 莫养瘦马驹，莫教小妓女。后事在目前，不信君看取。马肥快行走，妓长能歌舞。三年五岁间，已闻换一主。借问新旧主，谁乐谁辛苦？请君大带上，把笔书此语。

据清乾隆朝学者赵翼《陔余丛考》卷三八："扬州人养处女卖人做妾，俗谓之养瘦马。其义不详。白香山诗云：'不养瘦马驹，莫教小妓女……'宋漫堂引之，以为养瘦马之说本此。"清初考据学家何焯也说："谚有养瘦马之语，似出于白居易'莫养瘦马驹，莫教小妓女'二句。"清阮葵生《茶馀客话》卷二〇："乐天诗'莫养瘦马驹，莫教小妓女'，盖兴体也。今扬州买小女子者为养瘦马……"清朝宋荦《筠廊二笔》卷上："白乐天《有感》诗云：'莫养瘦马驹，莫教小妓女……'俗称扬州养女者为瘦马，当本诸此。"

（六）古人唱歌兼唱情

唐代男女生活开放，文人与歌妓之间的交往是其精神生活的重要部分。白氏诗中此类作品不少，典型的如《示杨琼》《示商玲珑》《赠薛涛》《何满子》等。

白氏有一首《寄李苏州兼示杨琼》：

> 真娘墓头春草碧，心奴鬓上秋霜白。为问苏台酒席中，使君歌笑与谁同？就中犹有杨琼在，堪上东山伴谢公。

据元稹《和乐天示杨琼》诗注云：杨琼本名播，少为江陵酒妓。大抵年轻时在风月场上颇有名气，与元稹、白居易熟识，从"堪上东山伴谢公"（谢安）之意，来苏州投奔白氏的可能性较大。杨琼应该是当时一流的歌唱家，白居易对她的演唱功底是非常认可的，其《问杨琼》一诗不仅对杨琼的唱功大加称赞，也借以表达了自己的音乐观：

> 古人唱歌兼唱情，今人唱歌唯唱声。欲说向君君不会，试将此语问杨琼。

唱歌必须倾情投入，声情并茂，否则就不能感染和打动观众。

白居易有《醉歌·示妓人商玲珑》一诗写道：

罢胡琴，掩秦瑟，玲珑再拜歌初毕。谁道使君不解歌，听唱黄鸡与白日。黄鸡催晓丑时鸣，白日催年酉前没。腰间红绶系未稳，镜里朱颜看已失。玲珑玲珑奈老何，使君歌了汝更歌！

后世炒作所谓元稹、白居易换妓，即指商玲珑。大抵在杭州时，商玲珑应是白氏最为欣赏的歌伎之一（参见本节"元稹"篇）。

白氏诗《何满子》也可与本节元稹篇对应来读。白氏诗题下有小序云："开元中，沧州有歌者何满子，临刑进此曲以赎死，上竟不免。"诗曰：

世传满子是人名，临就刑时曲始成。一曲四词歌八叠，从头便是断肠声。

元、白为同一时代人，但笔下何满子的境遇却完全不同，孰是孰非，也是千古一谜。

白氏有诗《赠薛涛》云：

蛾眉山势接云霓，欲逐刘郎北路迷。若似剡中容易到，春风犹隔武陵溪。

白氏借用阮郎、刘郎天台山遇仙及桃花源的典故，来表达对名妓薛涛的仰慕。从诗意看，白氏对薛涛有戏狎的成分。

（七）墙头马上遥相顾，一见知君即断肠

古诗在唐朝达至顶峰，其标志是出了一批世界级的诗人，如李白、杜甫、白居易、杜牧、李商隐等。白居易诗歌因通俗易懂，因而在民间大受欢迎。他在《与元九书》中自夸说："自长安抵江西三四千里，凡乡校、佛寺、逆旅、行舟之中，往往有题仆诗者；士庶、僧徒、孀妇、处女之口，每有咏仆诗者。"据说他的诗作传至日本，曾经引起平安时代嵯峨天皇君臣和宫廷文人掀起效仿的热潮。近现代日本学者对白居易的诗歌研究也很重视。

白居易大量创作女性文学加之其影响力，对后世女性文学的创作繁荣有着重要的启迪和引导作用。如他的《井底引银瓶》诗中有"妾弄青梅凭短墙，君骑白马傍垂杨。墙头马上遥相顾，一见知君即断肠"，即激发元代戏曲家白朴创作出经典戏剧《墙头马上》。白朴创作的杂剧《唐明皇秋夜梧桐雨》、清代洪昇创作的古典悲剧《长生殿》，均取材于白氏的《长恨歌》及陈鸿《长恨

/ 最 / 美 / 的 / 女 / 人 /

歌传》。

◇ 元稹：曾经沧海难为水

元稹（779—831）在中国美女文学史上的主要贡献有四：一是中国文学史上堪称经典的崔莺莺和红娘两大美女形象，其原型来自于他的传奇小说《莺莺传》；二是他与薛涛、刘采春等美才女的交往，为中国美女文学宝库增添了优美的诗篇，如刘采春创作的《啰唝歌》，即借助与元稹的交往得以保存；三是他为爱妻创作的爱情诗及纪念亡妻创作的悼亡诗，千百年来备受读者珍爱；四是元稹的诗作中涉及众多美女形象描写，如崔双文、念奴、商玲珑、何满子、杨琼、崔徽等，这些文学形象，均属于研究唐代女性文化弥足珍贵的资料。

（一）《莺莺传》、崔莺莺与红娘

元稹诗作中不乏千古不朽的名句，但公认他对中国美女文学的最大贡献，是他于贞元二十二年在首都长安任秘书省校书郎期间创作的传奇小说《莺莺传》（又名《会真记》），郑振铎《插图本中国文学史》视其为王实甫《西厢记》"祖本"。

《西厢记》大致情节如下：唐贞元年间，前朝相国崔氏病逝，遗孀郑氏带女儿莺莺、侍女红娘一行30余人护送相国灵柩回河北博陵安葬，于途中受阻，在河中府普救寺暂住。洛阳书生张珙（字君瑞）赴长安赶考路过河中府，看望同窗好友、白马将军杜确后，顺便游览普救寺，与莺莺不期而遇。为追求莺莺，张生放弃赴京求学，于寺中借厢暂住，寻候机会。

张生所住居室与莺莺所住西厢仅一墙之隔。入夜，莺莺与红娘在园中烧香祷告，张生隔墙吟诗曰："月色溶溶夜，花荫寂寂春；如何临皓魄，不见月中人？"莺莺和诗一首曰："兰闺久寂寞，无事度芳春；料得行吟者，应怜长叹人。"经此诗歌唱和，彼此增添好感。在给崔相国做超生道场时，张生、莺莺再次相遇，四目对视生电，闪出爱情火花。也是天赐良机，守桥叛将孙飞虎得知莺莺美色，带兵围住寺院，欲抢莺莺为妻。危急关头，崔夫人四处求援不得，不得已抛出绣球："谁有退兵计策，就将莺莺嫁谁。"张生挺身而出，写信给白马将军，杜确救兵赶到，孙飞虎兵败被擒。

崔夫人言而无信，不肯将女儿嫁与张生，只许二人以兄妹相称。张生相思成疾,红娘为其出谋划策,让他于月下弹琴倾诉心曲,莺莺为其所感,让红娘前往慰抚。张生托红娘传递情书,莺莺回诗云:"待月西厢下,迎风户半开;隔墙花影动,疑是玉人来。"张生会意,于当晚赴约,因红娘在场,莺莺假装生气,训斥张生无礼,张生怏怏而归,竟至一病不起,寝食全废。红娘前来探望,暗示莺莺当晚将来幽会,张生霎时病愈。入夜,莺莺潜入张生书斋,与其私订终身。此事渐被崔夫人觉察,她怒拷红娘,红娘据理相争,说服崔夫人。崔夫人虽答应将莺莺许配张生,但又逼他赴京应考,博取功名。张生与莺莺惜别,上京应试,得中头名状元。对张生心生嫉妒的郑恒(崔夫人侄子)造谣说,张生已做了卫尚书女婿,要崔夫人将莺莺转嫁给他。情急之时,张生赶回普救寺,在白马将军的协助下,揭穿郑恒阴谋,与莺莺喜结连理……

以上是王实甫《西厢记》基本情节,但元稹《莺莺传》的结局却不是这样。张生与莺莺发生情缘后,曾短暂前往长安,数月后复还,与崔氏缠绵再数月("舍于崔氏者又数月"),后张生"又当西去",依依难舍("当去之夕,不复自言其情,愁叹于崔氏之侧")。莺莺知两人情缘将尽,并无怨言,非常淡定地对张生说:始乱终弃,男女私情大多如此,我并无怨恨。乱由君生,弃由君定,一切都是缘分。山盟海誓也有尽时,你又何必有太多的感触呢?莺莺为张生鼓琴送别,"不数声,哀音怨乱,不复知其曲也。左右皆呜咽,崔亦遽止之。投琴泣下流连"。张生去到长安后,两人曾有数次书信来往。"后岁余,崔已委身于人,张也有所娶"。后张生偶经莺莺居处,很想见她一面,莺莺终不肯出,仅赠诗二首以言志,其一曰:

> 自从消瘦减容光,万转千回懒下床。不为旁人羞不起,为郎憔悴却羞郎。

莺莺直言张生薄情伤她太深,她为他消瘦,也为他的始乱终弃羞愧不已。其二曰:

> 弃置今何道,当时且自亲。还将旧时意,怜取眼前人。

始乱终弃已无须回首,还是将当年对我的浓情蜜意,用来好好对待自己的家人吧。

这两首诗说明莺莺内心深处对张生还是饱含深情的,同时也充满怨艾。收

/ 最 / 美 / 的 / 女 / 人 /

到赠诗之后，张生与莺莺从此天各一方，再未见面。

现实大概也是这样。元稹虽在小说《莺莺传》中借张生之口为自己的始乱终弃辩解，但他内心深处从未忘记这段初恋之情。元稹诗集中不乏思念双文之作，如作于元和四年赴东川途中的《杂忆诗五首》：

其一　今年寒食月无光，夜色才侵已上床。忆得双文通内里，玉枕深处暗闻香。

其二　花笼微月竹笼烟，百尺丝绳拂地悬。忆得双文人静后，潜教桃叶送秋千。

其三　寒轻夜浅绕回廊，不辨花丛暗辨香。忆得双文胧月下，小楼前后捉迷藏。

其四　山榴似火叶相兼，亚拂砖阶半拂檐。忆得双文独披掩，满头花草倚新帘。

其五　春冰消尽碧波湖，漾影残霞似有无。忆得双文衫子薄，钿头云映褪红酥。

五首诗每一首都是怀念深藏于心的少年时代的美好记忆。"双文"，据北宋赵令畤《侯鲭录》卷五："仆家有微之作《元氏古艳诗》百余篇，中有《春词》二首，其诗多言双文，意味二莺字为双文也。"又宋王铚《传奇辨正》："元稹诗中多言'双文'，意谓二莺为双文也。"双文即《莺莺传》中之莺莺，这也从侧面证实《莺莺传》实是写元稹与表妹崔莺莺或双文的爱情故事。元稹还有一首《莺莺诗》写道：

殷红浅碧旧衣裳，取次梳头暗澹妆。夜合带烟笼晓日，牡丹经雨泣残阳。低迷隐笑原非笑，散漫清香不似香。频动横波瞋阿母，等闲教见小儿郎！

大抵少年时代的莺莺性格活泼而外向，她淡妆素面，娇美天然，充满了迷人的青春气息。元稹还有《春晓》一诗记忆早年与莺莺在郊外寺庙中的恋情：

半欲天明半未明，醉闻花气睡闻莺。㹠儿撼起钟声动，二十年前晓寺情。

双文应该能歌善舞，这从如下《赠双文》一诗中可以看出：

艳极翻含怨，怜多转自娇。有时还暂笑，闲坐爱无慺。晓月行看堕，春酥见欲消。何因肯垂手，不敢望回腰。

赵令畤说他家藏有《元氏古艳诗》百余首，这与元稹以艳体诗、悼亡诗著称于世的说法相吻合。以下《古艳诗二首》据推测也是写给表妹崔双文的：

其一　春来频到宋家东，垂袖开怀待好风。莺藏柳暗无人语，惟有墙花满树红。

其二　深院无人草树光，娇莺不语趁阴藏。等闲弄水浮花片，流出门前赚阮郎。

此诗作于贞元十六年，当时元稹22岁，正居普救寺与"莺莺"或双文热恋之中。诗中暗藏双莺，当然不是巧合。莺莺是元稹的初恋，因为种种原因两人没能结合，但双方的情谊还在。元稹后来再娶多是在亡妻去世两年之后，他也并未因与歌女刘采春的婚外情而与裴淑闹翻。在唐代开放的大环境里，孤居自守的王维只是特例。

研究元稹和唐传奇的许多学者认为《莺莺传》实际是元稹写自己。但既然是传奇小说，就一定会有虚构成分。《莺莺传》最大的贡献在于同时塑造了两大美女形象，一是性感多情、端庄温柔的崔莺莺；二是大胆泼辣、热心快肠的丫鬟红娘。这两大美女经董解元到王实甫的精心打磨，成为中国古典文学殿堂里光彩照人的两大艺术形象，特别是红娘，至今仍是男女婚恋中牵线搭桥的代名词。

（二）悼亡诗坛霸主

唐代是男女关系非常开放的朝代，"性温茂，美丰容"、卓有文才的元稹颇有女人缘。到长安未久，元稹便以他与表妹崔双文的故事为蓝本，创作了堪称唐传奇经典的《莺莺传》，一时才华毕显，声誉鹊起。贞元十九年（803），25岁的元稹迎太子宾客韦夏卿的小女儿韦丛为妻。元稹初到长安，根基未稳，社会地位和名望不高，他与韦丛的七年婚姻生活，总体而言是相当清苦艰难的。元稹正当情欲旺盛之年，韦丛以几乎每年产一子的速度七年间连生六子，这样的家庭生活质量可想而知。六个孩子大多夭折，似乎只留下一个名唤"保子"的女孩。连续生育、哺乳加之丧子，韦丛身体极度透支。营养不良，忧伤过度，因缺乏保养而罹患妇女病,这些都是想当然的事情。元和四年七月九日,韦丛病逝于洛阳,年仅 27 岁。

丧妻之痛令元稹悲痛不已。元稹深爱韦丛,韦丛死后,从元和四年至元和六年间,他创作了大量悼念亡妻韦丛的诗作,如《遣悲怀三首》《除夜》《感梦》《竹簟》《江陵梦三首》《六年春遣怀八首》等,从此奠定了在中国悼亡诗坛的霸主地位。(周相录《元稹集校注》第 249 页:"悼亡之作,潘岳之后,微之称雄"。)

元稹最著名的悼亡诗公认是《遣悲怀三首》,三首中又以第二、三首最为有名:

> 其二 昔日戏言身后意,今朝皆到眼前来。衣裳已施行看尽,针线犹存未忍开。尚想旧情怜婢仆,也曾因梦送钱财。诚知此恨人人有,贫贱夫妻百事哀。
>
> 其三 闲坐悲君亦自悲,百年都是几多时。邓攸无子寻知命,潘岳悼亡犹费词。同穴窅冥何所望,他生缘会更难期。唯将终夜长开眼,报答平生未展眉。

虽说他与韦丛婚后的生活一度非常艰辛,但要说到"顾我无衣搜荩箧,泥他沽酒拔金钗""野蔬充膳甘长藿,落叶添薪仰古槐"的地步还不至于,这可能只是文学艺术的夸张。因为这三首遣悲怀诗,"诚知此恨人人有,贫贱夫妻百事哀""惟将终夜长开眼,报答平生未展眉"成了后人反复咏诵引用的经典名词。

元稹作《离思五首》,其中最著名的是第四首:

> 曾经沧海难为水,除却巫山不是云。取次花丛懒回顾,半缘修道半缘君。

"曾经沧海难为水,除却巫山不是云","惟将终夜长开眼,报答平生未展眉",元稹因这四句诗而在唐代爱情诗坛占有一席之地。纵观中国古代文学史,能为心爱的女人留下不朽诗篇的诗人,如果不是绝无仅有,也一定是凤毛麟角。从这个意义上说,身为元稹的女人,韦丛是幸福的。

（三）与薛涛的姐弟恋

元稹与川中名妓薛涛的姐弟恋，正史不载，仅见于《云溪友议》、北宋陶毅《清异录》、北宋景焕《牧竖闲谈》、明蒋一葵《尧山堂外纪》等野史笔记。元稹31岁的时候，作为监察御史到西川调查一桩公案。元稹在京城已知晓薛涛声名，当地政府首脑司空严绶知元稹好色，遂将薛涛作为美人计献给元稹。初见面时，元稹意态骄横，对薛涛的才华文名表示怀疑，手指笔砚，令薛涛现场作诗。薛涛从容不迫，当即走笔而书，作砚、笔、墨、纸《四友赞》，其文曰："磨润色先生之腹，濡藏锋都尉之头。引书媒而黯黯，入文亩以休休。"（宋陶毅《清异录·藏锋都尉》："薛涛走笔作四友赞，其略曰：磨润色先生之腹，濡藏锋都尉之头，引书媒而黯黯，入文亩以休休。"按四句分指砚、笔、墨、纸。砚以润色；因笔锋多藏于笔套内，故名"藏锋都尉"；书媒，与书为媒，黯黯，黑色，指墨；文亩，纸，含笔耕之意）元稹见薛涛书法文义俱佳，且才思敏捷，非同凡响，大为惊服，遂改容相待。当时薛涛已经42岁，大元稹11岁。元稹初遇薛涛，当即陷入"薛涛井"；薛涛遇元稹，也是干柴烈火。一年之后，西川公差了结，元稹回京复命。薛涛以《赠远》诗描绘两人分别情景：

> 芙蓉新落蜀山秋，锦字开缄到是愁。闺阁不知戎马事，月高还上望夫楼。

诗中薛涛对元稹以夫相称，可知两人关系非同一般。分手之际，元稹答应了却公事后再来成都与其团聚。不过元稹后来改任越州刺史，又喜欢上了恼人而能歌善舞的歌女刘采春。在《春望词四首》的第三首，薛涛忧愤地表达了对爱情的无望及对元稹的失望：

> 风花日将老，佳期犹渺渺。不结同心人，空结同心草。

回京后元稹也偶有诗词寄蜀，表达想念之情。时间一长，薛涛也看淡了，"退居浣花溪，着女冠服，制纸为笺，时号薛涛笺"，不再参与诗酒花韵之事。对于这段绯闻，现代颇多研究者如卞孝萱、彭芸荪、陈坦、冀勤、吴伟斌等均予否定。薛涛与元稹乃同时代人，都是诗坛名人，互有诗歌赠答并不奇怪。周相录《元稹集校注·续补遗卷一》载有《寄赠薛涛》一诗云：

> 锦江滑腻蛾眉秀，幻出文君与薛涛。言语巧偷鹦鹉舌，文章分得凤凰

毛。纷纷辞客多停笔，个个公卿欲梦刀。别后相思隔烟水，菖蒲花发五云高。

此诗与范摅《云溪友议》基本相同。《全唐诗》卷803载有薛涛《寄旧诗与元微之》诗云：

> 诗篇调态人皆有，细腻风光我烛知。月下咏花怜暗澹，雨朝题柳为敧垂。长教碧玉藏深处，总向红笺写自随。老大不能收拾得，与君开似教男儿。

据《唐诗纪事》："元微之赠涛诗，因寄旧诗与之云。"若元稹《寄赠薛涛》一诗果然作于长庆元年，则薛涛很可能于同年以此"旧诗"回赠元稹。薛涛此时已年过五十。

该诗头两句说通过诗篇表达情感众人皆会，以此描绘细腻风光则是我的擅长。接下来讲她于月夜咏花、雨朝题柳的别样意境。"长教碧玉"句讲碧玉般美貌的外表可以深藏不露，内心丰富的情感则可通过"红笺"（即薛涛自己发明的诗笺）随意抒写。"老大"，年华老大；收拾，《辞源》谓其有"解除、摆脱"之意；意即我已年华老去，难以追拾，不似微之元君，好男儿风华正茂。（元王实甫《西厢记》："毕罢了牵挂，收拾了忧愁。"）

（四）听刘采春唱啰唝曲

元稹有《赠刘采春》一诗曰：

> 新妆巧样画双蛾，谩裹常州透额罗。正面偷匀光滑笏，缓行轻踏破纹波。言辞雅措风流足，举止低回秀媚多。更有恼人肠断处，选词能唱望夫歌。

刘采春生卒年不详，据说祖籍乃江苏淮甸，一说越州，又传为伶工周季崇之妻。刘采春有夜莺般的嗓子，"歌声彻云"，擅演参军戏，能歌善舞，最拿手的绝活是演唱《啰唝曲》。《啰唝曲》《全唐诗》录存六首，以刘采春为作者。"采春一唱是曲，闺妇、行人莫不涟泣"，可见此曲的艺术感染力超强。

元稹于长庆三年（823）八月由同州刺史改任越州刺史，至大和三年（829）离开越州返长安，在越六年，他与歌女刘采春的婚外情就发生在这段时期内。据范摅《云溪友议·艳阳词》：

乃有俳优周季南、季崇及妻刘采春，自淮甸而来。善弄陆参军，歌声彻云，篇韵虽不及涛，容华莫之比也。元公似忘薛涛，而赠采春诗曰："新妆巧样画双蛾，慢裹恒州透额罗。正面偷轮光滑笏，缓行轻踏皱文靴。言词雅措风流足，举止低回秀媚多。更有恼人肠断处，选词能唱《望夫歌》。"《望夫歌》者，即《罗唝》之曲也。采春所唱一百二十首，皆当代才子所作。其词五、六、七言，皆可和矣。

人长得漂亮，又能歌善舞，这的确"恼人"得很。《云溪友议》说刘采春"所唱一百二十首，皆当代才子所作"，又举引她所唱歌词七首，其中六首五言与《全唐诗》所录相同。《全唐诗》录《啰唝曲》六首，以采春为作者，只因与元稹的一段恋情，经她所唱的《啰唝曲》六首才得以传世。

元稹在越州总共待了六年多时间，最终并没有纳刘采春为妾，也没有头脑发热将她带回长安。据说刘采春的结局颇为不幸。她本是有丈夫的，在跟元稹好上之后即挥刀斩前情，将丈夫周季崇一脚蹬开；她内心一定期盼能与元稹相随而终，但显然元稹并不能兑现枕前的诺言。元稹回长安之后，刘采春的结局颇为不幸，据说她选择跳河结束了年轻的生命。孤苦伶仃，又无颜重回前夫身边，跳河并不是没有可能。

（五）休遣玲珑唱我诗

从《莺莺传》特别是《会真诗》不难看出元稹既是一位美女描写专家，更是一位艳情诗写作高手。翻看元稹的诗作，其中不乏描写美女的精彩诗句："柔鬟背额垂，丛鬓随钗敛。凝翠晕蛾眉，轻红拂花脸。"（《恨妆成》）"红裙委砖阶，玉爪劈朱橘。素臆光如研，明瞳艳凝溢。"（《闺晚》）"柳软腰支嫩，梅香密气融。独眠傍妒物，偷铲合欢丛。"（《生春二十首》）这些都是似曾相识的宫体诗写法。不过元稹对这类体裁只是浅尝辄止。他比梁陈诗人更显高明之处在于，他的女性诗更侧重于人物描写。元稹通过念奴、商玲珑、何满子、崔徽、杨琼等歌伎形象的描写，表达了他对社会焦点问题的关注和对女性的特别关切。

念奴　元稹有一首《连昌宫词》，据说是比照白居易的《长恨歌》而作，有论者评价其成就在白氏诗之上，认为此诗"具有一定的现实主义精神和人民性，有着较为深刻的箴谏意义"（邓元煊《也谈〈连昌宫词〉的内容和写作》）。

∕ 最 ∕ 美 ∕ 的 ∕ 女 ∕ 人 ∕

不过就其流传之广和影响力之大，《连昌宫词》要逊于白氏的《长恨歌》。元稹《连昌宫词》全诗较长，诗中也是讲述天宝末年安史之乱，其中有句云：

> 开元之末姚宋死，朝廷渐渐由妃子。禄山宫里养作儿，虢国门前闹如市。弄权宰相不记名，依稀忆得杨与李。

《连昌宫词》到底有多么深远的政治意义暂可撇在一边，需要重点提及的是元稹在诗中记载或塑造了念奴这一歌伎、宫女兼皇帝情人的形象。据元稹《连昌宫词》自注："念奴，天宝中名倡，善歌。每岁楼下酺宴，累日之后，万众喧隘，严安之、韦黄裳辈辟易不能禁，众乐为之罢奏。玄宗遣高力士大呼于楼上曰：'欲遣念奴唱歌，邠二十五郎吹小管逐，看人能听否？'未尝不悄然奉诏。"据说玄宗每年游幸各地，念奴都是暗中随行。词牌名"念奴娇"估计就是因念奴发展而来。（王灼《碧鸡漫志》卷五引《开元天宝遗事》："念奴每执板当席，声出朝霞之上。"）

商玲珑　据宋王谠《唐语林》："长庆二年，白居易以中书舍人出任杭州刺史，杭州有官妓商玲珑、谢好好者，巧与应对，善歌舞。白居易日以诗酒与之寄兴。元稹在越州闻之，厚币来邀玲珑，白遂遣去，使尽歌所唱之曲。"元稹有《重赠乐人商玲珑能歌，歌予数十诗》记载此事：

> 休遣玲珑唱我诗，我诗多是别君词。明朝又向江头别，月落潮平是去时。

可以想象被元白争宠的商玲珑，一定与刘采春当年初逢元稹一样，正处在含苞待放、百官争宠的年龄，因而在诗人笔下，留下的也是最为美好的记忆。

何满子　天宝年间沧州歌伎。身世不详，因罪当死，自请入宫献原创歌曲，其歌令歌者肠断、听者失魂。玄宗大为赞赏，赐其名为曲牌名。元稹有《何满子歌》曰：

> 何满能歌能宛转，天宝年中世称罕。婴刑系在囹圄间，水调哀音歌愤懑。梨园弟子奏玄宗，一唱承恩羁网缓。便将何满为曲名，御谱亲题乐府纂。鱼家入内本领绝，叶氏有年声气短。自外徒烦记得词，点拍才成已夸诞。我来湖外拜君侯，正值灰飞仲春琯。广宴江亭为我开，红妆逼坐花枝暖。此时有态踏华筵，未吐芳词貌夷坦。翠蛾转盼摇雀钗，碧袖歌垂翻鹤卵。定面凝眸一声发，云停尘下何劳算？迢迢击磬远玲玲，一一贯珠习

款款。犯羽含商移调态，留情度意抛弦管。湘妃宝瑟水上来，秦女玉箫空外满。缠绵叠破最殷勤，整顿衣裳颇闲散。冰含远溜咽还通，莺泥晚花啼渐懒。敛黛吞声若自冤，郑袖见捐西子浣。阴山鸣雁晓断行，巫峡哀猿夜呼伴。古者诸侯飨外宾，鹿鸣三奏陈圭瓒。何如有态一曲终，牙筹记令红螺碗。

诗作开始部分讲何满子入宫得到玄宗宽恕过程，随后夸耀何满子的歌舞才能。张祜、白居易均有诗涉及何满子，但与元稹说法不同。

崔徽　据元稹《崔徽歌》自序：崔徽，河中府娼也。裴敬中以兴元幕使蒲州，与徽相从累月。敬中使还，崔以不得从为恨，因而成疾。有丘夏善写人形，徽托写真寄敬中，曰："崔徽一旦不及画中人，且为郎死。"后发狂而死。其诗曰：

崔徽本不是娼家，教歌按舞娼家长。使君知有不自由，坐在头时立在掌。有客有客名丘夏，善写仪容得恣把。为徽持此谢敬中，以死报郎为终始。

杨琼　关于歌伎杨琼，元稹在《和乐天示杨琼》后记中注释说："杨琼本名播，少为江陵酒妓。去年姑苏过琼叙旧，及今见乐天此篇，因走笔追书此曲。"其诗曰：

我在江陵少年日，知有杨琼初唤出。腰身瘦小歌圆紧，依约年应十六七。去年十月过苏州，琼来拜问郎不识。青衫玉貌何处去，安得红旗遮头白？我语杨琼琼莫语，汝虽笑我我笑汝。汝今无复小腰身，不似江陵时好女。杨琼为我歌送酒，尔忆江陵县中否？江陵王令骨为灰，车来嫁作尚书妇。卢戡及第严涧在，其馀死者十八九。我今贺尔亦自多，尔得老成余白首。

无论卖身还是卖艺，所有的"伎者"都是拼年龄吃青春饭的。元稹、白居易笔下的杨琼，杜牧笔下的杜丽娘，刘子翚《汴京纪事》里的李师师，商鸿逵、刘半农笔下的赛金花，哪一个年轻时不是貌若天仙，到老来却落得"缕衣檀板无颜色"的地步？

元稹是中唐时期最著名的诗人之一，53岁"遇暴疾"卒于武昌任上，正当文学创作的旺盛时期，憾哉！

　　　　　　　　　　　/ 最 / 美 / 的 / 女 / 人 /

◇ 张祜：故国三千里，深宫二十年

张祜（约 785—849）是中晚唐过渡时期诗人，其诗以乐府及宫诗著名。其对中国美女文学创作的贡献主要有三：一是他有大量诗作描写朝野莺歌燕舞盛况，为后人研究唐代宫廷乐舞及民族文化和融提供了重要参考；二是他有颇多诗作涉及宫闱秘闻轶事，为唐代美女文化研究贡献了新线索；三是他对当朝及前朝一些著名美女的历史命运有冷峻剖析，其经验总结可资统治阶层借鉴。

（一）偷把邠王小管吹

张祜对美女文学的突出贡献，一个重要方面在于他对宫闱琐事的专注与探觅。洪迈《容斋续笔》卷二《唐诗无讳避》说：

> 唐人歌诗，其于先世及当时事，直辞咏寄，略无避隐。至宫禁嬖昵，非外间所应知者，皆反复极言，而上之人亦不以为罪……此下如张祜赋《连昌宫》《元日仗》《千秋乐》《大酺乐》《十五夜灯》《热戏乐》《上巳乐》《邠王小管》《李谟笛》《退宫人》《玉环琵琶》《春莺啭》《宁哥来》《容儿钵头》《邠娘羯鼓》《耍娘歌》《悖拏儿舞》《华清宫》《长门怨》《集灵台》《阿鸨汤》《马嵬归》《香囊儿》《散花楼》《雨铃霖》等三十篇，大抵咏开元、天宝间事。李义山《华清宫》《马嵬》《骊山》《龙池》诸诗亦然，今诗人不敢尔也。

张祜被指专觅宫闱琐事，其最突出的例子，或说走得较远的两步，一是对杨玉环与小宁王即邠王暧昧关系的大胆猜测，二是对虢国夫人与唐玄宗暧昧关系的大胆披露。

张祜有《邠王小管》《宁哥来》涉及杨玉环与小宁哥李承宁的私情。《邠王小管》诗曰：

> 虢国潜行韩国随，宜春深院映花枝。金舆远幸无人见（又作"梨花静院无人见"），偷把邠王小管吹。

《宁哥来》曰：

> 日映宫城雾半开，太真帘下畏人猜。黄翻绰指向西树，不信宁哥回马来。

关于杨玉环与"宁王"或"宁哥"的暧昧关系，自北宋成为文人骚客津津乐道的话题。先多以为宁王即明皇兄李宪，如乐史《杨太真外传》、阮阅《诗话总龟》引《百斛明珠》，均指杨贵妃因窃吹宁王紫玉笛而被明皇撵出宫门。但从张祜两首诗，再结合元稹《连昌宫词》中"二十五郎吹管逐"等句，则此宁哥实应指邠王李守礼之子、年轻帅气而有音乐天赋的"二十五郎"李承宁。元稹《连昌宫词》于"二十五郎"下自注曰："念奴，天宝中名倡……明皇遣高力士大呼于楼上曰：'欲遣念奴唱歌，邠二十五郎吹小管逐，看人能听否？'未尝不悄然奉诏。"由此可见擅吹小管的宁哥在当时乐坛的号召力极强。与宁哥年龄相仿、同样酷爱音乐的杨玉环喜欢他在情理之中。

如果说杨玉环与李承宁的暧昧关系正史不载，颇难佐证，则《集灵台》之二描写虢国夫人秽乱宫闱却多为史家承认。该诗误入杜甫集中名为《虢国夫人》：

> 虢国夫人承主恩，平明上马入宫门。却嫌脂粉污颜色，淡扫蛾眉朝至尊。

皇上见杨玉环三个姐姐皆有美色，遂予册封，使其自由出入宫掖，从而为自己偷情提供方便。虢国是结过婚的女人，与皇上往来多少该低调一点，稍稍避人耳目；但飞扬跋扈的虢国夫人偏偏选择了高调张扬。张祜并非以窥人隐私为卖点，该诗意在通过写其招摇来揭露玄宗朝宫廷的秽乱不堪，进一步揭示玄宗朝走向衰败的原因所在，落脚点在强调皇上应自律，宠妃须自重。清初黄生《唐诗摘抄》评价张祜诗曰：

> 其文见章，只言虢狂以美自矜，而所以蛊惑人主者，自在言外，"承主恩"三字，乃春秋之笔也。王尧衢《古唐诗合解》："淡扫蛾眉"，不独写其娟洁，亦有急欲朝天之态。此诗讥刺太甚，然却极佳。

明末清初学者仇兆鳌曾推此诗为杜甫所作，但对其诗的领会却极为深刻：

> 乍读此诗，语似称扬，及细玩其旨，却讽刺微婉。曰虢国，滥封号也；曰承恩，宠女谒也；曰平明骑马，不避人目也；曰淡扫蛾眉，妖态取媚也；曰入门朝尊，出入无度也。当时浊乱宫闱如此，已兆陈仓之祸矣。一旦红颜委地，白骨谁怜？徒足贻臭千古矣焉耳。

／最／美／的／女／人／

张祜直言不讳，公开拿本朝皇帝开涮，因此元稹指责他"有伤风教"。

（二）一声何满子，双泪落君前

令张祜在诗坛赢得名声的，是他最有名的一首五言绝句，即《宫词二首》之一：

> 故国三千里，深宫二十年，一声何满子，双泪落君前！

此诗也被冠名《何满子》。虽仅短短二十字，却将宫女深宫寂寞、思念故土家乡之情刻画得入木三分。葛立方《韵语阳秋》说："唐朝人士，以诗名者甚众，往往因一篇之善，一句之工，名公先达为之游谈延誉，遂至声闻四驰，'曲终人不见，江山数峰青'，钱起以是得名；'故国三千里，深宫二十年'，张祜以是得名。"葛氏说钱起、张祜诗作平平者甚多，这不奇怪，李白、杜甫的诗也不是首首都好、每句必佳。不过，葛氏说张祜之扬名赖其"故国三千里，深宫二十年"两句，确也客观属实。

据说唐武宗有宠妃孟才人，既容华端艳，又精通音乐，武宗临死前恋恋不舍，想自己一命归天，如此年轻娇美的妃子咋办？孟才人明白皇上的意思，悲泪盈眶说：皇上放心吧，我随时可以自缢在您榻前。武宗被她说穿心事，面色颇不自然，孟才人说：我给皇上唱首歌吧，于是轻轻放下玉笙，深情唱道："故国三千里，深宫二十年，一声何满子……"，一曲未终，悲彻肺腑，一口气没接上来，竟至肠断而死。从孟才人悲极而死的故事，可知张祜的诗作天下传唱，在宫中大有名气。张祜曾作《〈孟才人叹〉并序》详细记录此事：

> 武宗皇帝疾笃，迁便殿，孟才人以歌笙获宠者，密侍其右。上目之曰："吾当不讳，尔何为哉？"指笙囊泣曰："请以此就缢。"上悯然。复曰："妾尝艺歌，请对上歌一曲以泄其愤。"上以恳许之。乃歌一声《何满子》，气亟立殒。上令医候之，曰："脉尚温而肠已绝。"及帝崩，柩重不可举。议者曰："非侯才人乎？"爰命其榇，榇及至乃举。嗟夫！才人以诚死，上以诚命，虽古之义激无以过也。进士高璩登第年宴，传于禁伶。明年秋，贡士文多以为之目。大中三年，遇高于由拳，哀话于余，聊为兴叹。诗曰：
> 偶因歌态咏娇颦，传唱宫中十二春。却为一声何满子，下泉须吊旧才人。

张祜的序作，俨然一篇短小精悍的唐人传奇。孟才人其人其事正史不载，因此有人怀疑其真实性。《新唐书·后妃传》载有武宗朝王才人自缢事件，与张祜所述相似：

> 武宗贤妃王氏，邯郸人，失其世。年十三，善歌舞，得入宫中。穆宗以赐颍王。性机悟。开成末，王嗣帝位，妃阴为助画，故进号才人，遂有宠。状纤颀，颇类帝。每畋苑中，才人必从，袍而骑，校服光侈，略同至尊，相与驰出入，观者莫知孰为帝也。帝欲立为后，宰相李德裕曰："才人无子，且家不素显，恐诒天下议。"乃止。帝稍惑方士说，欲饵药长年，后寝不豫。才人每谓亲近曰："陛下日燎丹，言我取不死。肤泽消槁，吾独忧之。"俄而疾侵，才人侍左右，帝熟视曰："吾气奄奄，情虑耗尽，顾与汝辞。"答曰："陛下大福未艾，安语不祥？"帝曰："脱如我言，奈何？"对曰："陛下万岁后，妾得以殉。"帝不复言。及大渐，才人悉取所常贮散遗宫中，审帝已崩，即自经幄下。当时嫔媛虽常妒才人专上者，返皆义才人，为之感恸。宣宗即位，嘉其节，赠贤妃，葬端陵之柏城（《旧唐书》卷五十二《列传第二·后妃下》于"武宗王贤妃"条下内容空缺）。

但李德裕《两朝献替记》则说法不同："自上临御，王妃有专房之宠，至是，以娇妒忤旨，一夕而殒。群情无不惊惧，以谓上功成之后，喜怒不测，德裕因以进谏。"李德裕为武宗朝宰相，所述应该不假。可能《新唐书》将孟才人事移花接木于王才人，以事掩饰。康骈《剧谈录》所述与张祜相同："孟才人善歌，有宠于武宗皇帝，嫔御之中莫与为比。一旦龙体不豫，召而问曰："我若不讳，汝将何之？"对曰："以微渺之身，受君王之宠，若陛下万岁之后，无复生焉。"是日俾于御榻前歌《何满子》一曲，声调凄切，闻者莫不涕零。及宫车晏驾，哀恸数日而殒，禁掖近臣以小棺殡于殿侧。山陵之际，梓宫重，莫能举，识者曰："得非候才人乎？"于是舆榇以殉，遂窆于端陵之侧。"（《剧谈录》卷上）康骈比张祜稍晚在世，可能抄录张祜故事，必然认为此事不虚。正史刻意掩饰，只有张祜这类置身官场之外、无所顾忌的人才敢披露真情。

如前所述，张祜以乐府、宫诗得名。对这首诗，当朝已有较多赞誉，如杜牧就有诗赞"如何故国三千里，虚唱歌词满六宫"等。后世论者也给予较高评价。如清沈德潜《说诗晬语》卷上："五言绝句，右丞之自然，太白之高妙，苏州之古澹，并入化机……他如崔颢《长干曲》、金昌绪《春怨》、王建《新嫁

/ 最 / 美 / 的 / 女 / 人 /

娘》、张祜《宫词》等篇,虽非专家,亦称绝调。"清马位《秋窗随笔》:最喜王摩诘"看花满眼泪,不共楚王言",李太白"但见泪痕湿,不知心恨谁",及张祜"一声何满子,双泪落君前",又李峤"山川满目泪沾衣",得言外之旨,诸人用"泪"字莫及也。

(三)皓齿初含雪,柔枝欲断风

作为苦吟诗人,张祜有469首诗作传世,其诗歌创作不仅涉及开元、天宝之盛及宫闱秘闻等其他"诗人所未尝及者",因他对女性特别关注,也涉及诸多当朝美女及前朝著名美女。他与同为失意进士的崔涯在扬州曾以风流自命,当时十二红楼名姝角妓"得其一盼,身价为重",说他阅美女无数,当不为过。《江南杂题三十首之二十八》描写了他对心怡美女渴望而不得的情景:

> 美人殊不见,惆怅望行云。竹翠静含粉,榴花轻曳裙。婵娟非月色,散漫是兰熏。无复荆王梦,子规空夜闻。

他等待念想的美女没有出现,只能惆怅地眺望蓝天上的行云。美人身着翠绿色的衣裙,裙摆上的榴花鲜嫩欲滴。她有月中姮娥般的美貌,轻风拂过,身上散发着幽兰般的馨香。荆王,即宋玉笔下艳遇成真的楚王;子规,杜鹃。诗人的意思是,看来今夜与美人的期会只能是梦想成空了。

《惠尼童子》是写初为尼姑的少女的别样可爱:

> 慢眉童子语惺惺,实为天主自有灵。可惜绿丝梳黛髻,枉将纤手把铜瓶。低回婉态传师教,更学吴音诵梵经。不似俗家诸姊妹,朝朝画得两蛾青。

张祜有《戏赠村妇》一诗,大约作于定居丹阳之际,描写民间妇女的朴素美,具有较高的民俗价值:

> 二升酸醋瓦瓶盛,请得姑嫜十日程。赤黑画眉临水笑,草鞋苞脚逐风行。黄丝发乱梳撩紧,青纻裙高种掠轻。想得到家相见后,爷娘犹唤小时名。

诗中涉及中晚唐江南一带民间妇女的消费、服饰、化妆及家庭礼仪特点。村妇回娘家以酸醋为礼,可见醋在当时为民间珍视,也从侧面反映当时制醋业之发达,普通农家皆可享用。这位身着青色兰麻短裙、"草鞋苞脚""赤黑画眉""黄丝发乱梳撩紧"的村妇是典型的江南村妇打扮，与张祜《江南杂题》中描写的上层女性"竹翠静含粉，榴花轻曳裙"、青黛画眉，高髻盘鬟等大相径庭。"请得姑嫜十日程"，讲村妇回家需征求公婆同意。"想得到家相见后，父母由唤小时名"，说明出嫁妇女称谓已改随夫姓，只有回到娘家，父母才能呼唤令她倍感亲切的"小时名"。

因为失意官场，又遭人打压，张祜一度自暴自弃、放浪形骸。张祜咏前朝美女的诗作颇多，如西施、李环、莫愁女、卓文君、陈阿娇、钩弋夫人、李夫人、王昭君、苏小小、张丽华等。但他的主要贡献在当朝名女，如杨玉环、虢国夫人、孟才人、何满子、真娘、叶氏、杜秋娘等。整体而言，张祜的女性题材诗作客观冷峻，见解独到。

张祜有《听崔莒侍御叶家歌》诗曰：

> 宛罗重縠起歌筵，活凤生花动碧烟。一声唱断无人和，触破秋云直上天。

这是形容歌者叶氏的演唱技巧，从诗作判断，叶氏应属女高音。据《全唐文》卷七三六沈亚之《歌者叶记》：

> 至唐贞元元年，洛阳金谷里有女子叶，学歌于柳巷之下，初与其曹十余人居，独叶歌无等。后为成都率家妓。及率死，复来长安中……是时博陵大家子崔莒贤……他日莒宴宾堂上，乐属因言曰："有新声叶家歌无伦，请延之。"即乘小车诣莒。莒且酣，为一掷目。作乐，乃合韵奏《绿腰》，俱属叶曰："幸给声。"叶起与歌一解，一坐尽眙。是日归莒。

元稹《何满子歌》诗中有"鱼家入内本领绝，叶氏有年声气短"的句子，说的估计也是这位歌星。从沈文可以看出歌星叶氏充满艰辛的成长之路。从初学歌于柳巷、因"歌无等"被到处转卖，再到"一声唱断无人和"誉满长安，被博陵大家崔莒收留，尽管身怀绝技，却始终难以摆脱寄人篱下的命运。

◇ 中唐美女文学创作的主要特点

中唐时期的美女文学创作具有以下三个显著特点：

　　　　　　　　　　　　　　/ 最 / 美 / 的 / 女 / 人 /

（一）研究美女文学的作家阵容空前庞大，作品也更有分量

施蛰存对中唐时期的唐诗创作给予充分肯定，他在《中唐诗馀话》中说：高棅的《唐诗品汇》以武德至开元初为初唐，计95年，选诗125家；以开元至大历初为盛唐，计53年，选诗86家；以大历至元和末为中唐，也53年，选诗154家；以开成至五代为晚唐，计70年，选诗81家。单从四个阶段的数据看，唐诗的极盛时代，无疑是在中唐。中唐五十多年，诗人辈出，"我选盛唐诗人十六家，觉得已无可多选，因为留下来的已没有大家。但我选中唐诗人二十五家，觉得还割爱了许多人。同样是五十年，即使以诗人的数量而论，也可见中唐诗坛盛于盛唐。"（《唐诗百话》中册，第276页）

与中唐诗人辈出相映衬的是美女文学作品的目不暇接和高质量。白居易的《长恨歌》《琵琶引》固然位列榜首，然而如果把元稹的传奇小说《莺莺传》纳入，又假如元稹也能像白居易一样多活22年，谁列第一还真是难说。有个成语叫"压倒元白"，讲刑部侍郎杨汝士与元稹、白居易同坐，即席赋诗，杨诗后成，元、白览之失色。汝士其日大醉，归谓子弟曰："我今日压倒元、白矣。"元白元白，元在前，白在后呢。

（二）美女文学群像蔚为壮观

中唐之前为文人重点关注和纵情讴歌的美女，大体可分为三类。一类神女，如王母、嫦娥、弄玉、瑶姬、湘灵、瑶姬等；二类历代后妃和公主，先秦如娥皇、女英、妲己、褒姒、息夫人（桃花夫人）、骊姬、西施，汉代戚夫人、陈阿娇、李夫人、王昭君、班婕妤、赵氏姐妹、三国甄妃（洛神）、南北朝冯小怜、隋朝张丽华等；三是著名才女、名女如莫愁女、卓文君、罗敷、秋胡妻、绿珠、苏若兰、花木兰、苏小小等。

盛唐时期杜甫笔下的公孙大娘形象最为鲜活突出，后来古龙创作《陆小凤传奇》，直接将狠角公孙兰命名为公孙大娘。此外令人印象深刻的是皮肤白皙、眉目如新月的越女。但看中唐时期，仅现实存在的美女已令人目不暇接，如号称唐朝四大美才女的李冶、薛涛、刘采春和鱼玄机，就有三名出自中唐。处在这一时期嫔妃级的美女，就有武媚娘、杨玉环、梅妃、上官婉儿等，公主级则有太平公主、宜城公主、金城公主、升平公主等，大家闺秀有王韫秀、郭绍兰、晁采等；著名歌伎则有真娘、关盼盼、樊素、小蛮、杨琼、崔徽、何满子、商玲

珑等，文学形象有崔莺莺、红娘、桃花女、玉箫女等，如果加上唐传奇塑造的著名美女形象如任氏、柳摇金、李娃、霍小玉等，真可谓应有尽有，数不胜数。

（三）传奇小说异军突起，成为与唐诗比肩的文学高峰

唐代传奇是唐代文学宝山上的一座奇观，在中唐德宗至敬宗时期达至高峰，晚唐时期也绚丽多彩。其所创造的大量鲜活丰满的女性形象，在唐朝美女文学中独树一帜；仅从美女文学的角度说，唐代传奇的贡献整体大于唐诗。这其中的道理，本书于晚唐后辟有专篇述论，此处不赘。

四、晚唐时期的诗歌创作

从唐敬宗间宝历元年到哀帝四年（825—907），王启兴本《全唐诗》称之"晚唐"，为唐诗发展的第四个历史时期。晚唐政治昏暗，经济衰退，文化状况整体而言不如盛唐、中唐繁荣。但诗坛的情况比较例外，唐诗经过初唐的铺垫和盛唐的倡导，晚唐时期与中唐一样延续了诗歌创作的繁荣。杜牧、李商隐、温庭筠是这一时期美女文学创作成就最为突出的诗人。除此之外，沈亚之、李群玉、方干、曹唐、罗隐、胡曾、罗虬、房千里、韩偓、孙棨等也间有亮色。鱼玄机、步飞烟、花蕊夫人等美才女的作品令人印象深刻，她们多舛的命运也令人嗟叹。皮日休、陆龟蒙虽属晚唐著名文豪，但对女性题材的关注和成就却不突出，远逊色于"传奇"文学大师裴铏。

◇ 李群玉：裙拖六幅湘江水，鬓耸巫山一段云

李群玉（807—862）的一些女性诗写得唯美动人。如《醉后赠冯姬》：

> 黄昏歌舞促琼筵，银烛台西见小莲。二寸横波回慢水，一双纤手语香弦。桂形浅拂梁家黛，瓜字初分碧玉年。愿托襄王云雨梦，阳台今夜降神仙。

"小莲"，形容美女的纤纤小足，"二寸横波回慢水"，指眼神的媚态；"梁家黛"，梁指东汉外戚权臣梁翼，史称其妻"色美而善为妖态，作愁眉"，黛，眉毛；"碧玉年"，女子16岁，出东晋孙绰《碧玉歌》。襄王、阳台，皆宋玉笔下"高

唐梦"情节。

又有《龙安寺佳人阿最歌八首》：

其一　团团明月面，冉冉柳枝腰。未入鸳鸯被，心长似火烧。

其二　见面知何益，闻名忆转深。拳挛荷叶子，未得展莲心。

其三　欲摘不得摘，如看波上花。若教亲玉树，情愿作蒹葭。

其四　门路穿茶焙，房门映竹烟。会须随鹿女，乞火到窗前。

其五　不是求心印，都缘爱绿珠。何须同泰寺，然后始为奴！

其六　既为金界客，任改净人名。愿扫琉璃地，烧香过一生。

其七　素腕撩金索，轻红约翠纱。不如栏下水，终日见桃花。

其八　第一龙宫女，相怜是阿谁？好鱼输獭尽，白鹭镇长饥。

这位"阿最"可能不是平常人家女子，大概与隐入玉真观的李冶或咸宜观的鱼玄机差不多，否则作者也不会在诗中咏出"未入鸳鸯被，心长似火烧"等露骨的色情诗句。

李群玉的《赠妓人》《和人赠别》《伤柘枝妓》《戏赠姬人》（2916）也是描写美女姿色的优秀诗作。但奠定他美女文学江湖地位的，还是那首《同郑相并歌姬小饮戏赠》（一作《杜丞相悰筵中赠美人》）：

裙拖六幅湘江水，鬓耸巫山一段云。风格只应天上有，歌声岂合世间闻！胸前瑞雪灯斜照，眼底桃花酒半醺。不是相如怜赋客，争教容易见文君！

拖曳的彩色长裙，高耸的云鬓，如雪的酥胸，勾人的媚眼，宛如天籁的歌声和优雅别致的风态，每一句都神灵活现，堪称经典定格的画面。

◇ 方干：粉胸半掩疑晴雪，醉眼斜回小样刀

方干（836—903）有《赠美人四首》诗曰（3399）：

其一　直缘多艺用心劳，心路玲珑格调高。舞袖低徊真蛱蝶，朱唇深浅假樱桃。粉胸半掩疑晴雪，醉眼斜回小样刀。才会雨云须别去，语惭不及琵琶槽。

其二　严冬忽作看花日，盛暑翻为见雪时。坐上弄娇声不转，尊前掩笑意难知。含歌媚盼如桃叶，妙舞轻盈似柳枝。年几未多犹怯在，些些私

语怕人疑。

其三　　酒蕴天然自性灵，人间有艺总关情。剥葱十指转筹疾，舞柳细腰随拍轻。常恐胸前春雪释，惟愁座上庆云生。若教梅尉无仙骨，争得仙娥驻玉京

其四　　昔日仙人今玉人，深冬相见亦如春。倍酬金价微含笑，才发歌声早动尘。昔岁曾为萧史伴，今朝应作宋家邻。百年别后知谁在，须遣丹青画取真。

方干笔下的美女虽为歌舞场上的主角，却是刚刚踏入欢场的腼腆少女。"语惭不及琵琶槽"，是说音乐更能表达少女的心声；桃叶、柳枝，皆美女；"年几未多犹怯在"，意少女年轻尚小，初出道，显得羞怯拘谨。梅尉，县尉美称。梅福于王莽时任南昌县尉，因上书讽喻朝政险遭杀身之祸，后挂冠而去，隐居于南昌西郊飞鸿山学道。玉京，昆仑山别名，道家传说元始天尊居住于此。萧史伴、宋家子，皆形容少女如弄玉、宋玉邻居"东家子"一般美丽。

◇ 曹唐：诗晓露风灯零落尽，此生无处访刘郎

曹唐（约797—约866）以仙女诗系列驰名晚唐。曹唐曾作《大游仙诗》50篇，其中涉及女仙题材的诗作在15首以上，包括《汉武帝将候西王母下降》《汉武帝于宫中宴西王母》《刘晨阮肇游天台》《刘阮洞中遇仙子》《仙子送刘阮出洞》《仙子洞中有怀刘阮》（该诗讲述仙子对人间情人的思念。）《刘阮再到天台不复见仙子》《织女怀牵牛》、王远宴麻姑蔡经宅》《萼绿华将归九疑留别许真人》《穆王宴王母于九光流霞馆》《张硕重寄杜兰香》《玉女杜兰香下嫁于张硕》《萧史携弄玉上升》《汉武帝思李夫人》等。这些咏仙女诗，多是吟咏女仙故事，对人物的外在形象描写不多，如《玉女杜兰香下嫁于张硕》：

天上人间两渺茫，不知谁识杜兰香！来经玉树三山远，去隔银河一水长。怨入清尘愁锦瑟，酒倾玄露醉瑶觞。遗情更说何珍重，擘破云鬟金凤凰。

不过其中有几首仙女思凡的诗作颇令人印象深刻。如《仙子洞中有怀刘阮》：

不将清瑟理霓裳，尘梦那知鹤梦长！洞里有天春寂寂，人间无路月茫

茫。玉沙瑶草连溪碧，流水桃花满涧香。晓露风灯零落尽，此生无处访刘郎。

又如《萼绿华将归九疑留别许真人》：

九点秋烟黛色空，绿华归思颇无穷。每悲驭鹤身难任，长恨临霞语未终。河影暗吹云梦月，花声闲落洞庭风。蓝丝重勒金条脱，留与人间许侍中。

前诗是描写仙女对刘阮二郎归去后的思念，后者则讲萼绿华将归仙境的难舍。仙境再好，也难阻女仙们的思凡之心。仙界的寂寞，凡人又怎能理解？

曹唐又作《小游仙诗》（七绝）98首，广泛取材于古代神话及六朝志怪小说，所咏仙境及神仙故事缥缈迷离，瑰琦多采，对其神界之灵禽仙兽、琼花瑶草、神仙们的冠服妆饰等多有刻画。其诗作想象丰富，风格清丽，在当时即产生较大影响。据孙光宪《北梦琐言》记载，与曹唐同时代人"沈询侍郎清粹端美，神仙中人也。制除山北节旄，京城诵曹唐《游仙诗》云：'玉诏新除沈侍郎，便分茅土领东方。不知今夜游何处，侍从皆骑白凤凰'。"可见《小游仙诗》在当时已广为流传。

《小游仙》全文甚长，兹录以下四首以管中窥豹：

东妃闲着翠霞裙，自领笙歌出五云。清思密谈谁第一，不过邀取小茅君。（《小茅君》）

玉皇赐妾紫衣裳，教向桃源嫁阮郎。烂煮琼花劝君吃，恐君毛鬓暗成霜。（《桃源仙女》）

忘却教人锁后宫，还丹失尽玉壶空。嫦娥若不偷灵药，争得长生在月中！（《嫦娥》）

笑擎云液紫瑶觥，共请云和碧玉笙。花下偶然吹一曲，人间因识董双成。（《董双成》）

◇ 胡曾：感旧不言长掩泪，只应翻恨有容华

与曹唐仙女诗系列相映照的，是胡曾、周昙、孙元晏等人的咏史诗和薛能、小徐妃、和凝等人的"宫词"诗。

胡曾（约839—？）以咏史诗出名。其《咏史诗》150首皆为七言绝

句，每首以地名为题，评咏当地历史人物和历史事件，其中涉及美女的诗作约16首。

《细腰宫》咏楚灵王因好色而亡国。好细腰并非灵王专利，天下男人无不好之，身为国王者担当不同，必须妥善处理好国家大事与个人情欲之间的关系：

> 楚王辛苦战无功，国破城荒霸业空。唯有青春花上露，至今犹泣细腰宫。

《石城》咏战国时楚国的莫愁女：

> 古郢云开白雪楼，汉江还绕石城流。何人知道寥天月，曾向朱门送莫愁。

《阳台》咏宋玉笔下的高唐梦故事：

> 楚国城池飒已空，阳台云雨过无踪。何人更有襄王梦，寂寂巫山十二重。

《金谷园》借石崇绿珠故事，抒发西晋八王之乱后繁华东移，长安、洛阳之盛景不再的感叹：

> 一自佳人坠玉楼，繁华东逐洛河流。唯馀金谷园中树，残日蝉声送客愁。

《湘川》《苍梧》讲述舜帝南巡及娥皇、女英的故事：

> 虞舜南捐万乘君，灵妃挥涕竹成纹。不知精魄游何处，落日潇湘空白云。（《湘川》）

> 有虞龙驾不西还，空委箫韶洞壑间。无计得知陵寝处，愁云长满九疑山。（《苍梧》）

《陈宫》讲述南朝陈后主生活奢靡、沉醉后宫终于导致亡国：

> 陈国机权未可涯，如何后主恣娇奢？不知即入宫中井，犹自听吹《玉树花》。

《铜雀台》讲述曹操死后魏都邺城走向衰落：

魏武龙舆逐逝波，高台空按望陵歌。遏云声绝悲风起，翻向樽前泣翠娥。

《垓下》记述楚霸王痛别虞姬的故事：

拔山力兮霸图赊，倚剑空歌不逝骓。明月满营天似水，那堪回首别虞姬。

《青冢》《汉宫》讲王昭君远嫁匈奴的怨恨和悲泣，从诗中看，作者对政治和亲持基本否定态度：

玉貌元期汉帝招，谁知西嫁怨天骄！至今青冢愁云起，疑是佳人恨未销。(《青冢》)

明妃远嫁泣西风，玉箸双垂出汉宫。何事将军封万户，却令红粉为和戎？(《汉宫》)

《凤凰台》讲弄玉与箫史的故事：

秦娥一别凤凰台，东入青冥更不回。空有玉箫千载后，遗声时到世间来。

《瑶池》讲王母娘娘邂逅周穆王的故事，不过故事的发生地改为瑶池。当穆天子回到人间时，江山已经别移。这既有上天一日胜却人间一年的时光之差，也有责怪周天子抛却国家大事于不顾沉迷修仙的谬误：

阿母瑶池宴穆王，九天仙乐送琼浆。漫矜八骏行如电，归到人间国已亡。

《息城》讲述息夫人即桃花夫人为楚文王所得、三年不语的典故：

息亡身入楚王家，回首春风一面花。感旧不言长掩泪，只应翻恨有容华。

息夫人成为文王夫人，三年生二子而"不共楚王言"。"感旧不言长掩泪"，表明息夫人深念旧情。面对国破家亡，一个弱女子能有什么办法？只能怨怪自己容华过人了。对男人世界而言，长得漂亮就是错，就是红颜祸水。

《褒城》咏周幽王因宠幸褒姒导致亡国。与上阕不同，似乎西周的衰亡都是冷美人褒姒惹的祸：

恃宠娇多得自由，骊山举火戏诸侯。只知一笑倾人国，不觉胡尘满玉楼。

胡曾《望夫山》诗曰：

一上青山便化身，不知何代怨离人。古来节妇皆销朽，独尔不为泉下尘。

今山东省莱芜有望夫山，讲述齐宣王时戍妇望夫化为山石的故事，又传孟姜女曾在山上遥望远行的丈夫，三国时期孙夫人也曾在此望祭丈夫刘备。另涂山有望夫石，讲述涂山娇登山望夫的故事。无论故事的男主角是谁，都反映了古代因战乱和路途阻隔、消息闭塞，而使女性孤守无望的悲哀之情。

韦春喜评价胡曾咏史诗"文辞浅易，议论平常"，所具有的蒙学功能较为显著。胡曾的咏史诗在明代盛行于村学蒙塾之间，被当作蒙学教材（参见韦春喜：《宋前咏史诗》，中国社科出版社2010年2月版，第260页）。

◇周昙：厚德未闻闻厚色，不亡家国幸亡身

周昙，生卒年不详，据《全唐诗》，仅知其"唐末守国子直讲"。著有《咏史诗》八卷，《全唐诗》编为二卷计195首，该组诗形式及规模为中国文学史上所罕见。组诗前二首讲述创作该组诗的目的为"历代兴亡亿万心，圣人观古贵知今"（《吟叙》）；"考摭妍媸用破心，剪裁千古献当今"（《闲吟》）。接下来的193首咏史诗，按朝代分为"唐虞门""三代门""春秋战国门""秦门""前汉门""后汉门""三国门""晋门""六朝门""隋门"等10门，分咏从尧舜至隋炀帝、贺若弼等160多位历史人物，涉及历代美女的诗作也颇不少。

如《唐虞门·舜妃》咏舜帝与娥皇、女英故事：

苍梧一望隔重云，帝子悲寻不记春。何事泪痕偏在竹，贞姿应念节高人。

《唐虞门·再吟》：

潇湘何代泣幽魂，骨化重泉志尚存。若道地中休下泪，不应新竹有啼痕。

《三代门·幽王》，讲述周幽王为博千金一笑，不惜骊山举火导致亡国的故

/ 最 / 美 / 的 / 女 / 人 /

事，但强调其亡国的责任并非褒姒：

> 狼烟篝火为边尘，烽候那宜悦妇人！厚德未闻闻厚色，不亡家国幸亡身。

《春秋战国门·陈灵公》讲陈灵公与孔宁、仪行父三人与夏姬集体淫乱。周昙虽认定夏姬为红颜祸水，但也指斥孔宁、仪行父为乱世佞臣。

> 谁与陈君嫁祸来？孔宁行父夏姬媒。灵公徒认征舒面，至死何曾识祸胎！

《春秋战国门·范蠡》讲越国以美人计灭吴后，西施与范蠡双双泛舟，消失于太湖之中：

> 西子能令转嫁吴，会稽知尔啄姑苏。迹高尘外功成处，一叶翩翩在五湖。

《春秋战国门·黄歇》讲战国四君子之一的春申君因听从李园的计谋，将已经怀孕的李园妹妹李环送入考烈王宫中，后被李园杀人灭口的故事：

> 春申随质若王图，为主轻生大丈夫。女子异心安足听，功成何更用阴谟？

现今安徽寿县古城内"门里人"警示牌尚存，提醒后人牢记历史教训。

《春秋战国门·王后》讲范雎听说齐襄王后贤而有智，乃命使者献玉连环求解：

> 连环要解解非难，忽碎瑶阶一旦间。两国相持兵不解，会应俱碎似连环。

"齐国有人能解此环者，寡人甘拜下风。"玉连环是玉匠制环时以完整的玉石上雕琢而成，再聪明的人也不可能解开。齐君王后略为端详，命人取来金锤，一击而碎，谓使者曰："传语秦王，此环解矣。"使者还报，范雎曰："君王后果女中之杰，不可犯也。"于是与齐结盟，各无侵害（参见本书《比红儿诗》赏析第 32 首解读）。

《春秋战国门·樊姬》讲春秋霸主楚庄王贤内助樊姬的故事，由于她的旁敲侧击，虞丘子向庄王推荐了孙叔敖：

侧影频移未退朝，喜逢贤相日从高。当时不有樊姬问，令尹何由进叔敖？

《前汉门·毛延寿》讲述家喻户晓的毛延寿贪贿陷害丑化王昭君的故事：

不拔金钗赂汉臣，徒嗟玉艳委胡尘。能知货贿移妍丑，岂独丹青画美人！

《后汉门·马后》讲述东汉明帝刘庄皇后马明德的故事：

粗衣闲寂阅群书，荐达嫔妃广帝居。再实伤根嫌贵宠，惠慈劳悴育皇储。

马皇后是东汉伏波将军马援的小女儿，年未及笄即有过人的胆识和远见。一生以母仪天下自勉，41 岁逝世，其母仪贤德对明帝、章帝两朝影响巨大。

《后汉门·鲍宣妻》诗曰：

君恶奢华意不欢，一言从俭亦何难！但能和乐同琴瑟，未必恩情在绮纨。

据《后汉书·列女传》：鲍宣本渤海人，妻桓氏，字少君。鲍宣曾经跟随少君的父亲读书，少君父亲赞赏他的吃苦精神，就把女儿许配给他，并给予丰厚的嫁妆。鲍宣不高兴，对少君说：你生在富人家，娇生惯养，我家贫贱，怎么养得起你，这门亲事不配。少君于是将随嫁的物品退还父母，穿着粗布短裳与鲍宣一起回到乡下，拜过公婆之后就下地劳动，知情者称赞不已。

《六朝门·齐废帝东昏侯》讲南齐萧宝卷与爱妃潘玉奴故事：

定策谁扶捕鼠儿，不忧萧衍畏潘妃。长围既合刀临项，犹惜金钱对落晖。

《隋门·独孤后》讲杨坚皇后独孤后在立储中误立杨广的失误：

腹生奚强有亲疏，怜者为贤弃者愚。储贰不遭谗构死，隋亡宁便在江都！

《隋门·贺若弼》讲杨坚大将腰斩南陈美人张丽华的故事：

破敌将军意气豪，请除倾国斩妖娆。红绡忍染娇春雪，瞠目看行切玉刀！（周昙《咏史诗》另有《三代门·子牙妻》《晋门·贾后》。《后汉门》

———————— / 最 / 美 / 的 / 女 / 人 /

三吴时俗重风光，又见红儿二面妆。好写娇娆与教看，便应休更语真娘。

罗虬先生神来之笔总是让人们看遍美颜的不变属性

何倚

有《魏博妻》《曹娥》《周郁妻》《吕母》诸篇，前三者《后汉书·列女传》有载，《魏博妻》不知所本。）

◇ 孙元晏：后庭一曲从教舞，舞破江山君未知

孙元晏，一作孙玄晏，生平事迹失考，著《六朝咏史诗》75首，皆七言绝句，分咏吴、东晋、宋、齐、梁、陈诸朝人物，涉及六朝美女有南齐潘妃及陈后主三位嫔妃：

《齐·潘妃》 曾步金莲宠绝伦，岂甘今日委埃尘。玉儿还有怀恩处，不肯将身嫁小臣。

《陈·临春阁》 临春高阁上侵云，风起香飘数里闻。自是君王正沉醉，岂知消息报隋军！

《陈·结绮阁》 结绮高宜眺海涯，上凌丹汉拂云霞。一千朱翠同居此，争奈恩多属丽华。

《陈·望仙阁》 多少沉檀结筑成，望仙为号倚青冥。不知孔氏何形状，醉得君王不解醒。

《陈·三阁》 三阁相通绮宴开，数千朱翠绕周回。只知断送君王醉，不道韩擒已到来。

《陈·后庭舞》 嬛婉回风态若飞，丽华翘袖玉为姿。后庭一曲从教舞，舞破江山君未知。

潘妃小名玉儿、玉奴，姿态妖冶，肤白如玉，以一双柔若无骨、状如春笋般的美足著称于世，因"步步生金莲"深得东昏侯萧宝卷宠爱。南齐亡后，梁武帝将潘玉奴赐予武将田安启，"曾经沧海难为水"的潘玉奴不甘受辱，自缢而死。施耐庵创作《水浒传》取"潘金莲"为女主角姓名，或许受到这段历史的启发（参见本书《比红儿诗》赏析第69首解读）。

另南陈后主陈叔宝曾于宫中建临春、结绮、望仙三阁，阁高数十丈，穷土木之奇，极人工之巧。后主自居临春阁，张贵妃居结绮阁，龚、孔二贵嫔居望仙阁，三楼以复道连接。长发妹张丽华于阁上梳妆，有时临轩独坐，有时倚栏遥望，仰望者皆以为仙子临凡。

◇ 秦韬玉：苦恨年年压金线，为他人作嫁衣裳

李山甫（生平不详）有一首《贫女》诗曰：

> 平生不识绣衣裳，闲把荆钗亦自伤。镜里只应谙素貌，人间多自信红妆。当年未嫁还忧老，终日求媒即道狂。两意定知无说处，暗垂珠泪湿蚕筐。

这位贫女与南朝宫体诗人笔下翠钿满头、浑身珠光宝气、娇弱无力、整天无病呻吟的富家女形成强烈的反差。

广明之乱时随僖宗逃入蜀中的诗人秦韬玉（生卒年不详）也有一首《贫女》诗，其笔下的贫女境况与李山甫笔下的贫女十分类似：

> 蓬门未识绮罗香，拟托良媒益自伤。谁爱风流高格调，共怜时世俭梳妆。敢将十指夸偏巧，不把双眉斗画长。苦恨年年压金线，为他人作嫁衣裳。

这位贫女心灵手巧，秀眉如画，但因家贫，没有底气寻嫁殷实人家。"苦恨年年压金线，为他人作嫁衣裳"，犹如张俞笔下的蚕妇"昨日入城市，归来泪满巾"发出"遍身罗绮者，不是养蚕人"的哀叹。"为他人作嫁衣裳"后来成为一句成语，用来形容空为别人辛苦忙碌，自己得不到任何好处。

◇ 房千里：山远莫教双泪尽，雁来空寄八行幽

房千里（约公元 840 年前后在世）游岭微（岭南），进士韦滂赠给他一名小妾。小妾姓赵。房千里调官西上京都，与赵氏告别。赵氏极为怅恋，千里于是携赵氏北上，并作《寄妾赵氏》以寄情：

> 鸾凤分飞海树秋，忍听钟鼓越王楼！只应霜月明君意，缓抚瑶琴送我愁。山远莫教双泪尽，雁来空寄八行幽。相如若返临邛市，画舸朱轩万里游。

路过襄州的时候，房千里路遇好友许浑，于是将赵氏拜托给许浑。许浑将赵氏好好安顿。一次，许浑偶然去看望她，却意外撞见一位年轻男子从她房里出来，此人也姓韦，与许浑熟识。许浑非常郁闷，碍于韦氏的情面，不好明说，在《寄房千里博士》一诗中，婉转表达了赵氏红杏出墙的事实：

/ 最 / 美 / 的 / 女 / 人 /

春风白马紫丝缰，正值蚕眠未采桑。五夜有心随暮雨，百年无节待秋霜。重寻绣带朱藤合，更认罗裙碧草长。为报西游减离恨，阮郎才去嫁刘郎。

为何要移情别恋，才别阮郎便嫁刘郎？是为了断绝房千里西去思念的痛苦。房千里见诗，由惆怅转而愤慨，不再想念赵氏，后来他愤而著传奇《杨倡传》，将歌伎杨倡刻画成忠贞守洁的义娼。

◇ 韩偓：扑粉更添香体滑，解衣唯见下裳红

韩偓（842—923）有《香奁集》述写男女之情，风格纤巧，有南梁风格。如《咏手》诗曰：

腕白肤红玉笋芽，调琴抽线露尖斜。背人细捻垂胭鬓。向镜轻匀衬脸霞。怅望昔逢褰绣幔，依稀曾见托金车。后园笑向同行道，摘得蘼芜又折花。

又《昼寝》诗曰：

碧桐阴尽隔帘栊，扇拂金鹅玉簟烘。扑粉更添香体滑，解衣唯见下裳红。烦襟乍触冰壶冷，倦枕徐敧宝髻松。何必苦劳魂与梦，王昌只在此墙东。

萧纲的《咏内人昼眠》是南梁咏睡美人的名篇，韩偓《昼寝》则是写美人将卧之前的姿态。最后两句是说：不必苦作巫山之梦了，如意郎君（王昌）就在隔壁墙东呢（墙东，又有宋家东之意）。

《意绪》诗曰：

绝代佳人何寂寞，梨花未发梅花落。东风吹雨入西园，银线千条度虚阁。脸粉难匀蜀酒浓，口脂易印吴绫薄。娇饶意态不胜羞，愿倚郎肩永相着。

该诗将美女雨季内心寂寞、思念郎君的情绪宣泄得一览无余。（据沈括《梦溪笔谈》："和鲁公凝有艳词一编，名《香奁集》。凝后贵，乃嫁其名为韩偓，今世传韩偓《香奁集》，乃凝所为也。凝生平著述，分为《演纶》《游艺》《孝悌》《疑狱》《香奁》《籯金》六集，自为《游艺集序》云：'余有《香奁》《籯金》二集，

不行于世。'凝在政府，避议论，讳其名又欲后人知，故于《游艺集序》实之，此凝之意也。余在秀州，其曾孙和惇家藏诸书，皆鲁公旧物，末有印记，甚完。"按沈括的意思，韩偓的《香奁集》实际是和凝的作品。）

◇ 韦庄：家家流血如泉涌，处处冤声声动地

韦庄（约836—910）与晚唐温庭筠并称"温韦"，诗词皆工，洪亮吉评价其为"唐末一巨手"。其美女文学创作成果颇丰，与温庭筠的词作集中于闺怨寂寞相类，韦庄的作品也大多表达离情别绪。如《赠姬人》诗曰：

> 莫恨红裙破，休嫌白屋低。请看京与洛，谁在旧香闺？

生逢战乱，韦庄劝诫姬人安于现状，守住既有的幸福安定的生活。又如《女仆阿汪》：

> 念尔辛勤岁已深，乱离相失又相寻。他年待我门如市，报尔千金与万金。

这是在战乱中重逢过去的女仆，重情的韦庄对她许诺，等战乱平息，生活安定，我一定好好安顿你。又如《悼亡姬》：

> 凤去鸾归不可寻，十洲仙路彩云深。若无少女花应老，为有姮娥月易沉。竹叶岂能消积恨，丁香空解结同心。湘江水阔苍梧远，何处相思弄舜琴？

大抵这位亡姬去世时尚在花季，滔滔江水，斑斑泪竹，都不能消解作者心头的痛苦。韦庄有《伤灼灼》一诗描写过气的美女，诗写小序云：

> 灼灼，蜀之丽人也。近闻贫且老，殂落于成都酒市中，因以四韵吊之。
> 尝闻灼灼丽于花，云髻盘时未破瓜。桃脸曼长横绿水，玉肌香腻透红纱。多情不住神仙界，薄命曾嫌富贵家。流落锦江无处问，断魂飞作碧天霞。

殂落，死亡。灼灼估计是一名歌妓，年末十六、正当曼妙之龄即坠入红尘。红极一时的她"多情不住神仙界，薄命曾嫌富贵家"；而一旦人老珠黄，其结局竟如此悲惨：流落锦江无处依托，最终殂落于酒市。灼灼的命运是普天下绝大多数妓女共同的结局。

韦庄有一首《思帝乡·春日游》，表现了女性追求爱情的坚决与大胆：

> 春日游，杏花吹满头。陌上谁家年少，足风流？　妾拟将身嫁与，一生休。纵被无情弃，不能羞。

陌上，田野之上；休，罢，结束；不能羞，不后悔。这位于陌上春游的女子对爱情的渴望执著而狂热。遇上风流倜傥、玉树临风的青年男子，她竟怀有粉身碎骨、飞蛾扑火也要以身相许的坚定信念，这种观念即便放在今天，也应该算得上前卫了。

韦庄最著名的作品是长诗《秦妇吟》，被誉为杜甫《三吏三别》、白居易《长恨歌》之后唐代叙事诗的第三座丰碑（一说以元稹《连昌宫词》替代杜甫《三吏三别》）。《秦妇吟》《全唐诗》不载，在失传近一千年后于清朝时在敦煌石窟被发现。该诗以黄巢攻陷长安盘踞京城三年为背景，借其路遇的逃难美女秦妇（如花人）之口，讲述了亲眼目击和感受的惨烈浩劫。《新唐书·黄巢传》称黄巢率众自春明门入长安，"甫数日，因大掠，缚居人索财，富家皆跣而驱。贼酋据甲第以处，争取人妻女乱之。捕得官吏悉斩之，火庐舍不可赀计，宗室侯王屠之无类矣"。《秦妇吟》所述惨状与其相类：

> 家家流血如泉涌，处处冤声声动地。舞姬歌姬尽暗损，婴儿稚女皆生弃。

《秦妇吟》通过东西南北四位美女遭受的劫难个案描写，讲述了战乱期间年轻女性极为悲惨的下场，字字带血、声声含泪：

> 东邻有女眉新画，倾国倾城不知价。长戈拥得上戎车，回首香闺泪盈把。旋抽金线学缝旗，才上雕鞍教走马。有时马上见良人，不敢回眸空泪下。西邻有女真仙子，一寸横波剪秋水。妆成只对镜中春，年幼不知门外事。一夫跳跃上金阶，斜袒半肩欲相耻。牵衣不肯出朱门，红粉香脂刀下死。南邻有女不记姓，昨日良媒新纳聘。琉璃阶上不闻行，翡翠帘间空见影。忽看庭际刀刃鸣，身首支离在俄顷。仰天掩面哭一声，女弟女兄同入井。北邻少妇行相促，旋拆云鬟拭眉绿。已闻击托坏高门，不觉攀缘上重屋。须臾四面火光来，欲下回梯梯又摧。烟中大叫犹求救，梁上悬尸已作灰。

这位面貌"如花"的秦女，虽然在战乱中幸免于死，却也饱受欺凌，忍辱偷生，能活下来，完全是一种机遇，是小概率事件：

> 妾身幸得全刀锯，不敢踟蹰久回顾。旋梳蝉鬓逐军行，强展蛾眉出门去。旧里从兹不得归，六亲自此无寻处。一从陷贼经三载，终日惊忧心胆碎。夜卧千重剑戟围，朝餐一味人肝脍。鸳帏纵入岂成欢？宝货虽多非所爱。蓬头垢面狂眉赤，几转横波看不得。

施蛰存认为：作为我国漫长封建社会篇幅最长的叙事诗，《秦妇吟》应该有它的文学史地位。为了不致使这首诗再度失传，施蛰存于《唐诗百话》辟专章予以详细解读。施先生说：这首诗大体写了黄巢军队的奸淫烧杀，但从新安老翁口中吐露的却是官兵比黄巢更坏。北宋孙光宪《北梦琐言》称《秦妇吟》遭禁乃因"内库烧为锦绣灰，天街踏尽公卿骨"两句为公卿惊讶；施蛰存则指该诗在晚唐遭禁，根本的原因是触怒了淮南节度使高骈之类的"东诸侯"。《秦妇吟》被朝廷严令禁止传播，韦庄担惊受怕，撰《家戒》自禁此诗，并向各处收回钞本。临死前再三交代家中不能挂《秦妇吟》幛子，其弟韦蔼为他编定《浣花集》也不收录。《秦妇吟》自宋代即失传不见，直至近代才于敦煌石窟古写经中被发现。

读《秦妇吟》，给人最大的感慨依然是：生于乱世，是美女最大的悲哀！

◇ 孟昶：冰肌玉骨清无汗，水殿风来暗香暖

孟昶（919—965）是后蜀国主、小花蕊夫人的丈夫，他有一首《避暑摩诃池上作》特别有名：

> 冰肌玉骨清无汗，水殿风来暗香暖。帘开明月独窥人，欹枕钗横云鬓乱。起来琼户寂无声，时见疏星渡河汉。屈指西风几时来，只恐流年暗中换。

后来苏轼化用孟昶诗意，作《洞仙歌·夏夜》词曰：

> 冰肌玉骨，自清凉无汗。水殿风来暗香满。绣帘开，一点明月窥人，人未寝，欹枕钗横鬓乱。
>
> 起来携素手，庭户无声，时见疏星渡河汉，试问夜如何？夜已三更，金波淡，玉绳低转。但屈指西风几时来，又不道流年，暗中偷换！

词前并附小序说明："余七岁时见眉州老尼，姓朱，忘其名，年九十岁。自言尝随其师入蜀主孟昶宫中。一日，大热，蜀主与花蕊夫人夜纳凉摩诃池上，作一词，朱具能记之。今四十年，朱已死久矣，人无知此词者，但记其首两句。暇日寻味，岂《洞仙歌令》乎？乃为足之云。"

◇ 杜牧：赢得青楼"薄幸"名

杜牧、李商隐、温庭筠是晚唐最著名的三大诗人。杜牧（803—852）比李商隐（约813—约858）早生10年，温庭筠大约出生于798—824年之间（"经过近一个世纪的努力研究，已确定温庭筠大约出生于798—824年之间。"[美]宇文所安：《晚唐：九世纪中叶的中国诗歌（820—860）》，三联书店，2011年1月版）。宋邦辅《登齐山怡亭》诗赞"小杜文章天地并"；后世有称李白、杜甫为"李杜"，称李商隐、杜牧为"小李杜"；汤显祖《虞初新志·杜牧传》称杜牧为"唐第一风流才子"；辛元房《唐才子传》称杜牧"美容姿，好歌舞，风情颇张，不能自遏"；"十年一觉扬州梦，赢得青楼薄幸名"则是杜牧的自画像。

（一）豆蔻年华：杜牧笔下的美少女形象

杜牧是第一个把少女形容为"豆蔻"的诗人，他有一首《赠别》诗被认为是成语"豆蔻年华"的出处：

> 娉娉袅袅十三馀，豆蔻梢头二月初。春风十里扬州路，卷上珠帘总不如。

据吴在庆《杜牧集系年校注》，此诗作于大和九年，在杜牧"转真监察御史，赴长安供职"之前，是杜牧"离扬州时与妓女赠别之作"。娉娉袅袅，体态婀娜多姿、轻盈柔美之貌；十三馀，即十三四岁；豆蔻，即红豆蔻，花淡红，鲜妍如桃杏花色，二月尚未开花，故用以比喻少女。中国古代文人一向钟情于少女情结。古龙说：世上绝没有喝不醉的酒，也绝没有难看的少女。杜牧在写给张好好的诗中，也有"好好年十三，始以善歌来乐籍中"，"君为豫章姝，十三才有馀"等句。

杜牧把少女比作豆蔻，把成年结婚生子后的女性又比作什么呢？据称杜牧游湖州时，曾经看上一个民间少女，年十余岁，杜牧与女孩的母亲约定十年后来娶。后十四年，杜牧任湖州刺史，派人寻找这名女孩，得知女孩已嫁人生子，甚为惋惜，望着丰腴滋润的美少妇，杜牧作《叹花》诗曰：

> 自是寻春去校迟，不须惆怅怨芳时。狂风落尽深红色，绿叶成阴子满枝。（《全唐诗》一作《怅诗》，诗曰："自恨寻芳到已迟，往年曾见未开时。如今风摆花狼藉，绿叶成阴子满枝。"诗意浅薄直露，参见吴在庆《杜牧集系年校注》第697—698页。）

"绿叶成阴子满枝"，杜牧把已婚生子的女人比作结满果实的树枝，自然非常形象。想必那位硕果累累的少妇得知消息，一定是既有几分遗憾、也有几分傲骄吧。

杜牧的女性题材诗大体分为四类。一是赠予诗，如《张好好诗》《杜秋娘诗》《送人留赠》《不饮赠歌妓》《赠沈学士张歌人》《见刘秀才与池州妓别》等；二是闺情诗，如《书情》《寄远》《闺情》《春思》《秋梦》《秋感》《寄远人》《送人》《瑶瑟》《旧游》三首等；三类是宫怨诗，如《宫人家》《七夕》《洛阳秋夕》《奉寝宫人》《宫词》二首、《出宫人》二首等。四类是咏史诗，如《题桃花夫人庙》《青冢》《题木兰庙》《台城曲》二首、《过华清宫绝句》三首等。除钟情于少女，杜牧也如李白、白居易等人一样，特别关注和推崇皮肤白皙的女性，如"蝉翼轻绡傅体红，玉肌如醉向春风"（宫词二首其一）、"楚女梅簪白雪姿，前溪碧水冻醪时"（《寄李起居四韵》）、"镜敛青娥黛，灯挑皓腕肌"（《为人题赠》二首其二）、"京江水清滑，生女白如脂"（《杜秋娘》）等。在杜牧笔下，清一色的是"娉娉婷婷""解舞细腰"（《悲吴王城》）"凝腰素一围"（《为人题赠》二首其二）"楚腰纤细掌中轻"（《遣怀》）等细腰美女，他似乎对雍容丰腴的女性并不怎么看重和关注。

（二）咏史诗中的女性形象

杜牧一生诗赋有两大主题：感慨江山，唏嘘女人。即便是感慨江山，杜牧的眼光也相当独特，颇多感叹由女性题材生发。检索杜牧所有诗作，可归为咏史诗的作品有42首，其中女性题材22首，占一半还多，分别是：《题桃花夫人庙》《题武关》《春申君》《经阖闾城》《悲吴王城》《吴宫词》二首、《青冢》《赤壁》《金谷园》《金谷怀古》《题木兰庙》《泊秦淮》《台城曲》二首、《隋宫春》

/ 最 / 美 / 的 / 女 / 人 /

《过华清宫绝句》三首、《华清宫三十韵》《华清宫》《经古行宫》(一作《经华清宫》)等。令人印象最为深刻的有如下数首：

题桃花夫人庙

细腰宫里露桃新，脉脉无言度几春？至竟息亡缘底事，可怜金谷坠楼人！

息侯夫人于息亡后成为楚文王夫人，文王赞她面若桃花，誉为桃花夫人；细腰宫，楚宫；金谷坠楼人，即绿珠。全诗大意是：楚宫里的桃树又结出新桃，桃花夫人已默默无言度过了好几个春天。究竟是什么原因导致息国灭亡？想起绿珠当年为石崇跳楼，真是可怜可叹。诗人触景生情，既惋惜绿珠为石崇跳楼的不值，也为息夫人郁郁不乐、苟且偷生的现状叹息。

赤　壁

折戟沉沙铁未销，自将磨洗认前朝。东风不与周郎便，铜雀春深锁二乔。

二乔即分嫁孙策、周瑜的大乔小乔。长江的淤泥中还残存着当年赤壁之战的遗物，假如东风不给予周瑜方便，魏吴之战的结局恐将改写，那时二乔就将成为曹操的俘虏了。这是巧借赤壁怀古来感叹战乱时期美女的命运。

金　谷　园

繁华事散逐香尘，流水无情草自春。日暮东风怨啼鸟，落花犹似堕楼人。

金谷园为西晋时第一富豪石崇所建。岁月悠悠，流水无情，繁华事散，金谷园的繁荣乃至西晋王朝已成为历史。满目萧条，只有风中的落花，还使人想起当年为石崇坠楼的美人绿珠。

题　木　兰　庙

弯弓征战作男儿，梦里曾经与画眉。几度思归还把酒，拂云堆上祝明妃。

梦画眉，喻梦回女儿妆；拂云堆，地名，在今内蒙古包头西北；明妃，王昭君。木兰女扮男装，弯弓征战，属于被动和不得已。她期盼战争早日结束，以褪去战袍，还自己的女儿身。拂云堆上把酒敬昭君，是敬仰明妃以个人的牺牲，换取了西汉末数十年的边境和平。

泊秦淮

　　烟笼寒水月笼沙，夜泊秦淮近酒家。商女不知亡国恨，隔江犹唱《后庭花》。

　　秦淮，江南繁华之地，青楼比邻，歌女云集；商女，指歌女；后庭花，即《玉树后庭花》，为可谱曲演唱的宫体诗，南陈时，因《玉树后庭花》歌词中有"玉树后庭花，花开不复久"，被指为"亡国之音"。诗人借古讽今，运用陈后主《玉树后庭花》的典故，以六朝暗指唐朝，讽刺当朝统治者醉生梦死的生活状态，表现了对国家未来前途的担忧。

台城曲（二首）

　　其一　整整复斜斜，随旗簇晚沙。门外韩擒虎，楼头张丽华。谁怜容足地，却羡井中蛙！

　　其二　王颁兵势急，鼓下坐蛮奴。潋滟倪塘水，叉牙出骨须。干芦一炬火，回首是平芜。

　　门外，朱雀门外；楼，结绮阁。隋朝开国大将韩擒虎统兵伐陈，他已率兵进至金陵朱雀门（南门）外，陈后主陈叔宝与宠妃张丽华此时尚在结绮阁上寻欢作乐，欣赏蛮奴的歌舞。井中蛙，隋军入宫，无处藏身的陈叔宝与贵妃张丽华、孔贵人等躲入枯井，被隋军活捉，是为井中蛙。王安石咏史词《桂枝香·金陵怀古》中以"门外楼头"化用本诗典故，指代陈后主的荒淫旧事。王颁，隋名将王僧辩次子；蛮奴，舞姬、婢仆；倪塘，故址在今江苏江宁县东；叉牙，参差不齐；出骨须，王颁父僧辩为陈武帝所杀，及陈灭，王颁发其陵，剖棺，见陈武帝须发入骨，于是焚骨取灰，投水而饮，为父报仇。平芜，草木丛生的平旷原野。

　　全诗主题旨在借揭露和嘲讽南陈后主的腐败，以隐射晚唐同样衰败的朝政，警示其可能导致的亡国下场。

过华清宫绝句

　　长安回望绣成堆，山顶千门次第开。一骑红尘妃子笑，无人知是荔枝来。

此为《过华清宫绝句》三首中的第一首，也是最著名的一首。诗作以小见大，通过荔枝由南方快马专递送达长安帝宫的事实，来揭露唐玄宗和杨玉环奢靡至极的腐朽生活。

杜牧的咏史诗内蕴丰富，角度独特，发人深省，有多首被选入现代中学语文课本，如《泊秦淮》《赤壁》《题乌江亭》《过华清宫绝句》等，影响极为深远。

（三）因杜诗而留名的四位美女

1. 张好好：从今而后谢风流

唐大（太）和三年（829），沈传师在江西当观察使，杜牧在他手下做团练巡官，与沈幕府中的官妓张好好心心相印。沈传师弟弟沈述师也看上了张好好，弟弟向哥哥一说，哥哥立马应允，张好好就这样成为沈述师的小妾。张好好出嫁时曾给杜牧留诗一首：

> 孤灯残月伴闲愁，几度凄然几度秋；哪得哀情酬旧约，从今而后谢风流。

杜牧见诗，心中凄然，曾赶赴湖州探访。张好好自感内疚，不愿相见。杜牧在湖州一等数日，伤心而归。杜牧原以为张好好做了沈述师小妾会过上幸福生活。没想到一年之后，张好好即被沈述师抛弃，辗转流落到洛阳某酒家当垆卖酒。二年后，杜牧与其在洛阳偶然相见，十分感伤，于是写了一首长诗赠给张好好，其《张好好诗并序》曰：

> 牧太和三年，佐故吏部沈公江西幕。好好年十三，始以善歌来乐籍中。后一岁，公移镇宣城，复置好好于宣城籍中。后二岁，为沈著作述师以双鬟纳之。后二岁，于洛阳东城，重睹好好。感旧伤怀，故题诗赠之。

> 君为豫章姝，十三才有馀。翠茁凤生尾，丹叶莲含跗。高阁倚天半，章江联碧虚。此地试君唱，特使华筵铺。主人顾四座，始讶来踟蹰。吴娃起引赞，低徊映长裾。双鬟可高下，才过青罗襦。盼盼乍垂袖，一声雏凤呼。繁弦迸关纽，塞管裂圆芦。众音不能逐，袅袅穿云衢。主人再三叹，谓言天下殊。赠之天马锦，副以水犀梳。龙沙看秋浪，明月游朱湖。自此每相见，三日已为疏。玉质随月满，艳态逐春舒。绛唇渐轻巧，云步转虚徐。旌旆忽东下，笙歌随舳舻。霜凋谢楼树，沙暖句溪蒲。身外任尘土，

樽前极欢娱。飘然集仙客，讽赋欺相如。聘之碧瑶佩，载以紫云车。洞闭水声远，月高蟾影孤。尔来未几岁，散尽高阳徒。洛城重相见，婷婷为当垆。怪我苦何事，少年垂白须。朋游今在否，落拓更能无？门馆恸哭后，水云秋景初。斜日挂衰柳，凉风生座隅。洒尽满襟泪，短歌聊一书。

这首诗的真迹据说现存于故宫博物院，价值无算。杜牧初识张好好时，张好好年方"十三"有余。当时她身穿翠绿衣裙，袅袅婷婷，就像飘曳着鲜亮尾羽的凤鸟；那红扑扑的脸盘，更如一朵摇曳清波的红莲，含苞欲放。身为歌伎的张好好能歌善舞，受到主人宾客的交口称赞。然而五年后再次相见，好好已沦落至洛阳当垆卖酒，而自己也仕途蹉跎，年纪轻轻，已"少年生白须"，意外重逢，追忆往事，不觉热泪满襟（宋皇都风月主人《绿窗新话》）。

明代董其昌评价杜牧的《张好好诗》"深得六朝人气韵"（《渔洋诗话》），成就了张好好的千古美名。后来杜牧于大中六年（852）在长安忧悒去世，时年50岁。张好好获悉杜牧病亡的消息，瞒着家人潜赴长安悼祭。因悲伤过度，竟自尽于杜牧坟前。

2. 杜秋娘：花开堪折直须折

杜秋娘原为歌舞妓，15岁时被镇海节度使李锜买入府中，因擅唱《金缕曲》被李锜纳为侍妾。宪宗削藩，李锜兵败被杀。秋娘作为罪臣家眷被收入后宫为奴，因容貌出众，被宪宗帝李纯纳为秋妃。宪宗于元和十五年猝然驾崩，24岁的太子李恒在宦官马潭等人的拥戴下嗣位，是为唐穆宗。穆宗对秋娘的德行颇为敬重，安排她作为皇子李凑的监护人。长庆四年（824），不满30岁的穆宗又莫名其妙一命呜呼，年方15岁的太子李湛被推上了皇帝宝座，是为唐敬宗。宝历二年腊月，唐敬宗夜猎回宫被暗杀，枢密使王守澄与宫内宦官联名保举敬宗之弟江王李昂入宫继位，是为唐文宗。秋娘眼见李家皇帝成为宦官手中的玩偶，心中愤恨不平，遂与宰相宋申锡密谋铲除宦官王守澄等迎立李凑为帝，消息泄露，宋申锡被贬为江州司马，李凑和杜秋娘皆贬为庶民。

许多年后的一天，诗人杜牧偶过金陵，记起了这位同祖同宗的皇妃。一路探寻，终于在镇江一处僻静山坳的茅房前，见到了正在积柴堆薪的杜秋娘。

在中国美女文学史上，这是一次重要会见。杜秋娘的《金缕曲》借杜牧之笔得以流传，成为千古名作；杜秋娘凄婉的人生故事，也造就了杜牧的名篇

/ 最 / 美 / 的 / 女 / 人 /

《杜秋娘诗》。

《杜秋娘诗并序》曰：

> 杜秋，金陵女也，年十五为李锜妾。后锜叛灭，籍之入宫，有宠于景陵。穆宗即位，命秋为皇子傅姆。皇子壮，封漳王。郑注用事，诬丞相欲去己者，指王为根。王被罪废削，秋因赐归故乡。予过金陵，感其穷且老，为之赋诗。

> 京江水清滑，生女白如脂。其间杜秋者，不劳朱粉施。老濞即山铸，后庭千双眉。秋持玉斝醉，与唱《金缕衣》。（劝君莫惜金缕衣，劝君惜少年时。花开堪折直须折，莫待无花空折枝。李锜长唱此辞。）濞既白首叛，秋亦红泪滋。吴江落日渡，灞岸绿杨垂。联裾见天子，盼眄独依依。椒壁悬锦幕，镜奁蟠蛟螭。低鬟认新宠，窈袅复融怡。月上白璧门，桂影凉参差。金阶露新重，闲捻紫箫吹。莓苔夹城路，南苑雁初飞。红粉羽林杖，独赐辟邪旗。归来煮豹胎，餍饫不能饴。咸池升日庆，铜雀分香悲。雷音后车远，事往落花时。燕禖得皇子，壮发绿緌緌。画堂授傅姆，天人亲捧持。虎睛珠络褓，金盘犀镇帷。长杨射熊罴，武帐弄哑咿。渐抛竹马剧，稍出舞鸡奇。崭崭整冠佩，侍宴坐瑶池。眉宇俨图画，神秀射朝辉。一尺桐偶人，江充知自欺。王幽茅土削，秋放故乡归。舳舻拂斗极，回首尚迟迟。四朝三十载，似梦复疑非。潼关识旧吏，吏发已如丝。却唤吴江渡，舟人那得知！归来四邻改，茂苑草菲菲。清血洒不尽，仰天知问谁？寒衣一匹素，夜借邻人机。我昨金陵过，闻之为歔欷。自古皆一贯，变化安能推！夏姬灭两国，逃作巫臣姬。西子下姑苏，一舸逐鸱夷。织室魏豹俘，作汉太平基。误置代籍中，两朝尊母仪。光武绍高祖，本系生唐儿。珊瑚破高齐，作婢春黄糜。萧后去扬州，突厥为阏氏。女子固不定，士林亦难期。射钩后呼父，钓翁王者师。无国要孟子，有人毁仲尼。秦因逐客令，柄归丞相斯。安知魏齐首，见断箦中尸！给丧蹶张辈，廊庙冠峨危。珥貂七叶贵，何妨戎虏支！苏武却生返，邓通终死饥。主张既难测，翻覆亦其宜。地尽有何物，天外复何之？指何为而捉，足何为而驰？耳何为而听，目何为而窥？己身不自晓，此外何思惟？因倾一樽酒，题作杜秋诗。愁来独长咏，聊可以自怡。

"京江水清滑，生女白如脂。其间杜秋者，不劳朱粉施。"唐朝诗人以肤白为最美。杜秋之美是天然去雕饰的自然美。杜秋娘入宫承宠："联裾见天子，盼盼独依依。椒壁悬锦幕，镜奁蟠蛟螭。低鬟认新宠，窈袅复融怡。月上白璧门，桂影凉参差。金阶露新重，闲捻紫箫吹。莓苔夹城路，南苑雁初飞。红粉羽林仗，独赐辟邪旗。归来煮豹胎，餍饫不能饴。"那是何等锦衣玉食的奢华生活！曾经的场面越繁华，如今的晚景就越凄凉："归来四邻改，茂苑草菲菲。清血洒不尽，仰天知问谁。寒衣一匹素，夜借邻人机。"不仅缺衣少食，就连织机，也要找邻居相借。

《杜秋娘诗》既是一篇完整的美女传记，也是一首经典咏史诗。从美女的豆蔻年华写到人老珠黄，从女子的璀璨青春写到晚景的落魄凄凉，真个是说不尽、道不完的人间沧桑。对于杜秋娘在战乱宫斗中的人生起落，囿于党争、无法施展抱负的杜牧发出了"女子固不定，士林亦难期"的叹息，大有"同是天涯沦落人"的感伤。

对于杜秋娘的《金缕曲》，不同的人有不同的理解：既可以解释为人生苦短，应及时行乐；也可以理解为不必在意华美的衣裳而应珍惜青春的大好时光。

3. 崔紫云：三重红粉一时回

据孟棨《本事诗·高逸》及宋王铚《补侍儿小名录》：李愿罢镇回洛阳闲居，家妓盛列，"声伎豪华为当时第一"，乐妓崔紫云词华清峭，眉目端丽，为其中的佼佼者。一日，李愿在府上大开宴席，遍邀名流，莺歌燕舞。杜牧时任监察御史，刚到洛阳不久，未在邀请之列。（《本事诗》谓"以杜持宪，不敢邀置。"）宴席方开，杜牧却不请自来。舞乐方张，众乐妓华妆丽服，歌吹绕梁，争芳斗艳。杜牧几杯酒下肚，醉眼蒙眬对李愿道："闻有紫云者，孰是？"李愿手指众乐妓中一穿紫衣者道："正是。"杜牧点头道："名不虚传，宜以见惠。"（果然不差，应当送我吧？）李愿大笑，众乐妓闻知，也掩嘴而笑，以为杜御史酒后失态。杜牧却意气闲逸，旁若无人，连饮三大杯，口占一诗道：

> 华堂今日绮筵开，谁唤分司御史来？偶发狂言惊满坐，三重粉面一时回。

诗罢，掷盏拂袖而出，"升车辴鞚而归。"（辴鞚，音 duǒ kòng，松弛马勒之意。）众宾客面面相觑。李愿忌惮杜牧身份，担心他向朝廷参奏，当即遣人以紫云送赠。紫云临行，含泪献诗曰：

/ 最 / 美 / 的 / 女 / 人 /

从来学制斐然诗，不料霜台御史知。忽见便教随命去，恋恩肠断出门时。（苏轼《闻李公择饮傅国博家大醉二首》之二云："不肯惺惺骑马回，玉山知为玉人颓。紫云有语君知否，莫唤分司御史来。"即是咏紫云故事。）

斐然，文采显著。看来这位紫云姑娘果然名不虚传，不仅眉目端丽，而且文采璀璨，出口成章。究竟紫云跟随杜牧的下场如何，孟棨的《本事诗》没有交代。（据缪钺《杜牧年谱》，李愿在杜牧任监察御史分司东都十年前已经去世，此处的李司空应为李听。）

4. 窦桂娘：心机有胜妲己，结局令人唏嘘

窦桂娘是杜牧塑造的有才有色、智勇双全的侠女形象，约创作于大（太）和元年（827），题为《窦列女传》，其文颇具传奇色彩，讲述的却是真人真事。

"桂娘美颜色，读书甚有文"，一望而知是一位美才女。单单一个美才女的故事算不上传奇。李希烈攻破汴州，得知桂娘才貌过人，娶之而去；换成一般女孩，要么逆来顺从，要么哭哭啼啼，早吓得三魂丢了二魂。桂娘的神奇在于她以令人难以想象的淡定，悄悄宽慰父亲说："您千万稳住，不要为我担忧。我一定会想办法除去逆贼，使爹爹为天子建功。"

接下来，桂娘果然表现出她超出凡人的智慧和胆识。她以撩人的姿色和机灵取得李希烈的绝对信任，令李希烈将发妻抛在一边。桂娘深知势单力薄难成大事，于是寻机与李希烈的重要部将陈先奇搭上关系，并与他的夫人结为姊妹和同盟。

兴元元年四月，李希烈暴死，其子秘不发丧，拟除掉众多老将后拥兵自立。计谋尚未付诸实施，遇上有人进献樱桃，桂娘对希烈的儿子说：可以分一些樱桃给先奇的妻子送去，以显示家中平安无事。桂娘暗中写好秘信，将其藏在樱桃内令人给陈先奇送去。先奇打开蜡丸，见书中写道："前日已死，殡在后堂。欲诛大臣，须自为计。"陈先奇立即与薛育等将领率领部从前往拜见李希烈。希烈子迫于无奈，只得说出实情："愿去伪号，一如李纳。"（李纳：淄青镇叛将李正己之子。正己病死，李纳请袭父位，朝廷不许，于是反叛朝廷，称齐王。）陈先奇、薛育等人不从，将李希烈妻子全部斩首，上报朝廷。

李希烈全家被诛，此时的窦桂娘哪儿去了？灭了李希烈，窦桂娘已无法回

家跟父母团聚。在当时社会,妇女的名节贵于生命。窦桂娘跟反贼李希烈做了多日夫妻,该如何面对父母?纵然父母理解,世人的唾沫也会将其淹死。当父亲派人接女儿回乡的时候,桂娘做出了一个惊人之举:留在蔡州,削发为尼。

关于桂娘的下落,后世戏曲杂剧衍生出各种不同的版本。有的说她荣归故里,有的说她失节自杀。杜牧《窦列女传》中说:李希烈被诛"后两月,吴少诚杀先奇,知桂娘谋,因也杀之"。这是个令人惋惜的结局,但却十分符合晚唐五代时期动乱频仍、视人命如草芥的现实。

◇ 李商隐:此情可待成追忆

李商隐(约813—约858)一生历宪宗至宣宗六朝。他以《无题》为名的爱情诗辞藻缤纷艳丽,意境迂回深妙,情调忧郁感伤,后世好评如潮。《李商隐传》《李商隐的心灵世界》的作者董乃斌将其与英国作家莎士比亚、俄国作家托尔斯泰相提并论(参见董著《李商隐的心灵世界·弁言》)。

唐代诗坛高手如林,李白、杜甫的成就很难超越,但这并不妨碍后人兼采前人之长,大胆创新。李商隐"全部诗集,除却几首朋俦游宴外,其余都是恋爱的纪事诗,小部分纪与女道士的情史,大部分则为宫人卢氏姐妹。"(苏雪林《玉溪诗谜》第118页)以女性心理世界的描摹作为探索创新的着重点,在他之前,即便有这样的诗人,也不如他取得如此辉煌的成就。所以选择这种角度,一与他多愁善感的个性有关,二与他天赋神授的诗才有关,三与他独特的人生际遇有关。"假如他不在女性心理灵动上发掘开拓,他的孤独、飘零、惘然、无奈、感伤情调就失去了依托,正是因为他做到了凄苦的情和艳丽的词通过对男女情感的有机统一,才在艺术上给后人开辟了无以逾越的新境界"(王铁良《论李商隐〈无题〉诗的女性情结》)。

李商隐对中国美女文学的贡献主要有三:一是把女性心理变化作为诗歌创作的主题,从而打开了中国美女文学园地别样风景的另一扇门,使人们在惊叹美女秀丽外貌的同时,也能领略美女独有的内在风韵;第二是跳出美女描写的狭隘圈子,站在更高的视野来讴歌女性美。在他笔下,柔肠百转的美女不再是红颜祸水和男人的附庸,而是令男性世界无限向往的精神家园(王铁良《论李商隐〈无题〉诗的女性情结》:"诗人歌颂女性,就是为了让女性世界更精彩。

诗人对女性的歌颂，也就是在歌颂美，歌颂生活，歌颂美丽多彩的世界"）；三是通过对自己人生情感路上与女性邂逅及爱情经历的情绪描写，不仅创作了震撼中国文坛的不朽诗篇，还为美女文化园地增添了宋华阳、柳枝、王氏、卢氏姐妹、锦瑟女等众多的美女形象。（另有一个宋若荀。参见宋宁娜《李商隐其人其诗》，华文出版社，2008 年 12 月版。）

（一）宋华阳：偷桃窃药事难兼，十二城中锁彩蟾

唐文宗大和年间，李商隐奉母迁居济源（父亲早逝），并在济源附近的玉阳山短期学道。该山属道教名山，据说睿宗帝之女玉真公主曾在此山灵道观修道。李商隐"学仙玉阳"的时间不长，但这座山却给他留下深刻印象。他以"玉溪生"为号，即源于此山一条溪水之名。对李商隐恋爱史感兴趣的学者推论，他在此山修道期间，曾与一位宋姓女道士发生恋情，该女道士本居京城华阳观，因名"宋华阳"。宋华阳不肯还俗，两人的恋情以悲剧告终。后来宋华阳回到长安，李商隐对这段恋情一直耿耿于怀。通观李商隐的爱情诗篇，其中透出不少道教信息，人们很容易将其与女道士宋华阳联系起来。

一般而言，唐代文人比较浪漫放纵，唐代女道士、尼姑颇多带有娼妓性质，这两种人发生恋爱纠葛顺理成章。从李商隐《月夜重寄宋华阳姐妹》诗中"偷桃窃药事难兼，十二城中锁彩蟾"以及《别智玄法师》中"云鬓无端怨别离，十年移易住山期"等谐而不庄的诗句来看，李商隐与这些女道士确有亲昵暧昧之处。他的一些诗作用典设辞频涉仙家故事，从其表现的思想感情来看，确也流露出对爱情的向往。

比较明确事涉女道士宋华阳的诗作，首先是《月夜重寄宋华阳姊妹》：

> 偷桃窃药事难兼，十二城中锁彩蟾。应共三英同夜赏，玉楼仍是水精帘。

偷桃，用东方朔、董双成之典；窃药，嫦娥所为。十二层，据王嘉《拾遗记》："昆仑山傍有瑶台十二，各广千步，皆五色玉为台基"；彩蟾，月宫中蟾蜍；三英，即三珠树，《诗经·郑风》中有"三英粲兮"句，此处代指宋华阳姊妹；玉楼，宋华阳姐妹住所；"同夜赏"有宋华阳姐妹在旁，两人犹以水晶帘相隔，情意难达。

李商隐另有《赠华阳宋真人兼寄清都刘先生》诗曰：

> 沦谪千年别帝宸，至今犹谢蕊珠人。但惊茅许同仙籍，不道刘卢是世亲。玉检赐书迷凤篆，金华归驾冷龙鳞。不因杖屦逢周史，徐甲何曾有此身！

这位刘先生与李商隐、宋华阳皆同在"清都"即玉阳山学道，撇开诗意不解，只看该诗标题，已知李商隐与宋真人在玉阳山确有一段相识相好的情缘。

除上述两首诗外，李商隐的几首《无题》诗，如《无题·白道萦回》《无题·紫府仙人》《无题·凤凰香罗》《无题·重帷深下》《无题·昨日紫姑》（为了阅读方便，本文特在每首《无题》诗标题中添加该诗前四字以示区别，《昨日紫姑》在《李商隐诗歌集解》中题为《昨日》，取该诗头二字，仍是《无题》），以及三首直接以圣女祠命名的诗作《圣女祠·杳蔼逢仙迹》《圣女祠·松篁台殿》《重过圣女祠》，可能都与宋华阳有所牵连。《重过圣女祠》诗曰：

> 白石岩扉碧藓滋，上清沦谪得归迟。一春梦雨常飘瓦，尽日灵风不满旗。萼绿华来无定所，杜兰香去未移时。玉郎会此通仙籍，忆向天阶问紫芝。

该诗第一句写祠景观，第二句说圣女因犯事被贬下凡尘，迟不得归。梦雨，用巫山神女故事。灵风，神风，不满旗，谓风很小，整个三四句讲祠内细雨霏霏，微风轻拂，给人感觉较前有荒凉和深度寂寞之意。萼绿华、杜兰香皆西晋道教传说中仙女。此两句大意说作者当年曾在祠中与貌如萼绿华、杜兰香者之仙女有去来无常的短暂欢会。玉郎即侍郎，在仙官中属其秩未尊者。末两句是想象自己如在此通达仙界，当可登上天阶问候仙女了。

李商隐诗作中涉及道教、神界仙女的诗颇多，如嫦娥、织女（星娥）、西王母、巫山神女、麻姑、萼绿华、杜兰香、紫姑、青女、上元夫人、宓妃、湘妃等。据考唐代实有圣女祠，在扶风郡陈仓县与大散关之间；但也有学者指出圣女祠实为女道士观代称，如陈贻焮即认为李商隐笔下的圣女祠，指的是玉阳山玉真公主所居之灵都观。（苏雪林《玉溪诗谜》："我以为圣女祠并非真有其地，不过是义山情人所居寺观之代名词。"参见该书第25页。）

从李商隐所涉圣女、女冠诗作，推测李商隐年轻时在玉阳山修道期间曾有一段难忘的情缘，其所爱是一位宛如圣女般美丽的女道士，应该不是杜撰。但

　／最／美／的／女／人／

《李商隐其人其诗》的作者宋宁娜则坚持认为，李商隐认识柳枝、王氏之前的初恋女友，是贝州清河宋氏五姐妹中最小的一个宋若荀（五姐妹依次为：若莘、若昭、若伦、若宪、若荀，参见该书第288—345页）。

（二）柳枝："武昌若有山头石，为拂苍苔检泪痕"

因为顾忌女道士的特殊身份，李商隐将他与宋华阳的恋情隐藏在玉阳山的云霭雾障之中。然而，对于与"洛中里娘"柳枝的爱情，他却无所顾忌，公然以《柳枝五首并序》讲述出来：

> 其一　花房与蜜脾，蜂雄蛱蝶雌。同时不同类，那复更相思！
> 其二　本是丁香树，春条结始生。玉作弹棋局，中心亦不平。
> 其三　嘉瓜引蔓长，碧玉冰寒浆。东陵虽五色，不忍值牙香。
> 其四　柳枝井上蟠，莲叶浦中干。锦鳞与绣羽，水陆有伤残。
> 其五　画屏绣步障，物物自成双。如何湖上望，只是见鸳鸯？

关于《柳枝五首》的理解，历来争议较多，赞美者认为该诗表达了作者对柳枝的一片深情，毁之者认为该诗"（序）文不从，字不顺，几难寻句读"；"五首故为朴拙，殊乏意味，不可解"（刘学锴、余恕诚《李商隐诗歌集解》，中华书局1998年版第118页）。但是诗前所作之序，除一两句费解之外，通篇较易理解。序不算短，主要介绍作者与柳枝相识相思及憾其无缘的经过："柳枝，洛中里娘也。父饶好贾，风波死于湖上。其母不念他儿子，独念柳枝。"十七岁的柳枝蛾眉皓齿，芳菲妩媚，聪慧可人，不仅擅长音乐，对诗歌也有极强的领悟、鉴赏能力（"生十七年，涂妆绾髻，未尝竟，已复起去，吹叶嚼蕊，调丝擫管，作天海风涛之曲，幽忆怨断之音"）。李商隐的从兄李让山与柳枝比邻而居。一天，让山在门前高声吟诵李商隐的《燕台诗》，柳枝听了，非常喜欢，问让山道："什么诗如此缠绵多情？谁写的？"李让山回答说："是我家堂弟李义山写的，乃《燕台》四首。"柳枝当即手断裙带，托让山转赠商隐，希望能得到他的诗篇。第二天，李商隐牵着马匹来访，柳枝直迎到巷口。柳枝对李商隐说："三天后是正月最后一天，我会同相邻的姐妹们到河边洗涤衣裙，希望你到时候能来，我有几句悄悄话对你说。"李商隐点头答应说："我一定来。"（唐代洛阳风俗，文士靓妹会在这一天到水边醑酒湔裙，以避灾避厄。）

当年京城的进士考试在二月举行，李商隐已与温庭筠等约好，过几天一起到长安参加科考。温氏得知李商隐和柳枝约会的事，就与他开了个玩笑，将他的书籍行李打包席卷而去，前往长安。没办法，李商隐只得追随而去，同柳枝的见面就这样爽约了。

因为各种原因，李商隐此次科考未能上榜。为了功名，只好留在京城继续攻读。到年底，从兄让山从洛阳到长安来看他。商隐问起柳枝，从山叹息道："柳枝一直等你，你没能赴约，她伤心了好久，大半年没你的消息，她母亲已收了东诸侯的聘礼，答应她做东诸侯的小妾了……"

李商隐想起柳枝含情凝睇、清雅不俗的样子，心中又悔又痛，当即写了《柳枝五首并序》，托李让山带回洛阳，题在两人相遇巷口的墙上。

> 余从昆让山，比柳枝居为近。他日春曾阴，让山下马柳枝南柳下，咏余《燕台诗》。柳枝惊问："谁人有此，谁人为是？"让山谓曰："此吾里中少年叔耳。"柳枝手断长带，结让山为赠叔乞诗。明日，余比马出其巷，柳枝丫鬟毕妆，抱立扇下，风鄣一袖，指曰："若叔是？后三日，邻当去溅裙水上，以博香山待，与郎俱过。"余诺之。会所友偕当诣京师者，戏盗余卧装以先，不果留。雪中让山至，且曰："为东诸侯取去矣。"明年，让山复东，相背于戏上，因寓诗以墨其故处云。

柳枝是李商隐诗歌的粉丝和"知音"，因诗及人，对他一见钟情。柳枝不仅人长得漂亮，还擅长音乐，而她痴情直爽的性格也很讨人喜欢。从《柳枝五首》能看出李商隐对柳枝感情很深。他赞美柳枝，将她比做柔嫩芳香的丁香子和碧玉晶莹的嘉瓜，通过诗作和序言毫不隐晦地表达倾慕、思念与惋惜，这与他以往隐僻的诗风形成了鲜明的对照。

从《柳枝五首》序言看，似乎李商隐与柳枝仅有一面之缘。后世研究李商隐恋爱史的学者，却据该诗和序言大胆想象，认为李商隐和柳枝必有更复杂的恋情，有可能二人在洛阳曾经有一段有实无名的夫妻经历。（冯浩《玉溪生诗笺注》："序语不无回护之词，未必皆实，而有笔趣。"张采田《玉溪生年谱会笺》："柳枝为义山第一知己。义山情种，于第一知己未必轻易放弃，留下一生憾事。"）同柳枝的分离，是李商隐一生的隐痛，他深深责备自己屈服于宗族的势力。（因为两人同时不同类，李氏家族反对他娶商人女儿为妻。）在以后的岁月里，他一直在打听柳枝的情况和下落。东诸侯死后，柳枝被大妇卖到妓院，流落到武昌。唐宣宗大中二年（848）秋天，李商隐离开桂林到巴渝，一次酒宴送同年进士独孤云去武昌，即席写了一首极其哀怨的七绝《妓席暗记送同年独孤云之武昌》：

> 叠嶂千重叫恨猿，长江万里洗离魂。武昌若有山头石，为拂苍苔检泪痕。

晋陶侃永嘉五年（311）任武昌太守，曾在武昌西门前遍栽杨柳，后世因称"武昌柳"。（武昌妓送韦瞻："武昌无限新栽柳，不见杨花扑面飞"；刘禹锡《有所嗟》："庾令楼中初见时，武昌春柳似腰肢。"）李商隐以武昌柳绾合柳枝。"妓席"，点柳枝流落武昌为妓。他告诉独孤云：不知道武昌北山上那块"望夫石"尚在否？若果然还在，眺望、思念着我，请独孤云为我拂去她身上的青苔，拭去她脸上的泪痕！（该诗以"望夫石"称柳枝，有人据此认为柳枝可能是李商隐的前妻。李商隐《祭侄女寄寄》文中曾言："况我别婜以来，胤绪未立。犹子之谊，倍切他人。"可知李商隐与王茂元小女儿结婚之前，曾有一段婚姻。此人莫非柳枝？）

李商隐真乃千古情种。许多年之后，他在一个送别的长亭上写了两首绝句：《离亭赋得折杨柳二首》：

> 其一　暂凭樽酒送无憀，莫损愁眉与细腰。人世死前惟有别，春风争拟惜长条！
> 其二　含烟惹雾每依依，万绪千条拂落晖。为报行人休尽折，半留相送半迎归。

"人世死前惟有别"，评论者认为此七字"惊心动魄，一字千金"，"写得透心刺骨，而风致仍自嫣然"。

李商隐一生写了很多首与柳有关的诗，大抵每当他写下一个柳字时，心上都会为之一颤：为他曾经负情的柳枝心生内疚……

（三）王氏：春蚕到死丝方尽，蜡炬成灰泪始干

李商隐年少聪颖，十五岁时写出《才论》《圣论》二文，天平节度使令狐楚大加欣赏，不仅请他入幕，资其家用，还让他陪亲子读书。在令狐楚的启发、帮助下，李商隐于唐文宗开成二年（837）高中进士。

开成三年，李商隐到泾原节度使王茂元幕府任"掌书记"（秘书），得到王茂元小女儿"王氏"的爱情。（王茂元小女儿有姓无名，因称"王氏"，《此情可待成追忆》的作者刘依依为她取名"晚晴"，或以李诗"天意怜幽草，人间重晚晴"句为凭。）开成四年，李商隐与王氏结为夫妻。"甘露之变"后，王氏家道中落。当时朝廷有所谓"牛李党争"（牛僧孺、李德裕）。对李商隐有提携、奖拔之恩的令狐家族属于牛党，李商隐平常结交的一帮朋友也多属牛党，而王茂元则属李党。因为这段婚姻，李商隐被一帮宗派情绪较浓的友人斥为"先牛后李""丧节气""背家恩""无行"。与王氏的婚姻，成为开成三年李商隐应博学宏辞落选，以及随后仕途不进的重要原因。

人们始终好奇，王茂元的女儿究竟生得怎样的花容月貌，竟使李商隐如此沉迷，置锦绣前程于不顾，宁愿被令狐家族和圈内友人斥为"忘恩""无行"也一意孤行，不肯回头？

李商隐有一首七绝《东南》形容妻子王氏的兰心蕙质：

> 东南一望日中乌，欲逐羲和去得无？且向秦楼棠树下，每朝先觅照罗敷。

写这首诗时，李商隐身在泾州：东南而望京城，做官无望，那就索性每日于秦楼海棠树下，尽情欣赏你那堪与罗敷媲美的娇艳身姿吧。

下面这首《无题》据说也是李商隐赞美妻子王氏的：

> 照梁初有情，出水旧知名。裙钗芙蓉小，钗茸翡翠轻。锦长书郑重，眉细恨分明。莫近弹棋局，中心最不平。

照梁，宋玉《神女赋》："其始来也，耀乎若白日初出照屋梁。""出水"，白居易《因梦得题公垂所寄蜡烛因寄公垂》："照梁初日光相似，出水新莲艳不如。"裙钗两句，是形容妻子的穿着打扮，裙上画芙蓉，既形容服饰之美，也有喻王氏品格高洁之意。锦长：用苏若兰织锦回文故事，此处指闺人书札。眉细恨分明，指女子眉妆时尚。《后汉书·五行志》："桓帝元嘉中，京都妇女作愁眉，细而曲折。"（愁眉，梁冀妻孙寿所创。）弹棋局，"中心最不平"，与《柳枝诗五首》"中心亦不平"意近。程梦星注引《梦溪笔谈》：弹棋，今人罕为之，有《谱》一卷，盖唐人所为。棋局方二尺，中心高如覆盂，其颠为小壶，四角隆起。今大名府开元寺佛殿上有一石局，亦唐时物也。李商隐诗"中心最不平"，谓其中高也。程注又引陆游《老学庵笔记》云："吕进伯作《考古图》云：'古弹棋局，状如香炉盖。'谓其中隆起也。李义山诗云'中心最不平'，今人多不能解；以进伯之说观之，则粗可见。此诗为李商隐因宏博落选后寄内，该诗前六句尽情赞赏王氏之美，七八两句则借劝诫妻子不得近赌而借题发挥，诉心中不平之状。"

"巴山夜雨"四个字对今人不算陌生，全国各地以"巴山夜雨"命名的店铺随处可见。但不一定有多少人知道，"巴山夜雨"四字的来历，本源于李商隐寄王氏的一首诗作——《夜雨寄北》：

> 君问归期未有期，巴山夜雨涨秋池。何当共剪西窗烛，却话巴山夜雨时？

这首七绝运用不同时空的往返言答，复词重叠，艺术地表达了作者对妻子的深切思念。

君问我何时归来，我也不能确定是哪一天。收到你的来信，此时我正在偏僻的巴山深处，夜雨绵绵中，门前池塘涨满秋水，茫茫一片。我也归心似箭，恨不得早日飞到你的身边，与你剪烛西窗下，共话久别的思念。如同深夜巴山深处的我，夜中独坐，深深地把你怀念……

晚唐政治昏暗，党争剧烈，满腹才学的李商隐受牛党排挤，官不挂"朝籍"，辗转于幕府替人捉刀代笔，一家人过着贫困的生活。宣宗大中五年（851），李商隐得知妻子病重，从汴徐幕府匆匆赶回长安，到达时妻子已逝世两日。

李商隐欲哭无泪。婚后十四年间，为了前程和家庭生计，他一直奔波在外，夫妻俩聚少离多。十四年间他创作了许多爱情诗篇，但这些以《无题》命名的用词隐僻的诗作，有多少篇属于王氏，人们不得而知。妻子的匆匆辞别，使李商隐真正体会到相濡以沫、同甘共苦的患难深情，在送丧归洛、故地重游及长夜沉思之中，他记起了妻子所有的好，她娇美的容貌，过人的才学，作为妻子的忠贞温婉，以及她善良的母性。于是，李商隐诗中开始频繁出现亡妻的形象。而诗歌也成了他抒发内心悲情的主要通道。

在送丧洛阳期间，陷入极度悲伤的李商隐创作了《夜冷》《西亭》等悼亡诗。

夜 冷

树绕池宽月影多，村砧坞笛隔风萝。西亭翠被馀香薄，一夜将愁向败荷。

诗人深夜乍闻笛声，离愁瞬间充满心田，徒增无限悲凉，眼前的"败荷"与从前"裙衩芙蓉小"形成何等鲜明的对照！

西亭（洛阳崇让宅王茂元居处，有东西二亭）：

此夜西亭月正圆，疏帘相伴宿风烟。梧桐莫更翻清露，孤鹤从来不得眠。

此夜西亭圆月朗朗，作者透过疏透的窗帘与月下秋风烟雾相伴。梧桐树，请不必再新结清露，就栖于此的孤鹤哪里能睡得着？

由于悲伤过度，李商隐渐显哀毁骨立之态。他的内兄王十二郎、连襟韩瞻等担心他因此病倒。他刚回到长安，就一起来问候他，李商隐婉言谢绝，一首《王十二兄与畏之员外相访见招小饮时予以悼亡日近不去因寄》写道：

谢傅门庭旧末行，今朝歌管属檀郎。更无人处帘垂地，欲拂尘时簟竟床。嵇氏幼男犹可悯，左家娇女岂能忘！秋霖腹疾俱难遣，万里西风夜正长。

王十二兄，李商隐岳父王茂元之子；悼亡日近，谓王氏去世未久；谢傅，谢安薨赠太傅，此处以谢安比岳父王茂元，自己则忝居诸婿之末；檀郎，一曰潘安小字檀奴，此处或指王十二兄、韩瞻，大意自己心情不佳，无意宴饮；嵇氏幼男，嵇康死，其子十岁而孤；左家娇女，左思有《娇女诗》，此处代指膝下儿女尚幼；末尾"愁霖腹疾"两句，指作者身体有恙，心中哀痛难遣，秋风萧瑟，长夜难熬。

在长安待了四个多月，李商隐接到好友柳仲郢的来信，邀他入东川为幕佐。（后请为检校工部郎中，从五品上阶。）李商隐将一双儿女托付给连襟韩瞻，孤身一人前往四川。他一路向西，踽踽独行，经过秦蜀交界的大散关时，眼望漫天飞雪，想到再也无人给自己寄寒衣，雪中吟五绝《悼伤后赴东蜀辟至散关遇雪》：

剑外从军远，无家与寄衣。散关三尺雪，回梦旧鸳机。

在东川，身为节度判官的柳仲郢见李商隐一副落魄失魂的样子，便将乐营中一位温婉贤惠的歌女张懿仙赏赐给他，希望能帮他缝补浆洗，排解身心的苦闷。此时的李商隐心里只有王氏和一对儿女，他委婉回绝了柳仲郢的好意，在《上河东公启》一书中写道：

> 两日前，于张评事处伏睹手笔，兼评事传指意，于乐籍中赐一人，以备纫补。某悼伤以来，光阴未几。梧桐半死，方有述哀；灵光独存，且兼多病……至于南国妖姬，丛台妙妓，虽有涉於篇什，实不接於风流……

"虽有涉于篇什，实不接于风流"，这很容易使人想起梁国太子萧纲那句话："立身先须谨重，文章且须放荡。"看来，妄断李商隐为千古风流情圣的学者该出语慎重了。

李商隐只活了49岁，因身怀刻骨铭心之爱，所以能创作出那首名扬千古、奠定他大师级地位的《无题·相见时难》：

> 相见时难别亦难，东风无力百花残。春蚕到死丝方尽，蜡炬成灰泪始干。晓镜但愁云鬓改，夜吟应觉月光寒。蓬山此去无多路，青鸟殷勤为探看。

苏雪林说，这一首真是在心颤魂飞、肠回气荡时作出来的好诗。如说中国没有哀情诗，便请他读义山这一首！

（四）卢氏姐妹："离鸾别凤今何在，十二玉楼空更空"

研究李商隐恋爱史的学者认为，李商隐诗歌中记录的女性，除了宋华阳（或宋若荀）、柳枝、王氏之外，一定还另有其人。苏雪林女士在钻研李商隐诗歌的基础上，得出一个重要结论说：李义山恋爱诗大半记述的是与宫人卢氏姐妹的情事。按苏女士的考证，李商隐与宋华阳相恋未久，宋即移情别恋，李商隐的情敌是永道士，当年介绍宋华阳给李商隐的是他，后来引荐卢氏姐妹的也是他。李商隐有七绝《寄永道士》云：

> 共上云山独下迟，阳台白道细如丝。君今并倚三株树，不记人间落叶时。

"三株树"见《山海经》，此处意为：永道士如今你独拥三美，自然得意，而我义山被人抛弃，恰如秋风之扫落叶，漫无所归呢。（据苏女士认定为怀念女冠之作的《碧城》三首中，有"不逢萧史休回首，莫见洪崖又拍肩"等诗句，是告诫宋华阳切莫见异思迁之意。）

也许是永道士独拥三美自觉不好意思，于是，经过他的穿针引线，李商隐得以与皇宫中一对姐妹花相识（玩点刺激的），这对出身舞女的姐妹花，姐姐叫卢飞鸾，妹妹叫卢轻凤，合称"卢氏姐妹"。

卢氏姐妹的来历，从苏鹗《杜阳杂编》可循其迹：

> 唐敬宗宝历二年（826），浙东贡舞女二人，曰飞鸾、轻凤。帝琢玉芙蓉为歌舞台，每歌舞一曲，如鸾凤之音，百鸟莫不翔集。歌舞罢，令内人藏之金屋宝帐，宫中语曰："宝帐香重重，一双红芙蓉。"

按苏雪林女士的推测，李商隐初次入宫，必因宫中有醮祭事而由羽流带入。其"羽流者"，应该是永道士。李商隐由道观之径而入宫廷，有《玉山》一诗为证：

> 玉山高与阆风齐，玉水清流不贮泥。何处更求回日驭？此中兼有上天梯。珠容百斛龙休睡，桐拂千寻凤要栖。闻道神仙有才子，赤箫吹罢好相携。

"玉山"指道观，"阆风"指宫禁，相齐，意可与之媲美。"回日驭"两句，系指当时公主皆有政治能量，有返天回日、直达天子之本领。《庄子·列御寇》："夫千金之珠，必在九重之渊，而骊龙颔下，子能得珠者，必遭其睡也。"即只有在骊龙瞌睡时才有机会偷盗其珠。其隐含的意思是：偷宫中嫔妃是与九重之渊盗窃龙珠一般危险的事情，但坐拥佳丽三千、整天昏昏欲睡的君王又何曾得知呢。李商隐《有感》诗中"非关宋玉有微词，只是襄王梦觉迟"可与此互相印证。"凤要栖"，犹言这样如花似玉的美人，你竟弃若秋扇，我就不免要据而有之了。末二句是托永道士相携入宫之意。（永道士即宋华阳姊妹之情人，与李商隐有"姨夫之谊"，因入宫建醮，携其入宫，自在情理之中。参见苏雪林：《玉溪诗谜》第49页。）

李商隐有诗作《一片》《七月二十八日夜与王郑二秀才听雨后梦作》等描绘后宫景色，是他曾经入宫的见证；又有《碧瓦》《西溪》等咏曲江离宫景物，可见他对皇上离宫也颇熟悉；而《无题·含情春晼晚》《明日》《曲池》《夜出西溪》《如有》《镜槛》等诗作，其写曲江"与宫嫔幽会事迹显然，不必逐首注

/最/美/的/女/人/

解"（《玉溪诗谜》第57页）。又《无题·凤尾香罗》《无题·重帷深下》二首，是写卢氏姐妹返回后宫，李商隐重返"幽会之地徘徊而作"。《深宫》《无题·昨夜星辰》《无题·幸会东城》等诗所用典故，也足以表明义山与宫嫔的关系。《无题·来是空言》《无题·飒飒东风》等诗，也是写与宫嫔关系的。

关于两位舞女的名姓，是从李商隐诗中屡用鸾凤得知。所以姓卢，乃因李诗中多处出现以莫愁女寓鸾凤姐妹。莫愁女夫家姓卢，有梁武帝萧衍之诗为证：

> 河中之水向东流，洛阳女儿名莫愁。莫愁十三能织绮，十四采桑南陌头。十五嫁为卢家妇，十六生儿字阿侯。卢家兰室桂为梁，中有郁金苏合香。
>
> ……

莫愁女嫁为"卢家妇"，"十六生儿字阿侯"，由李诗中多处出现"阿侯"二字，可以推断轻凤曾为文宗帝诞一皇子宗俭。

唐代宫闱本来不肃，道观与宫禁有往来习惯。开成元年，24岁的李商隐以羽士身份由永道士随带混入内宫参与王德妃醮祭，从而与鸾凤姊妹相识，进而萌生爱情。长安水边、曲江池畔的避暑离宫里，李商隐与卢氏姐妹幽会。虽然潜行出入的次数有限，但一次次欢会已情不能已。在记叙这些欢会时，色胆包天的李商隐也怕留下证据，因而有意将诗写得含蓄隐晦。《碧瓦》一诗堪称李商隐与卢氏姐妹曲江幽会情事的一篇缩写，诗曰：

> 碧瓦衔珠树，红轮结绮寮。无双汉殿鬓，第一楚宫腰。雾唾香难尽，珠啼冷易销。歌从雍门学，酒是蜀城烧。柳暗将翻巷，荷敧正抱桥。钿辕开道入，金管隔邻调。梦到飞魂急，书成即席遥。河流冲柱转，海沫近槎飘。吴市蟠螈甲，巴寶翡翠翘。他时未知意，重叠赠娇饶。

李商隐与卢氏姐妹的恋爱最终以悲剧收场。关于他与这对姐妹花的离别，也有一首极重要的诗《拟意》为证：

> 怅望逢张女，迟回送阿侯。空看小垂手，忍问大刀头！妙选茱萸帐，平居翡翠楼。云屏不取暖，月扇未遮羞。上掌真何有，倾城岂自由！楚妃交荐枕，汉后共藏阄。夫向羊车觅，男从凤穴求。书成被裰帖，唱杀畔牢愁！夜杵鸣江练，春刀解若榴。象床穿镲网，犀帖钉窗油。仁寿遗明镜，

陈仓拂彩球。真防舞如意，伴盖卧筌箧。濯锦桃花水，溅裙杜若洲。鱼儿悬宝剑，燕子合金瓯。银箭催摇落，华筵惨去留。几时销薄怒，从此抱离忧。帆落啼猿峡，樽开画鹢舟。急弦肠对断，剪蜡泪争流。璧马谁能带，金虫不复收。银河扑醉眼，珠串咽歌喉。去梦随川后，来风贮石邮。兰丛衔露重，榆荚点星稠。解佩无遗迹，凌波有旧游。曾来十九首，私讖咏牵牛。

这首诗从"怅望逢张女"起到"燕子合金瓯"句，都是描写两人恋爱关系及卢氏姐妹之容貌、形态、起居等项。从"银箭催摇落"以下，则是叙别离的情事以及别后之相思。

唐敬宗是个短命皇帝，得到卢氏姐妹当年即被宦官击杀（死时18岁），真正享用卢氏姐妹的是文宗。文宗因庄恪太子暴薨，迁怒于"坊工刘楚才等数人，付京兆榜杀之。及禁中女倡十人毙永巷，皆短毁太子者"（参见《新唐书·庄恪太子传》）。苏雪林经考证认为：文宗之杀乐官宫娼，一小半因为她们曾谗陷太子，一大半则是"要正她们引诱外间少年破坏宫廷法纪之罪"。飞鸾、轻凤姐妹俩因卷入谗陷漩涡，双双投井而死。

当姐妹俩情况危急之际，李商隐爱莫能助，痛苦万分，那一首传诵千古的《无题·相见时难》即作于此时。五言《离思》也同时所作：

气尽前溪舞，心酸子夜歌。峡云寻不得，沟水欲如何？朔雁传书绝，湘篁染泪多。无由见颜色，还自托微波。

卢氏姐妹双双投井自杀后，悲伤不已的李商隐为之作《燕台四首》。《楚宫》《曲江》《相思》《蜀桐》《代应·清水分流》等也皆悼念飞鸾轻凤而作。(《燕台四首》在李商隐的爱情诗中地位重要。《柳枝五首序》中提到李让山吟诵《燕台四首》得到柳枝赞叹，并对作者产生爱慕之情，可知《燕台四首》创作于《柳枝五首》之前，大约在大和中后期。以李商隐谨慎的性格，"燕台"绝不可能是某女名字，据诗意猜测，诗人怀念的大约是一位能歌善舞的贵家歌妓或姬妾，有姊妹二人，诗人与其初识在"湘川"某地，时间大约在春季。后来这位女子流落到金陵，诗人曾前往寻访，无奈佳人远去。在写这组诗时，女子大约已流转到岭南一带，曾经依附的贵官去世，只剩下她孤身一人。李商隐一生在幕府供职，与幕府主人后房的某个姬妾发生感情很有可能。也有人认为《燕台四首》问世较早，可能是学仙玉阳时所写，对象可能是宋华阳或其他女道士。按宋宁娜的分析，说是宋若荀也颇有道理。）其《代应·清水分流》诗云：

> 沟水分流西复东，九秋霜月五更风。离鸾别凤今何在？十二玉楼空更空。

"离鸾别凤今何在？十二玉楼空更空"，说得何等明白！

通过对李商隐与卢氏姐妹恋情的全程考察，苏雪林女士对李商隐的政治前途因受党争之害提出疑义，认为"义山之不遇，一半乃他命运使然，一半也和他的恋爱有点关系"。"义山博学鸿词之落第，我怕就是因恋爱事被人排斥的结果。""义山和宫嫔的恋爱，不但影响他的前途，也影响他的年寿。"（《玉溪诗谜》第 97 页）

没有刻骨铭心的爱情，便不会有催人泪下的诗篇。李商隐一生恋爱史虽有女道士和宫嫔二类人物，但女道士旋即负心，故义山也不甚眷恋，只有和宫嫔的一段爱情，真的是非比寻常。"请看他们的遇合是那样的离奇，聚散是那样的不常，情节是那样的顽艳，结局是那样的悲惨。可为千古以来文人中罕有的奇遇。情史中第一的悲剧，怎样能教他不记述出来呢？"为了种种阻碍之故，只好隐晦曲折地将他们的一番情史做在灯谜似的诗里，教后人去猜，又恐后人打不开这严密奇怪的箱子，辜负了他一片苦心，所以又特制一把钥匙，这便是《锦瑟》诗（参见《玉溪诗谜》第 107 页）。

（五）锦瑟：此情可待成追忆，只是当时已惘然

> 锦瑟无端五十弦，一弦一柱思华年。庄生晓梦迷蝴蝶，望帝春心托杜鹃。沧海月明珠有泪，蓝田日暖玉生烟。此情可待成追忆，只是当时已惘然。

以上就是李商隐著名的《锦瑟》诗。

"锦瑟"二字，我们并不陌生。李商隐悼妻《房中曲》中，不是有"归来已不见，锦瑟长于人"二句吗？古瑟五十弦是通俗说法，李商隐诗中有"雨打湘灵五十弦""因令五十丝，中道分宫徵"，皆可证之。

该诗从"庄生晓梦迷蝴蝶"到"蓝田日暖玉生烟"，连用多个典故。"庄生晓梦迷蝴蝶"：用庄周晓梦化蝶之典。"望帝春心托杜鹃"：战国时蜀王杜宇，

号望帝，因水灾禅位于楚人鳖灵，退隐山中，死后化为杜鹃。蜀为秦灭，望帝心生悲痛，每当桃花盛开之际，便日夜悲鸣，泪尽流血，声声叫喊："不如归去！不如归去！""沧海月明珠有泪"：珠生于蚌，每当月明宵静之时，蚌便于海中大张其体，以月养珠。珠得月华，晶莹剔透。月本天上明珠，珠似水中明月，泪以珠喻，鲛人泣泪，颗颗成珠，也乃海中奇观。"蓝田日暖玉生烟"：晚唐诗人司空图曾引中唐诗人戴叔伦语云："诗家美景，如蓝田日暖，良玉生烟，可望而不可置于眉睫之前也。"蓝田，山名，在今陕西蓝田东南，为产玉名地。晋陆机《文赋》有云："石韫玉而山辉，水怀珠而川媚。"

从《锦瑟》诗内容看，该诗为作者晚年所作无疑。"一弦一柱思华年"，可设想为作者在音乐声中回想已逝年华。从"庄生晓梦"到"蓝田日暖"，大抵是作者追忆感叹人生之千姿百态。"此情可待成追忆，只是当时已惘然。"当时，可理解为"当下"之意：这些值得追思回味的往事，如今已恍然若梦……

自晚唐以来，李商隐《锦瑟》一诗聚讼纷纭，莫衷一是，成为中国诗歌史上的"斯芬克思之谜"。有人说"锦瑟"乃当时贵人爱姬之名，有人说"锦瑟"乃令狐家一名青衣（丫鬟）。有人以《锦瑟》为瑟赋，有人考该诗为悼亡。……解读越深越细，就越显牵强附会，难以令人满意。故清初王士禛（王渔洋）有"一篇锦瑟解人难"之叹。王蒙《双飞翼》书中说："从北宋到清代至今，许许多多学人诗家讨论李商隐的《锦瑟》，深钩广索，密析畅思，互相引用，互相启发，互相驳难，虽非汗牛充栋，亦是洋洋大观。一首仅仅五十六字的七律，引发出这么多的聪明智慧的学问考证来，在诗歌领域，也不多见"。（参见王蒙《双飞翼》第4—5页）

元好问（遗山）《论诗绝句》第十二首：

> 望帝春心托杜鹃，佳人锦瑟怨华年。诗家总爱西昆好，只恨无人作郑笺。

宋初有以杨亿、刘筠、钱惟演为代表的西昆诗派，学习模仿李商隐的创作方法，在用典使事、遣词造句、设色用墨等方面颇受李商隐影响。又东汉郑玄曾为"毛诗"作笺注，名《毛诗传笺》，简称"郑笺"。元好问的意思是：爱好诗歌的人都晓得李商隐的诗很好，可谁又能为他的诗作笺注解读呢？

李商隐在文学上的成就，也许不如莎士比亚和托尔斯泰，但他确是中国文

　　　　　　　　　　　　　　/ 最 / 美 / 的 / 女 / 人 /

学史上不可或缺的重量级人物。即便他的情感历程，也的确值得后世文人"追忆"。说他是中国古代情圣也未尝不可。这倒不是因为他有多少艳遇，而是他那些缠绵悱恻的爱情诗篇，无论数量和质量，在中国爱情文学殿堂里，始终都居于显赫地位。

唐代文人远比中国任何朝代浪漫，李商隐在他49岁的短暂人生中，除了柳枝、王氏等显见的美女之外，肯定另有一段或数段非同寻常的恋爱史，这段恋爱史因原因特殊而难以言表。（定位为公主身边的女道士或宫嫔之类大抵不错。在唐代，未婚男女间的私情以及与风尘女子的私情都能被社会容忍，譬如元稹之作《莺莺传》。但有夫之妇与人偷情就很危险，像《非烟传》中步飞烟与书生赵象偷情即被老公活活打死。所以猜想李商隐爱上有夫之妇，甚而可能是王妃，也是颇有道理的。）清初朱彝尊为追思他心爱的情人即妻妹，曾做《风怀二百韵》，后来在汇编选集时，有好友劝他不必将这段恋爱史收入集中，朱彝尊为此彻夜难眠。最后说：我宁可死后不入祖庙，不吃两庙冷猪肉，也不删《风怀二百韵》。诗人爱惜他年轻时的情感结晶逾于名誉！李商隐想必也是如此。一生重情、用情、抒情的李商隐，又怎会因伤害个人声誉而牺牲那绮丽浪漫的情史呢？

由于李商隐的诗作很多标以《无题》，颇多诗作也未标明年份，且相当一部分诗作为追忆之作，研究整理者便不能据其年谱排序，而他的诗作又以隐僻为特点，所以大凡对李商隐恋爱史感兴趣的学者，都可以从中尽情寻找佐证材料，对同一首诗可能给出完全不同的解释。譬如那首最为著名的《无题·相见时难》，就曾经被后人用来描绘他与宋氏、柳氏、王氏和卢氏姐妹的生离死别。

"春蚕到死丝方尽，蜡炬成灰泪始干""身无彩凤双飞翼，心有灵犀一点通""天意怜幽草，人间重晚晴""夕阳无限好，只是近黄昏""历览前贤国与家，成由勤俭破由奢""相见时难别亦难，东风无力百花残""春心莫共花争发，一寸相思一寸灰""此情可待成追忆，只是当时已惘然""嫦娥应悔偷灵药，碧海青天夜夜心""神女生涯原是梦，小姑居处本无郎""刘郎已恨蓬山远，更隔蓬山一万重""蓬山此去无多路，青鸟殷勤为探看""何当共剪西窗烛，却话巴山夜雨时""愁霖腹疾俱难遣，万里西风夜正长"，李商隐这些寓意隽永，韵味十足的千古名句，值得我们永远玩味诵读。

还是梁启超先生说得好："义山的《锦瑟》《碧城》《圣女祠》等诗，讲的什么事，我理会不着。拆开来一句一句叫我解释，我连文义也解不出来。但我觉得它美，读起来令我精神上得一种新鲜的愉快。须知美是多方面的，美是含有神秘性的。"（《饮冰室文集·中国韵文内所表现的情感》）

"我觉得他美"，"令我精神上得一种新鲜的愉快"，相信这也是喜欢李商隐诗作的所有人的共同心声。

◇ 温庭筠：暮雨朝云世间少

温庭筠（812—约870）是晚唐最著名的诗人之一，世人将其与李商隐合称"温李"；又因温庭筠是花间派或说婉约派开山鼻祖，后人将其与唐末五代的韦庄并称"温韦"。在中国美女文学史上，温庭筠的最大贡献是在齐梁宫体诗风的基础上，凿开一种叫作"词"的新文体。盛唐时期的李白也有《清平乐》，不过词在当时只是偶尔为之的涓涓细流；晚唐时期的词作如江水滔滔，因为有温庭筠。温庭筠是第一位大力填词的人，流传后世的词作有69首，所用的19种曲调多为自创。宋词成为中国文学史上与唐诗并列的高峰，温庭筠是开拓者，也是里程碑（李金山：《花间词祖温庭筠传》，作家出版社2016年10月版，第3页）。

历史选择温庭筠为宋词婉约派的开山鼻祖，大体有四个原因。一是温庭筠天资聪颖，精通音律，有能力"倚声制辞"。二是时代使然。也就是李泽厚《美学三书》中说的，晚唐时势衰颓，文人们的"精神已不在马上，而在闺房，不在世上，而在心境"。三是生长环境。温庭筠是江南人，从小受吴风越俗熏陶，情色启蒙开化较早。四是人生履历。温庭筠空有满腹才华，科考和官场不得志，心情抑郁，只有寄情欢场。物以类聚，人以群分。温庭筠与青楼欢场的歌伎们打成一片，他填词既为歌伎，也为自己，这就决定了温词的女性题材和浓艳风格。历史上这类科考仕途不得志而在文学上展露才华、作出重要贡献的文人颇为不少，清代的蒲松龄就是一例。所以钱穆在《中国历史研究法》中说：中国历史上凡逢盛世治世，如汉、唐、明、清所出人物相对较少，而衰世乱世，如战国、汉末、三国、宋、明末等所出人物反而较多。就唐代而言，开元以前又不如天宝以后；有时失败不得志的人物，反而比得志成功的人物更伟大，这就是民谣所谓"自古雄才多磨难"吧（参见钱穆《中国历史研究法》，九州出版

　　　最／美／的／女／人／

长恨西风送早秋，低眉深恨嫁牵牛，

人世长相对，争作夫妻得到头，其实罗虬先

生把人世间的美是看透了的，长情便最大美。凝甫社，2019 年 7 月版，第 85、87 页）。

（一）写美貌，也注重服饰、场景和意态描写

温庭筠是描写美女的文坛高手。据统计，温庭筠现存的 328 首诗中，以女性为内容或题材的，有 60 余首，约占 20%；而描写歌妓舞女的有 25 首左右，约占其女性诗歌数量的 40%。至于词作，其 69 首词作中有 64 首为女性题材，其超大篇幅列唐代美女词作之冠（李金山：《花间词祖温庭筠传》，作家出版社 2016 年 10 月版，第 225 页）。

张静婉采莲曲（并序）

静婉，羊侃伎也，其容绝世。侃自为《采莲》二曲，今所存失其故意，因歌以俟采诗者。事具载梁史。

兰膏坠发红玉春，燕钗拖颈抛盘云。城西杨柳向娇晚，门前沟水波潾潾。麒麟公子朝天客，佩马珰珰度春陌。掌中无力舞衣轻，剪断鲛绡破春碧。抱月飘烟一尺腰，麝脐龙髓怜娇饶。秋罗拂水碎光动，露重花多香不销。鸂鶒胶胶塘水满，绿萍如粟莲茎短。一夜西风送雨来，粉痕零落愁红浅。船头折藕丝暗牵，藕根莲子相留连。郎心似月月易缺，十五十六清光圆。

据《南史》，羊侃有舞女张静婉，腰围一尺六寸，纤腰有如赵飞燕，能作掌上舞。该诗前十句摹写张静婉的娇娆："兰膏坠发""燕钗拖颈""掌中无力舞衣轻""抱月飘烟一尺腰"。后六句描摹张静婉采莲过程，最后四句，陆时雍《唐诗镜》卷五十一评点为"语极娇艳之致，末数语更复风骚。"

温庭筠的词作中，十四首《菩萨蛮》为其代表作。而《小山重叠金明灭》列十四首《菩萨蛮》之首：

小山重叠金明灭，鬓云欲度香腮雪。懒起画蛾眉，弄妆梳洗迟。　　照花前后镜，花面交相映。新帖绣罗襦，双双金鹧鸪。

小山，浦江清《词的讲解》认为可以有三种解释：一指屏山，"金明灭"指屏上的彩画；二指枕头，"金明灭"指枕上金漆；三指眉额，"金明灭"指额上所敷蕊黄；俞平伯《读词偶得》认为指屏山，"金明灭"描写初日生辉，与画屏相映；沈从文《中国古代服饰研究》则认为指发髻间金背的梳子，"金明灭"

形容金背梳子重叠闪烁。罗襦，绸制的短衣；鹧鸪，形似雌雉，属南方留鸟。

词作写美女早起梳妆打扮之状：晨曦照进美女的房间，屏山上的彩画金光闪闪，美女睁开惺忪的双眼，乌云般浓密的长发滑过皎洁的香腮。她慵懒地起身，梳洗，画眉，簪花，照镜，穿衣。红花与容颜相辉映。新换上的罗襦，绣着一双金鹧鸪。闺中女子的种种情态，生动地展现在读者面前，美丽与寂寞清晰可见。

温庭筠诗词中的女性乌发如云、香腮白颈、眉如细柳、细腰袅袅，美目流盼：如"鬓云欲度香腮雪"（《菩萨蛮·小山重叠金明灭》）、"团酥握雪花"（《南歌子·似带如丝柳》）、"雪胸鸾镜里，琪树凤楼前"（《女冠子·含娇含笑》）"玉钗斜篸云鬟髻，裙上金缕凤"（《酒泉子·楚女不归》）、"眉翠薄，鬓云残"（《更漏子·玉炉香》）、"城上月，白如雪，蝉鬓美人愁绝"（《更漏子·相见稀》）、"霞帔云发。"（《女冠子·霞帔云发》）。"柳如眉，正相思"（《定西番·细雨晓莺春晚》）、"芙蓉凋嫩脸，杨柳堕新眉"（《玉胡蝶·秋风凄切伤离》）、"相忆久，眉浅淡烟如柳"（《更漏子·相见稀》）；"懒起画蛾眉"（《菩萨蛮·小山重叠金明灭》）、"两蛾愁黛浅"（《菩萨蛮·竹风轻动庭除冷》）、"宫女愁蛾浅"（《清平乐·上阳春晚》）、"谢娘翠蛾愁不消"（《河传·湖北闲望》）"似带如丝柳"（《南歌子·似带如丝柳》）、"娉婷似柳腰"（《南歌子·转盼如波眼》），凡此等等，不一而足。

除了娇美的容颜，温庭筠还特别注意女性服饰的描写和特定场景的刻画，以使其与容颜交相辉映，使读者获得审美的愉悦和视觉满足。《归国遥·双脸》：

> 双脸，小凤战篦金飐艳。舞衣无力风敛，藕丝秋色染。　　锦帐绣帷斜掩，露珠清晓簟。粉心黄蕊花靥，黛眉山两点。

袁行霈《温词艺术研究》评曰："上阕写女子的首饰、衣服，下阕写她的卧床和她的装扮，把她的外部特征描绘得极其细致。篦子、舞衣、花靥、黛眉，各个细部渲染得十分逼真，就像一幅工笔仕女图。"

另一首《菩萨蛮·水精帘里颇黎枕》：

> 水精帘里颇黎枕，暖香惹梦鸳鸯锦。江上柳如烟，雁飞残月天。　　藕丝秋色浅，人胜参差剪。双鬓隔香红，玉钗头上风。

此词前两句写女子居室内的精美优雅，读者完全可以由物及人想象出居住其中女子的高雅美丽。"江上"二句借女子讲述了江水、柳烟、残月、归雁构成的自然美，衬托出女子是能欣赏自然美的美人。下阕写女子装饰。首句写女子衣服是藕丝般淡雅的色调，透过这素雅的服装，隐然看到一位清纯可爱的美女形象。全词最后两句专写女子头饰，以鬓红、玉钗等香艳的意象突出女性特征。叶嘉莹《嘉陵论词丛稿》中评价上词说："无论其者为室内之景物，室外这景物，或者为人之动作，人之装饰，甚至人之感表，读之皆觉如一幅图画，极冷静、极精美。"在温庭筠的词作中，"绣罗襦""金鹧鸪""鸳鸯锦""翡翠裙""水晶帘""玻璃枕""翠凤宝钗"等佩饰琳琅满目，"江上柳烟""月下飞雁""杏花含露""绿杨满院""中庭夜月""驿桥春雨"等胜影令人神往。

李渔说，女人要有媚态。温庭筠的诗词既写女性婀娜动人的美貌，更注重描写她们妖冶可人、千娇百媚的意态，力图通过女子的意态描写来揣写她们感情的波澜。他笔下的歌舞妓女，大多面若桃花，脉脉含情，低态敛眉，似有万千心事欲与人说。如画眉弄妆，"懒起画蛾眉，弄妆梳洗迟"（《菩萨蛮·小山重叠金明灭》）；秀衫笑靥，"绣衫遮笑靥，烟草粘飞蝶"（《菩萨蛮·翠翘金缕双鸂鶒》）；春梦关情："春梦正关情，镜中蝉鬓轻"（《菩萨蛮·杏花含露团香雪》）；新妆待晓，"景阳楼畔千条路，一面新妆待晓风"（《杨柳枝·御柳如丝映九重》）；红袖逐风，"红袖摇曳逐风暖，垂玉腕，肠向柳丝断"（《河传·江畔》）；慵懒等待，"懒拂鸳鸯枕，休缝翡翠裙"（《南歌子·懒拂鸳鸯枕》）；凡此等等。

（二）写美女的寂寞哀愁，借以宣泄自己心中的苦闷

温庭筠笔下的美女形象，无论是深居闺阁，还是置身欢场，甚至女冠、采莲女等，这些女性绝大多数心事重重，愁眉不展，难以尽欢。他的十四首《菩萨蛮》，首首写闺怨。

《菩萨蛮·翠翘金缕双鸿鹕》：

> 翠翘金缕双鸂鶒，水文细起春池碧。池上海棠梨，雨晴红满枝。　　绣衫遮笑靥，烟草黏飞蝶。青琐对芳菲，玉关音信稀。

该词写春日美女的孤寂：仲春二月，女子凝望窗外，池中春水碧，鸿鹕双

双游，岸边海棠梨，雨晴花满枝，昔日与夫同游，如今景物依旧，边关却无消息传来。

《菩萨蛮·牡丹花谢莺声歇》：

> 牡丹花谢莺声歇，绿杨满院中庭月。相忆梦难成，背窗灯半明。　　翠钿金压脸，寂寞香闺掩。人远泪阑干，燕飞春又残。

陈廷焯《云韶集》评点此词："领略孤眠滋味。逐句逐字，凄凄恻恻，飞卿大是有心人。"暮春的夜晚，牡丹凋谢，黄莺声歇；绿杨满院，月光如水，灯火半明半暗；一阵阵凄清孤寂袭来，让人难以入眠；残妆犹在，深闺里寂寞弥漫；想到远行的他，她的脸上泪痕纵横；又是春尽时，人生能几何？词中的女主角满腹愁怨。

一首《菩萨蛮·雨晴夜合玲珑日》：

> 雨晴夜合玲珑日，万枝香袅红丝拂。闲梦忆金堂，满庭萱草长。绣帘垂㝏䍡，眉黛远山绿。春水渡溪桥，凭阑魂欲消。

雨后阳光照彻，合欢盛放，千枝万枝，花蕊轻拂，香气阵阵，女子在金堂中，不觉间入梦，梦见那良人，满庭萱草，不能忘忧；绣帘低垂，眉色如黛，远山绿浓，春水渡溪桥，犹如分别时，凭栏远眺，黯然销魂……仍然是闺怨。

科考官场失意的温庭筠牢骚满腹。他既是写美女的闺怨，也是写自己。

大中九年（855）科考不第的温庭筠在绝望中写下《清平乐·上阳春晚》：

> 上阳春晚，宫女愁蛾浅。新岁清平思同辇，争奈长安路远！　　凤帐鸳被徒熏，寂寞花锁千门。竞把黄金买赋，为妾将上明君。

词中温庭筠化身上阳宫女，写下她的所思所感：暮春时节，愁眉紧锁，新年太平，欲与同车，然而长安路远；月夜，寂寞，无眠，争以黄金买赋，上献明君。

温庭筠怀才不遇，科举连连落第，他满怀愤懑，却无处诉说，于是挥笔填词，将愤懑与郁闷写进词中，由歌妓之口吟唱出来。愤怒出诗人，郁闷出词人。怀才不遇，就这样将温庭筠推向了花间词祖。

《菩萨蛮·玉楼明月长相忆》：

> 玉楼明月长相忆，柳丝袅娜春无力。门外草萋萋，送君闻马嘶。

画罗金翡翠，香烛销成泪。花落子规啼，绿窗残梦迷。

子规即杜鹃鸟，春末夏初，昼夜啼叫，其声凄苦。词中女子因思念离人，忆及分别时的种种情景。同样是写闺怨，温庭筠绝不重复，而是变换不同角度，呈现出不同的情态。唐圭璋《唐宋词简释》解读："此首写怀人，亦加倍深刻。首句即说明相忆之切，虚笼全篇。每当玉楼有月之时，总念及远人不归。今见柳丝，更添伤感。以人之思极无力，故觉柳丝摇漾亦无力也。'门外'两句，忆及当时分别之情景，宛然在目。换头，又入今情。绣帷深掩，香烛成泪，较相忆无力，更深更苦。最末，以相忆难成梦作结。窗外残春景象，不堪视听；窗内残梦迷离，尤难排遣。通体景真情真，浑厚流转。"陈廷焯《云韶集》卷一评点："音节凄清，字字哀艳，读之魂销。"

令读者品之黯然销魂，这就是词人的功底。

（三）与美女柔卿的幸福时光

诗仙李白赞美过无数女人，但对自己的妻子却极为吝啬。温庭筠更为极端，现存作品中直接提到妻子的几乎没有。妻子给予温庭筠家的温暖，他回报她的却是无尽的别离幽怨。

在襄阳徐商幕府，温庭筠对身为歌伎的柔卿一见钟情，帮其脱籍后纳为小妾。温庭筠的好友、《酉阳杂俎》的作者段成式曾作《嘲飞卿七首》，其一曰：

曾见当垆一个人，入时装束好腰身。少年花蒂多芳思，只向诗中写取真。

当垆，卓文君，段成式这是以卓文君比拟柔卿才貌双全。
又有《柔卿解籍戏呈飞卿三首》，其一云：

长担犊车初入门，金牙新酝盈深樽。良人为渍木瓜粉，遮却红腮交午痕。

金牙，唐代洛阳城门名。柔卿脱离乐籍，与温庭筠结婚，脱离乐籍不是简单的事情，必定有温庭筠的作用，是他从中斡旋，徐商特意成全。唐代非一夫一妻制，这个在道德上没有问题。温庭筠于是有了侧室，名唤柔卿。诗作想象了某个生活场景：有洛阳新酿的美酒，洞房花烛夜，新人忙不停，温庭筠与柔卿享受着最美的时光，生活像酒一样美，似蜜一样甜。

其二云：

> 最宜全幅碧鲛绡，自襞春罗等舞腰。未有长钱求邺锦，且令裁取一团娇。

鲛绡，传说中鲛人所织的绡；春罗，丝织品的一种；邺锦、邺地出产的名锦。这是通过精美的服饰碧鲛绡、春罗、邺锦、一团娇等来间接描写柔卿的美貌。舞腰，柔卿身段极好，能歌善舞，腰身与锦缎相得益彰。柔卿一定是千娇百媚，楚楚动人的，值得温庭筠倾情投入。

其三云：

> 出意挑鬟一尺长，金为钿鸟簇钗梁。郁金种得花茸细，添入春衫领里香。

钿鸟、镶伙金、银、玉、贝等物的鸟形首饰。郁金，多年生草本植物、姜科，古人也用作香料，泡制祭祀用的酒，或浸水作染料。这是借各种精美的佩饰装扮来摹写柔卿的情态，也是温庭筠惯用的手法。柔卿很会装扮，头发与头饰都别出心裁，还用郁金等香料把衣服熏得香香的。闻香识女人，柔卿品位高，温庭筠心欢喜。

段成式的戏赠在前，温庭筠的回应在后。一首七绝《答段柯古见嘲》云：

> 彩翰殊翁金缭绕，一千二百逃飞鸟。尾薪桥下未为痴，暮雨朝云世间少。

彩翰，彩色羽毛；殊翁，特别的老翁；金缭绕，衣饰华丽，如金光缭绕；温庭筠把自己比作一头插彩羽、身着新装的老年新郎形象；一千二百鸟，据《千金方·房中补益论》，"彭祖曰：昔黄帝御女一千二百而登仙，俗人一以女伐命。知与不知，相去远矣。"又李商隐《拟沈下贤》有句云"千二百飞鸾"，此云千二百"飞鸟"，当同用黄帝御女登天事。然曰"逃飞鸟"，似反其意而用之，谓未敢效黄帝之御千二百飞鸟也。尾生典故出于《庄子·盗跖》："尾生与女子期于梁下，女子不来，水至，不去，抱梁柱而死。"暮雨朝云，指男女间的情爱欢会。据刘学锴的解释：段成式嘲温庭筠与青楼妓女之间一往情深。温庭筠作诗回答，虽然我是头插彩羽、身穿华服的老年新郎，但绝非好色贪欲之辈，我虽然如尾生一样守信抱柱，但像柔卿一样美丽多情的神女，也世间难逢（刘

/ 最 / 美 / 的 / 女 / 人 /

学锴:《温庭筠全集校注》,中华书局 2007 年 7 月版,第 840 页)。

温庭筠在徐商幕府为巡官,与幕主及同僚诗文唱和,又有红颜知己柔卿相伴,他的生活很惬意,因而好词喷发。一首《更漏子》:

> 相见稀,相忆交,眉浅淡烟如柳。垂翠幕,结同心,待郎熏绣衾。　　城上月,白如雪,蝉鬓美人愁绝。宫树暗,鹊桥横,玉签初报明。

同心,同心结;玉签,漏壶中计时的浮箭;汤显祖《汤评〈花间集〉卷一》评点:"口头语,平衍不俗,亦是填词当家。"意思是词中多用口语,虽平淡却高雅。词中描写了两个场景:一是夜深就寝时,女子放下帷幕,编织同心结,熏香绣衾,盼望情郎归来;二是清晨拂晓时,女子从梦中醒来,依旧不见情郎,只有月光皎洁,银河鹊桥横跨。

写词好比绘画,须得有个模特,这模特就是柔卿。柔卿朝夕陪伴温庭筠,温庭筠沉浸在柔卿的温柔乡里,他眼中所见,心中所想,全是柔卿。有生活的滋养,艺术之林自然郁郁葱葱。

(四)与女道士鱼玄机的精神恋爱

鱼玄机被誉为唐代四大美才女之一,她的下场应该是最惨的。

虽然温庭筠的出生日期不可考,但比鱼玄机大三十多岁是大致可信的。温庭筠曾经教导鱼玄机写诗填词,他是她的导师,也曾经给予她父辈般的关爱。但他实在是太有才了,那么有女人缘,走到哪里都有一大堆的女粉丝环绕在身边,一如北宋真宗、仁宗年间的柳永。小玄机一天天长大,她把他视为人生的导师、父亲和可以托靠的男人。她写给他的诗词,直接称他的字。一首《冬夜寄温飞卿》写道:

> 苦思搜诗灯下吟,不眠长夜怕寒衾。满庭木叶愁风起,透幌纱窗惜月沉。疏散未闲终遂愿,盛衰空见本来心。幽栖莫定梧桐处,暮雀啾啾空绕林。

飞卿是温庭筠的字,不呼名而称字,表明关系亲近;"寒衾"不是随便用的,只该写给情人或丈夫。诗中提到寒衾,又说自己如暮雀,绕树三匝,无枝可依。这是鱼玄机主动向温庭筠示爱,有可能鱼玄机害单相思。

又有一首五言诗《寄飞卿》:

> 阶砌乱蛩鸣，庭柯烟露清。月中邻乐响，楼上远山明。珍簟凉风着，瑶琴寄恨生。嵇君懒书札，底物慰秋情？

嵇君即嵇康，此处借指温庭筠。时值秋夜，庭院中台阶下蟋蟀此起彼伏叫成一片，月光下院中树亭亭玉立；邻院有音乐传来；登楼远眺，远山分明；秋风阵阵，竹席冰凉，无可排解，唯有瑶琴；总也盼不到你的来信，这落寞的心绪拿什么来慰藉？前诗称"温飞卿"，此首径称"飞卿"，省掉一字，感情更近了一步。

"嵇君懒书札"，应该不会是懒，更可能是一种态度。面对鱼玄机的表白，温庭筠只能做冷处理。至于其中的原因，可能因为年龄悬殊，加之曾经的师生、父女关系，他迈不过心里的那道坎。鱼玄机的思想比较开放，她那首《游崇真观南楼睹新及第题名处》可以为证：

> 云峰满目放春晴，历历银钩指下生。自恨罗衣掩诗句，举头空羡榜中名。

如果女子可以参加科举考试，她会毫不犹豫地第一个报名。

温庭筠情感丰富，她对鱼玄机的热烈追求不可能没有任何反应。有词作《更漏子》作证：

> 玉炉香，红蜡泪，偏照画堂秋思。眉翠薄，鬓云残，夜长衾枕寒。　　梧桐树，三更雨，不道离情正苦。一叶叶，一声声，空阶滴到明。

不道，不堪。"后半首写得很直，而一夜无眠却终未说破，依然含蓄。"唐圭璋《唐宋词简释》解读说："此首写离情，浓淡相间。上片浓丽，下片疏淡。通篇自昼至夜，自夜至晓，其境弥幽，其情弥苦。上片，起三句写境，次三句写人。画堂之内，惟有炉香、蜡泪相对，何等凄寂。迨至夜长衾寒之时，更愁损矣。眉薄鬓残，可见辗转反侧、思极无眠之况。下片，承夜长来，单写梧桐夜雨，一气直下，语浅情深。"

画堂之内，熏炉袅袅，蜡泪长流，女子孤寂，一夜无眠，夜长衾寒，离情正苦，雨打梧桐，淅淅沥沥，自夜至明。该词描绘的意境，恰似鱼玄机《寄飞卿》诗的翻版。

鱼玄机做了女道士后，温庭筠填过两首《女冠子》，其一云：

含娇含笑，宿翠残红窈窕。鬓如蝉。寒玉簪秋水，轻纱卷碧烟。　雪胸鸾镜里，琪树凤楼前。寄语青娥伴，早求仙。

其二云：

霞帔云发，钿镜仙容似雪。画愁眉。遮语回轻扇，含羞下绣帏。　玉楼相望久，花洞恨来迟。早晚乘鸾去，莫相遗。

温庭筠创制了小令《女冠子》，却终身只填过两首《女冠子》词，自从鱼玄机做了女道士后，温庭筠不再填《女冠子》词，他是将鱼玄机与《女冠子》词一同深藏于心。

鱼玄机后来被温璋以杀人罪处斩。鱼玄机死于咸通九年，很可能温庭筠已先她而去。一代桀骜不驯的美才女以及摹写美女的顶级专家，终于可以在另外一个世界相会。

◇ 晚唐美女文学创作评价

晚唐诗人群体不如中唐庞大，但其核心阵容则不逊于中唐。中唐有白居易、元稹、张祜；晚唐有温庭筠、杜牧、李商隐。特别是温庭筠，不仅创作的美女文学作品数量最多，其所开创的"花间派"也为宋代继承，使词这一新文体成为女性审美表达的最佳载体。张一南说：如果从审美意识、句法等更深入的层次研究，就会发现，齐梁诗风与晚唐时代的艳诗之间既存在一定的联系，也存在深刻的差异，后者对前者的回归，是建立在吸收有唐一代很多技巧、风格基础之上的。用哲学的术语称之"扬弃"。相比萧纲、徐陵、刘孝绰、沈约等人的宫体诗，温庭筠在关注描写的女性群体、服饰、场景等方面也许没有太多的变化，但所表达的方式却出现了重大突破。他的 16 首《菩萨蛮》被誉为花间词的代表作，由他自创的曲牌名就有 19 个之多（张一南：《晚唐齐梁诗风研究》，北京大学出版社 2021 年 6 月版，第 2 页）。

与中唐时期相比，晚唐时期新冒出来的女性也有不少，撇开孙棨的《北里志》和诸如裴铏《传奇》中描写的诸多美女形象不论，其他如灼灼、杜秋娘、张好好、紫云、鱼玄机、徐月英、张红红、孟才人、韩采萍、晁采、姚月华、杨倡、沈翘翘、杜红儿等，其阵容也是蔚为壮观。她们的形容也是栩栩如生。盛唐之后政治衰落，并没有影响文化特别是美女文学的繁荣，女性整体的自由和开放，是在宋理宗才急转而下的；如前所述，即便是在那时，在更为广阔的民间，与官方的观念也不是完全重合的。

晚唐美女文学创作的特点，可以概括为以下四点。

（一）长组、组诗令人印象深刻

晚唐女性题材的长诗，除罗虬《比红儿诗》一百首之外，最著名的是韦庄的《秦妇吟》，后人将其与《孔雀东南飞》《木兰诗》并称为"乐府三绝"。其他如杜牧的《杜秋娘诗并序》《张好好诗》《华清宫三十韵》、李商隐的《柳枝五首》（序言较长）、温庭筠的《过华清宫二十二韵》等令人印象深刻。郑嵎长诗《津阳门诗并序》也值得重视。该诗"凡一千四百字，成一百韵"，又自注约五十则，诗句累加近两千言，已大大超过同样写骊宫故事的杜甫《自京赴奉先咏怀五百字》和白居易的《长恨歌》。相比杜甫诗作的深沉犀利及白诗的凝练集中和曲折传奇，该诗的最大特点是正文夹注，映衬互补，具有重要的史料价值，诗及自注中所涉及帝王帝后、公主诸王大臣二十多人，另有霓裳羽衣曲、玄宗玉笛、杨妃琵琶、迎娘歌、蛮儿舞、公孙大娘舞剑器等涉及美女的音乐典故。其实录的名胜景观，为后来的考古发掘证实。

薛能、小徐妃、和凝等人的"宫词"组诗也引人注目。受之前王建、王涯宫词组诗创作影响，此一时期的宫词组诗创作也成果颇丰。如薛能有《吴姬十首》，讲皇妃宫中故事：

> 其一　夜锁重门昼亦监，眼波娇利瘦岩岩。偏怜不怕傍人笑，自把春罗等舞衫。

> 其二　龙麝薰多骨亦香，因经寒食好风光。何人画得天生态，枕破施朱隔宿妆？

> 其三　滴滴春霖透荔枝，笔题笺动手中垂。天阴不得君王召，颦着青蛾作小诗。

> 其四　钿合重盛绣结深，昭阳初幸赐同心。君知一夜恩多少，明日宣教放德音。

> 其五　退红香汗湿轻纱，高卷蚊厨独卧斜。娇泪半垂珠不破，恨君瞋折后庭花。

> 其六　取次衣裳尽带珠，别添龙脑裹罗襦。年来寄与乡中伴，杀尽春

　　　　　　　　　　　　　　/ 最 / 美 / 的 / 女 / 人 /

蚕税亦无。

　　其七　画烛烧兰暖复迷，殿帏深密下银泥。开门欲作侵晨散，已是明朝日向西。

　　其八　楼台重叠满天云，殷殷鸣鼍世上闻。此日杨花初似雪，女儿弦管弄参军。

　　其九　冠剪黄绡帔紫罗，薄施铅粉画青娥。因将素手夸纤巧，从此椒房宠更多。

　　其十　身是三千第一名，内家丛里独分明。芙蓉殿上中元日，水拍银台弄化生。

清代学者评价："余观薛能《吴姬》词凡八首，皆以女自喻，古诗多有此体，如《妾薄命》之类是也。盖能早负才名，自谓当作文字官，及为将，常怏怏不平，因赋诗以见意。此诗乃矜其少日才望盛，而其不平之意，隐然见于言外"（王育红《唐五代宫词研究》，南京大学出版社，2013年12月版，第304页）。

经考证，和凝（898—955）《宫词百首》创作于后唐明宗时期（926—933）。因篇幅所限，兹择其中二首以管中窥豹：

　　其一　紫燎光销大驾归，御楼初见赭黄衣。千声鼓定将宣赦，竿上金鸡翅欲飞。

　　其二　凤池冰泮岸莎匀，柳眼花心雪里新。都是九重和暖地，东风先报禁园春。

全诗大体以描写宫中生活情状为主。

以时间推断，大致在和凝之前，另有花蕊夫人创作《宫词百首》（经浦江清《花蕊夫人宫词考证》及王育红等考证，实为98首）。史上有两位花蕊夫人，一为前蜀王建（847—918）之小徐妃，二为后蜀孟昶（919—965）之花蕊夫人，即曾作《述亡国诗》、为北宋赵匡义所杀者。现代学者浦江清（1904—1957）据《蜀梼杌》等书考订：成都徐耕生二女，皆有国色，能为诗。蜀王建纳之，姊为贤妃，妹为贵妃，世称小徐妃，即花蕊夫人。小徐妃生王衍，衍即位，册小徐妃为顺圣太后（王启兴本《全唐诗·下》第3846）。此前误为后蜀花蕊夫人的《宫词百首》，实为王建之小徐妃所作。如《宫词》第76首：

　　法云寺里中元节，又是官家诞降辰。满殿香花争供养，内园先占得铺陈。

经考证中元节为皇帝王衍诞生日。又《宫词》第 14 首：

> 太虚高阁凌虚殿，背倚城墙面枕池。诸院各分娘子位，羊车到处不教知。

而凌波殿也为前蜀所建（王育《唐五代宫词研究》，第 271—288）。

宫词诗除具有一定的文学价值，也有其"纪述逸事"等史料价值。从王涯、王建到花蕊夫人及和凝，大量宫词组诗的问世，成为研究唐五代宫廷生活的重要参考，从这一角度说，宫词诗也具有咏史诗的功能。王育红将隋前咏宫中事的宫词称之"咏史性宫词"，将述唐当代宫中事称之"纪实性宫词"，而无论哪种宫词，在晚唐都显得蔚为壮观。（王育红《唐五代宫词研究》，南京大学出版社，2013 年 12 月版，第 78 页）

（二）咏史诗独成一景

中晚唐是咏史诗的黄金时代，大约创作了 2000 首咏史诗，占全唐咏史诗的三分之二略强，作者 400 余人，占全唐咏史诗作者的五分之四。其中杜牧咏史诗计 42 首，表现出独到的历史识见，李商隐咏史诗 83 首，其艺术价值最值得关注之处是"历史的艺术化与咏史内涵的情韵化"。（参见韦春喜：《宋前咏史诗》，中国社科出版社 2010 年 2 月版，第 262—333 页）罗隐的怀古咏史诗达 50 首以上，整体质量颇高。另汪遵有《咏史诗》57 首，朱存有《金陵览古诗》200 首，郏滂有《怀古诗》50 首（校编全唐诗不载）。佚名的《古贤集》、李瀚的《蒙求》虽致力于启蒙教育，其作品也有明显的咏史组诗特征。

杜牧、李商隐、罗隐等晚唐诗人咏史诗虽多，但多独立成篇，非一时集中之作。晚唐咏史诗的一个重要特点，是中型、大型咏史组诗频现，如胡曾有《咏史诗》三卷 150 首，周昙有《咏史诗》八卷 195 首，孙元晏有《六朝咏史诗》75 首等。

中晚唐内忧外患加剧的现实使诗坛山水、田园、边塞诗失去赖以栖身繁荣的时代土壤，导致咏史诗郁然勃兴，而女性题材本身是咏史诗的重要内容。毋庸置疑，在晚唐女性题材的咏史诗中，杜牧的贡献最为突出。

(三)借古讽今,反思历史

无论是长诗、组诗,抑或是宫体诗、咏史诗,晚唐诗人们力图通过对历史典故的引用和重大历史事件的反思,或借以抒发心中感怀,表达作者自己的历史观,或从中总结可资当朝统治者吸取的经验教训。

王涣(859—901)有《惆怅诗十二首》嗟叹历代美女命运:

其一　八蚕薄絮鸳鸯绮,半夜佳期并枕眠。钟动红娘唤归去,对人匀泪拾金钿。

其二　李夫人病已经秋,汉武看来不举头。得所浓华销歇尽,楚魂湘血一生休。

其三　谢家池馆花笼月,萧寺房廊竹飐风。夜半酒醒凭槛立,所思多在别离中。

其四　隋师战舰欲亡陈,国破应难保此身。诀别徐郎泪如雨,镜鸾分后属何人?

其五　七夕琼筵随事陈,兼花连蒂共伤神。蜀王殿里三更月,不见骊山私语人。

其六　夜寒春病不胜怀,玉瘦花啼万事乖。薄幸檀郎断芳信,惊嗟犹梦合欢鞋。

其七　呜咽离声管吹秋,妾身今日为君休。齐奴不说平生事,忍看花枝谢玉楼!

其八　青丝一绺堕云鬟,金剪刀鸣不忍看。持谢君王寄幽怨,可能从此住人间!

其九　陈宫兴废事难期,三阁空馀绿草基。狎客沦亡丽华死,他年江令独来时。

其十　晨肇重来路已迷,碧桃花谢武陵溪。仙山目断无寻处,流水潺潺日渐西。

其十一　少卿降北子卿还,朔野离觞惨别颜。却到茂陵唯一恸,节毛零落鬓毛斑。

其十二　梦里分明入汉宫,觉来灯背锦屏空。紫台月落关山晓,肠断君恩信画工。

全诗第一首述张生崔莺莺虽然相亲相爱,却不能相依相守。第二首讲汉武帝深爱李夫人，但李夫人却红颜薄命。第三首"谢家池馆""萧寺房廊"应为泛指。谢女、萧郎泛指俊美的少女少男。萧郎当为箫史或梁国萧氏演化而来。崔郊诗有"从此萧郎是路人"句。谢女，一说谢安侄女谢道韫，一说李德裕亡妓谢秋娘。据唐段安节《乐府杂录·望江南》，唐李德裕曾为亡妓撰《谢秋娘》诗，后唐诗以其为歌妓女伶代称。中晚唐五代时期诗人多以"谢娘"借指思念女子。如韦庄《浣溪沙》词中即有"惆怅梦馀山月斜，孤灯照壁背红纱。小楼高阁谢娘家"句。清陈维崧《月华清·漠漠闲愁》中则有"粉墙畔，谢女红衫；菱塘上，萧郎白马"句。的确，在战乱频仍、交通不便的古代，无数恋人，多在离别的苦苦相思之中，那是何等的惆怅！第四首讲陈亡后乐昌公主与丈夫徐德言分离，流落长安为杨素所得，遇亲人却难以相见（最终破镜重圆）。第五首讲唐明皇避难四川，而爱妃杨玉环却已命丧马嵬。第六首咏痴情女霍小玉思念意中人相会不得，梦中犹见合欢鞋（鞋，谐也）。第七首咏石崇爱妾绿珠纵身跳下崇绮楼的故事。第八首或为武媚娘削发为尼的故事。第九首借吊江总咏南陈亡张丽华被杀事。第十首讲刘晨阮肇再入天台不遇仙女。第十一首讲苏武自匈奴回国而李陵难归。最后一首讲王昭君远嫁匈奴归汉无望。

上述十二首惆怅诗中所列十二件惆怅事，涉及十二个重要人物，除第十一首外，所咏皆为女性。这与现实生活中女性悲苦、惆怅之事最多相符。该诗在晚唐诗坛评价颇高。辛文房《唐才子传》称王涣诗中"谢家池馆花笼月，萧寺房廊竹飐风。夜半酒醒凭槛立，所思多在别离中"及"梦里分明入汉宫，觉来灯背锦屏空。紫台月落关山晓，肠断君王信画工"等皆为绝唱，"脍炙士林"。

薛能（817—880）有《赠韦氏歌人二首》诗曰：

其一　弦管声凝发唱高，几人心地暗伤刀。思量更有何堪比？王母新开一树桃。

其二　一曲新声惨画堂，可能心事忆周郎。朝来为客频开口，绽尽桃花几许香。

诗作为称赞韦氏女高超的演唱技巧，接连引用了王母瑶池和"曲有误，周郎顾"两个典故。

高骈（821—887）《湘妃庙》诗曰：

帝舜南巡去不还，二妃幽怨水云间。当时珠泪垂多少，直到如今竹尚斑。

这是引舜帝南巡、娥皇、女英追寻不得及斑竹泪的来历。

于濆（约876前后）有《经馆娃宫》一诗曰：

馆娃宫畔顾，国变生娇妒。勾践胆未尝，夫差心已误。吴亡甘已矣，越胜今何处？当时二国君，一种江边墓。

这里既有对红颜祸水价值观的认同，也有对吴越之亡的无尽感叹。

道教文学大师杜光庭（850—933）也有一首《咏西施》：

素面已云妖，更着花钿饰。脸横一寸波，浸破吴王国。

前两句是说即便西施不化妆已经很妖冶。后两句说西施一个媚态，就把吴国给断送了。

相比杜光庭"红颜误国"的陈词滥调，诗人罗隐的思考就远为深刻。罗隐《西施》一诗曰：

家国兴亡自有时，吴人何苦怨西施！西施若解倾吴国，越国亡来又是谁？

罗隐彻底否定了"红颜误国"的传统陈腐观念，并提出家国的兴亡有其历史的必然，值得认真总结。

咏史诗在汪遵（生卒年不详）诗作中占有重要分量，他有《息国》一诗曰：

家国兴亡身独存，玉容还受楚王恩。衔冤只合甘先死，何待花间不肯言！

汪遵其人人品如何姑可不论，这篇诗作却极其刻薄。他的意思是说，息国已经亡国，可是身为国母的息夫人却苟且活下来，并且做了亡息祸首的楚文王夫人。花前三年不语并不能代表什么，倒不如早先于息亡时与息君同死。历代文人总爱拿为石崇跳楼的绿珠与息妫比较，一褒一贬，体现出男权社会对女性缺乏人道的苛刻。

曹邺（816—875）《古莫买妾行》所表达的也是传统的红颜祸水观念：

千扉不当路，未似开一门。若遣绿珠丑，石家应尚存。

如果不是因为绿珠长得漂亮，可能孙秀也不会盯上她，如果石崇能够因此割爱，大概金谷园也不至于惨遭焚毁吧。

罗隐（833—910）也有《息夫人庙》一首讲息妫故事：

> 百雉摧残连野青，庙门犹见昔朝廷。一生虽抱楚王恨，千载终为息地灵。虫网翠环终缥缈，风吹宝瑟助微冥。玉颜浑似羞来客，依旧无言照画屏。

在罗隐笔下，息妫是忠贞的女性形象。"一生虽抱楚王恨，千载终为息地灵"，是说虽然身为楚王妃，但死也是息国鬼。玉颜依旧，仍是无言，是说千百年来她的忠贞之性并无改变。

李咸用（生卒年不详）有《昭君》一诗曰：

> 古帝修文德，蛮夷莫敢侵。不知桃李貌，能转虎狼心。日暮边风急，程遥碛雪深。千秋青冢骨，留怨在胡琴。

君王修文德是国家外关安定的关键。和亲是汉帝追求苟安的政治妥协，只能是养痈为患。从诗作可以看出作者对政治和亲制度持否定态度。梁琼、李中也与李咸用持同样观点：

梁琼（女诗人，生平无考）《昭君怨》：

> 自古无和亲，贻灾到妾身。朔风嘶去马，汉月出行轮。衣薄狼山雪，妆成虏塞春。回看父母国，生死毕胡尘。

李中（约920—974在世）《王昭君》：

> 蛾眉翻自累，万里陷穷边。滴泪胡风起，宽心汉月圆。飞尘长翳日，白草自连天。谁贡和亲策，千秋污简编！

崔涂（生卒年不详）《过昭君故宅》则对政治和亲及王昭君远嫁匈奴予以肯定：

> 以色静胡尘，名还异众嫔。免劳征战力，无愧绮罗身。骨竟埋青冢，魂应怨画人。不堪逢旧宅，寥落对江滨。

王贞白（875—958）的《妾薄命》以古老的命题，宣泄了一位修德女子年高不嫁的苦恼：

薄命头欲白，频年嫁不成。秦娥未十五，昨夜事公卿。岂有机杼力，空传歌舞名。妾专修妇德，媒氏却相轻。

这位老美女因为愁嫁近乎愁白了头发，而邻居年仅十四的女孩却已名花有主。她对世俗提出强烈的谴责：无论媒妁或男家都只在乎女性的外貌和歌舞媚态，像她这种专注妇德的女性却无人问津！诗歌不仅记载了晚唐的早嫁之风，也客观描述了中晚唐男子择偶不重视女德的事实。

（四）女性主题在诗词转变过程中的地位更加突出

词在宋代的成熟和兴盛，离不开中晚唐及五代的萌芽和发展准备，温庭筠、韦庄则是宋词走向繁荣过程中作突出贡献的两位重要人物，温词浓艳靡丽，韦词清亮疏朗，某种意义上恰好代表了宋词所谓婉约、豪放两大门派的风格（郑骞：《温庭筠、韦庄与词的创始》，《唐代文学研究论著集成》第八卷下，第731页）。尤其是温庭筠，他的词"标志着一种尚未形成的文体的历史开端"。（《晚唐：九世纪中叶的中国诗歌（827—860）》，[美]宇文所安，三联书店2011年1月版，第543页）

赵崇祚编《花间集》，将温庭筠列为首位，收词66首，足见其"花间派"的鼻祖地位。

温庭筠的词作以女性为第一主题，描写她们的花姿月貌、闺阁情爱，因语意工妙受到唐末五代文人的追捧，也深深影响到有宋一代的文人，包括明清之际以描写男女情爱为主题的汤显祖、曹雪芹等。温庭筠《菩萨蛮·杏花含露团香雪》：

杏花含露团香雪，绿杨陌上多离别。灯在月胧明，觉来闻晓莺。　玉钩褰翠幕，妆浅旧眉薄。春梦正关情，镜中蝉鬓轻。

类似风格的作品在温庭筠词作中比比皆是。当然，虽然是女性主题，晚唐五代作者也并非全神贯注于花前月下的男女私情。《花间集》作者对隋炀帝、南朝齐东昏侯萧宝卷、春秋吴王夫差、陈后主、唐玄宗等君主帝王的昏残荒淫多有揭露。晚唐词人薛绍蕴《浣溪沙·倾城倾国恨有馀》写道：

倾国倾城恨有馀，几多红泪泣姑苏，倚风凝睇雪肌肤。　吴主山河空落日，越王宫殿半平芜，藕花菱蔓满平湖。

西施倾国倾城的容貌给她带来了无穷无尽的忧愤与怨恨，在姑苏台上洒下她多少悲伤的泪水！怀想她临风而立凝眸远望的神韵、肌肤如雪的美貌，让人不禁浮想联翩。昔日吴王的江山如今只是空余落日，越王的宫殿也化为长满荒草的原野，只有藕花菱蔓年复一年依旧开满重湖。词人吟咏的是美女西施卷入帝王争霸的历史故事，感叹的则是晚唐动乱衰败的末世现实。

五、唐人传奇中的美女形象

◇ 唐传奇美女形象综述

诗歌和传奇是唐代文学相比肩的两大高峰。明胡应麟将小说分为六类，首为志怪，次为传奇（三杂录，四丛谈，五辨订，六箴规）。所谓"传奇"，即"传述奇遇奇事"之意。近现代研究唐代传奇的诸多学者，无不以传奇为唐代文学的骄傲。李宗为指出唐传奇与志怪最根本的区别，在于作者的创作意图："志怪"创作是为了"申鬼神之不虚，明果报之实有"；唐传奇创作则主要是"显露作者的才华文采，一方面遣兴娱乐，抒情叙志，另一方面也带有扩大名声、提高声誉之目的"（参见李宗为《唐人传奇》，中华书局 2003 年 6 月版，第 5，下引李宗为文皆见此书）。

研究唐传奇的学者对其发展阶段各有主张，但公认德宗建中（780—783）初至文宗大（太）和（827—835）初近五十年时间为唐传奇创作的鼎盛期。"四十多年中传奇文近 60 种之多，唐代最优秀的传奇文几乎都集中在此时。"（李剑国《唐五代志怪传奇叙录》，南开大学出版社 1993 年 12 月版，第 38 页，下引李剑国文皆见此书）程毅中《唐代小说史》提出贞元至元和年间为唐代小说的黄金时代，以单篇传奇文为代表的传奇小说在这时崛起一个新的高峰，和盛唐诗歌一样几乎是不可逾越的（程毅中《唐代小说史》，人民文学出版社 2003 年 5 月版，第 19—20、115 页，下引程毅中文皆见此书）。鲁迅《唐宋传奇集·序例》中说："惟自大历以至大中中，作者云蒸，郁术文苑，沈既济、许尧佐擢秀于前，蒋防、元稹振采于后，而李公佐、白行简、陈鸿、沈亚之辈，则其卓异也。"大中（847—859）是宣宗年号，但大中之后的懿宗咸通年间

（860—873），也还有裴铏、袁郊等重量级传奇写手可与贞元、元和年间的大家比肩。

唐代以"传奇"为小说篇名或集名者，似乎仅限于元稹、裴铏二人。（李剑国等指元稹《莺莺传》原名《传奇》源于宋人擅改标题的误导。）今人以"奇怪"二字作名词使用，但"奇"与"怪"在古代却各有侧重。"怪"多指神仙鬼怪；"奇"则相对宽泛，不但神仙鬼怪可以称奇，且人间艳遇轶闻也可称之。或许因元稹第一次使用该词讲述的是一段缠绵悱恻的爱情故事，又或许裴铏《传奇》集以爱情与神怪结合为主要特色；因此，后人谈论唐人传奇，有专指爱情故事的倾向。（参见程毅中《唐代小说史》、李宗为《唐人传奇》、罗烨《醉翁谈录》。）就传奇的题材而论，李剑国指"性爱主题"即使不是表现最多，也是最重要的。"传奇文中几乎从始至终贯穿着这一主题"，"而在小说集中则更为普遍绵长，除不涉及情爱的报应、宿命、五行、博物等专题性小说外，一般传奇志怪集几乎都少不了描写它"（李剑国，第51页）。李宗为也指唐传奇兴盛的一个重要原因，乃在于爱情题材的勃兴（李宗为，第97页）。

美女与爱情是文学永恒的主题。哪儿有爱情，哪儿必定美女云集，唐传奇即是最典型的例证。"唐人描写的爱情常常是才子佳人式的，同时又常常是才女美男。"（李剑国，第52页）因为它以专注爱情为特色，因而从唐初至唐末，一代又一代传奇作者前赴后继、戮力同心，塑造了一大批形象生动、性格鲜明，以不同形式热烈追求自由恋爱的美女形象，如倩娘、任氏、柳氏、王氏（《李章武传》）、崔莺莺、李娃、洞庭龙女（《柳毅传》）、崔徽、霍小玉、崔氏（《华州参军》）等等。唐传奇中栩栩如生的美女形象数不胜数，不仅成为唐代文学长廊最为绚丽华艳的奇妙景观，也是中国美女文学史上最辉煌耀眼的一页。

在全唐史长达290年的时间内，传奇小说创作之盛令人惊叹。以《全唐诗》近五万首诗歌与全唐约5000篇（条）传奇小说比较（李剑国，第30页），不难得出如下结论：从美女文学创作的角度而言，唐传奇的贡献要大于唐诗。其最为主要的标志，就在于它所塑造的众多美女形象，相比诗歌要更为立体和丰满，历经千年至今仍鲜活不衰。唐传奇塑造的众多美女形象及与其相关的爱情故事，不仅成为中国古代文学经典，而且由于其强大的生命力，也直接或间接推动了宋元词曲及明清戏剧创作的繁荣。

要将近 5000 篇（条）传奇中姿态各异的美女逐一挑拣，归类爬梳，是一件非常困难的事情。本篇首先按时间顺序，扼要概述塑造美女形象相对丰满、对后世文学传承影响较大的传奇名篇，随后以单列的形式，重点介绍解读张鷟《游仙窟》、元稹《莺莺传》、陈玄祐《离魂记》、沈既济《任氏传》、许尧佐《柳氏传》、白行简《李娃传》、蒋防《霍小玉传》、裴铏《裴航》等精彩篇章。

站在唐传奇发展的角度，也可将唐人传奇粗分为初期、盛期及末期三大阶段。

在唐传奇发展初期，也许只有张鷟的《游仙窟》、张说的《传书燕》值得一提。

唐玄宗朝宰相张说大概是中国古代与燕子最有缘分的宰相级人物。他出生前母亲曾梦"燕子入怀"，后被封"燕国公"，因他创作的小说《传书燕》的影响，后人将燕子誉为爱情的信使。（无名氏所撰张姓宗祠有联云：玉燕投怀，姓生燕国；出尘慧眼，相赏风尘。上联典指张说之母梦玉燕入怀乃生张说，后张说被封为燕国公。下联典指隋时杨素侍妓张出尘与李靖、虬髯翁张仲坚义结兄妹，号"风尘三侠"。）

据张说《传书燕》：长安"白富美"郭绍兰嫁给商人任宗。"商人重利轻远行"。新婚蜜月刚过，任宗便吻别娇妻外出经商。男人要养家糊口没错，但一去数年杳无音信，则有点过，甚而令人心生疑窦。（要么没把娇妻放在心上，要么外头有人。）寂寞无主的绍兰整天怏怏不乐，没精打采。一日，绍兰倚身窗前，见一对燕子在窗前嬉戏，触景生情，摇头叹说："唉！真羡煞你俩，成双成对，亲昵呢喃。听说燕子春天每年从海边飞回，必定经过湖湘，你俩能不能给我那忘情的丈夫捎封书信呢？"那对燕子见她喃喃自语，就飞到近前向她点头示意，绍兰试探着道："如果可以，就请飞到我怀里来吧。"颇有灵性的燕子果真双双飞落到她的胳膊上。

喜出望外的绍兰当即以细绢写了一首诗，系在那只雄燕的麻秆腿儿腿上，放手让燕子飞去。此时任宗正在荆湘一带做生意，见到一对燕子在他头上久久盘旋，颇觉奇怪，于是停下来注目它们。一只燕子飞落在他肩上，任宗发现燕子腿上的细绢，解下来一看，竟然是一首诗：

我婿去重湖，临窗泣血书。殷勤凭燕翼，寄与薄情夫！

任宗认识绍兰的笔迹，这才想起告别娇妻已好几个年头，既感受到妻子的绵绵思念，也对燕子如此通灵惊诧不已，于是匆忙写了回信让燕子捎回，随后将生意交割，星夜兼程赶回长安，与妻子团聚。（《开元天宝遗事》也有"传书燕"条记叙此事。）

动物有灵性不足为怪。古代交通不发达，信鸽是传递情报最便捷最重要的工具；较有灵性的燕子偶尔具有信鸽功能，有一定的可信度（唐李公佐《燕女坟记》，记述人与灵燕之间的情感交流，参见本书《比红儿诗》赏析第6首解读）。

以美女为描写对象的划时代的作品大多出现在盛期。本书遴选陈玄祐《离魂记》、沈既济《任氏传》、白行简《李娃传》、许尧佐《柳氏传》、元稹《莺莺传》、蒋防《霍小玉传》等与张鷟《游仙窟》篇逐一评述，此处不赘。

盛期除上述各篇之外，以美女为主要描写对象的名作还有不少。如陈鸿《长恨歌传》，系为配合白居易长诗《长恨歌》而作，某种意义上可视为白诗题序或注解。与杨贵妃同事玄宗的还有一位号为梅妃的江采苹。大中进士、桂林才子曹邺创作的《梅妃传》，塑造的梅妃形象饶有情趣。（史上对梅妃的真实性存疑，参看拙著《回眸一笑百媚生》"江采苹"篇，新华出版社2009年10月版，第284页。）

柳宗元寿仅四十七岁，其中有十四年处于受贬谪的人生低谷。他的《封建论》《捕蛇者说》是传世名篇，其所创作的《河间传》也振聋发聩。《河间传》讲述美丽贞洁的河间妇如何被"群戚之乱龙"算计，由圣洁的贞女蜕变为天下第一淫妇的故事。"河间"年少未嫁时即有贤操，嫁为人妻与丈夫相敬如宾，"相与为肺腑"，一旦落入群戚恶少设下的圈套，感受强暴带来的刺激与快感，道德防线顷刻溃于一旦，最终落得"虽戚里为邪行者，则掩鼻蹙頞皆不欲道也"的地步。柳宗元在该传末尾告诫天下人说：面对强行暴利的软硬兼施，恩情是很难依靠的，朋友、夫妻、君臣，都是一样。柳氏《河间传》原文曰：

> 天下之士为修洁者，有如河间之始为妻妇者乎？天下之言朋友相慕望，有如河间与其夫之密切者乎？河间一自败于强暴，诚服其利，归敌其夫犹盗贼仇雠，不忍一视其面，卒计以杀之，无须臾之戚。则凡以情爱相恋结者，得不有邪利之猾其中耶？亦足知恩之难恃矣。朋友固如此。况

君臣之际，尤可畏哉？余故私自列云。

卞孝萱引历代学者评论，证实《河间传》有攻击唐宪宗之嫌；现代人读《河间传》，则不必在意背后的影射疑云。"从贞女到淫妇仅一步之遥"，当今社会，各种诱惑远甚于唐，同事、朋友、恋人、夫妻，都应从中得到警示（卞孝萱《唐传奇新探》，江苏教育出版社2001年11月版，第115—124页，下引卞文皆见此书）。

李朝威《柳毅传》（一名《洞庭灵姻传》）的主角是柳毅，但也描写了美丽多情、不甘任人欺凌、敢于冲破礼教束缚、追求真爱的龙女形象。《柳毅传》或源于戴孚《广异记·三卫》，但其人物形象之生动令《三卫》望其项背。李朝威"创造性的描写对我国小说戏剧中龙和龙女形象的塑造产生了决定性的影响。从此，龙的动物性大大改弱，基本上被人神化了"（李宗为，第89页）。《柳毅传》问世后，在民间得到广泛持久的传播，如今湖南洞庭君山仍存有"柳毅井""柳毅墓"等遗址。后世取材柳毅故事的戏曲作品层出不穷，"其弈世不绝、历久不衰的盛况，在唐人传奇中只有《莺莺传》堪与相比。"（李宗为，第91页；也许还有裴铏的《传奇·裴航》篇。李朝威之前，张说《梁四公记》中也有龙女形象描写，裴铏《传奇·张无颇》篇讲无颇与龙女缔结良姻的故事，唐末无名氏《灵应传》，则讲述守寡的龙女九娘子守贞不屈的故事。）

李公佐《谢小娥传》中的谢小娥未必有绝世容颜，也没有惊世武功，促使她成功复仇的，是其坚定的决心、过人的机敏和"誓志不舍"的毅力。侠女形象是唐人传奇中绮丽迥异的景观。除《谢小娥传》，另有裴铏的《聂隐娘》、袁郊的《甘泽谣·红线》、李端言的《蜀妇人传》、薛用弱的《贾人妻》、皇甫氏的《原化记·车中女子》等值得一提，其中《聂隐娘》《红线》令人印象最为深刻。

传奇发展鼎盛时期（贞元末、元和初）娼妓与士子的情爱题材特别流行，随后此类题材几乎从传奇创作中消失，直到房千里《杨娼传》问世。就人物形象塑造而言，《杨娼传》中的杨娼与岭南帅，比起《霍小玉传》中的霍小玉与李益，以及《李娃传》中的李娃与郑生大为逊色。杨娼乃长安里中的绝色美女，长安少年一到她家，虽丢命破产而不悔。后为岭南帅甲赏识，暗出重金赎身，置于别室。帅甲生了重病，想见杨娼，害怕妻子知道，委托监军协调安排。哪

/ 最 / 美 / 的 / 女 / 人 /

知消息走漏，帅甲妻得知消息，集合了数十名健壮婢女，手持木棒，架起油锅等杨娼前来送死。岭南帅甲大为恐慌，取出全部金银财宝，叫家僮送杨娼北还。十余天后，帅甲病死，杨娼尚在路途，得知消息，将岭南帅甲的厚赠全部退还，随后设置灵位，含悲叩首，自尽于灵前。房千里因此感叹说："夫娼，以色事人者也。非其利则不合矣。而杨能报帅以死，义也；却帅之赂，廉也。虽为娼，差足多乎！""同为娼妓，差距咋那么大呢？"这是房千里发自肺腑的感叹：比起此前的岭南赵氏，杨娼之死的确感人，但其自杀感恩多于爱情，是殉主而非殉情。

托名牛僧孺的《周秦行记》据说作者实为"德裕门人韦瓘"。该传以第一人称写"作者"牛僧孺夜宿薄后庙的风流艳遇，涉及历朝美女戚夫人（汉高祖）、薄太后（汉文帝）、王昭君（汉元帝）、潘淑妃（南齐）、绿珠（西晋）、杨贵妃（唐玄宗）等，该传就连唐文宗也不相信出自牛僧孺之手："此必假名，僧孺是贞元进士，岂敢呼德宗为沈婆儿？"（宋张洎《贾氏谈录》）鲁迅指该文乃"假小说以施诬蔑之风"（《中国小说史略》），大抵不差。

唐传奇中人神偶合之作甚多，佚名的《后土夫人传》即属此类。后土夫人美丽光艳，富比帝王，连当朝武后也得悉听尊命。作品意在"托人神遇合，逞文士风流自得之情"。

与《柳氏传》差不多同时问世的《李章武传》，描写李章武与王氏子妇的婚外情，作者李景亮对其以鬼魂出现的王氏子妇描写非常精彩。王氏子妇渴望爱情自由以及对李章武刻骨铭心的痛苦思念令人印象深刻，"后土夫人"则相形见绌。

李复言所撰《续玄怪录》五卷中有《张老》篇，讲述扬州六合县园叟老夫配少妻的故事，张老的每次举动都令韦氏家人跌破眼镜，且张老的艳福不只是当时男人羡慕，也是古往今来普天下凡人祖祖辈辈的最高梦境：有大把大把的钱花，可以腾云驾雾、呼风唤雨且长生不老。只不过，这种幻境无论过去、现在和将来，始终距现实十万八千里。

薛调的《无双传》是盛期末的传奇名篇。薛调（830—872），进士出身，美姿貌，人号为"生菩萨"。因暴病而死，人疑遭鸩毒，仅四十三岁。《无双传》讲述王仙客与无双曲折离奇的爱情故事，篇名虽为《无双传》，但传中主角却不是"姿质明艳，若神仙中人"的美女无双，而是王仙客和侠士古押衙，王仙客对无双的追求真挚执着，虽屡陷绝望，却从未气馁，最终依靠古押衙的神奇妙药玉成美好姻缘。传中对中晚唐腐朽的官场生活多有揭露，但古押衙的行事风格也令人难以接受，滥杀无辜是小说最大的败笔。王仙客疏通关节的钱哪里来？是曾为尚书租庸使的泰山大人刘震留给他的"金银罗锦二十驮"！那么多人为王仙客与刘无双的爱情含冤而死，携手偕老、"男女成群"的仙客和无双怎能心安？也许是作者薛调刻意如此，有意要留下缺憾和惋惜。

盛期末最伟大的传奇作家非裴铏莫属。唐人传奇之命名为"传奇"，与裴铏的《传奇》集大有关系，而他塑造的诸多人物形象，如红拂妓、虬髯客、红绡妓、昆仑奴、聂隐娘、樊夫人、封陟等，至今仍活跃在银幕银屏上。

唐传奇末期（李剑国称"低落期"及"继续低落期"）最值得一提的传奇作家，是《三水小牍》的作者皇甫枚。皇甫枚是白敏中（白居易从弟）的外孙，唐亡后寓居汾晋，于后梁开平四年（910）撰成《三水小牍》。该书叙志怪传奇杂事，今人称三卷，实际残存二卷、佚文一卷。除《绿翘》外，另两篇著名的美女故事《却要》《飞烟》均见于佚文卷。

《绿翘》写西京女道士鱼玄机杀女僮绿翘之事。《非烟》讲述有夫之妇步非烟与邻居赵象偷情被丈夫武功业打死的惨剧。步非烟是包办婚姻，其夫武功业不解风情，她经不起邻居小白脸赵象的诱惑堕入情网。事情败露，"赵跑跑"一跑了之，步非烟临死不屈，留下"生即相爱，死亦何恨"的遗言惨死于马鞭之下，后世文人所以不以非烟偷情为过，多予同情，而对冷血的武功业全无好感，全赖皇甫枚的倾向性描写。

《却要》写机智泼辣的婢女却要智斗主人家群少的故事。全文不长，兹转录如下：

> 湖南观察使李庾有个女仆，叫却要。她容貌美丽，善于言辞，很受主人赏识。逢年过节、婚丧嫁娶，家里凡有大事，主人都交由她主持。李庾有四个儿子，个个年少轻狂，想打却要的坏主意，但总不能得逞。

清明节之夜，却要刚走到院中樱桃花影下，大公子延禧猛地蹿出来将她搂住，要与她亲热。却要拿了一条垫席递给大公子说："你在大厅的东南角站着等我，等你爹妈睡了，我去找你。"大公子拿了垫席走了。却要刚走到廊檐下，二公子延范又拦住要调戏她。却要又拿出一条垫席说："你在大厅的东北

　　　　　　　　　　　　　　/ 最 / 美 / 的 / 女 / 人 /

角等我，等我忙完了，就去与你相会。"二公子拿着垫席高兴地走了。三公子和四公子也来纠缠却要，却要如法炮制，让他们分别到大厅的西南角和西北角等候。

大公子延禧正在大厅的东南角冻得瑟瑟发抖，静候却要的到来，只见三个弟弟陆续进门，各自奔向一角。大公子心里虽然感到奇怪，却也不敢声张。过了一会，却要突然拿着灯走来，推开大厅的两扇门，用灯照着四个人，大声嚷道："快来人，捉小偷！"家里人听到喊声，以为真的来了小偷，都执着火把，呼喊着来抓贼。四公子一看大事不好，慌忙以垫席遮脸，躲进花丛中。大家闹了半天，一个小偷也没捉到，都回房休息去了。四个公子从此知道却要不是好欺负的，再也不敢心怀邪念。

身为下人，如何自保的确是一门学问。却要保得一时，难保终身。要么升格为主人妾，要么归位于某呆子名下。后来李力持《唐伯虎点秋香》中秋香戏弄华府大呆、二呆的情节，估计都是从皇甫枚《却要》中移植过来的。

孟棨、孙棨均为晚唐文人。孟棨的《本事诗》严格说不是一本传奇著作，其中却载有不少传奇故事，譬如许尧佐《柳氏传》的基本内容，孟棨《本事诗》中即有详载。《本事诗·情感第十二》"崔护"篇，根本就是一篇传奇。崔护于左扉题诗，《全唐诗》有载，题为《题都城南庄》。"人面桃花"写出桃花女（或称绛娘）的美艳，孟棨《本事诗》则表现出桃花女的清纯与痴情。崔护的三顾桃园恰到好处，一对有情人喜结连理，这段极富喜剧色彩的传奇故事，自《本事诗》后"代不绝传"，在戏曲舞台大放异彩（参见本书《比红儿诗》赏析第 14 首解读）。

孙棨撰《北里志》，塑造长安妓女群像。孙棨僖宗时屡试不第，于中和四年（884）撰成《北里志》。北里即平康里，因位于长安城北，故名北里（北里、狭邪、章台、行院、青楼、妓院，含义相同）。《北里志》载平康歌妓有名有姓者 19 人，即天水仙哥、楚儿、郑举举、牙娘、颜令宾、杨莱儿、杨永儿、杨迎儿、杨桂儿、王小润、王福娘、王小福、俞洛真、王苏苏、王莲莲、王小仙、刘泰娘、张住住、楚娘等，皆世故练达、风雅诙谐、能歌善舞，会咏熟对。

在诗行天下的唐代，《北里志》从一个侧面展现了唐代文妓唱和之甚。（奥维德《爱情论》："诗歌会促使女子更迅速地投入男子的怀抱"。）唐朝是诗的王国，美女并不是文学的旁观者。平康里的妓女用诗歌与新科进士谈情说爱，嘲谑嬉戏，彰显着她们独特的才情与智慧。《北里志》收录有五组文妓唱和诗作，无不具备即兴而逗、即兴而答、快速应和的特征，折射出唐代文人的生活情趣及对女性美的评价。如孙棨曾赠诗美妓王福娘（字宜之）：

> 彩翠仙衣红玉肤，轻盈年在破瓜初。霞杯醉劝刘郎饮，云髻慵邀阿母梳。不怕寒侵缘带宝，每忧风举倩持裾。谩图西子晨妆样，西子元来未得如。

王福娘随即应和：

> 苦把文章邀劝人，吟看好个语言新。虽然不及相如赋，也直黄金一二斤。

《北里志》中先后出场的有名有姓的男性共 45 人，其中新科进士 30 人，占 66%。这一数据说明北里妓女最喜交往新科进士。裴思廉状元及第后，作红笺名纸十多份，送至平康里，当夜即留宿北里。次日晨起，赋诗曰：

> 银缸斜背解鸣珰，小语低声贺玉郎。从此不知兰麝贵，夜来新惹桂枝香。

郑合敬状元及第后宿平康里，也赋诗曰：

> 春来无处不闲行，楚润相看别有情。好是五更残酒醒，时时闻唤状元声。

两首诗充分表现出唐代新进士的得意放荡之情，再现了北里妓女对新进士的垂爱。《北里志》记录和塑造的 19 个风采不一、性情迥异的妓女形象，是展现晚唐妓女生活"切片"的"万花筒"，其中透露出唐朝女性在文学、音乐、民俗、历史等方面的多元信息。

以妓女为原创文学主题群体书写，孙棨可能是第一人。后世作家夏庭芝的《青楼集》、梅鼎祚的《青泥莲花记》、冯梦龙的《情史》等均从中获益。明代王世贞《艳异编》更全文照搬，这些都体现出《北里志》在中国青楼文学中的独特价值。明代学者陈继儒高度评价孙棨《北里志》，称誉"风韵尔雅，雪蓑子（夏庭芝）《青楼集》、崔令钦《教坊记》，莫能逮也。"

/ 最 / 美 / 的 / 女 / 人 /

◇ 张鹭《游仙窟》与崔琼英

（一）塑造美丽有才、善良多情的崔十娘形象

张鹭（657—730，鹭，音 zhuó），字文成，新旧《唐书》有传，但附在其孙《张荐传》之前（《旧唐书》卷149、列传第99；《新唐书》卷161、列传第86）。张鹭少有文才，尤擅科考，被誉为屡考屡中、每获优等的"青钱学士"。《旧唐书》称"鹭下笔敏速，著述犹多，言颇诙谐。是时天下知名，无贤不肖，皆记诵其文"。《新唐书》也称他论著"大行一时，晚进莫不传记"。一个少有英才的"青钱学士"，仕途却不顺利。《旧唐书》说他"性褊躁，不持士行，尤为端士所恶，姚崇甚薄之"。《新唐书》也称他"傥荡无检"，"多口语讪短时政"，其作"浮艳少理致""诋诮芜猥"。诸多诋毁，究其根源，最重要的一点，应是他在风华正茂之际，创作了后来被列入禁毁淫书的传奇小说《游仙窟》。（李时人又指出：张鹭喜嘲谑人物、讽喻时事，因而不被姚崇等上层社会接纳。参见李时人《游仙窟校注·前言》，中华书局2010年5月版，第17—25页。）

李剑国对张鹭《游仙窟》评价较低："猥亵之调，床笫之欢，描摹无所遮碍，诚狭邪小说、色情小说也。"（李剑国，第127—138页）该小说以第一人称手法，叙述一位年轻文官在中国西北部迢遥崎岖之域，跋涉竟日后偶遇"福地洞天"（游仙窟），经与女主人崔十娘"漫长的调情戏谑"后终于如愿以偿，共赴巫山。（[美] 倪士豪：《唐人载籍中之女性性事及性别双重标准初探》，《传记与小说——唐代文学比较论集》，中华书局，2007年2月版，下引倪文均见此书）

1. 女主人公崔琼英（十娘）貌若天仙，美艳惊人

小说开篇女主角崔十娘尚未出现，作者即借浣衣侍女之口形容其显赫的家世及惊人的美艳：

> 博陵王之苗裔，清河公之旧族也。容貌似舅，潘安仁之外甥；气调如兄，崔季珪之小妹。华容婀娜，天上无俦；玉体逶迤，人间少足。辉辉面子，荏苒畏弹穿；细细腰支，参差疑勒断。韩娥、宋玉，见则愁生；绛树、青琴，对之羞死。千娇百媚，造次无可比方，弱体轻身，谈之不能备尽。

接下来在深夜写给十娘的情书中，又借婢女桂心之口夸耀十娘：

天上无双，人间有一。依依弱柳，束作腰支；焰焰横波，翻成眼尾。才舒两颊，熟疑地上无华；乍出双眉，渐觉天边失月。能使西施掩面，百遍烧妆；使南国伤心，千回扑镜。洛川回雪，亦堪使叠衣裳；巫峡仙云，未敢为擎靴履。忿秋胡之眼拙，狂费黄金；念交甫之心狂，虚当白玉。

面对百年难期的美娇娘，年轻文官绞尽脑汁，使出浑身解数，火力全开。半推半就的十娘支撑不住，最终撕开道德贞洁的伪装，"悚息而起。匣中取镜，箱里拈衣。袨服佩靓妆，当街正履"。作者作诗赞美她：

薰香四面合，光色两边披。锦障划然卷，罗帷垂半敧，红颜杂绿黛，无处不相宜。艳色浮妆粉，含香乱口脂。鬓欺蝉鬓非成鬓，眉咲蛾眉不是眉。见许实娉婷，何处不轻盈？可怜娇里面，可爱语中声。婀娜腰支细细许，瞵眎眼子长长馨。巧儿旧来镌未得，画匠迎生摸不成。相看未相识，倾城复倾国。迎风帔子郁金香，照日裙裾石榴色。口上珊瑚耐拾取，颊里芙蓉堪摘得。闻名腹肚已猖狂，见面精神更迷惑。心肝恰欲摧，踊跃不能裁。徐行步步香风散，欲语时时媚子开。厝疑织女留星去，黄似妲娥送月来。含娇窈窕迎前出，忍笑娄娛返却回。

如此妖娆艳丽的女子，不是仙女，宁是女仙！怎不叫年轻文官辗转反侧，流连忘返！

2. 崔十娘冰雪聪明，文采璀璨

《游仙窟》全文长8000余字，属唐传奇中篇幅较长作品（李剑国指其篇幅为唐传奇之冠。李剑国，第136页），其中有诗作80首，近3000字，"真成文章窟矣"。小说中，年轻文官一咏诗出，崔十娘当即以诗唱和。无论咏物咏事咏情，其应对机敏，有胜于年轻文官者。此类例子俯首可拾，一如：

琵琶入手，未弹中间，仆乃咏曰："心虚不可测，眼细强关情。回身已入抱，不见有娇声。"十娘应声即咏曰："怜肠忽欲断，忆眼已先开。渠未相撩拨，娇从何处来？"

下官当见此诗，心胆俱碎，下床起谢曰："向来唯睹十娘面，如今始见十娘心。足使班婕好扶轮，曹大家阁笔。岂可同年而语，共代而论哉？"

又如：

　　　　　　　　　　　　/ 最 / 美 / 的 / 女 / 人 /

于时五嫂遂向果子上作讥謷曰："但问意如何，相知不在枣。"（早）

十娘曰："儿今正意密，不忍即分梨。"（离）

下官曰："忽遇深恩，一生有杏。"（幸）

五嫂曰："当此之时，谁能忍柰！"（耐）

又如以咏物隐含性事：

于时砚在床头，下官因咏笔砚曰："摧毛任便点，爱色转须磨。所以研难竟？良由水太多。"

十娘忽见鸭头铛子，因咏曰："觜长非为嗍，项曲不由攀。但令脚直上，他自眼双翻。"

又如分别之时：

十娘小名琼英，下官因咏曰："卞和山未斫，羊雍地不耕。自怜无玉子，何日见琼英？"

十娘应声咏曰："凤锦行须赠，龙梭久绝声。自恨无机杼，何日见文成？"

卞和三献和氏璧与楚王；羊雍即杨伯雍，相传曾种玉田中，事见干宝《搜神记》；玉子即玉苗，琼英即美玉。山未开，地没耕，没有玉苗播种，怎能见美玉长成呢？（杨伯雍种玉事，参见本书《比红儿诗》赏析第 45 首解读）

凤锦虽由龙梭织就，送给远行的情人，惜我无机杼，又怎能像苏若兰织就回文璇玑图？年轻文官和十娘均借助用典巧将对方名字镶嵌其中，浑然天成，令人叹为观止。

3. 崔十娘温婉柔顺，性感多情

年轻文官到达游仙窟，从初见崔十娘半面开始，就发起了猛烈的文攻。年轻的十娘自丈夫死后立志守节，"儿年十七，死守一夫"，面对品貌俱佳的年轻文官突如其来铺天盖地目不暇接的情诗攻略，她虽也作了力所能及的抵抗，却最终招架不住，缴械投降。虽情知与年轻文官的情缘终不可免，在陈诗明志上也展露出身为女性的性感冶艳，但在年轻文官的急火猛攻面前，她却始终处于守势，即便最终与年轻文官合欢行房，也并未显出恣意放荡的浪姿淫态：

于时夜久更深，情急意密。鱼灯四面照，蜡烛两边明。十娘即唤桂心，并呼芳药，与少府脱靴履，叠袍衣，阁幞头，挂腰带。然后自与十娘施绫帔，解罗裙，脱红衫，去绿袜。花容满目，香风裂鼻。心去无人制，情来不自禁。插手红裤，交脚翠被。两唇对口，一臂支头，拍搦奶房间，摩挲髀子上。一啮一意快，一勒一心伤。鼻里痠瘮，心里结缭。少时眼华耳热，脉胀筋舒。始知难逢难见，可贵可重。俄顷中间，数回相接。谁知可憎病鹊，夜半惊人。薄媚狂鸡，三更唱晓。遂则披衣对坐，泣泪相看。

《游仙窟》在情事方面的描写仅此一段，非常简略。小说以超过多半的篇幅不厌其烦描绘作者与崔十娘的相互挑逗及打情骂俏，其中还穿插了"五嫂"的穿针引线和推波助澜，意料之中的高潮经大量铺陈后才"姗姗来迟"。即便说它是"狭邪小说、色情小说"，其尺度与低俗下流尚相去甚远，且男女主角都是充满人性的，不然也不会在新罗、日本等国大受欢迎。十娘的形象即便今天来看，也是大多数男性所能接受的。短暂欢娱之后，面对即将到来的痛苦分离，年轻文官的自私心态展露无遗：

下官咏曰："忽然闻道别，愁来不自禁。眼下千行泪，肠悬一寸心。两剑俄分匣，双凫忽异林。殷勤惜玉体，勿使外人侵。"

"殷勤惜玉体，勿使外人侵"，俨然已将十娘看成自己的私有财产。十娘却与天底下所有重情的女性一样，期待爱情的长久：

十娘咏曰："天涯地角知何处，玉体红颜难再遇。但令翘羽为人生，会些高飞共君去。"

小说最后呈现的是宛如人们常在电影结尾处看到的令人心碎的情景：

下官不忍相看，忽把十娘手子而别。行至二三里，回头看数人，犹在旧处立。余时渐渐去远，声沉影灭，顾瞻不见，恻怆而去……

如此，一位善良多才，性感重情的美女形象，已凸显在读者面前。

（二）对情爱色情文学的创作探索具里程碑意义

《游仙窟》通篇铺陈的虽然是作者与崔十娘的打情骂俏，却也展示了作者超凡的语言驾驭能力。就连反对贬斥他的唐书作者也不能不承认小说极为丰富的想象力和卓越的表达能力。小说能吸引新罗（古朝鲜半岛国家之一）、日本、突厥读者，相信对贬斥张鹭的唐人一样具有吸引力，否则两唐书作者也不会说张鷟的作品"是时天下知名，无贤不肖，皆记诵其文"，其论著"大行一时，晚进莫不传记"了。只不过中国几千年的正统文化日浇夜浸，由肉及骨，绝大多数中国人早已变得矜持、内敛、含蓄。所以张鷟就只能"墙内开花墙外香"了。（《旧唐书》："新罗，日本东夷诸蕃，尤重其文，每遣使入朝，必重出金贝以购其文，其才名远播如此。"）由于禁毁与打击，张鷟的《游仙窟》至唐末逐渐销声匿迹，"绝不见于记载"，直到20世纪初才被杨守敬请回中土（李剑国，第132页），但相信至少唐代在民间还是广为人知的。

在情节构思上，《游仙窟》也是颇费心思的。十娘未出，便借侍女来烘托其美貌。在与年轻文官的调情过程中，十娘始终是欲进先退，乍拒又迎，大段的感情递进戏加景物描写占了小说内容的绝大部分，而进入读者期盼的高潮床戏则甚为简略。小说的语言风格也很有特色。程毅中评价《游仙窟》无论内容或形式均有其独特之处："它可以说是传奇体的'创始者'"（程毅中，第109页）。小说基本上以骈体文写成，这种借力对话和诗唱展开情节、叙述故事的手法，与变文非常相似。两者谁影响谁尚不好说。小说对俗赋、民歌和民间说唱文学的借鉴，不仅丰富了作品的营养，也增加了作品的可读性。"诗风则格调卑下，承梁陈陋习而过之，止少数语近南朝民歌，清新可读"，"本篇佳处乃在语言浅俗，多用口语，效闺中声口，楚楚生动，描摹情态，细致婉转，详而尚不觉其繁。体在文俗之间，全不似唐人他作之取法工丽。其不传于国中者，岂因俗体难入大雅，且复'以骈丽之辞写猥亵之状'邪？"（李剑国，第138页）

由于唐朝之后《游仙窟》"绝不见于（中土）记载"，因而他的写作风格对南宋至明清俗文学和色情文学是否有影响及影响多大还不好评价。但对日本文学的影响已属公认。俗文学和色情文学真实直白地表现男女本能的性爱，在民间拥有极广阔的市场，几千年来拥有旺盛的生命力，至今仍活跃于民间的东北二人转即是一例。有些俗文学和色情文学经改造升级，成为很有艺术表现力的佳作，如东北民歌《大妹子美大妹子浪》，电视连续剧《篱笆女人和狗》中的插曲《过三关》等，皆属此类。

◇ 陈玄祐《离魂记》与倩娘

陈玄祐生平事迹，除传奇小说《离魂记》中自我介绍为大历末人之外，余皆不详。李剑国将陈玄祐《离魂记》列为唐传奇兴盛前期首篇，程毅中则将其视为唐代小说成熟之起点（程毅中，第 116 页）。《离魂记》原文不长，故事情节如下：

唐天授三年，清河人张镒因在衡州做官，把家搬到了衡州。张镒性情好静，很少交友，膝下无子，只有两个女儿。大女儿早死，小女儿名叫倩娘，生得端庄秀丽。张镒的外甥王宙，从小聪明过人，长相英俊，张镒非常器重，常常说："将来你长大了，我把倩娘许给你做妻子。"倩娘和王宙渐渐长大，二人心有所属，相互思念，竟至夜不能寐，家人并不知情。后来，张镒的同僚中有个选官求娶倩娘，张镒顺口就答应了。倩娘听说后，心里十分痛苦，王宙知道后十分怨恨，以调官为由远走京城。张镒劝阻，王宙不听，张镒只好厚赠路费，让他赴京。王宙含恨忍泪上船。天色将晚，船走到离山城几里远的地方，时至半夜，王宙尚未就寝，忽然望见岸上有人急匆匆赶来，片刻来到船上，竟是倩娘，光着脚丫子。王宙惊喜交加，拉着倩女的手问她怎么跑出来的，倩娘哭着说："你对我的深情使我深受感动，我知道郎君对我的深情坚定不移，所以豁出性命也要报答郎君，就从家中私奔而来。"王宙大喜过望，就把倩娘藏在船中，日夜兼程，几个月后到达四川。五年后，他们生了两个儿子，和张镒断绝了音信。时间久了，倩娘很想念双亲，哭着对王宙说："当年我为了不辜负郎君的真情，离家和你私奔，如今已愈五年，和父母远隔天涯，我的心怎能安宁？父母的养育之恩如天覆地载，我怎能不管双亲而独自逍遥呢？"王宙也悲伤地说："你别难过，我们一同回去吧。"回到家乡衡州后，王宙首先来到张镒家谢罪，说不该领着倩女逃到四川。张镒大惊说："倩娘病在闺房好几年了，你胡说些什么呀？"王宙说："倩娘现在就在船上。"张镒更加吃惊，派仆人到船上去看，倩娘果然在船上，惊讶地问仆人说："我二老身体安康吗？"仆人掉头跑回家向张镒报告。闺房中生病的女儿得知消息，顿时高兴地起床，梳妆更衣，笑而不语。梳妆完毕，出门去迎正往家来的倩娘，两个倩娘突然合为一体，只有衣服是两套重叠。家中人认为这件事太邪，一直保守秘密，只有亲戚暗中知晓。四十年后王宙夫妻去世，两个儿子都被举为孝廉，官至丞尉。陈玄祐少年时候就听说过这个故事，细节略有出入，有人说这件事是虚假的。大历末年，陈玄祐遇见莱芜县令张仲，张仲详细介绍了这件事的来龙去脉。张镒是张仲的堂叔，讲得特别详细，所以记录下来。（参见《太平广记》卷 358）

古人确信人的肉体由其灵魂主宰，因而很早就有魂体分离之说。如《山海经·北山经》即载有炎帝女儿女娃游东海溺死，其灵魂化为精卫鸟填海复仇的故事。在陈玄祐之前，刘义庆《幽明录》中载有《庞阿》篇，故事大意为：

钜鹿县有个叫庞阿的男人，生得英俊潇洒。同郡石氏家有个女儿，曾看见过庞阿，暗暗爱上了他。不久，石氏女突然来看庞阿，庞阿的妻子非常嫉妒，命婢女把石氏女捆起来送回石家。半路上，石氏女突然化成一股清烟消失了。婢女直接找到石家报告这件事。石氏的父亲大吃一惊说："我女儿根本就没出去过，你们为什么这样诽谤她！"庞阿的妻子自此特别留意观察庞阿的居室。这天晚上，庞妻发现石氏女又来到庞阿屋里，就把石氏女绑起来送回石家。石氏女的父亲非常惊愕，说："我刚从后屋出来，明明看见我女儿和她母亲在一起，怎么能被你们绑到这里来呢？"说罢就让仆人到内室把女儿叫出来，这时，被绑的女子忽然消失了。石氏女的父亲认为其中一定有鬼。就让妻子问女儿到底怎么回事。石氏女说："当年庞阿到咱家来时，我曾偷偷见过他。后来有一次做梦，梦见到庞阿家去，刚一进门，就被庞阿的妻子捆了起来。"石氏父亲说："天下竟有这种怪事！"石氏女誓不嫁人。过了一年，庞阿的妻子忽然得了邪病，医治无效而死。庞阿于是礼聘石家，迎娶了石氏女。（《太平广记》卷358）

《幽明录》解释说："夫精情所感，灵神为之冥著，灭者盖其魂神也"，意思是人的精神和感情太执着时，神灵就会离开躯体。当初被庞阿妻子捆住的石氏女，实际是她的灵魂。

张荐《灵怪集》中有一篇名为《郑生》的故事与此类似：

唐天宝末年，郑生进京赶考。傍晚时到达郑州西郊，到一户人家投宿。主人问他贵姓，答说姓郑。这时里屋忽然出来一个婢女对郑生说："我家娘子应该是你堂姑哩。"就见一个老妇人从堂屋里出来，郑生连忙拜见问安，二人坐着谈了很久，堂姑问郑生结婚没有，郑生说没结婚，堂姑就说："我有个外孙女在这里，姓柳，她父亲是淮阴县令，和你门第相当，我想把她许给你为妻，你看如何？"郑生不敢推辞，就答应了。这天晚上，郑生和柳氏举行婚礼，入了洞房，二人十分称心如意。住了几个月后，堂姑对郑生说："你可以带媳妇去一趟柳家看看你岳父母。"郑生于是带着柳氏前往淮阴。到淮阴后，郑生派人先去柳氏家通报，柳家一听，十分惊愕。柳县令的妻子怀疑丈夫另有外遇，并生下女儿，十分怨怒。不一会，郑生和妻子柳氏到了，柳家人见和家中女儿一模一样。柳氏下车后慢慢走进院中，家里的女儿也笑着走出来，两个柳氏女在院中相遇，忽然合成了一个人。柳县令追查这件事，才知道是自己死了很久的岳母把她外孙女柳氏的魂许给了郑生。后来郑生再去寻找郑州西郊曾经投宿的人家，那里什么都没有了。（《太平广记》卷358）

陈玄祐的《离魂记》明显受到《庞阿》《郑生》的启发。《庞阿》讲人的灵魂可脱离躯体与心上人幽会，《郑生》则讲了两个柳氏女的重合。因为站在前人肩膀上的缘故，陈玄祐的《离魂记》明显技高一筹：

第一，倩娘"灵魂出壳"有其艺术真实性。倩娘与王宙青梅竹马，两小无猜，倩娘的父亲对两人的婚事曾亲口许诺，但当"有宾僚之选者求之"时，他却悔约了。王宙悲愤离衡，倩娘亡命出奔，夜半出走，赤脚追赶，把鞋袜都跑丢了，誓言"杀身奉报"，完全是出于真爱，是以实际行动表达对父亲悔约的愧歉。正是因为爱情的能量，倩娘的灵魂才能突破肉体的限制，冲决父母及媒妁之言的束缚，与心爱的人走到一起。这样的离魂故事有其艺术的真实性，因而能感染和打动读者。而《庞阿》中的石氏女对美男庞阿是一见钟情，她与庞阿的幽会虽不一定是一厢情愿，但身为有妇之夫的庞阿形象却极为苍白，两人之间并无任何关乎情爱的语言和动作交流（程毅中，第117—118页）。《郑生》中柳氏女的离魂是由其死去的外祖母出面干预嫁给郑生的（她在另一个世界闲得无聊），其主旨是宣扬人死后精神不灭，仍放心不下儿孙辈的婚姻大事（李宗为，第32页）。

第二，《离魂记》有反对封建礼教、向往婚姻自由的进步倾向。封建社会的男女婚姻讲究门当户对，父母做主，明媒正娶，因而不知扼杀了多少旷男怨女。对自由恋爱的憧憬和追求很难，只有在虚幻的传奇中通过灵魂脱壳才得以实现。作者在暗示：封建礼教的沉重枷锁很难突破，只有人的灵魂才是自由的（程毅中，第118页）。

第三，《离魂记》塑造了具有反叛精神的倩娘形象。《离魂记》篇幅与《庞阿》《郑生》相差无多，但无论情节构思和人物形象塑造均全面胜出。王宙得知张镒悔约后深为"恚恨"，执意赴京，止之不可。上船诀别时既恨张镒势利，又悲与倩娘痛苦分离。一旦倩娘"徒行跣足"来投，顿时喜形于色，"惊喜若狂"、欢呼雀跃。五年后倩娘因思念父母想回家探望，他非常理解妻子，回答

　　　　　　　　　　　　　　／ 最 / 美 / 的 / 女 / 人 /

也极为干脆："将归，无苦"（不必苦恼，我们现在就动身返乡），体现了作为丈夫的体贴与大度。对美女张倩娘的塑造也很有特点。一是端妍绝伦，美艳无比。二是对王宙的爱情发乎内心。一开始就对他深有好感，"常私感想于寤寐"；得知父亲将她许嫁宾僚之属即"闻而郁抑"，闷闷不乐。三是行为果敢有胜于王宙。见宙面有怒色，执意赴京，便深感不安；面对家庭"今将夺我之志"的残酷现实，毅然选择为爱出逃，亡命投入情人的怀抱，表现出对封建包办婚姻的强烈反叛和果决，这在封建伦理纲常蛛网交织的唐代极为可贵。四是富有人情味。与父母分别日久，其思亲恋乡之情与日俱增："覆载之下，胡颜独存"（如果父母的恩情就此断绝，我还有何脸面苟活于世）？小说以幻写真，幻中见真，将奇幻的情节与充满人情味的生活细节有机契合，从而达到上佳的艺术效果。而这些，是《庞阿》《郑生》作者难以企及的。

第四，《离魂记》是中国古代"离魂型"小说的代表作。粗糙简略但不乏创造性的《庞阿》《郑生》给了陈玄祐创作"离魂"的灵感，《离魂记》之后，历代以"倩女离魂"为特征的文学作品络绎不绝，如元董解元《董西厢》中有《离魂倩女》诸宫调，郑光祖有《倩女离魂》，赵公辅有《栖凤堂倩女离魂》；明沈璟有《王家府倩女离魂》，王骥德有《倩女离魂》，谢廷谅有传奇《离魂记》，皆属演绎倩女灵魂脱壳的故事。程毅中说：将《离魂记》视为唐代小说成熟的起点并不仅仅因其诞生的年代稍早，更因其题材、思想性、艺术性及对后世的影响力。自张鷟《游仙窟》之后，爱情题材的小说几乎销声匿迹，《离魂记》的出现，预示着爱情主题占极大比重的盛期即将来临（程毅中，第118页；李宗为，第32页；林骅、王淑艳编选《唐传奇新选》，湖北教育出版社，2006年1月版，第43页，下引林、王文皆见此书）。

◇ 沈既济《任氏传》与任氏

（一）唐传奇群峰中的第一峰

沈既济（？—797）苏州吴中德清人，是唐代传奇创作团队中的出类拔萃者，其创作的传奇小说《枕中记》《任氏传》均被视为划时代的作品，两篇传奇的横空出世也被认为是唐代传奇群峰中的第一座高峰（程毅中，第119页）。

（二）爱如烈火，火海刀山也要上

《任氏传》创作时间比较明确，原文末尾有介绍称："建中二年，既济自左拾遗与金吾将军……皆谪居东南，自秦徂吴，水陆同道。时前拾遗朱放因旅游而随焉。浮颍涉淮，方舟沿流，昼宴夜话，各征其异说。众君子闻任氏之事，共深叹骇，因请既济传之，以志异云。"

正文开始第一句话即点名"任氏，女妖也"。故事起始于天宝九年夏天。一日，本文两位男主人公韦崟（yín）与郑六约好到长安大街新昌里喝酒。两人在宣平里暂时分手，韦崟东去，郑六向南，在升平里北门巧遇三位女性。郑六为其中身穿白衣的任氏吸引，一路跟随她来至乐游园，当晚即与其同宿。天刚拂晓，郑六从里门一位卖饼胡人那儿得知了任氏的身世秘密："哦，这儿有只狐狸，多次引诱男人同宿，你也遇到了？"郑六感到很难为情。回去见到韦崟，韦崟怪他爽约，郑六支支吾吾，不敢坦白。郑六对这次短暂的欢会记忆深刻，每当想起任氏的妖艳，内心就有难以压抑的再见冲动。

十多天后，郑六果然在西市的服装店撞见任氏。任氏想躲开他，郑六却紧追不舍。任氏说："您即已知道我的身份，为何还要接近我呢？"郑六说："一夜恩爱，从此难忘，朝思暮想，欲罢不能，你怎忍心抛弃我？"任氏说："岂言抛弃，只是怕您讨厌。"郑六信誓旦旦，恳求同叙旧欢，任氏也表态说："大凡狐类被人厌恶，皆因其伤人行为，我却不是这样。若蒙不弃，我愿'以奉巾栉'，终身侍奉您。"郑六按任氏的吩咐，找到满意的出租屋，又按她的指点去向韦崟讨借日常用具。听郑六说得到一位绝代佳人，韦崟不以为然，于是派家童暗中跟随打探，带回的消息让他大吃一惊：家童形容是从未见过、无法比拟的美人！

韦崟纳闷：世上竟有这样的美人吗？于是梳妆打扮，亲往一观，果然家童形容犹有不及。韦崟对任氏爱得发狂，搂着她求欢。任氏不从，韦崟使强。任氏力不自胜，就说：我服从了，请稍等会儿。等韦崟一松手，她又反抗如初。韦崟不再罢手，任氏精疲力竭，估计在劫难逃，于是放弃抵抗，但神色惨白。韦崟就问她为何脸色剧变。任氏叹息道："郑六以六尺之躯，却不能庇护一个女人，哪称得上大丈夫！您豪侠奢华，身边美女如云，可郑六身边唯我而已。如他生活上能够独立，也不至于如此下场。"韦崟在江湖上被称赞为豪爽有义气。为任氏所激,遂整衣道歉不再无礼。(人在世上走,脸是一张皮。)

从此,任氏的一应给用都由韦崟承担。任氏还利用自己的先知本能帮助郑六做买卖,一进一出能有四五倍的赢利。任氏要添置成衣,韦崟叫来张大替她张罗。张大见到任氏,惊得嘴巴都合不拢来,认为任氏非人间所有,希望郑六将她送还,避免陷于灾祸。

一年之后,郑六通过武职调选,授槐里府果毅都尉。当时郑六恰好又结了婚,常恨夜晚不能与任氏一起过夜,于是再三邀请任氏同往金城县赴任。任氏预卜此行有祸,坚不肯从。郑六遂搬出韦崟帮忙说情,并询问究竟。任氏好久才说,有位巫师告诉我今年往西去会不吉利。郑六和韦崟都取笑她为妖言所惑。任氏说,假如巫师的话可以印证,白白为您死去有什么好处呢。郑六不予理睬,执意邀她同行。任氏不得已,只好默然同往。韦崟借给任氏一匹好马,挥袂而别。郑六及任氏行至马嵬,刚好遇见西门官府的养马人在洛川训练猎狗。青灰色的猎狗从草丛中蹿出,任氏应声落地,显出原形向南飞奔。悲剧发生了:任氏跑出一里多路后,被猎狗咬死。

十多天后,郑六回城,告诉韦崟任氏遇难的消息,韦崟这才得知任氏本为狐女的真相。

(三)人无完人,况乃狐乎

《任氏传》能赢得盛赞的一个重要原因,是小说着意刻画了任氏这一有血有肉、富有情感的狐女形象。此外,对两个次要角色韦崟及郑六的描写也很到位,显示出作者"良史才"的功底。

1. 任氏虽为狐女、尤胜于人

小说中的任氏,有以下六个方面的特点令人记忆深刻。

第一,任氏之美,令人目眩。郑六初识她,就是因为她容色姝丽,一路跟随她东至乐游园。当她更妆而出,其妍姿美质,歌笑态度,举措皆艳,殆非人世所有。韦崟派家童偷窥,气喘吁吁回报,以为平生未见。韦崟亲往检验,"明而观之,殆过于所传矣"(比家童形容的还要漂亮)。卖衣人张大见到任氏,也认为任氏乃仙女下凡,非人世间所有。

第二,感情朴实,情深谊重。任氏为生理本能,勾引郑六与其发生关系。再见郑六时,因"事可愧耻,难施面目",而以扇障其面。得知郑六并不因为她是狐妖而继续与她交往，就郑重表态说："若公未见恶，愿终己以奉巾栉"。随着小说情节的展开直到终篇，她是这样说的，也是这样做的。不仅在韦崟面前守住了贞洁，且为所爱的人放弃生命也在所不惜。

第三，忠贞守节，智斗色狼。阅人无数的韦崟目睹任氏的风采，"爱之发狂，乃拥而凌之"。任氏拼命抵抗，每当力不从心时，就用缓兵之计说："服矣，请少回旋。"如此再三，韦崟不再上当。这时任氏抓住韦氏以侠义豪爽自许的个性特征发动心理攻势，终于达到自救的目的，体现出身为狐女过人的智商。

第四，舍身从人，勇于牺牲。作为狐类，任氏具有男性世界普遍赞赏的温顺本分。她已知西行对自己大为不利，但郑六执意坚持，她宁愿牺牲自己的生命，也要遂郑六的心愿。她以付出生命的代价，诠释了男权社会"三从四德"的普世价值观，其悲惨的命运和结局令人同情和惋惜。

第五，未卜先知，不越雷池。身为狐妖，任氏有未卜或预卜先知的本能。但她从未以此为炫耀的资本，对郑六颐指气使，而是非常掌握分寸，不越雷池一步。她让郑六借五六千钱来买马，并让他最终以三万钱成交，可见她是深谙理财之道的，但也仅此一次略显身手，小试牛刀。通观小说全篇，她从未以此作为自己贪图享受的资本。当郑六将赴金城上任时，她也只是要求郑六"计给粮饩，端居以迟归"（算计好供给我的口粮，安心在家等你回来），所作所为完全以普通凡人的身份出现。

第六，知恩图报，是非不分。金无足赤，人无完人，况乃狐妖？从卖饼胡人之口，可知任氏也有为自己生理需要勾引男人的"耻行"。她与郑六的初识，也显出狐妖的媚惑本性。通过她的自我介绍及卖饼者的旁证，显出她有为娼的前科（但她与郑六好上之后，就洁身自好了）。她坚拒韦崟是可赞可佩的，但她为报答韦崟的关爱和补偿"歉意"，却一次次充当韦崟的皮条客。她是千年修炼的狐仙，却在普通的猎狗面前丢魂失魄。作者始终在暗示读者，除了某些方面与常人有异（譬如制衣），任氏就是一食人间烟火的凡人。唯因如此，作者笔下的任氏才真实可信、真切感人（林骅、王淑艳，第53页）。

2. 次要角色郑六、韦崟也各有特点

小说以任氏为主人公，两个主要的次要角色郑六、韦崟的描写也很有特点。喜好酒色的郑六的庸碌无为，只能依附于妻子的家族。自己原有老婆，后来再次新婚，但从未停止在外面拈花惹草。他自己并无养小三的能力，他与任

/ 最 / 美 / 的 / 女 / 人 /

氏的一应用度都是韦崟给的；最后好不容易谋了相当副科级的职位，便死拉硬拽任氏随他赴任。任氏告诉他此行凶险，任氏能预卜先知他是知道的，但他并不把任氏的安危放在心上，体现出他的极端自私。而且从一开始他喜欢任氏，纯粹是因为她的外貌。直到任氏死去，他似乎从未懂得她的内心，与她有过深层的感情交流。

韦崟史有其人。《元和姓纂》卷二及《新唐书·宰相世系表四上》说他曾任龙州刺史，这与《任氏传》所述相合。小说中的韦崟一则贪恋女色，二则豪侈大方，三则义气有度，也给人留下了深刻印象（李剑国，第 268 页）。

（四）任氏虽妖，然个性突出

韦崟、郑六或实有其人，但"任氏事自属子虚乌有"。狐化美女的传说，六朝志怪中已有描述。如郭璞《玄中记》即说："狐五十岁能化为妇人，百岁为美女。"六朝志怪中出现的狐精多半是为害人类的，且故事情节简单。初唐狐精故事在民间甚为流行，据《太平广记》卷四四七引张鷟《朝野佥载》：

> 唐初以来，百姓多事狐神，房中祭祀以乞恩，食饮与人同之，事者非一主。当时有谚云："无狐魅，不成村。"

在戴孚《广异记》中，狐精已成为妖怪类故事主角。今存《广异记》佚文中，专讲狐精故事的多达 33 篇。虽大多数狐精仍以"媚惑狐祟害人"的面目出现，但也出现了富有人情味的令人"敛容致敬"的狐女形象。一些狐精滑稽突梯，善于调侃，甚而大胆戏弄以法术著称的和尚道士（李宗为，第 31 页）。《广异记》中有《李麐》《李参军》两篇，沈既济创作《任氏传》很可能受到启发，从中吸取营养，兹转录如下：

李麐 东平县县尉李麐刚得到官职，就从东京出发上任，夜里在故城住宿。客店里有个熟人靠卖烧饼维持生活，妻子郑氏长得很美，李麐一见就喜欢上了，于是住到他家里，一连住了好几天，最终用十五千钱买下熟人的妻子。到了东平县后，李麐对郑氏宠爱备至。郑氏性情温和，妩媚风流，聪明颖悟，女工无所不通，还精通音乐。在东平县住了三年，生了一个儿子。后来李麐因担任赋税运输工作要进京去，就和郑氏一起回去。到了故城，遍请故乡的亲朋好友赴宴，待了十多天，李麐多次催促启程，郑氏固执地称病不肯起身，李麐因为爱她，便耐心等待。又过了十多天，有事要办必须启程，郑氏不得已跟随。走到外城的大门时，郑氏忽然说肚子疼，下了马就跑，速度快得像风一样。李黁和几个仆人骑马奋力追赶，跟着郑氏进到故城，转弯进入易水村。郑氏跑得稍慢，李黁穷追不舍，眼看就要追上，郑氏突然钻进一个小洞里。李黁大声呼唤，里面静静的没有回答。李黁恋恋不舍，凄惨悲伤，一边说一边流泪。天渐渐黑了，村里人用草塞住洞，李黁回客店休息，天亮后又去洞口呼唤，仍然没有回声。于是改用火熏，熏了很久，村里人又帮他挖洞，挖了几丈深，只见一只雌狐狸死在洞里，衣服脱下来像蝉蜕一样。脚上还穿着锦丝袜子。李黁长时间地叹气，掩埋了狐狸。回到店里，找来猎犬咬她生的孩子。孩子并不害怕。于是带着孩子进京，寄养在亲属家里。赋税交代完毕后返回东京，与萧氏结婚。萧氏常常称呼李黁是野狐狸的女婿，李黁无语反驳。一天晚上，李黁和萧氏拉着手一起回到屋里说笑玩闹，又说起野狐婿，忽然听见堂屋前有人声。李黁问是谁夜里跑来了，回答说："你难道不认识郑四娘了吗？"李黁平时就怀念她，听了她的话，高兴得跳了起来，问说："你是鬼呢还是人呢？"回答说是鬼，李黁不能近前打量。郑四娘对李黁说："人道和神道不一样，你的妻子为什么多次骂我呢？你把我生的儿子寄养在远方的亲属家里，那些人都说他是狐狸生的，不给他穿的吃的，你难道不想念他吗？早点把他接回来抚养，我在九泉下也没有遗憾了。如果萧氏再说话侮辱我，又不收养我的儿子，必将给你带来灾祸。"说完就不见了。萧氏从此不敢再说野狐婿的事。唐代天宝年间后期，孩子有十多岁，跟正常人一样没有任何问题。（《太平广记》卷451）

李参军　唐朝兖州李参军授职以后，赶去上任，路上住在新郑的一家客栈里，遇上一位老人正在读《汉书》，就和老人交谈起来，说到婚姻方面的事情。老人问他娶谁家的女儿为妻。他说尚未结婚。老人说："你是名家子弟。应该选好这门亲事。听说陶贞益是那个州的都督，如果他硬要把女儿嫁给你，你怎么办呢？姓陶的和姓李的成婚，多么骇人听闻！我虽然平庸无能，也为你感到羞耻！现在离这儿几里远的地方，有个萧公是吏部萧瑶的本家，门第也很高，现有几个女儿，都长得天仙一般美丽。"李参军听了很高兴，就求老人给介绍一下萧氏。老人答应了。老人去了许久才返回来。说萧公很喜欢，对客人很尊敬。李参军便和仆从们一起跟着老人来到萧氏门前。门庭馆舍清新肃然，甲第宽敞显赫，高高的槐，长长的竹，连绵蔓延，真乃世上少有的胜地。一开

　　　　　　　　/ 最 / 美 / 的 / 女 / 人 /

始，两个宦者拿着金礼器靠在床边欢迎他入座。一会儿，萧公出来了。他穿的是紫蜀衫，拄着鸠形拐杖，两只袍袖和两条裤腿扶在身侧，胡须像雪一样白，眼神像镜子一样明亮，举止可观。李参军一看便生敬意，再三地陈述谢忱。萧公说："老叟年过七十，辞官后住在这里，很久没人来了，哪里想到君子绕道而来！"萧公把李参军迎进客厅。厅里各种服用和玩赏的物品互相隐映，都是些当今世上难遇的宝物。不长时间便摆好宴席，山珍海味都有，大多是些叫不出名字的珍肴。吃完饭开始喝酒的时候，老人才说："李参军刚才要求亲，已得到许诺。"萧公接着说了几十句话，很有大人风度。他写信给县官，请卜人来给选个好日子。卜人一会儿就到了，说："好日子就在今晚。"萧公又写信给县官，借头花、钗绢和杂役人手之类。不多时都已备齐。当天晚上，也有县官到场迎送客人。欢乐的事情，和当世没什么两样。进入拜堂的青庐之后，见新娘子特别漂亮，李参军更加高兴。到了天明，萧公就说："李郎上任有一定的期限，不能久住。"便打发女儿和李参军一起走。五辆用珠宝装饰的牛车，奴婢人马三十多号。其他服用和赏玩的物品不可胜数，见到的人都以为小夫妻是王妃公主之类，没有不艳羡的。李参军到任，过了二年，奉使进入洛阳，将妻子留在家里。婢女们个个都妖媚妖冶，迷惑成年男子，来往的成年男子大多遇到过她们的挑逗。有一天，参军王颐牵着狗出去打猎，路过这里，李参军的婢女们见了狗非常害怕，大多跑回家里去。王颐素来怀疑她们的妖媚，心里一动，径直牵着狗闯到李家宅院里去。李氏全家拒守堂门，气儿都不敢喘。狗往前挣着狂叫。李参军的妻子在门里大骂道："婢女们不久前被狗咬了，到现在还害怕，王颐有什么事牵着狗进人家里？你和李参军是同僚，难道这不是李参军的地方吗？"王颐心里判定她是狐狸，就下决心推开窗子把狗放进去。狗把群狐全咬死了，只有李参军的妻子死后还是人身，但保留着狐狸尾巴。王颐告知陶贞益。陶贞益去验尸，看到了那些死狐，嗟叹了好长时间。当时天很冷，就把它们埋在一处。过了十几天，李参军的老丈人萧公来了，进门就哭，没有不惊骇的。几天后，他去拜见陶贞益，提出了控诉，他的言词准确真实，仪容服饰高贵，陶贞益很恭敬地接待他。于是就把王颐捉起来下了大狱。王颐一口咬定她们是狐狸。让人把那条狗弄来咬姓萧的。当时姓萧的正在和陶贞益面对面吃饭。狗来了之后，姓萧的把狗头拉到自己的膝盖上，用手抚摩它，然后给它东西吃。狗没有咬他的意思。几天之后，李参军回来了，一天天地号哭，状似发狂，把王颙的全身都咬肿了。萧公对李参军说："奴才们都说死的全是野狐狸，多么令人痛苦。当天就想要把她们挖出来，怕你被迷惑，不相信。现在打开看，来证明奴才们的奸诈和荒谬。"于是让人挖开看。全是人的身形。李参军更加悲痛。陶贞益因为王颙罪重，把他禁锢起来审查。王颙偷偷告诉陶贞益说，已经派人拿着十万钱到东都去取一条专咬狐狸的狗去了，往来十几天就行。陶贞益又从公家的钱中拨出一部分钱增加到这件事里来（"贞益又以公钱百千益之"）。那条狗取来之后，陶贞益就请萧公来大堂问话。陶贞益站在正厅等着。姓萧的走进府来，颜色沮丧，举动慌张，和平常大不一样，不大一会儿狗从外边进来，姓萧的变成一只老狐狸，跳下阶去只跑了几步，就被狗咬死了。陶贞益让人查验原先的那些死者，全都是狐狸，王颙便免除了这场大难。（《太平广记》卷448）

李麿所娶郑氏，"有美色"，"性婉约，多媚黠风流"，死后仍顾念其子；萧氏姝美，最后被咬狐犬击杀。相比形象苍白的郑氏、萧氏，任氏温顺重情、忠贞机智、知恩图报、舍身从人的形象要远为丰满立体。

除了人物塑造，《任氏传》整体结构完整，情节曲折丰富，其叙事绵密、笔触精微，细节描写细腻生动，体现出作者写作手法的娴熟高超。如面对韦崟的凌辱，任氏始而坚决而猛烈抗拒、继而以机智化险为夷的场景描写，就极为生动精彩。

在人物结构安排上，《任氏传》第一次以身为狐精或娼妓出身的女性为主角。作者以渲染、烘托等多视觉手法描画任氏惊人的美貌，令人印象特别深刻。作者先从郑六眼中所见直观表达：见其容色姝丽即身不由己随步跟踪，到达任氏住所后，见她更妆而出，又以为"其妍姿美质、歌笑态度、举措皆艳，殆非人间所有"。在西市重逢，任氏"方背立，以扇障其后"，及"回眸去扇，光彩艳丽如初"。这一段"对青年女子羞赧神态的描写细腻入微，前出诸传奇无出其右"（李宗为，第43页）。最精彩的是韦崟与家童的那段对话。韦崟派家童去暗中偷窥。家童见到任氏之美，按捺不住心中的激动，"俄而奔走返命，气吁汗洽"。接下来：

> 崟迎问之："有乎？"又问："容若何？"曰："奇怪也，天下未尝见之矣！"崟姻族广茂，且夙从逸游，多识美丽。乃问曰："孰若某美？"僮

　最／美／的／女／人／

曰:"非其伦也!"鉴遍比其佳者四五人,皆曰:"非其伦。"是时吴王之女有第六者,则鉴之内妹,称艳如神仙,中表素推第一。鉴问曰:"孰与吴王家第六女美?"又曰:"非其伦也。"鉴抚手大骇曰:"天下岂有斯人乎?"遽命汲水澡颈,巾首膏唇而往。

这一段通过渲染、烘托手法的间接描写,其所产生的艺术效果远胜于郑六的直观所见。(汉乐府《陌上桑》对秦罗敷美貌的间接描写最为成功,后世作家纷纷效法,渐趋熟练,沈既济尤显驾轻就熟。)然而对任氏美貌的强化渲染还没有完。韦鉴到达任氏住所:

> 鉴周视室内,见红裳出于户下。迫而察焉,见任氏戢身匿于扇间。鉴引出,就明而观之,殆过于所传矣。鉴爱之发狂,乃拥而凌之……

又任氏以衣服故弊,韦鉴召市人张大为买之,使见任氏,问所欲。

> 张大见之,惊谓鉴曰:"此必天人贵戚,为郎所窃,且非人间所宜有者。愿速归之,无及于祸。"其容色之动人也如此。

如此细腻、多视角描写和强化女主人公的美貌,在整个唐人传奇中也不多见。当然,沈既济创作《任氏传》,绝不仅仅是要塑造称艳多姿的美女和写出新奇感人的故事,更深邃的寓意还在于借狐妖这一特殊女性的特殊情性,写出对现实生活的感悟。沈既济于篇末以点赞的方式抒发感慨:

> 唉,动物的感情,也有合乎人道的。遭遇强暴而不失贞节,依从他人而宁可献身,即使现在的女子也很难做到。可惜郑生不是个精明能干之人,只是喜欢任氏的美貌却不能体察她的性情。假使他是个学识渊博的人,一定能通晓万物发展变化的道理,考察神人之间的异同,以生花妙笔,发掘任氏心灵深处的美好,而不是仅仅停留在欣赏她的风情姿态上,可惜啊!

沈既济的感叹使人想起《伊索寓言》于每篇结束时概括性的画龙点睛之笔。任氏身为狐妖,却有普世赞赏的"人道"。她"遇暴不失节,徇人以至死"的高贵品格,"虽今妇人有不如者矣",这就不仅仅针对现实生活中的女性,也包括普天下的芸芸众生,每个人都应该躬身反省,扪心自问:任氏能做到的,我能吗?

作者还对庸碌的郑六提出了尖锐的批评：郑六喜欢的只是任氏的美貌，对任氏的内心世界则一无所知，也从未有主动沟通的欲望。倘若他"不止于赏玩风态而已"，而是与任氏结成心灵相通的知音，就不应再婚而另娶新妇，更不会强行为一己之私而置任氏生命危险于不顾。但天下男人不多是郑六这种尚未自立便耽于淫乐的庸碌之徒吗？从某种意义上说，任氏归附郑六，也是现实生活中女性无奈的选择，结局注定是悲剧。

沈既济借《任氏传》抒发感慨称"虽今妇人有不如者矣"，明显有讽喻之意。鲁迅《中国小说史略》称《任氏传》"亦讽世之文也"；卞孝萱则指《任氏传》有替杨炎辩解之意，郑六就是比照政敌刘晏的形象刻画的（卞孝萱，第96页）。李宗为认为作者的寓意并不在讽喻人不如妖，而是拿自己的名字"既济"二字做文章。文中极言任氏之美，正是袭香草美人之意，自诩人品才华之美好；述任氏之坚贞，则借以表达自己对杨炎的知遇之恩。（李宗为，第45页）

任氏虽为狐女，但更多的研究评价者却承认任氏的形象一定来自现实生活。"任氏之说，岂虚也哉？"（王仁裕《广记》卷455引《玉堂闲话·民妇》）李剑国高度评价《任氏传》说：

> 唐人喜述狐精，此传堪称冠冕。任氏虽狐实人也。人之心，人之情，人之德，不止人之貌耳。以人性赋予鬼狐，六朝已然而唐人尤擅，由拟人化而转人性情化，此其进步之迹。任氏形象颇为动人，核心乃一情字，不以淫威富贵移其情，竟至冒死以往，既济"虽今妇人有不如者"之叹良是。（李剑国，第268页）

◇ 许尧佐《柳氏传》与柳氏

（一）《柳氏传》源于现实发生的真实故事

许尧佐（生卒年不详）的《柳氏传》梗概如下：

> 天宝年间，青年诗人韩翊因《寒食》诗一举成名，为长安皇族后裔李生赏识。李生很喜欢韩翊的诗，韩翊也敬慕李生的慷慨豪爽，两人常作彻夜之谈。李生的宠妾柳氏，姿色绝佳，通晓翰墨，歌喉婉转曼妙，性格开朗，在社交圈内颇有名气。李生在郊外宅院安置柳氏，常带韩翊到此饮宴娱乐，韩翊也在此会见往来宾客。柳氏对韩翊的才学非常敬佩，时间长

了，对韩翃渐生爱慕之意。她私下对身边侍女说："我看韩相公风流倜傥，慷慨使气，不会长久贫贱的。"

李生觉察到柳氏对韩翃有爱慕之意，决意成全两人。李生设宴款待韩翃，席间只有柳氏作陪。酒至半酣，李生起立对韩翃说："我看柳夫人容颜出众，韩兄也文章卓异，潇洒风流，真可谓天生绝配。今鄙人决意割爱，将柳氏转赠韩兄，不知韩兄意下如何？"韩翃闻言，既惊又怕，连忙摇头说："恩人何出此言？夺人之爱，韩某万万不可。"柳氏知李生真心实意成全韩翃，就先跪下拜谢说："多谢恩公美意。"韩翃推托不过，只得真诚致谢。

李生赠30万钱作为两位新人的安家费。韩翃与柳氏郎才女貌，如鱼得水。次年，韩翃参加礼部侍郎杨度（李剑国考为杨浚）主持的科考，高中第一，但他贪恋枕席之欢，不愿为官。柳氏劝告他说："大丈夫当显亲扬名，岂能因我耽误前程？相公放心去博取功名好了，我自会照顾自己。"

韩翃辞别柳氏回家乡清池作干谒（跑官）准备。柳氏坐吃山空，一年后花光积蓄，靠出卖首饰、衣物等勉强维持生活。不久安史乱起，叛兵攻入长安，城中百姓纷纷逃难。柳氏思忖自己姿色出众，城破后难免被贼寇践踏，于是剪发易容，入法灵寺暂避祸灾。

韩翃辞别柳氏后投在淄青节度使侯希逸门下做书记（类似幕僚的差使，杜牧、李商隐均曾为之）。老太子李亨在战乱中登基，平定叛乱。长安稍定，韩翃就派人到京城暗寻柳氏。他用白绸子口袋装着沙金，并在口袋上题诗《章台柳》曰："章台柳，章台柳，昔日青青今在否？纵使长条似旧垂，亦应攀折他人手。"（汉时长安有章台街，乃妓院集中之处，后人以"章台"代指妓院赌场等处所。韩翃以"章台柳"指柳氏，很明显将她当作水性杨花的妓女看待。）信使费尽千辛万苦找到柳氏。柳氏捧着沙金哭泣，旁人无不悲伤同情。柳氏见韩翃怀疑她的气节，悲情难抑，于是作《杨柳枝》诗回赠："杨柳枝，芳菲节，所恨年年赠离别。一叶随风忽报秋，纵使君来岂堪折！"

柳氏向韩翃表达自己的忠贞，期望他早日归来，两人再不分开。但韩翃公务在身，微官末职，一时难回长安。恰好有个少数民族将军，名唤沙吒利，因参与平叛有功，驻扎京郊，得知柳氏消息，便强抢回家，将其霸占。沙吒利对柳氏看管很严。柳氏不敢反抗，只能偷偷掩泣。

侯希逸晋升左仆射，得以进京朝见天子，度日如年的韩翊终于得到机会回京。韩翊四处打探柳氏消息，焦急万分。他不相信柳氏离开长安，请长假在大街小巷寻觅。一次，韩翊在龙首冈遇到数名仆从簇拥一辆牛车经过。忽然车中有人问道："车外莫非是韩员外吗？我是柳氏。"韩翊喜从望外，急着扑上前相见，却被仆从拦住。牛车前行一段，柳氏让身边女仆告知韩翊失身经过，并约好次日早晨在通政里门相见。

此日清晨，一夜未眠的韩翊早早来到约定地点。柳氏将一个用白绸带系着的香盒从车上投给韩翊，语声悲切地说："我俩没有做长久夫妻的缘分，我不便久留，今日相见，就是永别，相公千万不要怪我，多多保重……"

随侯希逸从淄青来京的一帮手下约好中午在长天酒楼聚会。韩翊晚到许久。众人见他丧魂失魄的模样，细问情由。内中有个名唤许俊的年轻军官，武功卓然不凡，手按宝剑说："这有何难！请仁兄写几个字，小弟即刻跑一趟，将嫂夫人接来就是了。"

许俊下楼单人匹马往沙吒利住地飞奔而去。到达沙吒利驻地时，刚好沙氏有事上朝。许俊打马冲入沙府，一边高喊说："沙将军在半路得了急症，请夫人速去探看。"丫鬟、侍卫见状纷纷躲避。许俊直入厅堂，取出韩翊字条给柳氏看，然后挟柳氏打马回转，转眼间来到长天酒楼。许俊整理一下衣服，走到韩翊面前说："幸好没有辱没兄弟的使命。"

韩翊害怕此事给许俊带来麻烦，便拉着许俊去找上司侯希逸求救。侯希逸为许俊的侠义所感，于是连夜给皇帝上书，详细说明此事的来龙去脉。《章台柳》实在太有名了，满朝文武都知道此事。没过几天，皇帝诏书下来了："准柳氏归还韩翊。许俊侠义可嘉，赐二百万钱。"沙吒利也得到安慰，从朝中返回驻地时，车上已多了两位姿色艳丽的年轻侍女。

《柳氏传》中韩翊（yì），有人考证实为大历十才子之一的韩翃（hóng）（参见傅璇琮《关于〈柳氏传〉与〈本事诗〉所载韩翃事迹考实》，《唐代诗人丛考》，中华书局1980年1月版）。韩翃与柳氏悲欢离合的主要情节，属于现实发生的真实故事（孟棨《本事诗·情感第一》也以长文记载此事，称开成中从年将九十的岭外刺史赵唯处得知。可知此事已在坊间广为流传）。韩翃约卒于贞元初，学者据此推测《柳氏传》约作于贞元中（李剑国，第303页；程毅中，第130页；李宗为，第53页；周晨，第28页；林骅，第85页）。《柳氏传》问

/ 最 / 美 / 的 / 女 / 人 /

世后大受欢迎，自宋代起不断被改编节录收入各种文集，李生有称李宏者，柳氏或为柳摇金。

（二）柳氏与韩翊的爱情一波三折，历经磨难

《柳氏传》一问世即引起轰动，成为唐传奇中的名篇，最主要是由以下几点因素决定的：

第一，它是现实中真实发生的青年男女的爱情故事，不同于一般的志怪传奇。柳氏与韩翊的爱情一波三折，饱含艰辛，历经磨难，富有浓郁的传奇色彩和戏剧性，因而特别感人。

第二，人物形象塑造非常成功。小说中对李生、许俊、沙吒利等着墨不多，但李生的慷慨大度、许俊的英武侠义、沙吒利的强霸蛮横令人印象深刻。韩翊初闻李生将柳氏转赠给自己时的惊悚，科举高中后贪恋柳氏姿色的不思进取，派人回长安寻找柳氏时对其气节的怀疑，面对沙吒利强霸豪夺的无能为力，很符合文弱书生的特点。柳氏的塑造尤为成功：一是她的识人和富有主见。作为并不具备独立人格的李生侍妾，在韩翊贫困落魄时预见他必有显达之日；当李生提议将她转赐韩翊时，觉察到李生诚意的她主动率先跪谢，主动追求爱情；韩翊高中后，她鼓励韩翊不要耽于享乐，而应积极博取功名（这一举动直接导致了她与韩翊数十年的分离，或可商榷）。二是她的忠贞不渝。韩翊离开长安后，她闭门自守，为维持生计变卖妆具首饰以自给；战乱来临，她剪发毁形，寄迹法华寺力谋保身；面对韩翊的猜疑，她含泪写诗明志"纵使君来岂堪折"；被沙吒利强霸宠为专房，仍念念不忘旧情。许尧佐评价她"志防闲而不克者"（立志守节却不能尽善尽终），大意是指她为沙吒利所掳并未以死守贞，作品源于真实故事，使许尧佐不可能将柳氏圣洁化理想化（程毅中，第132页），也正因为如此，才使柳氏的形象更真实本色而较少矫揉造作，其不幸遭遇更能打动千千万万的读者。

第三，作品真实反映了封建社会妇女的地位低下和战乱时期受迫害被蹂躏的悲惨命运。柳氏和韩翊郎才女貌，如果不是因为战乱和沙吒利的横行强霸，两人的爱情或许不会历经波折、遭遇如此之多的不幸。柳氏虽为李生宠姬，但本质上与家妓无二。因为李生的慷慨大方而被转送韩翊，幸而柳氏对其心有所属，韩翊也属具有正能量的正人君子。倘或韩翊狂浪失检（譬如钮琇《睐娘》中睐娘之遇潘生），柳氏虽不情愿也绝难自主。她虽剪发毁形隐身于法华寺，却逃不脱沙吒利的魔掌。许尧佐站在受迫害的弱势妇女一边，字里行间透出对柳氏不幸遭遇的深深同情，揭露了封建社会妇女任人摆布的无助，因而能引起读者的强烈共鸣。

许尧佐在传末评价柳氏说："向使柳氏以色选，则当熊、辞辇之诚可继"，意思是以她的姿色，绝对是皇妃级的人物，有汉元帝冯婕妤和汉成帝班婕妤的品格姿态，无奈生不逢时而已。

（三）《柳氏传》吹响向爱情题材进军的号角

以真人真事作为创作的基础是传记体小说的特征。《柳氏传》属唐人传奇中较早的名作，它所开创的写现实生活中爱情故事的风气，对唐传奇的兴盛及之后的小说创作影响很大。一位绝色美女，爱上一位风流才子，其间被权贵豪强横刀夺爱，关键时刻，某位武艺高强的侠士挺身而出，一对情侣终于破镜重圆，这种情节构思自《柳氏传》后逐渐成为一种相对成熟的模式。诸如薛调的《无双传》，《灯下闲谈》里的《虬须叟》《韦洵美》，裴铏《传奇》中的《昆仑奴》等，多属此类（程毅中，第132页）。

唐传奇最重要的主题是爱情，爱情故事的主角是美女，而唐传奇中美女的身份大多为歌妓。从崔十娘到任氏、柳氏，莫不如此。柳氏作为李生的宠姬，其地位与家妓相当。《柳氏传》在民间大受欢迎，说明因张鷟《游仙窟》而冰封的爱情题材已开始复苏，上层社会对忠于爱情的感人故事已不再持完全排斥的态度。这样的现实环境促使众多青年文人开始向别开生面的爱情传奇进军，"而《柳氏传》则是进军之初的一声号角"（李宗为，第54页）。

《柳氏传》峰回路转、一波三折的故事情节及所搭建的"爱情模式"为后世小说戏曲家青睐。宋人话本、宋元南戏、元明杂剧和传奇等都有以"章台柳"命名的作品。"章台柳"甚至成为词牌名，而沙吒利更成为强霸妇女的代名词。宋赵嘏诗"当时闻说沙吒利，今日青娥属使君"、宋王诜诗"佳人已属沙吒利，义士今无古押衙"等，皆是引《柳氏传》典故说话（李剑国，第305页）。

据五代王定保《唐摭言》：赵嘏游历浙西时，迷恋歌姬李氏，本想与她成亲，无奈母亲不许。中元节，赵嘏携李氏游鹤林，被浙帅窥见，使人强夺据为己有。第二年，赵嘏考中进士，写了一首绝句寄给浙帅："寂寞堂前日又曛，阳

——— / 最 / 美 / 的 / 女 / 人 /

台去作不归云。当时闻说沙吒利，今日青娥属使君。"自《柳氏传》问世后，沙吒利已成为权贵霸占他人妻室或强娶民妇的代名词。浙帅见赵骃以番将沙吒利形容自己，深感不安，当即派武士护送李氏前往长安。赵骃从长安出关，途经横水驿时，看见一队人马颇为热闹，询问路人，回答说："是浙西来的，说是护送新科进士赵骃娘子入京。"李氏从轿子中认出赵骃。当即下轿，赵骃也立即下马，与日夜思念的心上人紧紧拥抱。李氏悲喜交加，激动过度，竟当场气绝而亡。

另据北宋蔡绦《西清诗话》：王晋卿有个歌姬，艺名啭春莺，晋卿十分喜欢。后来晋卿犯事流放，姬妾尽遭驱散。晋卿在密县待了两年，随后迁往汝阴。途中在客栈休息，突闻哭声哀怨，近前一看，竟然是啭春莺。佳人已转属他人，晋卿感叹万分赋诗曰："几年流落在天涯，万里归来两鬓华。翠袖香残空挹泪，青楼云满定谁家？佳人已属沙吒利，义士今无古押衙。回首音尘两沉绝，春莺休啭沁园花。"也许是同情王晋卿的遭遇，也许不愿被形容为横刀夺爱的沙吒利，不久，新主人即将啭春莺送到王晋卿的身边。

◇ 元稹《莺莺传》及崔莺莺

元稹《莺莺传》的基本内容，本书中唐时期元稹篇已有简介，此处不赘；本文仅从唐传奇发展的角度略予展开解读。

（一）《莺莺传》是唐传奇中最具代表性和最有影响的作品

如前所述，唐传奇区别以六朝志怪，在写作内容是以现实生活中男女之间的爱情为主题。而以现实生活中青年男女爱情为题材，在唐传奇无以数计的此类作品中，元稹的《莺莺传》无疑令人印象最为深刻，最具典型意义。如果一定要挑一篇唐传奇的代表作，则非元稹的《莺莺传》莫属，这也是为什么宋元之际有人直接将元稹《莺莺传》更名为《传奇》的原因所在。

在唐人传奇中，以人世恋爱为题材的《莺莺传》还可能是传播最广、影响最大的作品（周晨第174页；程毅中，第138页；李宗为，第61页），不仅对当时传奇创作的影响巨大，对后世传奇、说唱文学乃至戏曲创作的影响也"首屈一指"。王国维《录曲馀谈》中说"戏曲之存于今者，以《西厢》为最富"，而《西厢记》的母本即《莺莺传》。世人但知有董解元、王实甫及《西厢记》，而《西厢记》本于《莺莺传》及元稹为原创作者的事实，知之者反而不多。

（二）崔莺莺是中国古代文学画廊中不朽的艺术典型

《莺莺传》之所以成为不朽名篇，最主要是成功塑造了崔莺莺、红娘两位不朽的艺术形象。

首先是莺莺，无论后世研究者对莺莺的身世提出怎样的怀疑，在小说中，她始终是以贵族小姐的风范出现的。初见张生时，"以郑之抑而见也，凝睇怨绝，若不胜其体"，一副娇弱婀娜的美少女形象。张生"稍以词导之"，她闭口不对，终席如此，真个是艳如桃李冷如霜。在热心红娘的指点下，张生投情诗试探，意外换来莺莺情意款款的回答："待月西厢下，迎风户半开。拂墙花影动，疑是玉人来。"张生大喜过望，美滋滋跳墙闯入西厢幽会，未料却遭到莺莺的当头棒喝。（李卓吾评曰："常言大奸似忠，大诈似信，今又知大妖似贞。"《虞初志》卷五第 78 页。）怏怏而归的张生因此大病，山重水复，走投无路，正在仰天长叹，令人意想不到的情景出现了。夜下，莺莺竟由红娘搀扶、敛衾携枕来至张生寝室，其"娇羞融冶，力不能运支体，曩时端庄，不复同矣"！欢会未可长久，莺莺早已料到。张生将去长安应考，莺莺"阴知将诀矣"（暗里已知将要分手），已献身张生的她哀婉说出内心深处的奢望和身为弱女子的卑微请求："始乱之，终弃之，固其宜矣，愚不敢恨。必也君乱之，君终之，君之惠也；则没身之誓，其有终矣，又何必深感于此行？"张生在京城文战不胜，决定留下继续攻读（暗示诀别）。想起莺莺，便写了一封信，连同一盒花胜、五寸口脂，一起寄给她。莺莺收到后，给张生回复长信，倾诉内心深处的悔恨交加及爱恨欲求：

> 捧着你写来的信，感受到你对我的关爱之深，体味儿女私情，真的是悲喜交集。谢谢你送我一盒发饰和五寸口红，让我能够装点头脸，润泽嘴唇。虽说承受你这种格外深厚的恩德，又叫我去为谁打扮自己呢？看到这些东西只能增加我对你的思念，让我心中陡添悲叹。听你说为了方便要待在京城攻读学业，读书进修这种事，确实是要方便安稳才好。只是很遗憾，像我这样偏远地方的人，就要因为相隔遥远而被永远抛弃了。这就是我的命，又有什么好说的呢。从去年秋天以来，我常常心神恍惚，若有所失。在热闹的环境里，有时候也勉强跟人说笑，到了夜晚一人独处，没

──────────── / 最 / 美 / 的 / 女 / 人 /

有不伤心落泪的。甚至于睡觉做梦的时候，也总是感伤哽咽。与你分离而忧伤的心情，让我梦见与你缠绵的情景，短时间里就好像是真实发生的情景，幽会尚未结束，就已从梦中惊醒，虽说半床被子感觉还是热的，而思绪已在遥远的千里之外。自你离开，转眼已经一年多了。长安灯红酒绿，美女如云，你还记得微不足道的我，给予挂念，我是多么荣幸啊。然而凭我浅薄鄙陋的心志，却无法报答你，至于说到对你始终如一的盟誓，我当然是不会违背的。从前我们因为是亲戚，有时会一起参加酒宴，婢女配合你来诱惑我，你才能把心里的情意告诉我，对于情爱的渴望让我不能坚决地拒绝你。你弹奏琴曲来挑动我的情思，而我也没能像古人高氏那样投梭拒绝。直到跟你同床共枕，你对我情深谊重，我这样没有见识的人，总以为找到了终身的依靠。谁知道跟你在一起之后，却不能将我们的关系确定下来，好像我不顾廉耻地把自己献给了你，从此后就不能光明正大地服侍你左右。这件事，除非我死，就是永远的遗憾，只能叹息而已，又有什么话好说呢！如果你讲究仁义，能够用心体会我卑微的心情，那么我即使到了死去的那天，也会像活着一般快活。如果你心思旷达，打算为了前程学业舍弃儿女私情，觉得我在婚前同你发生关系是可耻的行为，觉得我们的山盟海誓是可以违背的，那么我就算是人死了，骨头化为灰烬，我对你的赤诚之心也不会消亡，而会随风飘扬，凝聚于朝露，化为尘埃。我对你的至诚心意连生死都可以置之度外，我的话就说到这里了。这样给你写着信，我忍不住悲伤啼哭，无法将自己的感情表达出来。你千万要保重自己，千万要保重自己！这一枚玉环，是我还很小的时候在手里把玩的，现在寄给你，充当先生你腰间佩戴的物件。玉的好处是坚定润泽，历久不变；环的好处是始终如一，没有断绝。一同寄给你的还有五两乱丝和一个文竹做的茶碾子。这几件东西并不值得珍惜，我只是希望先生你能像玉一样真诚待我，而我对你也会像环一样情深难解，竹具的斑纹就好像洒上了我的泪痕一般，而我忧愁的心思也像乱丝一般千丝万缕。我凭借这些物件来传达感情，希望永远和你在一起。心虽然在一起，人却相隔两地，似乎没有相见的日子了。心中深藏的思念汇聚起来，纵是隔着几千里的距离也能用精神交会。你千万要保重！春日里的风还很强烈，你要多吃点饭才好，小心说话，保护好自己，不用太过于记挂我。

在信中，莺莺对自己在这场始乱终弃的爱情游戏中的心灵变化作了细致深刻的剖析。信的开始部分讲张生赴京后她难以言表的痛苦思念，"于喧哗之下，或勉为语笑，闲宵自处，无不泪零。乃至梦寝之间，亦多感咽"。接下来检讨两人西厢结情的经历。莺莺对元稹绝无半点指责，而是将"自献之羞"的责任全揽，归结于她儿女之心不固，不能定情自守，君子有司马相如的"援琴之挑"，而我却无高氏之女面对谢鲲的"投梭之拒"。直到现在，莺莺仍对张生抱有幻想，盼望能与他白头偕老，绝没想到主动献身后竟不能缔结良缘。在信中，莺莺放下身为大家闺秀的自尊，向张生表达效忠的誓言："则当骨化形销，丹诚不泯；因风委露，犹托清尘"，意思是即使骨毁形销，一颗赤诚之心不变；若为花瓣随风飘落，即便化为尘土，也愿追随你的脚步……

程毅中说，这封回信"如果真是崔莺莺所写，则可以说是唐代散文中的特绝之作"；如果是元稹的拟作，则元稹对崔莺莺人物性格特征的把握和心灵揣摩是非常精准到位的（程毅中，第141页；李剑国评论"莺莺乃一矛盾性格，青春之觉醒使其突破礼法，然又时时以礼自持，'乱'而不纵，知'乱'而抑，被弃而隐忍，隐忍而怀情不忘，'乱'、礼交战之际，见其矜持、忍毅、凝重、忧郁、深沉之性，盖崔本宦家闺秀，宜乎如此，而惟此尤见礼法桎梏人性之本质。"第320页）。

小说结尾写张生对莺莺旧情未泯，以外兄身份到已嫁为人妇的莺莺住处看她，已恢复理智的莺莺"终不为出"，并赋诗二首。诗中既有对过去行为的检讨，也有对张生负情的委婉指责，更有婉转的善意规劝，再次体现出莺莺温婉善良、隐忍深沉的个性。元稹不愧为天才的传奇创作大师，《莺莺传》以细腻的笔触，通过一系列语言、动作及神态描写，生动表现了封建礼教与难以压抑的爱情之火在莺莺内心深处的激烈冲突和碰撞，她娇矜多情，含蓄内向，似拒却纳，欲盖弥彰。莺莺充满矛盾的心理与她温柔多情、端庄深沉的宦家闺秀品格非常符合，即便是被遗弃，内心深处的伤痛也隐匿不露，总能保持一种庄重矜持的贵族风范。这个人物形象，是过去从未出现，或即便出现却从未如此生动刻画过，因而也是传奇式的（林骅，第118页）。

另一个不能忽略的人物是丫鬟红娘。红娘机敏聪慧、热心快肠、乐于助人的形象在《莺莺传》中已初具雏形。经金董解元及元王实甫的进一步打造而逐渐丰满，成为与崔莺莺并具生命力的不朽的文学形象，一直活在现代人的生活中，而这，也应感谢元稹的初始贡献。

/ 最 / 美 / 的 / 女 / 人 /

（三）《续会真诗》竞相聚焦莺莺张生的爱情

元稹《莺莺传》中称张生曾赋《会真诗》三十韵记载他与莺莺的情感经历，却未予展示。后人认为元稹"故弄狡狯"。如果没有猜错，张生所作应该就是元稹所续作的《会真诗》三十韵。书中又引杨巨源《崔娘诗》云：

> 清润潘郎玉不如，中庭蕙草雪销初。风流才子多春思，肠断萧娘一纸书。

《莺莺传》末尾又云公垂（李公垂，即李绅）为《莺莺歌》以传之。所谓《莺莺歌》，《全唐诗》卷483收之，题下注云"一作《东飞伯劳西飞燕歌》，为莺莺作"，其诗云：

> 伯劳飞迟燕飞疾，垂杨绽金花笑日。绿窗娇女字莺莺，金雀娅鬟年十七。黄姑上天阿母在，寂寞霜姿素莲质。门掩重关萧寺中，芳草花时不曾出。

很显然这不是李绅《莺莺歌》的全貌。据董解元《西厢记诸宫调》，另有三段为《全唐诗》所无。有人将其总题为《莺莺歌》四首，上首为其一，其二曰：

> 河桥上将亡官军，虎旗长戟交垒门。凤凰诏书犹未到，满城戈甲如云屯。家家玉帛弃泥土，少女娇妻愁被掳。出门走马皆健儿，红粉潜藏欲何处？呜呜阿母啼向天，窗中抱女投金钿。铅华不顾欲藏艳，玉颜转莹如神仙。

其三曰：

> 此时潘郎未相识，偶住莲馆对南北。潜叹栖遑阿母心，为求白马将军力。明明飞诏五云下，将选金门兵悉罢。阿母深居鸡犬安，八珍玉食邀郎餐。千言万语对生意，小女初笄为姊妹。

其四曰：

> 丹诚寸心难自比，曾在红笺方寸纸。常与春风伴落花，仿佛随风绿杨里。窗中暗读人不知，剪破红绡裁作诗。还怕香风易飘荡，自令青鸟口衔之。诗中报郎含隐语，郎知暗到花深处。三五月明当户时，与郎相见花间语。

相比元稹的传奇文及所谓"续《会真诗》"，李绅的诗作无疑要逊色得多，未被元稹记录在案或顺利流传，在情理之中。

明王世贞《艳异编》之十七《幽期部一》载《杜舍人牧之次会真诗三十韵》（未见于王启兴《全唐诗校编》和吴在庆《杜牧集系年校注》）；另据周相录《元稹集校注》第1520页注一称，清周拱辰有《续会真诗三十韵》并序，毛奇龄等也有联续《会真诗》三十韵并序。周拱辰《续会真诗三十韵》载于《圣雨斋诗文集》卷二；毛奇龄《联续元稹诗三十韵》并序见载于《毛奇龄全集》第3503页。四首"续会真诗"均写张生与莺莺的爱情，除托名杜牧所续的《会真诗》尚可与元稹《会真诗》一较高下，周拱辰《续会真诗》及毛奇龄等三人联句《续元稹诗》则明显逊色。以笔者狭隘的视野和疏浅的识见，至少在终唐之世，没有任何一首艳情诗能超越元稹的续《会真诗》，而后世所有的仿作，与元稹原作比较皆相形见绌。

据李剑国《唐五代志怪传奇叙录》，宋人秦观、毛滂曾并撰《调笑令·莺莺》。秦观词云：

> 诗曰：崔家有女名莺莺。未识春光先有情。河桥兵乱依萧寺，红愁绿惨见张生。张生一见春情重，明月拂墙花树动。夜半红娘拥抱来，脉脉惊魂若春梦。
>
> 曲子：春梦，神仙洞，冉冉拂墙花树动。西厢待月知谁共？更觉玉人情重。红娘深夜行云送，困鬌钗横金凤。

毛滂词云：

> 诗曰：春风户外花萧萧，绿窗绣屏阿母娇。白玉郎君恃恩力，尊前心醉双翠翘。西厢月冷濛花雾，落霞零乱墙东树。此夜灵犀已暗通，玉环寄恨人何处。
>
> 曲子：何处，长安路，不记墙东花拂树。瑶琴理罢霓裳谱，依旧月窗风户。薄情年少如飞絮，梦逐玉环西去。

（唐圭璋编《全宋词》第689页；李剑国，第320页）

历代咏莺莺与张生西厢一段情的诗词尚有不少，此处从略；元稹、杜牧等"续《会真诗》"因描写过于直露具体，也予省略。

　　　　　　　　　　/ 最 / 美 / 的 / 女 / 人 /

◇ 白行简《李娃传》与李娃

（一）《李娃传》：奠定白行简文学地位的扛鼎之作

白行简（776—826）创作的《李娃传》，是唐人传奇发展盛期的作品（这一时期出现"互相配合创作传奇与歌行的文人团体"），被誉为唐传奇中的名篇、少数杰作之一（程毅中，第137页；李宗为，第58页）。

白行简在文坛、官场、阳寿、作品传世等诸方面全面比不上他的亲哥哥白居易。白行简于宝历二年冬病卒后，哥哥白居易作《祭弟文》沉痛哀悼，又为其编《白郎中集》20卷，因未妥善保管至文集佚亡，只留下文20篇、诗作7首。幸有传奇作品《李娃传》存世，赖此一文，奠定其在中国文学史上的重要地位（另有传奇名篇《三梦记》存世）。程毅中评价白行简说："只凭一篇《李娃传》，就使他成为中国小说史上的著名作家而无愧色。"（程毅中，第137页。令人难过的是，尚有人指《李娃传》乃白氏子弟托名而作，并非白行简作品。参见刘克庄《后村先生大全集》卷173《诗话》；周绍良《唐传奇笺证》第234—235页）

（二）《李娃传》或本源于民间话本《一枝花话》

1. "李娃"姓甚名谁

李娃不是人名，"娃"是美女的通称（化为精卫鸟的炎帝的女儿却叫女娃，李宗为，第63页；李剑国，第280页）。那李娃本名到底叫什么？有的称李娃"字亚仙"，"旧名一枝花"（宋罗烨《新编醉翁谈录》、明梅鼎祚《青泥莲花记》等）。而称其旧名一枝花，又牵涉到《李娃传》的故事来源问题。元稹《酬翰林白学士代书一百韵》诗中，其"翰林题名尽，光阴听话移"句下有自注曰："乐天每与予游，从无不书名屋壁。又尝于新昌宅说《一枝花话》，自寅至巳，犹未毕词也。"有人据此认为元稹所说《一枝花话》即白行简所作《李娃传》本源。

但元稹诗注中并未点名"一枝花"即白行简《李娃传》中之李娃。李剑国说："称娃旧名一枝花，原注无之，乃曾慥所注，然则宋人称娃名一枝花始于曾慥。其所据则元诗自注，盖以为行简乃居易弟，遂将李娃、一枝花断为一人。此说一出，千古莫替，实大谬不然。白传未言娃名一枝花，亦未言白家能说《一

枝花话》，强将元注、白传捏合，岂不谬哉！"（李剑国，第280页）

李宗为也不主张《李娃传》本于《一枝花话》，其最重要的理由，是认为"唐代的民间说话还处于与六朝志怪差别还不太大的比较幼稚的阶段，绝对不可能产生出诸如李娃故事那样结构复杂、人物形象鲜明生动的故事"（李宗为，第197页）。不过李宗为说与元稹自注颇相矛盾。一个说话故事能滔滔不绝五六个小时，必得内容丰富，情节蜿蜒曲折，听者久坐不倦才合乎逻辑（参见赵齐平《〈李娃传〉的情节结构与人物形象》，载《唐宋传奇鉴赏集》，人民文学出版社1983年2月版，下引赵文皆见该书）；又如果一枝花或李娃故事与《柳氏传》一样，本就是现实发生的爱情故事，人物形象本身鲜明生动，故事情节本来曲折反复，凭什么不可以诞生优质的民间说话呢？

如果白行简的《李娃传》的确采自民间话本《一枝花话》，则其作品势必包含一定的民间文学色彩，白行简的《李娃传》是否存在这样的"蛛丝马迹"？持肯定态度的赵齐平直接将白氏《李娃传》视为文人创作与民间创作相结合的产物，应该是手握较充分的证据才对（赵齐平，第86页）。

2.《李娃传》作于何时

白行简在《李娃传》结束时交代该传写作时间说："时乙亥岁秋八月，太原白行简云。"按乙亥岁，即贞元十一年（795），这一年白行简二十岁。不是说二十岁的阅历一定写不出内涵如此丰富、思想如此深刻、文笔如此老辣的作品，但又总有点让人心里犯嘀咕感觉不踏实。卞孝萱据作品开头有"监察御史"职衔考证其写作年代为元和十四年，周绍良也认为"它是元和十三年离开剑南节度使掌书记之后元和十五年之前跟随白居易时所流传出来的"（周绍良，第236页）。元和十四年白行简四十三岁，无论后世研究者的推断依据是否严谨，四十五岁左右这个年龄段，却是大多数读者心理上可接受的（就像当年颇多读者拒绝承认21岁的肖洛霍夫竟然写出后来获得诺奖的《静静的顿河》一样）。

3.《李娃传》篇名考证

关于《李娃传》的篇名，计有《汧国夫人传》《节行倡娃传》《节行倡李娃传》《李娃传》等多种说法。李剑国认为现有《李娃传》篇名是由《节行倡李娃传》省略而来，姑且从之，因上述任一标题均无损作品内容，故可略而不赘。

/ 最 / 美 / 的 / 女 / 人 /

（三）《李娃传》：始于"院遇"，终于"护读"

《李娃传》原文较长，计 4500 字左右，文字相对通俗。除开篇介绍荥阳公及其子郑生引出故事，末尾叙述李娃归宿交代故事结局之外，依情节发展可分为四个桥段：院遇、计逐、鞭弃、护读（赵齐平，第 87 页）。以下顺序介绍其故事梗概：

1. 院遇

李娃与郑生的故事发生在唐代天宝年间。李娃本弃婴，收养她的老鸨姓李，李母将天资聪颖、艳冶冠群的李娃培养成当红名妓。郑生是常州刺史荥阳公独子，乡试高中后，由州县选拔进京参加会试。荥阳公为儿子准备了足够两年的开销，希望他金榜题名。郑生也踌躇满志，以为进京高中乃探囊取物。郑生到达长安后，在布政里租房安顿。旧时学子游学京城，埋头攻读总是少数，大多数都把旅游交友、狎娼嫖妓当成正业，郑生也不能脱俗。一次，郑生随下人游览东市，返回时特意从京城红灯区平康东门路过。郑生还是处男，此前并无男女方面的经历，觉得好奇，想来见见世面。打马经过鸣珂曲的时候，看见街边一座住宅，院门半闭，门前亭亭玉立一位少女，把手放在梳着两个环形发髻的侍女肩上，姿色风韵，为郑生平生未见。这少女便是李娃。郑生望见李娃，不自觉勒住缰绳。为多看李娃两眼，假装把马鞭掉到地上，等待侍从来捡。李娃远远望见郑生失魂落魄的神态，也对他搔首弄姿，暗送秋波。

郑生恍恍惚惚回到住处，多方打听得知李娃身份。朋友劝告他说："李娃是当红名妓，公子去勾她，得花多少银子啊。"郑生说："银子不是问题。"

当时李娃初见郑生，已认定他是官宦人家子弟和风月场上新手（正是青楼女子重点下钓的对象）。郑生成功泡上李娃，与外界断绝往来，把复习考试和父母交代忘得一干二净。

2. 计逐

妓院是销金窟。郑生的银两本来够两年花销，现在才过半年，钱已没了。郑生卖掉随行的车马仆从后，终于囊空如洗。李娃一直有从良愿望，对单纯重情的郑生日久生情，但她拗不过李母，只得按李母的吩咐老调重弹、故伎重演。

一天，李娃假意对郑生说："我与公子相交一年，却还没有身孕，听说竹林神有求必应，明天去祭祀求子如何？"郑生欣然应允，将几件值钱点的衣服送进当铺，勉强备齐了祭品（应该是他最后的家当）。次日祭祀完毕，走回里弄北门，李娃说："我姨妈家在附近，不如到那儿稍事休息看看她？"一位四十多岁的中年女人在甚是豪华气派的宅第里接见他俩。正聊得起劲，忽有人汗流满面闯入："老太太心脏病发作，眼看不行了。"李娃大惊，对姨母说："上次犯病，医生说再犯就很难救治。我先骑马赶回，你们随后跟上吧。"姨母拉郑生坐下来一起计算举行丧礼祭奠的费用。天近黄昏，没有消息返回，姨母说："莫非人已死了？你先回去看看，我收拾一下随后赶来。"郑生骑上小毛驴匆匆赶回平康里，李娃母女已逃之夭夭。急返李娃姨母家查寻，大宅已换主人，答说本乃崔尚书住宅，昨日借人接待远亲，事毕已去。郑生至此方才明白，原来陷入了一场精心设计的骗局。

3. 鞭弃

囊空如洗的郑生回到先前布政里的住处。主人同情他，让他暂且住下。急火攻心，郑生高烧三天不吃不喝。房东怕他死在客栈不吉利，就把他悄悄挪到殡仪铺。铺里人同情他的遭遇，拿供给死人的祭品喂他，使他活了下来。郑生觉得没脸见人，从此隐姓埋名，在殡仪铺干起替人哭灵歌挽的勾当，没承想竟在殡葬业崭露头角。

殡葬业向来暴利，竞争也异常激烈。为决出京城挽歌高手，殡葬协会在长安天门街举行现场 PK。挽歌郎郑生借他人酒杯，浇自己胸中块垒。由于融入自己的不幸遭遇，一曲《薤露》声情并茂，"曲度未终，闻者歔欷掩泣"。正所谓无巧不成书，恰好荥阳公出差进京，顺路寻找失联的儿子。坊间讹传其"以多财为盗所害"（真实情节也差不离）。因心情郁闷与随从易服前往观看"两肆较阅"。获知"歌者"竟是自己的亲生儿子，荥阳公大为震惊。不能容忍郑生"志行若此，污辱吾门"、决意断绝父子情义的荥阳公令郑生"去其衣服，以马鞭鞭之数百"，使郑生"不胜其苦而毙"。

4. 护读

东肆的同事闻讯赶来，以为郑生已死，遂以一张烂苇席裹卷，准备掩埋。有个心细的同事觉得他心口似乎有气，又招呼众人将他抬回。大伙用芦苇管给他灌水，经一夜等待，竟然能够呼吸。一个多月郑生的手脚不能动弹，鞭答处感染化脓臭不可闻。见惯了死人的同事也觉得他生存无望，将他扔到路边。

／最／美／的／女／人／

就像《功夫》里被火云邪神打入地缝的阿星，凭着生命的本能，郑生在冬天来临时奇迹般生还。为了活命，郑生冒着大雪沿街乞讨。终于，沿街乞讨的郑生在安邑东门里弄被藏身于此的李娃发现。

郑生干枯瘦弱，满身疮疡，不复人形。但李娃还是认出了他。郑生也认出了李娃，因心情激愤而当场昏厥："愤懑绝倒，口不能言，额颐而已"。李娃"前抱其颈，以绣襦拥而归于西厢"，失声大哭道："使你落到今天的地步，都是我的罪过啊！"

李娃的良心发现遭到李母的斥责，但觉悟了的李娃开始聪明地反抗："岂能如此！公子本清白人家子弟，是我等令他囊空如洗，无家可归。如今他沦为乞丐，生命垂危。天下人皆知这全是我的罪过。公子亲戚在朝廷中为官者多，一旦查明真相，灾祸必然降临。这些年我为你挣的钱财何止千万？现今您已六十出头，后二十年的生活我负责供养。今天我就掏钱替自己赎身。"

李母见李娃态度坚决，只得由她。李娃自留数百金，将其余钱财尽数交与李母，另租空房居住。她亲自给郑生沐浴，换上纯棉新衣，又买来新米熬稀粥以疏通郑生肠胃。三天之后开始喂他奶酪，逐渐增加营养。郑生渐渐复原，到夏初时终于痊愈。这时李娃带郑生来到旗亭书肆，让他选购备考的书籍。从此郑生用心苦读，每到疲倦时，李娃就接过书本为他大声诵读。两年之后，郑生学业大有长进。第三年会试大考，李娃笑道："现在是郎君摘取功名的时候了。"

郑生进入头甲。礼部考官十分震动。郑生选试皇上亲自主持的殿试，名列"直言极谏科·对策"第一名。郑生高中的消息在京城传为神话，朝廷授予他成都府参军要职。百官簇拥恭贺，李娃对郑生说："公子终于了却了进京的志向，我也可以放下愧疚。我想以剩下的岁月奉养老母。如今你功成名就，理应找门当户对的贵族美女结婚，光耀家族。像我这种风尘女子，定会玷污你的名声。今天我们就此分手。"郑生搂住李娃，神情坚定地说："我已死过两次了，你胆敢丢下我，我就自刎而死。"李娃含泪坚辞，郑生再三抗拒。李娃只得说："我送你赴任吧。从来送夫只到四川剑门，那时我再回转长安。"郑生怕再起争执，只好答应。

接下来的情节，就像大多数香港电影的结局一样，郑生父子和好如初，李娃也因为被视为郑家的福人而受到例外尊重。荥阳公派媒人以传统礼仪前往剑门说亲，又按当时最繁缛的礼仪迎娶。李娃到达成都的当天，郑家在成都大开婚宴，庆贺郑生与李娃正式结为夫妻。

郑生与李娃的嘉话传到皇帝耳朵里，皇帝觉得此事有淳化乡风的正能量，于是传旨封李娃为汧国夫人。妓女从良风光者极少，李娃受到当朝皇上的嘉奖，也是特例。婚后李娃一口气连产四子，长大后个个有作为，职位最低的也做到了太原府尹。

（四）人物形象立体丰满是《李娃传》主要艺术特色

1. 写出人物形象的多面性和复杂性

大张旗鼓地描写身为妓女的李娃，将其推上皇上御封的"汧国夫人"，这在唐人传奇中是第一次，此前似乎也没有过。（汉代卫子夫、赵飞燕出身歌伎，曹操正妻丁氏出身倡家。这些曾被皇上宠爱的女人应深羡李娃，因她们皆未如李娃获得永久的荣耀。）叙事文学的首要任务是塑造典型人物。中国自管仲时代的田婧起，妓女形象数不胜数，还没有哪一个妓女比之白行简笔下的李娃更真实丰满、更立体复杂，更生动感人，更具典型意义。李宗为说，唐人传奇中的女主角多为妓女（李宗为，第97—100页），即以唐人传奇中的妓女形象而论，李娃的形象也是令人记忆最为深刻的。白行简最令人敬佩的一点是，他通过李娃的典型形象描写，既揭露了妓女制度、门阀制度的丑恶，也讴歌了处于社会下层的妓女（包括殡葬铺郑生同事）的人性善良。一句话，他写出了身为妓女的李娃的多面性和复杂性，因而使得李娃的形象更真实可信，更生动感人。

年轻貌美的李娃，有她身为女性渴望真爱的幻想和期盼。在"院遇"中，李娃以搔首弄姿的面目出现，她"妖姿要妙，绝代未有"，不愧为平康里当红名妓。她一眼就看出郑生身为宦家子弟、初涉欢场的身份，说明她年龄虽轻，却已阅人无数，具有妓女特殊的职业敏锐及过人的观察能力（从另一角度也反衬出郑生的幼稚单纯）。郑生初见李娃即不能自拔，"苟患其不谐，虽百万何惜"，李娃动人魂魄的姿色顿时跃然纸上。当郑生异日叩门求见时，"侍儿不答，驰走大呼曰：'前时遗策郎也！'"短短十五字，却如舞台表演一般，聚合了诸多暗场戏及潜台词（赵齐平，第88页）。侍儿的激动及急不可耐的呼喊，说明李娃初见"隽郎有词藻"的郑生时心中也曾荡起涟漪。这在惯于逢场作戏、

/ 最 / 美 / 的 / 女 / 人 /

轻易不动真情的职业妓女而言是极不寻常的，从一个侧面说明郑生必有某种与一般嫖客不同的特质，又从而为郑生异日东肆飔歌夺魁和会试高中埋下伏笔。郑生"意有所失"回到住所四处打探李娃消息时，李娃也未曾消歇。她一定曾与侍儿热烈讨论，说出她对郑生的思念、揣想和盼望。这些隐含的暗场戏，是"计逐"中她身不由己、难舍难分的注脚，也是"鞭弃"一节再见郑生时惊愕、痛悔及赎身相救的伏笔。

同为妓女，李娃比大多数妓女更为冷静，更显清醒成熟。"计逐"一段，当郑生"资财仆马荡然"时，一方面"姥意渐怠"，一方面"娃情弥笃"。此时的李娃为何不选择与郑生私奔潜逃？她所以赞同李母的"计逐"方案并走到前台表演，深层原因乃在于她对自身角色及与郑生关系未来发展的清醒定位。毫无疑问她很喜欢郑生，也渴望得到普通人的爱情和家庭幸福。但她知道以自己的妓女身份，绝不可能与荥阳公子"相谐"永远。郑生留居鸣珂曲绝非长策，趁早分手，使他就此脱离"不测之地"，这是她对他所能做到的真心关爱。这并不是绝情，而是"忍情"。"她被迫掩灭爱情的火焰，只把余烬残留在内心深底"（赵齐平，第100页）。假如郑生重回亲人身边，继续功名，从此飞黄腾达，两人天各一方，那余烬自会化为死灰。从一开始，李娃就不像霍小玉、杜十娘、玉堂春等对爱情与未来盲目乐观，抱有幻想，即便后来郑生高中如愿，她也从未有隐龙出水、借力飞扬的奢望。

李娃聪慧精明，处事果敢练达，缜密老到，这在"鞭弃"一节得到充分展现。她能从门外"饥冻之甚"的疾呼中辨出郑生的声音，说明在她心底从未忘记郑生。她可能设想过无数种重逢，却绝没想到郑生会沦为乞丐、且以"枯瘠疥疬，殆非人状"的面目出现。她震惊、愧疚、失声长恸，但当李母"大骇奔至"，急命当逐时，此前温顺惯从的她顿时"敛容却睇"，严肃明确告知李母此次再也不可撵逐郑生，并表示自己要赎身与郑生"别卜所诣"。她委婉阐述当初计逐郑生有悖法礼，动之以情，晓之以理，陈之以害，软硬兼施，终于迫使李母"许之"。经过两次乾坤大挪移，小说情节至此达至高潮，李娃的精神世界在此得到充分展示。

李娃赎身"护读"一节，虽为故事余波，却也较充分体现了身为下层女性的李娃心地善良和纯朴。李娃赎身后立即展开对郑生的护救，她为郑生设计了完备的康复方案，至臻至善，无可挑剔，反映出她的聪明能干；而对他心灵创伤暨精神的慰抚，又是以她的真心忏悔、赎罪、偿债、改过为前提的。她为他所做的一切，即使郑生的身体在夏日来临之际奇迹般康复，也使郑生于三年苦读中重新找回男人的尊严和士子的自信，而后一点尤为重要。最后，当郑生"将之官"时，她适时提出来"愿以残年，归养老姥"，再一次表明了她心底的善良纯朴及清醒冷静。原来她赎身及护读的全部动机与作为，只在于赎罪补过，使郑生能从沉沦中拔起，却未考虑和奢望与郑生的长期厮守。一样是救助，旅店主人不得已而徙之凶肆，凶肆徒众不得已而弃之于道周，只有风尘歌妓李娃倾力以赴。作为病态社会受害者的李娃，虽然也曾不由自主地害过人，但她本质是纯洁、善良的，其与生俱来的人性、母性并未因万恶的妓女制度的熏染而丧失。程毅中评价白行简在"塑造妓女形象上有独特的成就。李娃的性格和感情比霍小玉还丰满一些，比柳氏和杨倡等就更鲜明光彩了。她的自我牺牲精神甚至比法国小仲马笔下的茶花女更为伟大"（程毅中，第137页）。

白行简通过李娃形象的成功塑造，环绕"爱情问题、婚姻问题、妇女问题，深刻揭露了封建社会妓女、门阀制度"等种种不合理性。几个次要角色的描写，譬如郑生的单纯幼稚与天资聪颖，荥阳公的冷酷无情，李母的见利忘义，也都刻画得比较成功，当然，荥阳公和李母的描写，皆属于"类型"而非"典型"。

2.《李娃传》浪漫主义色彩的结局影响深远

民间艺术强调通过情节发展刻画人物和展示环境。以故事情节取胜是说话艺术的一个重要特征，从这一角度说，《李娃传》很有可能源于情节错综复杂的《一枝花话》。《李娃传》并未像《柳氏传》《莺莺传》等传奇一样借助诗歌增辉，这种摆脱对诗歌依赖性的尝试需要勇气，更需要自信。（据称元稹曾作《李娃行》配合《李娃传》问世。惜原作已亡，仅存残句"髻鬟峨峨高一尺，门前立地看春风""平常不是堆珠玉，难得门前暂徘徊""玉颜婷婷阶下立"等，参见周相录《元稹集校注》第1567页。）鲁迅说："行简本善文笔，李娃事又近情而耸听，故缠绵可观"（鲁迅《中国小说事略》第8篇）。所谓"耸听"，应是指《李娃传》情节曲折蜿蜒扣人心弦，所谓"近情"，则是指《李娃传》中李娃之真切感人。

《李娃传》皆大欢喜的结局，具有典型的浪漫主义色彩。"落难公子中状元"这种由悲入欢，由离转合的情节构想，为宋元明清时代的戏曲小说光大发扬，成为常式，反映了东方民族文化的审美追求，也有冲击封建婚姻制度的积极意义。

宋刊《施顾注苏诗》（宋苏轼撰，宋施元之、顾景蕃合注）卷十二《和赵郎中见戏》注中曾谓元稹作《崔徽传》。《崔徽传》今佚，其梗概见之于宋曾慥《类说》卷二九《丽情集》《绿窗新话》卷上及《全唐诗》元稹《崔徽歌》注（参见周相录《元稹集校注》第1564页）。李宗为认为：《崔徽传》与《莺莺传》颇多类似，且传中提到白行简，据唐传奇团体创作习惯极少一人同时既作传又作歌行推断，此传有可能为白行简有感于《莺莺传》而作。由《莺莺传》衍生出《崔徽传》，进而发展为《李娃传》，"其间颇有脉络可循"（李宗为，第62—63页）。如果李宗为的推断成立，则白行简在唐人传奇创作中的地位和分量也须重新评估。

◇ 蒋防《霍小玉传》及霍小玉

（一）《霍小玉传》依据大历才子李益的真实事迹敷衍而成

1. 蒋防何许人

蒋防（约792—835），两《唐书》无传，《旧唐书》卷166《庞严传》中有所涉及，谓"严与右拾遗蒋防俱为稹、绅保荐，至谏官内职"。据《万姓统谱》《咸淳毗陵志》卷16等记载，蒋防字子微，义兴人，年少聪慧有才，为李绅所赏，荐之朝廷，历任翰林学士、中书舍人等职。李剑国据蒋防作品不多怀疑他"享龄不永"（寿命不长），推断他卒于开成二年前袁州任内。《全唐文》收蒋防文27篇，《全唐诗》收其诗12首。蒋防能享誉中国古代文坛，最主要是因他创作了传奇名篇《霍小玉传》，"他就是以这一篇小说而留名于中国文学史的"（程毅中，第161页）。

2. 李益有痴疾

后世学者公认《霍小玉传》是"依据真人的某些事迹或传闻加以敷衍渲染而成"（季光《饱蘸血泪写平康：读〈霍小玉传〉》，《唐传奇鉴赏集》，人民文学出版社1983年2月版，下引季文皆见此书）。所谓"真人"当指李益；所谓"某些事迹"，当指李益"防闲妻妾，颇多猜忌"的疑心病，这一点两《唐书》《李益传》均有记载。《旧唐书·李益传》说他"少有痴病，而多猜忌，防闲妻妾，过为苛酷，而有散灰扃户之谭闻于时，故时谓妒痴为'李益疾'"。《新唐书·李益传》也称李益"少痴而忌克，防闲妻妾苛严，世谓妒为'李益疾'"。李肇《唐国史补·韦李皆心疾》篇说：

> 起居舍人韦绶以心疾废，校书郎李播亦以心疾废。播常疑遇毒，锁井而饮。散骑常侍李益，少有疑病，亦心疾也。夫心者，灵府也，为物所中，终身不痊，多思虑，多疑惑，乃疾之本也。

所谓"散灰扃户"，意思是在地上撒灰，将门户关锁，就像孙红雷在电视《潜伏》里教姚晨所做的规定动作。李益既患有这种痴疾，的确是不可多得的创作素材，能给文学家灵感。当然既是小说就无必要完全写实，平铺直叙。李剑国认为："小玉事虽未必有，然相类之事亦未必定无。蒋防盖有所闻，遂作此传以广闻，正不必杜撰以实其痴病也。"（李剑国，第453页）小说中李益"防闲妻妾"的疑心病是在霍小玉死后发作的，点明是霍小玉的冤魂作祟，而不是《旧唐书》所说李益"少有痴病"。论者多以小说结尾部分李益猜忌妻妾、疑神疑鬼过于写实，盖属败笔。但在蒋防来看，如果没有这段描写，则不仅霍小玉复仇的愿望难以体现，后世读《李益传》的读者，也必指为缺憾。《霍小玉传》问世时李益或尚健在（李益享年八十余岁，是唐代最长寿的诗人之一），究竟是蒋防《霍小玉传》影响或引导了两唐书作者刘昫和欧阳修、宋祁，抑或李益真如史料所载"少有疑痴"，并非毫无探讨的余地。

3.小玉乃嗣霍王女儿

霍王本为李世民弟李元轨封号。元轨于武则天垂拱四年（688）被杀，时距大历四年（769）相去已八十一年，自无可能留下十来岁的女儿。周绍良《〈霍小玉传〉笺证》考其"霍王"实乃"嗣霍王"李晖（元轨长子李绪之子）。李剑国猜测小玉未必是李晖亲生女儿，"以王女而作娼，无此情理"，蒋防如此写法有"高其门第"之嫌（与《莺莺传》说莺莺姓崔如出一辙）。小玉为霍王女本应姓李，《霍小玉传》中云"易姓为郑氏"，也当叫郑小玉，"万无曰霍小玉之理"。现小说通篇无"霍小玉"之称，唯篇名《霍小玉传》，有可能蒋防小说原题即《霍王女小玉传》，在传抄过程中脱误为《霍小玉传》（李剑国，第452页）。

4《霍小玉传》涉嫌人身攻击

蒋防创作《霍小玉传》时李益尚在人世，他应充分估量到该小说问世后对李益的负面影响。卞孝萱推断《霍小玉传》实乃朋党相争的产物：蒋防与元稹、李绅友善，李益与令狐楚、李逢吉关系密切，而元稹、李绅则与令狐楚关系恶劣。蒋防写《霍小玉传》，意在渲染李益猜忌之疾，斥其"重色负心"之行，欲令其声名狼藉，讨元李之欢心（卞孝萱《唐传奇新探》，江苏教育出版社2001年11月版，第49—62页，下引卞文皆见此书）。有些作品出发点失之偏颇，有人身攻击之嫌，但作品本身的艺术性及思想性却很高，即以唐传奇而论也不乏其例，如佚名的《补江总白猿传》、托名牛僧孺的《周秦行记》等。研究唐人传奇的诸多学者对《霍小玉传》是否存在恶意攻击保持沉默，可能觉得政治问题过于敏感，应主动绕避之。

（二）全长安都知道霍小玉与风流才子李益的悲情故事

李益是肃宗朝宰相李揆的族子，宋计有功《唐诗纪事》圈为大历十才子之一。（《新唐书》载"大历十才子"为李端、卢纶、吉中孚、韩翃、钱起、司空曙、苗发、崔峒、耿湋、夏侯审，无李益。《新唐书》称李益"于诗尤所长"，《旧唐书》也赞他"每作一篇，为教坊乐人以贿求取，唱为供奉歌词。其《征人歌》《早行篇》，好事者画为屏障。'回乐峰前沙似雪，受降城外月如霜'之句，天下以为歌词"。）在以诗取人的唐代，李益是众多怀春少女暗恋的青年才俊，霍小玉也是他的铁杆粉丝。

霍小玉出身于破落贵族世家，其父嗣霍王李晖，母亲郑净持原为霍王府歌妓，因相貌出众被霍王爷纳为小妾。霍王爷战死沙场，霍王府趁机将郑净持母女扫地出门。代宗大历初年，霍小玉长成二八佳人，为生计所迫重操母亲旧业。小玉暂栖妓院，一直抱有寻找如意郎君跳出火坑的幻想，李益寓居京城，则有博求绝色名妓的欲念。皮条客鲍十一娘居中牵线，促成两人鸳鸯相好。

未见霍小玉之前，李益心里尚不踏实，及初见小玉，方见其姿色冠绝，精彩射人；才子又有好相貌，小玉也是满心欢喜。西厢之内极尽欢爱，夜半时分，小玉忽然坐起，流泪对李益说："我本歌伎，肯定配不上你。现在你喜欢我有花容月貌，一旦色衰，自然移情别恋，那时我就像藤蔓失去托身的大树，如秋后的蒲扇被你丢弃。"李益闻言不胜感叹，搂住小玉说："与你相谐已遂我平生心愿，虽粉身碎骨誓不相舍。你若不信，现在就立下盟约。"小玉取来笔砚和素缣三尺，李益挥毫，以山河为永恒，指日月表诚心，字字含情，句句诚恳，一气呵成。小玉连读三遍，终于破涕为笑，将盟约收入宝箧。从此两人"婉娈相得""日夜相从"。

蜜月般的两年时间很快过去。第三年春天，李益"以书判拔萃登科"，授郑县主簿。上任之前，小玉对李益说："凭郎君的条件，不知有多少美女想送嫁上门。盟约上终究是些空话（这时反倒成熟了些）。我有个短暂的愿望，希望郎君考虑。我今年十八岁（三年前十五岁时跟了李益），您也才二十二岁，我希望能和你再续八年姻缘。你三十岁时仍当壮年，那时再挑选高贵的门第，缔结美满的婚姻也还不迟，我则剃度出家，此生再无遗憾。"李益闻言，"且愧且憾"，不觉流下泪来。当下对小玉信誓旦旦道："我重申过去的誓言，最迟八月份重返华州，我们还在一起。"

李益到任未久，请假回洛阳看望父母。母亲早给他签下婚约，对象是表妹卢氏。"太夫人素严毅"，李益"逡巡不敢辞让"。卢氏是名门望族，要求聘礼不低于百万。李益家贫，只好远投亲友四处筹借，从而错过了与小玉约会的时间。李益自觉理亏，想让她断绝念头，索性断绝了与她的联络。

李益仿佛从人间蒸发一般。度日如年的小玉多方打探未果，又忧又恨，一病不起。李益凑足彩礼，于腊月间请假到长安行聘（表妹家在长安）。李益表弟崔允明得知李益到了长安，赶到小玉家中告知实情。小玉闻言，躺在床上流泪不止："天下怎么会有这种事呢？"

小玉母亲哀求亲朋好友去请李益。李益自觉违背盟约，又想起母亲的严厉，愧惧交加，不敢来探望小玉。小玉寝食全废，日夜哭泣，只盼能见李益一面。全长安都知道了李益和霍小玉之间的悲情故事。

这天凌晨，霍小玉恍恍惚惚做了个怪梦，梦见一位黄衫客拽着李益来到床前，让小玉给李益脱鞋，醒来后告知母亲："鞋就是谐，意味着夫妻相见；脱就是解，见面后就解脱，恐怕是说我和李生见面后就得死了。"小玉话音刚落，果有一位黄衫侠客将李益拽到家里。小玉久病不愈，平日行走得双人扶持，听说李益到了，从床上猛然坐起，自己穿衣出门，有如神助。小玉怒视李益，李益不敢迎视，在场的人都流下同情的泪水。黄衫客令人从外面传进几十盘酒饭。小玉颤抖着端起一杯酒，直视李益许久，忽然将酒泼到地上，恨声道："真没想到你如此负心！也没想到我如此薄命，年纪轻轻就含恨而死。慈母在堂，不能供养，人生的美好岁月从此与我无关。如今我带着痛苦和愤恨命赴黄泉，

/ 最 / 美 / 的 / 女 / 人 /

这一切都是你造成的。我死之后，必为厉鬼，使你的妻妾终日难安。"语到此，忽然抑面大哭，身体一软，当场气绝。

小玉被安葬于长安御宿原。一个多月后，李益跟卢氏结婚。他睹物伤情，郁郁不乐。蜜月过完，防闲猜忌的疑心病开始发作。卢氏被休后，再娶两次也无善果，还曾因猜忌打死一名小妾。一次李益到广陵游览，得到一位名唤营十一娘的美女，很是喜欢。李益经常给她讲从前对付妻妾的办法，以期营氏惧怕自己。李益对营氏很不放心，外出时竟用澡盆把营氏扣在床上，周围加封，回来仔细查看后才打开。李益还身藏锋利的短剑，经常挥舞着对侍女们说："姐妹们，看清楚点，这把短剑是信州葛溪的生铁打制的，单砍有罪者的脑袋。""李益疾"的典故，大抵源出于此。

（三）小玉之死源于不切实际的痴心妄想

或许蒋防有以传奇作品攻击政敌李益的初衷，但在创作过程中，他却必须抛却政治恩怨，遵从文学创作的基本规律。小说以霍小玉与李益的爱情为主线，重在表现霍小玉的爱恨情仇、李益的好色轻情、自私怯懦与狭隘猜忌，在今人来看，也有揭露封建社会对妇女的迫害及批判妓女、门阀制度等进步意义。季光说，《霍小玉传》是唐传奇中写得最好、最感人的篇章（季光，第29页）。明代胡应麟也给予《霍小玉传》极高的评价："唐人小说纪闺阁事，绰有情致，此篇尤为唐人最精彩动人之传奇，故传颂弗衰。"

公正地说，《霍小玉传》实为唐人传奇中的杰作之一，为什么历代评论家给予它如此之高的评价？原因大略有三。一是作品属悲情类，在文学史上，悲剧是将人生有价值的东西毁灭给人看，因而往往比喜剧（譬如《李娃传》）更具震撼力；二是小说对霍小玉、李益两个主要人物的刻画非常成功，几个次要人物如鲍十一娘、黄衫客等，虽然着墨不多，但也令人印象深刻，体现出作者不凡的艺术功力；三是小说的艺术特色，如人物的语言特色、典型场景的重点描写，以对比反衬手法产生强烈的艺术反差来刻画人物等，特别是霍小玉，可说是唐传奇之前不曾出现过的人物类型，塑造非常成功。李剑国评价《霍小玉传》"唐人传奇当推此传第一"。其"情节委曲，性格鲜明。对话见其个性，细节见其心理，皆近于近代小说"。"小玉形象殊佳，唐稗实属鲜见"。"今人恒云性格之多层次，多侧面，予于小玉见矣。"（李剑国，第454页）即便对李益的描写，也没有脸谱化、程式化。以下约略展开评述。

1. 霍小玉丰神冶丽，妖娆冠绝

《霍小玉传》开篇即渲染重色的李益所设置的高门槛。李益年二十以进士及第，他"每自矜风调，思得佳偶，博求名妓，久而未谐"。鲍十一娘"受生诚托厚赂"，"经数月"，终于找到与李益"色目相当"的对象。鲍十一娘向李益介绍小玉："苏姑子作好梦也未？有一仙人，谪在下界，不邀财货，但慕风流"，"姿质秾艳，一生未见；高情逸态，事事过人；音乐诗书，无不通解。"及李益初见小玉时，"小玉自堂东阁子中而出，生即拜迎。但觉一室之中，若琼林玉树，互相照耀，转盼精彩射人。"小玉唱歌，"发声清亮，曲度精奇"。当晚与李益同房，其"言叙温和，辞气宛媚"。"解罗衣之际，态有余妍，低帏昵枕，极其欢爱。生自以为巫山、洛浦不过也。"及至病入膏肓，忽闻生来，"歘然而起，更衣而出，恍若有神"，"羸质娇姿，如不胜致"。纵然身死魂灭，将葬之时，也仍然"容貌妍丽，宛若平生"。悲剧是把美好的东西毁灭给人看，小玉如此风姿雅妍，年纪轻轻即为爱殉情自然令人惋惜。

2. 霍小玉心痴爱真，抱有不切实际的幻想

导致霍小玉之死的根源，首先是封建社会万恶的妓女制度、礼教和门第观念作祟；第二是李益的重色负心，他不像有些男人敢作敢为，"爱美人宁舍江山"；第三是霍小玉对爱情抱有不切实际的幻想。就《霍小玉传》所述而言，这是导致霍小玉与李益爱情悲剧最直接的根源。

首先，霍小玉像所有不幸落入妓院的年轻女性一样日夜盼望从良，这并没错，但她为自己设定了较高的门槛——"不邀财货，但慕风流"，"求一好儿郎格调相称者"。也许她才入妓院，经历方浅（初见李益还显出一般女儿家的腼腆羞涩），跳出火坑之心急切而强烈；而不是像大多数妓女要求甚低，唯能从良，即便嫁为人妾，或如莘瑶琴下嫁卖油郎也在所不惜。唐代妓女的地位很卑微，"一般给官宦人家做妾还不够格，当正式妻子就更不可能了。"孙棨《北里志》曾记载他与宜之的真实故事：

> 宜之每宴洽之际，常惨然郁悲，如不胜任，合坐为之改容，久而不已。静询之，答曰："此踪迹安可迷而不返耶？又何计以返？每思之，不能不悲也。"遂呜咽久之。他日忽以红笺授予，泣且拜。视之，诗曰："日日悲

伤未有图，懒将心事话凡夫。非同覆水应收得，只问仙郎有意无？"余因谢之曰："甚知幽旨，但非举子所宜，何如？"又泣曰："某幸未系教坊籍，君子倘有意，一二百金之费尔。"未及答，因授予笔，请和其诗。予题其笺后曰："韶妙如何有远图，未能相为信非夫。泥中莲子虽无染，移入家园未得无。"览之因泣不复言。

不是孙棨拿不出一二百金，"泥中莲子虽无染，移入家园未得无"，宜之的心灵虽然纯洁，唯因有一段从妓的经历，读书人纳为正室就会受到家庭、家族的阻止以及来自社会舆论的谴责。孙棨婉拒宜之，宜之后来"果为豪者主之"，即做了富人小妾。相对因人老色衰被撵出妓院，这已经是相当好的结局。

其次，霍小玉渴望真爱，用情偏执深重。与李益同床共眠的当晚，"中宵之夜"，她忽然起而流涕对李益说："妾本倡家，自知非匹，今以色爱，托其仁贤，但虑一旦色衰，恩移情替，使女萝无托，秋扇见捐，极欢之际，不觉悲至"。直至李益与她签订盟约，才笑颜重开，"婉娈相得，若翡翠之在云路也"。得知李益高中，她比从前少了些天真，自觉降低要求，提出同居八年的"短愿"，仍显浪漫有余，操作性不强。李益说好金秋八月来相会，既已负约，霍小玉就应该意识到问题的严重性，推想到各种不妙的结局。为打探李益消息，霍小玉资用耗空，并将家传珍品紫玉钗送进当铺。当崔允明告知她事实真相时，她仍不肯接受，喃喃自语"天下岂有这等事情"。到后来她相思病重，寝食全废，仍执着祈求能见李益一面。及至相见，又以羸弱不能自持之体，拼尽浑身气力怒斥李益，终因过于激动"长恸号哭数声"而亡。害死霍小玉的是心态，她所憧憬的不附带任何时代色彩的爱情世间本来少有。

霍小玉本来可以不死，假如她不为自己设置过高的从良门槛，不把男欢女爱及男人们的誓言太当回事；霍小玉必须要死，因为她是嗣霍王的女儿，曾经居住在霍府大院，所有的少年记忆挥之不去，譬如她逼李益签约时所用文房四宝"皆王家旧物"，那把令侍婢浣沙当卖的紫玉钗，都是她难以割舍的往时印记。她是拥有皇家血脉的千金小姐，才貌双全，在她思想深处，很小的时候，心中已设定符合时尚的白马王子形象。父王猝然去世颠覆了她的生活和命运，但浪漫和憧憬却残留在心。对失去的念念难忘，拒绝接受残酷的现实，这就注定她与李益的爱情结局是悲剧。相对而言，孤儿出身的李娃就现实清醒多了。

3. 霍小玉化爱为仇，开启了贞烈女子反抗复仇的大幕

俗话说，爱之重，恨之切；爱有多真，恨有多深。无疑，霍小玉是温柔重情的。爱到极痴，物极必反。她的坚忍执着、掷杯怒斥，以及她誓言化厉鬼而使李益妻妾难安的言行举止，都是由她的幻想、痴情演化而来。霍小玉是与南齐苏小小、中唐任氏、崔莺莺和晚明董小宛完全另类的女子，因对妓女身份过于敏感，她们对爱情有超越常人的苛求（一如杜十娘之于李甲），绝不允许爱人的负心忘情。一旦遭遇背叛，她们不再饮泪啜泣，而是拼力抗争，虽然大多时候，她们的反抗是那样无力——或者化为虚妄的厉鬼，譬如《非烟》中的步非烟，敫桂英之于王魁；或者求助于包拯包黑子之类不畏权贵的清官，譬如秦香莲之于陈世美等。

4. 李益重色怯懦，杀死小玉的凶手却是礼法

首先，李益生性风流好色。他声称"小娘子爱才，鄙夫重色，两好相映，才貌相兼"。"每自矜风调，思得佳偶，博求名妓，久而未谐"。他虽家穷，但为访求绝色美女，不惜对鲍十一娘许以重赂。得知小玉貌若仙人，"闻之惊跃，神飞体轻，引鲍手且拜且谢曰：一生作奴，死亦不惮。"听说郑净持欲令小玉"永奉箕帚"，当下谢曰："鄙拙庸愚，不意顾盼，倘垂采录，生死为荣"，活灵灵的一副色鬼相。

第二，李益性格隐忍懦弱，优柔寡断。他对小玉绝对有真情，但一回到洛阳老家，面对母亲为他签下的婚约，大气也不敢出，"逡巡不敢辞让"。从辜负八月相见的盟约之日起，一直愧疚在怀，不敢抬头面对，越拖越被动，终于酿成小玉走上不归路的悲惨结局。李益虽出身望族，却并非玩弄蹂躏女性的纨绔恶少。十个男人九个色，李益罪不在此。初见小玉，为其绝色倾倒，心甘情愿拜倒在她石榴裙下，的确是出于真爱。她的温柔纯情无时不令他感叹流涕，也不能说他与小玉订立的盟约敷衍虚伪，包括他初夏赴郑县上任前的许诺，也不是有意欺骗。李剑国说：李益"忍人"也。其忍非因生性薄情，特缘迫于家母之严毅。而畏其严毅并非纯因性格懦弱，也缘自"偶娼非礼"，即他心中也存在封建门第观念。"然则益乃一矛盾性格，其于小玉不可谓不爱，盟约之言不可谓不诚，而终弃之者乃以礼法克其情，正所谓'克己复礼'者也。是故小玉悲剧之由非遇人不淑，乃为礼法所杀，此传意蕴正在此焉。"（李剑国，第454页）

第三，李益猜忌防闲，心病已无心药治。倘若李益果如《旧唐书》所说少时即有痴妒之疾，则必另有原因，小说将李益对妻妾的猜忌防闲放在小玉死后，逻辑上是成立的。为负情和懦弱，李益也付出沉重的代价。他背负沉重的心理负担，终身郁郁寡欢，他与小玉的爱情悲剧，与其说是因他懦弱的个性，勿宁说他的思想无法超越时代的局限。

（四）愿天下有情人皆成眷属

冯梦龙《情史》卷一六"情报·李益"篇末附屠隆（长卿）评语说：

> 予固悲小玉之为人，而深恨李娃也。玉之以怜才死，以钟情死，以结恨死，而犹不忘李郎也。三娶之后，小玉在焉，其恨之极，妒之极，正其爱之极也！彼李娃何为者？方娃之祷竹林，而弃郑生以他徙也，娃实与谋。迨乞食且死，而娃始回心，不亦晚乎？郑生不念旧恶，欢好令终，予于是深怜郑生，而益恨李十郎之无情矣！

李剑国认为屠隆的评价失之偏颇。文学作品中的小玉与李娃形象塑造各有侧重。霍小玉偏重于情，李娃侧重于节。"小玉之情极也"，"李娃之节亦极也"，"以玉之情比李娃之节，情者发乎性情而节者发乎伦理，前者尤易感动人心"。封建社会爱情本多悲剧，惟悲剧最能催泪感人。李剑国认为《李娃传》大团圆的结局过于理想化，反致浅薄，不及《霍小玉传》深沉。《霍小玉传》《非烟》等一反以往小说由悲入欢，由离转合的传统写法，独叙由欢而悲，由合而离，"后世人每喜化悲为喜，予谓浅人也。"（李剑国，第 455 页）

李剑国这是在强调文学作品的教化功能。现代香港电影流行皆大欢喜的结局，那是以娱乐为目的。那些能让人在笑中流泪、哭中有笑的作品方为上品，譬如曾经流行于市面的《三宝大闹宝莱坞》（又名《寻找兰彻》），创作者就是高人。悲壮、沉痛令人心碎，在压力山大的当今，太沉重的作品往往令人透不过气来，还是寓教于乐为好。当然这取决于各人的偏好。明代汤显祖曾以《霍小玉传》为本创作《紫玉钗》《紫箫记》二剧，剧目以《剑合》《钗圆》收场，清潘炤也据《霍小玉传》撰《乌栏誓》，以"近乎荒诞"的《复凡》《仙圆》结尾。不是剧作家流于庸俗，而是要满足大多数观众"必欲使才子佳人天作之合"的美好祈愿。愿天下有情人皆成眷属，普天皆然，非徒吾国吾民之观念也！

几千年过去了，现实版"痴心女子薄情郎"的故事仍在上演，不妨以苏东坡的词句作为本篇之结语：

　　　但愿人长久，千里共婵娟！

◇ 裴铏《传奇》塑造的美女群像

（一）身世不详，下落成谜

　　裴铏，号谷神子，据《全唐文》卷八〇五，裴铏咸通中为静海军节度高骈掌书记，加侍御史内供奉。乾符五年，官成都节度副使，加御史大夫。清王士禛编《五代诗话》，将裴铏归入前蜀人物类。可能裴铏任成都节度副使后一直未离开蜀中，唐亡后改仕前蜀（参见周楞伽辑注《裴铏传奇》，上海古籍出版社，1980 年 10 月版，第 3 页，下引周文皆见该书）。

（二）对唐传奇命名"传奇"贡献卓著

　　唐代以人间艳遇轶闻为题材的小说被后世称之传奇，这首先是由其新奇的内容和创新的写作方式决定的，但也与裴铏将专述"神仙怪谲事"的小说集命名为《传奇》有关。文史界关于此事有一场未了的"官司"：即关于"传奇"的初始使用权，究竟是元稹的小说《莺莺传》，还是裴铏的小说集《传奇》。一部分学者认为元稹最早将他的传奇小说《莺莺传》命名为《传奇》，而《莺莺传》或《会真记》则是后人擅加的标题。一部分学者认为元稹小说本名即《莺莺传》，后世编纂者以该小说叙写爱情的传奇特点而将其更名为《传奇》（参见周绍良《唐传奇笺证》，人民文学出版社 2000 年 5 月版，第 6 页、第 384—388 页；周楞伽，第 2 页；李宗为，第 58 页；周晨，第 2 页；程毅中，第 143 页；李剑国，第 312—314 页等）。以唐人传奇作品的命名习惯，似乎元稹将他的单篇小说直接定名为《传奇》可能性不大，因而本文支持李剑国先生的说法，即《传奇》的初始使用权属于裴铏。

　　其实无论是元稹抑或裴铏谁先使用"传奇"一词，都无法抹杀双方对唐代传奇类小说命名的重大贡献。早在宋元之际，元稹的小说《莺莺传》已被认定为以爱情为主题曲的唐传奇的代表作。至于裴铏，诚如周楞伽所说："唐代还没有传奇这种文学样式的名称，是宋代因裴铏《传奇》的流行，才把它概括了一切唐人小说，给唐人所创的这一文学样式定下传奇的名称"（周楞伽，第

　/ 最 / 美 / 的 / 女 / 人 /

2 页。)据南宋陈振孙《直斋书录解题》引陈师道《后山诗话》,在《传奇》条下说:"唐裴铏撰,高骈从事也。尹师鲁初见范文正为《岳阳楼记》,曰:'传奇体耳!'然文体随时,要之理胜为贵,文正岂可与传奇同日语哉?盖一时戏笑之谈耳。"尹师鲁用"传奇体"来形容《岳阳楼记》"对语说时景"的文辞特点,说明北宋文人已将传奇视为与诗歌、古文不同的文体。陈振孙批驳尹师鲁此语为"一时戏笑之谈",认为范仲淹的《岳阳楼记》与裴铏的《传奇》不可同日而语,可知传奇在北宋时已经是一种独立的文体且甚为流行,只不过地位处境相当不妙,至南宋时仍作为"娱玩之文"难登大雅之堂。

(三)《传奇》集在疯狂传抄过程中失传

裴铏的《传奇》集甫一问世即大受欢迎,不幸却在疯狂的传抄过程中佚失。佚文幸赖北宋李昉主编的《太平广记》得以保存。周楞伽辑注本《裴铏传奇》收佚文 31 篇,李剑国《唐五代志怪传奇叙录》列篇目计为 34 篇,多出的三篇是《杨通幽》《红拂妓》和《杜秋娘》。《传奇集》中存在较大争议者有二,一是《聂隐娘》,二是《红拂妓》(《虬髯客》)。李宗为认为,《聂隐娘》实为袁郊《甘泽谣》集中的作品,而《樊夫人》(李剑国指篇目为《湘媪》)也不似裴铏所作。而《金钗玉龟》(李剑国所指《杨通幽》)、《红拂妓》应属裴铏作品。晚唐作家杜光庭也是一位天才小说家,今天所谓"杜撰"一词即拜其所赐(参见袁闾琨主编《百侠传奇》,辽宁人民出版社 1994 年 9 月版,第 77 页,一说源于宋代诗人杜默)。但他的《虬髯客》,一般认为"只是将裴铏《传奇》中的《虬髯客》删改为《神仙感遇传》中的《虬髯客》而已"(参见李宗为第139—141 页;程毅中,第 260、266 页;林骅第 294 页;袁闾琨第 77 页;李剑国第 871 页)。

(四)《传奇》集中栩栩如生的美女塑像

现代国学大师汪辟疆《〈唐人小说〉叙录》评价裴铏《传奇》说:"今其书既不可见,即就《太平广记》所录诸条观之,文奇事奇,藻丽之中,出于绵渺,则固一时巨手也。"意思是即便从《太平广记》所录不多的几则传奇,也足以证明裴铏唐代小说巨匠的地位。程毅中认为裴铏的《传奇》以神怪和爱情相结合为主要特色(程毅中,第 13 页)。李宗为也持同样观点,认为《传奇》

的故事情节大抵奇幻谲怪，可惊可谔。其中许多故事叙述士人与姬妾、商人女或以神仙妖鬼身份出现的女子间遇合。"这些女子，无论是以现实的还是幻想的身份出现，都聪明美丽，勇于追求爱情，其中尤以《虬髯客》中的红拂妓和《昆仑奴》里的红绡妓描写得最为出色。"（李宗为，第141页）

由于裴铏《传奇》集具有爱情特色或说爱情戏分较浓，则其笔下美女云集是当然的事情。从现存的34篇作品来看，裴铏《传奇》集中令人印象深刻的美女形象，至少有如下几位：

1.《孙恪》中的袁氏女

袁氏女虽然由老猿进化而成，却无半点妖孽之性，反而极富人情味。她辨慧多能，能诗能咏。与孙恪新婚后慷慨解囊，令他"车马焕若，服玩华丽"。得知丈夫对她图谋不轨，她大怒责之曰："子之穷愁，我使畅泰，不顾恩义，遂兴非为。如此用心，则犬彘不食其余，岂能立节行于人世耶？"其痛斥完全遵从传统的价值观。她真心事夫，为孙恪"鞠育二子，治家甚严，不喜掺杂"。在与孙恪同赴南康途中，得知归期已至，她先是凝睇久之，若有不快；及入寺，具斋蔬于众野猿，见其悲啸扪萝而跃，遂恻然题诗于僧壁，又抚二子，咽泣数声，语恪曰："好住！好住！吾当永诀矣！"遂裂衣化为老猿追啸跃树而去。"将抵深山，而复返视"，呈现出浓郁的母性和难以割舍的夫妻之情。

2.《昆仑奴》中的红绡妓

《昆仑奴》中塑造最为成功的一号主角是昆仑奴磨勒。（《昆仑奴》之后，武侠类小说中经常出现异族侠客，他们功夫绝顶，来无影，去无踪，多似昆仑奴后辈，如著名的风尘三侠之一的虬髯客，其武学据说就曾师从昆仑奴）。女主角红绡妓为二号人物，其最突出的特点，一是聪明机智，她借送崔生出门之际，难以多言，却以哑语表达求救之意。二是对自由与爱情积极主动的热烈追求。她"家本富，居在朔方"，是受过良好教育的富家女。因战乱被"逼为姬仆"，"不能自死，尚且偷生，脸虽铅华，心颇郁结"。她极度憎恨失去自由的奴隶生活，尽管享用奢侈，"纵玉箸举馔，金炉泛香，云屏而每进绮罗，绣被而常眠珠翠"，但"皆非所愿，如在桎梏"。为脱离以珠翠绮罗构筑的"狴牢"与一见倾心的崔生结合，她"所愿既申，虽死不悔，请为仆隶，愿侍光容"。她与崔生的成功结合，幸赖横空出世宛如天降的昆仑奴磨勒的神奇相助，也是她积极主动、巧设机关、大胆追求的结果。（金庸《三十三剑客图》中揣摩磨勒或为印度人。指唐传奇中三位皆"红"字为名的美女,以人品作为而论,红线最高,红拂其次,红绡最差。红绡向崔生做手势打哑谜,很是莫名其妙,若无磨勒,崔生怎能逾高墙十余重而入歌妓第三院?她私奔之时,磨勒为她负出"囊橐妆奁",一连来回三次,简直是大规模卷逃。崔生被一品召问时,将责任皆推给磨勒,任由一品发兵捉他而不加回护,不是个有义气之人,只不过是个"容貌如玉"而为红绡看中的小白脸而已。)

3.《虬髯客》中的红拂妓

《虬髯客》曾被命名为《风尘三侠》,形象地说明了虬髯客、红拂和李靖三人在小说中各有戏分、各有特色的地位。与《昆仑奴》不同,虬髯客只是小说中名义上的一号主角,红拂的戏分较之《昆仑奴》中的红绡妓明显加强了,形象塑造也更为丰满,"《传奇》里任何人物都不能与之相比";相形之下,虬髯客的形象却"离奇失真,难以令人理解,实际上降为次要角色了"(程毅中,第266页)。红拂的识人、果敢、机智都有具体的细节支撑,其预见性也以一定的生活经验为基础。红拂夜奔李靖与卓文君夜奔司马相如并称为史上最伟大的私奔,其动力和信心首先缘于红拂妓对李靖、杨素的判断与比较,一旦做出决策便立即付诸实施,体现出她的干练果敢。"妾侍杨司空久,阅天下之人多矣,无如公者。""彼(杨素)尸居馀气,不足畏也。诸妓知其无成,去者众矣。彼亦不甚逐之也。计之详矣,幸无疑焉。"在逃奔太原途中,满脸杀气的虬髯客初进旅舍,对李靖视若无睹,"投革囊于炉前,取枕欹卧,看张氏(红拂妓)梳头"。李靖被虬髯客充满挑衅的举动激怒,几乎按捺不住。此时红拂妓显出超人的冷静及机智。"张氏熟识其面,一手握发,一手映身示公,令勿怒。"正是红拂妓主动出面示好,不仅化解了一触即发的危机,赢得虬髯客的好感,也为李靖赢得了千载难逢、平步青云的人生机遇。

4.《聂隐娘》中的聂隐娘

聂隐娘乃唐贞元中魏博大将聂锋之女。作品重在表现聂氏近乎妖法的高超剑术及神妙预见,对其形象塑造反而未予足够重视。她在师傅老尼的指点下,携匕首入室度其门隙而无障碍,白天刺人于都市而人莫能见,并开脑藏匕首于内而无所伤,还擅变纸驴为活驴及化蠛蠓飞人肠中。她与妙手空空儿的斗法更是神乎其神。妙手空空儿"能从空虚而入冥,善无形而灭影",她一搏不中,耻其不中,即"翩然远逝",妙手空空儿"高傲而奇特的形象"也与聂隐娘的绝世武功同时流传于世（程毅中，第274页）。晚唐作家袁郊曾创作传奇小说《红线》，与《聂隐娘》同为清官服务的侠女形象，二者对后世女侠形象塑造影响巨大。

5.《樊夫人》中的樊夫人

即樊云翘，其定位为道术高超已升天为仙的仙女。樊夫人在三国时主要与其夫刘纲玩斗法。但她在唐贞元年间出现在湘潭时，却主要"以丹篆文字救疾于闾里"，并于洞庭刺杀白鼋挽救百余人性命。她虽有功德于民，但却生活俭朴，"土木其宇，是所愿也"，且"貌甚闲暇，不喜人之多相识"。

在《裴航》篇，樊夫人再度出现，则是一位性感端庄、拥"倾国"之色的少妇。裴航与她同船而行，虽怀非非之想，无奈樊夫人操比冰霜，不可干冒。临别前，她使侍妾袅烟赠诗裴航曰："一饮琼浆百感生，玄霜捣尽见云英。蓝桥便是神仙窟，何必崎岖上玉清？"裴航按其指点，最终与樊夫人之妹云英喜结鸾俦。

除上述美女形象外，裴铏作品中令人难忘的人物还有很多，譬如昆仑奴、虬髯客、韦自东、陈鸾凤、封陟等。裴铏具有驾轻就熟、挥洒自如的文字表达能力，往往寥寥数语，即能画龙点睛，令人物形象呼之欲出、活灵活现。

6. 令人眼花缭乱的美女形态描写

作为传奇创作的"一时巨手"，裴铏作品吸引读者的一大卖点，是他对笔下美女姿色妍态的着力刻画。裴铏笔下的女性，无论以现实或幻想的身份出现，个个都是天姿国色，丰艳绝代，令人流连忘返。如《薛昭》篇，作者借客田山叟之口说薛昭"不独逃难，当获美姝"，后果于风清皎月下逢三美女，其中才貌俱全的张云容竟是开元中杨贵妃侍儿；《张无颇》篇言无颇"遇名姝"，"睹贵主（公主）华艳动人，颇思之"，而这位贵主，竟是出身高贵的小龙女；《赵合》篇进士赵合所遇"一女子，年犹未笄，色绝代"；《曾季衡》篇讲曾季衡之艳遇，"俄顷，有异香袭衣，季衡乃束带伺之，见向双鬟引一女而至，乃神仙中人也"，后"因与大父麾下将校说及艳丽，误言之"，终至"燕拆莺离"；《萧旷》篇讲萧旷于洛水边，"俄闻洛水之上，有长叹者，渐相逼，乃一美人"，"神女遂命左右传觞叙语，情况昵洽，兰色动人，若左琼枝右玉树，缱绻永夕，感畅冥怀"；《姚坤》篇云"有女子自称夭桃，诣坤，云是富家女，误为年少弃出，失踪，不可复返，愿持箕帚。坤见其妖丽冶容，至于篇什书札，俱能精至"，于是相谐好合;《颜浚》篇言颜浚"及登阁,果有美人,从二女仆,皆双鬟而有媚态。美人倚栏独语,悲叹久之。浚注视不已",是夜,浚竟与美人张丽华(即陈后主贵妃)同床就寝……

上述所列仅是一般写意性描述,在《孙恪》《红拂妓》《裴航》《封陟》等篇,裴铏对美女有更细致工整的直接描摹。如对《孙恪》篇中的袁氏:"忽闻启关者,一女子,光容鉴物,艳丽惊人,珠初涤其月华,柳乍含其烟媚,兰芬灵濯,玉莹尘清。""良久,乃出见恪,美艳逾于向者所睹。""恪未室,又睹女子之妍丽如是,乃进媒而请之。"

又如《昆仑奴》中的红绡妓。作品先简要铺垫,写"时三妓人,艳皆绝代",接下来写崔生"返学院,神迷意夺,语减容沮,恍然凝思,日不暇食,但吟诗曰",继而再有崔生与磨勒潜入一品歌妓院内,见红绡妓"长叹而坐,若有所俟,翠环初坠,红脸才舒,玉恨无妍,珠愁转莹"等。

又如《郑德璘》篇描写韦氏女:"美而艳,琼英腻云,莲蕊莹波,露濯莕姿,月鲜珠彩,于水窗中垂钩……"

《崔炜》篇:"须臾,有四女,皆古鬟髻,曳霓裳之衣";"夜将半,果四女伴田夫人至,容仪艳逸,言旨雅淡……"

《聂隐娘》篇,作者对聂隐娘的美丽聪慧未作正面描写,但却通过侧面描写巧妙表现。一是她年方十岁时,老尼见而悦之,"问押衙乞取"不成,遂强行偷去。二是借聂隐娘之口描述她初入大石穴时,所见二女,"亦各十岁,皆聪明婉丽"。

《樊夫人》篇,当樊云翘化为湘媪出现时,"媪鬓翠如云,肥洁如雪,策杖曳履,日可数百里……"在《裴航》篇,裴航见她"乃国色也",后樊夫人使袅烟召航相识,"及搴帷,而玉莹光寒,花明丽景,云低鬟髻,月淡修眉,举止烟霞外人,肯与尘俗为偶……"

《元柳二公》中,元柳二人见道女:"至帐前,行拜谒之礼。见一女,未笄,衣五色文彩,皓玉凝肌,红流腻艳,神澄沆瀣,气肃沧溟……"

《高昱》篇,高昱"忽见潭上有三大芙蕖,红芳颇异,有三美女,各据其上,俱衣白,光洁如雪,容华艳媚,莹若神仙……"

《封陟》(陟音 zhì)篇对上元夫人的描写:"见一仙姝,侍从华丽,玉珮敲磬,罗裙曳云,体欺皓雪之容光,脸夺芙蕖之艳冶","丽容洁服,艳媚巧言",

"态柔容冶，靓衣明眸……"

《文箫》篇描写吴彩鸾："时文箫亦往观焉，睹一姝，幽兰自芳，美玉不绝，云孤碧落，月淡寒空。聆其词理，脱尘出俗，意谐物外……"

《红拂妓》篇描写红拂妓："一妓有殊色，执红拂"；"公遽廷入。脱去衣帽，乃十八九佳丽人也，素面画衣而拜"；"观其肌肤，仪表，言词，气性，真天人也。公不自意获之，愈喜愈惧，瞬息万虑不安。而窥户者无停履"；虬髯客问李靖"观李郎之行，贫士也，何以致斯异人"（何以招致这红拂妓这个奇人）；虬髯客又曰"一妹（即红拂妓）以天人之姿，蕴不世之艺，从夫之贵，以盛轩裳。非一妹不能识李郎，非李郎不能荣一妹"……

裴铏《传奇》集中最为精彩的是《裴航》篇中对樊云英花容殊色的描写：

> 裴航因还瓯，遽揭箔，睹一女子，露裹琼英，春融雪彩，脸欺腻玉，鬓若浓云，娇而掩面蔽身，虽红兰之隐幽谷，不足比其芳丽也。航惊怛，植足而不能去……

综观裴铏传奇作品，其故事情节编排之曲折多姿、突兀恢诡，人物形象塑造之鲜活明亮、生动感人，乃至美女姿色描绘之秀丽工妙、风韵超绝，均能信手拈来，匠心独运，独树一帜。在晚唐传奇创作渐趋衰颓之际，裴铏异军独起，再掀浪巅，回傲群雄，后人尊仰他为唐传奇之"一时巨手"，当之无愧。

（五）裴铏《传奇》集对后世小说戏曲创作的影响无与伦比

据李宗为考证，裴铏《传奇》诸作收入明清《古今说海》《唐人说荟》《五朝小说》等丛书者居唐人传奇集之首，其作品对后世小说戏曲的影响在唐人传奇集中无与伦比，被后世敷衍成小说戏曲者也在唐人诸传奇集中遥居首位。今存作品虽仅三十篇左右，但被改编成戏剧者就有半数之多，其中不少作品被历代戏剧作者辗转取材，历久不废。以《裴航》为例，元代徐田臣有《杵蓝田裴航遇仙》戏文、庚天锡有《裴航遇云英》杂剧、明代龙膺《蓝桥记》传奇、杨之炯《玉杵记》传奇、吕天成《蓝桥记》传奇均以为母本，清代黄兆琛也据而创作了《蓝桥驿》杂剧（李宗为，第137页、第150页；李剑国，第861页；程毅中，第260—269页）。凡此种种，均说明裴铏《传奇》集无可比拟的高质量及作品的强大生命力。

/ 最 / 美 / 的 / 女 / 人 /

「下 编」

倾国倾城总绝伦

——罗虬《比红儿诗》赏析

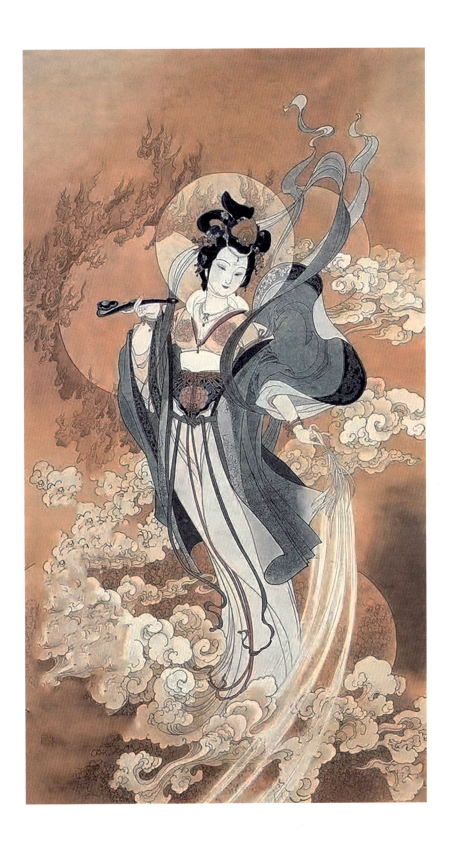

倾国倾城总绝伦 红儿花下识真身 十年

东北看燕赵 眼冷何曾见一人 后罗乱眼里

全世界的美女都比不上红儿 何等专一 何其苦恋

金庸

第三章
DI SAN ZHANG

《比红儿诗注》解读

一、"沈可培原序"解读

以下是清乾隆朝进士沈可培《比红儿诗》批注原序：

《唐摭言》："罗虬辞藻富赡，与宗人隐、邺齐名。咸通、乾符中，时号'三罗'。广明庚子乱后，去从鄜州李孝恭。籍中有红儿者，善肉声。尝为贰车属意，会贰车聘邻道，虬请红儿歌，而赠之绘彩。孝恭以贰车故，不令受所贶。虬怒，拂衣而起，诘旦，手刃（吉按：雅雨堂刊本《摭言》'手刃'下有'红儿'二字。）。绝句百篇，号《比红儿诗》，大行于世。"

据《摭言》有"手刃"二字，《太平广记》遂衍为"罗虬手杀红儿"等语。余思虬果因孝恭之阻，当怒在孝恭，与红儿何涉？虬乃迁怒于无能弱女，亦不成丈夫矣！其诗何传乎？且虬原序并无怒意，细阅《摭言》，"诘旦手刃"，即接"绝句百篇"，似有讹字阙文。然读至终篇，真红儿殁后怜之而作也。手刃之事，未知有无，而红儿则因诗而如绘矣。

潞河客馆枯坐无聊，友人以故实来问者，既缕答之。因裒集分注各诗之下，亦博览之一助也。乾隆壬寅日南至嘉兴沈可培识。

楚楚辞典

《唐摭言》　唐末五代王定保编撰的古代文言轶事小说集，共十五卷。详载大量唐代诗人文士的遗闻逸事，多为正史所不详述。摭，音 zhí，拾取、摘取。

咸通 唐懿宗李漼（cuǐ）年号，从 860 年至 873 年。

乾符 唐僖宗李儇（xuān）年号，从 874 年至 879 年。

广明庚子乱 乾符元年（874），王仙芝在长垣起义，次年六月，黄巢起兵响应。广明元年（880）十一月，起义军进入洛阳，十二月初突破潼关直逼长安，年少的唐僖宗仓皇逃奔成都，史称"庚子乱难"或"广明之乱"。

肉声 没有乐器伴奏的清唱。宋张先《熙州慢·赠述古》词："持酒更听，红儿肉声长调。"

裒集 辑集、召集。裒，聚集，音 póu。

楚楚解读

吉按，杨复吉按语。"据《摭言》有'手刃'二字"，即吉按所言"雅雨堂刊本《摭言》'手刃'下有'红儿'二字。"潞河，今河北通州有潞河，与大运河相联；乾隆壬寅，公元 1782 年；南至，冬至日。

看来沈氏对罗虬手刃杜红儿也心存疑窦。其疑问有三：一是与罗虬发生冲突者为李孝恭，罗虬发怒，矛头应对准李孝恭才对，对无辜弱女行凶，其诗作如何能流传于世呢？二是读罗诗序言，并未看出作者有发怒的意思；第三点最重要，"诘旦手刃"下接"绝句百篇"，文句唐突，有点前言不搭后语。

沈氏的疑问不无道理。据宋邵博《邵氏闻见后录》卷一七记载：

> 真宗尝问杨大年："见《比红儿诗》否？"大年失对，每语子孙为恨。后诸孙有得于相国寺庭杂卖故书中者，盖唐末罗虬、罗邺、罗隐兄弟俱有文，时号"三罗"。虬登科，从事坊州，有营妓小字红儿，先为郡将所嬖，人不敢近，虬亦悦之，郡将不能容，虬弃官去，然于红儿犹不忘也。拟诸美物，作《比红儿诗》百首，事出《摭言》，亦略见《太平广记》中，大年不知，何也。

宋真宗以好读书写字闻名于世。世人皆知的"书中自有黄金屋，书中自有颜如玉。书中自有千钟粟，书中车马多如簇"，即出自他的《励学篇》，后来成为谚语。以真宗贵为皇帝的身份，断然不会向大臣询问和推介一名无良诗人的作品，倘若罗虬果为杀人犯的话。

／最／美／的／女／人／

从罗诗序言中绝看不出发怒之意。从逻辑上说，因一怒而手刃歌女，转而又追悔莫及写诗大加赞美，明显有悖常理。晚唐女诗人鱼玄机因酒后失手打死侍婢绿翘被判斩刑，此事发生在公元 871 年，与罗虬作《比红儿诗》时间大体相当。设罗虬遇大赦出狱，他最应远离公众视野、深居简出，而不应呶呶不休为被害者大唱赞歌。罗虬如此高调抛出《比红儿诗》百首而未遭时人非议，也从一个侧面证明，杀人者非罗虬是也。

沈氏曰"诘旦手刃"即接"绝句百篇"似有讹字阙文，对这一疑问，罗漫、杨旭辉、李最新等学者均在广泛征引史料的基础上给出了自己的回答。罗漫认为罗虬杀美之事在时间空间上均不成立，纯属文坛敌手为了攻击罗虬及其"大行于时"的作品《比红儿诗》而虚构的创作本事（罗漫：《晚唐诗人罗虬"诘旦手刃"杜红儿冤案的形成始末》，载罗漫《神话·诗骚·文学史》第456—472 页，中国出版集团、世界图书出版公司 2012 年 12 月版）。杨旭辉认为"手刃"系"手为"之讹（杨旭辉：《〈比红儿诗〉本事献疑》，《苏州科技学院学报》（社会科学）第 20 卷第 4 期，2003 年 11 月）。但"刃"与繁体的"为"（爲）差别较大，恐非誊抄之误。在前人研究基础上，李最欣《罗虬〈比红儿诗〉本事演变及真相新探》一文作了针对性更强的回答（《中南民族大学学报（人文社会科学版）》2009 年第 4 期）。其主要观点转述如下：

罗虬《比红儿诗》本事在现存古籍中的最早记载，见于《唐摭言》卷十《海叙不遇》条："罗虬辞藻富赡，与宗人隐、邺齐名咸通乾符中，时号三罗。广明庚子（880）乱后，去从郦州李孝恭，籍中有红儿者，善肉声，尝为贰车属意。会贰车聘邻道，虬请红儿歌而赠之缯彩，孝恭以副车所贮，不令受所贶。虬怒，拂衣而起。诘旦手刃绝句百篇，号比红诗，大行于时。"

上述文字的关键在于断句。在清末同文馆张德彝引进国外标点符号之前，中国向无统一的断句标准，因断句不同导致歧义、造成对文章字句的误解不胜枚举。如清人赵恬养《增订解人颐新集》中"下雨天留客天留我不留"，十个字就有七种不同的解释。如果将"诘旦手刃"与"绝句百篇"联为一句，以手刃为手创，则沈氏疑问迎刃而解！

"手刃"或罗虬杀红儿之说首见于李昉主编《太平广记》卷二七三：

罗虬词藻富赡，与宗人隐、邺齐名。咸通乾符中，时号"三罗"。广明庚子（880）乱后，去从郫州李孝恭。籍中有红儿者，善为音声，常为副戎属意。会副戎聘邻道，虬请红儿歌，而赠之缯綵。孝恭以副车所盼，不令受之。虬怒，拂衣而起。诘旦，手刃红儿。既而思之，乃作绝句百编，号《比红儿诗》，大行于时。（出《摭言》）

《太平广记》注明其故事来源于《唐摭言》，却于"手刃"和"绝句百篇"之间增加了"红儿既而思之，乃作"八个字，变成"虬怒，拂衣而起。诘旦，手刃红儿。既而思之，乃作绝句百编，号《比红儿诗》，大行于时。"就因为增加的八个字，使事件的性质发生了根本变化，手刃坐实，罗虬成为杀红儿凶手。

早于《太平广记》的阮阅《诗话总龟》前集卷二十九有云：

罗虬、罗隐、罗邺齐名，号三罗。李孝恭籍中有红儿，善肉声，尝为二车属意，聘邻道，虬请红儿歌而赠之缯彩，孝恭以副车所贮，不令受所赆。虬怒，拂衣而起。诘旦，手为绝句百篇，号《比红儿诗》，大行于时。

《诗话总龟》以"手为绝句百篇"取代"手刃绝句百篇"，使罗虬《比红儿诗》本事与《唐摭言》《北梦琐言》《梦溪笔谈》《邵氏闻见后录》等说法基本符合。另据郑逸梅《艺林散叶》：

唐罗虬撰《比红儿词》，谓爱红儿而卒刃之。朱大可考为非事实，按其事最初见于记载者，乃《唐摭言》，有云："诘旦手刃绝句"。手刃者，手刱也。刱即创，谓创作绝句以咏之也。（中华书局2005年版，第195页）

查《汉语大辞典》，"刱"与"创"部分含义重合，含撰写、创作之意。清《聊斋志异·张鸿渐》中有"张服其言，悔之，乃宛谢诸生，但为创词而去"等句，朱大可称"手刱绝句百篇"即"手创绝句百篇"，字义上完全成立；即以《汉语大辞典》"刃"义"同刅，谓制作"解，以手刃为手创也大致不差。

明代学者王世贞较早对罗虬手刃红儿提出质疑，其《弇州四部稿》卷一六三有云："罗虬《比红儿》不过市井间烟花语耳。然《唐诗纪事》谓虬手刃此伎，而作诗追悼之。恐误。盖诗语有'任伊孙武心如铁，不办军前杀此人'，又'若教粗及红儿貌，争肯楼前斩爱姬'也。恐红儿自以他故死，不由手刃。"王世贞的意思是：红儿恐另有死因；罗虬《比红儿诗》对红儿赞美有加，连孙武等那样辣手摧花的人都不忍出手，怜香惜玉的罗虬又岂会持刀杀人？

　　　　　　　　　／ 最 ／ 美 ／ 的 ／ 女 ／ 人 ／

李最欣博士评价说：阮阅、朱大可等以手刃为手创正确无误，罗虬杀红之说源于《太平广记》妄改古书：《太平广记》以"刃"的含义为"杀"，则"手刃"与"绝句百篇"无法连接，于是添枝加叶，不断修饰，从而演绎出罗虬手刃红儿的文坛血案。此后，《唐诗纪事》《全唐诗》等书或发展或信从《太平广记》说法，使罗虬杀红的故事以讹传讹达千年之久！

李博士说：《太平广记》妄改古书事出有因。《唐摭言》所云罗虬因愤怒而"拂衣而起"，次日晨即作绝句百首赞美红儿，毕竟有悖常理。正因如此，后来的《诗话总龟》和《绀珠集》均对其予以改编。与《太平广记》不同，此二书没有生造出罗虬杀红的重大事件，而只是让《比红儿诗》本事更趋常理。尽管如此，按照今日的学术规范，此二书的改编仍然不值得提倡。对古书中有疑问的地方，正确的态度和做法是"宁存疑，勿妄改"，这一点越来越成为学术界的通则。否则，不仅有"好改古书而古书亡"的危险，而且可能又弄出罗虬杀红这样的千年冤案。

楚楚很赞赏罗漫教授"判断罗虬是否杀红应从《比红儿诗》文本本身去找"的思路，也愿意接受杨旭辉博士"'手刃'实乃'手为'之讹"的断论；对李最欣博士强调的"宁存疑，勿妄改"学术通则也举双手赞成。唐朝遗世的文坛公案为数不少，武后时期宋之问"夺诗杀人"即是一例。刘肃《大唐新语》、韦绚《刘宾客嘉话录》载宋之问夺诗杀人事言之凿凿，后世持怀疑态度者却大有人在。清康熙四十四年彭定求等编纂《御定全唐诗》，将标题不同（一为《代悲白头翁》、一为《有所思》），内容基本相同的两首诗分列于刘希夷（卷八二第 13 首）和宋之问（卷五一第 48 首）名下，表明了编纂者直面存疑、不予轻率评判的谨慎态度。

以手刃为手创或许是对沈氏"'诘旦手刃'即接'绝句百篇'，似有讹字阙文"的较好注解。但罗虬诗中尚有一些令人费解的诗句，譬如全诗末首"香魂应上窈娘堤""长倩城乌夜夜啼"两句。无论死于谁手，红儿香消玉殒总是事实，这是王世贞、沈可培均认可的事实。诚如沈氏所言，"手刃之事，未知有无"，而红儿因罗虬赞诗靓丽出镜、栩栩如生、永存于中国美女文学画廊，也算是中国文学史上的一段佳话。

二、《比红儿诗注》解读

唐罗虬原序：比红者，为雕阴官妓杜红儿作。貌丽年少，朴智慧悟，不与群女等。余知红者，乃择古之美色灼然称于史传者，优劣于章句间，遂题《比红儿》一百首。

楚楚辞典

雕阴 战国时魏国地名和城名。考雕阴城遗址在今陕西延安甘泉县寺沟河。

官妓 古代侍奉官员的妓女。唐、宋时官场应酬会宴，有官妓侍候，明代官妓隶属教坊司，不再侍候官吏，清雍正时废除官妓。除了自幼培养，大户人家抄家后女眷入籍也是官妓的重要来源。官妓不仅要有姿色，还须会琴棋书画等多种技艺。

灼然 鲜明。

楚楚解读

王启兴《全唐诗校编》（原作）第 3422 页于罗虬名下简介曰："罗虬，台州人。词藻富赡，与隐、邺齐名，世号三罗，累举不第，为鄜州从事，《比红儿诗》百首。"（校1：据《项言》卷一三，罗虬官至台州刺史）原作又引《比红儿诗》原序："比红者，为雕阴官妓杜红儿作也。美貌年少，机智慧悟，不与群辈妓女等。余知红者，乃择古之美色灼然于史传三教十辈，优劣于章句间，遂题比红诗。（广明中，虬为李孝恭从事。籍中有善歌者杜红儿，虬令之歌，赠以彩。孝恭以红儿为副戎所盼，不令受。虬怒，手刃红儿。既而追其冤，作比红诗）"

云间翡翠一双飞，水上鸳鸯不暂离。

写向人间百般态，与君题作比红诗。

1

沈注："此百首总冒，以翡翠鸳鸯情好之密，叙情好之由。"

楚楚辞典

> **翡翠**　鸟名。嘴长而直，羽毛流光溢彩，有蓝、绿、赤、棕等色，可做装饰品。《逸周书·王会》："仓吾翡翠，翡翠者所以取羽。"《楚辞·招魂》："翡翠珠被，烂齐光些。"王逸注："雄曰翡，雌曰翠。"《后汉书·班固传》注："翡翠形如燕，赤而雄曰翡，青而雌曰翠。"晋左思《吴都赋》："山鸡归飞而来栖，翡翠列巢以重行。"南宋洪兴祖："翡，赤羽雀；翠，青羽雀。"元燕公楠《摸鱼儿·答程雪楼见寄》："霜鬓缕，只梦听，枝头翡翠催归去。"

楚楚解读

[比拟对象]　翡翠鸳鸯

此诗原作中列第 97 首，沈氏据诗意调整为第 1 首，相当于《比红儿诗》总序，以云间翡翠鸟及水上鸳鸯比喻诗人创作《比红儿诗》初衷：写尽红儿百般媚态，让人间共同分享红儿的美貌，并表示自己愿与红儿比翼双飞，永不分离。

姓氏堪侵尺五天，芳名占断百花鲜。

马嵬好笑当时事，虚赚明皇幸蜀川。

沈注：唐俚语云：城南韦杜，去天尺五。首句切杜。《唐书》：安禄山反，玄宗幸蜀至马嵬驿，将军陈元礼以祸由杨国忠，欲诛之。会吐蕃使者遮国忠马，诉无食，军士呼曰："国忠与虏谋反。"遂杀之。上出驿门，令收队，军士不应。元礼对曰："国忠谋反，贵妃不宜供奉。"上令力士引妃于佛堂缢杀之。此言红儿美于玉环。明皇因宠玉环，以致幸蜀，真为不值。

楚楚辞典

尺五天　比喻离帝王极近。汉辛氏《三秦记》中有："城南韦杜，去天尺五。"杜甫《赠韦七赞善》诗曰："乡里衣冠不乏贤，杜陵韦曲未央前。尔家最近魁三象，时论同归尺五天。"杜诗下自注云："俚语曰：'城南韦杜，去天尺五。'"

杜陵韦曲　杜陵为汉宣帝陵。汉武帝时，著名酷吏杜周任御史大夫，其家族以豪门望族被朝廷强迫迁徙茂陵（今陕西省兴平东北），杜周子孙相继为高官，终西汉之世簪缨不绝，于茂陵形成杜姓历史上最大的望郡——京兆郡。韦曲，汉宣帝元康元年（前65）春，宣帝在杜东原上修建自己的陵墓，以陵墓周围设杜陵县，将达官贵人迁于此县，宣帝的老师韦贤也名列其中。杜陵塬景色优美，有茂林修竹、曲水流觞，成为当时的旅游胜地。韦家地位显赫，府第靠近漕河，常在府前河上举行"祓禊盛会"，亲友官属聚集于此，"曲水流觞"，相戏为乐，人们遂称此处为"韦曲"。唐代时，韦府成为城南最豪华的别墅群，亭台楼阁绵延数里。杜氏、韦氏于唐朝时达至鼎盛，合称长安韦杜，俚语因此有"城南韦杜，去天尺五"的说法。

马嵬　即马嵬坡、马嵬驿，杨贵妃墓所在地。天宝十四载（755）十一月九日，安禄山以诛杨国忠为名在范阳起兵南下发动叛乱。后又有藩镇史思明加入战团，和安禄山一起，两股势力搅和大唐江山，史称"安史之乱"。又因其爆发于唐玄宗天宝年间，也称"天宝之乱"。天宝十五载（756）六

　　／最／美／的／女／人／

月,安禄山攻入潼关。七月十二日,唐玄宗放弃长安逃亡蜀地,七月十五日入驻马嵬驿(今陕西兴平)。保护皇帝的禁卫军无粮可吃,情绪激愤,大将陈玄礼乘机煽动说:"今天下崩离,万乘震荡,岂不由杨国忠割剥氓庶,朝野怨咨,以至此耶?若不诛之以谢天下,何以塞四海之怨愤!"(《旧唐书》卷一百六《列传》第五十六)众将士发动兵谏,请诛杨氏兄妹。杨国忠逃进西门内,被蜂拥而入的士兵乱刀砍死。唐玄宗迫于情势,令高力士将杨贵妃缢死于佛堂前的梨树之下,于是军心稍稳。此一事件史称"马嵬坡之变"或"马嵬之变"。

虚赚 谎骗。

楚楚解读

〔比拟对象〕 杨玉环

此诗原作列第1首。"姓氏",原作"姓字","堪侵",原作"看侵";"芳名",原作"芳菲"。原作校1:字,《纪事》《绝句》《统签》均作"氏"。原作校2:菲,《绝句》作"名"。

原作将此诗列第一首,从一个侧面说明了身为唐朝第一美女的杨贵妃在唐朝文人、包括作者心目中的地位。"姓氏堪侵尺五天,芳名占断百花鲜",表明红儿出身名门望族杜氏,芳名红儿,人如其名,以赞美的笔调写杜红儿于百花丛中一枝独秀。后两句以辛辣讥讽的笔调,写杨贵妃被唐明皇以游幸蜀川谎骗出城,最终却以红颜祸水的罪名被勒死于马嵬坡,成为唐明皇晚年颓政的替死鬼。"马嵬好笑",作者借讥讽杨贵妃的冤死来高抬红儿,揭示了美女纵然宠极一时,终不免沦为政治牺牲品的悲惨命运。

3

羽化尝闻赴九天，只疑尘世是虚传。

自从一见红儿貌，始信人间有谪仙。

沈注：如杜兰香是天上谪仙，然徒闻其名耳。今见红儿，始知真有谪仙，非虚传也。

楚楚辞典

羽化　旧时说仙人能飞升变化，视成仙为羽化。郦道元《水经注·浆水》："浆水东北有峩山，县东北又武阳龙尾山，并仙者羽化之处。"《晋书·许迈传》："玄自后莫测所终，好道者皆谓之羽化矣。"

九天　天之最高者，一说九为阳数，九天即天。

尘世　红尘世界，指人间。

谪仙　意即贬到凡间的仙女。

杜兰香　参见沈注第 8 首、原作第 19 首"楚楚解读"。

楚楚解读

［比拟对象］ 仙女下凡

此诗原作列第 75 首。"羽化"，原作"化羽"。原作校 62：化羽，《绝句》作羽化。

此诗意为：曾经听闻有人羽化成仙、飞升九天，一直怀疑只是尘世间的虚传；自从见到红儿的容貌后，这才相信人间确有下凡的仙女。古代贬下凡尘的仙女甚多，此处或为泛指，形容红儿就像下凡的仙女一样漂亮。

　　　　　　　　　　　　　　　/ 最 / 美 / 的 / 女 / 人 /

月落潜奔暗解携，本心谁道学单栖。

还缘交甫非良耦，不肯终身作羿妻。

沈注：王充《论衡》：羿请不死药于西王母，羿妻姮娥窃以奔月，托身于月，是谓蟾蜍。《洛神赋》：感交甫之弃言兮。《文选注》：郑交甫遵彼汉皋台下，遇二女与言曰："顾请子之佩。"二女解与交甫，交甫受而佩之，超然而去。行十余步，探之即亡矣。回顾二女亦亡矣。言红儿解佩贻我者，因前所见之人，俱不足以配其美，故未肯学姮娥之单栖耳。

楚楚辞典

解携 分手、离别。唐杜甫《水宿遣兴奉呈群公》诗："异县惊虚往，同人惜解携。"晚唐韦庄《赠云阳县裴明府》诗："南北三年一解携，海为深谷岸为蹊。"

单栖 独宿。南梁简文帝《乌夜啼》诗："羞言独眠枕下泪，托道单栖城上乌。"宋秦观《春日杂兴》诗之五："东方有美人，容华茂春粲。抱影守单栖，含睇理哀弹。"

交甫 即郑交甫。人物生平不详，据传为周朝人，有汉江遇游女之事。"还缘交甫非良耦"，据唐高骈《女仙传·江妃》：郑交甫常游汉江，见二女，皆丽服华装，佩两明珠，大如鸡卵。交甫见而悦之，不知其神人也。谓其仆曰："我欲下请其佩。"仆曰："此间之人，皆习于辞，不得恐罹悔焉。"交甫不听，遂下与之言曰："二女劳矣。"二女答曰："客子有劳，妾何劳之有？"交甫曰："橘是橙也，我盛之以笥，令附汉水，将流而下，我遵其旁搴之，知吾为不逊也，愿请子佩。"二女曰："橘是橙也，盛之以莒，令附汉水，将流而下，我遵其旁，卷其芝而茹之。"手解佩以与交甫，交甫受而怀之。即趋而去，行数十步，视怀空无珠，二女忽不见。《诗》云："汉有游女，不可求思。"言其以礼自防，人莫敢犯，况神仙之变化乎！

楚楚解读

［比拟对象］ 嫦娥

此诗原作中列第 49 首。"学"原作"独";"耦",原作"偶";原作校:"独",《绝句》作"欲"。

《洛神赋》,三国时期曹魏文学家曹植创作的辞赋名篇。东汉张衡《灵宪》中说:"羿请无死之药于西王母,姮娥窃之以奔月。将往,枚筮之于有黄。有黄占之曰:'吉,翩翩归妹,独将西行,逢天晦芒,毋惊毋恐,后且大昌。'姮娥遂托身于月,是为蟾蜍。"引文大意是:羿从西王母那儿得到不死药。嫦娥偷吃之后准备飞向月宫。将要前往的时候,让有黄给自己算卦卜吉凶,有黄占卜之后说:"显示吉兆。你只管翩翩向西飞去,如果遇到天色黑暗,不必惊慌恐惧,过后就好了。"嫦娥于是停留于月宫,化身蟾蜍。

嫦娥飞往月宫,为什么会化身蟾蜍呢?过去有一种解释,认为嫦娥变成丑陋无比的癞蛤蟆,是因为她背叛了丈夫,所以遭到天谴。这种解释折射出封建社会对妇女的贬损。另据《史记·龟策列传》:"月为刑而相佐,见食于蛤蟆。"《淮南子·精神训》:"日中有踆乌,而月中有蟾蜍;日月失去行,薄蚀无光。"又《淮南子·说林训》:"月照天下,蚀于蟾诸。"高诱注曰:"蟾蜍,月中蛤蟆,食月,故曰'食于蟾诸'。"按高诱的解释,可见中国神话中最初不仅月中有蟾蜍,且有蟾蜍吃月亮的故事。嫦娥进入月宫,为要生存,当然要化身为长相不那么好看的食月的癞蛤蟆了。

《女仙传》,古代神话志怪小说集,传为唐代高骈所著,书中记载的一些神仙事迹在后世广为流传,但其书作于何时、为何人所撰,众说纷纭,未有定论。现今传世所见的《女仙传》内容,主要保存于《太平广记》《三洞群仙录》等书中。后经考证发现,《太平广记》所引《女仙传》实为晚唐杜广庭《墉城集仙录》别称,二者同书异名。郑交甫与江妃二女的传说,也见载于刘向《列仙传·江妃二女》。"汉有游女,不可求思",出自《诗经·周南·汉广》。

上述所引《女仙传·江妃》大意为:郑交甫曾经在汉江游玩时见到两个女子,她们都穿着华丽的服装,佩戴着两个像鸡蛋一般大的明珠。交甫看到后很喜欢,不知道她们是神仙,就对他的仆人说:"我想下去讨求她们佩戴的珠子。"仆人说:"这里的人都善于辞令,得不到,恐怕会沮丧后悔的。"交甫不听,就

／ 最 ／ 美 ／ 的 ／ 女 ／ 人 ／

下去跟她们说："二位女子辛苦了。"二女回答说："旅居异地的人辛苦，我们有什么辛苦？"交甫说："橘子就是橙子，我用方筐盛着它，令它浮在汉水上，将顺流而下。我沿着它的旁边提取它，知道我是不辞让的，想请求您佩戴的东西。"二女说："橘子是橙子，用圆筐盛之，令它浮于汉水，顺流而下，我在它的旁边，采食着一路的芝草。"亲手解下佩珠交给了交甫。交甫接过珠子就揣在怀中。快步离开以后，走了几十步，看到怀中已空，明珠没有了，二女也忽然不见了。《诗经》上说："汉有游女，不可求思。"说的是她们以礼自防，没有人敢冒犯，何况是神仙变化的呢？

此诗以月中嫦娥比红儿之美。前两句写嫦娥偷吃灵药奔月，并非出于人的孤独本性；后两句以郑交甫遇仙女的远古传说，指嫦娥奔月是因嫦娥觉得后羿并非可靠之人，暗喻自己才疏学浅，红儿与自己的缘分未至。

长恨西风送早秋，低眉深念嫁牵牛。
若同人世长相对，争作夫妻得到头？

5

沈可注：《续齐谐记》：桂阳成武丁有仙道，谓其弟曰："七月七日，织女当渡河。"又云："织女暂诣牵牛。"世人至今云"织女嫁牵牛"也。《述异记》：天河之东，有美女人，乃天帝之子。机杼女工，年年劳役，织成云雾绡缣之衣。天帝怜其独处，嫁与河西牵牛之夫婿。自此竟废织纴，帝怒责归河东，但使一年一度相会。牛女惟一年一会，故得长生耳。甚言红儿之美，为之夫者不惜丧身也。即万楚"却令今日死君家"之意。

楚楚辞典

牵牛 星座名，即牛郎星，神话中的牛郎。传说牛郎、织女七月七日鹊桥相会，牛郎星两侧的两颗较暗的星（河鼓一、河鼓三）为牛郎的一儿一女，牛郎用扁担挑着一对儿女在追赶织女。梁吴均《续齐谐记》："桂阳成武丁，有仙道，常在人间，忽谓其弟曰：'七月七日，织女当渡河，诸仙悉还宫。吾向已被召，不得停，与尔别矣！'弟问曰：'织女何事渡河？去当何还?'答曰:'织女暂诣牵牛,吾复三年当还。'明日失武丁,至今云:织女嫁牵牛。"曹植《洛神赋》:"叹匏瓜之无匹兮,咏牵牛之独处。"李善《文选注·卷十九赋癸》:"曹植《九咏注》曰:牵牛为夫,织女为妇。织女、牵牛之星,各处河鼓之旁,七月七日,乃得一会。阮瑀《止欲赋》曰:'伤匏瓜之无偶,悲织女之独勤。'俱有此言,然无匹之义,未详其始。"张铣注:"匏瓜,星名,独在河鼓东,故云无匹。"《史记·八书·天官书》:"匏瓜,有青黑星守之,鱼盐贵。"索隐案:荆州占云"匏瓜,一名天鸡,在河鼓东。匏瓜明,岁则大熟也"。《尔雅·释天》:"河鼓谓之牵牛。"《荆楚岁时记》曰:"河鼓、黄姑,牵牛也。"元稹《古决绝词》:"已焉哉!织女别黄姑,一年一度暂相见,彼此隔河何事无。"明陈耀文《天中记》卷二:"天河之东有织女,天帝之子也,年年机杼劳役,织成云锦天衣,容貌不暇整理。天帝怜其独处,许嫁河西牵牛郎,嫁后遂废织纴。天帝怒焉,责令归河东,但使其一年一度相防。"

《续齐谐》 即《续齐谐记》,古代神话志怪小说集。作者南梁吴均,共一卷,现存传本仅17条。

《述异记》 古代小说集,共两本,一本由南齐祖冲之撰,10卷,已失传;另一本由南梁任昉撰,2卷,最早见于《崇文总目》小说类,唐以前未见著录。

早秋 初秋。

争 怎。

楚楚解读

[比拟对象] 织女

此诗原作中列第65首。"念"原作"恨"。原作校52:恨,《绝句》作"念"。

沈可培所言"甚言红儿之美,为之夫者不惜丧身也,即万楚'却令今日死君家'之意",典出唐代万楚《五日观妓》:"西施谩道浣春纱,碧玉今时斗丽华。眉黛夺将萱草色,红裙妒杀石榴花。新歌一曲令人艳,醉舞双眸敛鬓斜。谁道五丝能续命,却令今日死君家。"该诗大意是:乍一看好像是越溪浣纱的美女西施,又宛如碧玉媲美美人张丽华。那深翠色的黛眉使萱草黯然失色,火红的裙裾更使五月的石榴花嫉妒。一曲新歌令人惊艳，含醉起舞时双眸含情，云鬟微乱，娇媚之态令人心动神摇。谁说那端午节避邪的五色丝线能救人性命，现在我的魂魄已被这位乐伎勾走，今日只怕要死在主人家里了。"五丝"，即五色丝，又称"五色缕""长命缕""续命缕"等。端午时人们以彩色丝线缠在手臂上，用以辟兵、辟鬼，延年益寿。冰心《我家的对联》中说：我曾祖父的画像旁有祖父写的一副对联，上联为"谁道五丝能续命"，下联为："每逢佳节倍思亲"。

"长恨西风送早秋，低眉深念嫁牵牛"：七月初七为早秋时节，因为只有一年一度的七月初七才能与牛郎相会，剩下的日子只能孑然一身、低眉深念，所以是长恨西风。恨，怨恨。"若同人世长相对，争作夫妻得到头"：假使能像人世间的凡人那样朝朝暮暮、日夜相处，又怎么能保证做长久夫妻呢？诗人借此解嘲和宽慰自己：虽然与红儿相会短暂，能像牛郎织女那样样彼此牵念，也是好的。

晓日雕梁燕语频，见花难可比他人。
年年媚景归何处，长作红儿面上春。

沈氏未注。

楚楚辞典

雕梁　饰有浮雕、彩绘的梁，借指豪华建筑物。南朝梁·萧统《锦带书十二月启·姑洗三月》："鱼游碧沼，疑呈远道之书；燕语雕梁，状对幽闺之语。"

媚景　春景。《初学记》卷三引南梁元帝《纂要》："春日青阳，亦曰发生、芳春、青春、阳春……景曰媚景、和景、韶景。"

楚楚解读

［比拟对象］ 姚玉京或晓日春色

此诗原作中列第52首。"日"原作"月"。

据《南史·孝义传》：霸城王整之姊嫁为卫敬瑜妻，年十六而敬瑜亡，父母舅姑咸欲嫁之，誓而不许，乃截耳置盘中为誓乃止。遂手为亡婿种树数百株，墓前柏树忽成连理，一年许还复分散。女乃为诗曰："墓前一株柏，根连复并枝。妾心能感木，颓城何足奇。"所住户有燕巢，常双飞来去，后忽孤飞。女感其偏栖，乃以缕系脚为志。后岁此燕果复更来，犹带前缕。女复为诗曰："昔年无偶去，今春犹独归。故人恩既重，不忍复双飞。"雍州刺史西昌侯藻嘉其美节，乃起楼于门，题曰"贞义卫妇之闾"，又表于台。

《南史》由唐李大师及其子李延寿两代人编撰，记载南朝宋、齐、梁、陈四国170年史事。霸城即今襄阳。南北朝之后，姚玉京与孤燕形影相吊的故事不断演变流传。在唐人李公佐的小说《燕女坟记》中，女主人公由良家女变成了从良的娼妓，续写的结尾也十分精彩：姚玉京与那只孤燕同病相怜，成为患难知己，秋归春来六七载，到第八个冬天，女主人终于倒下。初春，孤燕如期而至，却不见女主人。燕子在女主人的窗前低回盘旋，悲鸣呼唤。姚玉京的小姑将燕子引至嫂嫂坟前。哀伤重情的燕子在姚玉京墓前低回哀鸣，绝食而死。卫家人感慨燕子的贞烈，在姚玉京墓旁筑"燕冢"以作纪念。

《燕女坟记》强化了寡妇与孤燕的惺惺相惜，将燕子的美德由信义扩展至节义。宋代之后，《丽情集》《类说》《绿窗新话》《青泥莲花记》等均转录这一故事，燕子从信义、节义到通灵、死义的美德日渐固化，代代传承。

此诗借春日拂晓雕梁间的频频燕语来描摹春景之美，认为红儿的娇容，是年年岁岁不变的美丽春色。

匼匝千山与万山，碧桃花下景长闲。

神仙得似红儿貌，应免刘郎忆世间。

沈注：《幽明录》：汉永平五年，剡县刘晨、阮肇，入天台山。度山出一大溪，溪边二女子，姿质妙绝，遂留半年。怀土求归，既出，亲旧零落，邑室改异，无复相识，讯问得七世孙。

楚楚辞典

《幽明录》 也作《幽冥录》《幽冥记》，志怪小说集，为南朝宋宗室刘义庆集门客所撰，30卷，原书已散佚。鲁迅《古小说钩沉》中辑得二百六十五则。《周易·系辞》："是故知幽明之故。"注称："幽明，有形无形之象。"书中所记鬼神灵怪之事，变幻无常，合于此意，故取此名。

匼匝 周匝，环绕。匼，音 kē。

刘郎 情人代称。参见刘义庆《幽明录·刘阮天台山遇仙记》。

楚楚解读

［比拟对象］ 天台仙女

此诗原作中列第8首。

据刘义庆《幽明录》：汉明帝永平五年（62），剡人刘晨、阮肇到天台山采药。崇山峻岭，峰峦叠嶂，千姿万状，苍然天表，林深草茂，荒野僻壤，深不可测。

刘、阮二人只管埋头采药，不觉得天色已晚，腹中饥饿，忽然发现山上有桃，遂摘桃充饥。一边吃桃，一边沿山湾小溪走，在小溪边以茶杯取水时，发现溪中有"胡麻饭"，猜想山中必有人家，遂沿小溪继续向前，溪边突现两位少女，十分漂亮。二女看见刘、阮二人手持茶杯，因笑曰："刘、阮二郎为何来晚也？"仿佛老朋友相识一般，二女对刘、阮盛情相邀。走进家门，房内绛罗帐，帐角上挂着金铃，上有金银交错，还有几名婢女。进入餐桌吃饭时，有胡麻饭、山羊脯、牛肉，菜肴相当丰富，另有美酒，还有吹、弦、拉、弹伴唱，嘻嘻哈哈，热热闹闹喝喜酒。当晚刘、阮与二位仙女结为夫妻，尽享风流。

过了十天，刘、阮要求回乡，仙女不允，苦苦挽留半年。子规啼春，刘、阮思乡心切，二位仙女终于同意刘、阮返乡，并指点回家路径。刘、阮返乡后不见旧址。原来二人上山采药半年，山下已越320多年，到了晋太元八年（383）。300多年没回家，村内已无熟人，于是商议重返天台山。寻路无果，就在当年的溪边筑室而居，成家繁衍后代。

该故事也见于《太平广记》卷六十一《女仙六》。谷皮，谷皮树，桑科，落叶灌木；胡麻饭，将上好的糯米经水浸透后蒸熟，捣烂后揉成小团，再拌上芝麻香油等，即可食用。据传为神仙待客常用，因称"神仙饭"，是武夷山历史最为久远的汉族传统风味小吃。《博物志》称：张骞出使西域时带回种子，故称胡麻。将新煮熟的饭和上香油，称胡麻饭。天台山即今刘门山，山湾小溪为惆怅溪（桃源溪），溪上有桥曰惆怅桥（今桃树坞迎仙桥），溪边有刘、阮庙，庙内塑有头戴斗笠、肩背竹篓、手拿药锄的刘、阮像，山上有采药径、阮公坛、仙人洞等。传说刘门山村村民起初全部姓刘，因交通不便，山上生活艰苦，慢慢外流。唐代时，刘晨的后裔刘尚之携家小从刘门山到达广西贵县，在贵县生下第三女，取名刘三姐，即后来的歌仙。后又携带全家流寓广东阳春县，对此，广东《肇庆府志》《阳春县志》均有记载，指歌仙刘三姐的祖籍即今新昌刘门山。

历代文人骚客引刘郎、阮郎故事者甚多。如唐李商隐《无题》："刘郎已恨蓬山远，更隔蓬山一万重。"北宋宋祁《鹧鸪天》："刘郎已恨蓬山远，更隔蓬山几万重。"北宋苏轼《鹧鸪天》："娇后眼，舞时腰。刘郎几度欲魂消。明朝酒醒着何处，肠断云间紫玉箫。"中唐刘禹锡《元和十年自朗至京，戏赠看花诸君子》："紫陌红尘拂面来，无人不道看花回。玄都观里桃千树，尽是刘郎去后栽。"《再游玄都观》："百亩庭中半是苔，桃花净尽菜花开。种桃道士归何处，前度刘郎今又来。"唐武元衡《同苗郎中送严侍御赴黔中国访他源之事》："莫问阮郎千古事，绿杨深处翠霞空。"清孔尚任《桃花扇》："配他公子千金体，年年不放阮郎归。"唐裴铏《昆仑奴》中红绡妓《忆崔生》："深洞莺啼恨阮郎，偷来花下解珠珰。"唐秦系《题女道士居》："共知仙女丽，莫是阮郎妻。"凡此等等。

《比红儿诗》此四句是将当年自愿嫁给刘郎、阮郎的两位神仙姐姐拿来与红儿相比。前两句描写天台山春日桃花盛开的美景；后两句说，如果两位仙女有红儿一般的美貌，则刘郎、阮郎也不会思念凡间、回乡探亲了。

五云高捧紫金堂，花下投壶侍玉皇。
从道世人都不议，也应知有杜兰香。

沈注：唐高骈《女仙传》：杜兰香者，渔父得三岁女于洞庭之岸。十余岁灵颜姝莹，殆天人也。忽有青童来携女去，临去谓父曰："我仙女杜兰香也，有过谪于人间。期已满，今去矣。"后于洞庭包山降张硕家，授以举形飞仙之术。硕亦得仙。

楚楚辞典

五云　青、白、赤、黑、黄五种云色，也指五色瑞云，天子所在地。

投壶　古代士大夫宴饮时的一种投掷游戏和礼仪，把箭投入壶中，中多者为胜，输家照规定的杯数罚酒。唐朝盛行。汉东方朔《神异经·东荒经》："东荒山中有大石室，东王公居焉……恒与一玉女投壶，每投千二百矫。"

杜兰香　道家传说中的仙女。据《搜神记》卷一《杜兰香与张传》："汉时有杜兰香者，自称南康人氏。以建兴四年春，数诣张传……言：'本为君作妻，情无旷远。以年命未合，其小乖，太岁东方卯，当还求君。'"另据《晋书·列传·第六十二·曹毗传》："时桂阳张硕为神女杜兰香所降，毗因以二篇诗嘲之，并续兰香歌诗十篇，甚有文采。"曹毗另著《神女杜兰香传》流传于世。

楚楚解读

［比拟对象］　杜兰香

此诗原作中列第19首。"从道"，原作"从到"；"不议"，原作"不识"。

原作校 14：到，《纪事》《绝句》《统签》均作"道"；都，《统签》作"教"。

与刘郎、阮郎相类，杜兰香也是古诗词中经常提到的仙女，皇甫枚《非烟传》（载《三水小牍》）中书生赵象写给步非烟的情书中就有"不随萧史去，拟学阿兰来"，"阿兰"即杜兰香，似乎在唐人眼里，杜兰香属于"偷情仙女"之列。

在杜兰香嫁张传（曾改名张硕）最早的版本《搜神记·卷一》中，兰香是在建兴四年春天坐着青牛牵扯的钿车来造访张硕的。所谓建兴四年，或为作者虚拟的年号。当时杜兰香有两个小丫头，大点的叫"萱支"，小的叫"松支"，小丫头传话说："王母所生的仙女，想和你匹配为夫妇，赶快听从吩咐。"张硕见到杜兰香，见她天姿俊秀，年方十六七岁（张硕当时也才十七岁）。颇有文才的杜兰香当即吟诗曰：

> 阿母处灵岳，时游云霄际。众女侍羽仪，不出墉宫外。飘轮送我来，岂复耻尘秽。从我与福俱，嫌我与祸会。

所谓"阿母处灵岳"，是杜兰香自抬身份，有可能她只是王母膝下的侍女，却一副居高临下的姿态。这首诗看起来不像是表达爱意，倒像是恐吓张硕："从我与福俱，嫌我与祸会"，娶我为妻算你享福，不然就会有灾祸降临。杜兰香和张硕"成亲"未久就离别而去，时隔半年再回来时，给了张硕"薯蓣子"三枚，如鸡蛋大小，告诉张硕食之能不畏风波、辟寒耐暑。张硕吃了二个，想留下一个，兰香坚持他全部吃掉。张硕问她说："向神佛祈福能保佑身体健康吗？"杜兰香说："服食药物可以消病祛疾，祈祷是没有用处的。"

干宝的《搜神记》对杜兰香的身世讳莫如深，也没有透露张传与杜兰香的最终结局。晚唐杜光庭在《墉城集仙录》一书中详细交代了杜兰香的成仙经历。说是洞庭湖上有一位老渔翁，一天偶然听到有孩子的哭声，循声过去，看到一个三岁大小的女童，孤零零站在水边。老渔翁觉得可怜，于是抱她回家，养到十来岁时，小女孩儿出落得格外水灵——"天姿奇伟，灵颜姝莹"，简直不似

————— /最/美/的/女/人/

尘世中人。某一日，忽有"青童灵人"从天而降，要带女孩升天。临别时，女孩这才向老渔翁袒露心曲："我本是仙女杜兰香，因为犯过错被贬下凡尘。如今期限已到，我今去矣！"于是升天而去。因为记挂老渔翁的养育之恩，杜兰香也偶尔回来看望老人家。老渔翁经杜兰香一番指点，从此不再打鱼，而是专心修道，居然越活越年轻，后来不知所踪，大概也成了地仙。所谓地仙，即住在人间的仙人。晋葛洪《抱朴子·论仙》中专门有解释："按《仙经》云：'上士举形升虚，谓之天仙；中士游於名山，谓之地仙；下士先死后蜕，谓之尸解仙。'"

《太平广记》卷第六十二《女仙七》则交代了杜兰香与张硕爱情戏的最终结局。说洞庭包山有个青年男子姓张名硕，平日喜欢求仙修道。杜兰香凡心未泯，于是主动"下嫁"，耐心教给张硕飞升练形之术。经三年调教，张硕也得道成仙，一对情侣双双飞天。

《太平广记》的结局属于喜剧，这与《艺文类聚》卷七十一《舟车部》所载《杜兰香别传》完全不同："香降张硕，硕既成婚，香便去，绝不来。年余，硕船行，忽见香乘车于山际，硕不胜惊喜，遥往造香。见香悲喜，香亦有悦色。言语顷时，硕欲登其车，其婢举扦之，嶷然山立。硕復欲车前上，车奴攘臂排之，于是遂退。"张硕再次见到杜兰香悲喜交加，杜兰香也面有悦色。杜兰香要走的时候，张硕两次追赶想登上车子，却被杜兰香的侍婢和车奴粗暴推开。侍婢和车奴哪来的胆量？杜兰香或西王母之前肯定有交代。晚唐曹唐《玉女杜兰香下嫁张硕》一诗也证实张硕并未随杜兰香登车成仙：

> 天上人间两渺茫，不知谁识杜兰香。来经玉树三山远，去隔银河一水长。怨入清尘愁锦瑟，酒倾玄露醉瑶觞。遗情更说何珍重，擘破云鬟金凤凰。

杜兰香为什么突然绝情，不再和张硕交往？按杜兰香在《搜神记》里的说法，可能是"年命未合"，所谓"年命"，大致就是今人所说的生庚八字之类。很可能这是一段未经上界批准的私情，因此兰香才不敢久留，更不敢带张硕随去。

《全唐诗》中还载有曹唐另一首咏张硕、杜兰香的诗作，题为《张硕重寄杜兰香》，表达了张硕对杜兰香的绵绵思恋之情：

碧落香销兰露秋，星河无梦夜悠悠。灵妃不降三清驾，仙鹤空成万古愁。皓月隔花追款别，瑞烟笼树省淹留。人间何事堪惆怅，海色西风十二楼。

此首诗以仙女杜兰香比红儿之美。前两句写杜兰香在彩云之上的天堂"花下投壶"侍候玉帝的情景，显示她的仙女身份；后两句写杜兰香是道学界知名人物，谁人不晓，暗喻杜红儿在唐朝美女榜上也榜上有名。

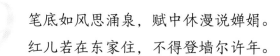

笔底如风思涌泉，赋中休漫说婵娟。
红儿若在东家住，不得登墙尔许年。

沈注：宋玉《好色赋》：天下佳人，莫如臣东家之子。增之一分则太长，减之一分则太短。著粉太白，施朱太赤。嫣然一笑，惑阳城，迷下蔡。然此女登墙窥臣三年，至今未许也。

楚楚辞典

婵娟　姿态美好，喻美女。

尔许年　意为好多年、好些年。唐杜荀鹤《醉书僧壁》："九华山色真堪爱，留得高僧尔许年。听我吟诗供我酒，不曾穿得判斋钱。"胡曾《咏史诗·柯亭》："一宿柯亭月满天，笛亡人没事空传。中郎在世无甄别，争得名垂尔许年。"曹雪芹《红楼梦》第一回中也有诗曰："无才可去补苍天，枉入红尘若许年，此系身前身后事，倩谁记去作奇传。"

楚楚解读

［比拟对象］　东家之子

此诗原作中列第16首。"漫"，原作"谩"；原作校13：墙，《纪事》作"墉"。谩（多音字）：（1）mán，欺骗、蒙蔽；（2）màn，轻慢无礼。（3）通"漫"。

宋玉《登徒子好色赋》："天下之佳人，莫若楚国；楚国之丽者莫若臣里；臣里之美者，莫若臣东家之子。东家之子，增之一分则太长，减之一分则太短；著粉则太白，施朱则太赤。眉如翠羽，肌如白雪，腰如束素，齿如含贝。嫣然一笑，惑阳城，迷下蔡。然此女登墙窥臣三年，至今未许也。"（《文选》卷一九）宋玉《登徒子好色赋》问世以后，"登徒子"便成天下好色之徒的代称。然而只要细读此文，就不难发现，登徒子既不追逐美女，也不见异思迁，在夫妻生活方面感情专一，始终不嫌弃容貌丑陋的妻子。

《登徒子好色赋》之所以影响巨大，主要是作者巧妙运用烘托手法描绘了一幅活色生香的美女肖像。"东家之子，增之一分则太长，减之一分则太短，著粉则太白，施朱则太赤。"这段话不但一直被后世引用，其烘托手法更是被后人仿效至今。如乐府民歌《陌上桑》在描写采桑女罗敷的美貌时写道："行者见罗敷，下担捋髭须；少年见罗敷，脱帽著帩头。耕者忘其犁，锄者忘其锄，来归相怨怒，但坐观罗敷。"罗敷究竟有多么美丽，诗中并没有直接描写，只写出挑担子的人撂下担子，青年人脱下帽子，农夫忘记了犁地和锄草。当代歌手庞龙有一首《我的家在东北》也与此异曲同工："我妈妈从小嗓门就亮，每天她唱着山歌去学堂。直唱得老大爷放下了他的大烟袋，直唱得小伙子更加思念他的姑娘，直唱得老大娘放下针线听一段，直唱得大姑娘眼泪汪汪，忘记了洗衣裳。"

《比红儿诗》此四句是把红儿比作宋玉的邻居"东家子"。"笔底如风思涌泉，赋中休漫说婵娟"，意思是纵然你宋玉笔底生风，思如涌泉，也休要作赋夸耀美女。你宋玉不是在赋中把东家子描述成天下第一美女吗？纵然你宋玉是中国赋体文学的开山鼻祖，是中国文学感伤主义传统的奠基人以及艳情文学的倡导者，与屈原同为"中国浪漫文学之祖"，是天下一等一的美男子，那又怎样？我杜红儿照样不睬你，也绝不可能有任何登墙窥视的轻佻举动。以抬高别人的身价来反衬自己的高贵，罗虬这也算是"以彼之道、还治彼身"了。

10

照耀金钗簇腻鬟，见时直向画屏间。
黄姑阿母能判剖，十斛明珠也是闲。

沈注：《乐府》：东飞伯劳西飞燕，黄姑阿母长相见。言红儿直是天孙，倘黄姑阿母肯舍得，则不惜十斛明珠以聘娶之也。

楚楚辞典

腻鬟 油光发亮的发髻。腻，油光；鬟，妇女梳的环形的发髻。五代毛熙震《后庭花》："步摇珠翠修蛾敛，腻鬟云染。"明杨慎《新曲古意》："腻鬟斜坠乌云滑，脂体横陈白雪光。"

黄姑、阿母 黄姑，即牵牛。阿母，神话中常指西王母。本诗中以黄姑指牛郎，据诗意则可以阿母指织女。《玉台新咏》卷九《歌辞二首》诗一："东飞伯劳西飞燕，黄姑织女时相见。"清代吴兆宜注引《荆楚岁时记》："河鼓、黄姑，牵牛也，皆语之转。"宋潘淳《潘子真诗话》："《古乐府》云：'东飞伯劳西飞燕，黄姑织女时相见。'予初不晓黄姑为何等语，因读杜公瞻所注宗懔撰《荆楚岁时记》，乃知黄姑即河鼓也；亦犹桑落之语，转呼为索郎也。"（《宋元学案补遗》卷一九、《江西通志》卷一三四）宋代张邦基《墨庄漫录》卷四也称："予始知'黄姑'乃'河姑'，为牵牛之别名。"清代冯浩《玉谿生诗集笺注》卷一《七夕偶题》诗注引《太平御览》："《大象列星图》古歌曰：'东飞伯劳西飞燕，黄姑织女时相见。'其黄姑者，即河鼓也，为吴音讹而然。"（《太平御览》卷六《天部六》）《全唐诗》卷八引南唐李后主诗句"迢迢牵牛星，杳在河之阳；粲粲黄姑女，耿耿遥相望"。此处以"黄姑"为织女之称，概因"姑"字系女性，因致误。《史记天官书》："织女，天女孙也。"唐司马贞《史记索隐》："织女，天孙也。案：《荆州占》云：'织女，一名天女，天子女也。'"（《荆州占》，东汉时刘叡所撰天文典籍，已逸失，内容散见于《史记》《汉书》《后汉书》注释及唐瞿昙悉达《开元占经》中。）清代吕熊《女仙外史》三一回："黄姑，天孙侍儿。"这是又一种不同说法。

／最／美／的／女／人／

楚楚解读

［比拟对象］　绿珠

此诗原作中列第 30 首。

唐刘恂《岭表录异》卷上："白州有一派水，出自双水山，合容州江，呼为绿珠井，在双角山下。昔梁氏之女，有容貌，石季伦为交趾采访使，以真珠三斛买之。梁氏之居，旧井存焉。"宋乐史《绿珠传》："绿珠者，姓梁，白州博白县人也。州则南昌郡，古越地。秦象郡，汉合浦县地。唐武德初，削平萧铣，于此置南州；寻改为白州，取白江为名。州境有博白山，博白江，盘龙山，洞房山，双角山，大荒山。山上有池，池中有婢姿鱼。绿珠生双角山下，美而艳。越俗以珠为上宝，生女为珠娘，生男为珠儿。绿珠之字，由此而称。晋石崇为交趾采访使，以真珠三斛致之。崇有别庐，在河南金谷涧。涧中有金水，自太白原来。崇即川阜制园馆。绿珠能吹笛，又善舞《明君》。"

绿珠是西晋最有名气的美女，因崇绮楼上惊人一跳，成为历代文人推崇备至的贞节牌坊。绿珠的出生地在今广西博白县双凤镇绿罗村，石崇出使交趾（古越南），经过博白，以十斛明珠为其赎身，将其带回河南金谷园，并为其筑"百丈高楼"，取名崇绮楼，可"极目南天"，以慰其思乡之愁。

金谷园内美女如云，绿珠则是云中彩虹。传石崇和当时名士左思、潘岳等二十四人结成诗社，号称"金谷二十四友"。每次宴饮，酒至半酣，便唤绿珠出来歌舞侑酒，"见者无不失魂"，绿珠美名因而闻于天下。

绿珠不仅貌美，且多才多艺。据说她善吹长笛，能歌善舞。最拿手的是《明君舞》，表现王昭君远嫁和亲故事。《明君舞》歌词大意：

> 我本良家女，将适单于庭。辞别未及终，前驱已抗旌。仆御涕流离，辕马悲且鸣。哀郁伤五内，涕位沾珠缨。行行日已远，遂造匈奴城。延仁于穹庐，加我阏氏名。殊类非所安，虽贵非所荣。父子见凌辱，对之惭且惊。杀身良不易，默默以苟生。苟生亦何聊，积思常愤盈。愿假飞鸿翼，弃之以遐征。飞鸿不我顾，伫立以屏营。昔为匣中玉，今为粪上英。朝华不足欢，甘与秋草并。传语后世人，远嫁难为情。

石崇敛得巨富不知收敛，反而炫耀张扬，与国舅及皇帝斗富。时赵王司马伦专权，石崇却误判形势，与潘岳联合暗助汝南王司马允。司马允为司马伦、孙秀所杀，石崇、潘岳也受到株连。孙秀暗慕绿珠已久，现在石崇犯事，便迫不及待派人到金谷园索取绿珠。彼时石崇正在崇绮楼前与群妾饮宴娱乐，见孙秀差人索取美女，便将婢妾数十人唤出，让使者随意挑选。使者摇头说："小人受命只要绿珠，不知是哪一位？"石崇听说，勃然大怒曰："绿珠乃我最爱，其他皆可，唯绿珠不可。"使者道："君侯博古通今，还请三思。"此语明示石崇已今非昔比，当审时度势。石崇充耳不闻。使者回报，孙秀大怒，率大军将金谷园包围。石崇知大势已去，对绿珠叹曰："我因你获罪，奈何？"绿珠泣曰："妾当效死君前，不令贼人得逞！"言罢纵身跳下，石崇伸手，只扯下一片裙角，绿珠当场七窍出血而亡。

绿珠为石崇死节，赢得历代文人一片喝彩。宋人杜东称其是"甘心死别不生离"，明陈子壮评价她"命薄高楼敢负恩"，明边贡更摹拟绿珠的口吻，表示"他生愿作衔泥燕，长傍楼中梁栋飞"。宋人乐史在《绿珠传》中称赞绿珠："盖一婢子，不知书，而能感主恩，愤不顾身，其志烈懔懔，诚足使后人仰慕歌咏也。"乐史还有"非绿珠无以速石崇之诛"一语，似乎石崇被杀是因了绿珠的美丽。

石崇一生作恶多端，动乱之秋不能果决就去，纵然没有绿珠，也绝对是赵王伦和孙秀的刀下之鬼。孙秀派兵抓捕，石崇却对绿珠说"我今为尔获罪"，直白要绿珠自尽。绿珠纵身一跃，其中包含着多少不得已，只有她自己知道。还是曹雪芹在《红楼梦》中借林黛玉之口说得好：

> 瓦砾明珠一例抛，何曾石尉重娇娆？都缘顽福前生造，更有同归慰寂寥。

石崇将瓦砾与明珠等同看待、一例抛弃，对娇艳美好的绿珠何曾看重过？只因石崇有前生造就的"顽福"，虽然他并不真正看重绿珠，却得到了绿珠的真情。不仅生前供他玩乐，临事更为他殉情，以慰其死后寂寞。短短四句，将绿珠的愚忠及无谓牺牲之不幸表达得淋漓尽致。

罗虬此诗是以绿珠比红儿之美。前两句写装扮靓丽的红儿如画屏美女一般迷人。后两句写石崇以十斛明珠购得美女梁绿珠，如果让黄姑阿母来评判，十斛明珠或许能体现绿珠的身价，对红儿却不值一提。

/ 最 / 美 / 的 / 女 / 人 /

知有持盈玉叶冠，剪云裁月照人寒。
红儿若戴当风帽，直是瑶池会上看。

沈注：《穆天子传》：天子觞西王母于瑶池之上，西王母为天子谣曰："白云在天，山陵自出。道里幽远，山川间之。将子无死，尚复能来？"天子答之曰："予归东土，和治诸夏。万民平均，吾愿见汝。比及三年，将复而野。"

楚楚辞典

持盈　指玉真公主李持盈，唐玄宗同母妹。

玉叶冠　太平公主生活奢华，有冠，以玉为饰，称"玉叶冠"。唐代郑处诲《明皇杂录》卷下："太平公主玉叶冠，虢国夫人夜光枕，杨国忠锁子帐，皆稀代之宝，不能计其直。"

瑶池会　即瑶池蟠桃会。每年三月三日为西王母诞辰，西王母于瑶池大开盛会，以蟠桃为主食，宴请众仙，因称蟠桃会。

楚楚解读

〔比拟对象〕　太平公主

此诗原作中列第 22 首。"红儿若戴当风帽"，原作为"若使红儿风帽戴"；"直是"，原作"直使"。原作校 17：帽，《纪事》《绝句》《统签》均作"貌"；原作校 18：使，《纪事》《绝句》《统签》均作"似"。

据《穆天子传》卷三："乙丑，天子觞西王母于瑶池之上。西王母为天子谣，曰：'白云在天，山陵自出。道里悠远，山川间之，将子无死，尚能复来。'天子答之曰：'予归东土，和治诸夏。万民平均，吾顾见

汝。比及三年，将复而野。'西王母又为天子吟曰：'徂彼西土，爰居其野。虎豹为群，於鹊与处。嘉命不迁，我惟帝女。彼何世民，又将去子。吹笙鼓簧，中心翔翔。世民之子，唯天之望。'天子遂驱升于弇山，乃纪其迹于弇山之石而树之槐。眉曰'西王母之山'。"

上文大意是：乙丑这一天，穆天子在瑶池上向西王母敬酒。西王母为穆天子献歌曰："白云悠悠飘天上，山峦绵绵来阻挡；道路漫漫远又长，山水间隔阻友邦。祝愿您万寿无疆，希望您再来我邦。"穆天子答唱道："我将返回东方，和平治理华夏。万民平等安乐，我要再来见您。等到三年之后，再来此地见您。"西王母又为穆天子吟唱道："我来这西方土地，便安居茫茫原野。虎豹野兽来相伴，乌鸦飞鸟共相处。天命难改变，我是天帝女。为何世上人，又将离开您？吹起芦笙来，心中乐洋洋。世人向往您，抬头仰天望。"西王母回到了她的国都。穆天子于是驱马登上了弇山，就在弇山上刻石记载他西行的事迹，还栽上槐树，题写了"西王母之山"五个大字。

此首诗是以武则天女儿太平公主比红儿之美。前两句描写玉真公主、太平公主穿戴之美，后两句说，如果将这些美丽的服饰与冠帽给红儿穿戴，那么红儿一定会在西王母的瑶池宴会上大放光彩。

拟将心地学安禅，争奈红儿笑靥圆。
何物把来堪比似，野塘初绽一枝莲。

沈注：《洛神赋》：灼若芙蕖出渌波。

楚楚辞典

> **安禅** 参禅打坐。南梁张缵《南征赋》："寻太傅之故宅，今筑室以安禅。"唐王维《过香积寺》："薄暮空潭曲，安禅制毒龙。"诗作大意是：黄昏时来到空潭隐蔽之地，安然地修禅抑制心中的毒龙。毒龙：佛家比喻俗人的邪念妄想。见《涅槃经》："但我住处有一毒龙，想性暴急，恐相危害。"

/ 最 / 美 / 的 / 女 / 人 /

楚楚解读

[比拟对象]　莲花

此诗原作中列第 33 首。"比似"原作"比并"。

> 曹植《洛神赋》:
>
> 远而望之……皎若太阳升朝霞;迫而察之,灼若芙蕖出渌波。

明徐渭著有杂剧《玉祥师翠乡一梦》,讲述已近花甲之年的玉通和尚受妓女红莲引诱,数十载修行毁于一夕。明梅鼎祚《青泥莲花记》中也有南唐兵部尚书韩熙载计赚后周兵部侍郎陶榖的故事,情节颇相类似。

另据宋张邦畿《侍儿小名录拾遗》引《古今诗话》:五代有一名僧人,号至聪禅师,在祝融峰修行十年,自以为修行到家,不会被外物诱惑。有一天下山,在半山腰偶遇一名叫红莲的美少妇,至聪禅师不能自持,一时冲动,遂与红莲合欢。次日天明,禅师起床沐浴,与妇人俱化。有颂曰:

> 有道山僧号至聪,十年不下祝融峰。腰间所积菩提水,泻向红莲一叶中。

道行高深、坐怀不乱者,晚唐陈抟令人印象深刻。据庞觉《希夷先生传》:陈抟弃家隐居,唐末时在京索一带云游,僖宗尊为清虚处士,专门送给他三名漂亮宫女。陈抟写诗辞谢说:

> 雪为肌体玉为腮,深谢君王送到来。处士不生巫峡梦,虚劳云雨下阳台。

联系古代安禅修行背后的故事,作者是把自己比做得道修行的禅师,将红儿视为破身坏法的尤物。此诗前两句说,本来想安心修禅,见到笑靥如花的红儿,原本一颗平静无欲的禅心再也按捺不住;后两句以莲花初绽形容红儿之美,何物才能比拟红儿的绝色之美呢? 我看只有夏日野塘初绽的出水芙蓉了。

13

浓艳浓香雪压枝，袅烟和雨晓风吹。
红儿被掩妆成后，含笑无人独立时。

沈氏未注。

楚楚解读

［比拟对象］ 梅花

此诗原作中列第 92 首。"雨"原作"露"。

雪压枝，宋吕渭老《小重山·云护柔条雪压枝》："云护柔条雪压枝。斜风吹绛蜡，点胭脂。蔷薇柔水麝分脐。"又南宋姜夔有咏梅词《暗香》："长记曾携手处，千树压西湖寒碧。"

花下独立，晏几道《临江仙·梦后楼台高锁》："梦后楼台高锁，酒醒帘幕低垂。去年春恨却来时。落花人独立，微雨燕双飞。"

妆成，白居易《琵琶行》："曲罢曾教善才服，妆成每被秋娘妒。"清袁枚《遣兴》："爱好由来落笔难，一诗千改始心安。阿婆还是初笄女，头未梳成不许看。"

此诗以傲雪红梅比红儿之美。前两句描写雪中梅花的风姿：第一句，浓艳的花瓣、浓郁的花香、压枝的白雪，是写梅；第二句，清晨的袅袅炊烟，初春晶莹含露的枝头，轻柔的晓风吹过，是写景。这是早春梅花争妍的世界。后两句以雪中梅花比红儿之美。在大雪满枝的银色世界里，在炊烟、晨露、晓风装点的迷人景色中，新妆初成、冷艳如梅的红儿亭亭玉立，轻盈含笑，那是怎样的美景！

/ 最 / 美 / 的 / 女 / 人 /

浅色桃花亚短墙，不因风起也闻香。

凝情尽日君知否，还似红儿淡薄妆。

14

沈注：以桃花比新妆之艳。

楚楚解读

[比拟对象] 桃花

此诗原作中列第 88 首。"风起"原作"风送"。原作校 71：送，《绝句》作"起"。

亚短墙："亚"通"压"；凝情：情意专注。唐李康成《玉华仙子歌》："转态凝情五云里，娇颜千岁芙蓉花。"淡薄妆：唐代韩偓《袅娜》："袅娜腰肢澹薄妆，六朝宫样窄衣裳。"五代王仁裕《开元天宝遗事》卷上"助娇花"条云："御苑新有千叶桃花，帝亲折一枝插于妃子宝冠上，曰：'此个花尤能助娇态也。'"

与桃花有关的最经典的美女故事，一是《东周列国志》所载楚文王形容息妫为桃花夫人，二是唐博陵崔护题"人面桃花"诗。

据冯梦龙《东周列国志》第十七回《宋国纳赂诛长万　楚王杯酒虏息妫》：楚文王得知息妫美貌，引兵径直进入息宫来寻息妫。息妫闻变，摇头叹息说："引虎入室，是我自取其咎啊！"于是奔入后园中投井而死，却被楚将斗丹抢前一步拽住衣裾说："夫人难道不想救息侯的命吗？何必夫妇都死？"息妫沉默无语。斗丹引见楚王，楚王以好言抚慰，承诺不杀息侯，不斩息祀，随即于军中立息妫为夫人，载以后车。以其面若桃花，又称桃花夫人。现今汉阳府城外有桃花洞，上有桃花夫人庙，即为纪念息妫而建。

唐孟棨《本事诗·情感第一》：博陵人崔护，相貌英俊，性格孤高清白。举进士不中。适逢清明，心情寂寞，一个人到都城南郊游玩，经过一片桃林，见桃花盛开，景色宜人。进入林中，看见有户人家，于是上前叩门，良久，才见一位少女自门缝里往外窥看，问说："谁呀？"崔护报以姓名，回答说："一个人出来春游，口渴了，想讨口水喝。"少女开门，以水杯盛水递给崔护，搬椅子请崔护坐，然后斜倚着门前的小桃树望着客人，眉目含情，其妖姿媚态夺人魂魄。崔护相问，少女不答，只是默默浅笑。崔护告辞离去，少女送至院门，倚门相望，有依依难舍之意。崔护也回头眷盼。回城后忙着复习功课，很快将此次邂逅淡忘。到了第二年的清明，记起去年的偶遇，于是出都城向南，径往桃林而去。到达桃林，找到少女的住家，却见大门紧锁，周边寂若无人。崔护在左边的门扇上题写了一首诗（《题都城南庄》），随后怅然离去。其诗曰：

> 去年今日此门中，人面桃花相映红。人面不知何处去，桃花依旧笑春风。

又过了几天，崔护偶然经过城南，再次进到桃林，听到院内隐隐有哭声，于是举手叩门。一位年长的男人出来问说："请问是崔护吗？"崔护点头说："正是。"男人泪如泉涌："是你杀了我女儿！……"崔护大惊，不知如何回答。男人哽咽说："我女儿刚刚成年，尚未出嫁。自去年以来，恍惚若有所失。前两天我父女俩外出回来，见门扉上有字，自打读了你的诗，进门就病了，不吃不喝，眼见是死了。我老了，没舍得将女儿嫁人，为的是想替她找个正经好人家。如今不幸殒命，岂不是你害死的吗？"说完又大哭起来。崔护也心痛不已，请求入内探视。见女孩躺在床上。崔护上前扶起少女的头，轻轻摇晃少女的身体，含泪呼唤说："你快醒醒吧，我来了，我在这里啊！"过了一会儿，奇迹出现了，少女竟然慢慢睁开了眼睛。见到崔护，紧紧抱着他又昏了过去。老父大喜，后来就将女儿嫁给了崔护。

能够使生人为之死、死人为之生，这大概就是"情"字的力量。后来无数文学作品中，表现痴男怨女为情而魂魄离合，为情而奔走于碧落黄泉，上刀山下火海而不避，与孟棨记载的这段感人的故事不无关系。

此诗前两句描写桃花盛开风送香，后两句以饱含深情的桃花来比拟红儿的淡妆素裹之美。

楼上娇歌袅夜霜，近来休数踏歌娘。

红儿漫唱伊州遍，认取轻敲玉韵长。

沈注：于伊州听新韵之娇。

楚 楚 辞 典

踏歌娘　踏歌是传统的群众歌舞形式，特征是集体性，参加者围成圆圈或排列成行，互相牵手或搭肩，边歌边舞。这一古老的舞蹈形式源自民间，唐代风靡盛行。踏歌娘，也称踏谣娘。据唐代崔令钦《教坊记·踏谣娘》："北齐有人姓苏，疱鼻，实不仕。而自号为郎中。嗜饮酗酒，每醉，辄殴其妻，妻衔怨，诉于邻里。时人弄之，丈夫著妇人衣，徐步入场行歌，每一叠，旁人齐声和之云：'踏谣'和来！踏谣娘苦和来'！以其且步且歌，故谓之踏谣，以其称冤，故言'苦'。及其夫至，则作殴斗之状以为笑乐。今则妇人为之，遂不呼'郎中'，但云'阿叔子'。调弄又加典库，全失旧旨。或呼为《谈容娘》，又非。"

伊州　古伊州为唐朝在今新疆境内所置三州之一，领伊吾、柔远、纳职三县，治伊吾（今新疆哈密）。贞观四年（630）初置时名"西伊州"，六年去"西"字。天宝、至德时改名伊吾郡。王建《官词》："未承恩泽一家愁，乍到宫中忆外头。求守管弦声款逐，侧商调里唱伊州。"唐代诗人金昌绪有《伊州歌》曰："打起黄莺儿，莫教枝上啼。啼时惊妾梦，不得到辽西。"

楚 楚 解 读

［比拟对象］　踏歌娘

此诗原作中列第93首。"漫"，原作"谩"。原作校73：谩，《绝句》作"慢"。

袅夜霜：寒冷的深夜歌声袅袅悠长。玉韵：对清越声音的赞美。宋杨万里《省宿题天官厅后竹林》诗："秋声偷入翠琅玕，叶叶竿竿玉韵寒。"

沈注"于伊州听新韵之娇"，大意是说踏歌或说踏谣在伊州极为风行。古伊州歌舞盛行，这有王国维的《唐宋大曲考》为证："唐人以伊州、凉州遍数多者为大曲。"

"踏歌娘"即"踏谣娘"，周代时中秋夜有迎寒和祭月活动。隋唐之际明确中秋节，清朝时中秋节庆繁复至极，各地有拜月、烧斗香、走月亮、放天灯、树中秋、点塔灯、舞火龙、拽石等活动。俗语云："男不拜月，女不祭灶。"此与古代踏歌往往只是女人参与一致。古人常于正月十五、八月十五月夜下踏歌，有"踏歌娘"或"踏谣娘"称谓，唐朝时有名为《踏谣娘》的歌舞小戏，主角通常由年轻貌美、能歌善舞的美女担纲。如与中唐著名诗人元稹在越州结缘、被誉为唐代四大美才女之一的刘采春，其所擅长的《陆参军》，无论其表演方式或她所担当的角色定位，本质上就是一位著名的"踏谣娘"。

此首诗重在展示红儿的音乐才华。在寒冷的深夜，红儿的歌声袅袅悠长。红儿能在高手云集的伊州巡回演唱，足见她的实力。"近来休数踏歌娘"，意思是红儿一出，唱响大唐，所有的踏歌娘都得靠边站。

16

火色樱桃摘最初，仙宫知有世间无。
凝情尽日君知否，真似红儿口上朱。

沈注：《白香山诗》：樱桃樊素口。

楚楚辞典

樊素口 古人以樱桃小嘴、樊素口来形容美女嘴唇好看，出自晚唐孟棨《本事诗·事感第二》所载白居易诗。唐孟棨《本事诗·事感第二》：白尚书（居易）姬人樊素，善歌；妓人小蛮，善舞。尝为诗曰："樱桃樊素口，杨柳小蛮腰。"意思是美姬樊素的嘴小巧鲜艳，如同樱桃；小蛮的腰柔弱纤细，如依依杨柳。

| 最 / 美 / 的 / 女 / 人 /

楚楚解读

[比拟对象]　樊素

此诗原作中列第89首。"最初"原作"得初"。

就后世影响而言，"杨柳小蛮腰"的知名度要大于"樱桃樊素口"。但当时的情景，白居易对拥有樱桃小口和一副好歌喉的樊素似乎更为钟情。且樊素也深得白居易诗友们的喜爱。据说刘禹锡打樊素的主意较白氏更早，曾有《寄赠小樊》诗曰："花面丫头十三四，春来绰约向人时。终须买取名春草，处处将行步步随。"白居易《九日代罗樊二妓招舒著作》诗曰："罗敷敛双袂，樊姬献一杯。不见舒员外，秋菊为谁开？"这里的樊姬即樊素，当时应该已经是白家的姬人了。

白居易60多岁时忽发一次中风，经抢救及时脱险。他自感来日无多，萌生了将一班靓女遣散出门的念头。其时樊素已"年二十馀"。白居易在《不能忘情吟》一诗中记述樊素自言："素事主十年，凡三千有六百日。巾栉之间，无违无失。今素貌虽陋，未至衰摧……素之歌，亦可以送主一杯。"据此而知，樊素、小蛮侍奉白居易已达十年之久，不在"三嫌老丑换蛾眉"之列。白居易欣赏二人歌舞技艺超群，谓樊素"绰绰有歌舞态，善唱《柳枝》，人多以曲名名之，由是名闻洛下。"白居易本来想将樊素遣送出去，辗转反侧，"不能忘情"，仍然将樊素留在白府。又过了些日子，老头子彻底冷静下来，为二人前途计，终于忍痛将二人送出白府。小蛮临别时的心情白诗未记，但樊素与同时被送走的一匹老马眷恋不肯离去的情景，却令白老夫子唏嘘不已。小蛮与樊素离开后，诗人十分伤感，久久难以释怀。他在《病中诗十五首·别柳枝》一诗中满含深情地咏道：

> 两枝杨柳小楼中，袅袅多年伴醉翁。明日放归归去后，世间应不要春风。

樊素以红唇性感及嗓音优美著称，而红儿尤胜一筹。你见过刚刚采摘、鲜红似火的樱桃吗？那是凡间罕有、天宫才见的仙品。当红儿饱含深情对你凝目相望时，你不觉得她那性感的小嘴就像那火红的樱桃吗？

17

明媚何时让玉环，破瓜年纪百花颜。
若教貌向南朝见，定却梅妆似等闲。

沈注：杨太真小字玉环。《苏诗》：玉环飞燕谁能嗔。《古诗》：碧玉破瓜时。寿阳公主人日卧窗下，梅花点额，即依以为妆，曰"梅妆"。

楚楚辞典

破瓜　二八少女。旧时文人拆"瓜"字为二八以纪年，以十六岁为破瓜，称之二八少女。据《乐府诗集》引《乐苑》：汝南王曾为爱妾碧玉作《碧玉歌》："碧玉破瓜时，相为郎颠倒；感郎却羞郎，回身就郎抱。"《通俗编·妇女》："宋谢幼盘诗：'破瓜年纪小腰身。'按：俗以女子破身为破瓜，非也。瓜字破为二八字，言其二八十六岁耳。"《随园诗话》卷十三："《古乐府》：'碧玉破瓜时'，或解以为月事初来，如破瓜则见红潮者，非也。盖将瓜纵横破之，成二'八'字，作十六岁解也。"段成式诗："犹怜最小分瓜日"，意即还应该怜爱她小小的十六岁年龄。李群玉诗："碧玉初分瓜字年"，以碧玉指刚满十六岁的小家闺女。陆游《无题》诗："碧玉当年未破瓜，学成歌舞入侯家。"意即未满十六岁已学有所成。

梅妆　即梅花妆。据唐代韩鄂《岁华纪丽》："（南朝宋）武帝女寿阳公主，人日卧于含章殿檐下，梅花落公主额上，成五出之花，拂之不去，皇后留之。自后有梅花妆是也。"人日，又称人节、人庆节、人口日、人七日等，每年农历正月初七是古老的汉族传统节日。传说女娲初创世，在造出了鸡、狗、猪、羊、牛、马等动物后，于第七天造出了人，所以这一天是人类的生日。

楚楚解读

[比拟对象]　杨玉环、王箫女、寿阳公主

此诗原作中列第23首。"何时"原作"何曾"，"年纪"原作"年几"。

玉环：杨贵妃名玉环，字太真，又唐范摅《云溪友议·玉箫化》中有玉指环；郤，或"却"之误。

关于"破瓜"，另有一种说法即处女"开处"破身。《警世通言·杜十娘怒沉百宝箱》："那杜十娘自十三岁破瓜，今一十九岁，七年之内，不知历过了多少公子王孙，一个个情迷意荡，破家荡产而不惜。"清蒲松龄《聊斋志异·狐梦》："见一女子入，年可十八九，笑向女曰：'妹子已破瓜矣。新郎颇如意否？'"《西湖佳话·西泠韵迹》："既是主意定了，不消再说，待老身那里去寻一个有才有貌的郎君，来与姑娘破瓜就是了。"

关于"破瓜年纪"，也是另有说法。据宋无名氏《分门古今类事》卷五引宋杨忆《谈苑》："吕洞宾仙翁多游人间……张泊家居，忽有隐士通谒，乃仙翁姓名。泊见之，索纸笔八分书七言一绝留题，颇言将佐鼎席意。末云：'功成当在破瓜年。'俗以破瓜为二八，泊果六十四，乃其兆也。""泊果六十四"，意思是张泊享寿"二八"，用乘法，得八八六十四岁。

寿阳公主，即南朝宋武帝刘裕"会稽宣长公主"，生于公元 383 年，卒于公元 444 年。传说寿阳公主乃梅花精灵化身，被奉为正月花神。据宋李昉等撰《太平御览·卷三十·时序部十五·人日》引《杂五行书》："宋武帝女寿阳公主人日卧于含章殿檐下，梅花落公主额上，成五出花（五朵花瓣），拂之不去。皇后留之，看得几时，经三日，洗之乃落。宫女奇其异，竞效之，今梅花妆是也。"南朝某年农历正月初七（人日），寿阳公主与宫女们在宫中嬉戏，躺卧于含章殿檐下小憩。微风吹来，梅花纷纷飘落，其中有几朵碰巧落在寿阳公主额头上，经汗水渍染，在公主前额上留下了梅花样的淡淡花痕，拂拭不去，使寿阳公主显得更加娇柔妩媚。皇后见了，十分喜欢，特意让寿阳公主保留它，三天后才洗掉。此后，爱美的寿阳公主便时常摘几片梅花，粘贴在前额上，以助美观。宫女们个个称奇，跟着仿效起来。不久，这种被人们称为"梅花妆"（或简称"梅妆"）的妆饰便在宫中流传开来。后来"梅花妆"流传到民间，受到女孩子们的喜爱，官宦大户人家的女孩以及歌伎舞女更是争相仿效。五代前蜀诗人牛峤《红蔷薇》："若缀寿阳公主额，六宫争肯学梅妆。"

南宋姜夔《长亭怨慢》词中有"韦郎去也，怎忘得玉环吩咐，第一是早早归来，怕红萼无人为主"一句。红萼者，即姜夔毕其一生思恋的合肥情人；"韦郎""玉环"句，则出自唐代范摅《云溪友议·玉箫化》：

西川节度使韦皋年轻时曾在江夏游学，住在相国姜辅堂兄的公馆里。姜氏有一个小孩名叫荆宝，已经学习了《诗经》和《礼记》，虽然以兄长的辈分称呼韦皋，却以父辈的礼仪对待韦皋。荆宝有一个小女仆名叫玉箫，才刚刚年满十岁，常常让她侍奉韦皋，玉箫也非常尽职的侍奉韦皋。过了两年，姜氏欲入关求官，家属也跟着一起随行。韦皋于是离开姜家，住到头陀寺里，荆宝也时常派遣玉箫去头陀寺里侍奉韦皋。玉箫年龄稍长，情窦初开，对韦皋产生感情。此时廉使陈常侍接到韦皋叔父的来信说："我侄儿韦皋客居江夏已久，希望您能尽快通知他，让他回来看望我。"陈常侍看了书信，于是着手安排舟船送韦皋回乡。陈常侍担心韦皋不忍离别，未与韦皋见面，把船停在江边，命令船工急促开船。韦皋很是伤心，于是写信向荆宝告别。荆宝和玉箫很快赶来，韦皋又悲又喜。荆宝让玉箫跟随韦皋一同前往，韦皋以出来时间过长，担心家中怪罪，坚持不让玉箫随行，以言语约定说，少则五年，最多七年，到时候一定娶玉箫为妻。并留下了一枚玉指环和一首诗作为信物。五年过去了，韦皋没有来，玉箫一个人在鹦鹉洲静静祈祷。又过了两年，到了分别的第八年春天。玉箫叹息说："韦家郎君，一别七年，应该是不会来了。"于是绝食而死。姜氏为玉箫的节操感动，将玉指环戴在玉箫的中指上一同埋葬了。后来，韦皋做了蜀地的地方长官，到任三天，就为当地近三百人洗清了冤情。其中一人戴着刑具，抬头看着公堂，低声自语说："这个仆射应该是当时的韦兄啊。"于是大声地叫喊说："仆射仆射，还记得姜家的荆宝吗？"韦皋回答说："我记忆很深啊。""我就是荆宝啊！"韦皋问他："你犯了什么大罪被重刑伺候？"荆宝回答说："与你分别之后，我就通过科举考试做了青城县令。因为家人误烧了廨舍库牌印等物，所以获罪。"韦皋说："你的家人犯错，这并不是你的罪过啊。"于是为荆宝洗涤冤屈，然后向眉州长官请示，准他官复原职。敕令下发以后，并没有让他赴任，而是将他留在身边，做自己的幕僚。当时刚经过战乱，要办的事很多，过了好几个月，才问荆宝说："玉箫现在哪里？"荆宝生气地说："你乘舟离开时，和她以七年为约。她等了你七年，后来就绝食死了。"随即吟诵当年韦皋留给玉箫的赠诗说：

　　黄雀衔来已数春，别时难解赠佳人。长吟不见鱼书至，为遣相思梦入秦。

　　　　　　　　　　　　　　　　　/ 最 / 美 / 的 / 女 / 人 /

韦皋听了，感到十分难过痛苦，随后广修佛像，以表达内心的忏悔。因为想念玉箫，再无娶妻的念头。当时有个叫祖山的人，通阴阳法术，能使人与死去的人见面。他让韦皋斋戒七天。到了第七天半夜时分，玉箫果然出现了，对韦皋说："感谢您凭借着佛法的力量呼唤我，十天之后我就会投胎了。十二年之后，再嫁给您，来报答您对我的大恩。"临去时微笑说："丈夫薄情，令人生死两隔啊。"后来，韦皋以治理陇右之功，在整个德宗时期，一直在蜀地任职。后经屡次升迁，做到中书令。当时很多人都敬仰归附于他。有一次过生日，官吏们争相敬送贺礼。唯独东川的卢八座送来一名歌姬，未到破瓜之年，名字也叫"玉箫"。韦皋仔细打量，确实是姜辅家的玉箫啊，她的中指上有肉形玉环隐约可见，与当年留给玉箫的玉环一样。韦皋叹息说："我终于知道生死之际，一来一往；玉箫的话，真的实现了！"

受范摅《云溪友议·玉箫化》的影响，元代杂剧家、散曲作家乔吉创作了杂剧《玉箫女两世姻缘》，写书生韦皋在游学途中与妓女韩玉箫相爱。玉箫的母亲趁皇榜招贤之机，逼韦皋上京赶考，欲将二人拆散。韦皋走后，玉箫思念成疾，临终时嘱其母以自画像往觅韦皋。玉箫死后，转世为荆襄节度使张延赏的义女，取名张玉箫。韦皋中状元后，因平定边患有功，官至镇西大元帅，闻韩玉箫已死，悲痛不已。数年后韦皋班师回朝，途经荆襄，于张延赏家宴上与张玉箫不期而遇。韦皋以其容貌酷似韩玉箫而向延赏求婚，遭到拒绝。适韩玉箫之母携玉箫画像而至，出示遗容，以表明张玉箫即韩玉箫转世。后来奏明朝廷，奉旨成婚。乔吉与很多青楼歌妓相识，对处于社会最底层的广大妓女不甘受辱、乐于从良过正常人生活的愿望十分了解，剧中刻画的玉箫对韦皋的恋情十分真切。

此首诗以寿阳公主比红儿之美。前两句写红儿之美不输杨玉环或玉箫女；后两句写红儿之美超越寿阳公主之梅妆。意即如果红儿生在南朝，那么寿阳公主的梅花妆就算不上美了。

18 宿雨初晴春日长，入帘花气静难忘。
凝情尽日君知否，真似红儿舞袖香。

沈氏未注。

楚楚辞典

花气　花的香气。一说鲜花有二气，一曰草木之气，富有无穷的生命力；二曰香气，沁人肺腑，具有迷人的魅力。

楚楚解读

〔比拟对象〕 花之香气

此诗原作中列第 90 首。

凝情，唐李康成《玉华仙子歌》："紫阳仙子名玉华，珠盘承露铒丹砂。转态凝情五云里，娇颜千岁芙蓉花。"尽日，白居易《长恨歌》："骊宫高处入青云，仙乐风飘处处闻。缓歌慢舞凝丝竹，尽日君王看不足。"此处以春日的花气比红儿之美。一夜春雨，雨后初晴，清风花香透过门帘或窗帘扑面而来，多么令人沉醉的意境！与紫阳仙子和杨贵妃相比，红儿毫不逊色。诗人以花气比红儿之美，在于显示红儿的魅力让他永生难忘。

暖塘争赴荡舟期，行唱菱歌著艳辞。

为问东山谢丞相，可能诸妓胜红儿？

19

沈注：《晋书》：谢安虽受朝寄，然东山之志，始终不渝。李太白诗：谢公自有东山妓，金屏笑坐如花人。

楚楚辞典

荡舟期　行船采菱的季节。荡舟，摇船。唐李白《渌水曲》："渌水明秋月，南湖采白蘋。荷花娇欲语，愁杀荡舟人。"

菱歌　采菱之歌。南朝宋鲍照《采菱歌》之一："箫弄澄湘北，菱歌清汉南。"唐王勃《采莲赋》："听菱歌兮几曲，视莲房兮几珠。"

谢丞相　即东晋政治家谢安（320—385）。

楚楚解读

［比拟对象］　东山妓

此诗原作中列第 61 首。艳辞，原作为"艳词"。

东山妓，指晋代谢安在东山居住时所畜养的能歌善舞的女艺人，本书《写向人间百般态》盛唐一节李白名下有较多描绘。据南朝宋刘义庆《世说新语·识鉴第七》："谢公在东山畜妓。简文曰：'安石必出。既与人同乐，亦不得不与人同忧。'"后来果然"东山再起"。不过《晋书·列传·第四十九章》也说谢安"虽受朝寄，然东山之志始末不渝，每形于言色"。所谓东山之志，也即归隐山林之意。

此诗前两句写江南意境。后两句以谢安的歌妓比红儿之美，作者以反问句直抒胸臆：谢丞相，你的那些能歌善舞的东山妓能与红儿相比吗？

20

初月纤纤映碧池，池波不动独看时。
凝情尽日君知否，真似红儿舞罢时。

沈注：两叶。

楚楚辞典

碧池 水色清澄的池塘。唐李适《帝幸兴庆池戏竞渡应制》："拂露金舆丹旆转，凌晨翻帐碧池开。"唐吕温《衡州夜后把火看花留客》："红芳暗落碧池头，把火遥看且少留。"

楚楚解读

〔比拟对象〕 碧池初月

此诗原作中列第91首。"舞罢时"原作"罢舞眉"。原作校72：真，《纪事》作"直"。

两叶：两韵同字。叶，和洽，古同"协"。叶律、叶韵，即韵律；叶韵，即协韵、押韵。此诗以"独看时""舞罢时"押韵，犯作诗之忌，所以沈氏注曰"两叶"，即两韵同字。原作以月比眉，似更有韵味。

弯月初上，倒映碧池，就仿佛舞罢稍息的红儿。此诗以碧池初月比红儿之美。初月如钩，纤纤映碧池，令诗人独自欣赏不已；初月如红儿的舞眉，凝结着爱怜的深情。

——————— ｜最｜美｜的｜女｜人｜

戏水源头指旧踪，当时一笑也难逢。

红儿若肯回桃脸，岂止连催举五烽。

沈注：《史记》：幽王以褒姒为后，褒姒不好笑。幽王为烽燧，例有寇至，则举烽火。诸侯悉至，至而无寇，褒姒乃大笑，幽王悦之。为数举烽燧，其后不信，诸侯不复至。

楚楚辞典

戏水　水名，在临潼之东，源出骊山。《水经注·渭水》："渭水又东，戏水注之。水出丽山冯公谷，东北流，又北迳丽戎城东。《春秋》晋献公五年，伐之，获丽姬于是邑。丽戎，男国也，姬姓。秦之丽邑矣。又北，右总三川，迳鸿门东，又北迳戏亭东。应劭曰：戏，宏农湖县西界也。地隔诸县，不得为湖县西。苏林曰：戏，邑名，在新丰东南四十里。孟康曰：乃水名也，今戏亭是也。昔周幽王悦褒姒，姒不笑，王乃击鼓举烽，以征诸侯。诸侯至，无寇，褒姒乃笑，王甚悦之。及犬戎至，王又举烽以征诸侯，诸侯不至，遂败幽王于戏水之上，身死于丽山之北。"男国，即男爵之国，王、公、侯、伯、子、男六级中最低的一级。

桃脸　即桃花脸，指女子美如桃花的面容。

五烽　烽，烽火；五烽，数座烽火台。

楚楚解读

［比拟对象］ 褒姒

此诗原作中列第20首。"若肯"原作"若为"，"岂止"原作"岂比"。原作校15：烽，《绝句》作"峰"，误。催，似应为"摧"。

《史记·周本纪》："幽王嬖爱褒姒……褒姒不好笑，幽王欲其笑万方，故不笑。幽王为烽燧大鼓，有寇至则举烽火。诸侯悉至，至而无寇，褒姒乃大笑。幽王说之，为数举烽火。其后不信，诸侯益亦不至。"烽燧：张守节《正义》："峰遂二音。昼日燃燧以望火烟，夜举燧以望火光也。燧，土鲁也。燧，炬火也。

皆山上安之，有寇举之。"

骊山烽火戏诸侯的故事，今人皆知。冯梦龙《东周列国志》叙述尤详。关于褒姒的下落，当时犬戎兵马一路长驱直入，攻入镐京，丧魂落魄的幽王从宫中逃出，欲往骊山躲避，刚到骊山脚下，即被闻讯赶来争抢头功的戎兵们乱刀砍死，取了首级。犬戎在京城大肆剽掠数月，冷艳绝色的褒姒无可避免地成了戎兵们的战利品。据称褒姒被戎兵虏回，献给戎主，又一次成为君主手上的玩物。

前述晚唐诗人胡曾有《咏史诗·褒城》咏周幽王因宠褒姒而致亡国：

> 特宠娇多得自由，骊山举火戏诸侯。只知一笑倾人国，不觉胡尘满玉楼。

这仍然是红颜祸水论，远不如屈原在《天问》中的明知故问："周幽谁诛？焉得夫褒姒？"

此诗以褒姒比红儿之美。

世事悠悠未足称，懒将闲事更争能。

自从命向红儿断，不欲留心在裂缯。

沈注：《帝王世纪》：妹喜好闻裂缯声，又褒姒好闻裂缯。

楚楚辞典

裂缯 裂，撕；缯，丝织品通称。乐史《杨太真外传·虹霓屏风故事》中，第一个从虹霓画屏上走下来自我介绍者即"裂缯人也"妹喜。晋皇甫

　/ 最 / 美 / 的 / 女 / 人 /

楚楚解读

［比拟对象］　妹喜

此诗原作中列第 24 首。"懒将"原作"肯将"，"断"原作"去"。原作校 19：去，《纪事》《绝句》《统签》均作"断"。

夏之妹喜，商之妲己，周之褒姒，是历代文人笔下并列的古代三大"红颜祸水"。即伍子胥在《吴越春秋》中所说："夏亡以妹喜，殷亡以妲己，周亡以褒姒。"

妹喜之"妹"，读作"末"，不读阿妹之"妹"字。夏桀时妹喜曾突发奇想，向夏桀诉说裂帛的声音可能是风格迥异的另一种音调，听起来十分悦耳。桀对妹喜的惊人想象力自叹弗如，当即下令人民每天进贡一百匹帛进宫，叫那些手劲稍大些的宫女轮番撕裂着给妹喜听。

无独有偶。《红楼梦》第三十一回《撕扇子作千金一笑，因麒麟伏白首双星》中，晴雯笑对贾宝玉说："我慌张的很，连扇子还跌折了，那里还配打发吃果子，倘或再打破了盘子，还更了不得呢。"宝玉笑道："你爱打就打，这些东西原不过是借人所用，你爱这样，我爱那样，各自性情不同。比如那扇子原是扇的，你要撕着玩也可以使得，只是不可生气时拿他出气。就如杯盘，原是盛东西的，你喜听那一声响，就故意的碎了也可以使得。只是别在生气时拿他出气，这就是爱物了。"晴雯听了，笑道："既这么说，你就拿了扇子来我撕。我最喜欢撕的。"宝玉听了，便笑着递与他。晴雯果然接过来，嗤的一声，撕了两半，接着嗤嗤又听几声。宝玉在旁笑着说："响的好，再撕响些！"正说着，只见麝月走过来，笑道："少作些孽罢。"宝玉赶上来，一把将他手里的扇子也夺了递与晴雯。晴雯接了，也撕了几半子，二人都大笑。

此诗以夏桀宠妃妹喜比红儿之美。万事悠悠，没什么大不了的。自从爱上红儿、把生命交给了红儿，就算是妹喜这种天子宠妃，也不会放在眼里。

23

休语如皋一笑时，金髇中臆锦披离。
陋容枉把雕弓射，射尽春禽未展眉。

沈氏未注。

楚楚辞典

如皋 地名，在今江苏南通。如，往也；皋，泽边高地。后人以"如皋"
二字，命名贾大夫射雉之处为如皋港，取港侧村名为如皋村。据《太平寰
宇记》：东晋义熙七年（411）如皋建县，"县西百五十步有如皋港，港侧
村名如皋村，县因以为名"。

披离 分散、散乱、散开。

楚楚解读

〔比拟对象〕 贾大夫之妻

此诗原作中列第64首。"休语"原作"休话"。"髇"，原作称"一作髐"，
《康熙字典》认为与髐同，音xiāo，鸣镝，即响箭之意；中臆，中意。原作校
51：《纪事》《绝句》《统签》均作"髐"。

据《左传·昭公二十八年》："昔贾大夫恶，娶妻而美，三年不言不笑，御
以如皋，射雉，获之。其妻始笑而言。"孔颖达《五经正义》："《诗》云：'鹤
鸣于九皋'。是皋为泽也。如，往也。为妻御车以往泽也。"（"鹤鸣于九皋"
出《诗经·小雅·鹤鸣》）

按照《左传》的说法，从前贾大夫贾南屏相貌丑陋，却娶绝色美女为妻。
美女进门，三年不苟言笑。春秋时贾国为晋国所灭，贾南屏携家眷千里迢迢逃
至当时的黄海边（今江苏如皋东陈镇渔村），在妻子面前施展射雉之术，箭无
虚发。因有美味佐餐，妻子终于眉开眼笑。当时如皋为海边高地，尚未有人居
住。贾大夫去世后，葬于东陈，墓前有石碑，上刻"贾大夫墓"，"文革"期间
被毁，后东陈民众自发出资恢复了古墓原貌。

——————— 最/美/的/女/人

西晋潘岳《射雉赋》："昔贾氏之如皋，始解颜于一箭。丑夫为之改貌，憾妻为之释怨。"杜甫《哀江头》："翻身向天仰射云，一笑正坠双飞翼。明眸皓齿今何在？血污游魂归不得。"北宋苏轼《和梅户曹会猎铁沟》："山西从古说三明，谁信儒冠也捍城。竿上鲸鲵犹未掩，草中狐兔不须惊。东州赵叟饮无敌，南国梅仙诗有声。不向如皋闲射雉，归来何以得卿卿。"均用贾大夫射雉之典。

褒姒、息妫、贾大夫妻是先秦最为著名的三大冷美人。此诗以春秋时代贾大夫妻比红儿之美。"金髇中臆锦披离"，大意是野雉被响箭射中后锦羽四散飞舞的状况。"休语如皋一笑时"，请不要再拿能射讨美人欢欣说事，"陋容枉把雕弓射，射尽春禽未展眉"：以你贾大夫的长相和能射这点能耐，纵然射尽春禽，红儿也不会稍展眉头、回眸一笑的。

总是红儿媚态新，莫论千度笑争春。
任伊孙武心如铁，不忍军前杀此身。

24

沈注：《史记》：孙子以兵法见吴王。王曰："可试以妇人乎？"曰"可"。王乃出宫中美女百八十人。孙子分为二队，以王之宠姬二人为队长。皆令持戟。约束既布，乃设斧钺，于是鼓之右，妇人大笑。鼓之左，妇人复大笑。孙子乃斩左右队长。

楚楚辞典

千度 千回、千遍，意次数多。

争春 争艳，春日与百花争艳。陆游《咏梅》："无意苦争春，一任群芳妒。零落成泥碾作尘，只有香如故。"

楚楚解读

[比拟对象] 吴王爱妾

此诗原作中列第 60 首。"总是"原作"总似"，"不忍"原作"不办"，"此身"原作"此人"。

据《史记》卷六五《孙子吴起列传》：孙子名武，齐国人，因精通兵法受到吴王阖闾接见。阖闾说："您的十三篇兵书我都看过了，可用来小规模地试着指挥军队吗？"孙子回答说："可以。"阖闾又问："可以用妇女试验吗？"孙子点头说："当然可以。"于是阖闾叫出宫中美女，共约一百八十人，让孙子试验。

孙子将其分为两队，让吴王阖闾最宠爱的两位侍妾分别担任左右两队队长，让所有美女都拿一支戟，然后命令她们说："你们知道自己的心、左右手和背吗？"妇人们回答说："知道。"孙子说："我说向前，你们就看心口所对的方向；我说向左，你们就看左手所对的方向；我说向右，你们就看右手所对的方向；我说向后，你们就看背所对的方向。"妇人们回答："是。"号令宣布完毕，孙子于是摆好斧钺等刑具，旋即又把已经宣布的号令再次重复交代清楚，而后击鼓发令，叫她们向右，妇人们都哈哈大笑。孙子说："纪律还不清楚，号令不熟悉，这是将领的过错。"于是又再次交代，然后击鼓发令，让其向左，妇人们又哈哈大笑。孙子说："纪律不清楚，号令不熟悉，这是将领的过错；纪律清楚、号令明确，却不遵照号令行事，就是军官和士兵的过错了。"于是要杀左、右两队队长。

吴王正在台上观看，见孙子要杀自己的爱妾，大吃一惊。急忙派使臣传达命令说："我已知道将军善于用兵了，要是没了这两个侍妾，我吃东西也不香甜，希望你不要杀她们！"孙子回答说："我已接受命令为将，将在军队里，国君的命令可以不接受。"于是杀了左右两队队长示众，然后按顺序任用两队第二人为队长。再次击鼓发令，妇人们不论向左向右、向前向后、跪倒、站起都符合号令和纪律的要求，没有人再敢出声。

于是孙子派使臣向吴王报告说："队伍已经操练整齐，大王可以下台来验察她们的演习，任凭大王怎样使用她们，即使叫她们赴汤蹈火也办得到啊。"吴王回答说："让将军停止演练，回宾馆休息。我不愿下去察看了。"

孙子感叹说："大王只是欣赏我的军事理论，却不能让我付诸实践。"冷静下来的吴王阖闾终于任命孙武做了将军。后来吴国向西打败了强大的楚国，攻克郢都，向北威震齐国和晋国，在诸侯各国名声赫赫。

作者以杜红儿比吴王阖闾的两位宠姬。"总是红儿媚态新，莫论千度笑争春"，意思是红儿有千姿百态，可以千百遍地笑傲争春。意思说：要是换上杜红儿来担任队长，纵然孙武心坚如铁，也不免心软，舍不得拿红儿开刀了。

越山重叠越溪斜，西子休怜解浣纱。
得似红儿今日貌，肯教将去见夫差？

沈注：《吴越春秋》：越王以吴王好色，于苎萝山得鬻薪之女二，曰西施，曰郑旦。饰以罗縠，教以容步。三年，使范蠡献之。

楚楚辞典

越山、越溪　此为泛指，指春秋时越国的山脉、山涧；又或说苎萝山、若耶溪。传说西施曾浣纱于若耶溪。唐杜甫《奉先刘少府新画山水障歌》："若耶溪，云门寺，吾独胡为在泥滓，青鞋布袜从此始。"宋辛弃疾《汉宫春·会稽蓬莱阁怀古》："谁向若耶溪上，倩美人西去，麋鹿姑苏。"

西子　即西施。宋苏轼《饮湖上初晴后雨二首·其二》："水光潋滟晴方好，山色空蒙雨亦奇。欲把西湖比西子，淡妆浓抹总相宜。"

浣纱　洗衣服。浣，洗涤；纱，一种布料，代指衣服。传西施浣纱于若耶溪，鱼羞而沉水，于是也有以浣纱代指西施。

楚楚解读

[比拟对象]　西施

此诗原作中列第9首。"见"原作"与"。

《吴越春秋·勾践归国外传》："十二年，越王谓大夫种曰：'孤闻吴王淫而好色，惑乱沉湎，不领政事，因此而谋，可乎？'种曰：'可破。夫吴王淫而好色，宰嚭佞以曳心，往献美女，其必受之。惟王选择美女二人而进之。'越王曰：'善。'乃使相者索国中，得苎萝山鬻薪之女，曰西施、郑旦。饰以罗縠，教以容步，习于土城，临于都巷。三年学服，而献于吴。"

西施，原名施夷光，浙江诸暨人，出生于浙江诸暨苎萝村，苎萝有东西二村，夷光居西村，故名西施。其父卖柴，母浣纱，西施亦常浣纱于溪。西施被誉为中国古代四大美人之一，又称西子，天生丽质。所谓"西施浣纱鱼沉水，昭君出塞雁落沙；貂蝉拜月致月隐，贵妃醉酒羞落花"，对应的是"沉鱼落雁、闭月羞花"。

越王勾践三年（前494），夫差在夫椒（今江苏省吴县西南）击败越国，越王勾践退守会稽山（今浙江省绍兴南），受吴军围攻，被迫向吴国求和，勾践入吴为质。释归后，勾践针对吴王淫而好色的弱点，与范蠡设计："得临浦苎萝山卖薪女西施、郑旦"，准备送与吴王，越王宠爱的某宫女认为："真正的美人必须具备三个条件，一是美貌，二是善歌舞，三是体态。"西施仅仅具备第一个条件，还缺乏另两个条件。于是，越王花三年时间教以歌舞、步履、礼仪等，使西施由一位浣纱女成为修养有素的上等宫女。然后进献给吴王。夫差大喜，在姑苏建造春宵宫，筑大池，池中设青龙舟，日与西施为水戏，又为西施建造表演歌舞和欢宴的馆娃阁、灵馆等，西施擅长跳"响屐舞"，夫差又为其筑"响屐廊"，用数以百计的大缸，上铺木板，令西施裙系小铃，穿木屐起舞。夫差如醉如痴，沉湎女色，不理朝政，终致亡国丧身。

吴国灭亡后，西施失去音信，其结局有多种说法，最著名的说法是随范蠡泛舟五湖而去。

按作者罗虬的思路，如果西施有红儿这等容颜，也就不大可能被派往吴国蛊惑夫差，而是留着自己享用了。这个自己，或者是越王勾践，或者是大夫范蠡，当然也可以是作者罗虬。

/ 最 / 美 / 的 / 女 / 人 /

一舸春深指鄂君，好风从度水成纹。

越人若见红儿貌，绣被应羞彻夜薰。

沈注：《说苑》：越鄂子皙，泛舟于新陂之中，乘青翰之舟，张翠盖，会钟鼓之音。越人拥楫而歌曰："今夕何夕兮，搴舟中流。今日何日兮，得与王子同舟。山有木兮木有枝，心说（悦）君兮君不知。"于是鄂君乃揄修袂而拥之，举绣被而覆之。

楚楚辞典

鄂君　即鄂君子皙，据《左传》，春秋后期楚康王、楚灵王时期任令尹，是楚康王、灵王的同母弟。其事迹刘向《说苑·善说》中有载。楚国的襄成君接受爵位的那天，穿着华丽的衣裳，被随从们簇拥着来到河边。楚大夫庄辛刚好路过，他拜见完襄成君后站起来，想和襄成君握手。在等级森严的古代，越级握手是一种非常不礼貌的行为，襄成君十分生气，脸色大变。庄辛见请求被拒，也很不自在，他转身去洗了洗手，随即给襄成君讲了鄂君与越女的故事。

越人　此处特指为鄂君子皙挽袖拥楫、清唱越曲的拥楫女子。

绣被　本意是绣花的披风或披毯之类，后演变出"鄂君绣被""鄂君被"两个专用名词。子皙英俊挺拔。一次，越国举行舟游盛会，子皙坐在富丽堂皇的刻有青鸟的游船上，听见一位掌管船楫的越人在拥桨歌唱。歌声委婉动听，但子皙不懂越语，不知歌曲的含义。于是招来一位翻译，将划船人的歌词翻译成楚语。这就是后世闻名的《越人歌》："今夕何夕兮，搴舟中流。今日何日兮，得与王子同舟。蒙羞被好兮，不訾诟耻。心几顽而不绝兮，得知王子。山有木兮木有枝，心说君兮君不知。"子皙明白了歌词的意思后，立即上前拥抱歌者，并将绣被覆盖到歌者身上。因为刘向《说苑·善说》并未明确说明歌者的性别，后世便衍生出"鄂君绣被"一词，用以表达对同性恋伙伴的怜爱。若将"乃行而拥之，举绣被而覆之"理解为举绣被覆盖越女得以交欢尽意，则"鄂君被"也可被用以歌咏男女欢爱之典。

楚楚解读

［比拟对象］ 越女

此诗原作中列第99首。

有关鄂君与越女的故事,拙作《诗说千古红颜》"心说君兮君不知"篇(湖北人民出版社2018年8月版,第3—4页)有详细的展开叙述。关于越女或说吴越美女的天生丽质,本书《写向人间百般态》李白、杜甫、白居易篇等多有涉及,此处不赘。"绣被应羞彻夜薰",此处是形容红儿如西施一样体透天香。

此诗以爱慕鄂君之越女比红儿之美,借以表达诗人对红儿的爱恋情深。作者的意思是:当时要是红儿在场,这位歌声甜美的越女,就只能靠边站了。

自隐新从梦里来,岭云微步下阳台。

含情一向东风笑,羞杀凡花尽不开。

沈注:宋玉《高唐赋》:昔者先王尝游高唐,怠而昼寝,梦一妇人曰:"妾在巫山之阳,高唐之岨,旦为朝云,暮为行雨,朝朝暮暮,阳台之下。"五代刘郛侍儿王氏,有艳色,人号为花见羞。见《五代史》。

楚楚辞典

> **阳台** 阳台、云雨、朝云暮雨、高唐梦等,皆因宋玉《高唐赋》而成为古代性隐语,用以形容男女之间的情爱与欢会。

楚楚解读

［比拟对象］ 巫山神女、杨玉环

此诗原作中列第25首。"东风"原作为"春风"。

宋玉《高唐赋》《神女赋》中所称神女、高唐女或巫山神女，大多数人指为瑶姬（一作姚姬），现代学者叶舒宪称其为古代中国"爱与美"女神、中国的"维纳斯"；也有人称其为长江上中游女神传说的"集合体"，如涂山娇、屈原在《九歌》中所歌咏的"山鬼"等。瑶姬或说巫山神女在历代文学作品中被描绘得美貌横生，娇丽无比，环姿玮态，不可胜赞，同时又痴情风流，充满女性柔媚。

《新五代史·唐明宗家人传第三》："淑妃王氏，邠州饼家子也，有美色，号'花见羞'。少卖梁故将刘鄩为侍儿，鄩卒，王氏无所归。"邠州王氏即花见羞是五代时期最具传奇色彩的美女之一，身历后梁、后唐、后晋、后汉，几乎见证了整个五代历史。花见羞祖籍陕西彬县，天生丽质，娇艳如花，性情温顺，心地善良，被誉为"五代第一美女"。她十七岁时嫁给后梁名将刘鄩为妾，刘鄩死后为李嗣源所得。谦逊贤德，坚辞为后，李嗣源死后，花见羞数次虔诚向佛却难遂其愿，被后汉郭从义所杀。花见羞只是人名，形容其美貌姿态令凡花失色。罗虬于僖宗乾符元年（874）作《比红儿诗》，花见羞于公元947年为后汉刘知远所杀，死时42岁（《冰肌玉骨清无汗》，新华出版社2009年10月版，第153页）。后梁总计存在了17年（907—923），设花见羞于后梁开平元年（907）嫁刘鄩，当年她17岁，那她最早也是890年生人。即使花见羞再早生20年，罗虬作《比红儿诗》也不可能拿她来与杜红儿做比较。

古代四大美女之一的杨玉环，也有"羞花"之雅称。传说杨玉环一次到花园赏花，想起自己深闭宫中，虚度青春，不胜叹息，对着盛开的花儿说："花呀，花呀！你年年岁岁还有盛开之时，我什么时候才有出头之日呢？"声泪俱下，她刚一摸花儿，花瓣立即收缩，绿叶卷起低下，这一情景正好被宫娥看见。宫娥到处宣扬说，杨玉环和花儿比美，花儿都含羞低下了头。宫女们也议论纷纷说是杨玉环的美貌使得花草自惭形秽，羞得抬不起头来。唐明皇听说宫中有个"羞花的美人"，遂即召见，封为贵妃。当然，杨贵妃"羞花"有多种说法，不过她摸的，应该是含羞草。

此诗以巫山神女比红儿之美。前两句写巫山神女步下阳台的婀娜多姿；后两句写红儿在春风中含情一笑，使百花为之羞涩，美女杨玉环也自叹弗如。

南国东邻各一时，后来惟有杜红儿。
若教楚国宫人见，羞把腰身并柳枝。

沈注：《管子》：楚王好小腰，而美人省食。《尹文子》：楚庄好细腰，一国皆有饥色。

楚楚辞典

南国　周朝时指南方为楚国。《诗经》有"周南"，如《周南·汉广》曰："南有乔木，不可休息；汉有游女，不可求思。"又《商颂·殷武》："维女荆楚，居国南乡。"《诗·小雅·四月》："滔滔江汉，南国之纪。"《国语·周语上》："宣王既丧南国之师，乃料民於太原。"韦昭注："南国，江汉之间也。"屈原《楚辞·九章·橘颂》："受命不迁，生南国兮。"

楚楚解读

〔比拟对象〕　楚国宫女、东家子

此诗原作中列第 29 首。

东邻，即宋玉《登徒子好色赋》笔下的"东家之子"。参见本书《比红儿诗》赏析第 9 首解读。

另古代诗人咏邻家女题材颇多。如李白的《咏邻女东窗海石榴》、白居易《邻女》等皆为名篇。另如唐鲍溶《东邻女》："双飞鹦鸪春影斜，美人盘金衣上花。身为父母几时客，一生知向何人家。"唐王琚《美女篇》："东邻美女实名倡，绝代容华无比方。浓纤得中非短长，红素天生谁饰妆。"元胡奎《东邻美女歌》："机上凤凰梭，盈盈抹两蛾。谢鲲双齿折，犹不废鸾歌。"

南女之美，也有所本。如魏曹植《杂诗》："南国有佳人，容华若桃李。朝

　　　　　　　　　/ 最 / 美 / 的 / 女 / 人 /

游江北岸，夕宿潇湘沚。时俗薄朱颜，谁为发皓齿？俯仰岁将暮，荣耀难久恃。"唐李白《古风》："美人出南国，灼灼芙蓉姿。"唐贺知章《望人家桃李花》："徒言南国容华晚，遂叹西家飘落远。的皪长奉明光殿，氛氲半入披香苑。"（的皪，皪，音lì：光亮、鲜明。）晚唐女诗人鱼玄机《光、威、哀姊妹三人少孤而……因次其韵》："昔闻南国容华少，今日东邻姊妹三。妆阁相看鹦鹉赋，碧窗应绣凤凰衫。"

中国细腰文化源远流长。细腰、柳腰、小蛮腰皆为形容美女身形婀娜之词。俚语"楚王好细腰，宫人多饿死"指楚灵王朝代事。《战国策·楚策一》："昔者先君灵王好小要，楚士约食，冯而能立，式而能起。食之可欲，忍而不入；死之可恶，然而不避。"《墨子·兼爱（中）》："昔者楚灵王好士细要，故灵王之臣皆以一饭为节，胁息然后带，扶墙然后起，比期年，朝有黧黑之色。"《尹文子》大道篇（上）指"楚庄爱细腰，一国皆有饥色"，与庄王三年不鸣、一鸣惊人的性格不符，与有双性恋爱取向的灵王却极为吻合。

"羞把腰身并柳枝"，并，并排，比并。作者的意思是：无论是楚国宫中的细腰美女，还是宋玉笔下的东家之子和其他南国佳人，与红儿一比，皆相形见绌。

槛外花低瑞露浓，梦魂惊觉晕春容。
凭君细看红儿貌，最称严妆待晓钟。

沈氏未注。

楚楚辞典

瑞露 祥瑞的露珠。唐李白《清平调》："云想衣裳花想容，春风拂槛露华浓。若非群玉山头见，会向瑶台月下逢。"

严妆 端庄整齐的装束打扮。徐惠《进太宗》绝句从一个侧面反映了宫妃"严妆待晓钟"的情景："朝来临镜台，妆罢暂徘徊。千金始一笑，

楚楚解读

［比拟对象］ 待诏宫妃

此诗原作中列第 27 首。

据《南史》卷十一《后妃上·武穆裴皇后》："旧显阳、昭阳二殿，太后皇后所居也。永明中无太后皇后，羊贵嫔居昭阳殿西，范贵妃居昭阳殿东，宠姬苟昭华居凤华柏殿。宫内御所居寿昌画殿南阁，置白鹭鼓吹二部，乾光殿东西头，置钟磬两厢，皆宴乐处也。上数游幸诸苑囿，载宫人从后车。宫内深隐，不闻端门鼓漏声，置钟于景阳楼上，应五鼓及三鼓。宫人闻钟声，早起庄饰。车驾数幸琅邪城，宫人常从，早发，至湖北埭，鸡始鸣，故呼为鸡鸣埭。"武穆皇后乃南齐武帝萧赜皇后，讳惠昭，谥曰穆。

据诗意，此诗或以南朝待诏宫妃比红儿之美。雕栏外的鲜花被浓浓的瑞露浸润，睡梦惊醒，面部还泛着青春的红晕，一如明末冒襄于半塘初见董小宛的情景："面晕浅春，缬眼流视，香姿玉色，神韵天然。"（冒辟疆：《影梅庵忆语》）请君细看红儿容貌，她不就是那妆罢待诏的最靓丽的一位宫妃吗！

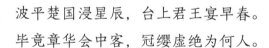

波平楚国浸星辰，台上君王宴早春。

毕竟章华会中客，冠缨虚绝为何人。

沈注：《韩诗外传》：楚庄王赐群臣酒，日暮酒酣，左右皆醉，殿上烛灭，有牵王后衣者，后扢冠缨而绝之。言于王曰："愿趣火视绝缨者。"王曰："止。"立出令曰："与寡人饮，不绝缨者不欢。"于是冠缨尽去，不知王后所绝者谁，群臣欢饮而罢。

楚楚辞典

章华 即章华台，为楚灵王所建。此处"章华"，可能泛指楚王欢会宴饮之台。

冠缨虚绝　冠缨，帽带；冠缨虚绝，指楚庄王"绝缨之宴"典故。

楚楚解读

[比拟对象]　楚庄王姬妾

此诗原作中列第 84 首。"楚国"原作"楚泽"。

"绝缨之宴"事见《韩诗外传》卷七，也见诸刘向《说苑·复恩》，作家映泉《楚王》第二卷第十二章《渐台上酒会绝缨　深宫内夫人论贤》叙述尤详。楚庄王设酒宴赏赐功臣，到傍晚时分，大多数人醉意醺醺，大殿上的蜡烛突然被风吹灭，有位年轻的将军乘酒劲暗中拉扯一旁佐酒助兴姬妾的衣带，挣扎中姬妾将年轻将军的帽缨给揪了下来。姬妾向楚王投诉说："有人拉扯我的衣裳，我把他的帽缨揪下来了。赶快叫人拿烛火来，看看谁的帽子没有帽缨。"楚王听了姬妾的话，马上下令说："和我一起喝酒，谁不把帽缨揪下来，就不够尽兴。"于是，在场的将领全都摘掉帽缨扔在一边。掌灯之后，庄王与群臣畅饮，尽欢而散。

不久楚国与敌国作战，有个将军在战斗中异常勇敢，五次冲入敌阵，割下敌方将军的头颅回来献给楚王。楚王问他说："我对你并没有什么特殊的恩宠，你为何如此卖命呢？"将军回答说："我就是早先在殿上被揪下帽缨的唐狡。当时就应该受领死罪，负罪已久，没能有所报效。现在正好戴罪立功。"《韩诗外传》卷七引《诗经·小雅·小弁》称赞庄王曰："有漼者渊，萑苇淠淠。"意思是胸襟宽阔的人，什么都容得下。（本意为：广阔的水潭啊，芦苇多么丰茂！）

中国上下五千年，诸如楚庄王绝缨尽欢之类的故事不胜枚举。如秦穆公不杀岐山下偷马的山民、孟尝君不杀与自己夫人通奸的门客、汉高祖重用陈平、唐肃宗不追究郭子仪儿子得罪自己、宋太祖宽容受贿的宰相赵普、宋太宗宽容酒醉的功臣孔守正和王荣，等等；与此相反，因"居上不宽"而自食其果的例子同样数不胜数。

绝缨之宴可能在渐台，也可以是章华台。据宋沈括《梦溪笔谈·辩证二》：
"天下地名错乱乖谬，率难考信。如楚章华台，亳州城父县、陈州商水县、荆州
江陵、长林、监利县皆有之。乾溪亦有数处。据《左传》，楚灵王七年，'成章
华之台，与诸侯落之。'杜预注：'章华台，在华容城中。'华容即今之监利县，
非岳州之华容也，至今有章华故台，在县郭中，与杜预之说相符。亳州城父县
有乾溪，其侧亦有章华台，故台基下往往得人骨，云楚灵王战死于此。商水县
章华之侧，亦有乾溪。"

章华台在楚国有多处存在，但以楚灵王章华台最为著名（旧址在今潜江市
龙湾镇东）。《国语·楚语上》："灵王为章华之台，与伍举升焉，曰：'台美夫？'"
《左传·昭公七年》："楚子之为令尹也，为王旌以田。芋尹无宇断之，曰：'一
国两君，其谁堪之？'及即位，为章华之宫，纳亡人以实之。"杜预注："章华，
南郡华容县。"

此诗前两句讲建在水滨的楚王离宫章华台之美。后两句的意思是：如果红
儿在场，将军拉扯的就一定是红儿的衣带；而令将军冠缨断绝的，也肯定是红
儿了。

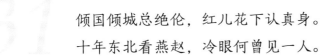

倾国倾城总绝伦，红儿花下认真身。
十年东北看燕赵，冷眼何曾见一人。

沈注：《古诗十九首》：燕赵多佳人，美者颜如玉。

楚楚辞典

倾城倾国　原指君主因沉溺女色而导致亡国，现也用以形象女子容貌
极美。《汉书·外戚传》："孝武李夫人，本以倡进。初，夫人兄延年性知音，
善歌舞，武帝爱之。每为新声变曲，闻者莫不感动。延年侍上起舞，歌曰：
'北方有佳人，绝世而独立，一顾倾人城，再顾倾人国。宁不知倾城与倾国，
佳人难再得！'上叹息曰：'善！世岂有此人乎？'平阳主因言延年有女弟，

上乃召见之，实妙丽善舞。由是得幸，生一男，是为昌邑哀王。李夫人少而蚤卒，上怜闵焉，图画其形于甘泉宫。"

楚楚解读

[比拟对象] 燕赵美女

此诗原作中列第38首。"冷眼"原作"眼冷"。

燕赵，古代燕国与赵国所在地，燕，大概今属北京、河北北部和辽宁西部地区。赵国极盛时跨今河北、山西、陕西、内蒙古四省区及河南、山东部分地区。以当时罗虬作诗的地点看，燕赵的方位整体地处东北。

沈注引《古诗十九首》称"燕赵多佳人"，事实确是如此。据六朝佚名作者《三辅黄图·甘泉宫》："武帝求仙起明光宫，发燕赵美女二千人充之。"又唐吴少微《怨歌行》："城南有怨妇，含情傍芳丛。自谓二八时，歌舞入汉宫。皇恩数流眄，承幸玉堂中。绿柏黄花催夜酒，锦衣罗袂逐春风。建章西宫焕若神，燕赵美女三千人。君王厌德不忘新，况群艳冶纷来陈。"唐李白《邯郸南亭观妓》："歌鼓燕赵儿，魏姝弄鸣丝。粉色艳日彩，舞袖拂花枝。把酒顾美人，请歌邯郸词。清筝何缭绕，度曲绿云垂。平原君安在？科斗生古池。座客三千人，于今知有谁？我辈不作乐，但为后代悲。"李白《古风五十九首·燕赵有秀色》："燕赵有秀色，绮楼青云端。眉目艳皎月，一笑倾城欢。"

燕赵著名的美女故事不少，如战国末吕不韦与赵姬珠胎暗结、助异人立为秦王的故事，李园、李环兄妹计赚春申君的故事，《陌上桑》里秦罗敷机智回绝赵王的故事，东汉初郭圣通家族助力刘秀在河北开创帝业的故事，三国时肤白如玉的甘夫人婉转劝告刘备大功未成、不可沉溺女色的故事，皆脍炙人口。

此诗以燕赵美女比红儿之美。自古燕赵多美姝，但见过倾国倾城的红儿后，回首燕赵，十年来又有哪个美人能与红儿相比呢？

32 今时自是不谙知，前代由来事见为。
一笑阳城人便惑，何堪教见杜红儿。

沈注：注同第九首。

楚楚辞典

谙知 熟悉、熟知。

阳城 古阳城，春秋时楚国所置。因南临荆河，取"山南水北为阳"之意，故名"阳城"，与《登徒子好色赋》中所说"下蔡"同为楚国地名。下蔡原属蔡国，楚灭蔡后成为楚国地盘，故城在今安徽凤台县。

楚楚解读

［比拟对象］ 东家之子

此诗原作中列第39首。"事见为"原作"岂见遗"。见遗，被遗弃。原作校24：是，《绝句》作"谓"；原作校25：代，《统签》作"伐"，误。岂见遗，《绝句》作"事见为"。

此诗仍以宋玉《登徒子好色赋》描写的东家之子比红儿之美。宋玉《登徒子好色赋》称东家之子"嫣然一笑，惑阳城、迷下蔡"。意即东家美女嫣然一笑，已使阳城与下蔡之人辨不清东南西北；倘若见到红儿，真不知神魂颠倒成什么样子。

/最/美/的/女/人/

青史书时未是真，可能纤智却强秦。

再三为谢齐王后，要解连环与别人。

33

沈注：《战国策》：秦昭王常遣使者遗君王后玉连环。曰："齐多智，能解此环否？"后引椎椎破之，谢秦使曰："谨以解矣。"别与人，言要解连环，须候红儿也。

楚楚辞典

青史　史书。古代用竹简写字记事，因称史书为青史。

齐王后　即战国末齐襄王王后，史称君王后。秦昭襄王二十三年（前284），燕、秦等六国攻打齐国，齐国国君齐湣王被杀。湣王之子田法章改名换姓在太史敫家中做佣人。太史敫的女儿觉得田法章状貌奇伟，认为他绝非平常之人，就和他私通。不久，莒地百姓共同拥立田法章为国君，是为齐襄王。齐襄王继位后，立太史敫的女儿为王后，史称"君王后"。太史敫说："女儿不因媒人介绍而自己嫁人，不配做我女儿，玷污了我祖宗名声。"终生不见君王后。君王后贤德，不因父亲不见她就失去做儿女的礼节。齐襄王四年（前280），君王后生下儿子田建。齐襄王十九年（前265），齐襄王去世，田建继位，尊母亲君王后为太后。君王后与秦国交往十分谨慎，与诸侯交往讲求诚信，秦国因此不敢轻举妄动。齐王建十六年（前249），君王后去世。秦国先后灭掉韩、赵、魏、燕、楚五国，齐国在田建继位的第四十四年，才最后一个被秦国灭掉。

连环　即连环结。

楚楚解读

〔比拟对象〕　齐君王后

此诗原作中列第41首。"纤智"原作"纤手"，"王后"原作"皇后"，"与别人"原作"别与人"。原作校27：时，《绝句》作"来"。原作校28：手，《绝句》作"智"。强，《纪事》《绝句》《统签》均作"狂"。原作校29：皇，《绝句》

作"王"。

沈注秦昭王或为秦始皇之误。《战国策·齐六·齐闵王之遇杀》："秦始皇尝使使者遗君王后玉连环，曰：'齐多知，而解此环不？'君王后以示群臣，群臣不知解。君王后引椎椎破之，谢秦使曰：'谨以解矣。'"

战国末期，秦始皇派使臣前往齐国，送给齐国国君一个玉连环，说："齐人多智，能解此环吗？"齐王将玉连环公示群臣，群臣皆不知解法。君王后取来锤子，一锤将玉连环砸得粉碎，回谢秦国使臣说："谨以此解之矣。"齐君王后以纤纤玉手破解了玉连环难题，使暴秦得以却步，因此名留青史。

十五世纪末西班牙航海家哥伦布也有一则与此类似的故事。据说他发现新大陆之后，皇室为他举行庆功宴，一位嫉妒他的大臣颇不服气说："任何一个人坐上船航行，都能到达西洋的对岸，这有什么稀奇，值得大惊小怪地摆功！"好几个大臣也在一旁点头附和。哥伦布并不辩解，而是不慌不忙地叫仆人从厨房拿来几个熟鸡蛋，请大臣们尝试将鸡蛋竖立在桌子上。大家不知道哥伦布葫芦里卖的什么药，纷纷上前尝试，却没有一个能将鸡蛋立起来。这时，只见哥伦布拿起鸡蛋，将头大的部分轻轻往桌上一磕，蛋壳顿时陷了进去，鸡蛋也就稳稳地竖立在桌子上了。

满屋的王公大臣一片哗然，抗议之声不绝于耳：这算哪门子游戏？三岁小孩也会做！哥伦布则冷言道：虽然是很简单的游戏，你们却没有一个人想出此法，知道怎么做之后却又说太简单了；海那边的大陆存在没有几万年也有数千年了，为什么你们没有坐船出去走一遭呢？（参见上海市四年级下册语文书《哥伦布竖鸡蛋》）

《吕氏春秋·审分览·君守》也有一则关于连环节的故事令人印象深刻：有个鲁国偏僻小镇的村夫送给宋元王一个连环结，宋元王向全国下令，让所有心灵手巧之人来解这个连环结。然而谁也解不开这个结。儿说的弟子请求前往解结，解开一个的时候，另一个又解不开，于是说："不是可以解开而我不能解开，是这个绳结本来就不能解开。"于是去问那个村夫，回答说："是的，这个绳结本来就解不开，我打这个结的时候就知道是个死结，现在您没有解开这个结，就知道它是死结，这是比我还巧啊。"

"青史书时未是真，可能纤智却强秦"：史书记载的未必真实，仅凭小小的智慧就能拒强秦于千里之外尚存疑问。"再三为谢齐王后，要解连环别与人"：

/ 最 / 美 / 的 / 女 / 人 /

齐王后要想解开这个连环节，还是让红儿来吧。此诗以齐君王后比红儿之智慧。意思是红儿不仅容颜惊人，智商更高人一筹。

绣帐鸳鸯对刺文，博山微暖麝凝薰。

诗人若见红儿貌，悔道当时月坠云。

沈注：博山，香炉也。

楚楚辞典

博山炉 也称博山香炉、博山香薰、博山薰炉等。汉、晋、隋唐时期民间常见的焚香器具，多为青铜器和陶瓷器，炉体呈青铜器中的豆形，上有盖，盖高而尖，镂空，呈山形，山形重叠，其间雕刻有云气、仙人、灵禽、芝草等。于炉中焚香，轻烟飘出，缭绕炉体，自然造成群山朦胧、众兽浮动的效果，仿佛传说中的海上仙山"博山"。据《西京杂记》卷一："长安巧工丁缓者，为常满灯，七龙五凤，杂以芙蓉莲藕之奇。又作卧褥香炉，一名被中香炉，本出房风，其法后绝。至缓始更为之，为机环转运四周，而炉体常平，可置之被褥，故以为名。又作九层博山香炉，镂为奇禽怪兽，穷诸灵异，皆自然运动。""博山"，一说华山。据《韩非子》："秦昭王令工施钩梯而上华山，以松柏之心为博、箭长八尺、棋长八寸，而勒之曰：'昭王尝与天神博于此矣。'"故曰博山。

楚楚解读

[比拟对象] 男女合欢之乐

此诗原作中列第 42 首。"刺文"原作"刺纹"，"凝薰"原作"微薰"，"诗人"原作"诗成"，"若见"原作"若有"。原作校 30：成，《绝句》作"人"。

博山炉本为普通香炉，因加入沉香、呈现出香烟缭绕之状，在文人眼里就有了新的寓意。古人常以香炉为人格化的美少女,在香雾缭绕中想入非非,进入仙境净土。唐徐坚《初学记》卷二十五陈傅绎《博山香炉赋》:"器象南山,香传西国。丁谖巧铸,兼资匠刻。麝火埋朱,兰烟毁黑。结构危峰,横罗杂树。寒夜含暖,清宵吐雾。制作巧妙,独称珍淑,气氛氲,长似春。随风本胜千酿酒,散馥还如一硕人。"

南朝无名氏《古乐府》:"暂出白门前,杨柳可藏乌。欢作沉水香,侬作博山炉。"前两句讲情人相邀于柳林约会;后两句讲欢会之状,有如沉香投入博山炉,香雾缭绕中有如醉如仙的感觉。李白用其意衍为《杨叛儿》诗:"君歌杨叛儿,妾劝新丰酒。何许最关人,乌啼白门柳。乌啼隐杨花,君醉留妾家。博山炉中沉香火,双烟一气凌紫霞。""杨叛儿"指以古乐府《杨叛儿》为代表的情歌。"君歌《杨叛儿》,妾劝新丰酒。"一对青年男女,君唱歌,妾劝酒。表明男女双方感情融洽。"何许最关人? 乌啼白门柳。"白门,刘宋都城建康(今南京)城门,南朝民间情歌常提白门,后代指男女欢会之地。"最关人",意为最牵动人心;何事牵动人心——"乌啼白门柳",五个字既点出了环境、地点,也明确了时间,乌啼日暮时间;白门外柳林中。"乌啼隐杨花,君醉留妾家。"乌鸦归巢之后渐渐停止啼鸣,在柳叶杨花之间憩息,而"君"此时也沉醉于妾的温柔乡了。"博山炉中沉香火,双烟一气凌紫霞",此两句将全诗推向高潮:君的醉留,乃因妾如沉香投入博山炉中,爱情的火焰犹如香火化为香烟,双双融为一体,凌入云霞,飘然如仙!

在清人鲍步江笔下,"博山香"俨然成了男女欢会的前奏和代名词。鲍步江《有赠》诗曰:"双烟已换博山香,正对金荷卸晚妆。手剔兰煤须仔细,好留半焰解衣裳。"

月坠云:喻男女合欢有如月坠云中。晋谢灵运《东阳溪中赠答诗二首·其二》云:"可怜谁家妇? 缘流洒素足。明月在云间,迢迢不可得。""可怜谁家郎,缘流乘素舸。但问情若为,月就云中堕。"唐刘禹锡《泰娘歌》云:"自言买笑掷黄金,月堕云中从此始。"

此诗以谢灵运、刘禹锡之诗写男女合欢之乐,寄托诗人对红儿的仰慕与追求。前两句写红儿房中生活环境之美,锦绣罗帐、刺绣鸳鸯的被衾,博山香炉散发着麝香之芳香;后两句抒写自己未曾与红儿合欢的遗憾,若早见红儿,也就不会跟其他的女子"月坠云"了。

35

薄粉轻朱取次施，大都端正亦相宜。

只如花下红儿貌，不藉城中半额眉。

沈注：《后汉书》：长安城中谣云："城中好高髻，四方高一尺。城中好广眉，四方且半额。城中好大袖，四方全匹帛。"

楚楚辞典

半额眉　指画眉甚长，竟达半额。汉时长安妇女好画长眉，四方效仿，越画越长，后用为咏女妆赶时髦之典。《后汉书·马援传》附《马廖传》："长安语曰：'城中好高髻，四方高一尺；城中好广眉，四方且半额；城中好大袖，四方全匹帛'。斯言如戏，有切事实。"切，符合、贴切。

楚楚解读

［比拟对象］　汉代时尚女

此诗原作中列第 43 首。"貌"原作"态"。原作校 31：《纪事》无此首。

此诗以汉朝时尚美女比红儿之美。前两句说汉朝时尚美女无论敷"薄粉"还是涂"轻朱"，大体而言也算不错；后两句笔锋陡转，谓素面红儿只花下一立，已胜过汉时精心梳妆打扮的时尚美女了。

陌上行人唱黍离，三千门客欲何之。

若教粗及红儿貌，争肯楼前斩爱姬。

沈注：《史记·平原君列传》：平原君家楼临民家，民家有躄者，槃散行汲。平原君美人居楼上，临见笑之。明日躄者至平原君请曰："臣愿得笑臣者头。"平原君笑应曰："诺。"终不杀。居岁余，宾客、门下、舍人，稍稍引去者过半。平原君怪问之，门下一人前对曰："以君不杀笑躄者，以君为爱色而贱士，士即去耳。"平原君乃斩笑躄者美人头，躄者造门谢焉。其后门下乃稍稍来。

楚楚辞典

黍离 《诗经·王风·黍离》："彼黍离离，彼稷之苗。行迈靡靡，中心摇摇。知我者谓我心忧，不知我者，谓我何求。悠悠苍天，此何人哉！"《史记·宋微子世家》："其后箕子朝周，过故殷虚，感宫室毁坏，生禾黍，箕子伤之，欲哭则不可，欲泣为其近妇人，乃作麦秀之诗以歌咏之。其诗曰：'麦秀渐渐兮，禾黍油油。彼狡僮兮，不与我好兮！'所谓狡童者，纣也。殷民闻之，皆为流涕。"

门客 又称食客，有文职、武职两种性质。武职充当打手或保镖之类，文职充当智囊出谋划策，或以棋琴诗画及其他专长侍奉主人。春秋战国时期养客之风盛行，著名的战国四公子（春申君、平原君、信陵君、孟尝君）各人名下门客多达千人以上，号称门客三千。秦汉以后，皇权制度下不允许大规模门客屯集，门客改换身份，以幕僚、家丁、镖师等方式一直存在，但规模受到控制。

楚楚解读

[比拟对象] 平原君爱姬

此诗原作中列第63首。"唱"原作"歌"，"争肯"原作"争敢"。躄，音bì。跛脚。

平原君赵胜为"战国四公子"之一。赵胜好客养士，宾客投奔到他的门下大约有几千人，曾担任赵惠文王和孝成王朝相国，三次被免三次官复原职，其封地在东武城（今山东武城）。

平原君家的高楼对面是普通民宅。一次，平原君的爱姬看见对面民宅中出来一个跛子，一瘸一拐地到井边打水，忍不住笑出声来。不久跛子找上门来，对赵胜说："我听说您喜爱士人。士人所以不惧路途遥远千里迢迢归附您的门下，就是因为您看重士人而轻视姬妾啊。我遭到不幸得病致残，可是您的姬妾却在高楼上耻笑我，我希望得到耻笑我的姬妾的人头。"平原君笑着应答说：

"好吧。"等那个跛子离开后，平原君笑着摇头说："看这小子，竟因一笑的缘故要杀我的爱姬，不也太过分了吗？"

过了一年多，宾客以及有差使的食客陆续离开了一多半。平原君感到很奇怪："我对各位宾客未曾失礼，为什么大家纷纷离开我呢？"一个门客回答他说："因为您不杀耻笑跛子的宠姿，大家认为您喜好美色而轻视士人，所以纷纷离去。"无奈之下，平原君只得拿耻笑跛子的爱姬开刀，亲自登门向跛子道歉，于是离开的门客又陆续返回。

笑人残疾的确可恶，但这位跛足者似乎也非善类。联想到《左传·成公二年》所载萧同叔子因嘲笑郤克等四国外宾引发齐晋之间一场恶战，说明嘲笑残疾人的后果的确非常严重。从心理学的角度说，一些残疾人难免有心理障碍，对外在的态度和看法相对敏感，平原君爱姬和萧同叔子的教训发人深思，理当吸取。

此诗以战国时期赵公子平原君爱姬比红儿之美：如果爱姬有红儿那般超凡的美貌，纵然门下宾客全部走光，赵胜也绝对不会屈从跛子的非分之请。

乐营门外柳成阴，中有佳人画阁深。

若是五陵公子见，买时应不惜千金。

沈注：《汉书·原涉传》：郡国诸豪，及长安五陵诸为气节者，皆归慕之。

楚楚辞典

乐营 旧时官妓的坊署。起源于汉代的欢场制度，一个重要职能是为军人服务。唐时盛行，唐范摅《云溪友议》卷十二："乐营子女，厚给衣粮，任其外住。若有饮宴，方一召来。柳际花间，任为娱乐。"高适《燕歌行》："战士军前半死生，美人帐下犹歌舞。"加入乐籍的女性居住于乐营，衣食官给，由各级地方官管辖；去留由地方最高长官决定，故营妓又称"官妓"，依所属级别又称"郡妓""府妓""州妓"等。军中编制以25人为"两"。

一两之长称"两头",故"营妓"又有"两头娘子"之称。

五陵公子 原指汉室帝王后裔,后用以泛指富贵子弟。唐人颜师古《汉书·列传·游侠传》注文云:"五陵,谓长陵、安陵、阳陵、茂陵、平陵。"李白《少年行》中有:"五陵年少金市东,银鞍白马度春风。"白居易《琵琶引》:"五陵年少争缠头,一曲红绡不知数。钿头云篦击节碎,血色罗裙翻酒污。"韦庄《忆昔》:"昔年曾向五陵游,子夜歌清月满楼。银烛树前长似昼,露桃花里不知秋。西园公子名无忌,南国佳人号莫愁。今日乱离俱是梦,夕阳唯见水东流。"

楚楚解读

[比拟对象] 乐营名妓

此诗原作中列第5首。"成阴"原作"如阴","不惜"原作"不啻"。

"中有佳人画阁深",据徐陵《玉台新咏序》:"周王璧台之上,汉帝金屋之中,玉树以珊瑚作枝,珠帘以玳瑁为押,其中有丽人焉。其人五陵豪族,充选掖庭;四姓良家,驰名永巷。"

此诗前两句写红儿身居乐营深处,虽属官妓身份,却如藏身画阁的豪家公主一般高贵;后两句说,若是五陵公子遇见杜红儿,买笑时当毫不犹豫,一掷千金。

青丝高绾石榴裙,肠断当筵酒半醺。

置向汉宫图画里,入胡应不数昭君。

沈注:刘歆《西京杂记》:汉元帝时,匈奴求美人为阏氏,上按图画以昭君行。及召见,貌为后宫第一。帝悔之,穷案画工,皆弃市。毛延寿与焉。

楚楚辞典

> **高绾** 高高地卷着。绾，音 wǎn，卷，把长条形的东西盘绕起来打成
> 结；云鬟高绾，将浓黑而柔美的鬟发高高地盘绕起来打成结，形容女子的
> 端庄典雅。

楚楚解读

[比拟对象] 王昭君

此诗原作中列第 6 首。原作校 6："入胡"
句，《纪事》作"入朝应不帝昭君"。

青丝，黑发；醺，酒醉；石榴裙，年轻女子
青睐的一种红色裙服。唐白居易《琵琶引》：
"钿头云篦击节碎，血色罗裙翻酒污。"此"血
色罗裙"即石榴裙。唐武则天《如意娘》："看
朱成碧思纷纷，憔悴支离为忆君。不信比来长
下泪，开箱验取石榴裙。"唐万楚《五日观妓》：
"眉黛夺将萱草色，红裙妒杀石榴花。"王昭君，
名嫱，字昭君，乳名皓月，中国古代四大美女

之一，西晋时为避司马昭讳称"明妃"，汉元帝时宫女，西汉南郡秭归（今湖
北省兴山县）人。《后汉书·南匈奴传》："昭君字嫱，南郡人也。初，元帝时，
以良家子选入掖庭。时呼韩邪来朝，帝敕以宫女五人赐之。昭君入宫数岁，不
得见御，积悲怨，乃请掖庭令求行。呼韩邪临辞大会，帝召五女以示之。昭君
丰容靓饰，光明汉宫，顾景裴回，竦动左右。帝见大惊，意欲留之，而难于失
信，遂与匈奴。"

据《西京杂记》卷二：汉元帝的宫女很多，不能经常召见，元帝就命令画
师把宫女们的长相画下来，再依据画像来召幸宫女。宫女们全都贿赂画师，多
的十万铜钱，少的也不下五万铜钱，只有王嫱不肯行贿，因而不被元帝召幸。
匈奴呼韩邪单于中原来朝觐皇上，想找一个美女作匈奴王后。于是皇上根据
宫女们的画像，决定让王昭君出塞和亲。临行时，元帝召见昭君，昭君的相貌

在后宫数第一，对答得体，风度娴静优雅，元帝后悔了。可是名单已经定下来了，元帝觉得与外国来往要注重信用，所以不再换人。过后就穷根究底地追查这件事，宫中的画师全部被杀，弃尸于市。抄没了画师的家，家财不计其数。画师中有个毛延寿，是杜陵县人，他善于画人像，无论长相美丑岁数大小，都画得十分逼真。安陵县的陈敞、新丰县的刘白、龚宽都精于画牛马飞鸟的各种姿态，但画人像美丑不如毛延寿逼真。下杜县的阳望也善于绘画，尤其善于画面着色。樊育也善于画面着色。这些人同一天被杀，陈尸示众。

《西京杂记》属于野史，毛延寿点痣之事是否属实颇多争议。昭君自愿请出，也算运气不错。她远嫁匈奴的当年，元帝就一命呜呼。否则，昭君将是另一位"闲坐说玄宗"的"上阳白发人"，而中国和亲的历史也将逊色不少。

王昭君是典型的湖北女孩性格，遇事有主见，善于把握自己的命运。她15岁进汉宫时满怀憧憬，自信凭自己的美貌才智定能成为皇帝的宠妃。但她宁肯被打入冷宫也不向画工行贿，体现出湖北女孩的倔强和正气。三年后机会来临，她没有丝毫的犹豫，主动请出远嫁大漠。明知前途充满未知的不确定性风险，也不愿固守老死后宫的必然结局。

事实证明这种决策非常英明。元帝在她出嫁一年之后驾崩，她也因此避免了终身守陵、整天陪伴松涛蝉鸣的悲惨结局。更主要的，自汉代以后，她远嫁匈奴的壮举为历代文人讴歌，近世更被视为不朽的民族亲善大使为人敬仰。

披览历代吟咏昭君题材的诗词文章，哀其不幸、悲其远嫁者占绝大多数。文人多情，他们大多是以怜悯的眼光看待昭君的。据东汉文学家蔡邕《琴操》记载，昭君初嫁匈奴，心中郁闷，曾赋诗一首，于马上而歌。这首名为《怨旷思惟歌》的四言诗中写道：

> 翩翩之燕，远集西羌，高山峨峨，河水泱泱，父兮母兮，道里悠长。呜呼哀哉。忧心恻伤。

一般认为，这首诗系伪托之作。多才多艺、精通琵琶的昭君既是主动请行，在她与呼韩邪返回大漠的时候，她若总是弹唱一些令人感觉悲哀忧伤的曲子，肯定是不大适合的。我们宁愿相信，那都是作为昭君家乡楚国的民间音乐曲目。音乐历史悠久的楚国，不仅盛产像屈原、宋玉那样的大文人兼大音乐家，也有像瓠巴、俞伯牙、莫愁女那样今人很难超越的音乐大家。

/ 最 / 美 / 的 / 女 / 人 /

王昭君从小就有音乐天赋。入宫三年，她有大把的时间进修提高。在几乎所有的昭君画像中，她都是手持琵琶，可以想象她对音乐的喜爱和痴迷。有一首《五更哀怨曲》，据说就是她在深宫中面对孤灯寒衾时即兴创作的琵琶曲：

> 一更天，最心伤，爹娘爱我如珍宝，在家和乐世难寻；如今样样有，珍珠绮罗新，羊羔美酒享不尽，忆起家园泪满襟。
>
> 二更里，细思量，忍抛亲思三千里，爹娘年迈靠何人？宫中无音讯，日夜想昭君，朝思暮想心不定，只望进京见朝廷。
>
> 三更里，夜半天。黄昏月夜苦忧煎，帐底孤单不成眠；相思情无已，薄命断姻缘，春夏秋冬人虚度，痴心一片亦堪怜。
>
> 四更里，苦难当，凄凄惨惨泪汪汪，妾身命苦人断肠；可恨毛延寿，画笔欺君王，未蒙召幸作凤凰，冷落宫中受凄凉。
>
> 五更里，梦难成，深宫内院冷清清，良宵一夜虚抛掷，父母空想女，女亦倍思亲，命里如此可奈何，自叹人生皆有定。

这虽然肯定是后人的作品，但也有艺术真实的一面。不难想象，后宫三年，寂寞深深，不知有多少夜晚，昭君肯定是手持琵琶、边流泪边弹唱，所唱的歌词内容，大致不会超出哀怨思亲的范围。

假如用一个字来概括王昭君一生的情感世界，多数人会选择"怨"字。其实，笼统把王昭君的命运归结为幸福或悲惨，均失之僵化或欠准确。从昭君入宫到最后终老大漠，其命运特点呈现的是"阶段性"特点。王昭君自愿请嫁匈奴时，对远嫁匈奴的新生活充满憧憬；当她初嫁呼韩邪单于，对呼韩邪和匈奴大草原均存在一个适应问题，有新鲜刺激，也有诸多的不适应，但其幸福指数绝对大于之前的三年深宫寂寞；及呼韩邪死，复株累继立，王昭君被迫遵从匈奴的收继婚俗改嫁，尽管这种行为一度与她心中的传统观念相抵牾，但复株累对她极为呵护，年龄又与她相当，相信这种不适应的时光是很短暂的，她与复株累单于在一起度过的岁月，无疑是她人生中最幸福的时光。后来第二任丈夫去世，与呼韩邪所生的儿子又被人杀死，昭君因此陷于极度的悲痛和绝望之中。此时直至她病死草原，可以想象她的情绪有多么低落。她生命的最后时光，肯定是在思念亲人、家乡及祖国的痛苦和忧伤之中度过的。

此诗前两句炫耀红儿衣着光鲜、醉生梦死的侈靡生活，后两句说如果画工将红儿的画像上呈呼韩邪，那入胡和亲就没王昭君什么事了。

39

诏下人间选好花，月眉云髻尽名家。

红儿若向当时见，系臂先封第一纱。

沈注：《晋书·胡贵嫔传》：泰始九年，晋武帝简良家子女，以充内职，自择其美者，以绛纱系臂。

楚楚辞典

系臂 宫女有专房之宠。也作"系臂之宠"。出自晋武帝选美女以绛纱系臂的故事。据《晋书·胡贵嫔传》："胡贵嫔名芳，父奋，别有传。泰始九年，帝多简良家子女以充内职，自择其美者以绛纱系臂。而芳既入选，下殿号泣……然芳最蒙爱幸，殆有专房之宠焉。"

楚楚解读

［比拟对象］ 胡芳

此诗原作中列第 10 首。"选"原作"觅"；"尽"原作"选"，原作校 8：觅，《绝句》《统签》均作"选"。

好花，美女。据《晋书》卷三一《后妃传》：胡贵嫔，名芳，其父胡奋。胡贵嫔不但姿色过人，性格也较平常女子不同，泰始九年（273），晋武帝下令选良家女子充备后宫，并亲自出面挑选美女，选中者以红色纱布系臂。胡芳被选中后，并不因此欣喜，下殿时哭号不止。左右阻止她说："小心陛下听见了。"胡芳说："死且不怕，何慎陛下！"武帝派遣洛阳令司马肇策拜胡芳为贵嫔。面对武帝的问话，胡芳不饰言辞，随意而答，落落大方。当时后宫人数众多，攻下东吴后，武帝又纳孙皓宫人数千名。自此掖庭有近万名宫女，其中受宠者较多。武帝"莫知所适"，即难以取舍，只好乘羊车而行，羊车在哪位宫女门前停下，武帝就此设宴就寝。宫中女子于是取竹叶插户、以盐汁洒地，希望引导羊车停留，只有胡芳最蒙爱幸，几乎享受专房之宠，侍御服饰仅次于皇后。

有一次，武帝与胡芳玩游戏，争夺箭矢过程中被伤到手指。晋武帝大怒道：

"你可真是将门之种啊！"胡芳对答说："北伐公孙，西距诸葛，可不是将门之种吗？"胡贵妃的父亲胡奋是曹魏时车骑将军阴密侯胡遵之子，年轻时即爱好武事。晋武帝时官拜左仆射，加镇军大将军、开府仪同三司。一番话呛得武帝无话可答。从这点来看，胡芳不但个性率直，且胆识过人。也许正因为个性别具一格，才得到武帝的特别宠爱。

本诗前两句指晋武帝下诏选良家女，选中的都是天姿国色；后两句指若红儿在朝，以绛纱系臂的第一人就不是胡贵嫔了。

通宵甲帐散香尘，汉帝精神礼百神。

若见红儿醉中态，也应休忆李夫人。

沈注：《汉书·外戚传》：李夫人早卒，武帝怜之，图画其形于甘泉宫，上思念不已，方士齐人少翁言能致其神，乃夜张灯烛，设帷帐。令上居他帐，遥望见好女如李夫人之貌，不得就视。上益悲感，作诗曰："是耶非耶，立而望之，翩何姗姗其来迟？"

楚楚辞典

甲帐　汉武帝为追思李夫人，按方士李少翁吩咐专门建造的帐幕。

香尘　也称芳尘，据晋王嘉《拾遗记》卷九："石虎于太极殿前起楼，高四十丈，结珠为帘，垂五色玉佩，风至铿锵，和鸣清雅……时亢旱，舂杂宝异香为屑，使数百人于楼上吹散之，名曰'芳尘'。"

楚楚解读

［比拟对象］　汉武李夫人

此诗原作中列第13首。原作校11：神，《绝句》《统签》均作"诚"。

据《汉书·外戚传上》：平阳公主向汉武帝推荐李延年的妹妹，其妹妙丽善舞，武帝甚为宠幸，立为夫人。李夫人不幸早逝。武帝时常怀想，让人画其像挂在甘泉宫内。卫皇后被废后四年，武帝驾崩，托孤大臣霍光体念帝心，请求继位的汉昭帝追封李夫人为皇后，并将其衣物与武帝合葬，以慰其相思之情。李夫人刚去世的时候，皇上思念不已，齐人方士李少翁向皇上汇报，自称能招来李夫人的魂魄，让武帝与夫人相见。李少翁在夜间设置帐幕，点亮灯烛，摆放酒肉，请武帝在另外的帐幕中远望。果然看见有个美女，就像李夫人的样子，来到篷帐中坐了一会儿，又起身走了几步。武帝不能走近细看，反而更加悲伤，为此作诗道："是耶？非耶？立而望之，偏何姗姗其来迟！"命乐师将其谱上曲子，以丝弦伴奏而歌，又亲自作赋悼念夫人。

　　将卫子夫和李夫人的为人处事方式和不同命运横向比较，颇耐人寻味。卫、李二人皆貌若天仙，能歌善舞，先后为汉武帝所宠；但两人的命运包括带给各自家族的命运却大相径庭。后人评议说，这取决于二人对"色理"的参知和领悟能力有别。

　　与卫子夫相比，李夫人也是平阳公主的家奴、歌伎出身，一样的能歌善舞、才貌超群。不同的是，平阳公主荐卫子夫是"无意插柳"，而荐李夫人则是"有心栽花"。李夫人入宫时，卫子夫人老色衰，于是享专房之宠。生下皇子刘髆（昌邑哀王）不久身染重病，武帝数次探视，李夫人却坚辞不见。李延年问她说："你为何坚决不肯见皇上呢？你这样做，难道不怕惹恼皇上吗？"李夫人于是涕泪涟涟，说出一段惊天地泣鬼神的至理名言："夫以色事人者，色衰而爱弛，爱弛而恩绝。上所以恋恋顾我者，乃以平生容貌也。今见我毁坏颜色，非故，必畏恶吐弃我，意尚肯复追思闵录其兄弟哉！"

　　这段话被认为是"以色事人者"对"色理"的独特领悟。李夫人之所以不愿见皇上或说不愿皇上看到她的"尊容"，在于她对自己的定位非常准确，理解非常透彻，认识极为清醒。凡古代帝王的臣妾嫔妃，绝大多数是以色事君。因美色而获宠，因色衰而失宠，正所谓成也美色、败也美色矣。李夫人心下明白，以色相事奉于人，特别是武帝这种把姿色看得很重的男人，色衰必然失宠，一旦失宠，恩情亦绝。

　　李夫人死后，武帝憾未见其最后一面，下旨以皇后礼仪厚葬之，并令画师绘出肖像存于甘泉宫内。又将李夫人之兄李广利封为贰师将军、海西侯，李延年封协律都尉。李夫人虽长眠于地下，但她青春貌美、如花似玉的倩影却长存人间。武帝每念及她，"愈益相思悲感"，常常茶饭不思。一次，他命法师将李夫人灵魂召回，否则杀头。法师急中生智，想出一条妙计：把李夫人的画像临摹在一张羊皮上，绘上颜色，用灯光一照，影子映在布帘上，仿佛真人一般，传说历史悠久的皮影戏就是这样发明的。

武帝还赋诗寄情，据说那首《秋风辞》就是因思念李夫人而作：

秋风起兮白云飞，草木黄落兮雁南归。兰有秀兮菊有芳，怀佳人兮不能忘。泛楼船兮济汾河，横中流兮扬素波。萧鼓鸣兮，发棹歌，欢乐极兮哀情多。少壮几时兮奈老何。

汉代以后，历代诗人对李夫人多有吟咏。如唐诗人鲍溶《李夫人歌》形容她的姿色："葳蕤半露芙蓉色，窈窕将期环佩身。"张祜《李夫人》："延年不语望三星，莫说夫人上涕零。"

本诗前两句写李夫人死后汉武帝对她的思念："通宵甲帐散香尘，汉帝精神礼百神"，是说汉武帝按方士李少翁的吩咐建造甲帐，然后在帐中抖擞精神礼敬百神，祈祷期盼奇迹出现；后两句的意思是，武帝若是见了醉眼含羞的红儿，立即会将李夫人抛诸脑后。

芳姿不合并常人，云在遥天玉在尘。

因事爱思荀奉倩，一生闲坐枉伤神。

沈注:《世说》：荀奉倩妻曹氏，有艳色。妻常病热，奉倩恒以冷身熨之。妻亡，人吊不哭而伤神。未几，奉倩亦卒。

楚楚辞典

荀奉倩 即荀粲，荀彧之子，好道术，娶骠骑将军曹洪之女。曹洪之女甚美，荀粲爱如珠玉。据《世说新语·惑溺篇》：荀奉倩与妇至笃，冬月妇病热，乃出中庭自取冷，还以身熨之。妇亡，奉倩后少时亦卒。以是获讥于世。

楚楚解读

[比拟对象] 荀粲之妻

此诗原作中列第 15 首。沈注中"人吊"，疑为"入吊"。

《三国志·荀彧传》注引何劭为荀粲立传说：荀粲字奉倩，荀粲的兄弟们爱在一起讨论儒家思想，但只有荀粲对大道有特别的领悟。他曾认为子贡称述的孔夫子对人性和天道的论述是无法耳闻或言传的，然而六籍（即《诗》《书》《礼》《易》《乐》《春秋》六经）虽然还存在，记载的却是圣人琐碎而没有价值的内容。荀粲常认为妇人的才智不重要，应该以美貌为主。骠骑将军曹洪的女儿有美色，荀粲于是娶她为妻，他家中佳丽虽多，却对曹洪之女置专房专宴。几年后，曹氏因病亡故，还没下葬，傅嘏前往对荀粲表示同情；荀粲没有哭却神情悲伤。傅嘏问他说："女子以才色并茂最难，然而你所娶的，是轻才而重色，这种女子很容易遇上，如今您为何为曹氏悲伤到这么深的程度呢？"荀粲说："佳人很难再得啊！我的亡妻虽然不算有倾国之色，可是也不能说很容易遇上的。"荀粲深陷痛苦不能自拔，一年多后也死了，时年 29 岁。

荀粲是中国美女文化史上不可忽略的标志性人物，被誉为古代著名情圣，（李贺《后园凿井歌》："情若何？荀奉倩。"）年纪轻轻就公然宣称女子才智德均不重要，最重要的是姿色出众："妇人德不足称，当以色为主。"裴令听说后，专门为他打圆场说："此乃是兴到之事，非盛德言，冀后人未昧此语。"意思是荀粲也就随便一说，后人不必当真。

荀粲的情痴行为遭到颇多人讥笑，认为不值得。《颜氏家训·勉学篇》："荀奉倩丧妻，神伤而卒，非鼓缶之情也。"（鼓缶：敲奏一种瓦质乐器，多指丧妻。）拿他说事者也大有人在。据《荀粲别传》："粲虽褊隘，以燕婉自丧，然有识者犹追惜其能言"。南朝梁刘缓《敬酬刘长史咏名士悦倾城》："工倾荀奉倩，能迷石季伦。"纳兰性德《蝶恋花·辛苦最怜天上月》："若似月轮终皎洁，不辞冰雪为卿热。"明王次回《侍疾》："唤人回枕坠瑶簪，被底炉香未许探。獭髓

＿＿＿＿＿＿＿ / 最 / 美 / 的 / 女 / 人 /

有痕留我舐，鸡香微螫代伊含。愁看西子心长捧，冷透荀郎体自堪。病退只宜清减是，尚嫌双颊似轻酣。"

　　此诗以三国时期荀粲之妻比红儿之美。前两句描写荀粲之妻的超凡出尘之美；后两句以荀粲思妻之苦反衬红儿，因为没遇见红儿，荀粲只能伤神而死。

　　　　　薄罗妆剪越溪纹，鸦翅低从两鬓分。
　　　　　料得相如偷见面，不应琴里挑文君。

　　　沈注：梁武帝《西州曲》：双鬓鸦雏色。《史记》：司马相如，素与临邛令王吉善。富人卓王孙为具召之，必欲尽醑。吉曰："闻长卿善琴，请抚之以自娱。"时卓王孙有女文君新寡，窃听之。相如以琴心挑之，文君遂夜奔相如，与之归成都。

楚楚辞典

　　鸦翅　即鸦雏，本意为幼小的鸦鸟，用以比喻女子的黑发。
　　琴挑文君　汉语成语。挑，挑逗、挑引。比喻挑动对方的爱慕之情，并表达自己的爱意，也作"琴心相挑"，出自《史记·司马相如列传》："是时卓王孙有女文君新寡，好音，故相如缪与令相重，而以琴心挑之。""缪与令相重"：缪，计谋，机智，意思是相如佯装与县令相互敬重。

楚楚解读

［比拟对象］　卓文君

　　此诗原作中列第 28 首。"妆剪"原作"轻剪"，"低从"原作"低垂"。原作校 20：垂，《纪事》《绝句》《统签》均作"从"。

　　卓文君与庄姜、张敞妇、吴绛仙被誉为古代四大"美眉"。史书形容她"眉色远望如山，脸际常若芙蓉，皮肤柔滑如脂"，琴棋书画样样精通，为人率直而风流。早婚寡居，因司马相如一曲《凤求凰》而与其奓夜私奔。这次私奔被后世文人誉为中国古代最伟大的私奔之一，卓文君与司马相如"绿绮传情""凤求凰""当垆卖酒"的风流佳话，也为后世文人津津乐道，吟唱至今。

　　说起来感慨万千，就是这样一对千古传颂的爱情模范，婚姻中也曾出现裂痕，以至卓文君留给后世最有代表性的作品，反而是她的"怨夫诗"《白头吟》《诀别书》等。这真是天下女性的悲哀！

　　该诗前两句赋写红儿美丽。"薄罗轻剪越溪纹"，是写其服装。古越地丝织工艺十分著名，而越女浣纱向为诗人乐道。用"越溪纹"形容"薄罗"，有一种特殊的、具体的美感。以"轻"代"妆"，可能更为贴切，表现出罗的薄而名贵，不宜造次剪裁。"薄"的春衫，又间接熨帖出红儿婀娜的身段。不从正面落墨，而采取侧面烘托，以唤起读者联想，丰富诗歌形象。古代少女头梳双髻，称鸦髻（或鸦头），取其色之乌黑。"鸦翅"即鬓发，"鸦翅低从两鬓分"，尤显少女天真浪漫的丰神。后两句是作者惯用的手法：如果司马相如见到红儿，也就不会费心劳神弹琴挑逗、与卓文君黉夜私奔了。

　　轻小休夸似燕身，生来占断紫宫春。
　　汉王若遇红儿貌，掌上无因著别人。

　　沈注：《汉书》：成帝微行，过阳阿公主家，悦歌舞者赵飞燕，召入宫为婕妤，贵倾后宫。荀悦《汉纪》：赵善舞，帝悦之，号曰体轻。

楚楚辞典

　　紫宫　神话中天帝的居室，借指帝王宫禁。傅玄《云中白子高行》："遂造天门将上谒，阊阖辟。见紫微绛阙，紫宫崔嵬。"李白《感遇》诗之三："紫宫夸蛾眉，随手会凋歇。"明何景明《昔游篇》："三千艳女罗紫宫，倾城一笑扬双蛾。"

　　掌上舞　比喻女子舞姿轻盈。源自汉成帝的皇后赵飞燕，成语有"燕瘦环肥"，"燕"即赵飞燕，"环"即杨玉环。据汉伶玄《赵飞燕外传》：赵飞燕初为阳阿公主家的舞女，面目姣好，体态轻盈。汉成帝立为皇后，为取

／最／美／的／女／人／

悦于她，令工匠在皇宫太液池建造了一艘华丽的御船，名"合宫舟"。一天，成帝带着飞燕一同泛舟赏景。飞燕穿着南越所进贡的云英紫裙、碧琼轻绡，一面轻歌《归风送远》之曲，一面翩翩起舞，成帝令侍郎冯无方吹笙伴舞。舟至中流，狂风骤起，险些将身轻如燕的赵飞燕吹倒，冯无方奉成帝之命救护，扔掉乐器，拽住皇后的两只脚不肯松手，飞燕则继续歌舞，后被宫中传为"飞燕能作掌上舞"的佳话。

楚楚解读

［比拟对象］ 赵飞燕

此诗原作中列第31首。"汉王"原作"汉皇"；"著"原作"着"。

汉伶玄《赵飞燕外传》："宜主幼聪悟，家有彭祖分脉之书，善行气术，长而纤便轻细，举止翩然，人谓之'飞燕'。"唐徐凝《汉宫曲》："水色帘前流玉霜，赵家飞燕侍昭阳。掌中舞罢箫声绝，三十六宫秋夜长。"唐李白《阳春歌》："飞燕皇后轻身舞，紫宫夫人绝世歌。"

赵飞燕是汉成帝刘骜的第二任皇后，她妖冶冷艳，舞技绝妙，与妹妹赵合德同封昭仪，受成帝专宠近十年，贵倾后宫。据汉伶玄《飞燕外传》：赵飞燕的父亲赵临是汉宫家奴，生下飞燕后无力抚养，将其扔到荒郊野外，四天后放心不下，去寻找时孩子竟然没死，于是抱回家中勉强养活。因为家穷，小飞燕很小就被卖到阳阿公主家做歌舞伎。飞燕天资聪颖，练就迷人的歌喉和高超的舞技。一次成帝微服出行，在阳阿公主家认识飞燕，为其倾倒，于是带回宫中，有专房之宠。

赵飞燕轻盈的身材和出众的舞技，使她在后宫嫔妃中鹤立鸡群。她表演的一种舞步，手如拈花颤动，身形似风轻移，称之"花枝乱颤"，令成帝十分着迷。当时宫中有一湾清水叫"太液池"，中间有个小岛叫瀛洲。成帝命人在上面筑起一个高40尺的台子，供赵飞燕专场演出。赵飞燕经常身穿美丽透明的薄纱，站在太监的手掌上翩翩起舞，成帝则在台下指挥乐队伴奏。一次正在表演"掌上舞"，忽然刮来一阵大风，赵飞燕轻薄的身体眼看就要随风飘去，太监慌忙扯住飞燕的衣裙，吓出成帝一身冷汗。后来成帝又专门建造了一座"七宝避风台"，供飞燕表演居住，又令制水晶盘让飞燕在盘上起舞。

几年后，赵飞燕被册封为皇后。

赵飞燕是古代中国骨感型美女的形象代言人，也是中国古代宫廷舞蹈的领军人物。她的孪生妹妹赵合德则是与杨贵妃并称的古代两大丰腴型美女，被汉成帝誉为"温柔乡"。

此诗前两句说赵飞燕身体轻巧似燕，以妖姿媚态独宠后宫，占尽紫宫春色；后两句讲，虽说赵飞燕色艺双修，但若红儿身居汉宫，跳"掌上舞"就轮不上赵飞燕了，看来红儿不但歌唱得好，舞跳得好，身材也是不逊赵飞燕的。

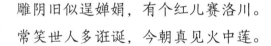

雕阴旧似逞婵娟，有个红儿赛洛川。
常笑世人多诳诞，今朝真见火中莲。

沈注：宋傅亮《芙蓉赋》：表丽观于中沚，播郁烈于兰堂。在龙见而萌秀，于火中而结房。《维摩经》：火中生莲花，是名为希有。在欲而行禅，希有亦如是。永嘉禅师《证道歌》：在欲行禅知见力，火中生莲知不坏。唐张谓《莲花寺诗》：楼殿总随烟焰尽，火中何处出莲花？

楚楚辞典

雕阴 地名，古雕阴在今陕西富县北，杜红儿为雕阴官妓。

洛川 有两个含义。一为地名，在今陕西富县南。后秦建初八年（393），姚苌分鄜县北部置洛川县，以洛水流经其地，故名洛川。二为美女洛神宓妃代称。曹植《洛神赋》以宓妃为洛水之神。罗虬曾任鄜州从事，洛川当系他与杜红儿之间故事的发生地。

火中莲 也作火中生莲，本意指火里生长出来的莲花，用以形容深陷

/ 最 / 美 / 的 / 女 / 人 /

火坑，遭遇不幸，但能洁己不毁。也比喻虽身处烦恼而能得到解脱，达至清凉境界。典出《维摩诘经·佛道品》："火中生莲华，是可谓希有；在欲而行禅，希有亦如是。"

楚楚解读

［比拟对象］ 火中莲花

此诗原作中列第 35 首。"似"原作"俗"，"逞"原作"骋"，"多诳诞"原作"语虚诞"，"真见"原作"自见"。原作校 21：骋，《绝句》作"逞"。原作校 22：语虚，《绝句》作"多诳"。

此诗以火中莲花比红儿之美。前两句说雕阴自古出美女，有个杜红儿竟然赛过洛水女神宓妃；后两句以火中莲花形容红儿虽深陷火坑，却洁身自好，不毁弃自身的洁净之美。诗人采用反衬手法，先写自己常笑世人出语荒诞，而今自己却亲见如火中莲花般美丽神奇的红儿。

谁向深山识大仙，劝人山下引春泉。
定知不及红儿貌，枉却工夫溉玉田。

45

沈注：《搜神记》：羊公雍伯，雒阳人，父母亡，葬于终山，遂家焉。山高无水，公汲作义浆于坂头，行者皆饮之。三年，有一人就饮，以一斗石子与之云："玉当生其中。"又语云："后当以此得妇。"言毕不见。乃种其石数岁，时时独视，见石子生玉。北平徐氏女甚美，行人多求不许。公乃试求焉，徐氏笑以为狂，乃戏曰："得白璧一双，来当为婚。"公至种石处，得五双，以聘徐氏，遂以女许之。天子异之，拜为大夫，于种玉处四角作大石柱各一丈，中央一顷地曰"玉田"。

楚楚辞典

玉田 源于东晋干宝志怪小说《搜神记》卷十一杨伯雍无终山种石得玉的故事。今河北唐山市有玉田县，古称无终、渔阳。

楚楚解读

〔比拟对象〕杨伯雍之妻

此诗原作中列第 37 首。"山下"原作"山上"。原作校 23：上，《绝句》作"下"。

"玉田种玉"的故事出自东晋干宝所撰志怪小说集《搜神记》卷一一：杨伯雍本洛阳人，以中介为职业。父母死后，杨伯雍将其葬于无终山，自己在山上安家守墓。山高无水，他就到山下提水，除了自己饮用，也把水放在山坡上供过路的行人饮用，三年如一日。

有一天，有人饮水后给他一斗石子，让他挑选既高且平又杂有石块的好地种上，还说："这些石子会生出白玉来。"听说杨伯雍还没娶媳妇，又说："你一定能娶上好媳妇的。"说完这些话，那人转眼就不知去向。

杨伯雍按照那人的嘱咐把石子种了下去。后来杨伯雍到种石子的地方察看，发现石头地里真的长出了玉，他心里暗自高兴，没告诉任何人。

右北平有一位姓徐的人家，是个豪门大户。他家有一位小姐，品德既好，人也俊俏。很多人去求婚，他家都不肯答应。杨伯雍心里有了底气，也赶去毛遂自荐。徐家主人见他其貌不扬且衣着普通，耻笑他不自量力，跟他开玩笑说："你若能献上一对白玉，我就把女儿嫁给你！"杨伯雍听了，二话没说即转身离去。回家后下到石田，竟然一口气挖到五对白玉。杨伯雍把白玉送到徐家。徐家人惊异非常，就把女儿嫁给了他。不过话又说回来，有了这五对白玉，方圆百里大户人家的女儿，只怕都会毛遂自荐、争先恐后要嫁给杨伯雍了。

天子听到这件奇事，就封杨伯雍为大夫。让人在种玉的石田四角立起大石柱，石柱高达一丈，称中间那块地叫作"玉田"。

此诗以杨伯雍妻徐氏比红儿之美。前两句写杨伯雍引春泉上山供人饮用，因而感动大仙；后两句以徐氏比红儿，说徐氏的美貌肯定远不及红儿，换成红儿，杨伯雍贡献再多的白玉也是枉费心机。

/ 最 / 美 / 的 / 女 / 人 /

京口喧喧百万人，竞传河鼓谢星津。

奈花似雪争云髻，今日天容是后身。

沈注：《史记·天官书》："牵牛为牺牲，其北河鼓，河鼓大星上将。婺女其北织女，织女天女孙。"《奈女耆域因缘经》：萍沙王从伏窦中入，登楼就之。明晨当去，奈女曰："若其有子，当何所与。"王则脱手金环之印，以付奈女。言髻插奈花，黑白争妍。谁知红儿乃即是花身也。

楚楚辞典

京口　江苏镇江的古称，故址在今镇江（长江）南岸。三国时孙权于公元208年在京岘山东筑城，其城凭山临江，习称京口。

星津　即星河、银河。

奈花　茉莉花的别称，花冠白色。或曰奈同奈。

天容　妖艳的姿容。

后身　一种迷信说法，指人或动物的来世转生或化身。本处指妖艳的杜红儿是杜皇后化身。

楚楚解读

［比拟对象］　晋成杜皇后

此诗原作中列第40首。"奈花"，原作"柰花"，"争"原作"簪"。原作校26：簪云，《绝句》作"争簪"。

喧喧，人声喧哗，盛传杜皇后辞世之事；河鼓，参见本诗第五首解读。杜氏，讳陵阳，京兆人，镇南将军杜预之曾孙，父杜义。据《晋书·列传·第六十三章》：成帝以杜氏奕世名德，咸康二年（336）备礼拜为皇后，即日入宫。帝御太极前殿，群臣毕贺，昼漏尽，悬簬，百官乃罢。后少有姿色，然长犹无齿，有来求婚者辄中止。及帝纳采之日，一夜齿尽生。另据《晋书·列传·成恭杜皇后》：晋成帝时，三吴女子相与簪白花，望之如素奈，传言天公织女死，为之著服。不久，杜皇后驾崩，验证传言，意即杜皇后是天上织女下凡。

《史记·天官书》：“南斗为庙，其北建星。建星者，旗也。牵牛为牺牲。其北河鼓。河鼓大星，上将；左右，左右将。婺女，其北织女。织女，天女孙也。”又有佛经名为《佛说奈女耆域因缘经》，记述佛在罗阅祇国（摩揭陀国王舍城）时，奈女之子耆域历经磨难，成为一代名医的故事以及母子二人的佛教因缘。但此奈女应该与织女和奈花没有关系（参见后汉西域安息国王太子安世高译《奈女耆婆经》）。

此诗以晋成帝杜皇后杜陵阳比红儿之美。头两句说杜皇后辞世之日，京口百万人盛传织女辞别牵牛而去；后两句说三吴女子个个头戴白花，远望如白色的茉莉，但美如织女的杜皇后并没有死，已化身为今日的杜红儿。

47　链得霜华助翠钿，相期朝谒玉皇前。
　　依稀有似红儿貌，方得吹箫引上天。

沈注：《列仙传》：萧史善吹箫，作凤鸣。秦穆公以女弄玉妻焉。作凤楼，教弄玉吹箫，感凤来集，一日随凤飞去。

楚楚辞典

翠钿　用翡翠鸟羽毛制成的首饰，犹翠靥，轻薄精美，可饰于面。南朝梁武帝《西洲曲》：“树下即门前，门中露翠钿。”唐温庭筠《南歌子》：“脸上金霞细，眉间翠钿深。”

朝谒　参见尊者。汉刘向《列女传·鲁之母师》：“大夫美之，言於穆公，赐母尊号曰‘母师’。使朝谒夫人，夫人诸姬皆师之。”谒，进见，到陵墓前致敬。此处指入朝觐见玉帝。

吹箫　萧史与弄玉之典。成语“吹箫引凤”“乘龙快婿”“龙凤呈祥”均来源于弄玉、萧史故事，事见刘向《列仙传》、李昉等《太平广记》等，以冯梦龙《东周列国志》第四十七回《弄玉吹箫双跨凤》叙述最详。

　—————————　/ 最 / 美 / 的 / 女 / 人 /

楚楚解读

[比拟对象] 弄玉

此诗原作中列第 72 首。"链"原作"练"。
原作校 58：练，《纪事》《统签》均作"炼"。

霜华，霜花。据刘向《列仙传·卷上》："箫
史者，秦穆公时人也。善吹箫，能致孔雀白鹤
于庭。穆公有女，字弄玉，好之，公遂以女妻
焉。日教弄玉作凤鸣，居数年，吹似凤声，凤
凰来止其屋。公为作凤台，夫妇止其上，不下
数年。一日，皆随凤凰飞去。故秦人为作凤女
祠于雍宫中，时有箫声而已。"

此诗以弄玉比红儿之美。前两句写弄玉在箫史指导下苦练吹箫，终于双双
跨龙乘凤飞天、朝谒于玉帝殿前；后两句说因为弄玉有似红儿一般的美貌，方
能吹箫引凤、飞上天际。

巫山洛浦本无情，总为佳人便得名。

今日雕阴有神艳，后来公子莫相轻。

沈注：合用巫山、洛神两事，言后人若有才如曹植者，定当移洛神而赋雕阴也。

楚楚辞典

巫山 一作地名，指重庆市东部巫山县。一指楚王与巫山神女（瑶姬）
梦中相会的典故。旧时文人常以"共赴巫山"喻男女欢会。

洛浦 即洛水之滨，传说以宓妃为洛水之神，三国时曹植渡洛水，因
"感宋玉对楚王神女之事"，遂作《洛神赋》。

楚楚解读

此诗原作中列第 68 首。

作者此诗将"巫山""洛浦"二典合用。

今人以"巫山神女"或"高唐神女"指为瑶姬。传瑶姬是西王母最小的女儿，因宋玉《高唐赋》《神女赋》而扬名。瑶姬美貌横生，姣丽无比，环姿玮态，不可胜赞。又痴情风流，充满女性柔媚。曾暗助大禹治水，屡建奇功，巫山神女峰为其化身。又曾向楚怀王自荐枕席，表达忠贞。现代文学界誉其为"中国的维纳斯"。宋玉《高唐赋》正文之前有一段著名的序言：

> 昔者楚襄王与宋玉游于云梦之台，望高唐之观，其上独有云气，崒兮直上，忽兮改容，须臾之间，变化无穷。王问玉曰："此何气也？"玉对曰："所谓朝云者也。"王曰："何谓朝云？"玉曰："昔者先王尝游高唐，怠而昼寝，梦见一妇人曰：'妾，巫山之女也。为高唐之客。闻君游高唐，愿荐枕席。'王因幸之。去而辞曰：'妾在巫山之阳，高丘之阻，旦为朝云，暮为行雨。朝朝暮暮，阳台之下。'旦朝视之，如言。故为立庙，号曰朝云。"王曰："朝云始出，状若何也？"玉对曰："其始出也，嘒兮若松榯；其少进也，晰兮若姣姬，扬袂鄣日，而望所思。忽兮改容，偈兮若驾驷马，建羽旗。湫兮如风，凄兮如雨。风止雨霁，云无所处。"王曰："寡人方今可以游乎？"玉曰："可。"王曰："其何如矣？"玉曰："高矣显矣，临望远矣。广矣普矣，万物祖矣。上属于天，下见于渊，珍怪奇伟，不可称论。"王曰："试为寡人赋之！"玉曰："唯唯！"

这段不到 400 字的序言，对中国神女文学创作的影响绝对是划时代的。现代文学界普遍认为，中国文学史上关于巫山神女题材的文学创作，皆发源于宋玉的《高唐》《神女》二赋。

洛神宓妃，据曹植《洛神赋·序》曰："黄初三年，余朝京师，还济洛川。古人有言，斯水之神，名曰宓妃，感宋玉对楚王说神女之事，遂作斯赋。"一说洛神原型为三国时甄洛：生于公元 182 年，河北无极人。瑰姿艳逸，仪静体闲；柔情绰态，媚于语言。初为袁熙妻，官渡之战后为曹操、曹丕、曹植父子三人追逐。她心仪八斗之才曹植，后被曹操强配曹丕。生子曹睿，为魏明帝。因后宫"巫蛊之祸",于公元 221 年被赐死。曹植为之作《感甄赋》(《洛神赋》),被后世誉为洛神宓妃再世。

巫山、洛浦因为瑶姬、洛神而扬名,然而无论瑶姬或洛神,比之雕阴官妓杜红儿来说,还是逊色了几分。后世文人骚客,该把赞誉的目光转向雕阴杜红儿了。

旧恨长怀不语中,几回偷泪向春风。

还缘不及红儿貌,却得生教入楚宫。

沈氏未注。

楚楚解读

[比拟对象] 息夫人

此诗原作中列第 98 首。"泪"原作"泣"。原作校 75:泣,《绝句》作"泪"。

此诗以楚文王夫人(息夫人、息妫、桃花夫人)比红儿之美。息夫人,春秋时期息国国君夫人,本陈国公主,妫(guī)姓,因嫁至息国(今河南息县),故称息妫。容颜绝代,目如秋水,脸似桃花,被楚文王誉为"桃花夫人"(参见本书《比红儿诗》赏析第 14 首解读)。

据《左传·庄公十年》记载:息妫婚后归宁时路过蔡国,姊夫蔡侯献舞设宴款待,席间行为轻佻。息侯闻知大怒,设计报复,派使者往楚国怂恿文王出兵假攻息国,息再向蔡国求救,诱其出兵。九月,楚兵于莘地(今汝南县境)战胜蔡国,俘虏蔡侯。

蔡侯"以彼之道,还治彼身",向楚王大赞息妫之美。楚王欲得息妫,假以巡方为名到达息国,囚息侯,灭息国,强抢息妫为妻。

息妫入楚宫,三年生二子,即熊艰(堵敖)和熊恽(成王),却不与楚王说话。楚王问其缘由,答曰:"吾一妇人,而事二夫,纵弗能死,其又奚言?"意思是:"我一个妇道人家,却嫁了两个丈夫,不能以死殉节,有什么话可说呢？"

刘向《古列女传·贞顺传》据此虚构了息妫与息侯双双跳涧殉节的情节：楚国攻打息国，俘虏了息国国君，让他看守都城城门，而将他的夫人纳入宫中。有一次，楚王出游，息夫人找到息君，对他说："人生总有一死，为什么要让自己如此痛苦！我无时无刻不在思念着你，绝对不会再嫁。我们与其活着分开，不如死在一起！"于是作诗说："毂则异室，死则同穴。谓予不信，有如皦日。"息君不让她死，但夫人执意不听，自杀殉情，息君随后也跟着自杀，二人同日而亡。楚王认为息君夫人贤惠贞洁，有情有义，就按照诸侯的礼节将二人合葬。

该诗前两句写息妫遭楚王强掳回宫后怀恨在心，不忘旧情，经年不语，暗自垂泪；后两句说，息妫的容貌姿色根本比不上红儿，文王实在没必要大费周章、强占其为夫人了。

恨袅西风日半沉，地无人迹转伤神。
阿娇得似红儿貌，不费长门买赋金。

沈注：《汉武故事》：帝年数岁，长公主问曰："儿欲得妇否？"曰："欲得。"指女阿娇"好否"？曰："若得阿娇，当以金屋贮之。"《汉书》：武帝陈皇后颇妒，别在长门宫，愁闷悲思。闻司马相如工为文，奉黄金百斤为相如、文君取酒，相如乃作《长门赋》以悟主，皇后复得幸。按：阿娇，陈皇后名。

楚楚辞典

长门买赋 也作"千金赋""卖赋千金"。陈皇后以百金力请司马相如作赋，拟以此感动汉武帝，重拾宠幸。后以"千金买赋"等称誉文章价值高、文才美。

楚楚解读

［比拟对象］　陈阿娇

此诗原作中列第 18 首。"恨裊"原作"树裊";"伤神"原作"伤心"。

《汉武故事》,又名《汉武帝故事》,共一卷,旧本题汉班固撰,但史书未载班固有此书,《隋志》著录传记类也未明确班固所作。晁公武《读书志》引张柬之《洞冥记跋》,称其为王俭作品。唐初距齐、梁时代不远,应该有所凭据。文中所言也多与《史记》《汉书》不同,其间杂以妖妄之语,后世考证者认为其成书年代不早于魏晋。

据《汉武故事》:"汉景皇帝王皇后内太子宫,得幸,有娠,梦日入其怀。帝又梦高祖谓己曰:'王夫人生子,可名为彘。'及生男,因名焉。是为武帝。帝以乙酉年七月七日旦生于猗兰殿。年四岁,立为胶东王。数岁,长公主嫖抱置膝上,问曰:'儿欲得妇不?'胶东王曰:'欲得妇。'长主指左右长御百余人,皆云不用。末指其女问曰:'阿娇好不?'于是乃笑对曰:'好!若得阿娇作妇,当作金屋贮之也。'长主大悦,乃苦要上,遂成婚焉。是时皇后无子,立栗姬子为太子。皇后既废,栗姬次应立,而长主伺其短,辄微白之。上尝与栗姬语,栗姬怒弗肯应。又骂上老狗,上心衔之。长主日谮之,因誉王夫人男之美,上亦贤之,废太子为王,栗姬自杀,遂立王夫人为后。胶东王为皇太子时,年七岁,上曰:'彘者彻也。'因改曰彻。"

另据《汉书·外戚传》:"孝武陈皇后,长公主嫖女也……初,武帝得立为太子,长主有力,取主女为妃。及帝即位,立为皇后,擅宠骄贵,十余年而无子,闻卫子夫得幸,几死者数焉。上愈怒。后又挟妇人媚道,颇觉。元光五年(前 130),上遂穷治之,女子楚服等坐为皇后巫蛊祠祭祝诅,大逆无道,相连及诛者三百余人,楚服枭首于市。使有司赐皇后策曰:'皇后失序,惑于巫祝,不可以承天命。其上玺绶,罢退居长门宫。'"说是罢退,实际等同于幽禁,至此"金屋"崩塌,"恩""情"皆负。

馆陶长公主在女儿被罢后,花费千金请司马相如作《长门赋》,史称"千金买赋"。《长门赋·序》曰:"孝武皇帝陈皇后时得幸,颇妒。别在长门宫,愁闷悲思。闻蜀郡成都司马相如天下工为文,奉黄金百斤为相如、文君取酒,因于解悲愁之辞,而相如为文以悟主上,陈皇后复得亲幸。"(《文选》卷十六)

《长门赋》情深意切，堪称经典，但武帝仅对《长门赋》作品表示称赞，并未再见陈氏。

本诗前两句写陈阿娇退居长门的深宫寂寞；后两句说，如果阿娇有红儿的美貌，自不会被武帝罢退，又何须千金买赋？

51 轻梳小髻号慵来，巧中君心不用媒。
可得红儿抛醉眼，汉王恩幸一时回。

沈注：《飞燕外传》：赵后飞燕之父冯万金，通于江都中尉赵曼之妻。曼妻，江都王孙女姑苏主也。有娠，一产二女，长曰宜主，次合德，皆冒姓赵。宜主即飞燕，合德新沐，膏九曲沉水香，为卷发，号"新髻"；为薄眉，号"远山黛"；施小朱，号"慵来妆"。衣故短，绣裙小袖。李文袜、淖方成见曰："此祸水也，灭火必矣。"

楚楚辞典

慵来 即慵来妆，古时女子一种娇媚的梳妆，传为汉成帝宠妃赵合德发明。据伶玄《赵飞燕外传》："合德新沐，膏九曲沉水香，为卷发，号新髻；为薄眉，号远山黛；施小朱，号慵来妆。"亦省称"慵来"。慵来妆：薄施朱粉，浅画双眉，鬓发蓬松而卷曲，给人以慵困、倦怠之感。

楚楚解读

[比拟对象] 赵合德

此诗原作中列第47首。"汉王"原作"汉皇"，"恩幸"原作"恩泽"。

据汉伶玄《赵飞燕外传》："赵后飞燕，父冯万金。祖大力，工理乐器，事江都王协律舍人。万金不肯传家业，编习乐声，亡章曲，任为繁乎哀声，自号凡靡之乐。闻者心动焉。江都王孙女姑苏主，嫁江都中尉赵曼。曼幸万金，食不同器不饱，万金得通赵主。主有娠，曼性暴妒，且早有私病，不近妇人。主恐失，称疾居王宫。一产二女，归之万金，长曰宜主，次曰合德，然皆冒姓赵。

/最/美/的/女/人/

宜主幼聪悟，家有彭祖方脉之书，善行气术，长而纤细轻便，举止翩然，人谓之'飞燕'。"

赵飞燕入宫未久就被封为婕妤，惹得后宫妒声一片。少年坎坷的赵飞燕深知要独享专宠，仅凭一己之力是无能为力的，于是乘机向成帝奏道："陛下，臣妾还有一个孪生妹妹，长得也是如花似玉，与臣妾各有特点。在男女性事方面，可能比我更具风情哩。"好色的刘骜听说飞燕还有一位同胞妹妹，龙颜大悦，派人火速前往阳阿公主府接其入宫。成帝乍见，果然是体态丰腴、皮肤白嫩，与姐姐飞燕风格迥异，顿觉耳目一新。望着赵合德千娇百媚的模样，成帝早已是三魂丢了二魂，侍立在成帝身后的"披香博士"（宫廷教习）淳方成瞪起她的火眼金睛，轻轻啐了一口："这是祸水啊，要灭火了矣！"

女官淳方成的谶言，汉成帝并未听到。欲火攻心，天塌下来都可以不在乎，何况祸水兮！赵合德在唱歌跳舞、吹拉弹奏等方面远不及姐姐飞燕，但在智胜算计、妖媚惑迷方面却胜出许多。她丰满的娇躯，恰似含苞待放的蓓蕾，光滑白嫩的肌肤，更若粉妆玉琢，令成帝着体便酥。《西京杂记·卷一》："赵后体轻腰弱，善行步进退，女弟昭仪不能及也。但昭仪弱骨丰肌，尤工笑语。二人并色如红玉，为当时第一。皆擅宠后宫。"

为博取皇上欢心，赵合德费尽心机，新创"慵来妆"只是其一；每日直播洗澡，从宽褴罗衣、玉骨冰肌、兰汤潋滟，到自我欣赏，顾影自怜，轻醮细拭，一幅幅活色生香的旖旎画面，直看得汉成帝哈喇子直流。史称成帝在与赵合德度过第一个不眠之夜后，就在欢畅无比、欲仙欲死之中，把赵合德唤做了"温柔乡"。笑曰："我当终老是乡，不愿效武帝之求白云乡了。"岂料一语成谶，后来果然应验。

此诗以赵合德比红儿之美。讲赵合德约略梳妆打扮，就将成帝迷得团团转；然而倘若红儿在场，只要抛个媚眼，成帝就会将赵合德冷落一旁，转宠红儿。

52

自有闲花一面春，脸檀眉黛一时新。

殷勤为报梁家妇，休把啼妆赚后人。

沈注：华峤《汉后书》：梁冀妻孙寿色美，善为妖态。作愁眉、啼妆、坠马髻、折腰步、龋齿笑，以为媚惑也。

楚楚辞典

脸檀　面色红润。檀，浅绛色。

啼妆　妆者以粉薄拭目下，有似啼痕，因名。流行于东汉。也借指美人泪痕。《后汉书·五行志一》："啼妆者……始自大将军梁冀家所为，京都歙然，诸夏皆放效。"前蜀韦庄《闺怨》："啼妆晓不干，素面凝香雪。"宋欧阳修《长相思》词："爱著鹅黄金缕衣，啼妆更为谁？"清吴伟业《圆圆曲》："蜡炬迎来在战场，啼妆满面残红印。"

楚楚解读

〔比拟对象〕　孙寿

此诗原作中列第46首。赚，骗取。

据《后汉书·梁统列传》："弘农人宰宣素性佞邪，欲取媚于冀，乃上言大将军有周公之功，今既封诸子，则其妻宜为邑君。诏遂封冀妻孙寿为襄城君，兼食阳翟租，岁入五千万，加赐赤绂，比长公主。寿色美而善为妖态，作愁眉、啼妆、堕马髻、折腰步、龋齿笑，以为媚惑。冀亦改易舆服之制，作平上软车、埤帻、狭冠、折上巾、拥身扇、狐尾单衣。寿性钳忌，能制御冀，冀甚宠惮之。"

孙寿是东汉桓帝时大将军梁冀的老婆，堪称东汉女性时尚新潮流的领军人物。俗话说：女人只要妖，足以赛过美。这孙寿不但美丽，而且妖媚；不但美丽妖媚，而且会变着法子玩新鲜，《后汉书》上说她"作愁眉、啼妆、堕马髻、折腰步、龋齿笑"，一时风靡洛阳。孙寿的这些发明，不但引领了当时潮流，对后世中国妇女化妆与形象塑造更有划时代的影响。

　　　　　　　／最／美／的／女／人／

先说"愁眉"，愁眉并非望文生义把眉毛画成愁容满面的样子。据《中华古今注》：愁眉是孙寿首创的眉毛化妆新样式，孙寿一改先前在妇女里流行的惊翠眉为细长曲折、眉梢上翘，此样式被称之"愁眉"，据说是继承卓文君的眉毛样式——远山眉而来。历史上曾经流行过多种眉毛形状，比如短而黛黑的眉妆，但只有文君的远山眉流传最为持久。孙寿在远山眉的基础上，抓住了长而淡的主要特点，加以改进，融入精神因素，制造出似愁非愁、惆怅万端的气氛。愁眉在唐宫也一度流传，以至于王仁裕在《开元天宝遗事》里把画愁眉也列为安史之乱的祸因之一。鲁迅在《南腔北调集·关于女人》中也讥讽说："西汉末年，女人的'堕马髻'、'愁眉啼妆'，也说是亡国之兆。"

再说"啼妆"，顾名思义，就是在脸上留下哭后的泪痕，令男性"我见犹怜"，也就是李白笔下的"可怜飞燕倚新妆"。

所谓"堕马髻"，就是将发髻偏斜一边，形成一种蓬松飘逸的动态美。从更古的文献上找，确实找不到把头发坠在一边的发型，就是诗经所描写的美女卫姜，大约最多把头发拢在一起，对称式地垂于背上，或高梳起来，显得雍容华贵。孙寿则别开生面，把头发拢在一边，造成不对称的美感。"堕马髻"或说"马尾巴"是孙寿在中国妇女发型设计上最重要的贡献，时至今日，"堕马髻"仍然是不少年轻女性发式的选择。

除了化妆，孙寿在仪态审美方面也有重要贡献。一是"折腰步"，据《集异记》介绍，其步是"足不在体下"，意思是行走时，足、腿与上身不保持在一条直线上，形成S形身段，每一移莲步，则身如杨柳般地扭动，袅袅婷婷，弱不胜风。倘若有音像资料保存，保不准今日T台的走猫步就是从孙寿的折腰步演化而来。二是"龋齿笑"："若齿痛，乐不欣欣"。牙齿疼却要笑，笑得遮遮掩掩，于是一笑百媚生。笑中忍痛，怎不让心爱者心痛？

孙寿是化妆师、形体设计师兼心理学家，她把男性的心理吃透了，懂得欲迎还拒的道理，在忽有忽无之间，制造出迷离、朦胧、暧昧的效果，令男人印象深刻，欲罢不能。现代西方的服装模特，在T台上故意做出冷峻矜持的样子，殊不知千篇一律的冷颜，只能使人有蓬山之隔，难生亲近之感，与孙寿的妆容姿态相比，终究是差距远矣。

一个堕马髻，一个折腰步，足以奠定孙寿在中国美女文化史上的独特地位。然而因为红儿的横空出世，孙寿挖空心思的所有"媚惑"从此失灵。

53 汉皇曾识许飞琼，写向人间作画屏。
昨日红儿帘外见，大都相似更娉婷。

沈注：班固《汉武帝内传》：帝见西王母，王母自设天厨。命诸侍女王子登弹八琅之璈，又命侍女董双成吹云和之笙，石公子击昆廷之金，许飞琼鼓震灵之簧，婉凌华拊五灵之石，范成君击湘阴之磬，段安香作九天之钧。唐代高骈《女仙传》：开成进士许缠，梦到琼台，见仙女三百余，内一人许飞琼，遂赋诗云："晓入瑶台露气清，坐中惟有许飞琼。尘心未尽俗缘在，十里下山空月明。"及成，又令改第二句云"天风飞下步虚声"，云"不欲世间知有我也"。

楚楚辞典

画屏 上面绘制有图画的屏风。

娉婷 形容女子姿态美好或音乐舞姿柔美；也借指美人。东汉辛延年《羽林郎》："不意金吾子，娉婷过我庐。"唐白居易《夜闻歌者》："独倚帆樯立，娉婷十七八。"元石君宝《秋胡戏妻》第三折："一见了美貌娉婷，不由的我便动情。"

许飞琼 神话传说中西王母的侍女。唐白居易《霓裳羽衣舞歌》："上元点鬘招萼绿，王母挥袂别飞琼。"白居易自注："许飞琼，萼绿华，皆女仙也。"另据《汉武帝内传》：王母乃命诸侍女王子登弹八琅之璈，又命侍女董双成吹云和之笙，石公子击昆庭之金，许飞琼鼓震灵之簧……于是众声澈朗，灵音骇空。传为汉泉台下与书生郑交甫见面的江妃二女之一，惜未见直接的史料证据。

楚楚解读

〔比拟对象〕 许飞琼

此诗原作中列第 50 首。"帘外"原作"花下"。原作校 35：花，《绝句》作"帘"。

据《太平广记》卷七十：唐朝开成初年，有个进士叫许瀍，解暑到河中游泳，忽然得了一场大病，不省人事。他的几位亲友围坐一边守护他。到了第三天，许瀍突然站起身来，取笔在墙壁上飞快地写下一首诗："晓入瑶台露气清，坐中唯有许飞琼。尘心未尽俗缘在，十里下山空月明。"写完后又倒下昏睡过去了。到了第二天，他又惊醒过来，取笔把墙上诗的第二句改为"天风飞下步虚声"。写完，浑然无知地像酒醉一样，却不再昏睡了。过了很久，才渐渐能说话，告诉亲友说："我昨天在梦中到了瑶台，那里有仙女三百多人，都住在大屋子里。其中有个人自称是许飞琼，让我赋诗。等诗写成了，她又叫我改，她说：'不想让世上的人知道有我。'诗改完，很受许飞琼的赞赏，并令众仙依韵和诗。许飞琼说：'您就到此结束吧，暂且回去吧！'我就好像有人引导似的，终于回过魂来了。"

本书《比红儿诗注》第四首解读中所引《女仙传·江妃》，曾言郑交甫游汉江时遇见二位女仙，后人指其中一人即为许飞琼，她与女伴偷游人间，在汉泉台下遇到书生郑交甫，相见倾心，摘下胸前佩戴的明珠相赠，以表爱意。估计郑交甫是个许仙式的迂腐书生，拿到美女馈赠的明珠就揣在怀里，害羞得急急忙忙离开。刚走了数十步，突然发现怀里空空，明珠已不翼而飞。再回头看二位美女时，只见远处的江水上，二位美女行于波浪之上，华丽衣裳，凌波微步，风姿绰约，时隐时现。郑交甫再也顾不上腼腆，拔腿去追。美女径回天庭，江边只留下郑交甫的一声叹息。不过称许飞琼为二女仙之一仅限于"江湖传言"，《女仙传·江妃》未予明示。唐李康成《玉华子歌》中有云："解佩空怜郑交甫，吹箫不逐许飞琼。"诗句看似把两人关联起来了，但以解佩对吹箫，讲的似乎是两码事。

从《太平广记》卷七十的描述中，可以得知许飞琼的两个特点：一是其美貌无与伦比，"仙女三百余人，皆处大屋"，而"坐中唯有许飞琼"，可见许飞琼之艳冠群芳、出类拔萃；二是低调，她专门告诫许瀍"不欲世间人知有我也"，并责令许瀍把含其姓名的第二句重新改写，不让世间知其行踪。另据《汉武帝内传》和李康成《玉华子歌》，可知许飞琼有"击打震灵簧"和吹箫等音乐才华。

此诗以许飞琼比红儿之美。前两句描写汉武帝对许飞琼的钦慕，将其写入画屏日夜端详；后两句写红儿的美艳比许飞琼更胜一筹。

54

红儿不向汉宫生，便使双成漫得名。
疑是麻姑恼尘世，暂教微步下层城。

沈注：注同上。

楚楚辞典

董双成　与许飞琼、王子登等皆《汉武帝内传》中女仙。据《汉武帝内传》：王母乃命诸侍女王子登弹八琅之璈，又命侍女董双成吹云和之笙，石公子击昆廷之金，许飞琼鼓震灵之簧，婉凌华拊五灵之石，范成君击湘阴之磬，段安香作九天之钧。于是众声澈朗，灵音骇空。又命侍女安法婴歌元灵之曲。

麻姑　道教所尊女仙。一说为东汉官宦人家的女儿。从小娇美无瑕，芳菲含娇，心境善良，机敏早慧。少女时代即有异相，身怀掷米成珠的绝技，因同情下层贫民为官府所迫跳崖，千钧一发之际为王母娘娘所救。后于山东牟平昆嵛山修炼成仙。为报王母救命之恩，麻姑每年必携自酿美酒仙桃赴瑶池献寿。后被民间视为能带来祝福与吉祥的女仙供奉。

尘世　佛教徒或道教徒所指的人世间，也指俗世、凡间。

层城　古代神话中神仙居住之地，在昆仑山顶；一指天庭，即天帝居所。也泛指仙乡。

楚楚解读

[比拟对象]　董双成、麻姑

此诗原作中列第85首。"漫"，原作"谩"。

传说董双成乃钱塘人，先辈世代在商朝为宦，铢积寸累，终成大富。西周时期，董家退隐于钱塘江畔，种桃炼丹修仙，过着优哉游哉的生活。经过几代人矢志不渝的努力，到双成时，终于"水到渠成"。董双成从小酷爱音乐，修道闲暇，常吹笙自娱。每次吹笙，就会引来百鸟在头上盘旋；当她莺莺而歌的

　　　　　　　　/ 最 / 美 / 的 / 女 / 人 /

时候，就会有成群的仙鹤飞来聆听。

在今杭州西湖妙庭观附近有一座望仙桥。宋代绍兴年间，有位名叫董元行的道士曾在附近挖出一块奇妙的铜牌，上面刻有一首诗："我有蟠桃树，千年一度生，是谁来窃去？须问董双成。"传说望仙桥就是董双成当年炼丹得道、自吹玉笙驾鹤仙去的地方。

仙鹤载着董双成来到了位于昆仑山的西王母国。王母娘娘将董双成收为贴身侍女，命她与姑射真人、周琼姬等做掌管下雪的仙子。周琼姬掌管芙蓉城，董双成掌管贮雪琉璃净瓶，瓶内盛着白雪数片。每遇彤云密布时，董双成取出瓶子，由姑射真人用黄金箸敲出一片雪来，人间就下一尺厚的瑞雪。一天，紫府真人邀集大家聚会，姑射真人、董双成等欣然赴约。席上气氛很好，彼此都喝得有些高，姑射真人向董双成要过瓶子，以黄金箸敲打着放声而歌。不想用力过猛，竟将琉璃净瓶敲碎，霎时雪片倾出，人间普降暴雪，许多地方遭遇特大雪灾。

因此过失，西王母罚董双成去看守蟠桃园。所以董双成又称"蟠桃仙子"。凡心未泯的"蟠桃仙子"似乎与汉武帝的文臣东方朔有染，竟使他数次偷桃得逞。元封元年（前110）七夕，王母娘娘造访汉武帝时，由云鬟花颜的董双成搀扶登上承华殿。亲手向武帝献上仙桃。武帝吃了双成献上的四个蟠桃后，顿觉通体舒泰，齿根生香。据《太平广记》记载：当时武帝在汉宫盛宴贵宾。酒至半酣时，西王母让随行诸位仙女各展音乐绝技。对神仙天界充满向往之情的汉武帝从此更加沉迷于道术，幻想长生不老或化羽成仙。

神仙化的董双成在历代文人的作品中屡屡出现。如白居易《长恨歌》："金阙西厢叩玉扃，转教小玉报双成"；五代诗人项斯《送宫人入道》："愿随仙女董双成，王母前头作伴行。"

关于麻姑，据晋葛洪《神仙传》卷二介绍：王远，字方平，汉代东海郡人，知识渊博，精通五经，对天文、图谶以及《河图》《洛书》等深有研究，对天下的兴衰变化，全国的吉凶祸福之事，均能先知先觉、了如指掌。后来他辞去官职，入山潜心修道。修道成功后，王远先住在陈耽家里，后来又到苏州助蔡经成仙。一次，王远遣人去请麻姑来相会，蔡经并不知麻姑是谁。传信的使者向麻姑汇报说："王方平敬报，因为他很久不到民间来了，今天来到蔡经家里，想问下麻姑能不能抽空来聊聊？"报信的人向王方平传话说："麻姑向您请安了，说跟您已有五百多年没见面了，麻姑现在受命要去蓬莱巡视一下，去完就过来拜见您，希望您到时还没有离开。"

这样过了两个时辰，就听到麻姑来了。先听到人马喧哗的声音，麻姑的随从仙官只有王远的一半。麻姑到后，蔡经也引全家相见。麻姑是个很漂亮的女子，看起来年龄像十八九岁的样子，她头顶上盘了一个发结，其余的头发下垂到腰间。麻姑衣服上的色彩和花纹都很艳丽，但是又不像丝织品做的，非常光彩耀眼，无法形容，都是人世间没见过的。麻姑进来拜见王远，王远起立迎接。坐定后，各自呈上所携带的饮食，都是用金盘玉杯盛放。食物大多是用各种花卉制成，香气四溢。王远撕开一块肉干，边吃边对麻姑说："这是麒麟肉。"麻姑说："自从上次接待您之后，已经三次见到东海变成桑田了。刚去蓬莱，又看到海水比我们上次相见时浅了约有一半，这不是又要变成山陵陆地了吗？"王远感叹说："圣人们都说，大海中又要扬起尘土了。"麻姑想见见蔡经的母亲和他家的女眷，蔡经的弟媳此时刚刚生产完没几天，麻姑一见就知道了，说："哎呀，你先站住不要往前走了。"当即要了一些米来，拿到米后抛掷在蔡经弟媳身前的地上，说要用米祛除一下秽气，再看地上的米都变成朱砂了。王远笑着说："麻姑还是年轻啊，我老了，不喜欢再搞这些游戏变化的事了。"王远对蔡经家人说："我想赐给你们一些美酒，这些酒是刚从天宫的厨房拿来的，味道特别醇香浓烈，不适合世间凡俗的人喝，喝了可能会烂掉肠胃，现在应该拿水调和一下，你们这些人不要见怪。"于是用一斗水，量一升酒放进去搅拌均匀，赐给蔡经的家人。他家人喝了一升多的，都醉了。过了好长时间，酒都喝完了，王远差遣左右随从人员说："不够了再回去取来。"用一千钱给余杭姥，要买酒。一会儿工夫信使就回来了，带回来一油囊的酒，大概五斗多。信使传达余杭姥的回话："怕地上的酒不能让诸位天尊喝得满意。"

麻姑的手长得像鸟爪一样，蔡经看见了，心中默念说："后背痒得厉害的时候，要是能用这个手挠挠背，那真是太好了。"王远已经得知蔡经心中的想法，就让人拉来蔡经鞭打他，对他说："麻姑是个仙人，你怎么忽然说她的手可以用来抓背？"只看到鞭子打在蔡经的后背上，也没看到有人拿着鞭子。王远对蔡经说："我的鞭子可不是随便就能拿得到的。"

另据葛洪《神仙传·麻姑传》：古时以麻姑比喻高寿，又传三月三日西王母寿辰，麻姑曾于绛珠河边以灵芝酿酒祝寿。旧时民间为女性祝寿多赠麻姑

／ 最 ／ 美 ／ 的 ／ 女 ／ 人 ／

像，取"麻姑献寿"之意。

本诗头两句以红儿比董双成，说因为没有红儿，董双成才被汉武帝看重；后两句说，今天的红儿，就好比麻姑由凡间女子化为女仙后重返人间，光彩耀日，不可名状。

冯媛须知住汉宫，将身只是解当熊。
不闻有貌倾人国，争得今朝更比红。

沈注：《汉书·孝元冯昭仪传》：初为婕妤，上幸虎圈斗兽。熊逸出圈，攀槛欲上。冯婕妤直前，当熊而立。上问："人情惊惧，何故前当熊？"对曰："猛兽得人而止，妾恐熊至御座，故以身当之。"帝惊叹，自是倍敬重焉。

楚楚辞典

冯媛当熊　西汉建昭中，汉元帝率左右于后宫观看斗兽，有熊逃逸出圈，攀栏欲上殿，冯婕妤径直向前当熊而立，保护元帝免遭伤害。后以冯媛当熊为爱君之典。

楚楚解读

［比拟对象］　冯媛

此诗原作中列第 80 首。"比"原作"似"。原作校 68：似，《绝句》作"比"。

争得：怎么能够。据《汉书·孝元冯昭仪传》：孝元冯昭仪是平帝的祖母。元帝即位后第二年被选入后宫。当时冯昭仪的父亲冯奉世在朝中担任执金吾。昭仪开始时为长使，数月后升至美人，入宫五年后生下一名男婴，受封为婕妤。元帝建昭年间（前 38—前 34），元帝在虎圈上观看斗兽，后宫嫔妃坐在旁边观看。有一只熊跃出熊圈，攀着栏杆，要爬上殿来。左右的贵人傅昭仪等人吓得纷纷逃窜，只有冯婕妤站起身来，立在前边，挡住扑过来的熊，左右的武士将熊杀死。元帝问冯昭仪："别人都吓得惊慌失措，你怎么敢站在前边，挡住熊？"冯婕妤回答："猛兽逮住一个人后就会停下来，妾担心熊扑到御坐前，所以用身体挡住。"元帝听了，嗟叹不已，自此更加敬重冯婕妤。傅昭仪等人则惭愧万分。

冯婕妤只身斗熊的故事，成为中国妇德教科书中的经典案例。《龙文鞭影》以"梁姬值虎"对"冯后当熊"。梁姬，即南宋抗金女英雄梁红玉。梁本是京口妓女，某夜五更时分被官府召唤，经过走廊时，见有一只猛虎蹲卧中间，吓得拔腿就跑。过后缓过神来，与几个姐妹互相壮胆去看个究竟，却见只是一名睡着了的兵卒。梁红玉觉得不可思议，便将他推醒，知他姓韩名世忠。回家后与母亲商议，以喝酒为名约韩世忠相见，与其结为夫妻。

冯婕妤（冯媛）和傅昭仪同为汉元帝妃子。元帝众妃为争宠打得一塌糊涂，因为挺身挡熊，冯婕妤得以脱颖胜出。

本诗头两句讲冯媛只身挡熊的故事；后两句说，冯媛并没有惊人的美貌，自然不能与红儿相提并论了。

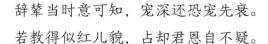

辞辇当时意可知，宠深还恐宠先衰。
若教得似红儿貌，占却君恩自不疑。

沈注：《汉书·孝成班婕妤传》：成帝游后庭，欲与婕妤同载。辞曰："观古图画，圣贤之君，皆有名臣在侧，三代末主，乃有嬖妾。今欲同辇，得毋近似乎？"上善其言而止。

楚楚辞典

班姬辞辇 也称辞辇。班姬，汉成帝婕妤班氏。典出《汉书》卷九十七下《孝成班婕妤传》："成帝游于后庭，尝欲与婕妤同辇载，婕妤辞曰：'观古图画，圣贤之君皆有名臣在侧，三代末主乃有嬖女，今欲同辇，得无近似之乎？'上善其言而止。"后以"辞辇"为称颂后妃之德的典实。

/ 最 / 美 / 的 / 女 / 人 /

楚楚解读

［比拟对象］ 班婕妤

此诗原作中列第 82 首。

"辞辇"事载《汉书·外戚传》：成帝刚继
位时，班婕妤被选入后宫。开始时是少使，后
来得到成帝宠幸，升为婕妤，生下一个男孩，
几个月后夭亡。有一次，成帝在后庭游玩，邀
班婕妤同乘辇车，班婕妤正色回绝说："妾看
到古时候的图画，贤圣的君王身边均为名臣辅
佐，三代的末世君王，身边才是美女陪侍。今
天妾与皇上同乘一辆车子，岂不是在效仿末世
的君王吗？"成帝很赞赏班婕妤这番话，就没
有再坚持。太后听说了此事，高兴地说："春秋

时楚国有樊姬，今天我汉朝有班婕妤。"班婕妤喜欢读《诗经》，以及《窈窕》
《德象》《女师》等有关女德的文章。每次觐见成帝或上书言事，均按照古礼
去做。

成帝鸿嘉年间（前 20—前 17）后，成帝逐渐将心思用在后宫女宠上。赵
氏姐妹受宠后，班婕妤、许皇后被冷落一边，很少能见到成帝。成帝鸿嘉三年
（前 18），赵飞燕谮毁许皇后、班婕妤，说二人为了得到成帝的宠幸，竟然诅咒
后宫中的嫔妃，还涉及皇帝。许皇后因此被废。在拷问班婕妤时，班婕妤回答
说："妾身听说'死生有命，富贵在天'。修养德行，还未必能获得幸福，用邪
念又岂能达到目的？如果鬼神有知，不会接受邪臣的祝告；如果鬼神无知，祝
告又有何益处？妾不屑于做这种事情。"成帝听说后，认为班婕妤回答得很有
道理，怜悯班婕妤遭受她人诬陷，赐予她黄金一百斤。

班氏为西汉大姓，班婕妤是左曹越骑校尉班况的女儿、大史学家班固和班
超的姑母，楼烦（今山西省武宁县）人。在赵飞燕入宫前，汉成帝对班婕妤最
为宠幸，她多方面的才情，使汉成帝把她放在亦妻亦友的地位。

班婕妤不愿与成帝同车出游，被王太后赞为古之樊姬。楚庄王刚即位的时
候，喜欢打猎，不务正业，樊姬苦苦相劝，但效果不大，于是不再吃禽兽的肉，

楚庄王终于感动，改过自新，不多出猎，勤于政事。后来又由于樊姬的推荐，重用贤人孙叔敖为令尹宰相，最终称霸天下，成为"春秋五霸"之一。

可惜汉成帝不是楚庄王。自赵飞燕姐妹入宫后，沉溺于声色犬马，班婕妤自此失宠。退居长信宫后，班婕妤曾作《团扇歌》表达心情的失落："新裂齐纨素，鲜洁如霜雪。裁为合欢扇，团圆似明月。出入君怀袖，动摇微风发；常恐秋节至，凉飙夺炎热；弃捐箧笥中，恩情中道绝。"

此诗前两句说，班婕妤当时辞辇的行为是值得称赞的；处在她的位置上，越是得宠，越是害怕失宠；后两句说，若是班婕妤拥有红儿的美艳，自然会独占君恩，不会像秋后团扇，被扔到一边了。

晓向窗纱与画眉，镜中长欲助娇姿。
若教得似红儿貌，走马章台任道迟。

沈注：《汉书·张敞传》：敞为妇画眉，长安中传张京兆眉妩。有司以奏，上问之，对曰："臣闻闺房之内，夫妇之私，有过于画眉者。"上爱其能，不责备也。又张敞为京兆尹时，罢朝会，走马章台街。

楚楚辞典

张敞画眉　汉语成语。本义指西汉京兆尹张敞为妻子画眉毛。旧时比喻夫妻感情和洽。典出《汉书·张敞传》："然敞无威仪……又为妇画眉，长安中传张京兆眉妩。"

走马章台　章台，汉长安章台下街名，旧为妓院的代称。原指骑马经过章台，后指涉足妓间。出自《汉书·张敞传》："然敞无威仪，时罢朝会，过走马章台街，使御吏驱，自以便面拊马。"便面，扇子的一种。颜师古注："便面，所以障面，盖扇之类也。不欲见人，以此自障面，则得其便，故曰便面，亦曰屏面。"后泛指扇面。

　／最／美／的／女／人／

楚楚解读

[比拟对象]　张敞妇

此诗原作中列第 71 首。"窗纱"原作"妆台"。原作校 57：妆台，《纪事》《统签》均作"妆窗"，《绝句》作"纱窗"。

钱塘徐士俊野君《十眉谣》："古之美人，以眉著者得四人焉。曰庄姜、曰卓文君、曰张敞妇、曰吴绛仙。"

《汉书·张敞传》：张敞，字子高，原来是河东郡平阳县人，后来接替黄霸担任京兆尹。张敞担任京兆尹，遇到朝中有大事讨论，常常会在朝堂上引经据典，提出的建议也很中肯，朝中的公卿大臣都很信服，宣帝多次采纳张敞的建议。然而张敞不注意形象，下了朝会，在长安城的闹市区章台街骑着马招摇过市，让驾车小吏赶着空车回府，张敞自己骑着马，用扇子轻抚马背，一副悠然自得的样子。在家中卧室，张敞经常为妻子画眉，长安城中因此有传言，说张京兆的眉毛画得很漂亮。有关官员为此事上奏朝廷。宣帝就此事询问张敞，张敞回应说："臣听说闺房之中，夫妇之间亲昵的程度，远超过画眉这类事情。"宣帝欣赏张敞的才能，没有责怪他。然而在朝中，始终也没有安排张敞更高的职务。

张敞政绩卓著，得到宣帝嘉奖。他担任京兆尹，也非常称职，之所以长久得不到提升，一是他散朝之后，爱从章台街前溜达而过；二是他为夫人画眉，被长安人讥讽为"张京兆眉抚"。宣帝虽说没办他的罪，却也认为他缺乏威仪，不应上列公卿。不过同僚们的一纸状词，却使"张敞画眉"的故事见载正史、流传至今。

该诗头两句写张敞与夫人对镜画眉；后两句说，若是夫人有红儿之美，张敞即便经过章台，也一定会放慢脚步，不会悠然自得、招摇过市了。

58

凤舞香飘绣幕风，暖穿驰道百花中。
还缘有似红儿貌，始得迎将入汉宫。

沈氏未注。

楚楚辞典

绣幕 锦绣的幕帘。

驰道 古代为帝王行驶车马而修建的道路。《史记·秦始皇本纪》："二十七年治驰道。"《汉书·贾邹枚路传》："（秦）为驰道于天下，东穷燕齐，南极吴楚，江湖之上，濒海之观毕至。道广五十步，三丈而树，厚筑其外，隐以金椎，树以青松。"

楚楚解读

［比拟对象］ 汉宫宠妃

楚楚解读此诗原作中列第78首。"始得"原作"始道"。原作校67：道，《绝句》作"得"。

新浪博主"天天新"疑罗虬以西晋美男周小史比红儿，是此一说："周小史与潘安齐名，是男性，但有些像红儿的美貌，所以被迎入宫中。周小史事迹，不详。与皇帝似乎并无瓜葛。但却有人多次吟咏。"冯梦龙《情史》：魏晋佳人有二，潘安、周小史是也。晋张翰《周小史》诗曰："翩翩周生，婉娈幼童。年十有五，如日在东。香肤柔泽，素质参红。团辅圆颐，菡萏芙蓉。尔形既淑，尔服亦鲜。轻车随风，飞雾流烟。转侧绮靡，顾盼便妍。和颜善笑，美口善言。"梁刘遵《繁华诗》："可怜周小童，微笑摘兰丛。鲜肤胜粉白，曼脸若桃红。挟弹雕陵下，垂钩莲叶东。腕动飘香麝，衣轻任好风。幸承拂枕选，侍奉华堂中。金屏障翠被，蓝帕覆薰笼。本知伤轻薄，含词羞自通。剪袖恩虽重，残桃爱未终。蛾眉讵须嫉，新妆近如宫。"

此诗写汉宫迎娶皇妃的盛大场面。前两句写迎亲的彩车穿行在凤舞香飘、

/ 最 / 美 / 的 / 女 / 人 /

百花簇拥的驰道上；后两句说，如果新娘子没有红儿一样的美貌，是没资格进入汉宫的。

千里长江旦暮潮，吴都风物尚纤腰。

周郎若见红儿貌，料得无心念小乔。

沈注：《吴志·周瑜传》：瑜从孙策征皖城，得乔公二女，皆有国色。策自纳大乔，瑜纳小乔。

楚楚辞典

周郎　一般指周瑜。周瑜，字公瑾，东吴名将，长壮有姿貌，精音律，江东因此有"曲有误，周郎顾"之语。"周郎妙计安天下，赔了夫人又折兵""伏路把关饶子敬，临江水战有周郎"等诗中所吟周郎，皆指周瑜。

大小乔　庐江皖县（今安徽潜山）乔公二女。杜牧有"东风不与周郎便，铜雀春深锁二乔"的说法，小说《三国演义》中被推演为左右赤壁之战的重要因素。

楚楚解读

［比拟对象］　小乔

楚楚解读此诗原作中列第48首。"风物"原作"风俗"。

尚纤腰：崇尚女子苗条纤腰之美。

杜牧《赤壁》："东风不与周郎便，铜雀春深锁二乔。"苏轼《念奴娇·赤壁怀古》："遥想公瑾当年，小乔初嫁了，雄姿英发。"

据《三国志·吴书·周瑜鲁肃吕蒙传》：东汉建安四年（199），孙策从袁术处借得三千兵马，回江东恢复祖业。"瑜时年二十四，吴中皆呼为周郎。以瑜恩信著于庐江，出备牛渚，后领春谷长。顷之，策欲取荆州，以瑜为中护军，领江夏太守，从攻皖，拔之。时得桥公两女，皆国色也。策自纳大乔，瑜纳小乔。"

周瑜当时二十四岁，吴郡的人都称呼他为"周郎"。孙策因周瑜的恩惠和信义名扬庐江，便派他外出守备牛渚，后来又兼任春谷县县长。不久，孙策准备攻取荆州，任命周瑜为中护军，兼任江夏太守。周瑜跟随孙策进军皖城，攻克皖城。当时获得乔公的两个女儿，都是天姿国色。孙策自己娶了大乔，周瑜娶了小乔。裴松之注引《江表传》：孙策很得意地跟周瑜开玩笑说："乔公的两个女儿虽然美丽漂亮，然而得到我们二人为夫婿，也足以为人生一大快事了。"

孙策与周瑜同年，都是少年英雄；大乔、小乔乃江东国色。周瑜纳小乔，孙策纳大乔，雄姿英发的世乱豪杰得与佳人结合，如此完美的故事，想不成为千古佳话也难。

本诗头两句写千里长江奔流不息、吴越所在的江南自古风俗推崇"细腰"；后两句写周瑜若见到美若天仙的红儿，小乔的地位就危险了。

锋镝纵横不敢看，泪垂玉筋正汍澜。
应缘近似红儿貌，始得深宫奉五官。

沈注：《魏略》：初，袁绍子熙娶甄后。及邺破，文帝见后颜色非凡，称叹之，太祖为迎娶焉。（按：丕初为五官中郎将。）

楚楚辞典

锋镝　泛指兵器、战争。锋，刀刃；镝，箭头。

玉筋　借喻眼泪。也作玉箸、玉筷。因思妇总是泪流满面，所以古人就用玉箸来形容思妇脸颊上的两行热泪：如南梁刘孝威《独不见》："谁怜双玉箸，流面复流襟。"高适《燕歌行》："铁衣远戍辛勤久，玉箸应啼别离后。"

　　　　　/ 最 / 美 / 的 / 女 / 人 /

汍澜 流泪很疾的样子。汍，涕泣。

五官 魏文帝曹丕曾任五官中郎将，后以简称的"五官"代指曹丕。宋乐史《杨太真外传》走下虹霓屏风中的美人中就有人自称"奉五官人也"。

楚楚解读

［比拟对象］ 魏甄皇后

此诗原作中列第 11 首。"筯"原作"箸"。

《世说新语·惑溺篇》："魏甄后惠而有色，先为袁熙妻，甚获宠。曹公之屠邺也，令疾召甄，左右白：'五官中郎已将去。'公曰：'今年破贼，正为奴。'"

甄皇后甄洛，生于东汉光和五年（182），河北无极人。瑰姿艳逸，仪静体闲；柔情绰态，媚于语言。初为袁绍次子袁熙妻子，后为曹丕所得，生子曹睿，即魏明帝。裴松之注引《魏略》说：袁熙外出住在幽州，甄氏留下来侍奉婆婆。到邺城被攻破时，曹丕进入袁绍家中，见到袁绍的妻子和甄皇后，甄皇后害怕，把头伏在婆婆的膝盖上。袁绍的妻子自缚双手，曹丕对她说："刘夫人为什么要这样？让这个年轻女人把头抬起来！"松绑后的袁绍妻子便捧起甄皇后的头叫她抬起头来，曹丕走上前观看，看见她美貌非凡，大加赞叹。曹操知道了曹丕的心意，便为他迎娶了甄皇后。

裴松之注又引《世语》：曹操攻下邺城，曹丕先进入袁尚的府中，见有个妇人披发垢面，流泪站在袁绍之妻刘夫人的身后，曹丕问此人是谁？刘夫人回答说："是袁熙的妻子。"曹丕用手拨开她的发鬓，再用布巾拭擦她的脸庞，发现她的美貌无与伦比。曹丕出门后，刘夫人对甄皇后说："不用担忧会被处死了！"于是被纳娶，受到宠爱。

此诗前两句写曹丕破邺城得甄氏，以战火中的"梨花带雨"描摹甄后之美；后两句说，正是因为有接近红儿般的美貌，甄氏才被五官中郎将曹丕看中。

61

拔得芙蓉出水新，魏家公子信才人。

若教瞥见红儿貌，不肯留神赋洛神。

沈注:《魏志》:曹植初求甄后不遂,殊不平。黄初中入朝时,甄后已死。文帝以后所遗玉镂金带枕赉之。植还渡洛川,作《感甄赋》。后明帝见之,改为《洛神赋》。

楚楚辞典

魏家公子 即曹植。

才人 妃子的一种,此处指甄氏。

赋洛神 即曹植的《洛神赋》,原名《感甄赋》。

楚楚解读

[比拟对象] 洛水女神

此诗原作中列第14首。"留神"原作"留情","赋"原作"付"。原作校12:付,《纪事》《绝句》《统签》均作"赋"。

"拔得芙蓉出水新",芙蓉,荷花别称。李白《经乱离后天恩流夜郎忆旧游书怀赠江夏韦太守良宰》:"清水出芙蓉,天然去雕饰。"

曹植天赋异禀,博闻强记,十岁左右便能撰写诗赋,颇得曹操及其幕僚赞赏。当时曹操正醉心霸业,曹丕也授有官职,曹植因年纪尚小、又不喜征战,遂得以与甄妃朝夕相处,生出一段情意。

曹操死后,曹丕于汉献帝二十五年(220)登上帝位,定都洛阳,魏国建立。是为魏文帝。甄氏被封为妃,因郭后挑拨而惨死,据说死时以糠塞口,以发遮面,十分凄惨。

甄后死的那年,曹植到洛阳朝见哥哥。甄氏生的太子曹睿陪皇叔吃饭。曹植看着侄子,想起甄后之死,心中酸楚无比。曹丕在宴会过后,取出一个甄氏用过的镂金带玉枕送给曹植。曹植抱着枕头,恍恍惚惚来到洛水之旁,忽然听到清丽悠远的音乐声自远而近,在四面八方飘忽着。音乐停了,此时水面霞光

314　　　　　　　　　　　　　/ 最 / 美 / 的 / 女 / 人 /

万道，水中站着的正是甄氏，她像凌波仙子般衣裙飘飘，冉冉而起，看起来比以前更漂亮，更动人，她幽幽地说："我本来已把一片心都托付给你，无奈天不从人愿，这个枕头是我未出嫁前用的，送给你吧。"

甄氏说完后便如一缕烟般地消失了。曹植醒来，紧紧地抱着枕头，不知不觉中枕头已被泪水染湿了一大片，他感慨万千，提起笔来写下了《感甄赋》。

黄初七年（226），明帝曹睿继位，因觉原赋名字不雅，遂改为《洛神赋》。由于此赋及曹植与甄氏爱情悲剧的影响，后人遂将甄氏认定为洛神。

后人考证以曹植十二岁的年龄，不可能与大他十岁的甄氏产生爱情。《感甄赋》之甄，很可能指鄄城王曹植所居之鄄城；而《洛神赋》的本意，则是借咏颂宓妃抒发作者自己的怀才不遇。

本诗以洛水女神比红儿之美。前两句写曹植笔下的洛神如出水芙蓉；后两句的意思不言而喻，曹植只要"瞥"一眼红儿，估计今人看到的就不是《洛神赋》而是《红儿赋》了。

前代休怜事可奇，后来还有出光辉。
争知昼卧纱窗里，不得神人覆玉衣？

沈注：《魏志》：文昭皇后，以汉光和五年十二月丁酉生。每寝寐家中，仿佛见如有人持玉衣覆其上，父常怪之。

楚楚辞典

神覆玉衣　传说三国魏甄后年幼时，每次入睡后，家中人总感觉有个人拿着玉衣覆盖在她身上。大家常常觉得奇怪。后世用以称美后妃或女子有奇缘厚命之典。《三国志》卷五《魏书·文昭甄皇后传》注引王沈《魏书》："（甄）后以汉光和五年十二月丁酉生。每寝寐，家中仿佛见如有人持玉衣覆其上者，常共怪之……后相者刘良相后及诸子，良指后曰：'此女贵乃不可言。'"

楚楚解读

［比拟对象］ 魏甄皇后

此诗原作中列第74首。"有出"原作"出有"；"不得"原作"不见"。原作校61：见，《纪事》《绝句》《统签》均作"有"。争知，怎知。

此诗仍是以魏文帝曹丕之妻甄氏比红儿之美。《三国志·魏书·后妃传》对甄氏兄弟姐妹的名字逐一登录，对甄氏却"唯尊者讳"。后人指曹植《洛神赋》的主角为甄氏，因称其为"甄宓""甄洛"，也称甄妃、洛神宓妃等。

《三国志》卷五《后妃传》裴注松之引《魏略》：甄逸娶常山郡（今河北石家庄市东北）的张氏为妻，生三男五女：长女甄姜，二女儿甄脱，三女儿甄道，四女儿甄荣，五女儿便是甄皇后。甄皇后幼时，晚上睡觉的时候，家中人常常感觉有个人拿着玉衣覆盖在她身上，很是奇怪。甄逸去世后，年仅三岁的甄皇后为父亲的去世悲伤哭泣，全家内外都惊奇于她过早懂事的状况。之后有个叫刘良的相面师给甄逸的子女相面，指着甄皇后说："此女将来贵不可言。"甄皇后从小到大，不喜好戏玩。她八岁那年，家门外有人做站立骑马的游戏，家中众多姐姐都登上阁楼观看，唯独她不肯去看。姐姐们问她原因，她回答说："这哪里是女孩子要看的？"甄皇后九岁时，很喜欢读书，只要她看过的文字都能认识，多次用她兄长们的笔砚写字，兄长们就对她说："你应该学习女工。读书学习，是想当女博士吗？"甄皇后回答说："听说古时候的贤惠女子，没有谁不学习前人的成败经验，用作自己的告诫。不读书，凭什么能增长见识呢？"

汉魏时期，方术盛行于世。"神人覆玉衣"的传说，意在说明甄皇后的富贵乃命中注定。本诗前两句说，不要以为神人覆玉衣多么稀奇，如今还有更神奇的事情；后两句说，红儿即便是大白天小憩片刻，也会有神人来为她覆上玉衣的。

/ 最 / 美 / 的 / 女 / 人 /

舍却青蛾换玉鞍，古来公子苦无端。

莫言一匹追风马，天骥牵来也不看。

沈注：明吴郡钱希言《戏瑕》云："梁简文乐府有《爱妾换马》，《乐府解题》云：'爱妾换马'，旧说淮南王所作，疑淮南王即汉刘安也。有词，今不传。"后阅《独异志》载："魏任城王曹彰性倜傥，偶逢骏马爱之，其主所惜也。彰曰：'余有美妾可换，唯君所选。'主因指一妓，彰遂换之。马号曰'白鹄'，后因猎，献于文帝。此于淮南之说，理较长矣。乃宋人诗话，指鲍生以四弦换韦生紫叱拨，为爱妾换马，此开成后事也，何其谬欤！简文乐府结语，有'真成恨不已，愿得路旁儿'，言旁人誉马乘者，尽力驰死也。盖本于应劭《风俗通》引古谚曰：'杀君马者道旁儿'一语。唐人张祜诗：'恩劳未尽情先尽，暗泣嘶风两意同'，尤佳。"

楚楚辞典

青娥 泛指年轻貌美的女子。本诗中指美妾。

玉鞍 指骏马；天骥，天马。

追风马 传说中的千里马。一说为清长篇小说《说唐全传》中伍云召的坐骑，据称可日行千里、夜行八百，是隋唐时期速度最快的马。

楚楚解读

[比拟对象] 青娥

此诗原作中列第 26 首。

三国时曹操的儿子曹彰曾经以美妾换白鹄马，开美女换宝马之先河。据唐李冗《独异志》卷中：后魏曹彰，性倜傥，偶逢骏马，爱之，其主所惜也。彰曰："彰有美妾可换，惟君所择。"马主因指一妓，彰遂换之。马号曰白鹄。后因猎，献于文帝。

南朝梁国的诗人们最早以爱妾换马入诗。最有名的《爱妾换马》诗当属梁简文帝萧纲的《和人爱妾换马》："功名幸多种，何事苦生离。谁言似白玉，定是愧青骊。必取匣中钏，回作饰金羁。真成恨不已，愿得路傍儿。"

明钱希言《戏瑕·爱妾换马》曰："梁简文乐府，有《爱妾换马》，乐府解题曰：'爱妾换马'，旧说淮南王所作，疑淮南王即汉刘安也，古辞今不传。"钱希言考证，梁简文帝乐府诗《爱妾换马》，源于汉淮南王所作《爱妾换马》，但已佚失。刘安非酒囊饭袋，据《史记》载，安"敏而好学，不喜犬马，擅琴棋书画，集千门客于八公山"，作《爱妾换马》有一定可信性。萧纲热衷于"引纳文学之士，赏接无倦，恒讨论篇籍，继以文章"（《梁书·简文帝本纪》），是梁朝宫体诗的领军人物，以他的个性，自然对爱妾换马持欣赏态度。

至唐宋，以《爱妾换马》为题材的诗作不绝。明冯梦龙《情史类略》卷十三《朝云》条载有苏东坡以妾换马的故事："坡公又有婢名春娘。公谪黄州，临行，有蒋运使者饯公。公命春娘劝酒。蒋问：'春娘去否？'公曰：'欲还母家。'蒋曰：'我以白马易春娘可乎？'公诺之。蒋为诗曰：'不惜霜毛雨雪蹄，等闲分付赎蛾眉。虽无金勒嘶明月，却有佳人捧玉卮。'公答诗曰：'春娘此去太匆匆，不敢啼叹懊恨中。只为山行多险阻，故将红粉换追风。'春娘敛衽而前曰：'妾闻景公斩厩吏，而晏子谏之；夫子厩焚而不问马，皆贵人贱畜也。学士以人换马，则贵畜贱人矣！'遂口占一绝辞谢，曰：'为人莫作妇人身，百年苦乐由他人。今日始知人贱畜，此生苟活怨谁嗔。'下阶触槐而死。公甚惜之。"春娘此诗后收入明钟惺编撰的《名媛诗归》卷十八，题作《辞谢苏公口号》。钟惺评此诗："莫作妇人，怨恨特甚。"评第二句："凄苦语，说尽一世。"又云："苟活二字，不平之至。"

因为苏诗中涉及以妾换马，后来就有人站出来自称是苏氏所送婢女的儿子。宋周密《齐东野语·朱墨史》："及梁师成用事，自谓苏氏遗体，颇招延元祐诸家子孙若范温、秦湛之徒。"蒋一葵《尧山堂外纪》卷五十六宋《孙觌》："字仲益。相传东坡南迁时，一妾有娠不得偕往，出嫁吾常孙氏，比归觅之，则仲益生六七龄矣。命名曰觌，谓卖见也。"又称"后坡归宜兴，道由无锡洛社，尝至孙仲益家"，并考问孙觌诗学。虽不能排除梁师成和孙觌攀高枝的可能，但无风不起浪，至少说明一点，苏东坡送人婢女的事在当时流传很广。

在封建时代，婢女、姬妾的地位十分低下，被男人随意赠送是家常便饭。唐刘𫗧《隋唐嘉话》卷上："李德林为内史令，与杨素共执隋政。素功臣豪侈，后房妇女锦衣玉食千人。德林子百药夜入其室，则其宠妾所召也。素俱执于庭，将斩之，百药年未二十，仪神隽秀，素意惜之，曰：'闻汝善为文，可作诗自叙。

称吾意，当免汝死。'后解缚，授以纸笔，立就，素览之欣然，以妾与之，并资从数十万。"李百药凭诗才不仅保住小命、赚得美人归，还意料得到数十万的资助，真可谓一举多得。

此诗的意思是：虽说以美妾换宝马的故事很多，但若拥有红儿这样的美人，莫说是汗血宝马，即便是驰骋长空的天马，我连正眼儿也不会瞧它一眼。

魏帝休夸薛夜来，雾绡云縠称身裁。

红儿秀发君知否，倚槛繁花带露开。

沈注：魏文帝迎薛夜来，焚浮提国石叶香，此香叠之如云母，能辟厉。段成式诗："欲重罗绮嫌龙脑，须为寻求石叶香。"

楚楚辞典

雾绡 薄雾似的轻纱，也借指轻纱做成的衣服。《曹植·洛神赋》："践远游之文履，曳雾绡之轻裾。"吕向注："雾绡，薄縑也。"

云縠 轻软如云的丝织品；縠（hú），有皱纹的纱。

楚楚解读

［比拟对象］ 薛夜来

此诗原作中列第 51 首。原作校 36：秀，《纪事》《统签》均作"笑"。

称身裁：量体裁衣。"欲熏罗荐嫌龙脑，须为寻求石叶香。"见段成式《戏高侍御七首》龙脑，即龙脑香，与石叶香并为香料。

薛夜来，魏文帝曹丕妃薛灵芸，常山酂乡人。姿色秀美，清新靓丽，温婉纯朴。善缝纫刺绣，被尊为"针神娘娘"。曹丕又赐号"夜来"。曹丕英年早逝后，灵芸辗转回到故乡常山郡，自此信讯全无。

据晋人王嘉《拾遗记》卷七：魏文帝曹丕时，邺都流传民歌曰："青槐夹道多尘埃，龙楼凤阙望崔嵬。清风细雨杂香来，土上出金火照台。""土上出金"，指曹丕在大道旁所植的铜表。铜表高五尺，每隔一里设一根，用以标志里数，犹如现代的里程碑；"火照台"，指曹丕筑土为台，基高三十丈，在台下遍地列烛，从台上向下俯视，似群星坠地，名其台为"烛台"。王嘉认为这句话是"妖辞"，也即谶言。因为按古代"五德终始"说，皇朝的更迭也是依五行生克的规律进行的。汉代向来被认为属于"火德"，魏代则应属于"土德"。"火照台"表示火在土下，说明魏当灭汉；"土上出金"，则表示以"金德"王天下的晋将代魏而兴。

这首民歌前三句所描述的，据王嘉《拾遗记》说，是曹丕派车骑迎接美人薛灵芸的盛况。

薛灵芸是常山（今河北省正定县南）人，父亲薛邺是酂乡的一个亭长。她年幼时家里很贫穷，常与邻妇聚集在一起夜织，燃麻蒿照明。长到十五岁时，薛灵芸已长成"容貌绝世"的美人，当时曹丕选良家子女入宫，常山郡太守谷习就以千金将她聘下，献给曹丕。薛灵芸途中思家泣下，用一只玉唾壶承接泪珠，到京师邺城时壶中泪凝如血。曹丕听说她将到邺城，派遣十乘雕花的牛车前去迎接。那些车都镂金为车轮的辐辋，轭前雕作龙凤之状，镶嵌宝玉，口衔长长的铃串，行驶起来锵锵和鸣，响彻林野。在她经过的道路旁，焚烧起外国进贡的石叶香。当灵芸乘坐的车队距离京师还有数十里时，正当夜晚，于是沿途燃起灯烛，形成"膏烛之光，相续不减，车徒咽路，尘起蔽于星月"的盛况，以至于那个夜晚，被当时的人称作"尘宵"。

薛灵芸将到京师，曹丕乘雕玉之辇，亲自出城观望。看到那车辆和仆从喧阗塞路的盛况，连他自己也感慨："以前宋玉《高唐赋》中有'朝为行云，暮为行雨'的话。现在灵芸之来，则是非云非雨，非朝非暮。"于是他将薛灵芸改名为薛夜来。

薛夜来入宫后深得曹丕的宠爱。外国曾经献给魏国用火珠镶成的龙、鸾宝钗，曹丕见了说：夜来体弱，连明珠和翡翠戴着都不能胜任，哪里受得了这样重的龙鸾钗！就不给夜来佩戴。其怜爱之深，于此可见。夜来又精于针线活。她裁制衣服时，即使处在深帷重幄之中，不用灯烛照明，也能在片刻间将衣服制成，以至于宫中称她为"针神"。不是她缝制的衣服，曹丕就不服用。

唐张泌《妆楼记》："夜来初入魏宫，一夕，文帝在灯下咏，以水晶七尺屏风障之。夜来至，不觉面触屏上，伤处如晓霞将散，自是宫人俱用胭脂仿画，名晓霞妆。"

此诗以薛夜来比红儿之美：你魏文帝休要夸薛夜来的美艳，那不过是靠剪裁得体的绫罗绸缎装束的美人；哪比得秀发齐肩、倚槛而笑的红儿，宛如繁花带露，清新自然、丽质天成！

谢娘休漫逞风姿，未必娉婷胜柳枝。

闻道只应嘲落絮，何曾得似杜红儿。

沈注：《晋书》：王凝之妻谢道韫，安西将军奕之女也。叔父安常内集，俄而雪下，安曰："白雪纷纷何所似？"兄子朗曰："撒盐空中差可拟。"兄女道韫曰："未若柳絮因风起"，安大悦。

楚楚辞典

谢娘 原指谢道韫，后泛指美才女及心有所属的女子。唐韩翃《送李舍人携家归江东觐省》："承颜陆郎去，携手谢娘归。"宋江开《杏花天》："谢娘庭院通芳径，四无人、花梢转影。"宋胡文卿《阮郎归》："谢娘诗礼有家风，吹窗清昼同。"唐宰相李德裕家有名妓为谢秋娘，后也以"谢娘"泛指歌妓。

咏絮之才 汉语成语，用以赞誉能赋诗的女子或夸耀女子有才学。典出《世说新语·言语》谢道韫条。与谢道韫有关的典故还有"谢女解围""谢女咏雪""谢家咏雪""林下之风""林下风致""林下风气"等。

楚楚解读

[比拟对象] 谢道韫

此诗原作中列第66首。《三字经》："蔡文姬，能辨琴；谢道韫，能咏吟。"谢道韫（349—409），东晋安西将军谢奕女、谢安侄女、王凝之妻，史称其有

"咏絮之才"。据《晋书》卷九六《列女传》：某个冬日的中午，谢家兄弟子侄在谢安府内围坐一团吃饭，门外大雪纷飞。谢安有心试试小字辈的才学，便问侄子谢玄："白雪纷纷何所似？" 谢玄毫无诗意地回答："撒盐空中差可拟。" 谢道韫不假思索，随口应道："未若柳絮因风起。"

用柳絮来形容鹅毛大雪满天飞舞，的确比往空中撒盐要生动得多。要知道谢道韫此时才七八岁年龄。"咏絮"这个词大致就是从这时候流传开来的，以致后来"咏絮之才"成为形容才女的专用名词。

"谢女解围"之典，讲的是谢道韫替小叔子王献之解围的典故，体现了谢道韫的才思敏捷，聪颖及善解人意。东晋流行清谈之风，某一天王献之在家中摆开阵式，与一群风雅之士展开热辩，不意陷于被动。紧急时刻，满腹经纶的谢道韫出马助阵。她端坐于青绫之后，引经据典，纵论古今，侃侃而谈，舌战群儒，挽狂澜于既倒，大有当年诸葛亮舌战群儒的风采。此事也见载于《晋书·列女传》。

所谓"林下风气"，出自《世说新语·贤媛》：说张玄的妹妹张彤云嫁到顾家，张玄常以妹妹比谢道韫。有一个叫济尼的人，常常出入王、顾两家，有人就问济尼：谢道韫与张彤云，你觉得谁更优秀一些呢？济尼想了想之后评论说："王夫人神清散朗，故有林下之风；顾家妇清心玉映，自有闺房之秀。"二人各有所长，大家都认为还算公允。但济尼这人比较圆滑，两家都不得罪。事实摆在那儿：世人皆知有谢道韫，有几人知道张彤云呢？林下，幽僻之境；风气，风度。就是这一句话，结晶成三个成语，"林下之风""林下风致""林下风气"，用以形容女子态度娴雅、飘逸出尘，举止大方，巾帼不让须眉。

此诗拿谢道韫比红儿，与红儿的秀外慧中相比，你谢道韫也不过就会咏几句"未若柳絮因风起"而已。

总传桃叶渡江时，只为王家一首诗。

今日红儿自堪赋，不须重唱旧来词。

沈注：《古今乐录·桃叶歌》，王子敬作也。诗云："桃叶复桃叶，桃树连桃根。相连两乐事，独使我殷勤。"又曰："桃叶复桃叶，渡江不用楫。但渡无所苦，吾自迎接汝。"《乐府集》：桃叶，王献之之妾，妹曰桃根，今秦淮有桃叶渡。

楚楚解读

[比拟对象] 桃叶

此诗原作中列第67首。原作校54：赋，《纪事》作"唱"。原作校55：重，《纪事》《统签》均作"枉"。

桃叶、桃根为东晋王子敬爱妾。关于王献之与桃叶、桃根的故事，拙著《中国历代姐妹花之谜》（湖北人民出版社2011年1月版，第137—154页。）有专篇"艳极轻波不敢洄"叙述甚详。据郭茂倩编《乐府诗集·清商曲辞二·桃叶歌三首》题解：

《古今乐录》曰："《桃叶歌》者，晋王子敬之所作也。桃叶，子敬妾名，缘于笃爱，所以歌之。"《隋书·五行志》曰："陈时江南盛歌王献之《桃叶》诗，云：'桃叶复桃叶，渡江不用楫。但渡无所苦，我自迎接汝。'后隋晋王广伐陈，置将桃叶山下，及韩擒虎渡江，大将任蛮奴至新亭，以导北军之应。子敬，献之字也。"

《桃叶歌三首》曰：

其一　桃叶映红花，无风自婀娜。春花映何限，感郎独采我。

其二　桃叶复桃叶，桃树连桃根。相怜两乐事，独使我殷勤。

其三　桃叶复桃叶，渡江不用楫。但渡无所苦，我自来迎接。

《乐府诗集》于《桃叶歌三首》后另有一首《桃叶》诗曰：

桃叶复桃叶，渡江不待楫。风波了无常，没命江南渡。（郭茂倩编《乐府诗集》中华书局 1979 年版，第 665 页）

桃叶渡在南朝陈时已名扬江左，明朝时为金陵十八景之一，清代金陵四十八景，称其为"桃叶临渡"。

此诗以桃叶比红儿之美。你桃叶的名气不就是因为王献之的一首诗么？如今有了红儿，已无须老调重弹、再唱旧曲了。

67

重门深掩几枝花，未胜红儿莫大夸。
玉柄不能探物理，可能虚上短辕车。

沈注：《晋书·王导传》：妻曹氏性妒，导甚惧，乃密营别馆，以处众妾。曹氏知之，将往焉。导乘短辕犊车，犹恐迟之，以所执麈尾柄，驱车而进。

楚楚辞典

玉柄 以玉质为器物的把柄。《晋书·王衍传》："每捉玉柄麈尾，与手同色。"《南史·张讥传》："后主在东官，集官僚置宴，时造玉柄麈尾新成。后主亲执之曰：'当今虽复多士如林，至于堪捉此者，独张讥耳。'即手授讥。"

物理 事理。

短辕车 牛车或粗陋小车；折断的车辕木。典出《晋书·王导传》。

楚楚解读

〔比拟对象〕王导美妾

此诗原作中列第 73 首。"玉柄"原作"王相"。原作校 59：王相，《绝句》《统签》均作"玉柄"。

——————— /最/美/的/女/人/

在中国古代妒女榜上，王导妻榜上有名。《太平广记》二七二引虞通之《妒记》：王导妻曹氏性妒，王导便暗营别馆以蓄妾。曹氏得知，"欲出讨寻，王公遽命驾，患迟，乃亲以麈尾柄助御者打牛，狼狈奔驰，乃得先至。司徒蔡谟闻，乃诣王谓曰：'朝廷欲加公九锡，知否？'王自叙谦志。蔡曰：'不闻馀物，惟闻短辕犊车，长柄麈尾耳。'导大惭。"

这段话译成白话为：王丞相的妻子曹氏，生性十分妒忌，限制丞相身边不得有俊男俏女侍奉，甚至连身边的少儿之中有几个长相好看的，她也必定严加责问。王导便背着妻子，在外面布置了一个安乐窝，那里有美妾成群，而且还生了好几个男孩。曹氏得知后，大为惊怒，于是率领仆从、婢女二十余人，各持菜刀一把，兴兵前往讨伐。王导立即命令备车，害怕延误时间，他亲自用拂尘的手柄帮助车夫拼命打牛赶路，急急忙忙奔跑，终于抢先到达了秘设的安乐窝。

司徒蔡谟听说后，便到王导面前对他说："朝廷加给您九锡之赐，知道不知道？"王导亲自讲述他的大计志向，蔡谟说："我没听说其他事情，只听说有短辕的牛车，长柄的拂尘。"王导一时羞愧难当。

王导对蔡谟的挖苦耿耿于怀，后来终于逮到机会，据《世说新语·轻诋》，王导后来曾无名火起，当着朋友的面发怒说："我和王安期、阮千里等贤能一起在洛水游玩时，哪里听说过这个蔡充的儿子！"

此诗以王导美妾比红儿之美。前两句说，你瞒着老婆私蓄的那些美妾，比之红儿可差多了；倘若家有红儿，又何须另筑别馆、蓄养私妾呢？

一抹浓红傍脸斜，妆成不语独攀花。
当时若是逢韩寿，未必埋踪在贾家。

沈注：《晋书·贾充传》：韩寿，字德真，美姿貌。贾充辟为掾，充女窥之而悦焉，遂潜通音好。时西域贡奇香，一着人经月不歇。帝以赐充。其女密盗以贻寿。充秘之，遂以女妻寿。

楚楚辞典

韩寿偷香 比喻男女暗中通情。典出《晋书·贾谧传》、南朝宋刘义庆《世说新语·惑溺》。与之相关的成语为"偷香窃玉"指善于勾引诱拐女人或男女暗中通情。另"偷香"一词，也用指女子爱悦男子，或男与女私通。

楚楚解读

[比拟对象] 贾午

此诗原作中列第 17 首。"靥"原作"脸"。

明程登吉《幼学琼林》卷二《妇女》："贾女偷韩寿之香，齐女致袄庙之毁，此女之淫者。"

韩寿（？—300）字德真，南阳堵阳人，据《世说新语·惑溺篇》：韩寿姿态容貌很美，贾充征召他做属官。贾充每次在家中聚会，他的女儿就从窗格中偷看，对韩寿很是喜欢，一直思念，就写诗吟咏寄托。后来婢女去韩寿家，把事情详细叙说，并且说小姐光彩艳丽。韩寿听说后动了心，就请婢女秘密传递信息，约好时间去过夜。韩寿矫健过人，跳墙入户，贾充家里没有人知道。从这以后，贾充觉得女儿竭力装扮，欢喜舒畅不同往常。后来官吏聚会，闻到韩寿身上有奇异的香味，是外国的贡品，沾上就几个月不退。贾充心想武帝只赐给了自己和陈骞，别人家没有这种香，就怀疑韩寿和女儿私通。但是家中围墙层叠，门户戒备，韩寿怎么进来的呢？于是借口防盗修墙，令人仔细察看，观察的人汇报说："其他的地方没什么异常，只有东北角好像有人攀越的痕迹，墙很高，不是一般人能翻越的。"贾充于是把女儿身边的婢女叫来盘问，婢女说出实情。贾充封锁消息，把女儿嫁给了韩寿。

《晋书》列传第十章的记载大同小异：韩谧字长深。他的母亲贾午，是贾充的小女儿。父亲韩寿，字德真，南阳郡堵阳县人，是三国时魏国司徒韩暨的曾孙。韩寿身材容貌出众，仪容举止得体，贾充让他担任司空掾。贾充每次宴请宾客幕僚，他的女儿贾午就在格窗内偷窥，见到韩寿就喜欢上了。问她身边的人是否认得此人，有一仆女说他叫韩寿，是我的旧主人。贾午思念韩寿，朝

/ 最 / 美 / 的 / 女 / 人 /

思暮想。仆女于是前往韩寿家，细说了贾午的相思，并夸耀说贾午光丽艳逸，端美绝伦。韩寿听了心动，便让仆女代为致意，两人就好上了。

历史上将"韩寿偷香"与"相如窃玉、张敞画眉、沈约瘦腰"并称为风流四事。李商隐《无题》："飒飒东南细雨来，芙蓉塘外有轻雷。金蟾啮锁烧香入，玉虎牵丝汲井回。贾氏窥帘韩掾少，宓妃留枕魏王才。春心莫共花争发，一寸相思一寸灰！"欧阳修《望江南》："江南蝶，斜日一双双。身似何郎全傅粉，心如韩寿爱偷香。天赋与轻狂。微雨后，薄翅腻烟光。才伴游蜂来小院，又随飞絮过东墙。长是为花忙。"

此诗以贾午比红儿之美。头两句写红儿妆成后娉婷玉立；后两句说，如果红儿生在贾充家里，与韩寿偷情幽会就没贾午的份了。

斜凭栏杆醉态新，敛眉凝盼不胜春。

当时若遇东昏主，金叶莲花是此人。

沈注：《南史》：齐东昏侯宠潘贵妃，尝凿金为莲花以贴地，令妃行其上，曰："此步步生金莲也。"东昏侯，即齐主宝卷。

楚楚辞典

东昏主　也称东昏侯，南朝齐少帝（齐废帝）萧宝卷。南朝齐第六任皇帝，齐明帝萧鸾次子。即位后残暴酷虐，奢侈荒淫。萧衍起兵围建康，守将张稷叛帝内应，城破被杀。荆州刺史、南康王萧宝融被劝立为皇帝，追封萧宝卷为东昏侯。一年后南齐国亡，被萧衍的南梁代替。

步步生莲花　汉语成语，也作"步步生金莲"，形容女子步态轻盈。典出《南史·齐本纪下·废帝东昏侯》："（东昏侯）又凿金为莲华（花）以帖地，令潘妃行其上，曰：'此步步生莲华（花）也。'"明凌蒙初《初刻拍案惊奇》卷一八："富翁在后面看去，真是步步生莲花。"

楚楚解读

[比拟对象] 潘玉儿

此诗原作中列第 7 首。"敛眉凝盼"原作"敛眸微盼"。原作校 7：盼，《纪事》作"眄"。

盼，美丽的眉目；凭栏，李煜《浪淘沙》"独自莫凭阑，无限江山，别时容易见时难。"李白《清平调》其三："解释春风无限恨，沉香亭北倚栏杆。"潘贵妃，又名潘玉儿、潘玉奴，南齐东昏侯爱妃。妖冶绝伦，体态风流，全身肤白如玉。一双柔若无骨、状如春笋般的美足名传千古，"金莲"一词即从此始，成为"国粹"的缠足之风也滥觞于此。

南北朝时代，萧道成于公元 479 年建立的王朝叫南齐，公元 550 年高洋建立的政权称之北齐。北齐的都城在邺城（今河北临漳），南朝的都城在被称之为"六朝金粉"之地的金陵（今南京）。

北齐后主高纬时出了个玉体横陈的天生尤物冯小怜，南朝齐少帝萧宝卷时出了个"足底生莲花"的潘玉儿。潘玉儿全身肤白如玉，所以宝卷为其取名"玉儿""玉奴"。潘玉儿一双玉足玉凿天成，萧宝卷遂大兴土木，在后宫修建了"仙华""神仙""玉寿"三大宫殿，壁嵌金珠，地铺白玉，又凿金为莲花贴地，让潘玉儿赤裸脚踝在上面而行，谓其"步步生金莲"。据《南史·齐本纪下·废帝东昏侯》：废帝东昏侯"拜潘氏为贵妃，乘卧舆，帝骑马从后"，"又别为潘妃起神仙、永寿、玉寿三殿，皆匝饰以金璧"，"又凿金为莲华以帖地，令潘妃行其上，曰：'此步步生莲华也。'"

南齐为南朝最短命的王朝，仅享国二十二年。齐亡后，梁武帝将潘玉儿赐给武将田安启。田将军不解风情，"曾经沧海难为水"的潘玉儿据说是自缢而死的。

此诗以潘贵妃比红儿之美。前两句描写红儿的醉态之美；后两句说，东昏侯若是遇见红儿，在"金叶莲花"上跳舞的，就该是红儿了。

/最/美/的/女/人/

渡口诸侬乐未休，竟陵西望路悠悠。

石城有个红儿貌，两桨何因向莫愁。

沈注：《梁武帝诗》：河中之水向东流，洛阳女儿名莫愁。又郑谷诗：石城昔为莫愁乡，莫愁魂去石城荒。

楚楚辞典

> **竟陵**　今天门市，战国时为楚竟陵邑，取"竟陵者，陵之竟也"之意，即山陵至此终止，治所在当时石城。石城，全国多有此地名，如南京也称石城，江西赣州有石城县。湖北钟祥古城郢中在三国时曾为吴国石城戍，历代相沿，遂称石城。

楚楚解读

［比拟对象］　莫愁女

此诗原作中列第 36 首。"何因"原作"无因"，"向"原作"迎"。

诸侬，众人。据《钟祥县志》，莫愁女姓卢名莫愁，约生于公元前 3 世纪前后，传为战国末期楚国歌舞姬。卢莫愁貌美如仙，能歌善舞，十六七岁时被楚顷襄王（前 298—前 262 在位）召入宫中，先后参与过《阳春白雪》《下里巴人》《阳阿》《薤露》《采薇歌》《麦秀歌》等名曲创作。演唱难度很大的高雅名曲《阳春白雪》成为千古绝唱，对后世乐赋入歌传唱产生了深远影响。在今湖北钟祥市有莫愁村、莫愁湖、莫愁渡、阳春台、白雪楼等，有关莫愁女的故事代代流传。

最早的一首古乐府诗《莫愁乐》写道："莫愁在何处？莫愁石城西。艇子打两桨，催送莫愁来。"《乐府诗集·清商曲辞四·石城乐》郭茂倩引《唐书·乐志》曰："《石城乐》者，宋臧质所作也。石城在竟陵，质尝为竟陵郡，于城上眺瞩，见群少年歌谣通畅，因作此曲。"《旧唐书·音乐志二》："石城有女子名莫愁，善歌谣，《石城乐》和中复有'莫愁'声，故歌云：'莫愁在何处？

莫愁石城西，艇子打两桨，催送莫愁来。'"

宋王之望《郢州怀古》："沧浪渡口莫愁乡，万顷寒烟木落霜。珍重使君留客意，一樽芳酒醉斜阳。"宋周密《杏花天·赋莫愁》："瑞云盘翠侵妆额，眉柳嫩、不禁愁积。返魂谁染东风笔，写出郢中春色。人去后、垂杨自碧。歌舞梦、欲寻无迹。愁随两桨江南北，日暮石城风急。"

除钟祥之外，洛阳、南京等地也有莫愁女、莫愁湖的传说。稍后描写莫愁的是齐梁时期梁武帝萧衍的《河中之水歌》，流传最广，影响也最大。歌曰："河中之水向东流，洛阳女儿名莫愁。莫愁十三能织绮，十四采桑南陌头。十五嫁为卢家妇，十六生儿字阿侯。卢家兰室桂为梁，中有郁金苏合香。头上金钗十二行，足下丝履五文章。珊瑚挂镜烂生光，平头奴子擎履箱。人生富贵何所望，恨不早嫁东家王。"南北朝之后，唐李商隐，宋王之望、周密、明代王世贞，清代刘泽宏、刘苏，包括现代文豪郭沫若等，均有咏颂莫愁女的诗词留世。

今南京市城西有莫愁湖。相传，南齐时洛阳有女名莫愁，貌美善良，聪明勤劳，从小跟父亲学医，有一手辨草识药、妙手回春的本领。莫愁女身世坎坷，先是卖身葬父，后被建康（南京）豪富卢员外看中，成为卢氏儿媳。战乱时期，莫愁丈夫远征辽阳，从此杳无音讯，接着家业又在变乱中破败，莫愁女只好和儿子阿侯相依为命。在诸多变故中，莫愁女始终保持乐观向上的情绪，经常为乡亲们采药治病，扶困济贫，助人为乐。莫愁女死后，后人为纪念她，将其居所旁的石城湖改称为"莫愁湖"，因莫愁女喜爱郁金香花，常常插花满堂，人们又把其寓所称之"郁金堂"。

此诗以郢州石城莫愁女比红儿之美。前两句写莫愁家乡百姓之乐；后两句说，如果石城有红儿，当地的青年就不会荡起双桨、划着小船去迎接莫愁女了。

最/美/的/女/人/

一曲都缘张丽华，六宫齐唱后庭花。

若教比并红儿貌，枉破当年国与家。

沈注：《南史》：陈后主起临春、结绮、望仙三阁，与贵妃张丽华居之。文士张范、王瑳等为狎客，君臣酣歌赋诗，采其尤艳丽者，被以新声，有《玉树后庭花》《临春乐》等曲。

楚楚辞典

后庭花 即《玉树后庭花》，南朝陈后主所作宫体诗，被称为亡国之音。陈后主陈叔宝是南朝陈的最后一个昏庸皇帝。传说陈灭亡的时候，陈后主正在宫中与爱姬孔贵嫔、张丽华等众人玩乐。王朝灭亡的过程，也正是此诗在宫中传唱的时候。

楚楚解读

[比拟对象] 张丽华

此诗原作中列第4首。原作校5：年，《纪事》《绝句》《统签》均作"时"。

张丽华，南陈后主陈叔宝爱妃，乐昌公主、陈婉（宣华夫人）皇嫂，长发与远古玄妻齐名。发长七尺，光可鉴物，眉目如画，宛如仙子，明眸善睐，博闻强记，有雄辩之才。后主为其作《玉树后庭花》，被指为亡国之音。陈亡后为隋臣高颖所杀，一说隐于南岳衡山为尼而终。唐朝大诗人杜牧《泊秦淮》诗曰："烟笼寒水月笼沙，夜泊秦淮近酒家；商女不知亡国恨，隔江犹唱后庭花。"《幼学琼林》："张丽华发光可鉴，吴绛仙秀色可餐。"

据《南史》卷十二《后妃传》："张贵妃，名丽华，兵家女也。父兄以织席为业。后主为太子，以选入宫。""后主每引宾客，对贵妃等游宴，则使诸贵人及女学士与狎客共赋新诗，互相赠答。采其尤艳丽者，以为曲调，被以新声。选宫女有容色者以千百数，令习而歌之，分部迭进，持以相乐。其曲有《玉树后庭花》《临春乐》等。其略云：'璧月夜夜满，琼树朝朝新……'"张丽华很有辩才，记忆力超强，善于观察陈叔宝的脸色，又精通祈祷术，假借鬼道来迷惑陈叔宝。在宫中设置各种各样的祭祀，聚集许多女巫，让她们击鼓跳舞。当时陈叔宝对政事十分怠惰，百官启奏都要通过太监蔡临儿、李善度呈递请示，陈叔宝倚着靠枕，让张丽华坐在自己的膝上共同决定。蔡临儿、李善度记不住，张丽华就写成条款，无所遗漏。因为参与政事，社会上有一言一事，张丽华必定首先知道并且告诉陈叔宝，由此更受宠幸，冠绝后宫。后宫的家人有不守法度、违背事理的，只要向张丽华求情，张丽华就让蔡临儿、李善度先把事情上奏，而后再慢慢替他们说情，张丽华因此受到宫女们的推重，后宫的人都很感戴她，争着讲她的好处。大臣有不听从的，就趁机诬陷，陈叔宝言听计从。于是张丽华、孔贵嫔的权力熏灼四方，内外宗族很多人得到任用。太监和谄媚之徒内外勾结，互相引荐，贿赂公行，赏罚无常，朝廷法纪昏乱，亡国只在旦夕。

本诗以张丽华比红儿之美。前两句说张丽华演唱《玉树后庭花》一语成谶；后两句说，陈叔宝若是得见红儿，一定会对因迷恋张丽华而失去家国懊悔不已。

凤拆鸾离恨转深，此生难负百年心。
红儿若向随朝见，破镜无因更重寻。

沈注：《古今诗话》：陈太子舍人徐德言尚乐昌公主，见陈政日衰，德言谓主曰："以君之才华，国亡必入豪家。傥情缘未断，犹期再见。"乃破镜各执其半，约他日以正月望日，卖于都市。及陈亡，主果归杨素。德言访于都市，有苍头卖半镜者，大高其价。德言引至旅邸，言其故，出半镜合之。乃题诗云："镜与人俱去，镜归人未归。无复姮娥影，空留明月辉。"主得诗悲泣不食。素知之，召德言至，还其妻。因命主赋诗，口占曰："今日何迁次，新官对旧官。笑啼俱不敢，方信作人难。"

楚楚辞典

破镜重圆　比喻夫妻失散或决裂后重新团聚与和好。破镜，打破的镜

子，比喻夫妻分离。典出唐孟棨《本事诗·情感第一》乐昌公主与徐德言故事。

楚楚解读

[比拟对象] 乐昌公主

此诗原作中列第 58 首。"凤拆鸾离"原作"凤折莺离"，"此生"原作"此身"，"随"原作"隋"。原作校 45：折，《纪事》作"拆"。莺，《统签》作"鸾"。原作校 46：身，《纪事》《绝句》《统签》均作"生"。

据唐孟棨《本事诗·情感第一》：陈太子舍人徐德言的妻子是后主陈叔宝的妹妹，封乐昌公主，才色冠绝。南陈亡国，后主被缚，徐德言匆匆赶回家中，对正在收拾细软、准备亡命的乐昌公主说："不要收拾了。以你的才貌和身份，我估计命不至死，极有可能被掳入长安权贵之家。到那时候，你一定要好好活下去。"说到此，忽而灵机一动，将梳妆台上的一面镜子破为两半，续言道，"如果我侥幸不死，日后必到长安集市上叫卖残镜，我俩就以正月十五为期。希望苍天保佑你我破镜重圆。"于是两人各将半边破镜收藏，匆匆离去。

陈国灭亡，国破家亡的陈后主及皇族被掳北上，一同解往国都长安。到达长安后，乐昌公主被右丞相杨素纳为侍妾。徐德言虽为新科状元和皇帝妹夫，并未参与朝政，因而没有列入新朝清洗的黑名单。他从旧都建康（南京）出逃，千里迢迢转辗来到长安时，江南杨柳已两次吐絮，他也错过了两次约定的叫卖时间。就在乐昌公主近乎绝望之际，她的贴身老奴，终于在最后一个元宵节的下午，颤颤巍巍地捧回了她朝思暮想的半边铜镜，还有一首五言绝句："照与人俱去，照归人未归。无复嫦娥影，空留明月辉。"

杨素得知详情后，在家府摆下了一桌丰盛的筵席，徐德言也在邀请之列。杨家高朋满座，杨素以贵宾之礼款待徐德言，旧妻乐昌公主则以主人宠妾身份作陪。宾客们不知杨素葫芦里装的什么药，气氛甚为紧张。开宴之前，杨素对宾客们说："鄙妾有才，请她为大家献诗一首如何？"掌声响起来。乐昌略作思忖，语带哽咽吟道："今日何迁次，新官对旧官；笑啼俱不敢，方验做人难。"四句咏罢，已是泪流满面。

众目睽睽之下，丞相杨素给大家讲了一段感人泪下的爱情故事。"如果不是状元郎才思敏捷和忽发奇想的非凡创意，这个故事注定不会精彩。"杨素大手一挥，慷慨道："他二人旧情至深，令老夫尤为感动，如今老夫当着众人之面郑重宣布，将乐昌公主送还徐公子，令她二人破镜重圆。"这种极富戏剧性的场面，除了杨素本人，之前绝没有一人想到。为了将好人好事进行到底，宴席散罢，杨素就开始为一对旧人四处张罗。徐德言不愿为官，情愿以一介平民的身份带着妻子返回江南。杨素也不勉强，当即解囊相助。二人回到江南后，杨素又授意当地发还徐家房产，让他们夫妻得以安居。后来杨素获知徐德言与乐昌公主改名换姓隐居于广东梁化县，又奏准隋文帝，将梁化县更名为乐昌县。

此诗以南陈皇帝陈叔宝的妹妹乐昌公主比红儿之美。前两句写南陈将亡时，乐昌公主与丈夫"凤折莺离"，却抱定生死相随的坚定意念；后两句说，如果红儿生在隋朝，无论徐德言或是杨素，都不可能放弃红儿，"破镜重圆"的故事压根儿就不会发生。

陷却平阳为小怜，周师百万战长川。
更教乞与红儿貌，举国山河不值钱。

沈注：《北史·冯淑妃传》：妃名小怜，工歌舞，后主惑之。周师之取平阳，帝猎于三堆，晋州告急。帝将还，淑妃更请杀一围，帝从其言。

楚楚辞典

玉体横陈　汉语成语，指美人的身体（或尊贵的身体）横躺（或横卧）着，典出唐代诗人李商隐《北齐二首》："小怜玉体横陈夜，已报周师入晋阳。"

楚楚解读

[比拟对象]　冯小怜

此诗原作中列第3首。"山河"原作"山川"。原作校4：川，《绝句》作"河"。

／最／美／的／女／人／

冯小怜，北齐后主高纬宠妃，天资聪慧颖悟，能歌善舞，会按摩术，娇体曲线玲珑。据《北史》卷一四《冯淑妃传》："冯淑妃名小怜，大穆后从婢也。穆后爱衰，以五月五日进之，号曰'续命'。慧黠能弹琵琶，工歌舞。后主惑之，坐则同席，出则并马，愿得生死一处。"在人造美女尚未流行的古代，冯小怜的天生丽质是她引以为傲的资本。据说冯小怜的玉体格外与众不同，不但曲线玲珑，凹凸有致，还有随季节变化自我调节的功能，在寒冬腊月天，其软如棉花，温似炉火；在夏天酷暑难熬的季节，则宛如凉玉，冰肌莹彻。或抱或枕，或抚或吻，无不尽遂其意。

白痴皇帝高纬颇有点现代行为主义者的风采。自打冯小怜入怀的第一天起，就再也不能离开她须臾片刻，即所谓"愿得生死一处"。北齐之前尚没有明万历帝那样几十年不上朝的先例，不过高纬自有办法。上朝与大臣们议事时，高纬就让冯小怜依偎在他怀里，或让她坐在他大腿上。冯小怜的穿着大胆暴露不说，两人还时常有许多亲昵的动作。他自己倒没什么不好意思的，参与议事的大臣们却有点受不了，常常羞得满脸通红，说话颠三倒四，语无伦次。见大臣们一个个狼狈不堪的样子，高纬和冯小怜都觉得非常有趣。"独乐不如众乐"，像冯小怜这样的天生尤物，只供自己一人独享岂非暴殄天物？高纬于是想出奇招，让冯小怜一丝不挂、玉体横陈于隆基堂上，以千金一观的票价，让有钱好色的男人都来一览秀色。"玉体横陈"的典故即来源于此。

人体展览结束后，高纬又带着冯小怜到郊外打猎游玩。这时飞马来报北周大队兵马已包围平阳，形势十分危急。后主得报，正在犹豫是否该调兵遣将增援，冯小怜此时玩兴正浓，便向后主撒娇道："再杀一围好不好嘛。"后主大手一挥，传令再杀一围。等到一围游猎结束，平阳已破。北周攻打北齐邺城时，邺城尚有精兵十万，高纬却匆匆将皇位传给太子高恒，自己带着冯小怜东逃青州，不久高纬、高恒、冯小怜等人被擒，北齐灭亡，黄河流域再度统一。

北周灭北齐后，北齐后主高纬及其左皇后冯小怜被押解到长安。高纬被杀，冯小怜被当作战利品赐给代王宇文达为妾。隋朝取代北周后，冯小怜被隋文帝转赐李询，不堪凌辱的冯小怜自杀而死。

据《北史·冯淑妃传》："及帝遇害，以淑妃赐代王达，甚嬖之。淑妃弹琵琶，因弦断，作诗曰：'虽蒙今日宠，犹忆昔时怜。欲知心断绝，应看胶上弦。'"

唐李商隐有《北齐》二首，其一曰："一笑相倾国便亡，何劳荆棘始堪伤。

小怜玉体横陈夜,已报周师入晋阳。"其二曰:"巧笑知堪敌万机,倾城最在着戎衣;晋阳已陷休回顾,更请君王猎一围。"因为此诗,使"玉体横陈"成为经典;因为"玉体横陈",人们记住了冯小怜。

此诗以北齐美女冯小怜比红儿之美。前两句写周师攻陷平阳之事;后两句说如果冯小怜有红儿的美貌,则北齐江山更显得无足轻重。

74

金谷园中花正繁,坠楼从道感深恩。
齐奴恰是来东市,不为红儿死更冤。

沈注:干宝《晋纪》:石崇有妓绿珠,美而工舞,孙秀使人求焉。崇方登凉观、临清水,妇人侍侧。使者以告崇,崇出妓妾数十人曰:"任所择。"使者曰:"受旨索绿珠。"崇曰:"绿珠吾所爱重,不可得也。"使者还告秀,秀劝赵王伦杀之。《岭表录》:孙秀劝赵王伦矫诏收崇,崇谓绿珠曰:"我为尔得罪。"珠泣曰:"当效死于君前。"遂自坠于楼下以死。齐奴,崇小字也。

楚楚辞典

齐奴 石崇小名。《晋书·石崇传》"崇字季伦,生于青州,故小名齐奴。"

楚楚解读

[比拟对象] 绿珠

此诗原作中列第2首。"恰是",原作"却是"。

绿珠,参见本书《比红儿诗》赏析第10首解读。赵王伦派兵杀石崇,绿珠坠楼而死,石崇被乱兵杀于东市。临死前说:"这些人,还不是为了贪我的钱财!"押他的人说:"你既知道人为财死,为什么不早些把家财散了,做点好事?"石崇无言以答。

此诗以绿珠比红儿。前两句说绿珠于金谷园跳楼，是为了报答石崇的深恩；后两句说，石崇为绿珠而不是为红儿被斩于东市，有点冤。

苏小轻匀一面妆，便留名字着钱唐。

藏鸦门外诸年少，不识红儿未是狂。

75

沈注：《乐府广录》：苏小小，钱唐名娟也，南齐时人。《吴地记》：嘉兴县前有晋妓钱塘苏小小墓。

楚楚辞典

一面妆　似对"半面妆"而言。据《南史·后妃传》：元帝妃徐昭佩，东海郯县人。天监十六年十二月拜为湘东王妃。虽然曾经为丈夫生儿育女，却对丈夫没有丝毫情感，甚至打心眼里厌恶丈夫。萧绎是独眼龙，一次临幸，徐昭佩以"半面妆"伺奉，以嘲笑老公一只眼睛只能看半面妆。

藏鸦门　即原杭州城区西门，门外属特种服务业专区，青楼妓馆林立。清厉颚《西湖柳枝词》："藏鸦门外绿惜惜，染雨烘晴色渐深。底事钱唐苏小小，不将翠带结同心。"

钱唐　即钱塘（唐武德四年，改钱唐为钱塘）。

楚楚解读

［比拟对象］　苏小小

此诗原作中列第55首。"轻匀"原作"空匀"，"着"原作"在"。原作校41：空匀，《绝句》作"轻匀"。原作校42：在，《绝句》作"着"。

苏小小，南齐（一说东晋）著名歌伎。后世誉为男人心目中最理想的情人。"貌绝青楼，才空士类"。为人性真率直，洒脱爽快，有侠肝义胆，高节傲骨。

与阮郁由恋至散无怨无悔，义助鲍仁赴京应试。十九岁时患肺痨而死。为历代文人热捧和咏诵，是与白居易、苏轼等齐名的钱塘人物。

据清梁绍壬《苏小小考》：苏小小有二人，皆钱塘名倡。一南齐人，人人所知也；一宋人，见《武林纪事》。明郎仁宝《七修类藁》《初刻拍案惊奇》均记载其事迹。不过这个名为苏盼奴的苏小小出生于宋代，显然不在晚唐诗人罗虬的吟咏之列。

据南宋祝穆《方舆胜览》：苏小小墓在嘉兴县西南六十步，乃晋之歌妓。今有片石在通判厅，题曰苏小小墓。

本诗以苏小小比红儿。苏小小只要稍加梳妆打扮，便可钱塘留名；藏鸦门外的公子哥们如果遇见红儿，则将为她疯狂。

虢国夫人照夜玑，若为求得与红儿。

醉和香态浓春里，一树繁花压绣帏。

沈注：杜子美诗：虢国夫人承主恩，平明上马入宫门。却嫌脂粉污颜色，淡扫蛾眉朝至尊。

楚楚辞典

虢国夫人　杨玉环三姐。早年随父居住蜀中。初嫁裴氏为妻，裴氏早亡。杨贵妃受宠之后，将虢国夫人等三个姐姐一起迎入京师。唐玄宗称杨贵妃的三个姐姐为姨，并赐以住宅。安史之乱时，虢国夫人在出逃中被迫自杀。此人生平骄奢淫逸，在杨贵妃的庇佑下显赫一时。

照夜玑　即夜明珠。

楚楚解读

[比拟对象]　虢国夫人

此诗原作中列第 21 首。"春里"原作"春睡","压"原作"偃"。原作校16：睡，《绝句》作"里"。

宋乐史《杨太真外传》："杨贵妃，小字玉环，弘农华阴人也……封大姨为韩国夫人，三姨为虢国夫人，八姨为秦国夫人。同日拜命，皆月给钱十万，为脂粉之资。然虢国不施妆粉，自衒美艳，常素面朝天。当时杜甫有诗云：'虢国夫人承主恩，平明上马入宫门。却嫌脂粉污颜色，淡扫蛾眉朝至尊。'又赐虢国照夜玑，秦国七叶冠，国忠锁子帐，盖希代之珍，其恩宠如此。"杜甫《丽人行》："就中云幕椒房亲，赐名大国虢与秦。"

关于"虢国夫人承主恩"这首诗，有人认为是杜甫的作品，更多人认为出自晚唐诗人张祜笔下。据野史记载，杨贵妃受宠后，趁机将她的亲姐妹韩国夫人、虢国夫人、秦国夫人尽数推荐给玄宗。四姐妹就像四株香花，缠绕在唐玄宗四周，粉白黛绿，奇幻万千，使得垂垂老矣的玄宗青春焕发。虢国夫人为三姐玉筝，自恃川妹皮肤白嫩，经常不化妆闯入宫中与玄宗私会。安史之乱爆发，虢国夫人在陈仓得知杨贵妃死讯后自刎而死。

冯梦龙《智囊·杂智部·狡黠卷》有一则风流故事，名为《达奚盈盈》，讲风流美妾达奚盈盈如何将自己的风流韵事巧妙大挪移，栽赃到虢国夫人头上，颇为有趣。

说是天宝年间，长安城里有个当朝贵人的姬妾，名叫达奚盈盈，生得风姿绰约、倾国倾城。有一天，朝贵病重，一个同朝为官的同僚派儿子前去探望，小伙子任职"千牛卫"，也是仪容俊雅、风度翩翩。千牛卫进了朝贵府邸，盈盈一见倾心，美少年对盈盈也心有所属，于是盈盈将千牛卫藏入深闺。千牛卫失联，家人十分着急，派人四处寻找，随后向官府报案，由于父子均为当朝官员，千牛卫还是皇帝内围的贴身卫兵，于是玄宗诏命全城搜寻，寺观茶坊，酒肆青楼，一时间全城闹得不可开交，但仍不见踪影。玄宗帝问千牛卫的父亲说："近日千牛卫去了何处？"其父说："朝贵病了，曾前往探望。"这样，朝贵府邸就成了最令人怀疑的地方，玄宗诏令高干府邸也要检查，其中重点搜查朝贵府邸。

达奚盈盈知道再也藏匿不住，于是从容对千牛卫说："你只管大胆出去，我保你不会有事。"小伙子战战兢兢，担心皇帝知道此事后不肯放过。达奚盈盈说："你出去后，如果皇上问你去了哪里，你就说被一妇人藏匿起来了，这个妇人长得什么模样，家里有什么样的摆设，帘幕帏帐是什么模样，吃的是什么样的食物等等，你都按我教你的回答，并说住在她家实在是身不由己，就绝不会有事。"小伙子心领神会，悄悄溜出府后，赶紧回到家里。第二天，朝贵将儿子带到玄宗面前。皇帝非常生气，询问究竟。千牛卫便按盈盈的交代一一陈述。玄宗听了，果然怒气顿消，只是轻轻一笑，末了说："如此说来，你这是遇到仙女了。"于是息事宁人说："既然人已找到，事情就到此为止吧。"

过了几天，宫里举行宴会，玄宗帝宣召虢国夫人出席。自从杨贵妃受宠后，三个姐姐皆受到封赏，皇帝每年赏赐给她们的脂粉钱有千贯之多。其中虢国夫人才貌最为出众，以风流著称，因此为皇帝喜爱。虢国夫人进宫后，玄宗开玩笑似的悄悄对她说："三姐呀，你怎么能把一个美少年藏得那么紧呢。"虢国夫人平时风流韵事甚多，家里藏男子的事就没断过。虢国夫人嫣然一笑，什么也没有分辩。唐玄宗见她一笑，以为默认，遂不再深究。

达奚盈盈何以想出这条"金蝉脱壳"的妙计？只因她与虢国夫人本是闺蜜，常去虢国夫人的府邸开派对，对其豪华生活了如指掌，且知道虢国夫人风流成性，于是想出这条绯闻大挪移的妙计。或许虢国夫人的躺枪并不冤枉：说不定在达奚盈盈"深屋藏娇"的同时，虢国夫人也没闲着哩。

此诗以虢国夫人比红儿之美。前两句说，如果我能从虢国夫人处得到"照夜玑"，一定将它送与红儿；后两句说，红儿春日微醉的自然美，又哪是杨家四姊妹所能比拟的。

金缕浓薰百和香，脸红眉黛入时妆。

当时若向乔家见，未敢将心向窈娘。

沈注：《唐书·武承嗣传》：乔知之婢窈娘，美且善歌，夺取之。知之作《绿珠篇》以讽婢，因恨死。承嗣怒，告酷吏杀之。诗云："石家金谷重新声，十斛明珠买娉婷。昔日可怜君自许，此时歌舞得人情。君家楼阁不曾难，好将歌舞借人看。富贵雄豪非分理，骄奢势力横相干。别君去君羞不忍，徒掩芳袂复红粉。百年离别在须臾，一代红颜为君尽。"

楚楚辞典

金缕　金丝或以金丝编织的衣服。

百和香　由各种香料调和而成的香。据《汉武内传》："到七月七日，乃修除宫掖，设坐大殿。以紫罗荐地，燔百和之香，张云锦之帏。燃九光之灯，列玉门之枣，酌蒲萄之醴，宫监香果，为天官之馔。"

楚楚解读

［比拟对象］　窈娘

此诗原作中列第12首。"若向"原作"便向"，"向窈娘"原作"在窈娘"。原作校10：便，《绝句》作"若"。

此诗以乔知之的侍婢窈娘比红儿之美。乔知之（？—697），同州冯翊人。与弟侃、备并以文词知名，知之尤有俊才，所作诗歌，时人多吟咏之。武后时，除右补阙。迁左司郎中。有婢名窈娘，美丽善歌舞，为武承嗣所夺。知之怨惜，因作《绿珠篇》以寄情，密送于窈娘。窈娘感愤，投井自杀。承嗣于衣带中见其诗，大恨，因使酷吏罗织诛之。

武承嗣（？—698），武则天侄子。《新唐书·外戚传》："（武承嗣）性暴轻忍祸，闻左司郎中乔知之婢窈娘美，且善歌，夺取之。知之作《绿珠篇》以讽，婢得诗恨死。承嗣怒，告酷吏杀之，残其家。"参见本书第二章"初唐篇"。

此诗前两句描述红儿的美妆美态，后两句说，武承嗣当时在乔家若见到红儿，就不会强抢窈娘了。

逗玉溅盆浴殿开，邀恩先赐夜明苔。
红儿若是三千数，多少芳心是死灰。

沈注：《拾遗记》：泰始中，祖梁国献蔓金苔，色如黄金，若萤火之聚，大如鸡卵。投于水中，光出照目如火生水。上宫人有幸者，以金苔赐之，照耀满室，着衣襟如火光。名曰"夜明苔"。

楚楚辞典

夜明苔 传说中一种能发光的苔，色呈金黄。据王嘉《拾遗记·卷九·晋时事》："祖梁国献蔓金苔，色如黄金，若萤火之聚。大如鸡卵。投于水中，蔓延于波澜之上，光出照日，皆如火生水上也。乃于宫中穿池，广百步，时观此苔，以乐宫人。宫人有幸者，以金苔赐之，置漆盘中，照耀满室，名曰'夜明苔'；着衣襟则如火光。帝虑外人得之，有惑百姓，诏使除苔塞池。及皇家丧乱，犹有此物，皆入胡中。"

死灰 完全熄灭的火灰，因其颜色为灰白色，用以形容类似的颜色。后人多用来形容人的面部表情或心情，表示绝望。《淮南子·修务训》："昼吟宵哭，面若死灰，颜色霉墨，涕液交集。"

楚楚解读

［比拟对象］ 后赵武帝宠妃

此诗原作中列第53首。"浴"原作"冬"，"是死灰"原作"似死灰"。原作校37：冬，《绝句》作"浴"。原作校38：先，《纪事》《统签》均作"光"。

"逗玉溅盆浴殿开"，据晋陆翙《邺中记》：石虎金华殿后有虎皇后浴室。三门徘徊反宇，栌欂隐起，形采刻镂，雕文粲丽。四月八日，九龙街水浴太子之像。又太武殿前沟水注浴时，沟中先安铜笼疏，其次用葛，其次用纱，相去六七步断水。又安玉盘受十斛，又安铜龟饮秽水。出后，却入诸公主第。沟亦出建春门东。又显阳殿后皇后浴池上作石室，引外沟水注之室中，临池上有石床。

另据王嘉《拾遗记》卷九：石虎还建造了一年四季都可以洗浴的浴池，用天然的黄铜和美石做浴池的堤，有人还用琥珀做成水瓶和勺子。夏天就引来渠水灌满浴池，池水中满是用精细、轻薄的丝织品做成的香囊，香囊中装着各种香料，浸泡在池水里。严冬池水结冰时，石虎让人制造了几千个铜质曲龙，每个重数十斤，把铜曲龙放在火上烧得通红，再投入浴池，以使池水保持恒温，人们称之"燋龙温池"。又在池边拉上凤纹锦做成的帐幕遮挡浴池，宫女和受宠爱的嫔妃都脱掉内衣宴饮戏乐，常常夜以继日、通宵达旦。人们称这个浴池为"清嬉浴室"。洗浴之后，就把池水排泄到宫外。池水流过的地方，名叫"温香渠"。渠两旁的人们，争相到渠边打水，即使得到很少的水回家，家人也会非常高兴。后赵石氏败亡后，铜曲龙还留在邺城，但浴池已被填为平地。

元稹《酬乐天待漏入阁见赠》："未勘银台契，先排浴殿关。"

此诗前两句摹写后赵宫廷生活的奢华糜烂；后两句说，如果红儿在君主身边，必享专房之宠，宫中三千佳丽自惭形秽，就会心如死灰，不再抱有任何幻想。

几抛灵髻恨金墉，泪洗花颜百战中。

应有红儿些子貌，却言皇后长深宫。

沈氏未注。

楚楚辞典

灵髻 灵蛇髻，曹魏文帝妻甄后所创发式。视蛇之盘形受到启发，因而仿之为髻。据元伊世珍《琅嬛记》引《采兰杂志》：甄后既入魏宫，宫庭有一绿蛇，口中恒吐赤珠，若梧子大，不伤人，人欲害之。则不见矣。每日后梳妆，则盘结一髻形于后前，后异之，因效而为髻，巧夺天工，故后髻每日不同，号为灵蛇髻，宫人拟之，十不得一二也"。

金墉 古城名，三国魏明帝时筑，位于当时洛阳城（今河南洛阳市东）西北角。代指帝、后流放之地。魏晋时，被废帝后均安置于此。城小而固，为攻战戍守要地。北魏初年为"河南四镇"之一。陆机《洛阳记》："洛阳城内，西北角有金墉城，东北角有楼，高百尺，魏文帝造也。"（《太平御览》卷一七六引）清顾祖禹《读史方舆纪要·河南·洛阳县》：嘉平六年（254），司马师废其主芳，迁于金墉。延熙二年，魏王禅位于晋，出舍金墉城。晋杨后及愍怀太子至贾后之废，皆徙金墉。永康二年，赵王伦篡位，迁惠帝自华林西门出，居金墉城。公元618年，瓦岗起义军曾据此进逼洛阳，唐贞观后废，今称故址为阿斗城。

百战 百般战抖。

些子 少许，些许。

楚楚解读

〔比拟对象〕 晋武皇后杨芷

此诗原作中列第69首。"灵髻"原作"云髻"。

此诗以晋武帝皇后杨芷比红儿之美。杨芷（259—292），西晋武帝皇后，字季兰，小字男胤，武元皇后杨艳堂妹。父杨骏，官至太傅。咸宁二年（276）立为皇后，史称"婉嬺有妇德，美映椒房"，得宠于晋武帝。生渤海殇王，早薨，此后再无生育。武帝死后，惠帝司马衷继位，杨芷父杨骏擅权引起皇后贾南风忌恨，贾南风于是联络汝南王司马亮、楚王司马玮发动血腥政变，杀死杨骏，并唆使大臣上书状告杨芷谋反，让惠帝将其贬为庶人，押至金墉城居住，不久冻饿而死。

此诗前两句描写杨芷被废、囚禁金墉、终日以泪洗面的情景；后两句说，如果拥有红儿一般的美貌，一定会久享尊宠，流放金墉的情景就绝不会出现。

/ 最 / 美 / 的 / 女 / 人 /

从道长陵小市东，巧将花貌占春风。

红儿若是当时见，未必伊先入紫宫。

沈注：《晋书》：秦苻坚灭燕，慕容冲姊为清河公主，年十四，有殊色，坚纳之。冲年十二，亦有龙阳之姿，坚又幸之。姊弟专宠，宫人莫进。长安歌之曰：一雌复一雄，双飞入紫宫。

楚楚辞典

长陵小市　形容地处偏僻，据《汉书·孝景王皇后传》：汉武帝母王太后微时，原为金王孙之妻，生有一女，名金俗，寄居于民间。汉武帝即位后，得知此事，乃亲往迎接。其姐家住长陵小市，武帝直达门口，使左右进去求之。家人惊恐万状，武帝下车而立说："大姊，何藏之深也！"武帝将其载至长乐官，一同拜见母亲王太后，并封大姐为修成君。长陵，汉高祖刘邦与吕后合葬墓，位于陕西省咸阳市东约20公里的窑店镇三义村北。

凤止阿房　长安民谣，讲前燕清河公主弟慕容冲先为苻坚男宠、后为西燕皇帝，联合后秦天王姚苌围攻苻坚，进驻长安，后因贪图安逸，不思东归，被左将军韩延斩杀于长安的故事。

楚楚解读

[比拟对象]　清河公主

此诗原作中列第76首。"当时"原作"同时"。原作校63：陵，《纪事》作"安"误。原作校64：先，《纪事》作"仙"误。

伊，她；紫宫，皇宫。据《晋书》载记第十四《苻坚下》：东晋太和五年（370），苻坚灭前燕，清河公主年十四岁，有美色，苻坚纳其为妃，宠冠后宫。清河公主的弟弟慕容冲年十二岁，小字凤皇，也有龙阳一样的姿貌，苻坚一并宠幸，姐弟独占宠爱，其他宫女尽皆失宠。长安有儿歌传唱曰："一雌复一雄，双飞入紫宫。"人们都担心成为祸乱。后来王猛劝谏，苻坚便将慕容冲送出宫外。长安又有民谣说:"凤皇凤皇止阿房。"苻坚认为神鸟凤凰不是梧桐不栖息,不是竹子的籽实不吃,就在阿房城种植梧桐、竹子数十万株等待祥瑞凤凰。慕容冲的小名恰巧叫凤皇,到慕容冲占据阿房城之时,终于成为苻坚的乱臣贼子。东晋太元十年(385),慕容冲进入长安时,术士王嘉说:"凤皇,凤皇,何不高飞还故乡,无故在此取灭亡。"慕容冲后来被部将韩延所杀,死于长安。

此诗以东晋时前秦苻坚宠妃清河公主比红儿之美。头两句说,虽然清河公主居处偏僻,但因姿色出众,仍然为君主青睐;后两句说,如果红儿当年先见到皇上,肯定会先清河公主入宫。

能将一笑使人迷,花艳何须上大堤。
疏属便同巫峡路,洛川直是武陵溪。

沈氏未注。

楚楚辞典

一笑 用宋玉《登徒子好色赋》"嫣然一笑"典故。

大堤 古迹名,据《一统志》《湖广志》等记载,大堤在襄阳府城外,周围有四十多里,商业繁荣。南朝乐府民歌《襄阳乐》:"朝发襄阳城,暮至大堤宿。大堤诸女儿,花艳惊郎目。"据宋郭茂倩《乐府诗集·清商曲辞五》,此诗为南朝宋随王刘诞所作。

疏属 山名,即雕阴山,在杜红儿家乡西南。

巫峡 长江三峡之一,此处用巫山神女之典。

武陵溪 用刘阮入天台山事。参见本书《比红儿诗注》第7首解读。唐王之涣《惆怅词》:"晨肇重来路已迷,碧桃花谢武陵溪。"元曾瑞《留鞋记》第一折:"有缘千里能相会,刘晨曾入武陵溪。"

洛川 参见本书《比红儿诗注》第44首解读。

楚楚解读

〔比拟对象〕 琼花

此诗原作中列第81首。"直是"原作"真是"。原作校69：笑，《绝句》作"貌"。

此诗或以琼花比红儿之美。唐李白《秦女休行》："西门秦氏女，秀色如琼花。"据载汉代扬州城东有琼花一株，有人特为之建"琼花观"。宋周密《齐东野语·卷十七·琼花》：扬州后土祠琼花，天下无二本，绝类聚八仙，色微黄而有香。仁宗庆历中，尝分植禁苑，明年辄枯，遂复载还祠中，敷荣如故。淳熙中，寿皇亦尝移植南内，逾年，憔悴无花，仍送还之。其后，宦者陈源，命园丁取孙枝移接聚八仙根上，遂活，然其香色则大减矣。杭之褚家塘琼花园是也。今后土之花已薪，而人间所有者，特当时接本，髣髴似之耳。北宋王禹偁《后土庙琼花诗序》：扬州后土庙有花一株，洁白可爱，且其树大而花繁，不知实何木也，俗谓之琼花。因赋诗以状其异。传说隋炀帝就是为到扬州观赏琼花而下令开凿大运河，王世充则因绘出琼花图受炀帝赏识，以此飞黄腾达。

琼花被誉为有情之物。据杜游《琼花记》：宋高宗绍兴年间，金兵南下侵掠，扬州琼花也成了目标，大棵连根拔去，挖不尽的齐土铲平。然而一年之后，被铲的根旁又生出新芽。元世祖至元十三年，即宋朝亡国的那一年，扬州琼花也突然死去。今扬州、昆山皆以琼花为市花。

"花艳何须上大堤"：隋炀帝时开通大运河，炀帝曾乘船赴扬州看琼花。隋堤，据后蜀何光远《鉴戒录·亡国音》："炀帝将幸江都，开汴河，种柳，至今号曰'隋堤'。"宋周邦彦《兰陵王》："隋堤上，曾见几番，拂水飘绵送行色。"

此诗写琼花盛开于隋堤，期待隋炀帝前来观赏。为突出琼花之美，又拉来东家子、巫峡神女瑶姬和天台山仙女相辉映。全诗意为红儿的美艳远胜琼花，也尽可与宋玉笔下的东家子及诸多神女媲美。

82

三吴时俗重风光，未见红儿一面妆。

好写妖娆与面看，便应休更赋真娘。

沈注：《吴地记》：真娘，吴国之佳丽也。行客才子，多题诗墓上，墓在虎邱。

楚楚辞典

三吴　地名，狭义指吴郡、吴兴、会稽。广义指长江下游江南吴地，如苏州、常州、湖州、杭州、无锡、上海和绍兴等地。

风光　风景、景色；光耀、体面；韵致风采、文采。

楚楚解读

〔比拟对象〕　真娘

此诗原作中列第83首。"与面看"原作"与教看"，"赋"原作"话"。

"一面妆"，参见本书《比红儿诗赏析》第75首解读。大意为盛妆已毕，有袁枚《遣兴》"阿婆还似初笄女，头未梳成不许看"诗意。

真娘，又名贞娘，本名胡瑞珍，中唐玄宗朝京都长安人。冰肌玉肤，风姿绰约，气质超凡脱俗。安史之乱后沦落苏州，被骗卖为妓，名噪一时；但守身如玉，卖艺不卖身，为保贞节竟至悬梁自尽。唐范摅《云溪友议》卷中《谭生刺》："真娘者，吴国之佳人也，时人比于钱塘苏小小，死葬吴宫之侧，行客感其华丽，竞为诗题于墓树，栉次鳞臻。"今苏州虎丘山上有真娘墓、花冢等遗址。传其死后灵魂附于茉莉花上，茉莉花因称"香魂"，茉莉花茶也称"香魂茶"。

唐李商隐《和人题真娘墓》诗自注："真娘，吴中乐妓，墓在虎丘山下寺中。"唐沈亚之《虎丘山真娘墓》："金钗沦剑瓘，兹地似花台。油壁何人值，钱塘度曲哀。翠馀长染柳，香重欲熏梅。但道行云去，应随魂梦来。"唐李绅《真娘墓》："一株繁艳春城尽，双树慈门忍草生。愁态自随风烛灭，爱心难逐雨花轻。黛消波月空蟾影，歌息梁尘有梵声。还似钱塘苏小小，只应回首是卿

　　　　　　　　　/ 最 / 美 / 的 / 女 / 人 /

卿。"白居易《真娘墓》："真娘墓，虎丘道。不识真娘镜中面，唯见真娘墓头草。霜摧桃李风折莲，真娘死时犹少年。脂肤荑手不牢固，世间尤物难留连。难留连，易销歇，塞北花，江南雪。"

眼见真娘名气日显，有位名唤谭铢的举子不以为然，也在真娘墓前题诗云："武丘山下冢累累，松柏萧条尽可悲。何事世人偏重色，真娘墓上独题诗。"往来文人见到谭铢七绝，怕担"重色"之名，因此搁笔。北宋王元之作《题贞娘墓》与之呼应："女命在乎色，士命在乎才。无色无才者，未死如尘灰。虎丘贞娘墓，止是空土堆。香魂与腻骨，销散随黄埃。何事千百年，一名长在哉。吴越多妇人，死即藏山隈。无色故无名，丘冢空崔嵬。惟此真娘墓，客到情徘徊。我是好名士，为尔倾一杯。我非好色者，后人无相咍。"（咍，音hāi，讥笑）

本诗以名妓真娘比红儿之美。前两句说，三吴地区的人们注重梳妆打扮，这是没有见过红儿盛妆已毕的模样。后两句说，真娘虽美，比之红儿则相形见绌。若是见到红儿，那些卖力咏诵真娘的诗人，就要转而咏诵红儿了。

天碧轻纱只六铢，宛风含露透肌肤。
便教汉曲争明媚，应没心情更弄珠。

沈注：《列仙传》：郑交甫见二女佩两明珠，大如鸡卵，解以赠之。

楚楚辞典

六铢 即六铢衣，形容衣重量极轻。铢，重量单位，旧制二十四铢为一两。《长阿含经·世纪经·忉利天品》："忉利天身长一由旬，衣长二由旬，广一由旬，衣重六铢。"《太平广记》卷第二百三十七《奢侈二》：元载纳薛瑶英为姬，"处金丝之帐，却尘之褥，出自勾丽国。云却尘兽毛为之，其色红殷，光软无比。衣龙绡之衣，一袭无二三两，抟之不盈一握。载以瑶英体轻，不胜重衣，故于异国求之。"

楚楚解读

[比拟对象]　汉皋仙女

此诗原作中列第 86 首。"宛风"原作"宛如"。原作校 70：如，《绝句》作"风"。

汉曲、弄珠皆用郑交甫遇仙女故事，参见本书《比红儿诗》赏析第 4 首解读。

该诗以汉皋仙女比红儿之美。前两句形容汉皋仙女身形窈窕，肌肤嫩白光洁；后两句说，若红儿出现在汉水江边，恐怕仙女就没心情弄珠解佩了。

君看红儿学醉妆，夸裁宫缬研裙长。

谁能更把间心力，比并当时武媚娘。

沈注：《乐苑》：舞媚娘、大舞媚娘，并羽曲调也。唐高宗永徽末，天下歌《舞媚娘》。未几，立武后。按：陈后主已有所歌，则永徽所歌，盖旧曲云，舞亦作武。

楚楚辞典

醉妆　唐代宫女或女子的一种装饰，也指女子醉酒后的一种装束打扮，脱冠，着道士服，施朱粉。

宫缬　皇宫用的有花纹的丝织品。缬，有花纹的丝织品。

研裙　用石碾磨制成的布帛所制成的裙子；

间心力　犹今大心脏之意。

比并　比拼。

楚楚解读

［比拟对象］ 武媚娘

此诗原作中列第95首。"缬"原作"襭"
（xié）；"间"原作"闲"。

武媚娘，即武则天，荆州都督武士彟次女。
十四岁时入后宫为唐太宗才人，获赐号"武
媚"。南北朝时庾信有《舞媚娘》诗云："朝来
户前照镜，含笑盈盈自看。眉心浓黛直点，额
角轻黄细安。祗疑落花慢去，复道春风不还。
少年唯有欢乐。饮酒那得留残。"南陈后主
《舞媚娘三首》其一云："楼上多娇艳，当窗并
三五。争弄游春陌，相邀开绣户。"

此诗以武媚娘比红儿之美。头两句写红儿身着醉妆、穿戴宫服的姿态；后
两句说谁能如此自信、与武媚娘比美？答案不言自明：唯我红儿。

鹦鹉娥如裛露红，镜开眉样自深宫。
稍教得似红儿貌，不嫁南朝沈侍中。

沈注:《异闻录》：梁东宫常侍沈警，后入周为上柱国。奉使秦陇，途过张女郎庙，
酌水具祝。暮宿传舍，忽一女郎来共寝，自称张女郎，名润玉，赠警以金合欢结，至旦而
别。后使回，至庙中，于神座后得一碧笺，有诗云："飞书报沈郎，寻已到衡阳。若存金
石契，风月两相忘。"

楚楚辞典

裛露 湿润的露水。"裛"古同"浥"；浥，湿润。

楚楚解读

［比拟对象］ 王鹦鹉或张润玉

此诗原作中列第 32 首。

娥，美女、美貌；镜开眉样，对镜描眉；金石契，比喻坚贞不渝的友情。金石，常用以比喻事物的坚固、刚强，心志的坚定、忠贞等；契，文字、文书。

南朝宋官员沈怀远有妾名王鹦鹉。据《宋书·列传第五十九二凶》记载，东阳公主死，按规矩王鹦鹉应该出嫁。因王鹦鹉参与太子刘劭、始兴王刘濬以巫蛊之术谋害其父宋文帝，刘劭等生怕王鹦鹉泄露秘密，遂将她嫁给始兴王刘濬府佐沈怀远。后宋文帝第三子刘骏起兵平乱，刘劭与刘濬失败，王鹦鹉也被诛杀。

另南陈沈炯，人称沈侍中，有《沈侍中集》一卷存世。

沈警其人其事，参见《太平广记》卷三二六，"鬼"十一《沈警》：

沈警，字玄机，吴兴县武康人。善于歌赋咏诗，担任过梁代的东官常侍，在当时很有名望。王公贵族摆宴请客，一定会派车邀请他参加。当时有俚语说："玄机在侧，颠倒宾客。"其推崇他到这种程度。后来楚国灭亡，沈警就来到北周担任上柱国。一次他奉命出使秦陇，途中经过张女郎庙，行旅之人中多用酒肴祈祷，沈警却只是酌水拜祝说："酌彼寒泉水，红芳掇岳谷。虽然祝词达不到那么遥远，但也算随俗献上祭品，诚意在此，望神能感知。"当天晚上，住宿在旅馆里，靠在窗边望月，创作了一首《风将雏含娇曲》，其词说："命啸无人啸，含娇何处娇。徘徊花上月，空度可怜宵。"又继续作歌道："靡靡春风至，微微春露轻。可惜关山月，还成无用明。"吟咏完毕，听到帘外有赞叹欣赏的声音，又说道："闲宵岂虚掷，朗月岂无明？"声音清越婉转，与常人不同。忽然看见一个女子挑帘进来，下拜说："张女郎姊妹向使节您问候。"沈警感到惊奇，于是整理衣帽，还没等他离开座位，两位女郎已经进来，对沈警说："您翻山越岭辛苦得很，确实该早点歇息。"沈警说："旅行在路途，春夜多感触，聊以几句诗，略消旅愁苦，哪想到二位女郎屈尊来临。你俩谁大谁小？"两位女郎相视而笑，大女郎对沈警说："我是女郎的妹妹，嫁给庐山夫人的长子。"指着小女郎说："她嫁给衡山府君的小儿子，想邀一同在生日这天，一同去看大姐。我们大姐进城还没回来，山里幽寂，好的夜色我们又多有感怀，特意诚挚地请您前去赴会同欢共乐。怕是委屈您了，请您别怕劳累。"

于是携手出门，一同登上马车，马有六匹，奔驰而去。不久到了一个地方，红楼玉阁，全都非常华丽，二位女郎让沈警停在一个水阁里，香气四面飘来，帘幌内有很多金缕翠羽，间有珠玑，光照满屋。不一会儿，两个女郎从阁后飘然而来，拜过沈警靠他坐下，又准备酒菜，于是大女郎弹箜篌，小女郎抱着琴弹了几曲，都不是人间所能听到的。沈警叹赏很久，希望弹琴的写下歌词，小女郎笑着对沈警说："这是秦穆公、周录王太子和神仙们创制的曲子，不能传给人间。沈警粗略记下几曲，不敢再问。等到酒醉，大女郎唱道："人神相合兮后会难，邂逅相遇兮暂为欢。星汉移兮夜将阑，心未极兮且盘桓。"小女郎唱道："洞箫响兮风生流，清夜阑兮管弦遒。长相思兮衡山曲，心断绝兮秦陇头。"又写道："陇上云车不复居，湘川斑竹泪沾余。谁念衡山烟雾里，空看雁足不传书。"沈警唱道："义熙曾历许多年，张硕凡得几时怜。何意今人不及昔，暂来相见更无缘。"两个女郎相视流泪，沈警也流下了眼泪。小女郎对沈警说："兰香姨、智琼姐，也常怀这种遗憾啊。"沈警看见两个女郎歌咏极为欢畅，却不知道他们的秘密在哪里，沈警回头看着小女郎说："润玉，这个人可以惦念。"

过了好一会儿，大女郎命令穿鞋，和小女郎一同出去，走到门口，大女郎对小女郎说："润玉今晚可陪伴沈郎。"沈警欣喜不已，与小女郎携手入内，就见小婢女已在铺设被褥。小女郎拉着沈警的手说："过去跟二位妃子游玩湘川，看见您在舜帝庙读相王碑，当时非常想念您，没想到今夜能遂盼望已久的愿望。"沈警想起当时的情景，拉着小女郎的手述说往事，激情难抑。小婢女美丽端庄，上前献歌道："人神路隔，别促会赊。况姐娥妒人，不肯留照。织女无赖，已复斜河。寸阴几时，何劳烦琐。"于是退下关门。当夜二人极尽欢爱。

天快要亮时，小女郎起床，对沈警说："人神的情况不一样，不能贪恋白天。大姐已在门口。"沈警于是将小女郎抱在怀里，一同叙说衷肠。不一会儿，大女郎进来，沈警与小女郎相对流泪，情不自胜。又摆上酒，沈警唱道："直恁行人心不平，那宜万里阻关情。只今陇上分流水，更泛从来呜咽声。"沈警于是赠给小女郎指环，小女郎赠给沈警金合欢结，小女郎唱道："结心缠万缕，结缕几千回。结怨无穷极，结心终不开。"大女郎赠给沈警一面瑶镜，也唱道："忆昔窥瑶镜，相望看明月。彼此俱照人，莫令光彩灭。"相互赠答很多，不能全都记下，只是粗略记下几首而已。于是二女郎和沈警出门，坐上来时的辎辂车，送到下庙，执手呜咽而别。沈警回到旅馆，从怀中取出瑶镜、金缕结。过了很久，才告诉主人，昨夜不知去了哪里。当时的同伴都奇怪沈警夜里有种特别的香味。

沈警后来出使回来，经过张女郎庙，在庙里的神座后面拾到一张碧绿色的信笺，竟是小女郎写给沈警的信，信中备叙离恨别情，信的末尾写道："飞书报沈郎，寻已到衡阳。若存金石契，风月两相望。"从此再也没有小女郎的任何音讯。（参见虫天子主编《香艳全书》十三集第四卷《沈警遇神女记》。）

据李剑国《唐五代志怪传奇叙录》考证：《沈警》或《沈警遇神女记》即沈亚之创作的《感异记》。沈亚之的故事讲人神遇合，《太平广记》却将其列为鬼门，显然不妥。另外关于秦陇之张女郎庙，李剑国说：这个张女郎庙不知祭祀的哪方尊神，也不知有什么背景故事。《广异记·季广琛》（《太平广记》卷三〇三引）戴河西（凉州）女郎神姊妹二人，与两位张女郎应该不是一回事。《宣室志》卷四"章氏子"条称汧阳郡有张女郎庙，汧阳郡即陇州，这个张女郎庙应该就是沈警巧遇神女之处。古时候时兴修建神庙，神祠随处可见。凡人以自己的见解塑造神像，这些神个个怀俗世之欲，食人间烟火。男神追逐世间女子，多控制其灵魂，让其从属于自己；女神追逐世间的男子，多屈尊下就，倾注一片痴情。唐代的士人特别热衷于女神塑造，诗人纵情讴歌，小说家乐此不疲。在他们眼里，这些神女集才女佳人于一身，妩媚娇弱，温婉多情。在张鷟的《游仙窟》中，女神已化为娼妓，与李季兰、鱼玄机、薛涛等无二。沈亚之此作明显受到《游仙窟》的影响，但他并没有醉心于"狎妓之趣"，而是发"窈窕之思"，与其《秦梦记》相似。"诗咏皆佳，自然明丽，情致深密"，远胜于《游仙窟》中的诗歌。（李剑国《唐五代志怪传奇叙录》，南开大学出版社，1993年12月版，第412页）

此诗或以小女郎张润玉比红儿之美，意思是若润玉稍具红儿美貌，就不会委身于南朝沈侍中沈警了。

浸草漂花绕槛香，最怜穿度乐营墙。
殷勤留滞缘何事，曾照红儿一面妆。

沈氏未注。

楚楚辞典

浸草漂花　流水；
穿度　穿越，穿过。

楚楚解读

[比拟对象]　乐营歌伎

此诗原作中列第 34 首。

乐营，乐妓居所。流水绕槛穿过乐营墙，取"御沟红叶"传情之意。

最早的"御沟红叶"故事，据说来自唐孟棨《本事诗·情感第一》：顾况在洛，乘间与三诗友游于苑中，坐流水上，得大梧叶，题诗上曰："一入深宫里，年年不见春。聊题一片叶，寄与有情人。"况明日于上游，亦题叶上，放于波中。诗曰："花落深宫莺亦悲，上阳宫女断肠时。帝城不禁东流水，叶上题诗欲寄谁？"后十余日，有客来苑中寻春，又于叶上得诗，以示况。诗曰："一叶题诗出禁城，谁人酬和独含情？自嗟不及波中叶，荡漾乘春取次行。"

宋庞元英《谈薮》解释说：唐玄宗时期，后宫杨贵妃独享专宠，又有虢国夫人等杨氏姐妹抢占君恩，后宫宫女皆深处寂寞，因有宫女于落叶上题诗，随御沟水流出。据李昉等《太平广记》：御沟传情未久，安史之乱爆发，传说顾况顺利找到题诗的宫女，趁乱逃出上阳宫，一对有情人喜结连理。

因为顾况的浪漫，也因为宫女的多才多情，红叶自此被视为坚贞不渝的爱情象征，这段浪漫的爱情故事，也被称作"下池轶事"在古城洛阳流传。

晚唐"五云溪人"范摅《云溪友议·卷下·题红怨》讲述了另一段红叶题诗故事：

唐宣宗时期，中书舍人卢渥赴京应举，偶过御沟边，拾得红叶一片，上有题诗云："水流何太急，深宫尽日闲。殷勤谢红叶，好去到人间。"卢渥将红叶收藏。后宣宗裁减宫女，下诏将宫女许配给百官司吏，但不包括未及第的举人，卢渥未得机会。不久卢渥出任范阳令，得配一位韩姓宫女。韩氏在卢渥书箱里见到他收藏的红叶诗，嗟叹良久道：当时我只是偶然题诗放入水中，没曾想却为郎君收藏。卢渥对照韩氏书迹，果然分毫不差。

唐僖宗年间，进士李茵也有一段御沟红叶、人鬼相恋的故事，见载于五代孙光宪《北梦琐言》卷第九和李昉《太平广记》卷三五四"鬼"三九：

进士李茵是襄阳人。一次他游御苑，见一片红叶自御沟中流出，上题诗："流水何太急，深宫尽日闲。殷勤谢红叶，好去到人间。"李茵将红叶收贮在书箱里。后来僖宗在藩镇之乱中到了蜀地，李茵奔窜到南山一个老百姓家。见到一个流落人间的宫女，她说自己是宫中的侍书，名叫云芳子。她很有才学，李茵和她交往日深后，云芳子发现了那片红叶，哀叹说："此妾所题也。"于是同行到蜀地去，一路上云芳子详细讲述了宫中的事。到了绵州时，一个宦官认出了她，宦官问："你怎么跑到这里来了？"逼令她上马，强行带走，李茵十分难过，但又无可奈何。那天晚上他宿在旅店里，云芳忽然进来了，她对李茵说："妾以重金贿赂了中官，今后我可以跟你走了。"佳人失而复得，李茵欣喜难以言表。于是两人相伴回了襄阳。几年后，李茵得了病身体消瘦，有个道士说他面有邪气。这时云芳子才对他说了实情："那年绵竹相遇。妾其实已死。感君之深意，故相从耳。但惜人鬼殊途，不敢再连累君。"说毕置酒与李茵对饮，酒后飘然而去，遂不知所终。

据宋魏陵人张实《流红记》（载宋刘斧《青琐高议》）卷五：唐僖宗年间，某日傍晚，青年才俊于佑在皇城宫墙外漫步，于御沟流水中洗手，偶见漂流而过的红叶中，有片稍大的红叶上似有墨印，探手拾来，上面竟有题诗一首："流水何太急，深宫尽日闲。殷勤谢红叶，好去到人间。"出于好奇，于佑将把红叶诗带回家中。夜深人静时，于佑取出红叶诗仔细端详，猜想这首幽怨伤感的小诗应为宫中多愁善感的才女所作。想入非非的于佑将红叶诗晾干收藏，思慕牵挂之情难以去怀。几天后，他也挑拣一片红叶，于上题诗曰："曾闻叶上题红怨，叶上题诗寄阿谁？"于佑将红叶诗置于御沟上游流水中，眼望它徐徐漂入宫中，在流水边徘徊许久，随即到下游出口长久等待，直至天黑才怅然离去。酒后饭余，于佑将红叶题诗的故事讲给朋友们听，有人笑他痴愚，也有人夸他浪漫。

大千世界，芸芸众生，因巧合方成奇遇。于佑屡试不第，受河中贵人韩泳相邀至家中任私塾。一日，韩泳告诉他说："帝禁宫人三十余得罪，使各适人，有韩夫人者，吾同姓，今出禁庭来居吾舍。子今未娶，年又逾壮，困苦一身，无所成就，孤身独处，吾甚怜汝。今韩夫人箧中不下千缗，本良家女，年才三十，姿色甚丽，吾言之使聘子，何如？"于佑感激下拜。新婚之夜，于佑见韩夫人貌若天人，以为误入仙境。韩氏在于佑竹书箱内发现他珍藏多年的红叶诗，十分讶然："此吾所作之句，君何故得之？"于佑如实告之。韩氏曰："吾于水中也得红叶诗，不知何人所作。"于是开箱取出红叶，墨迹犹存，正是于佑当年所写。两人相对叹息，感泣良久，同声道："事岂偶然，莫非前定乎？"韩氏说：当日得到郎君所题红叶诗，也曾回诗曰："独步天沟岸，临流得叶时。此情谁会得？肠断一联诗。"从前听于佑讲过红叶诗的朋友得知此事，莫不惊叹称奇。韩泳宴请于佑夫妻，席上笑曰："子二人今日可谢媒人也！"韩氏答说："吾为佑之合乃天也，非媒氏之力。"韩泳道：莫非赖红叶之功？韩氏含笑点头，取笔作七绝一首："一联佳句题流水，十载幽思满素怀。今日却成鸾凤友，方知红叶是良媒。"于佑夫妻鸾凤和谐。宰相张濬得知这一传奇故事，也做诗凑兴："长安百万户，御水日东流。水上有红叶，于独得佳句。子复题脱叶，流入宫中去。深宫千万人，叶归韩氏处。出宫三千人，韩氏籍中数。回首谢君恩，泪洒胭脂雨。寓居贵人家，方与子相遇。通媒六礼具，百岁为夫妇。儿女满跟前，青紫盈门户。兹事自古无，可以传千古。"

此诗是否张濬所作存疑。与此前的御沟红叶故事相比，张实的《流红记》情节更为丰满，元人白朴、李文蔚据以改编成杂剧《韩翠苹御水流红叶》《金水题红怨》等，御沟红叶故事从此登上戏剧舞台，代代传唱。

经历代文人反复咏诵，"御沟红叶"成为中国文学史上一处旖旎风光和研究者不敢忽略的趣话。与文学浪漫形成鲜明对照的是残酷的血淋淋的现实。红叶题诗故事几乎都发生在唐朝绝非偶然。据《新唐书·宦者上·序》："开元、天宝中，宫嫔大率至四万。"皇帝嫔妃成群，宫女累万，这些良家女子于豆蔻年华入宫，除极少数得封后妃，绝大多数生活凄凉，命运悲惨，诚如白居易《新乐府·上阳白发人》所言：她们"宿空房，秋夜长，夜长无寐天不明。耿耿残灯背壁影，萧萧暗雨打窗声"。

此诗描述诗人对红儿的一片痴情。前两句描写诗人面对流水环绕的乐营情无所寄；后两句说，我之所以在乐营外徘徊流连，就是因为自打见过红儿一面，从此念念不忘。

妆成浑欲认前朝，金凤钗双逐步摇。
未必慕容宫里伴，舞风歌月胜纤腰。

沈注：《晋书》：慕容庞，鲜卑人，曾祖莫护跋，慕燕代人多冠步遥，乃袭冠，诸部因呼为"步摇"，后误为慕容。

楚楚辞典

浑欲 就像，仿佛。浑，简直；欲，将要、就要。

步摇 一种头饰。鲜卑女多用。《释名·释首饰》："步摇，上有垂珠，步则摇也。"步摇始于汉代，盛行于晋唐。《后汉书·舆服志下》："步摇以黄金为山题，贯白珠为桂枝相缪，一爵（雀）九华（花）。"宇文氏《妆台记》："周文王于髻上加珠翠翘花，傅之铅粉，其髻高，名曰'凤髻'，又有云髻，步步而摇，故曰'步摇'。"《玉台新咏》卷二《有女篇·艳歌行》："头安金步摇，耳系明月珰。"宋陈祥道《礼书》卷十八："汉之步摇，以金为凤，下有邸，前有笄，缀五采玉以垂下，行则动摇。"唐代白居易《长恨歌》："云鬓花颜金步摇。"宋代谢逸《蝶恋花·豆蔻梢头春色浅》词："拢鬓步摇青玉碾，缺样花枝，叶叶蜂儿颤。"

楚楚解读

［比拟对象］ 慕容宫人

此诗原作中列第44首。"钗双"原作"双钗"。原作校32：双钗，《统签》作"钗双"。

——————— /最/美/的/女/人/

此首诗以晋朝盛行的美女首饰"金步摇"写杜红儿之美。据《晋书·载记第八·慕容廆》记载:"慕容廆,字弈洛瑰,昌黎棘城鲜卑人也。其先有熊氏之苗裔,世居北夷,邑于紫蒙之野,号曰东胡。其后与匈奴并盛,控弦之士二十余万,风俗官号与匈奴略同。秦汉之际为匈奴所败,分保鲜卑山,因以为号。曾祖莫护跋,魏初率其诸部入居辽西,从宣帝伐公孙氏有功,拜率义王,始建国于棘城之北。时燕代多冠步摇冠,莫护跋见而好之,乃敛发袭冠,诸部因呼之为步摇,其后音讹,遂为慕容焉。或云慕二仪之德,继三光之容,遂以慕容为氏。"

由上可知,慕容氏或因"步摇"语音之讹而来,慕容氏本鲜卑族一支,西晋太康十年(289),慕容廆降晋,部族迅速扩张,西晋末年五胡乱华之际,先后建立前燕、后燕、南燕等政权,故有"慕容官"之语。

此诗前两句写红儿梳妆打扮后头戴步摇姗姗来迟的优美姿态,就仿佛当年朝中受宠的美妃;后两句说一个红儿,已胜过慕容氏宫中所有的鲜卑舞女歌姬。

琥珀钗成恩正深, 玉儿妖惑荡君心。
莫教回首看妆面, 始觉曾虚掷万金。

沈注:《周秦行纪》:潘妃自称玉儿。

楚楚解读

[比拟对象] 潘贵妃

此诗原作中列第45首。原作校33:看,《绝句》作"匀"。

潘贵妃见本书《比红儿诗赏析》第69首解读。牛僧孺《周秦行纪》:"潘妃辞曰:'东昏以玉儿身死国除,玉儿不拟负他。'"

玉儿,潘妃的小名。东昏侯"拜爱姬潘氏为贵妃,乘卧舆,帝骑马从其后","潘氏服御,极选珍宝,主衣库旧物,不复周用,贵市民间金银宝物,价皆数

倍，虎魄（琥珀）钏一只，直百七十万。"（《南齐书·本纪篇七·东昏侯》）

　　本诗前两句摹写潘妃备受东昏侯恩宠；后两句说，如果东昏侯见到红儿的美貌，就会觉得为潘玉儿一掷千金太不值得了。

　　　　　　画帘垂地紫金床，暗引羊车驻七香。
　　　　　　若是红儿此中住，不劳盐筱洒宫廊。

　　沈注：《晋书》：武帝掖庭并宠者众，莫知所适，乘羊车恣其所之。宫人乃取竹叶插户，盐汁洒地，以引帝车。

楚楚辞典

　　羊车　宫中用羊牵引的小车。

　　羊车巡幸　晋武帝司马炎发明的临幸嫔妃的办法。司马炎后宫妃嫔众多，有粉黛近万，每晚临幸哪个妃子成为头疼的问题，于是坐羊车在宫苑里随意行走，以羊车停驻为选。嫔妃们为留住羊车，纷纷将盐水洒在门前地上，又在门上插竹枝。因羊喜欢盐水的味道，抬头吃竹枝的时候，羊车就停在门口了。

　　羊车望幸　希望得到别人的重视或宠爱。出自明末吴伟业《听女道士卞玉京弹琴歌》："但教一日见天子，玉儿甘为东昏死。羊车望幸阿谁知？青冢凄凉竟如此！"

　　盐筱　洒盐水用的竹刷子。

楚楚解读

［比拟对象］　晋武帝宫妃

　　此诗原作中列第54首。"若是"原作"若见"。原作校39：见，《绝句》作"是"。原作校40：盐，《纪事》《绝句》《统签》均作"烟"。

　　羊车事见本书《比红儿诗赏析》第39首解读。

——————————— ／最／美／的／女／人／

古代皇帝嫔妃如云，即便是拥有生杀予夺大权的皇帝，也不能随心所欲把嫔妃拉上龙床，因为后宫有专门的制度。据南宋周密《齐东野语》卷一九《后夫人进御》："凡夫人进御之义，从后而下十五日徧。其法自上而下，象月初生，渐进至盛，法阴道也。然亦不必以月生日为始，但法象其义所知……《春秋传》曰："晦淫惑疾，明淫心疾，以辟六气。"故不从月之始，但放月之生耳。其九嫔已下，皆九人而御，八十一人为九夕。世妇二十七人为三夕，九嫔九人为一夕，夫人三人为一夕，凡十四夕。后当一夕，为十五夕。明十五日则后御，十六日则后复御，而下亦放月以下渐就于微也。诸侯之御，则五日一徧。亦从下始，渐至于盛，亦放月义。其御则从姪娣而迭为之御，凡姪娣六人当三夕，二媵当一夕，凡四夕。夫人专一夕为五夕，故五日而徧，至六日则还从夫人，如后之法……凡九嫔以下，女御以上，未满五十者，悉皆进御，五十则止。后及夫人不入此例，五十犹御。故《内则》云：'妾年未满五十者，必与五日之御。'则知五十之妾，不得进御矣。"

这段记载的意思是，后宫有名分的女子有一百二十一人，另外还有不计其数的宫女。帝王有权利跟所有后宫女性发生性关系，但是有义务跟这一百二十一人定期过性生活。按这一制度，皇帝要完成规定的任务实属不易。八十一御妻分成九个晚上，每晚九个人，是九个人一起进御，还是轮流或抽签决定侍寝？没有明确说法。二十七世妇也是每晚九个，分为三天；九嫔是共享一天；三夫人也是共享一天。另外，除非到了皇后和夫人这个级别，其他嫔妃五十岁以后就不能进御了。

清代后宫设有敬事房，专门记录皇帝的性生活史。但是，条文式的后宫制度只是形式；纵观二千多年来的历史，可以看出，皇帝打算跟哪个嫔妃睡觉是完全不受"礼制"约束的，而且拥有绝对的自主权。皇帝"进御制度"之外的四大独门绝招包括艳遇、专宠、招幸、行幸，而这些做法其实就是后宫实际上的临幸制度。

第一，艳遇。皇帝的艳遇严格讲不应该算作后宫的临幸制度，但是在制度之外皇帝往往做一些出格的事情，皇帝在宫外艳遇的女子有不少被迎入后宫，正式成为后妃。

隋末唐初的杨师道的《阙题》诗中曾说："不为披图来侍寝，非因主第奉身迎。""主第奉身迎"说的就是西汉的卫子夫在入宫之前与汉武帝刘彻的一次艳遇的故事。据《汉书·外戚传上》记载，卫子夫原来是平阳公主家的歌女，汉武帝到公主家里去，"既饮，讴者进，帝独悦子夫。帝起更衣，子夫侍尚衣轩中，得幸。"吃饭的时候，公主让她家的歌女唱歌助兴，汉武帝单单看上了卫子夫，借着更衣的机会，跟卫子夫云雨一番。后来，善解人意的平阳公主就把卫子夫给武帝送到宫里，卫子夫终于成为皇后。

第二，专宠。这也是对后宫临幸制度的破坏。隋文帝杨坚的皇后独孤氏专横跋扈，主张一夫一妻制，隋文帝为社稷考虑，不得不勉强委屈自己，专宠皇后一个人。唐玄宗李隆基对杨贵妃"三千宠爱在一身"，基本上不让其他宫嫔侍寝。

第三，招幸。招幸就是皇帝把后宫里的女子叫来陪自己睡觉。据《西京杂记》卷二："元帝后宫既多，不得常见，乃使其画工图形，按图召幸之。"王昭君就是被画师毛延寿在画像时做了手脚，结果皇帝没看上她。后来她主动承担和亲任务，等见到本人时，皇帝才后悔不迭。据《开元天宝遗事》，唐玄宗时宫人多达四万，风流天子发明了"随蝶所幸"的办法。他让宫嫔在鬓髻上插鲜艳的花朵，自己捉了蝴蝶放出去，蝴蝶飞来飞去，落在谁的头上，谁就得到招幸即"蝶幸"的机会。王建《宫词一百首》诗中说："丛丛洗手绕金盆，旋拭红巾入殿门。众里遥抛新摘子，在前收得便承恩。"这种用抛摘子的方式决定侍寝者，也带有偶然性和"趣味性"。有的皇帝还以投骰子的方式决定侍寝者，骰子被称为"剉角媒人"。在位仅三年的唐敬宗还发明一种风流箭，用竹皮做弓，以香纸为箭。唐敬宗让美人站在一处，他亲自弯弓射箭，射中者夜中侍寝。当时宫中有俗语："风流箭中的人人愿。"

第四，行幸。即皇帝到妃嫔的住处过夜。《晋书·胡贵嫔传》所载晋武帝司马炎乘羊车，"恣其所之，至便宴寝"，即属于此。

南朝宋文帝与晋武帝同好，喜乘羊车在后宫闲逛。潘妃以美貌入宫，久未得幸，后来采取盐水洒地的方法，羊经过时停下舔地，徘徊不去，于是终于得到皇帝的宠幸。

《全唐诗》有多处提到"羊车"一词。如杨师道《阙题》："羊车讵畏青门闭，兔月今宵照后庭。"青门即长安城的霸城门。神话谓月中有兔，故把月亮称为"兔月"。中唐诗人戴叔伦《宫词》："春风鸾镜愁中影，明月羊车梦里声。"无奈红颜渐老，惟有梦中承幸。晚唐诗人殷尧藩《宫词》："夜深怕有羊车过，

/最/美/的/女/人/

自起笼灯看雪纹。"意思是后宫的嫔妃们担心自己不经意错过了承恩的机会，半夜里起来打起灯笼小心查看雪上的印痕。李商隐《宫中曲》："赚得羊车来，低扇遮黄子。"

此诗以晋武帝宫中嫔妃比红儿之美。诗人坦言，若红儿得居宫中，必有专房之宠，又何须挖空心思插竹叶、洒盐水、引羊车？

一首长歌万恨来，惹愁飘泊水难回。
崔徽有底多头面，费得微之尔许才？

沈注：崔徽，河中倡，裴敬中使河中，与徽相从者累月。敬中使还，徽不能从，情怀抑郁。后数月，白知退将自河中归，徽乃托人写真，因奉书知退曰："为妾谓敬中，一旦不及卷中人，徽且为君死矣。"元微之为作《崔徽歌》。

楚楚辞典

崔徽 唐代歌伎。生平事迹见载于唐元稹《崔徽歌序》。
微之 元稹，字微之。

楚楚解读

［比拟对象］ 崔徽

楚楚解读此诗原作中列第56首。飘泊，原作"漂泊"。原作校43:才，《绝句》作"身"，误。

底，什么；尔许，如此；白知退，即白行简，白居易胞弟，著有传奇《李娃传》。

崔徽的故事见载于唐代元稹《崔徽歌序》和宋皇都风月主人《绿窗新话》卷上，详情参见本书第二章元稹篇。

此诗以崔徽比红儿之美。前两句写崔徽与裴敬中分别后悲哀难抑，用《长恨歌》诗意和和朱买臣妻覆水难收之典；后两句说，崔徽没有红儿的美貌，因此元稹大可不必为她多费笔墨。

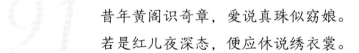

昔年黄阁识奇章，爱说真珠似窈娘。
若是红儿夜深态，便应休说绣衣裳。

沈注：奇章公，牛僧孺封。《吟窗散录》：李愿姬真珠，后为牛僧孺妾。真珠沐发以手捧髻，插金钗于两鬓间。

楚楚辞典

黄阁 宰相。汉代丞相、太尉和汉以后的三公官署避用朱门，厅门涂黄色以区别于天子。唐时称门下省为黄阁，因以黄阁代指宰相。汉卫宏《汉旧仪》卷上："（丞相）听事阁曰黄阁。"《宋书·礼志二》："三公黄阁，前史无其义……三公之与天子，礼秩相亚，故黄其阁，以示谦不敢斥天子，盖是汉来制也。"宋王应麟《困学纪闻·评诗》："旧史《严武传》迁给事中，时年三十二。给事中属门下省，开元曰黄门省，故云'黄阁'。"唐钱起《送张员外出牧岳州》："自怜黄阁知音在，不厌彤幨出守频。"

奇章 牛僧孺为宰相，封奇章郡公。

绣衣裳 制作精良的服饰。唐李山甫《贫女》："平生不识绣衣裳，闲把荆钗亦自伤。"

楚楚解读

［比拟对象］ 真珠

此诗原作中列第 57 首。"若是"，原作"若见"；"夜深"原作"深夜"。原作校 44："若见"句，《绝句》作"若是红儿夜深态"。

牛僧孺（779—847），唐穆宗、唐文宗朝宰相，字思黯，安定鹑觚（今甘肃灵台）人，牛李党争（李德裕）中牛党领袖。贞元二十一年（805）登进士第，在唐宪宗元和三年（808）的科场案中，所作策文触犯宰相李吉甫，成为纠葛

／最／美／的／女／人／

四十余年的牛李党争的起因。

《永乐大典》卷七三二八引唐刘珂《牛羊日历》:宝历中,李愿有爱妾曰真珠,愿以年老,恐为后祸,谋于司封郎中杨汉公。汉公曰:"牛相访求一美色久矣,今司空不过求大镇,不若将与牛相。牛相得妓,司马得镇,不亦可乎?"愿悦,乃以真珠归于僧孺。汉公遂为狎客,以真珠为赏心之具,京师号为"宰相牙郎"。

所谓《牛羊日历》,牛即牛僧孺、羊指杨虞卿、杨汉公,记述牛杨朋党事,该书已佚,《资治通鉴考异》有征引。关于真珠的下落有不同版本,一说杨汉公以转赠牛相的名义将其截留,二是真珠其实被杨汉公的哥哥杨虞卿所得,三是归于牛僧孺。很有可能是杨氏兄弟得到真珠后,将其截留了一段时间,最终送给了牛僧孺。据《古今情海》卷十一《情中爱·相公怜玉腕》:真珠自号"女宝",不但人长得漂亮,而且善解人意,很受李愿喜欢。后来真珠作了牛僧儒的侍妾。一天,卢肇来拜访牛僧儒,僧儒对卢肇的才学早有耳闻,且欣赏他诗文的奇异风格,见他来访,便把他请到中堂,想让他献上一首诗。两人进中堂时,正赶上真珠在梳拢头发,只见她一手捧发髻,一手往两鬓角间插金钗。见此情景,僧儒说:"不妨以此为题咏诗一首如何?"卢肇应声咏道:"知道相公怜玉腕,故将纤手整金钗。"

另据《唐摭言》卷十:皇甫松本牛僧孺表外甥,襄阳发大水,皇甫松撰写《大水辨》,其中讽刺牛僧孺"夜入真珠室,朝游玳瑁宫"。牛僧孺当宰相后,遂排斥皇甫松。

此诗以牛僧孺美妾真珠比红儿之美。前两句写牛僧孺常夸耀真珠美如窈娘;后两句说夜深时分的红儿,洗尽铅华,褪却裙装,迷人的胴体是真娘无可比拟的。

92

吴兴皇后欲辞家，泽国宫台展曙霞。
今日红儿貌倾国，恐须真宰别开花。

沈注：《陈书》：后主沈皇后，吴兴人，身居俭约，惟寻阅释典。陈亡入隋后，自广陵过江，于毗陵天静寺为尼，名观音。

楚楚辞典

泽国　河流、湖泊多的地区，水乡。
真宰　宇宙的主宰、君主。

楚楚解读

[比拟对象]　沈婺华

此诗原作中列第62首。"宫台"原作"重台"，"曙霞"原作"曙华"。原作校49：重，《绝句》作"宫"。曙华，《纪事》《统签》均作"曙霞"，《绝句》作"绛霞"。

毗陵，亦作"毘陵"，古地名。春秋时吴季札封地，西汉置县，在今江苏省常州市。宋陆游《老学庵笔记》卷十："今人谓贝州为甘州，吉州为庐陵，常州为毗陵。"明高濂《玉簪记·下第》："毘陵城下水悠悠，不洗古今愁。"

《陈书》卷七："后主沈皇后，讳婺（音wù）华，仪同三司望蔡贞宪侯君理女也。母即高祖女会稽穆公主。主早亡，时后尚幼，而毁瘠过甚。及服毕，每至岁时朔望，恒独坐涕泣，哀动左右，内外咸敬异焉。太建三年（571），纳为皇太子妃。后主即位，立为皇后。后性端静，寡嗜欲，聪敏强记，涉猎经史，工书翰。初，后主在东宫，而后父君理卒，后居忧，处于别殿，哀毁逾礼。后主遇后既薄，而张贵妃宠倾后宫，后宫之政并归之，后澹然未尝有所忌怨。而居处俭约，衣服无锦绣之饰，左右近侍才百许人，唯寻阅图史、诵佛经为事。陈亡，与后主俱入长安。及后主薨，后自为哀辞，文甚酸切。隋炀帝每所巡幸，恒令从驾。及炀帝为宇文化及所害，后自广陵过江还乡里，不知所终。"一说

　——————　/ 最 / 美 / 的 / 女 / 人 /

于毗陵天静寺为尼，名观音。《隋书·经籍志四》著录有《沈后集》十卷，已散佚。

此诗以吴兴沈皇后比红儿之美。前两句说隋亡后沈氏自广陵（扬州）还乡时，家乡的川泽台榭都为之增辉；后两句说，若见到红儿的倾城倾国之貌，当今皇上就不会为沈氏的离别感到遗憾了。

人间难免是深情，命断红儿向此生。

何似前时李丞相，枉抛才力为莺莺。

沈注：元微之《会真记》：真元九月，执事李公垂，宿于余靖安里第，语及于是，公垂卓然称异，遂为《莺莺歌》以传之。崔氏小名莺莺，公垂以命篇。按：李绅字公垂，唐武宗初拜中书侍郎平章事。

楚楚辞典

李丞相　即诗人李绅（772—846），字公垂，亳州（今属安徽）人。二十七岁中进士，补国子助教。与元稹、白居易交游甚密，着有《乐府新题》20首，已佚。曾配合元稹《会真记》（《莺莺传》）作《莺莺歌》。其《悯农》诗"锄禾日当午，汗滴禾下土，谁知盘中餐，粒粒皆辛苦"脍炙人口，千古传诵。

楚楚解读

［比拟对象］　崔莺莺

此诗原作中列第77首。"何似"原作"不似"。原作校65：不似，《绝句》作"何以"。原作校66：才，《绝句》作"身"。

据元稹《莺莺传》："贞元岁九月，执事李公垂宿于余靖安里第，语及于是，公垂卓然称异，遂为《莺莺歌》以传之。崔氏小名莺莺，公垂以命篇。"详情参见本书第二章第五节"元稹《莺莺传》与崔莺莺"。李绅《莺莺歌》描写莺莺的身世遭遇，是继元稹《莺莺传》之后第一篇写莺莺的诗歌，是莺莺故事的诗化本，与元稹《莺莺传》传奇本相合，对《董解元西厢记》影响巨大。

此诗以李绅诗作《莺莺歌》中崔莺莺比红儿之美。前两句说，红儿虽然死了，却能在我深情悼念的诗歌中得到永生；后两句说，我也要像从前李绅倾注才力摹写《莺莺歌》那样，完成不朽之作《比红儿诗》。

休道将军出世材，尽驱诸伎下歌台。
都缘没个红儿貌，致使轻教后阁开。

沈注：《晋书·王敦传》：敦尝荒恣于色，体为之弊。左右谏之，敦曰："此易事耳。"乃开后阁，驱婢妾数十人，并放之。

楚楚辞典

后阁 后门、后楼。

楚楚解读

［比拟对象］ 王敦美妾

此诗原作中列第79首。"材"，原作"才"；"伎"，原作"妓"；"阁"原作"阁"。

王敦（266—324），字处仲，琅琊临沂（今山东临沂北）人，东晋丞相王导堂兄。出身琅琊王氏，曾与王导一同协助司马睿建立东晋政权，后发动政变，史称王敦之乱。

据《晋书》卷九八《王敦传》和《世说新语·汰侈》篇记载：王敦与公

主成亲不久，在公主府中如厕，看到漆箱里盛着很多干枣。他以为是厕所里摆设的果品，便顺手拿起来吃，竟将干枣全部吃光。其实这些干枣是用来塞鼻孔、防臭味的。王敦出来后，又有婢女端来金澡盘、琉璃碗，里面分别盛着水与澡豆，让他净手。他却以为是干粮，便将澡豆倒进水里喝掉。婢女全都掩口而笑。后世以"澡豆为饭"形容一个人没见过世面的窘态。又石崇以生活奢华见称，厕所内常有十多名有美貌的婢女侍奉，并放置甲煎粉和沉香汁，如厕后的人都会更换新衣。很多客人都因为要在众侍婢前脱衣感到害羞，王敦则始终神情自若。有一次石崇（一说王恺）举办宴会，命令美人行酒，规定如果客人不饮光杯中的酒就会杀死美人。王敦作客，坚持不肯喝酒，石崇连斩三名美人，王敦面不改色。

另据《世说新语·豪爽》篇记载：王敦曾经沉迷于女色，家中养有婢妾数十人，有人为此规劝，王敦说：这个简单，于是打开后楼，将家中婢妾全部放出，任凭离去。

此诗以东晋王敦美妾比红儿之美。前两句写王敦豪放驱散美妾旧事；后两句说，如果那些美妾拥有红儿般的美貌，王敦肯定不会轻开后楼、予以驱放了。

共嗟含恨向衡阳，方寸花笺寄沈郎。
不似红儿些子貌，当时争得少年狂？

沈氏未注。

楚楚辞典

衡阳雁 古人以"衡阳雁"喻音信传递。汉张衡《西京赋》："上春候来，季秋就温。南翔衡阳，北栖雁门。"南梁刘孝绰《赋得始归雁诗》："洞庭春水绿，衡阳旅雁归。"唐高适《送李少府贬峡中王少府贬长沙》："巫峡啼猿数行泪，衡阳归雁几封书。"

沈郎 或指沈约。史上以姓为郎,较著名的有潘郎、萧郎、刘郎、阮郎、沈郎等。据《梁书》卷一三《沈约传》:"尝侍宴,有妓师,是齐文惠宫人。帝问识座中客不?曰:'惟识沈家令。'约伏座流涕,帝亦悲焉,为之罢酒。约历仕三代,谙悉旧章,博物洽闻,当世取则。谢玄晖善为诗,任彦昇工于文章,约兼而有之,然不能过也。自负高才,昧于荣利,乘时藉势,颇累清谈。"唐殷尧藩《友人山中梅花》:"南国看花动远情,沈郎诗苦瘦容生。"

古代又有"瘦腰沈约"之说。据《梁书·沈约传》:沈约与徐勉素来友善,曾致信徐勉:"百日数旬,革带常应移孔,以手握臂,率计月小半分。以此推算,岂能支久?"自此,人们以"沈腰"比喻人因病或相思而消瘦。明末清初小说《山水情》第四回:"生得眉分八采,唇若涂脂,面如敷粉何郎,态似瘦腰沈约。"柳亚子《续呓词一首再示十眉》诗:"一尸瘦腰怜沈约,三年歧路泣杨朱。"

楚楚解读

[比拟对象] 南齐宫女或张润玉

此诗原作中列第 87 首。

"含恨向衡阳",今湖南衡阳市有回雁峰,古代北雁南飞,至此歇翅栖息于此。宋王象之《舆地纪胜》卷五十五《荆湖南路·衡州》:回雁峰在州城南,或曰雁不过衡阳,或曰峰势如雁之回。南朝宋徐灵期《南岳记》:南岳周回八百里,回雁为首、岳麓为足。

本书第八十五首赏析中有诗曰:"飞书报沈郎,寻已到衡阳。若存金石契,风月两相望。"据此而言,则"共嗟含恨向衡阳,方寸花笺寄沈郎"系引用该典故无疑。此诗或以齐文惠太子时宫人或以张润玉比红儿之美。前两句或指战乱频仍,与心仪的偶像音讯难续;后两句说,如果没有红儿般的美貌,年轻时又怎会如此张狂呢?

/ 最 / 美 / 的 / 女 / 人 /

金粟装成扼臂环，舞腰轻转瑞云闲。

红儿若在开元末，羞杀新丰谢阿蛮。

沈注:《开元遗事》:至德中，上复幸华清之宫，从官嫔御，多非旧人。上于望京楼下命张野狐奏《雨霖铃》曲。上四顾凄凉，不觉流涕。

楚楚辞典

金粟 首饰名。唐杨炯《老人星赋》:"晃如金粟，灿若银烛。"唐温庭筠《归国遥》词:"钿筐交胜金粟。"华锺彦注:"钿筐、金粟，皆头饰也。"因其色黄如金，花小如粟，也为桂花的别名。

臂环 也称臂钏，即手镯。宋王谠《唐语林·伤逝》:"时有宫人沈阿翘，为上舞《何满子》语，声态宛转，曲罢锡以金臂环。"宋秦观《次韵答张文潜病中见寄》:"平时带十围，颇复减臂环。"

楚楚解读

[比拟对象] 谢阿蛮

此诗原作中列第94首。"装成"原作"妆成"，"轻转"原作"轻薄"；"云闲"原作"云间"；"若在"原作"生在"。原作74:薄，《绝句》作"转"。

扼，把控；开元，唐玄宗朝年号。

上述沈注内容见宋乐史《杨太真外传》，今本《开元天宝遗事》无。

谢阿蛮，陕西临潼东北新丰人，从小入外教坊习舞，以色艺俱佳选入内教坊，又得名师传授。据王仁裕《开元天宝遗事》:玄宗帝曾在东都洛阳梦见一位高髻广裳的美

女，对他下拜说："妾本是凌波池中的龙女，一直忠实地为陛下守护宫苑。陛下既知音律，恳请为我献上一曲好吗？"玄宗于是欣然作《凌波曲》，并在池边演奏，龙女则翩翩起舞于波涛之间。又《杨妃外传》称：上梦艳女梳交心髻，大袖宽衣，曰妾是陛下凌波池中龙女，卫宫护驾实有功。陛下洞晓《钧天》之音，乞赐一曲。梦中为鼓胡琴，作《凌波曲》。后于凌波池奏新曲，池中波涛涌起，有神女出池心，乃梦中所见女子，因立庙池上，岁祀之。

玄宗夜梦龙女教他一支舞曲，醒来凭记忆谱成《凌波曲》。许多舞伎前来试舞，均不合意。乐工马仙期奏告，内坊舞伎谢阿蛮新学成一套舞，可配《凌波曲》。于是谢阿蛮奉旨到场献舞，玄宗龙颜大开，称其舞蹈与梦中龙女一般美妙动人，实乃梦中龙女化身。为检验龙女成色，玄宗与贵妃筹划在宫中举办一场别开生面的音乐会。中国古代规格最高的一场宫廷音乐会就此诞生。

地点选在华清宫内的清元小殿。参加演奏的大腕及安排是：玄宗手持羯鼓亲任指挥，杨玉环弹奏逻逤檀木琵琶，宁王李宪吹玉笛，李龟年吹觱篥；马仙期奏方响，张野狐弹箜篌，贺怀智击拍板。阿蛮则随乐声翩翩起舞。上述七人皆天宝年间音乐界顶尖高手，其所用乐器也非人间凡品。玉环弹奏的是蜀中进献的逻逤檀琵琶；宁王玉笛则为安禄山进献，号称月宫嫦娥仙子所用。谢阿蛮在如和风吹拂、动达云天的清音仙乐声中飘然登场，表演独舞《凌波曲》。她柔软的舞姿，轻盈的舞态，恰似空中浮云，宛如蜻蜓点水，活脱脱乍离龙宫，眼睁睁出没波涛，真可谓"凌波微步袜生尘，谁见当时窈窕身"！七位高手见状大悦，沉醉其中，物我两忘；谢阿蛮随乐而舞，渐入佳境。这场音乐会从早上持续到中午，可谓欢洽异常、如醉如痴。

这场堪称绝响的宫廷音乐会，自始至终却只有一位观众，即杨玉环的八妹秦国夫人，曲终时，心情大快的玄宗帝对秦国夫人开玩笑说："我这个名列梨园乐籍的阿瞒，今天的演奏，想来能让夫人满意吧。请夫人给予赏赐如何？"秦国夫人笑道："岂有大唐天子的小姨会没有赏钱的？"于是掏出 300 万钱作为这场音乐会的赏赐。（一说是给谢阿蛮的赏钱）

玉环本性好妒，唯对音乐人才例外。曲终时，杨玉环放下琵琶，一脸欢快地走向阿蛮说："你的舞蹈的确出神入化。你才刚刚入宫，拿不出东西来进献师长，还是我来赏赐你吧。"于是让身边侍儿取出一对红栗色的玉臂钏，给阿蛮戴上。有了皇帝爷和贵妃娘娘的宠爱，谢阿蛮一入宫即不同凡响。她虽名在乐籍之列，却在内侍省中列册，享受正五品俸酬，宫中其他的乐伎只有咋舌。

良宵苦短，好景不长。"渔阳鼙鼓动地来，惊破霓裳羽衣曲。"一场突如其来的战乱，将帝京的繁华冲得七零八落。战乱平定之后，已是太上皇的李隆基回到长安，派高力士四处寻找旧时乐人，张野狐、谢阿蛮等人辗转回到宫中。一日，李隆基在望京楼下举行便宴，先令张野狐奏《雨霖铃》，李隆基四顾凄凉，不觉涕下；接着又令谢阿蛮舞《凌波曲》。一曲舞罢，谢阿蛮把当年杨贵妃赠给她的红粟玉臂钏拿给老皇帝看，李隆基睹物思人，又是老泪纵横："这是我祖上太宗皇帝破高丽时得到的两件宝贝中的一件，另一件是紫金带。后来高丽使者来求，说国家失了两宝，风雨不调，我还了他紫金带，这红玉钏因赐给贵妃未能还他。后来她将此宝物赏你。今见物思人，物是人非，叫人怎不心伤……"

此诗以谢阿蛮比红儿之美。前两句描述谢阿蛮舞蹈服饰及舞姿之美；后两句说红儿生不逢时，如果也生在唐玄宗开元天宝年间，她的姿色和舞技一定会羞煞谢阿蛮。

栀子同心褒露垂，折来深恐没人知。
花前醉客频相问，不赠红儿赠阿谁？

沈注：梁徐悱妻刘令娴《摘同心栀子赠谢娘》诗曰："两叶虽可赠，交情永未因。同心何处恨，栀子最关人。"

楚楚解读

[比拟对象] 谢娘

此诗原作中列第 96 首。

阿谁，那谁。《全唐诗》开元宫人《袍中诗》："沙场征戍客，寒苦若为眠？战袍经手做，知落阿谁边？蓄意多添线，含情更着绵；今生已过也，结取后身缘。"又唐孙棨《北里志》王苏苏诗："怪得犬惊鸡乱飞，羸童瘦马老麻衣。阿谁乱引闲人到，留住青蚨热赶归。"

沈注典出《玉台新咏》卷十。

刘令娴，约525年前后在世，字不详，南朝梁代文学家刘孝绰第三妹，彭城人，东海人徐悱之妻，世称刘三娘。现存诗三首，《光宅寺》《摘同心栀子赠谢娘因附此诗》《祭夫文》，前两首颇具影响。

刘令娴《光宅寺》："长廊欣目送，广殿悦逢迎。何当曲房里，幽隐无人声。"如此充满把玩意味的诗，出自一位已婚妇女之手，难免让好事者浮想联翩。有人形容该诗意境：黄昏时分，一位容貌娇艳的知识女性来到光宅寺烧香拜佛。长廊深处，一位青年和尚对其挤眉弄眼，女子春心荡漾难以自拔，尾随和尚来到禅房。至于二人进入禅房后究竟做了什么，就不得而知了。

刘令娴凭借"粉诗"《光宅寺》一夜成名。她的第二首"粉诗"更为惊世骇俗，被好事者称为史上第一首"同性恋诗歌"。在《摘同心栀子赠谢娘因附此诗》中，刘令娴写道："两叶虽为赠，交情永未因。同心何处恨，栀子最关人。"此诗是赠予一位叫谢娘的女子。古代谢娘多指谢道韫，也称谢女；唐李德裕家有歌女名谢秋娘，后以秋娘为歌妓代称。联系"栀子同心"，此处谢娘应为南朝梁女诗人刘令娴闺密，或乃美女代称。刘令娴与谢娘之间到底什么关系，史书未予记载。从字面上理解，诗中"栀子"在南朝民歌中指恋人，往深处延伸，即写给恋人的情诗。

此诗以谢娘比红儿之美。前两句写捧着刚摘下的沾着珠露的栀子花，欢宴堂前引来众目睽睽，鲜花应该献给谁呢；后两句说，所有的醉客异口同声，除了红儿，还能是谁？

髻绾浓云立曙轩，我来犹爱不成冤。

当时若见红儿貌，未必相看有此言。

沈注：《妒记》：桓司马以李势女为妾，桓妻拔刀往李所，欲斫之。见李在窗前梳头，发垂委地，姿貌绝丽。结发敛手，向主曰："国破家亡，无心以至。若能见杀，犹生之年。"神色闲正。主乃掷刀抱之曰："我见犹怜，何况老奴！"

————————— /最/美/的/女/人/

楚楚辞典

我见犹怜 汉语成语，意思是我见了她尚且觉得怜爱。典出南朝宋虞通之《妒记》。犹，尚且；怜，爱。

楚楚解读

［比拟对象］ 李势妹

此诗原作中列第 59 首。"髻绾浓云立曙轩"原作"行绾秾云立暗轩"；"相看"原作"邢相"。原作校 47：暗，《绝句》作"驻"，《统签》作"曙"。原作校 48：邢，《纪事》《绝句》《统签》均作"形"。

据《世说新语·贤媛》："桓宣武平蜀，以李势妹为妾。甚有宠，常著斋后。主始不知，既闻，与数十婢拔白刃袭之。正值李梳头，发委藉地，肤色玉曜，不为动容。徐曰：'国破家亡，无心至此。今日若能见杀，乃是本怀。'主惭而退。"

蜀主李势的妹妹是一位长发美女。晋明帝时，大司马桓温取蜀，纳李势妹为妾。桓温的老婆得知消息后妒火中烧，率侍从持器械打将而来。撞开门的时候，李势妹正坐在窗前梳头，但见一头长发如瀑布般倾泻至地，娇柔的风姿媚态凄婉动人。见南康公主等气势汹汹，李势妹面不改色说："国破家亡，本已无心生存，今日若能死于你手，正遂我愿。"也许是被眼前的美女梳妆图震撼，也许是为李势妹视死如归的气势所慑，南康公主扔开棍棒，上前示好说："阿子，我见汝亦怜，何况老奴。"意思是，连我看了都会心动，更何况那个老家伙呢。成语"我见犹怜"即由此而来。

此诗以李势妹比红儿之美。前两句写南康公主见了李势妹窗前梳妆、长发委地的美姿，说连我看了也觉得楚楚动人呢；后两句说，当时若红儿在侧，李势妹的小命估计就保不住了。

99

倚槛还因有所思，半开香阁见娇姿。
可能得似红儿貌，若遇韩朋好杀伊。

沈注：《列异志》：大夫韩朋妻美，康王夺之。朋怨，王囚之，朋遂自杀，妻亦自投台下而死。遗书于带曰："愿以尸还韩氏合葬。"王怒令埋之，两冢相望。经宿，忽见文梓生二冢上，根交于下，枝交于上。

楚楚辞典

好杀伊 口语，意为"好了你"。杀，同"煞"。

楚楚解读

[比拟对象] 韩凭之妻（朝凭即"韩朋"，亦作"韩冯"）

此诗原作中列第70首。"还因"原作"还应"，"香阁"原作"东阁"；"可能"原作"可中"。原作校56：东，《绝句》作"香"。

《列异志》故事大意：宋康王的舍人韩凭娶何氏为妻。何氏貌美，宋康王强夺何氏，并将韩凭拘禁施以重刑。何氏暗中送信给韩凭，语义曲折隐晦，信中说："久雨不止，河大水深，太阳照见我的心。"宋康王截获其信，亲信臣子中没人能解释信中的意思。臣苏贺回答说："久雨而不止，是说心中愁思不止；河大水深，是指两人长期不得往来；太阳照见心，是内心已经确定死的志向。"不久韩凭自杀。韩妻于是暗中使自己的衣服腐蚀。一次，宋康王和何氏一起登上高台，何氏在台上吟诵《乌鹊歌》曰："南山有乌，北山张罗。乌自高飞，罗当奈何？乌鹊双飞，不乐凤凰。妾是庶人，不乐宋王。"（出自清沈德潜选编《古诗源》卷一《乌鹊歌》）歌罢，何氏纵身一跃，自高台跳下。宋康王的随从想拉住她，因为衣服已经朽烂，未能成功，何氏自杀而死。何氏在衣带上写下遗书说："王以我生为好，我以死去为好，希望把我的尸骨赐给韩凭，让我们两人合葬。"

宋康王发怒，不听从韩妻何氏的请求，使韩凭夫妇同里之人埋葬他们，让

／最／美／的／女／人／

他们的坟墓遥遥相望。宋康王说："你们夫妇相爱不止，假如能使坟墓合起来，那我就不再阻挡你们。"结果，何氏埋葬未久，就有两棵大梓树分别从两座坟墓的端头长出，十日内就长到两尺多粗。两棵树树干弯曲，互相靠近，根在地下相交，树枝在上面交错。又有一雌一雄两只鸳鸯，长时在树上栖息，早晚都不离开，交颈悲鸣，凄惨感人。宋国人把这种树叫作为相思树，南方人说，鸳鸯鸟就是韩凭夫妇的精魂变的。今睢阳有韩凭城。

韩凭与何氏故事另见《搜神记》卷十一：宋康王舍人韩凭娶了妻子何氏，何氏娇美绝伦，被宋康王所夺。韩凭心里怨恨，遭宋康王囚禁，被判服刑四年。韩凭的妻子偷偷给韩凭写了一封信，辞意隐晦："其雨淫淫，河大水深，日出当心。"宋康王截获了这封信，拿给左右的人看，左右侍者皆不能解其意。大臣苏贺回答说："其雨淫淫，是说忧愁而且思念。河大水深，是说不能互相往来。日出当心，是说心里有了死的打算。"不久韩凭就自杀了，他的妻子于是悄悄把自己的衣服弄腐朽。宋康王和她登上高台，韩凭的妻子往台下跳，左右的人拉她，衣服朽了抓不住，就摔死了。她在衣带上留下遗书，说："大王愿意我活着，我愿意自己死掉。希望把我的尸骨，赐给韩凭合葬。"宋康王大怒，不准许满足她的遗愿。让当地人埋葬他们，两个坟头分离相望。宋康王说："你们夫妇两个相爱不绝，如果能让两座坟墓合在一起，那我就不阻拦了。"于是很短时间内，就有两棵大梓树从两个坟头长出来，十来天就长到一抱粗，树干弯曲互相靠拢，树根在地下纠缠，树枝在天空交错。又有两只鸳鸯，一雌一雄，总是栖息在树上，早晚都不离开，依偎着脖子悲哀地鸣叫，声音令人感动。宋国人同情他们，于是把这两棵树称为"相思树"。"相思"的说法，就是从这里兴起的。南方人说鸳鸯就是韩凭夫妇的精魂。如今睢阳有韩凭城，关于韩凭夫妇的歌谣至今还在流传。

此诗以战国时期韩凭之妻何氏比红儿之美。前两句描写韩凭身倚门槛，深情凝望娇妻何氏的身姿；后两句以韩凭妻比红儿之美，意思是如果把何氏换成红儿，那可就美煞韩凭了。

100

花落尘中玉坠泥，香魂应上窈娘堤。

欲知此恨无穷处，长倩城乌夜夜啼。

沈注：此百首之结，言红儿已殁，而思之无穷也。《乌夜啼》，宋临川王坐废，夜闻乌啼获赦，制《乌夜啼曲》。

楚楚辞典

窈娘堤　洛河北岸著名景点，与魏王堤、波月堤、斗亭等齐名。

城乌　城头上的乌鸦。唐温庭筠《更漏子·柳丝长》："惊塞雁，起城乌，画屏金鹧鸪。"宋彭元逊《六丑·杨花》："瓜洲曾舣，等行人岁岁。日下长秋，城乌夜起。"

楚楚解读

［比拟对象］　再比窈娘

此诗原作中列第100首。"坠"，原作"堕"。

倩，请求，央求；乌夜啼，唐教坊曲，后用作词调。据《乐府诗集·清商曲辞四·乌夜啼八曲》郭茂倩解题曰：《唐书·乐志》曰：《乌夜啼》者，宋临川王义庆所作也。元嘉十七年（440），徙彭城王义康于豫章。义庆时为江州，至镇，相见而哭。文帝闻而怪之，征还宅。义庆大惧，伎姜夜闻乌啼声，扣斋阁云："明日应有赦。"其年更为南兖州刺史，因此作歌。故其和云："夜夜望郎来，笼窗窗不开。"今所传歌辞，似非义庆本旨。《教坊记》曰：'《乌夜啼》者，元嘉二十八年（451），彭城王义康有罪放逐，行次浔阳；江州刺史衡阳王义季，留连饮宴，历旬不去。帝闻而怒，皆囚之。会稽公主，姊也，尝与帝宴洽，中席起拜。帝未达其旨，跽止之。主流涕曰：'车子岁暮，恐不为陛下所容！'车子，义康小字也。帝指蒋山曰：'必无此，不尔，便负初宁陵。'武帝葬于蒋山，故指先帝陵为誓。因封馀酒寄义康，旦日曰：'昨与会稽姊饮，乐，忆弟，故附所饮酒往，遂宥之。'使未达浔阳，衡阳家人扣二王所囚院曰：'昨夜乌夜啼，官当有赦。'少顷使至，二王得释，故有此曲。"按：史书称临川王义康为江州，而云衡阳王义季，传之误也。

　　唐崔令钦《教坊记》:《乌夜啼》，宋彭城王义康、衡阳王义季，帝囚之浔阳，后宥之，使未达，衡王家人扣二王所囚院曰："昨夜乌夜啼，官当有赦。"少顷使至。故有此曲，亦入琴操。"

　　《比红儿诗》到此终结。红儿已香消玉殒，她的死与当年的窈娘一样不幸；此恨绵绵无穷尽，只希望城外的乌鸦夜夜悲啼，能换得红儿的谅解和朝廷的宽赦。

　　以"长倩城乌夜夜啼"结尾，似有期盼朝廷宽赦之意，或许杜红儿之死真与罗虬相关？

第四章
DI SI ZHANG

从罗虬《比红儿诗》
看中西女性审美文化异同

一、《比红儿诗》美女群像身份分析

　　罗虬《比红儿诗》100 首中，共出现美女 101 人次，其中宠妃、公主、宫女 39 人次；上层女性 22 人次；神女仙女 19 人次；歌伎 13 人次；中下层女性、平民女子 8 人次。100 首诗中，巫山神女、洛神、张润玉、甄皇后、潘玉儿、窈娘、绿珠各出现 2 次，东家子、杨玉环各出现 3 次。

　　诗中出现最多的宠妃、公主、宫女中，先秦美女 8 人，为夏桀之妹喜、周幽褒姒、桃花夫人（息夫人）、楚庄王姬妾、吴王爱妾和楚国宫女、吴越西施、齐君王后等；汉代 8 人，为武帝时陈阿娇、李夫人，元帝时冯媛、王昭君，成帝时班婕妤、赵飞燕、赵合德，以及无名的汉宫宠妃；三国时期 3 人次，为魏国甄皇后、针神薛夜来（薛灵芸），其中甄皇后出现两次；西晋时期 3 人，为晋武帝皇后杨芷、宠妃胡芳及不知名的武帝宫妃；东晋时期 4 人，为晋成帝司马衍杜皇后，后赵武帝石虎宠妃 1 人，前秦苻坚清河公主、慕容宫人；南北朝时期 7 人次，为南齐萧宝卷宠妃潘玉儿出现 2 次、南齐无名宫女 1 人；北魏文穆帝元勰女儿寿阳公主；北齐后主高纬宠妃冯小怜、南陈后主皇后沈婺华、宠妃张丽华；唐朝 3 人，为太平公主、武媚娘和杨玉环，其中杨玉环出现 3 次；另有一名不知朝代的待诏宫妃；花见羞为五代时人，以《比红儿诗》原注作者沈可培之意，应列入其中，但实不可能。

　　以上宠姬、公主中，只有赵国齐君王后、晋武帝皇后杨芷、宠妃胡芳、晋

　　　　　　　　　　　　　　　　　　　/ 最 / 美 / 的 / 女 / 人 /

成帝司马衍杜皇后、后赵武帝石虎宠妃、前秦苻坚时慕容官人、南陈后主皇后沈婺华等7人知名度相对较低，其余如息夫人、西施、赵氏姐妹、冯小怜、张丽华、杨玉环等，都是历代文人反复歌咏的人物，她们的故事，观众耳熟能详。

上层女性22人次，依次为贾大夫之妻、平原君爱姬、卓文君、张敞妇、孙寿、荀粲之妻、小乔、贾午、绿珠、王敦美妾、王导美妾、李势妹、谢道韫、桃叶、杨伯雍之妻、王鹦鹉、乐昌公主、窈娘、虢国夫人、崔莺莺、真珠等；其中绿珠出现2次，实则21人。

上属22名女性，虽笼统可归于上层社会生活圈，其真实地位和待遇却相差悬殊。

最为跋扈的当数汉桓帝时权臣梁冀的妻子孙寿；唐玄宗时杨玉环的姐姐虢国夫人也曾风光一时，最后受堂兄杨国忠株连含恨自尽。南朝宋官员妻子王鹦鹉和偷香予韩寿的贾午下场悲惨，属于自作自受：王鹦鹉能参与高层动乱，其官圈地位应该不低；贾午人生的上半场因韩寿偷香而浪漫，下半场却因卷入贾南风的宫廷乱谋而殒命。小乔曾经是三国孙策、孙权时期吴国的二号女性，丈夫早逝，留下二子一女，不过不能明确为小乔所生；周瑜死后小乔的下落，史书也无记载。谢道韫出身豪门，虽然嫁了个窝囊糊涂丈夫，但其人生整体而言还算辉煌。乐昌公主和李势妹妹的情况相类。乐昌是陈后主的胞妹，经杨素开恩而与丈夫徐德言破镜重圆、隐归田园；李势妹因成汉皇朝灭亡沦为桓温的侍妾，也因南康公主的网开一面而幸免于难。上述女性，归为上层生活圈名至实归。

卓文君背后有卓氏家族支持，丈夫司马相如才能卓绝为武帝看重；张敞官至京兆尹，对夫人疼爱有加；荀粲之妻母家夫家背景显赫，只可惜红颜薄命；再有一个贾大夫之妻，因国家破亡而随丈夫流离失所，但因丈夫宠幸有加，且丈夫弯弓能射，估计也晚景无忧。上述四人，生活上养尊处优，归为上层社会没有问题。

平原君爱妾、绿珠、桃叶、真珠、王导美妾、王敦美妾等，在家中处于侍妾的地位。虽然各自的主人都曾经地位显赫，也曾经备受宠爱，但因为封建社会侍妾的特殊属性，大多数难免沦为上层社会的玩物，绿珠被逼自尽，真珠被权贵反复把玩、迎来送去；相信在生死关头，王导、王敦的美妾们，也难逃香消玉殒的悲惨命运。桃叶因受书法家王献之呵爱，处境可能不同。战国平原君爱姬恃宠生骄，残疾人要她人头的确过分，但若她能洁身自好，或许不至于命赴黄泉。

比较特殊的是崔莺莺和杨伯雍妻，崔莺莺被元稹始乱终弃，但她有自己的人格和尊严，没有像大多数遭遗弃的女子自甘堕落、沦落风尘，而是勇敢地开启了新生活，这种女性，即便在相对开放自由的唐代也是小概率事件。杨伯雍的妻子出身大户人家，因为丈夫行善积德才得到这段姻缘。根据杨伯雍的人品，相信成为种玉大户后绝不会将资产转移山外，到大都市过喝雉呼卢、纸醉金迷的侈靡生活，而会以种玉所得资助更多的穷苦人。像杨伯雍这类富人，无论在哪个朝代哪个社会，都是受人敬仰铭记的。

上层女性中，以卓文君、绿珠、小乔、谢道韫、虢国夫人、崔莺莺、贾午、孙寿、乐昌公主、窈娘等名气最大，其中卓文君、绿珠、小乔更是中国家喻户晓的名女。

神仙姐姐共出现 19 人次，其中巫山神女、洛神、张润玉（张女郎）各出现 2 次。天台仙女 2 人，汉皋仙女 2 人。

嫦娥、织女、巫山神女、洛水之神、许飞琼、汉皋仙女、张女郎基本属于无现实对应的神话人物，董双成、弄玉、杜兰香、麻姑、玉箫女等则在人间有迹可循。传董双成是钱塘人，先辈世代在商朝为官，弄玉为秦穆公女儿，杜兰香是洞庭湖边老人捡拾的弃婴，麻姑是东汉官宦人家的女儿玉箫女是真身转世。这些故事原型多来自《汉武故事》《神仙传》《女仙传》《玉箫化》等；只有一个张女郎，出自唐人传奇《沈警遇神女记》。张女郎庙在秦陇（秦岭、陇山并称），大抵在今陕西、甘肃一带可能有她们的传说（李剑国《唐五代志怪传奇叙录》，南开大学出版社 1993 年 12 月版，第 412 页）。

嫦娥是中国古代神话中知名度最高的女性，但环绕她的故事却不那么绚丽精彩、激励人进步向上。她被后羿所不待见，其身世是不幸的。她偷吃灵药飞升月宫，其行为是被动的。她还和玉帝、八戒等传出一些绯闻。作为中国乃至世界飞天梦想的神话级人物，这一故事迫切需要升级。相比之下，织女的故事就比较完美，她对牛郎的爱是积极主动的，她离开人间是被迫和不由自主的。她与牛郎七夕会成为中国版的情人节，证明她与牛郎的爱情是永不褪色的。巫山神女、洛水之神、许飞琼、汉皋仙女、杜兰香等来无影去无踪，凡人只能仰望，倒是麻姑，因为经常赴王母娘娘生日宴拜寿，所以常常能被民间提

/ 最 / 美 / 的 / 女 / 人 /

及，挂在普通人家的画屏上。

唐代妓女名目繁多，也最为盛行，但《比红儿诗》中涉及的歌伎，有名有姓的仅有 7 人，即南朝宋姚玉京、南齐苏小小、唐代窈娘、谢阿蛮、真娘、樊素、崔徽。其中姚玉京的身世存疑；以谢阿蛮与唐玄宗的亲密关系及她在宫中的地位，称其为侍妾也不过分；另外《比红儿诗》中两次提到乐营歌伎，一次提到东山伎和踏歌娘，除了东山妓属于东晋，乐营歌伎和踏歌娘，其归属于唐代的可能性较大。在一些凡人眼里，妓女属于社会的下层人物，世俗认为她们不洁；不过，在大多数文人眼里，这些身怀绝技、身世坎坷的女性，绝大多数心地善良、爱憎分明，她们在大是大非面前所表现出来的骨气和义利抉择，有时候令那些自诩为英雄豪杰的堂堂七尺男儿也相形见绌。上述拿来与杜红儿对比的 7 名歌伎，均无污点记载，且具备男性社会最为看重的忠贞。"英雄每多屠狗辈，从来侠女出风尘"，这句古代谚语，正是古往今来歌伎群体的真实写照。7 名歌伎中，以苏小小、窈娘、真娘的名气最大。南宋以后，社会经济文化中心南移，杭州、苏州文人荟萃。小小葬在杭州西湖、真娘葬在苏州虎丘，二人因此得以借助文人骚客的诗词而名垂千古。

在明清之前的较长时期内，宫廷女子和上流社会一直是时尚的引领者。从明中叶开始，时尚文化开始在民间盛行，青楼开始成为时尚的引领者，这种状态甚至贯穿了整个近代社会。时至现代，才被歌坛和影视娱乐界明星所替代。

平民女子 8 人次，没有一个有明确的姓名，其中东家之子出现频率在所有美女中最高，为 3 次；其他为越女、燕赵美女、汉代时尚女。谢娘应为泛指，除了指才女，有时候也指心有所悦的邻家女。莫愁女可能姓卢名莫愁。无名无姓或有姓无名，是女性在封建社会处于从属地位的典型反映。

"东家子"是宋玉《登徒子好色赋》中的邻女形象，可能是真实的也可能是虚构的。按宋玉的描写，她是当代最美丽的女子，没有之一：她的美是天然的，恰如其分的，而她的媚态也令人销魂："增之一分则太长，减之一分则太短；著粉则太白，施朱则太赤；眉如翠羽，肌如白雪；腰如束素，齿如含贝；嫣然一笑，惑阳城，迷下蔡。"罗虬之所以念念不忘，反复拿她、杨玉环与红儿比拟，可能在他心中，东家子、杨玉环是与红儿最为接近的形象。

奥斯卡·王尔德说：第一个用花比喻女人的是天才，第二个用花来比喻女人的是庸才，第三个用花来比喻女人的是蠢材。王尔德真正想说的是，形容美女要有创新，一概地花呀月呀就显得乏味了。除了直接拿历代美人比拟红儿，罗虬偶尔也会信手拈来，以鲜花明月来比拟红儿的花容月貌。真花四种，为莲花、梅花、桃花和琼花。莲花的纯洁、梅花的傲骨、桃花的艳丽为人们所熟知。此处专门说说琼花。琼花是古扬州市花，琼，美玉。琼花的本意，是指像美玉一样美丽的花，包含有天真烂漫、坚贞不屈、勇敢无畏、淡雅高洁之意，常被用以形容美丽浪漫、没有瑕疵的完美爱情，琼花也是重情之物，罗虬以琼花比红儿，其中一定寄托了他深深的情意甚而悔意。

以"花之香气"形容美女并非罗虬的创意。如王维《扶南曲歌词五首》中即有"香气传空满，妆华影箔通"的诗句。唐代佚名的《杂曲歌辞·陆州歌第三》中也说："香气传空满，妆花映薄红。"李白的献词《清平调》中也有花之香气的描写："一枝红艳露凝香，云雨巫山枉断肠。"

罗虬又以"火中莲花"比拟红儿。"火中莲"本佛教用语，意思是火里生长出来的莲花，用以形容深陷火坑、遭遇不幸，但能洁己不毁。也比喻虽身处烦恼却能得到解脱，达到清凉的境界，以红儿当时所处的境地看，罗虬的形象也许是非常适合的。

罗虬《比红儿诗》中，以景色比拟红儿的共有两首。一首以"晓日春色"比拟红儿，一首以"碧池初月"比拟红儿。春天百花盛开、生机盎然，春日早晨的花朵晶莹凝露，含苞待放，宛如豆蔻年华的少女。以清澄碧池里倒映的初月来比拟美女，则是为了形容少女的婉约恬静，呈现的是女子羞怯含蓄的静态美。原诗第三十四首，以沉香投入博山炉写男女合欢之乐，憧憬的是与红儿灵与肉的完美结合，表达的是诗人心中永远的痛。罗虬从未与红儿有枕衾之欢，今世之缘随着红儿的香消玉殒已化为乌有。至于把红儿比作翡翠鸳鸯，幻想能与其比翼双飞，化用的也是白居易《长恨歌》的诗意：在天愿为比翼鸟，在地愿为连理枝；没有今生，但求来世。

二、唐代女性审美观念的再考察

（一）唐代女性审美文化的特点是"白胖妖"吗

本书上编开始的时候，作者曾经笼统地把唐代女性审美文化概括为"白胖

/ 最 / 美 / 的 / 女 / 人 /

妖"，也表示这只是一个"噱头"，那事实的真相到底如何呢？

首先说白。以白为美是中国审美文化的古老传统。从先秦屈原《大招》里的"粉白黛黑"、《诗经·卫风·硕人》里的"肤若凝脂"直到今天，几千年来并没有任何改变，非唐代所独有。2008 年北京奥运引导模特选拔，其中一项重要指标就是肤白。担任中国队引导、身高 1 米 81 的于佩，媒体认为她精巧可爱的五官、宛若凝脂的肤色以及飘逸的长发，具有完美的东方美女气质，这可能是张艺谋选中她的决定因素。（《奥运颁奖小姐皮肤身高有要求》，2007 年 11 月 27 日《新华网》《北京青年报》《竞报》等）

古语说"一白压三丑"，但"白"不是单纯苍白没有内容的"白"，而是有丰富内涵的。对黄皮肤的中国人种来说，皮肤白里透红，有一定的水色光泽滋润，才是肤白的真正含义，这是健康的、自然的白，而不是所谓涂脂抹粉的"美白"。西晋时何宴"美姿仪，面至白，魏明帝疑其傅粉。夏日，与热汤面，既啖，大汗出，以朱衣自拭，色转皎然。"那正是健康、自然白的标志。

再说"妖"。妖也没有问题，所谓妖，即妖冶妩媚，是女性特有的情态。白居易说杨玉环"回眸一笑百媚生"，指的就是她的妖冶妩媚。稍有点生理常识的人都知道，体态丰腴的女性，皮肤往往更显白皙有光泽。杨玉环当也是如此。然而杨玉环包括她的三个姐姐，还有一个共同特征，就是乐史《杨太真外传》中说的"工于谑浪，巧会旨趣"，翻译成今天的话讲，就是幽默风趣，很有情调。温庭筠的词为什么能让读者"读之销魂"？一个重要原因，也是因为他特别注重和擅长描写美女的情状意态。（李金山：《花间词祖温庭筠传》，作家出版社，2016 年 10 月版，第 184 页）

再说胖。唐代真的是以胖为美吗？答案当然是否定的。

首先，丰腴、丰满不等于胖，而雍容华贵，讲的也是一种优雅的姿态，与肥胖无关，这是凡人知道的常识，无须展开。

其次，唐代诗人所赞美的，自始至终是身材婀娜的杨柳腰、小蛮腰。相反，体态肥胖的女子，常会遭到诗人们的嘲笑。譬如杜牧，有一首嘲讽纠酒妓的《嘲妓》诗写道：

> 盘古当时有远孙，尚令今日逞家门。一车白土将泥项，十幅红旗补破裈。瓦官寺里逢行迹，华岳山前见掌痕。不须惆怅忧难嫁，待与将书问乐

坤。(《全唐诗》第4273页:"牧罢宣州幕,经陕,有酒纠妓肥硕,牧赠此诗。一作崔立言诗。")

这位纠酒妓与"领如蝤蛴"的秀颈相去甚远,所以不惜以一车白土来掩盖她粗黑肥硕的脖子,她的腰围惊人,裤子破了得以十幅红旗才能缝补。瓦当寺里寻行迹,寺中有大佛,仍然是说她胖。"华岳山前见掌痕",华岳仙掌是华山东峰奇景之一,远望可见,此处用以形象她手掌肥大有力。"不须惆怅忧难嫁,待与将书问乐坤",乐坤,据范摅《云溪友议》卷下《讯岳灵》,原名乐冲,多次赶考不中,元和十二年落第后心生恼怒,打算回乡务农,与朋友辞别东归走到华阴县,夜里到华岳神庙进香祷告说:"希望今晚能明确告诉我的前程。如果求名有望,则打转回关内;如功名无望,以后再不经过华岳山观看仙掌了。"睡到半夜,忽然梦见一个穿黑衣佩着印绶的人,手里拿着本子对他说:"明年有个叫乐坤的人会高中,冥簿上已有记载,不过没有乐冲的名字。"乐冲于是改名乐坤,第二年果然高中。春天的京试结束后,乐坤经过华岳庙进去祈祷拜谢,希望能当上主簿。夜里梦见神对他说:"你能做四任官,不过最高只能做到郡守。"后来乐坤果然终于郓州郡守任上。杜牧的意思是,可以让乐坤代你去华岳庙祷告,问问你的婚姻大事。

杜牧的诗,应该只是酒席上的即兴作乐而已,文学作品不免夸张,但也说明女性的丰腴、丰满再向前一小步"便是谬误"。

唐人钟情于苗条婀娜的美女,还可以从《杨太真外传》中得到佐证:

上在百花院便殿,因览《汉成帝内传》,时妃子后至,以手整上衣领,曰:"看何文书?"上笑曰:"莫问,知则又嬲人。"觅去,乃是"汉成帝获飞燕,身轻欲不胜风。恐其飘翥,帝为造水晶盘,令宫人掌之而歌舞。又制七宝避风台,间以诸香,安于上,恐其四肢不禁也。"上又曰:"尔则任风吹多少。"盖妃微有肌也,故上有此语戏妃。妃曰:"《霓裳羽衣》一曲,可掩前古。"上曰:"我才弄,尔便欲嗔乎?……"

玄宗帝在百花院便殿读书,杨贵妃进来,亲昵地依偎在玄宗身边,问他看的什么书。玄宗说,别问了,问了肯定又纠缠不休。贵妃夺过书,发现是《汉成帝内传》,讲赵飞燕身轻如燕,弱不禁风,成帝为其造七宝避风台,飞燕作掌上舞。玄宗对杨贵妃开玩笑说,再大的风,你都是不怕的。因为贵妃"微有肌",

/ 最 / 美 / 的 / 女 / 人 /

稍稍显胖,所以玄宗拿她开玩笑。贵妃说,飞燕能作掌上舞,我有《霓裳羽衣》一曲足以胜她。玄宗说,跟你开个玩笑,你就别生气了。

另一条佐证也来自于《杨太真外传》:

> 先,开元中,禁中重木芍药,即今牡丹也。得数本红紫浅红通白者,上因移植于兴庆池东沉香亭前。会花方繁开,上乘照夜白,妃以步辇从。诏选梨园弟子中尤者,得乐十六色。李龟年以歌擅一时之名,手捧檀板,押众乐前,将欲歌之。上曰:"赏名花,对妃子,焉用旧乐词为?"遽命龟年持金花笺,宣赐翰林学士李白,立进《清平乐词》三篇。承旨犹苦宿醒,因援笔赋之……龟年捧词进,上命梨园弟子略约词调,抚丝竹,遂促龟年以歌,妃持玻璃七宝杯,酌西凉州葡萄酒,笑领歌,意甚厚。上因调玉笛以倚曲,每曲遍将换,则迟其声以媚之。妃饮罢,敛绣巾再拜。上自是顾李翰林尤异于他学士。会力士终以脱靴为耻,异日妃重吟前词,力士戏曰:"始为妃子怨李白深入骨髓,何翻拳拳如是耶?"妃子惊曰:"何学士能辱人如斯?"力士曰:"以飞燕指妃子,贱之甚矣。"妃深然之。上尝三欲命李白官,卒为宫中所捍而止。(李剑国辑校《宋代传奇集》上册,中华书局 2018 年 8 月版,第 50 页)

无论李白是否拿赵飞燕的苗条来揶揄嘲笑杨玉环"微有肌"的身材,又无论高力士是否无中生有借机挑拨,仅以杨玉环的敏感和深以为然而论,都说明唐人并不以胖为美。连大唐第一美女都忌讳别人说她发胖,又怎么可能说唐代是以胖为美呢?

那么,杨玉环胖吗?

杨玉环不胖。《杨太真外传》说得很清楚,是"微有肌也",意思是稍稍有点小发福。入得后宫,集皇帝的万千宠爱在一身,每天山珍海味,想吃新鲜荔枝,就有千里马日夜驰骋快递而来,稍有发福也极为正常。唐玄宗是盛唐审美专家,第一眼见到杨玉环就惊为天人,当时身边左右包括选遍天下看花了眼的高力士,没有一个不傻眼的。《杨太真外传》中说杨玉环有姊三人,皆"丰硕修整",丰硕应理解为丰满高挑,修整可理解为齐整、秀美端庄。就此也可以看出,杨氏四姐妹个个身材高挑而丰腴,应该没有问题,否则在"以貌取人"、男人也忙着修饰仪容的唐朝,虢国夫人哪来的那么大的自信?(徐俪成:《像唐人一样生活》三联书店,2019 年 8 月版,第 72 页)

我们再来看白居易和陈鸿是怎样描写杨玉环的美貌的。白居易的《长恨歌》描写杨玉环的"天生丽质"只有如下几句:

回眸一笑百媚生,六宫粉黛无颜色。春寒赐浴华清池,温泉水滑洗凝脂。侍儿扶起娇无力,始是新承恩泽时。

用笔吝啬的白诗只写了她姣好如凝脂的皮肤和夺人魂魄的媚态;倒是陈鸿的《长恨歌传》看上去更直接具体:

宫中虽良家子千数,无可悦目者。上心忽忽不乐。时每岁十月,驾幸华清宫,内外命妇,熠耀景从。浴日馀波,赐以汤沐,春风灵液,澹荡其间。上心油然,若有所遇。顾左右前后,粉色如土。诏高力士潜搜外宫,得弘农杨玄琰女于寿邸。既笄矣,鬓发腻理,纤秾中度,举止闲冶,如汉武帝李夫人。别疏汤泉,诏赐澡莹。既出水,体弱力微,若不任罗绮、光彩焕发,转动照人。上甚悦。进见之日,奏《霓裳羽衣曲》以导之;定情之夕,授金钗钿合以固之。又命戴步摇,垂金珰。明年,册为贵妃,半后服用。由是冶其容,敏其词,婉娈万态,以中上意,上益嬖焉。时省风九州,泥金五岳,骊山雪夜,上阳春朝,与上行同辇,居同室,宴专席,寝专房。虽有三夫人、九嫔、二十七世妇、八十一御妻,暨后宫才人、乐府妓女,使天子无顾盼意。自是六宫无复进幸者。非徒殊艳尤态独能致是,盖才智明慧,善巧便佞,先意希旨,有不可形容者。

自从武淑妃死后,宫女三千,没有谁能入玄宗的法眼。游华清宫偶见杨玉环,再看身边左右的宫女,个个面色如土。什么叫"纤秾中度"?纤即纤细,秾即丰腴,"纤秾中度",通俗地讲,就是不胖不瘦。"纤秾中度""丰硕修整",再置入白诗的"凝脂"和"回眸一笑百媚生"以及陈鸿的"鬓发腻理""举止闲冶""体弱力微,若不任罗绮""光彩焕发,转动照人",我们完全可以勾勒出一幅杨玉环的动态图,这不就是被张艺谋誉为具有完美东方神韵的引导人于佩吗?当然,杨玉环的身材不可能高达1米81,应该在1米65至1米73之间。否则,阅尽人间春色的唐明皇不可能惊为天人,视那些稚嫩青涩的宫女如瓦如土。倘若杨玉环是肥婆,又怎么敢与胡人舞王安禄山叫板,单挑难度极高、旋转极快的胡旋舞!

最后一个问题是:唐朝对胖子持排斥态度吗?答案同样是:"非也!"周

/ 最 / 美 / 的 / 女 / 人 /

昉的《簪花仕女图》是全世界范围内唯一认定的唐代仕女画传世孤本，价值无算，无论给予多高的评价都不过分。它也的确极大地影响了唐末以及之后各朝代的仕女画坛和佛教艺术，现在我们在各类寺庙里看到的佛像个个膀大腰圆，总算是找到出处了。《簪花仕女图》是典型的唐代仕女画标本型作品，是唐代现实主义风格的绘画作品，因而它不可以脱离现实太远。唐代高层社会的妇女模样大抵如此。这些有着一半胡人血统的女性，真有可能少女时代是纤纤娇娃，成年后是"俄罗斯套娃"。周昉的画作体现了唐代文化的包容性，我以为画家炫耀展示的可能并非女性的容貌和身材，而是她们精美的服饰和闲雅的生活状态。从全世界的视野俯瞰，女性审美文化是趋同的。16世纪达·芬奇笔下古希腊神话中的美女丽达（如《丽达与天鹅》）、意大利提香·韦切利奥笔下的维纳斯和抹大拉的玛丽亚，无一不是丰乳肥臀，但一样能为今天的中国人所接受；在不考虑任何外在因素的前提下，要现代人讨一个周昉《簪花仕女图》中又胖又矮脖子还粗的女性做老婆，恐怕绝大多数男性都会"五马立踟蹰"的。

（二）重申美女定义三要素

笔者在颇多场合常举的一个例子是：如果在山沟里有位貌若天仙的绝世美女，她十七八岁嫁人，三四十岁因生育子女和生活艰辛人老珠黄，七八十岁因病去世，其平凡的一生默默无闻，没有留下任何文字记载和音像画面，那么这位女性再漂亮也不是美女。我坚持认为，从文化的角度说，美女 = 靓女 + 才女 + 名女，三要素缺一不可。

乐史《杨太真外传》上载有一则虹霓屏风的故事。当时唐玄宗因为拿赵飞燕身材跟杨玉环开玩笑，怕她不高兴，就对她说：我有个神奇的屏风，名为虹霓，上面雕刻有此前历代美人的形状，大约三寸长的样子。她们身上穿的、手里玩的，都是用各种珍宝镶嵌而成的，其制作之精妙，非人力所能为。杨贵妃得到这块珍贵的屏风后，刚好经过杨国忠住处，就暂时将屏风搁在杨国忠的卧室里。杨国忠上楼午休，刚刚躺下，迷迷糊糊之中，就看见美女们纷纷走下屏风，到床前各通所号：

> 曰："裂缯人也。""定陶人也。""穹庐人也。""当垆人也。""亡吴人也。""步莲人也。""桃源人也。""斑竹人也。""奉五官人也。""温肌

人也。""曹氏投波人也。""吴宫无双返香人也。""拾翠人也。""窃香人也。""金屋人也。""解佩人也。""为云人也。""董双成也。""为烟人也。""画眉人也。""吹箫人也。""笑人也。""垓中人也。""许飞琼也。""赵飞燕也。""金谷人也。""小鬟人也。""光发人也。""薛夜来也。""结绮人也。""临春阁人也。""扶风女也。"

国忠虽开目，历历见之，而身体不能动，口不能发声。诸女各以物列坐。俄有纤腰伎人近十余辈，曰："楚章华踏谣娘也。"乃连臂而歌之，曰："三朵芙蓉是我流，大杨造得小杨收。"复有二三伎，又曰："楚宫弓腰也。何不见《楚辞别序》云：'绰约花态，弓身玉肌？'"俄而递为本艺。将呈讫，一一复归屏上。

杨国忠从睡梦中惊醒过来，惶然而不可思议，于是匆匆忙忙下楼，令人把楼上的房门锁住。杨贵妃听说后，也不敢来取了。安禄山之乱后，这个屏风被宰相元载所得，再后来就不知所踪。

历史上是否真的存在虹霓屏风不是本文关注的焦点，下面我们来看看从虹霓屏风上走下来的，都是哪些绝代佳人。

"裂缯人也"即夏桀宠妃妹喜，因为喜欢听撕裂绢帛的声音，故称裂缯人，后来曹雪芹写"撕扇子做千金一笑"，估计有从中获取灵感；

"定陶人也"即刘邦爱妃戚姬，出生定陶，以擅跳翘袖折腰舞闻名；

"穹庐人也"，可能指王昭君，也可能指刘细君，因刘细君《黄鹄歌》中有"穹庐为室兮游为墙"；

"当垆人也"，毫无疑义指当垆卖酒的卓文君；

"亡吴人也"，最大的可能是指西施；

"步莲人也"，南唐后主李煜的嫔妃窅娘，或南齐潘玉奴；

"桃源人也"，干宝笔下《搜神记》中的天台二女；

"斑竹人也"，娥皇女英；

"奉五官人也"，当然是甄妃甄洛，曹丕曾任五官中郎将；

"温肌人也"，赵合德或冯小怜；成帝说我愿终老于赵昭仪的温柔乡，史称冯小怜娇体曲线玲珑，宛如玉体，有冬暖夏凉的功能；

"曹氏投波者人也"，可能是投江寻父的曹娥；

"吴宫无双返香人也"，大约是武帝爱妃李夫人，因武帝曾焚"返魂香"使

最/美/的/女/人

李夫人还魂与之相见；

"拾翠人也"，据"拾翠对题红"蕴意，或指唐僖宗朝宫女韩翠萍，其与书生于佑因御沟红叶题诗喜结良缘的故事充满传奇色彩；

"窃香人也"，当然是贾午，贾午偷香赠韩寿；

"金屋人也"，陈阿娇，金屋藏娇的成语就是说她；

"解佩人也"，江妃二女，有传说其中一女为仙女许飞琼；

"为云人也"，宋玉笔下的巫山神女瑶姬，朝为云，暮为雨；

"董双成也"，王母名下的蟠桃仙子；

"为烟人也"，吴王夫差女紫玉；

"画眉人也"，除了秀色可餐的吴绛仙，另一个备选对象是张敞妇；

"吹箫人也"，除弄玉之外无她；

"笑躄人也"，平原君赵胜爱妾，后无奈为赵胜所斩；

"垓中人也"，虞姬，项羽有《垓下歌》；

"许飞琼也"，西王母众多侍女中的一个；

"赵飞燕也"，中国古代骨感型美女代言人；

"金谷人也"，绿珠，与西施、昭君、息夫人同为古代出镜率最高的美女之一；

"小鬟人也"，卫子夫，张衡《西京赋》有"卫后兴于鬓发"；

"光发人也"，除了发委藉地的李势妹，张丽华可作备选；

"薛夜来也"，曹丕的宠妃针神薛灵芸；

"结绮人也"，此为张丽华，则"光发人也"定是李势妹了；

"临春阁人也"，陈叔宝的另外两位妃子，龚孔二贵嫔；

"扶风女也"，孟光，与丈夫梁鸿同为东汉扶风人；

最后从屏风中下来的纤腰妓或云楚章华台踏谣娘，或云楚宫弓腰娘，应该都是楚宫中的宫人歌伎。

在上述美女中，最大的一类是宫中嫔妃，有20人之多；第二是著名神女，计有9位；第三是历代名女，计有6位。无论是嫔妃还是神女、名女，她们在唐诗中早已是屡屡出镜，在罗虬《比红儿诗》中也是频频曝光，所占比例也大致相当。这就不难理解笔者为什么要坚持美女定义三要素了，其实在杨贵妃之前，有一位武惠妃也非常漂亮，曾经享受专房之宠，两《唐书》和《全唐文》均有记载，然而因为缺乏文人士子关注，始终默默无闻；从另一个角度说，也正是因为有了陈鸿的《长恨歌传》、特别是白居易的《长恨歌》，以及后来乐史的《杨太真传》、洪昇的《长生殿》，号为大唐第一美人的杨玉环才能够美名远扬。

三、从罗虬《比红儿诗》看中西女性审美文化异同

（一）中国女性审美文化的民族特色

1. 美女是稀少的

美女并非女性的泛称。何谓美女？本书的定义是"靓女＋才女＋名女"。清初小说家张潮说："所谓美人者，以花为貌，以鸟为声，以月为神，以柳为态，以玉为骨，以冰雪为肤，以秋水为姿，以诗词为心，以翰墨为香，吾无间然也。"（张潮《幽梦引》）间然，意见。意思是我深表赞成。冒襄也认为美女是稀缺资源："合古今之灵秀，庶几铸此一人？"（冒辟疆《影梅庵忆语》）庶几，近似，或许。袁枚说得更为直接："天生人最易，生美人最难。"（刘精民《百美新咏图原版本序》，中国文联出版社 2006 年 6 月版）

2. 中国女性审美标准的高度概括

"明眸皓齿、肤若凝脂、柔若无骨、修短适中"可以视为中国女性审美标准的高度概括。

传统的中国女性审美文化最看重的是女性的面貌或说长相。兹以唐虬《比红儿诗》为例，全诗中"貌"字共出现 32 次，出现频率最高，如果加上"面"字 8 次、"脸"字 4 次，则有 44 次，比全诗中所有的情态描写（态、醉、媚、笑、姿等）加起来还多 12 次。

女性的容貌要求五官端正、眉清目秀，头发黑而有光泽，眼睛明亮，牙齿整齐洁白，即所谓"明眸皓齿"，睫毛细长，小嘴似樱桃。在面部和五官方面，最受关注的是发型和眉毛，其次是眼睛、牙齿和嘴唇。"红儿秀发君知否"，秀发以长发为美，眉毛最推崇卓文君的远山眉。

关于身形或说身材，南宋以前推崇身材修长。"明德马皇后、和熙邓皇后俱七尺三寸，刘曜刘皇后七尺八寸，俱以美称。"（张岱《夜航船·容貌部·妇

　　/ 最 / 美 / 的 / 女 / 人 /

女》第296页）西晋时皇帝纳妃，有所谓"五可"（种贤、多子、端正、长、白）"五不可"。南宋以后，小巧玲珑型美女渐受青睐。整体而言，以修短适中为上，娇巧玲珑次之。

在女性的乳房、腰部、臀部、腿、足五大要素中，"细腰"最受重视，通常称之杨柳腰或小蛮腰；足部其次，五代时经南唐李煜的倡导，足部自宋代起为文人看重与推崇，病态的"三寸金莲"足文化直至20世纪40年代末随着新中国的诞生才告取缔，足见其影响之大。从唐代女性的装扮看，女性裸露胸脯是为时尚。这从唐代诗人们的诗句中可以得到明证：如施肩吾《观美人》："漆点双眸鬓绕蝉，长留白雪占胸前。"方干《赠美人》："粉胸半掩疑晴雪，醉眼斜回小样刀。""常恐胸前春雪释，惟愁座上庆云生。"（庆云，五彩云）李群玉《杜丞相惊筵中赠美人》："胸前瑞雪灯斜照，眼底桃花酒半醺。"欧阳炯《南乡子·嫩草如烟》"二八花钿，胸前如雪脸如莲。"白居易《吴宫词》："半露胸如雪，斜回脸似波。"《代谢好妓答崔员外》："漫爱胸前雪，其如头上霜。"温庭筠《女冠子·含娇含笑》："雪胸鸾镜里，琪树凤楼前。"唐末诗人周濆有《逢邻女》一诗更是直接：

> 日高邻女笑相逢，慢束罗裙半露胸。莫向秋池照绿水，参差羞杀白芙蓉。

古代女性除歌妓舞女之外，一般都独居深闺，极少抛头露面，异性难得一见，这也是为什么绝大多数诗人对女性的赞美多为歌妓舞女的原因所在。如果是比邻而居的女子，偶然也有机会相见，所以唐诗中咏邻女的诗也还不少。周濆的这位邻女，应该属于比较性感的美女。慢束罗裙半露胸的装扮，从众多反映唐代女性的画作中也能看到。说明唐代的穿着，的确是比较暴露的。

明眸、皓齿、黛眉、朱唇、云鬓、细腰、樱桃小嘴、冰肌玉骨、酥胸含雪、指如剥葱、娇媚微笑、娇嗔含怨、能歌善唱，无一不是男性社会关注的女性美要素。

古语说：三分人才，七分打扮。

在罗虬《比红儿诗》中，出现次数最多的还是细腰。"羞把腰身并柳枝""轻小休夸似燕身""舞风歌月胜纤腰""吴都风俗尚纤腰""未必娉婷胜柳枝""天碧轻绡只六铢""舞腰轻薄瑞云间"等，都是在夸耀红儿是细腰美女。罗虬诗中两次出现潘玉儿，但其注意力并没有在她的金莲上；对足的疯狂，始于汉成帝的痴迷，经五代李煜宠姜窅娘的造型设计，再到北宋文人墨客的渲染和元代统治者的大力提倡，其持续发烧的过程，跨越明清直达近代。

关于肤色，皮肤以白嫩细腻为美，惯常引用的形容词是"肤若凝脂"，这一点几千年来从未改变。

3. 女性特有的情态受看重

"斜凭栏杆醉态新""敛眸微盼不胜春""若见红儿醉中态""醉和香态浓春睡""明媚何曾让玉环""含情一向春风笑""谢娘休漫逞风姿""泪洗花颜百战中""真赖红儿笑靥圆""一向阳城人便惑""今日夭容是后身""倚槛还应有所思""半开东阁见娇姿""镜中长欲助娇姿""能将一笑使人迷""好写妖娆与教看""泪垂玉箸正汍澜""明媚何曾让玉环""可得红儿抛醉眼""倚槛还应有所思""半开东阁见娇姿""含笑无人独立时""写向人间百般态""几回偷泣向春风"，以上均为《比红儿诗》中描摹女子情态的诗句，就中看出作者罗虬对女子情态描写的高度重视。在《比红儿诗》中，"笑"字共出现 10 次，"态"字出现 7 次，"醉"字出现 6 次，"媚"字出现 5 次。在作者看来，面带笑容和醉态的妩媚女子，无论从哪种角度看，都是特别迷人的："嫣然一笑，惑阳城，迷下蔡""含情一向春风笑，羞杀凡花尽不开"。

4. 严妆是女容整齐的基本要求

《比红儿诗》中嫔妃宫女出现的频率最高，像徐惠那种"朝来临镜台，妆罢暂徘徊"的举止是每天的规定动作。古语有所谓"妆未梳成不许看"，所以徐佩昭才以半面妆羞辱她的"独眼龙"丈夫萧绎。

重视梳妆打扮也是魏晋时代上层女性身份的一种标志。与下层劳动妇女相比，她们有既有充分的经济条件穿金戴银，也有大把的闲工夫来精心装饰自己。盛行于南梁时代的宫体诗对女性的装扮有铺天盖地的描写，到了晚唐温庭筠笔下，从形式上南梁的五言诗变成了《菩萨蛮》《更漏子》《南歌子》，但咏叹女性装扮美的内容并无改变。罗虬与温庭筠几乎是同时代人。注重装扮的特点在《比红儿诗》中也有较充分的体现。《比红儿诗》100 首中，"妆"是出现第二多的字眼，仅次于"貌"字，共 15 次。形容梳妆打扮完毕，即所谓"最称严妆"的"一面妆"，也有 3 次之多。其他描写梳妆打扮的诗句俯首可拾："青丝高绾石榴裙""金缕浓熏百和香""脸红眉黛入时妆""一抹浓红傍脸斜""妆成不语独攀花""知有持盈玉叶冠""定却梅妆似等闲""最称严妆待晓钟""薄罗轻剪越溪纹""鸦翅低垂两鬓分""照耀金钗簇腻鬟""镜前眉样自深宫""曾照红儿一面妆""柰花似雪簪云髻""绣帐鸳鸯对刺纹""薄粉轻朱取次施""不藉城中半额眉""妆成浑欲认前朝""金凤双钗逐步摇""琥珀钗成恩正深""莫教回首看妆面""脸檀眉黛一时新""休把啼妆赚后人""轻梳小髻号慵来""雾绡云縠称身裁""画帘垂地紫金床""苏小空匀一面妆""便以休说绣衣裳""行绡秾云立暗轩""金髇中臆锦离披""几抛云髻恨金墉,泪洗花颜百战中""晓向阳台与画眉,镜中长欲助娇姿""本见红儿一面妆,好写妖娆与教看""天碧轻纱只六铢""还似红儿淡薄妆""浓艳浓香压雪枝""红儿被掩妆成后,含笑无人独立时""金粟妆成扼臂环""君看红儿学醉妆,夸裁宫襜斫裙长",凡此等等。

上述诗句的侧重点均在梳妆打扮上。俗话说:"人要衣妆,佛要金装""三分人才,七分打扮",古往今来,道理都是一样。

5. 女子的聪明才智受重视

在明清青楼引领时尚之际,男性社会对女子的才艺几乎达到苛刻的地步。虽然"女子无才便是德"在南宋以后被反复提起,但才艺作为完美女性的必备要素,上下五千年间从未或缺。

在诗人罗虬眼里,红儿绝不只有顶级的美颜,还是一位能歌善舞、多才多艺的才女。歌唱方面,红儿唱红伊州,羞杀无数踏歌娘;舞蹈方面,她丝毫不输唐玄宗时期的顶级舞女谢阿蛮,而且还能自填艳辞:

> 楼上娇歌裛夜霜,近来休数踏歌娘。红儿漫唱伊州遍,认取轻敲玉韵长。
>
> 金粟妆成扼臂环,舞腰轻转瑞云闲。红儿若在开元末,羞杀新丰谢阿蛮。
>
> 暖塘争赴荡舟期,行唱菱歌著艳辞。为问东山谢丞相,可能诸妓胜红儿?

红儿的才智也与堪称咏絮之才的谢道韫和智解连环的齐君王后比肩:

> 谢娘休漫逞风姿,未必娉婷胜柳枝,闻道只因嘲落絮,何曾得似杜红儿。

青史书时未是真，可能纤智却强秦。再三为谢齐王后，要解连环别
与人。

古代文人以秀外慧中、内外兼修为最完美的女子。辜鸿铭说："窈窕淑女"
四字是东方美女形象的典型概括。《诗经·周南》中的"关关雎鸠，在河之洲。
窈窕淑女，君子好逑"，"窈"包含幽静、温柔与羞怯，"窕"表示迷人、轻松快
活、殷勤有礼，"淑女"指纯洁或贞洁的女性。

按辜先生的观点，红儿的其他条件大致具备，唯"淑女"一词似乎与身为
歌伎的红儿沾不上边。不过在罗虬眼里，红儿虽沦落风尘，但她的内心却如
"火中莲花"一般圣洁无瑕，其干净的品格绝对配得上"淑女"二字。

（二）中西审美文化从差异走向趋同

1. 含蓄、内敛与热情奔放

"窈窕淑女"是中国女性有别于西方美女的含蓄美。在中国女性身上，有
一种自古流传下来的独特气质：温柔含蓄、宁静优雅、端庄贤淑、聪颖敏慧、
举止得体、坚忍不拔。这种特有的美丽代表了一种潮流、一种时尚，得到世界
的公认。

中国女性"含蓄美"折射出中国文人内敛保守的世界观。南宋以后，人体
艺术不能登大雅之堂，人体绘画被视为淫秽色情，性欲被当作洪水猛兽，公开
追求、展示形体美的女性被视为另类。

相比而言，西方社会一直把女性对美的追求和男人对美女的追求视为人
的本性。在柏拉图的《大希庇阿斯》中，苏格拉底曾向希庇阿斯请教"美是
什么"，希庇阿斯的第一个回答就是："美就是一位漂亮的小姐。"虽然欧洲中
世纪教会的禁欲主义对人们的爱美之心予以严重打压，妇女的社会地位很低。
整个中世纪，大约有900万妇女被作为女巫活活烧死，这种由天主教堂煽动起
来的女巫狂潮持续了几百年（参见美·芭芭拉·西曼著、李斯等译：《女人》，
中国社会科学出版社、海南出版社，2006年2月版）。但自14—15世纪文艺
复兴开始，西方重新回到古希腊罗马时代崇尚美丽的传统。西方人对人体美
极尽崇拜。著名的哲学家费尔巴哈说："应该赞美人的相貌，世界上没有什么
比人更伟大！"（丹纳等：《人体之美》，团结出版社，2007年1月版，第13页）

在西方国家，现代女性几乎人人都想当美女，期望借美女经济一夜成名或

一夜暴富者大有人在——这正是西方美女经济坚实发展的社会基础；女性普遍追求美，社会普遍重视美，也助推西方社会整体审美文化的提高。

东方审美文化的内敛还表现在对待裸体的态度上。嫦娥、瑶姬、洛神、王母等中国古代神话中最美丽最有知名度的美女，几千年来极少以裸体艺术形式出现。2007年10月，新浪网配合"嫦娥一号"飞天，曾经举办一场"我画嫦娥"征稿活动，参加者非常踊跃，然而在所征集到的所有作品当中，没有一张是裸体的。中国在秦汉时代已有相当数量的人体裸体画，不过大多线条粗放，形象抽象，比例失调，缺乏立体感。唐代壁画中半裸的佛教人物形象稍好；明清时代的春宫画，被视为内容淫秽的色情作品，严禁传播。

与此相反，西方神话传说中的爱神维纳斯大多以裸体形式出现。法国著名雕塑家、《思想者》的作者奥古斯迪·罗丹（Augeuste Rodin 1840—1917）公开声称："在我看来，裸体是美的。对我说来，裸体是神奇的。生命没有什么是丑的。"裸体女性是西方艺术长廊里的常客，无论绘画或雕塑，均有很高的艺术成就，为世人留下了很多价值连城的艺术珍品。如米开朗基罗的《大卫》，安格尔的《泉》，罗丹的《思想者》，均为裸体，一幅米开朗基罗的浅浮雕《耶稣下十字架》，据说就价值人民币7亿元。

2. 色彩与比例、局部与整体

郑吻欠在《人体美》一书中介绍说：西方的人体美艺术，从历史发展看经历了古典、巴洛克、罗可可、现代四种类型。所谓古典、现代，顾名思义或较好理解，那么什么是巴洛克和罗可可呢？

巴洛克（Baroque）于16世纪后半期在意大利兴起，17世纪步入全盛时期，到18世纪逐渐衰落。其最基本的特点是打破文艺复兴时期的严肃、含蓄和均衡，崇尚豪华和气派，注重强烈情感的表现，气氛热烈紧张，具有刺人耳目、动人心魄的艺术效果。巴洛克画派的典型代表是意大利的卡拉瓦乔、弗兰德斯（比利时）的鲁本斯等。其画作人体动势生动大胆，色彩明快，强调光影变化，比文艺复兴时代画家更加强调人文意识。

罗可可（Rococo）最初指的是始于路易十五世时代的室内装饰。在18世纪的法国，作为艺术特征的巴洛克遭到普遍排斥，代之而起的是喜欢小巧、珍奇、雅致、轻快、富有生气的艺术，这个艺术简称之罗可可。绘画主题虽然与巴洛克一样，仍然以国王和贵族的肖像画和宫廷生活为主；但人物肖像变得豪华纤细，即使是男人的肖像，也似乎有些女性化，显得纤弱；巴洛克时代恰好相反，即使是画女人，也倾向于男性化，描绘得强壮有力。在绘画技术方面，一改巴洛克的显著的明暗对比，给人一种轻快平面的感觉，色彩也不再浓重壮丽，而多用不鲜明的金黄色、银色、白色等轻淡稳静的色彩，线条也变为柔和的曲线。罗可可绘画在法国开花，直到 19 世纪被安格尔、格罗为代表的新古典主义美术所取代。

虽然西方人体画中也注重色彩的运用，但在人体绘画"色彩、线条、比例"三要素中，相对而言，中国人较重视色彩，西方较迷信比例和数字，这也体现在各自的审美观念中。古希腊人在艺术创作中总结出一套人体美的比例，公元前 6 世纪古希腊数学家毕达哥拉斯最早发现了黄金分割比例，公元前 4 世纪，古希腊数学家欧多克索斯第一个系统研究了黄金分割比率（Golden Mean），并建立起比例理论。公元前 300 年前后欧几里得撰写《几何原本》时吸收欧多克索斯的研究成果，进一步系统论述了黄金分割，成为最早的有关黄金分割论著。文艺复兴前后，黄金分割理论经阿拉伯人传入欧洲，受到了欧洲人的追捧，他们认为"黄金分割率"以严格的比例性、艺术性、和谐性，蕴藏着丰富的美学价值，指出人体结构中共有 14 个"黄金点"（物体短段与长段之比值为 0.618）、12 个"黄金矩形"（宽与长比值为 0.618 的长方形）和 2 个"黄金指数"（两物体间的比例关系为 0.618）。

中国传统的审美观念注重局部和相貌、西方人注重整体和身材。即便在五官方面，西方人的关注点也与东方有所不同，相对而言，西方人对鼻梁、头发、眼睛和唇部更为关注。身体曲线上，中国人最看重腰姿，西方人更重视曲线。东方人屁股扁平，S 曲线不如欧洲、非洲人明显。西方人所赞美的所谓"蜜桃臀"，未经专业训练的中国女性很难达到。

中国审美偏好自南宋起从可意丰满转向文弱清秀，西方对身体丰满的美女则从不排斥。17—18 世纪西方的油画作品，无论圣女、贵妇或浴女，一概都是丰乳肥臀、圆圆的脸，许多美女甚至长着双下巴。直到 20 世纪初期，西方人对丰满型美女仍情有独钟。美国影星莉莲·拉塞尔、英国名演员莉莉·兰特里等丰满型美女皆为时尚追捧。

比照罗虬《比红儿诗》中喋喋不休的女性美讴歌，我们不难看出东西方审美文化的异同。

　　　　　　　　　　　　　/ 最 / 美 / 的 / 女 / 人 /

3. 从病态的审美文化走向趋同

南宋是中国女性审美文化的分水岭。南宋以前，整体而言，男女之间较为开放，审美文化呈现多元化。南宋以后，人体艺术不能登大雅之堂，人体绘画被视为淫秽色情，性欲被当作洪水猛兽，公开追求、展示形体美的女性被视为另类。

从宋元时代一直沿袭至民国时期的所谓"三寸金莲"，是中国病态审美文化的典型体现。性学博士张竞生说："因为三寸金莲难以行走，走动时着力点全在臀部，运动久了，两条大腿就会发达，生殖系统也随之发达。"这大概是推崇病态审美文化的中国文人所能找到的唯一科学的依据，但它的出发点和落脚点无一例外地是把女性当作了男人的性工具和玩偶。

新中国的建立标志着中国女性的真正翻身解放，随着中国经济的发达和现代化步伐的加快，以及全球化时代的到来，中国女性审美文化与世界主流审美文化迅速走向趋同。在世界三大选美大赛上，都有中国姑娘靓丽登场，并斩获桂冠。美容业的迅猛发达，美女经济的日益兴盛，中国女性从未像今天这样敢于热爱美，追求美，大胆地展示美。这也正应了刘达临的那句话：社会越进步，国家越强大，民族越兴盛，审美观念越开放，审美文化越多元。也应了笔者之前在评论三国时期的吕布与貂蝉、曹操与蔡文姬时说过的那句话：

　　　英雄当生于乱时，美女应生活于盛世！

附　录
FU LU

一、沈清瑞跋

《比红儿诗注》一卷，吾家向斋先生所纂也。先生结佩命骚，抱琴安雅。暝写《玉台》之序，帘押一双；偷笺《锦瑟》之题，弦猜十五。偶凭墨戏，小忏情痴。证夹体而翻书，续香闻于识字。拜鸟细订，脂画水镂；剔蠹冥搜，金迷纸醉。说艳《琅嬛记》外，鸾袜成材；耽奇《笠泽书》中，榴裙失绣。录征妮古，遇桃枕以能名；诗到无题，问犀通而得解。非所知者独丽色，抑雅好之在《国风》也。用是砚受螺煤，襕薰麝月。纷披俊语，便成铅黛之雌黄；芟在外篇，犹作荃兰之职志。

乾隆庚戌（1790）五月既望、长洲宗后学清瑞跋。

楚楚辞典

> **脂画水镂**　成语有"画脂镂冰"，意为在凝固的油脂或冰上绘画雕刻，一旦融化则化为乌有。
>
> **剔蠹**　清除弊害。成语有"整纷剔蠹"。
>
> **冥搜**　下功夫搜集，成语有"穷礴冥搜"。

楚楚解读

此跋为沈可培宗亲、晚辈沈清瑞对《比红儿诗》批注的简要介评。通篇称赞沈可培志趣高雅、爱好博杂。《四书》《五经》之外，于裾裙脂粉、香奁艳情之类也情有所属。此注虽信手拈来，却也妙语连珠，堪称香艳文库里的佳品。

沈可培号向斋。结佩，南朝江淹《灯赋》云："屈原才华，宋玉英人，恨不得与之同时，结佩其绅。"命骚，成语有"奴仆命骚"，喻文采卓异、词彩华美。

　　　　　　　/ 最 / 美 / 的 / 女 / 人 /

中唐诗人李贺 27 岁早逝，时人叹天不假年，若学问稍有长进，则可视《离骚》为奴仆。杜牧《李长吉歌诗叙》："贺生二十七年死矣，世皆曰：使贺且未死，少加以理，奴仆命《骚》可也。"辛弃疾《吴克明广文见和再用韵答之》："君诗穷草木，命骚可奴仆。"

《玉台》，即《玉台新咏》，徐陵《玉台新咏序》中有"于是然脂暝写，弄笔晨书。撰录艳歌，凡为十卷"等句。暝，日落、天黑；然脂，点燃灯烛；帘押，帘上镇押之物。徐陵《玉台新咏序》中有"周王璧台之上，汉帝金屋之中，玉树以珊瑚作枝，珠帘以玳瑁为押，其中有丽人焉。"又李商隐《灯》诗："影随帘押转，光信簟文流。"罗隐《仿玉台体》诗："晚梦通帘柙，春寒逼酒罏。"《锦瑟》，李商隐《锦瑟》诗云："锦瑟无端五十弦，一弦一柱思华年。"

墨戏，随兴而成的写意画，沈可培擅长书画，有"大耳砚"为中国历史博物馆所藏；小忏，佛教有大忏小忏。奁体，晚唐五代诗人韩偓有诗集《香奁集》，号"香奁体"，犹南梁盛行之宫体。宋严羽《沧浪诗话·诗体》："韩偓之诗，皆裾裙脂粉之语，有《香奁集》。"

拜鸟细订，文句存疑，繁体"鸟"与"写"近似，或"写"之讹。

《琅嬛记》《笠泽书》内容博杂。元伊世珍《琅嬛记》卷上："太真着鸳鸯并头莲锦袴袜，上戏曰：'贵妃袴袜上乃真鸳鸯莲花也。'太真问：'何得有此称？'上笑曰：'不然，其间安得有此白藕乎？'贵妃由是名袴袜为藕覆。注云：袴袜，今俗称膝袴。"唐乾符六年（879），陆龟蒙自编《笠泽丛书》四卷，内收诗、赋、颂、铭、记等杂文，因不分类次，故名"丛书"，"丛书"一词即始于此。耽，沉迷，以"耽奇"与"说艳"对仗。

明陈继儒撰《妮古录》四卷，杂记书画、碑帖、古玩及遗闻轶事。其自序谓"妮"有软缠之意，乃以"妮古"名录。无题、犀通，李商隐有《无题》诗云："身无彩凤双飞翼，心有灵犀一点通。"李商隐无题诗以言情著名。

《史记·屈原列传》："《国风》好色而不淫，《小雅》怨诽而不乱，若《离骚》者，可谓兼之矣！"所谓"非所知者独丽色，抑雅好之在《国风》也"，意思是批注者虽在风花雪月方面擅长，却好色而不淫。

用是，因此；砚，砚台；螺煤，墨水。元陶宗仪《辍耕录》卷二九："上古无墨，竹挺点漆而书。中古方以石磨汁，或云是延安石液。至魏晋时，始有墨丸，乃漆烟、松煤夹和为之。所以晋人多用凹心砚者，欲磨黑贮渖耳。自后有螺子墨，亦墨丸之遗制。"

襕，衣衫；麝月，麝香，旧时文人以薰香为写作氛围。纷披，盛多；俊语，妙语；雌黄，黄色矿物颜料，古时写字用黄纸，错处以雌黄涂抹，成语有信口雌黄，谓信口胡诌，此处意为沈可培批注《比红儿诗》一挥而就、妙语连珠。

芟，除去；荃、兰皆香草。职志，据《史记·张丞相列传》："沛公以周昌为职志，周苛为客。"司马贞《索隐》："官名也。职，主也。志，旗帜也。谓掌旗帜之官也。"意《比红儿诗注》虽不入正集，却是香艳文学类佳品。

乾隆庚戌，乾隆五十五年（1790）；沈可培批注《比红儿诗》在乾隆四十七年（1782），比此跋早八年；长洲，地在苏州吴县东；宗，宗亲；后学，谦辞，后进的学者或读书人。

二、杨复吉跋

宋方性夫《注比红儿诗》一卷，载在《郡斋读书志》，至《直斋书录解题》已不著录，是原本之轶久矣。兹嘉禾同年沈公向斋补注。卷轴纵横。盖虽属游戏笔墨，而狮子搏兔，亦用全力也。哲嗣竹岑广文，近携公手稿见视，因亟录入丛书，用志欣赏。丁丑季秋、震泽杨复吉识。

楚楚辞典

嘉禾　嘉兴另称，杨复吉与沈可培同为乾隆三十七年（1772）进士，又是同乡，故称"嘉禾同年"。沈氏《比红儿诗注》虽属闲暇作品，但也耗费沈氏不少精力。

哲嗣　对他人儿子的敬称。

楚楚解读

此跋为沈可培同年进士杨复吉为沈可培《比红儿诗注》收入《昭代丛书》时所作。沈清瑞在跋中对沈可培《比红儿诗注》大加褒扬，杨氏跋中仅"卷轴纵横，盖虽属游戏笔墨，而狮子搏兔，亦用全力也"一句评语。"狮子搏兔，亦用全力"，一是说沈可培批注该诗颇下了一番功夫，二是肯定该书质量上乘，可谓言简意赅。

《郡斋读书志》为南宋晁公武所著目录学名著，共二十卷。卷十八别集类中有："《罗虬比红儿诗》一卷，右唐罗虬也，皇朝方性夫注。"宋王庭圭有五言律诗《次韵方性夫同年见寄》："忆在长安日，先朝始赐官。同登进士第，半著侍臣冠。归意倦飞鸟，词源倒急滩。平生事何限，话著齿牙寒。"据此可知方与王为同年进士。王庭圭（1079—1171）字民瞻，自号泸溪老人、泸溪真逸，吉州安福（今属江西）人，政和八年（1118）登进士第，则方性夫既为同年进士，则也应为北宋末南宋初人。晁公武（1105—1180）、陈振孙（约1183—1262）皆南宋著名藏书家，二者相距约七八十年间。

竹岑即沈铭彝（1763—1837），沈可培之子，字纪鸿，号竹岑，官至教谕，有《云东遗史年谱》一卷、《后汉书注又补》一卷、《孟庐札记》八卷、《沈竹岑日记》等存世。明清尊称教谕职为广文。沈竹岭将父亲的《比红儿诗注》拿给杨复吉看，杨复吉觉得不错，当即将其编入《昭代丛书》刊印出版，丁丑季秋，即嘉庆二十二年（1817）九月，此时距沈可培注《比红儿诗》已去三十五年（乾隆壬寅日南至日），距沈可培去世的嘉庆四年（1799），也有十八年之久。震泽，苏州吴江古镇。

三、辛文房《唐才子传·罗虬》

罗虬词藻富赡，与族人隐、邺齐名，咸通间称"三罗"，气宇终不逮。广明庚子乱后，去从鄜州李孝恭为从事。虬狂荡无检束，时雕阴籍中有妓杜红儿，善歌舞，姿色殊绝。尝为副戎属意，会副戎聘邻道，虬久慕之。至是请红儿歌，赠以缯彩。孝恭以为副戎所盼，为从事歌则非礼，勿令受赆。虬不称意，怒，拂衣起，诘旦手刃杀之。孝恭以虬激己，坐之。顷会赦，虬追其冤，于是取古之美女有姿艳才德者，作绝句一百首，以比红儿。当时盛传，此外不见有他作。体固凡庸，无大可采。序曰："红儿美貌年少，机智慧悟，不与群妓等。余知红者，择古灼然美色。优劣于章句间。其卒章云：'花落尘中玉堕泥，香魂应上窈娘堤。欲知此恨无穷处，长倩城乌夜夜啼。'情极哀切，初以白刃相加，今曰：

'余知红者'，虬实一狂夫也。且声律之道大爽，姑录为笑谭耳。"

楚楚解读

该传将罗虬贬得一无是处。其为人"气宇终不逮""狂荡无检束""实一狂夫也"；其作品仅《比红儿诗》一篇存世，"体固凡庸，无大可采"，"且声律之道大爽，姑录为笑谭耳。"

辛文房为元代西域人，《唐才子传》书成于元成宗大德甲辰年（1304），计载诗人传记278篇，附及120，合计398人。王启兴《校编全唐诗》序言称"唐五代诗人众多，犹如秋夜繁星"，据严羽《沧海诗话·考证》，《唐才子传》录诗人距严羽"唐诗有八百家"，数量不到一半。"其体例因诗系人，故有唐名人，非卓有诗名者不录"。按此原则，罗虬当不在此列；将罗虬赫然列入传中，又称其"姑录为笑谭耳"，凸现出辛文房的不严肃和自相矛盾。

四、沈可培、沈清瑞、杨复吉生平简介

沈可培（1737—1799）：字养原，一字春源，号蒙泉，晚号向斋、厚庵，嘉兴竹里（今郊区新篁镇）人。乾隆三十六年（1771）举人、三十七年进士。官江西上高、河北安肃、天津宝坻知县。为官清廉有为，爱民如子。上高任上捐俸禄削岭修路，人称"沈公岭"；宝坻任上，裁免赋税，百姓立碑称赞，有"无米不到百姓口，无钱不到百姓手"谣颂。后辞官讲学，主讲于山东洙源书院等多个书院。崇古训诫，弟子常数百人。晚年引疾归故里，被郡守聘为鸳湖书院山长。沈氏学识渊博，擅诗文，兼工画山水，对天文历算等也有所涉猎。一生著述甚丰，有《洙源问答》12卷、《依竹山房诗集》12卷、《宵得录》4卷、《蒙泉诗抄》《云门书院志》《莲子湖百咏》等。其子沈铭彝以孝行闻世，也笔耕一生，所著《孟庐札记》史料价值甚大。

沈清瑞：初名沅南，字古人，号芷生，江苏长洲人，沈起凤之弟，生卒年不详。沈起凤1741年生，沈清瑞为沈可培《比红儿诗注》题跋于"乾隆庚戌五月既望"，据此生年在1741年之后，卒年不早于1790年。清瑞少年聪慧，有小鸿博之誉，工诗文，善散曲，有《沈氏群峰集》《樱桃花卞银箫谱》《孟子逸语》《史记补注》及《韩诗故》等著作存世。

杨复吉（1747—1820）：清藏书家、学者、散文家。字列欧，一字列侯，号梦兰，吴江人。少有异禀，十岁能为文。十一岁应童子试，乾隆三十七年中进士，以知县铨选。及长，遂居家不出，醉心著述。家富藏书，有书楼名"香月楼""艺芳阁"，每日读书著述其中，自称"五十年来购藏颇不寂寞"，与王鸣盛、吴骞、鲍廷博、卢文弨、吴翌凤等藏书家友善，续编《昭代丛书》五编，辑《辽史拾遗补》《元文选》《元稗类抄》《燕窝谱》等，有《梦阑锁笔》《史余备考》《香月楼学古文》等著述存世。

五、美女描写词句

暗送秋波、暗通心曲、暗香袭人、暗香盈袖、八面玲珑、白白净净、白璧无瑕、白巾翠袖、白里透红、白腻光滑、白腻如脂、白皙无瑕、白衣胜雪、白玉生香、白足如霜、百般难描、百伶百俐、百伶百俐、百媚丛生、百媚千娇、百年难遇、百态千娇、班姬续史之姿，谢庭咏雪之态、般般入画、半含笑处樱桃绽、半妆美人、薄粉敷面、宝髻堆云、宝髻云鬟、背平腰润、鼻腻鹅脂、比梅花觉梅花太瘦，比海棠觉海棠少清、闭月羞花、遍体幽香、标格似雪中玉树、鬒发如云、鬓若刀裁、鬓云乱洒、鬓云欲度香腮雪、冰齿轻唇、冰肌雪肠、冰肌莹彻、冰肌玉肤、冰肌玉骨、冰清玉洁、冰清玉润、冰雪聪明、秉性淑贞、秉性温和、波月蟾影、波湛横眸、不染纤尘、不施粉黛而颜色如朝霞映雪、不亚当年俏妲己、步缕金鞋、步履轻盈、才华冠绝、才华横溢、才情并茂、才识高超、才智过人、才调无双、彩服靓妆、彩鸾娇妙、灿如春华、灿若繁星、缠绵跌宕、缠绵悱恻、念念在怀、缠绵缱绻、蝉鬓迭云新、蝉露秋枝、蟾宫素影、朝霞映雪、沉鱼落雁、齿白唇红、齿如含贝、齿如瓠犀、齿若白玉、赤露玉体、愁眉深锁、出尘脱俗、出类拔萃、出水芙蓉、楚楚动人、楚楚可怜、楚楚可人、楚腰舞柳、楚腰越艳、吹弹可破、吹气如兰、吹箫引凤、垂杨双髻、春半桃花、春光外泄、春闺秋怨、春花初绽、春娇满眼、春梅绽雪、春色横眉、春山低翠、春笋手轻、春笋纤纤、春笋纤长、春意无边、纯白无瑕、唇红齿白、唇若红莲、唇若涂朱、唇若樱花、唇色朱樱、唇似樱桃、唇檀烘日、唇绽樱颗、绰绰多姿、绰约风流、绰约风姿、绰约花态、绰约若处子、聪慧可人、聪明伶俐、聪颖俊慧、聪颖灵慧、翠袖轻摇笼玉笋、翠袖微舒粉腕长、翠羽朝霞同于图画，轻云回雪有似神人、带雨梨花、黛眉开娇横远岫、黛眉一线远山微、丹唇皓齿、丹唇列素齿、丹脸赛胭脂、丹铅其面、淡白梨花面、淡淡春山、淡淡翠眉分柳叶、淡淡红粉、淡淡幽香、淡黄软袜衬弓鞋、淡眉如秋水、淡扫娥眉、淡雅脱俗、淡雅长裙、淡妆丽雅、澹秀天然、滴流流一双凤眼来往觑人、点额寿阳、点染曲眉、东山窈窕娘、豆蔻华年、端鼻媚靥、端端正正美人姿、端丽冠绝、端丽无双、端丽秀雅、端然凝立、端严庄靓、端正大敬、端庄美丽、端庄挺秀、端庄娴淑，寡言少笑、端庄贞淑、端庄自持、顿挫生姿、多才善辩，如巧言鹦鹉、婀娜多姿、婀娜苗条、婀娜体态、婀娜小蛮腰、娥眉皓齿、娥眉紧蹙、娥眉微显远山低、蛾眉横翠、蛾眉横月小、蛾眉敛黛、蛾眉频蹙、蛾眉擎笑、额秀颐丰、额饰花钿、发绀眸长、发黑如漆、发盘云髻似堆鸦、发似乌云、发细眉浓、翻紫摇红、繁艳貌美、方桃譬李、芳菲妖媚、芳襟染泪，情思牵萦、芳灵蕙性、芳情惜花踏月、芳容窈窕玉生香、芳蓉丽质、芳香袭人、芳心窃喜、芳心如醉、芳馨满体、分寸有度、粉白黛绿、粉黛未施、粉黛盈腮、粉光融滑、粉光若腻、粉汗淋淋、粉颈低垂、粉脸冰肌、粉脸生春、粉面低垂、粉面含春、粉面生春、粉面酥胸、粉面桃花、粉面慵妆、粉面油头、粉面朱唇、粉腻酥融娇欲滴、粉容娇面、粉腮红润、粉色生春、粉色桃瓣、粉香腻玉、粉香生润、粉藻其姿、粉妆玉琢、丰标不凡、丰华入目、丰肌清骨、丰肩懦体、丰容靓饰、丰神冶丽、丰盈秀发、丰盈窈窕、丰腴白净、丰姿绰约、丰姿尽展、丰姿俊雅、丰姿秾粹如碧桃初放，满座生春、丰姿纤秾、丰姿冶丽、风吹仙袂飘飘举、风度翩翩、风度庄重、风华绝代、风鬟露鬓、风鬟雾鬓、风髻露鬟、风髻雾鬟、风娇水媚、风流尔雅、风流俊俏、风流俊秀、风流袅娜、风流倜傥、风流蕴藉、风流自赏、风柳腰身、风情万种、风情无限、风情月貌，蕙体兰心、风情月债、风雅得体、风月情浓、风致嫣然、风姿绰约、风姿秀雅、蜂腰削背、凤钗半卸、凤钗头上风、凤目蛾眉、凤头鞋莲瓣轻盈、凤眼半弯藏琥珀、凤眼樱唇，额饰花钿、肤白如雪、肤光胜雪、肤如凝脂、肤若美瓷、肤色白皙、肤色如玉、肤色雪白、芙蓉出水、芙蓉粉面、芙蓉秀脸、浮翠流丹、俯弄芳菲、赋性聪慧、傅粉施朱、馥郁馨香、干净清秀、绀黛羞春华、高鼻深目、高贵绝俗、高髻堆青麀碧鸦、歌喉嘹亮、歌喉清丽、歌喉如黄莺出林、歌喉宛转、歌息梁尘、歌韵轻柔、隔户杨柳弱袅袅，恰似十五女儿腰、弓身玉肌、弓腰纤小、宫面妆梅、宫腰袅袅、宫腰纤细、勾人魂魄、勾人心弦、股肢轻亚、骨格清奇、骨骼纤秀、顾盼神飞、顾盼生辉、观者魂断、光采艳丽、光彩夺目，照映左右、光彩照人、光芒四射、光艳逼人、光莹娇媚、瑰姿艳逸、国色天香、国色天姿、海棠标韵、海棠丰韵、海棠醉日、含苞待放、含词未吐、含娇细语、含娇倚榻、含情脉脉、含情凝睇、汗沾粉面花含露、皓齿娥眉、皓齿明眸、皓齿朱唇、皓如凝脂、皓腕如玉、皓腕胜雪、荷出绿波、荷粉露垂、荷袂蹁跹、恒敛千金笑，长垂双玉啼、红唇微张、红粉貌娇娆、红粉青蛾、红馥馥朱唇、红脸杏花春、红绡抹胸、红袖添香、红颜薄命、红颜易老、红晕生颊、红晕双颊、喉啭一声，响彻九陌、花儿含露，倍觉娇嫩、花开媚脸、花明雪艳，独出冠时、花气袭人、花容袅娜、花容憔悴、花容月貌、花颜月貌、花月仪容、花遮柳掩、花枝招展、滑腻似酥、踝骨浑圆、环肥燕瘦、鬓低鬒鬈、缓步行时兰麝喷、恍若仙娥、回风舞雪、回眸一笑百媚生、回目顾盼，眼神撩人、蕙质兰心、蕙兰情性、蕙心兰质、蕙心纨质、浑如点漆、浑如阆苑琼姬、浑如织女下瑶池、活泼可爱、活泼伶俐、肌肤晶莹细腻、肌肤嫩玉、肌肤如雪、肌肤胜雪、肌肤微丰、肌肤纤细、肌骨莹润、肌光胜雪、肌理细腻、肌清骨秀、肌如瑞雪、肌若凝脂、肌似羊脂、肌香肤腻、极为倚丽、急趋莲步、佳人似玉、肩若削成、翦水双瞳、绛唇映日、娇波艳冶、娇而不媚、娇憨活泼、娇憨媚态、娇娇滴滴、娇娇倾国色、娇脸红霞、娇脸生晕、娇美无比、娇媚可爱、娇媚清脆、娇媚十足、娇媚婉转、娇媚无骨、娇媚无限、娇娜妩媚、娇嫩丰盈、娇嫩鲜艳、娇嫩艳丽、娇嫩欲滴、娇欺楚女、娇俏佳人、娇俏可喜、娇俏柔媚、娇怯可人、娇柔懒起、娇柔柳腰、娇柔清脆、娇柔婉转、娇柔无力、娇腮欲晕、娇声似莺、娇香艳质、娇小玲珑、娇小腼腆、娇羞满面、娇羞无限、娇羞无邪、娇眼横波、娇眼乜斜、娇艳动人、娇艳惊人、娇艳如花、娇艳若滴、娇艳万状、娇艳无伦、娇艳欲滴、娇艳姿媚、娇靥如玉、娇靥甜美、娇音萦萦、娇莺初啭、姣丽蛊媚、姣若春花、皎皎洁妇、皎如秋月、脚步轻盈、洁貌倾城、洁身自爱、结实滑腻、芥芳沤郁、金发碧眼、金莲凤头、金莲窄窄、金屋藏娇、金玉良姻、金瓒玉珥、金针倒拈、金枝玉叶、金珠美貌、尽善尽美、锦绣宫装、锦绣娇容、锦绣耀目、进止闲华、经珠不动凝两眉、晶莹华彩、晶莹如玉、晶莹剔透、精华灵秀、精神秀丽、精于瀚墨、颈细背挺、靓女如云、静如处女、静若娇花照水，行如弱柳扶风、镜中貌月下影，隔帘形睡初醒、炯炯有神、九天仙子怎如斯、酒容红嫩、酒入娇眉眼、酒微醺，妆半卸、酒香醺脸、酒笑频颦、举措娇媚、举止端凝、举止轻盈、举止娴雅、举止蕴藉、举止之间，神采照人、娟好如玉人、娟静秀美、绝代佳丽、绝代佳人、绝代姿容、绝佳身材、绝色盖世、绝色佳人、绝色难求、绝胜桂宫仙姊、绝世佳人、绝世丽质、绝艳风姿、俊眼修眉、开颜发艳、口若含丹珠、口吐丁香、口吐娇言、口香若兰、款步姗姗、款蹙湘裙、兰麝香喷、兰心蕙性、兰薰桂馥、兰质蕙心、懒起画蛾眉、阆苑仙葩、朗目疏眉、泪光点点、泪痕尚尤在，笑靥自然开、冷若冰霜、梨花带雨、梨涡浅现、丽女盛饰、丽容无俦、丽若朝霞、丽色娇羞、丽雪红妆、丽质天成、丽质仙娥生月殿、呖呖莺声、怜香惜玉、莲步轻移动玉肢、莲步乍移、莲花仙子、莲脸生春、莲脸盈盈、脸衬桃花瓣、脸带笑靥、脸堆三月娇花、脸泛红霞、脸含羞涩、脸如莲萼、脸如三月桃花、脸若朝霞、脸若银盆、脸色忸怩、脸似朝霞、脸偎仙杏、两臂丰腴、两额朝拱、两颊微红、两颊笑涡，霞光荡漾、两情相悦、两弯眉画远山青、两弯似蹙非蹙胃烟眉，一双似喜非喜含情目、撩人心怀、寥若晨星、林下风致、临去秋波一转、伶牙俐齿、玲珑剔透、凌波微步、凌波仙子、凌波玉足、领如蝤蛴、流风之回雪，轻云之蔽日、流光溢彩、榴齿含香、柳妒纤腰、柳眉横远岫、柳眉积翠黛、柳眉笼翠雾、柳眉轻颦、柳眉如烟、柳眉双竖、柳眉星眼、柳眉重晕、柳腰桃脸、柳腰微展鸣金佩、柳叶双眉、六朝粉黛、龙颜凤姿、楼中少女弄瑶瑟，一曲未终坐长叹、露春葱十指纤纤、露来玉指纤纤软、露水盈盈、鸾凤和鸣，夫妻和美、罗绮文秀、罗衫不整、罗袜生尘、罗帷绮箔脂粉香、罗袖初单、罗衣叠雪、落落大方、绿鬓淳浓染春烟、绿鬓红颜、绿鬓云鬟、绿鬓双坠、绿柳蛮腰、绿罗裙微露金莲、绿叶醉桃、掠发浅笑、脉脉含情、脉脉柔情、颟顸无知、满脸春色、满脸生春、满面春风、满搦宫腰纤细、满头珠翠、慢脸含羞、缦鬓小横波、貌本上流，妆从吴俗、貌美绝伦、貌美如花、貌美体盈、貌若梨花、貌若天仙、貌若王嫱、貌似天仙，色艺双绝、貌婉心娴、眉不画而横翠、眉蹙春山、眉黛低横、眉黛双颦、眉横翠岫、眉画远山、眉开眼笑、眉眉靥生、眉目传情、眉目清明、眉目如画、眉清目秀、眉如翠羽、眉如黛山、眉如墨画、眉如小月、眉若远山、眉扫半弯新月、眉扫初春嫩柳、眉似初春柳叶、眉似新月、美不胜收、美丽绝伦、美丽清雅、美丽妖艳、美貌佳人、美貌绝伦、美貌妖娆、美妙悦耳、美目盼兮、美人迟暮，千古伤心如出一辙、美人在时花满堂，至今三载留余香、美如梵音、美如冠玉、美若天仙、美若西施、美胜春葱、美艳逼人、美艳绝伦、美玉无瑕、美玉莹光、媚如秋月、媚态如风、媚态艳姿、媚体迎风、媚秀神韵、媚眼流波、媚靥深深、媚意荡漾、蒙眬惺忪、面白唇朱、面薄腰纤、面赤似天桃、面共桃而竞红、面目俊俏、面目清秀、面容饱满、面容清丽、面如傅粉、面如冠玉、面如满月、面如银盆、面赛芙蓉、面似芙蓉、苗条婀娜、妙龄丽人、妙舞腰肢软、敏捷俊美，姿色不凡、敏明聪颖、名媛美姝、名冠一时、名花倾国两相欢、明净清澈、明媚如画、明媚鲜妍、明媚秀美、明媚妖娆、明眸皓齿、明眸善睐、明如秋水、明艳动人、明艳端庄、明珠生晕、眸含春水、眸含秋水、牡丹初绽、目含秋波、目横丹凤，神凝三角、目摇心荡、目转秋波、难描难画、嫩滑如脂、嫩颊柔腻、嫩脸修蛾、嫩脸匀红、嫩若凝脂、嫩腰儿似弄风杨柳、能歌善舞、能诗工弈、能诗善歌、霓裳压凤裙、腻脸红透、袅娜如花、袅娜纤巧、袅娜纤腰、袅袅娜娜、袅袅娉娉、袅袅婷婷、袅袅腰肢、凝脂白玉、忸怩腼腆、浓淡适中、浓桃艳李、浓妆淡抹、煞惹人爱、浓妆艳裹、弄粉调朱、暖玉温香、女中丈夫、藕臂葱指、潘鬓沈腰、蓬松云髻、皮肤白皙、皮肤如雪、皮肤细腻白嫩、皮肤香细、翩翩迷人、翩若惊鸿、翩若轻云出岫、蹁跹袅娜、飘飘不染尘埃、飘飘若仙、飘若神仙、品格端方、品貌端庄、娉娉婷婷、娉婷袅娜、颇有风致、很是可人、颇有姿容，铺红叠翠、普天壤其无俪、旷千载而特生、齐齐整整、气若幽兰、气质高洁、气质美如兰、泣泪沾襟、恰似嫦娥离月殿、千般娇态、千般袅娜、千朝回盼、千娇百媚、铅华销尽见天真、谦恭腼腆、谦恭仁爱、浅淡春山、浅笑盈盈、腔依古调，音出天然、巧笑嫣然、巧笑依然、巧啭慢引、俏丽动人、俏丽俊逸、俏丽若三春之桃、清洁若九秋之菊、俏丽喜人、俏脸生霞、俏脸生晕、俏美可喜、俏语娇声、怯雨羞云、螓首蛾眉、青纯水灵、青姿妆翡翠、轻薄浮滑、轻嗔薄怒、轻尘夺目、轻风动裾、轻扶罗袖、轻丽和悦、轻丽和悦，淑艳光华、轻灵柔美、轻颦薄怒、轻柔婉转、轻视世俗、轻细好腰身、轻纤柔媚、轻衣似雾、轻移莲步，有蕊珠仙子之风流、轻盈体态、轻盈杨柳腰、轻云出岫、倾城巧笑、倾城倾国、倾倒一时、倾国倾城、倾国之容、清波流盼、清澈明亮、清脆婉转、清脆圆滑、清淡雅致、清喉娇啭、清绝罕伦、清俊秀逸、清丽绝俗、清丽婉媚、清丽秀美、清丽秀雅、清丽韵雅、清丽自然、清眸流盼、清婉可诵、清娓动听、清新润泽、清秀绝俗、清秀美丽、清雅灵秀、清雅妩媚、清音娇柔、情不自禁、情眸眷恋、情思牵萦、情意款款、琼林玉树、琼姿花貌、秋波流动、秋波流慧、秋波流转、秋波斜睨、秋波斜视、秋波湛湛、秋菊被霜、秋水丰神、秋水凝眸、秋水无尘、秋水伊人、曲线分明、裙裾荡漾、裙拖八幅湘江水、群芳难逐、人材俊雅、人淡如菊、人间极品、人间尤物、人见人爱、人美似玉、人面桃花、花见花开、任性放达、日映朝霞、容光焕发、容光藻逸、容光照人、容华妍秀、容貌端丽、容貌端庄、容貌丰美、容貌娇美、容貌娟妍、容貌绝美、容貌俏丽、容貌如荷、容貌似海、容貌秀丽、容貌艳丽、容色端丽、容色极美、容色娇艳、容色绝丽、容色清秀、容色艳丽、容颜娇媚、容颜娟好、容颜秀丽、容颜妍婳、容仪婉媚、容止纤丽，若不胜绮罗、柔肠百折、柔唇轻开、柔美飘逸、柔媚娇俏、柔媚婉转、柔腻滑嫩、柔腻娇嫩、柔腻软滑、柔情绰约、柔情蜜意、柔情缱绻、柔情似水、柔情无限、柔桡轻曼、柔软无骨、柔弱无骨、柔声细语、柔丝如漆、柔心弱骨、如花解语、如花似玉、如镜中花水中月、如削肌肤红玉莹、入艳三分、软语温存、软玉温香、蕊珠仙子下尘寰、瑞彩翩跹、弱不禁风、弱骨纤形、弱柳扶风、弱柳扶风、弱水三千、撒娇使媚、腮凝新荔、腮晕潮红、赛毛嫱欺楚妹、散绾乌云、扫眉才子、色如朝霞、色艺双绝、色艺双全、色艺无双、姗姗来迟、善解人意、擅口轻盈、稍染腥红、芍药迎风、韶华如花、韶颜雅容、身材高大、身材苗条、身材小俏、身材匀称、身段儿不短不长、身法轻盈、身量苗条、身轻如燕、身软如绵花、身形婀娜、身形苗条、身摇如嫩柳、身姿活泼、身姿妖冶、神采奕奕、神妃仙子、神魂荡漾，恍然若失、神急眼圆、神清骨秀、神情委顿、神情秀整、神色娇羞、神态安详、神态娇羞、神姿艳丽、声动梁尘、声清神静、声如春燕、声如银铃、声如莺啭、声响神清、声音清脆、声音柔腻、笙歌缭绕喧哗、盛服浓妆、盛颜仙姿、施朱傅粉、施朱则太红、着粉则太白、十分秀丽、十指春葱、十指尖尖、十指如同春笋发、似嗔似喜、似桂如兰、似水柔情、似削身材、似玉生香、手脚纤细柔嫩、肌肤晶莹细腻、手可生花、手如柔荑、手指宛如春笋、守身如玉、瘦靥消红、殊丽可人、殊色秀容、淑丽韶好、淑女才情、淑艳光华、淑逸闲华、舒徐柔婉、双珥照夜、双颊晕红、双睛蘸绿横秋水、双目澄澈、双目如水、双瞳剪水、水灵灵、水汪汪、水月观音、厮磨亲昵、酥胸半露、酥胸半掩、酥胸似雪、素齿朱唇、素服花下、素脸红眉、素面朝天、素体轻盈、素体馨香、素颜清雅、素腰一束，不盈一握、态度幽娴、态浓意远、谈吐隽雅、谈吐文雅、檀口点丹砂、檀口嗟咨、檀口破樱唇、檀口轻开、棠滋晓露、桃花满面、桃花上脸、桃花玉面、桃腮垂泪、桃腮杏面、桃羞李让、桃羞杏让、桃之夭夭、陶然欲醉、黄手纤纤、啼红簌簌、体白肩圆、体格风骚、体轻似燕、体若凝酥、体态婀娜、体态丰艳、体态轻盈、体态挺直、体态妖娆、体质姣长、天寒翠袖薄，日暮倚修竹、天女散花、天然风姿、天然眉目映云环、天然俏丽、天上碧桃，露水盈盈、天上奇葩、天生丽质、天生尤物、天香国色、天香国艳、天性刚烈、天真烂漫、天姿国色，百媚千娇、天姿绝色、天姿灵秀、天姿巧慧、天姿秀丽、甜香袭人、佻达轻盈、佻荡笑谑、了无心机、亭亭玉立、头发金黄、头发栗色，光滑如缎、头上倭堕髻、耳中明月珠、吐气如兰、团团粉面若银盆、外表娇弱、外表轻佻、外美内慧、完美绝伦、宛如仙子、婉娈快心、婉媚动人、婉若游龙、婉转悲啼、婉转双蛾远山色、婉转歌喉、万般旖旎、万娇千媚、万种风情、万种妖娆、腕白肌红、汪汪泪眼、微带酒晕、微睇绵藐、微风振箫、微露雪痕、微施粉泽、微晕红潮、委委佗佗、为芳兰芷、为含金柳、为人佻易、温腻软滑、温暖光滑、温柔和平、温柔和顺、温柔可人、温柔美丽、温柔美貌、温柔如水、温柔斯文、温柔婉转、温柔娴淑、温柔旖旎、温软嫩滑、温软柔滑、温软如绵、温婉柔顺、温婉如玉、温文尔雅、温文婉娈、温雅含蓄、温雅秀美、温颜软语、文思隽永、乌云叠髻、乌云叠鬟、巫女洛神、巫山云雨、五官端正、五指纤纤、妩媚动人、妩媚风流、妩媚娇憨、妩媚纤弱、妩媚艳姿、舞尽霓裳、舞如惊鸿掠水、舞态蹁跹、舞态生风、雾髻云鬟、雾鬟云鬓、稀世俊美、惜玉怜香、细翦明眸、细皮嫩肉、细润如脂、细声低语、细挑身材、细细香肌、细圆无节、柔若无骨、霞分腻脸、霞映澄塘、仙袂乍飘兮、仙姿玉色、仙子落凡尘、纤股纤腰、纤巧窈窕、纤弱秀美、纤细白嫩、纤细的腰、纤细柔美、纤纤素手、纤纤玉人、纤纤玉手、纤纤玉笋、纤秀美丽、纤腰袅娜、纤腰袅袅、纤腰如蜂、纤腰束素、鲜润如出水芙蕖，飘扬似临风玉树、鲜艳妩媚、闲愁万种、闲静时如姣花照水、闲雅超脱、闲雅飘逸、闲雅清逸、贤良淑德、娴静纯真、娴静端庄、娴淑柔顺、娴雅守礼、相怜相爱、香草美人、香钿宝珥、香闺秀阁、香闺艳质、香汗淋漓、香肌玉体、香娇玉嫩、香脸桃腮、香培玉琢、香乳紧就、香腮胜雪、香消玉殒、香艳夺目、湘裙半露弓鞋小、湘裙微露不胜情、湘裙斜拽显金莲、小鸟依人、小巧玲珑、笑比褒姒、笑容满面、笑容如春、笑容冶艳、笑声清脆、笑靥如花、笑靥生春、笑靥胜花、笑语纷然、笑整金翘、笑逐颜开、斜抱云和、斜红半舒、斜偎宝鸭衬香腮、心地聪慧、心较比干多一窍，病如西子胜三分、心旌摇荡、心性温柔、心摇神驰、心猿意马、新莺初啭、星眸如丝、星眸微瞋、星眼含悲、星眼含愁、星眼流波、星眼蒙眬、星眼如波、星眼微蒙、星转双眸、行不动尘言有节、行步若飞仙、行处金莲步步娇、形气幽柔、形容俊俏、杏花烟润、杏脸桃腮、杏面桃腮、杏眼明仁、杏眼闪银星、性情柔厉、性情温婉、胸雪横舒、修短合度、修短适中、修蛾自敛、修耳隆鼻、修巾薄袂、修眉联娟、修眉敛黛、修眉玉颊、修项秀颈、羞娥凝绿、羞涩含娇、秀发蓬松、秀丽端庄、秀丽清雅、秀脸拂新红、秀眉微蹙、秀美绝俗、秀美水灵、秀眸惺忪、秀目紧蹙、秀色可餐、秀外慧中、秀眼谩生千媚、秀靥艳比花娇、绣阁烟霞、绣履遗香、绣幕芙蓉一笑开、绣屏斜倚、削肩细腰、雪白粉嫩、雪肤花貌、鸭蛋脸面、雅服靓妆、雅格奇容、雅洁清丽、雅态轻盈、雅态妍姿、烟蒸翠色、淹然百媚、嫣然而笑、嫣然巧笑、嫣然微笑、嫣然一笑、延颈秀项、言笑晏晏、妍丽绰约、妍姿俏丽、妍姿妖艳、颜如楚女、颜如舜华、颜如渥丹、颜如玉气如兰、颜炜含荣、掩袖回眸、掩映生姿、眼波流动、眼波眉语、眼波蒙眬、眼波如流、眼波如醉、眼波盈盈、眼波欲流、眼光如醉、眼溜秋波、眼露秋波、眼眸慧黠、眼鬘秋水、眼如点漆、眼如秋水、眼如水杏、眼如杏子、眼色媚人、眼似秋波、眼似双星、眼似水杏、眼瞤息微、艳而不俗、艳绝尘寰、艳绝一时、艳丽动人、艳丽非凡、艳美绝伦、艳美绝俗、艳美无敌、艳媚入骨、艳抹浓妆、艳如春花、艳若桃李、艳色绝世、艳秀明媚、艳冶柔媚、艳妆华服、燕妒莺惭、燕懒莺慵、燕语莺声、燕语莺啼、杨柳细腰、杨柳小蛮腰、仰抚云鬓、夭桃浓李、夭斜窈窕、妖媚娇柔、妖娆娇媚、妖娆娇似天台女、妖娆倾国色、妖妖娆娆、妖妖艳艳、妖质雪莹、腰如嫩柳、腰如束素、腰如杨柳、腰若流纨素，耳著明月铛、腰若约素、腰肢婀娜、腰肢苗条、腰肢袅娜、腰肢未盈一掬、腰肢纤堕、骏冶多姿、摇拽细裙、窈窕婵娟、窈窕动人心、窈窕淑女、窈窕无双、窈窕嫣姗、耀如春华、冶容多姿鬓、芳香已盈路、靥铺七巧笑、靥笑春桃、一对眼明秋水润、一顾倾城、一顾倾人城，再顾倾人国、一痕雪脯、一泓清水、一貌倾城、一捻捻腰儿、一颦一笑、一双丹凤眼，两弯柳叶眉、一笑千金、一笑倾城、衣袂飘飘、衣袂鲜好、衣衫飘动、衣香拂面、衣珠弄彩、仪表秀美、仪静体闲、仪容不俗、仪容娇媚、仪态端庄、仪态万方、仪态万千、仪态优雅、仪质闲雅、宜笑遗光、倚栏待月、倚栏游径释闲情、倚玉偎香、异香馥郁、异香可爱、逸韵风生、意态幽花秀丽、音似念奴、银甲绣凤、淫情汲汲、淫心荡漾、印润眉清、应惭西子、实愧王嫱、英俊潇洒、英气勃勃、英姿飒爽、莺惭巧舌、莺惭燕妒、莺莺呖呖、莺莺声软、莺莺燕燕、嘤然有声、樱唇皓齿朱颜、樱唇轻启、樱唇银齿、樱口樊素、樱桃红绽、樱桃口浅晕微红、樱桃小口、樱桃小嘴、盈盈丹脸衬桃花、盈盈妙目、盈盈秋水、盈盈身段、盈盈十五、娟娟二八、盈盈惺惺、盈盈伫立、莹白胜玉、莹莹如玉、颖之藻仪、影似花间凤转、雍容华贵、雍容雅步、优雅闲适、优雅娴静、幽兰之姿、幽婉凄切、幽怨愁寂如寒梅未吐、幽韵撩人、悠扬动听、羽衣飘舞、雨润红姿娇且嫩、雨意云情、语似娇莺、语笑嫣然、语音娇柔、语音轻柔、玉殿嫦娥、玉骨冰肌、玉肌琼艳、玉肌柔软、玉肌雪体、玉颊如火、玉洁冰清、玉粳白露、玉立亭亭、玉貌妖娆、玉貌珠喉、玉面淡拂、玉女品箫、玉女仙娃、玉人娇面、玉容娇嫩、玉容深锁、玉软花柔、玉石莹莹、玉手纤纤、玉树临风、玉笋纤纤、玉体横陈、玉体浑如雪、玉体香肌、玉体迎风、玉雪肌肤、玉颜艳春红、玉瓒螺髻、玉质冰肌、玉质娇姿、玉质娉婷、欲语还羞、煜煜垂晖、圆润如玉、远山铺翠、月里嫦娥、月貌花容、月眉星眼、月射寒江、晕红双颊、云鬟堆鸦髻、云鬟花颜、云鬟花颜金步摇、云鬟蓬松宝髻偏、云鬟如雾、云鬟若裁、云堆翠髻、云髻半整、云鬟低坠、云髻叠翠、云髻斜婵、云髻峨峨、云髻高盘飞彩凤、云髻高盘两鬓鸦、云雨之欢、韵度若风里海棠花、韵秀有丰致、增娇盈媚、增之一分则太长，减之一分则太短、瞻视眄睐、绽破樱桃、长发披肩、长发飘飘、长发如云、长眉连娟、长鬟减翠、长挑身材、照映左右、折纤腰以微步，呈皓腕于轻纱、这个美女不是人，九天仙女下凡尘、珍珠贝齿、枕剩衾闲、芝兰自赏、知书达礼、知心不遇、织腰袅娜、脂粉污颜色、指如削葱根、至真至纯、朱唇皓齿、朱唇绛脂匀、朱唇榴齿、朱唇一点红、朱唇一似樱桃滑、朱颜绿发、朱颜玉润、珠翠堆盈、珠泪悄垂、珠泪盈眶、珠纱遮面、珠围翠绕、珠圆玉润、庄处靓雅、灼灼其华、姿采秀艳、姿容美貌、姿容秀丽、姿容秀美、姿容秀润、姿色华美、姿色天然、姿色艳美、姿态丰艳、姿态亲媚、姿态妖媚、姿性慧丽、姿韵爽逸、恣睢放荡、足蹑翠靴，锦绦双环、足下蹑丝履，头上玳瑁光、嘴不点而含丹、嘴唇鲜红、醉态癫狂、醉颜微酡、醉眼蒙蒙